literature replaces fra 187

Mauvre - upset - Je suis Mauvo Samson 347
lubie - whim   348
avenant - pleasant - 359
ébahi - astounded 364 ——
abruti - stunned   -368
aguicher - entrance - 404

COLLECTION FOLIO

n° 1 Gen 99

vear Kint & want to marry 191

desinvolte - casual 123

lubie (mise) p. 91 - whim, silly

déchéance - degeneration decay 150

rancune - grudge - 154

Narquois - mocking - 156

s' éprendre de - fall in love with

prévenerant - thoughtful, heinself

se borner - content with 207 195

ébahi - dumbfounded 208

saugrenu - preposterous 212

averti - well informed 214

dechoir - demeaning - 231

un fardeau - burden - 233

étourdir - to stun 250

étourderie - absent mindness

escompter - expect 289

radoucir - calm down - 306

Simone de Beauvoir

Mémoires d'une jeune fille rangée

Gallimard

Simone de Beauvoir a écrit des Mémoires où elle nous donne elle-même à connaître sa vie, son œuvre. Quatre volumes ont paru de 1958 à 1972 : *Mémoires d'une jeune fille rangée, La force de l'âge, La force des choses, Tout compte fait,* auxquels s'adjoint le récit de 1964 *Une mort très douce.* L'ampleur de l'entreprise autobiographique trouve sa justification, son sens, dans une contradiction essentielle à l'écrivain : choisir lui fut toujours impossible entre le bonheur de vivre et la nécessité d'écrire. D'une part la splendeur contingente, de l'autre la rigueur salvatrice. Faire de sa propre existence l'objet de son écriture, c'était en partie sortir de ce dilemme.

Simone de Beauvoir est née à Paris le 9 janvier 1908. Elle fait ses études jusqu'au baccalauréat dans le très catholique cours Desir. Agrégée de philosophie en 1929, année où elle rencontre Jean-Paul Sartre, elle enseigne à Marseille, à Rouen et à Paris jusqu'en 1943. *Quand prime le spirituel* est achevé bien avant la guerre de 1939 mais ne paraît qu'en 1979. C'est *L'invitée* (1943) qu'on doit considérer comme son véritable début littéraire. Viennent ensuite *Le sang des autres* (1945), *Tous les hommes sont mortels* (1946), *Les mandarins,* roman qui lui vaut le prix Goncourt en 1954, *Les belles images* (1966) et *La femme rompue* (1968).

Outre le célèbre *Deuxième sexe,* paru en 1949, et devenu l'ouvrage de référence du mouvement féministe mondial, l'œuvre théorique de Simone de Beauvoir comprend de nombreux essais philosophiques ou polémiques, *Privilèges,* par exemple (1955), réédité sous le titre du premier article *Faut-il brûler Sade ?,* et *La vieillesse* (1970). Elle a écrit, pour le théâtre, *Les bouches inutiles* (1945) et a raconté certains de ses voyages dans *L'Amérique au jour le jour* (1948) et *La longue marche* (1957).

Après la mort de Sartre, Simone de Beauvoir publie *La cérémonie des adieux* (1981), et les *Lettres au Castor* (1983) qui rassemblent une partie de l'abondante correspondance qu'elle reçut de lui. Jusqu'au jour de sa mort, le 14 avril 1986, elle collabore activement à la revue fondée par elle et Sartre, *Les Temps modernes*, et manifeste sous des formes diverses et innombrables sa solidarité totale avec le féminisme.

PREMIÈRE PARTIE

Je suis née à quatre heures du matin, le 9 janvier 1908, dans une chambre aux meubles laqués de blanc, qui donnait sur le boulevard Raspail. Sur les photos de famille prises l'été suivant, on voit de jeunes dames en robes longues, aux chapeaux empanachés de plumes d'autruche, des messieurs coiffés de canotiers et de panamas qui sourient à un bébé : ce sont mes parents, mon grand-père, des oncles, des tantes, et c'est moi. Mon père avait trente ans, ma mère vingt et un, et j'étais leur premier enfant. Je tourne une page de l'album ; maman tient dans ses bras un bébé qui n'est pas moi ; je porte une jupe plissée, un béret, j'ai deux ans et demi, et ma sœur vient de naître. J'en fus, paraît-il, jalouse, mais pendant peu de temps. Aussi loin que je me souvienne, j'étais fière d'être l'aînée : la première. Déguisée en chaperon rouge, portant dans mon panier galette et pot de beurre, je me sentais plus intéressante qu'un nourrisson cloué dans son berceau. J'avais une petite sœur : ce poupon ne m'avait pas.

De mes premières années, je ne retrouve guère qu'une impression confuse : quelque chose de rouge, et de noir, et de chaud. L'appartement était rouge, rouges la moquette, la salle à manger Henri II, la soie gaufrée qui masquait les portes vitrées, et dans le cabinet de papa les rideaux de velours ; les meubles de cet antre sacré étaient en poirier noirci ; je me blottissais dans la niche creusée sous le bureau, je m'enroulais dans les ténèbres ; il faisait sombre, il faisait chaud et le rouge de la moquette criait dans mes yeux. Ainsi se passa ma toute petite enfance. Je regardais, je palpais, j'apprenais le monde, à l'abri.

C'est à Louise que j'ai dû la sécurité quotidienne. Elle m'habillait le matin, me déshabillait le soir et dormait dans la même chambre que moi. Jeune, sans beauté, sans mystère puisqu'elle n'existait — du moins je le croyais — que pour veiller sur ma sœur et sur moi, elle n'élevait jamais la voix, jamais elle ne me grondait sans raison. Son regard tranquille me protégeait pendant que je faisais des pâtés au Luxembourg, pendant que je berçais ma poupée Blondine, descendue du ciel une nuit de Noël avec la malle qui contenait son trousseau. Au soir tombant elle s'asseyait à côté de moi et me montrait des images en me racontant des histoires. Sa présence m'était aussi nécessaire et me paraissait aussi naturelle que celle du sol sous mes pieds.

Ma mère, plus lointaine et plus capricieuse, m'inspirait des sentiments amoureux : je m'installais sur ses genoux, dans la douceur parfumée de ses bras, je couvrais de baisers sa peau de jeune femme ; elle apparaissait parfois la nuit, près de mon lit, belle comme une image, dans sa robe de verdure mousseuse ornée d'une fleur mauve, dans sa scintillante robe de jais noir. Quand elle était fâchée, elle me « faisait les gros yeux » ; je redoutais cet éclair orageux qui enlaidissait son visage ; j'avais besoin de son sourire.

Quant à mon père, je le voyais peu. Il partait chaque matin pour le « Palais », portant sous son bras une serviette pleine de choses intouchables qu'on appelait des dossiers. Il n'avait ni barbe, ni moustache, ses yeux étaient bleus et gais. Quand il rentrait le soir, il apportait à maman des violettes de Parme, ils s'embrassaient et riaient. Papa riait aussi avec moi ; il me faisait chanter : *C'est une auto grise...* ou *Elle avait une jambe de bois* ; il m'ébahissait en cueillant au bout de mon nez des pièces de cent sous. Il m'amusait, et j'étais contente quand il s'occupait de moi ; mais il n'avait pas dans ma vie de rôle bien défini.

La principale fonction de Louise et de maman, c'était de me nourrir ; leur tâche n'était pas toujours facile. Par ma bouche, le monde entrait en moi plus intimement que par mes yeux et mes mains. Je ne l'acceptais pas tout entier. La fadeur des crèmes de blé vert, des bouillies d'avoine, des panades, m'arrachait des larmes ; l'onctuosité des graisses, le mystère gluant des coquillages me révoltaient ; sanglots, cris, vomissements, mes répugnances étaient si obstinées qu'on renonça à les combattre. En revanche, je profitais passionnément du privilège de l'enfance pour qui la beauté, le luxe, le bonheur sont des choses qui se mangent ; devant les confiseries de la rue Vavin, je me pétrifiais, fascinée par l'éclat lumineux des fruits confits, le sourd chatoiement des pâtes de fruits, la floraison bigarrée des bonbons acidulés ; vert, rouge, orange, violet : je convoitais les couleurs elles-mêmes autant que le plaisir qu'elles me promettaient. J'avais souvent la chance que mon admiration s'achevât en jouissance. Maman concassait des pralines dans un mortier, elle mélangeait à une crème jaune la poudre grenue ; le rose des bonbons se dégradait en nuances exquises : je plongeais ma cuiller dans un coucher de soleil. Les soirs où mes parents recevaient, les glaces du salon multipliaient les feux d'un lustre

13

de cristal. Maman s'asseyait devant le piano à queue, une dame vêtue de tulle jouait du violon et un cousin du violoncelle. Je faisais craquer entre mes dents la carapace d'un fruit déguisé, une bulle de lumière éclatait contre mon palais avec un goût de cassis ou d'ananas : je possédais toutes les couleurs et toutes les flammes, les écharpes de gaze, les diamants, les dentelles ; je possédais toute la fête. Les paradis où coulent le lait et le miel ne m'ont jamais alléchée, mais j'enviais à Dame Tartine sa chambre à coucher en échaudé : cet univers que nous habitons, s'il était tout entier comestible, quelle prise nous aurions sur lui ! Adulte, j'aurais voulu brouter les amandiers en fleur, mordre dans les pralines du couchant. Contre le ciel de New York, les enseignes au néon semblaient des friandises géantes et je me suis sentie frustrée.

Manger n'était pas seulement une exploration et une conquête, mais le plus sérieux de mes devoirs : « Une cuiller pour maman, une pour bonne-maman... Si tu ne manges pas, tu ne grandiras pas. » On m'adossait au mur du vestibule, on traçait au ras de ma tête un trait que l'on confrontait avec un trait plus ancien : j'avais gagné deux ou trois centimètres, on me félicitait et je me rengorgeais ; parfois pourtant, je prenais peur. Le soleil caressait le parquet ciré et les meubles en laqué blanc. Je regardais le fauteuil de maman et je pensais : « Je ne pourrai plus m'asseoir sur ses genoux. » Soudain l'avenir existait ; il me changerait en une autre qui dirait moi et ne serait plus moi. J'ai pressenti tous les sevrages, les reniements, les abandons et la succession de mes morts. « Une cuiller pour bon-papa... » Je mangeais pourtant, et j'étais fière de grandir ; je ne souhaitais pas demeurer à jamais un bébé. Il faut que j'aie vécu ce conflit avec intensité pour me rappeler si minutieu-

14

sement l'album où Louise me lisait l'histoire de
Charlotte. Un matin, Charlotte trouvait sur une chaise
au chevet de son lit un œuf en sucre rose, presque aussi
grand qu'elle : moi aussi, il me fascinait. Il était le ventre
et le berceau, et pourtant on pouvait le croquer. Refusant toute autre nourriture, Charlotte rapetissait de
jour en jour, elle devenait minuscule : elle manquait se
noyer dans une casserole, la cuisinière la jetait par
mégarde dans la caisse à ordures, un rat l'emportait. On
la sauvait ; effrayée, repentante, Charlotte se gavait si
gloutonnement qu'elle enflait comme une baudruche :
sa mère conduisait chez le médecin un monstre
ballonné. Je contemplais avec une sage appétence les
images illustrant le régime prescrit par le docteur :
une tasse de chocolat, un œuf à la coque, une côtelette
dorée. Charlotte retrouvait ses dimensions normales
et j'émergeais saine et sauve de l'aventure qui m'avait
tour à tour réduite en fœtus et changée en matrone.

Je continuais à grandir et je me savais condamnée à
l'exil : je cherchai du secours dans mon image. Le matin,
Louise enroulait mes cheveux autour d'un bâton et
je regardais avec satisfaction dans la glace mon visage
encadré d'anglaises : les brunes aux yeux bleus ne sont
pas, m'avait-on dit, une espèce commune et déjà j'avais
appris à tenir pour précieuses les choses rares. Je me
plaisais et je cherchais à plaire. Les amis de mes parents
encourageaient ma vanité : ils me flattaient poliment,
me cajolaient. Je me caressais aux fourrures, aux corsages
satinés des femmes ; je respectais davantage les hommes,
leurs moustaches, leur odeur de tabac, leurs voix
graves, leurs bras qui me soulevaient du sol. Je tenais
particulièrement à les intéresser : je bêtifiais, je m'agitais, guettant le mot qui m'arracherait à mes limbes
et qui me ferait exister dans leur monde à eux, pour

escompter - exploit

de bon. Un soir, devant un ami de mon père, je repoussai avec entêtement une assiette de salade cuite ; sur une carte postale envoyée pendant les vacances, il demanda avec esprit : « Simone aime-t-elle toujours la salade cuite ? » L'écriture avait à mes yeux plus de prestige encore que la parole : j'exultai. Quand nous rencontrâmes à nouveau M. Dardelle sur le parvis de Notre-Dame-des-Champs, j'escomptai de délicieuses taquineries ; j'essayai d'en provoquer : il n'y eut pas d'écho. J'insistai : on me fit taire. Je découvris avec dépit combien la gloire est éphémère.

Ce genre de déception m'était d'ordinaire épargné. À la maison, le moindre incident suscitait de vastes commentaires ; on écoutait volontiers mes histoires, on répétait mes mots. Grands-parents, oncles, tantes, cousins, une abondante famille me garantissait mon importance. En outre, tout un peuple surnaturel se penchait sur moi avec sollicitude. Dès que j'avais su marcher, maman m'avait conduite à l'église ; elle m'avait montré en cire, en plâtre, peints sur les murs, des portraits du petit Jésus, du bon Dieu, de la Vierge, des anges, dont l'un était, comme Louise, spécialement affecté à mon service. Mon ciel était étoilé d'une myriade d'yeux bienveillants.

Sur terre, la mère et la sœur de maman s'occupaient activement de moi. Bonne-maman avait des joues roses, des cheveux blancs, des boucles d'oreilles en diamant ; elle suçait des pastilles de gomme, dures et rondes comme des boutons de bottine, dont les couleurs transparentes me charmaient ; je l'aimais bien parce qu'elle était vieille ; et j'aimais tante Lili parce qu'elle était jeune : elle vivait chez ses parents, comme une enfant, et me semblait plus proche que les autres adultes. Rouge, le crâne poli, le menton sali d'une mousse gri-

16

sâtre, bon-papa me faisait consciencieusement sauter sur le bout de son pied, mais sa voix était si rugueuse qu'on ne savait jamais s'il plaisantait ou s'il grondait. Je déjeunais chez eux tous les jeudis ; rissoles, blanquette, île flottante ; bonne-maman me régalait. Après le repas, bon-papa somnolait dans un fauteuil en tapisserie, et je jouais sous la table, à des jeux qui ne font pas de bruit. Il s'en allait. Alors bonne-maman sortait du buffet la toupie métallique sur laquelle on enfilait, pendant qu'elle tournait, des ronds de carton multicolores ; au derrière d'un bonhomme de plomb qu'elle appelait « le Père la Colique » elle allumait une capsule blanche d'où s'échappait un serpentin brunâtre. Elle faisait avec moi des parties de dominos, de bataille, de jonchets. J'étouffais un peu dans cette salle à manger plus encombrée qu'une arrière-boutique d'antiquaire ; sur les murs, pas un vide : des tapisseries, des assiettes de faïence, des tableaux aux couleurs fumeuses ; une dinde morte gisait au milieu d'un amas de choux verts ; les guéridons étaient recouverts de velours, de peluche, de guipures ; les aspidistras emprisonnés dans des cache-pot de cuivre m'attristaient.

Parfois, tante Lili me sortait ; je ne sais par quel hasard, elle m'emmena à plusieurs reprises au concours hippique. Un après-midi, assise à ses côtés dans une tribune d'Issy-les-Moulineaux, je vis basculer dans le ciel des biplans et des monoplans. Nous nous entendions bien. Un de mes plus lointains et de mes plus plaisants souvenirs, c'est un séjour que je fis avec elle à Château-villain, en Haute-Marne, chez une sœur de bonne-maman. Ayant perdu depuis longtemps fille et mari, la vieille tante Alice croupissait, seule et sourde, dans une grande bâtisse entourée d'un jardin. La petite ville, avec ses rues étroites, ses maisons basses, avait l'air copiée sur un de mes livres d'images ; les volets, percés de trèfles et de cœurs, s'accrochaient aux murs par des crampons qui figuraient de petits personnages ; les heurtoirs étaient des mains ; une porte monumentale s'ouvrait sur un parc dans lequel couraient des daims ; des églantines s'enroulaient à une tour de pierre. Les vieilles demoiselles du bourg me faisaient fête. Mademoiselle Élise me donnait des pains d'épice en forme de cœur. Mademoiselle Marthe possédait une souris magique, enfermée dans une boîte de verre ; on glissait dans une fente un carton sur lequel était inscrite une question ; la souris tournait en rond, et piquait du museau vers un casier : la réponse s'y trouvait imprimée sur une feuille de papier. Ce qui m'émerveillait le plus, c'étaient les œufs décorés de dessins au charbon, que pondaient les poules du docteur Masse ; je les dénichais de mes propres mains, ce qui me permit plus tard de rétorquer à une petite amie sceptique : « Je les ai ramassés moi-même ! » J'aimais, dans le jardin de tante Alice, les ifs bien taillés, la pieuse odeur du buis, et sous une charmille un objet aussi délicieusement équivoque qu'une montre en viande : un rocher qui était un meuble, une table de pierre. Un matin il y eut un orage ; je m'amusais avec tante Lili dans la salle à manger quand la foudre tomba sur la maison ; c'était un sérieux événement qui me remplit de fierté : chaque fois qu'il m'arrivait quelque chose, j'avais l'impression d'être quelqu'un. Je connus un plaisir plus subtil. Sur le mur des communs poussaient des clématites ; un matin, tante Alice m'appela d'une voix sèche ; une fleur gisait sur le sol : elle m'accusa de l'avoir cueillie. Toucher aux fleurs du jardin était un crime dont je ne méconnaissais pas la gravité ; mais je ne l'avais pas commis, et je protestai. Tante Alice ne me crut pas. Tante Lili me défendit avec feu. Elle était la déléguée de mes parents, mon seul juge ; tante Alice, avec son vieux visage moucheté, s'apparentait aux vilaines fées qui persécutent les enfants ; j'assistai complaisamment au combat que les forces du bien livraient à mon profit contre l'erreur et l'injustice. À Paris, parents et grands-parents prirent avec indignation mon parti, et je savourai le triomphe de ma vertu.

Protégée, choyée, amusée par l'incessante nouveauté des choses, j'étais une petite fille très gaie. Pourtant, quelque chose clochait puisque des crises furieuses me jetaient sur le sol, violette et convulsée. J'ai trois ans et demi, nous déjeunons sur la terrasse ensoleillée d'un grand hôtel — c'était à Divonne-les-Bains ; on me donne une prune rouge et je commence à la peler. « Non », dit maman ; et je tombe en hurlant sur le ciment. Je hurle tout au long du boulevard Raspail parce que Louise m'a arrachée du square Boucicaut où je faisais des pâtés. Dans ces moments-là, ni le regard orageux de maman, ni la voix sévère de Louise, ni les interventions extraordinaires de papa ne m'atteignaient. Je hurlais si fort, pendant si longtemps, qu'au Luxembourg on me prit quelquefois pour une enfant martyre. « Pauvre petite ! » dit une dame en me tendant un bonbon. Je la remerciai d'un coup de pied. Cet épisode fit grand bruit ; une tante obèse et moustachue, qui maniait la plume, le raconta dans *La Poupée modèle*. Je partageais la révérence qu'inspirait à mes parents le papier imprimé : à travers le récit que me lisait Louise, je me sentis un personnage ; peu à peu cependant, la gêne me gagna. « La pauvre Louise pleurait souvent amèrement en regrettant ses brebis », avait écrit ma tante. Louise ne pleurait jamais ; elle ne possédait pas de brebis, elle m'aimait : et comment peut-on comparer une petite fille à des moutons ? Je soupçonnai ce jour-là que la littérature ne soutient avec la vérité que d'incertains rapports.

Je me suis souvent interrogée sur la raison et le sens de mes rages. Je crois qu'elles s'expliquent en partie par une vitalité fougueuse et par un extrémisme auquel je n'ai jamais tout à fait renoncé. Poussant mes répugnances jusqu'au vomissement, mes convoitises jusqu'à l'obsession, un abîme séparait les choses que j'aimais et celles que je n'aimais pas. Je ne pouvais accepter avec indifférence la chute qui me précipitait de la plénitude au vide, de la béatitude à l'horreur ; si je la tenais pour fatale, je m'y résignais : jamais je ne me suis emportée contre un objet. Mais je refusais de céder à cette force impalpable : les mots ; ce qui me révoltait c'est qu'une phrase négligemment lancée : « Il faut… il ne faut pas », ruinât en un instant mes entreprises et mes joies. L'arbitraire des ordres et des interdits auxquels je me heurtais en dénonçait l'inconsistance ; hier, j'ai pelé une pêche : pourquoi pas cette prune ? pourquoi quitter mes jeux juste à cette minute ? partout je rencontrais des contraintes, nulle part la nécessité. Au cœur de la loi qui m'accablait avec l'implacable rigueur des pierres, j'entrevoyais une vertigineuse absence : c'est dans ce gouffre que je m'engloutissais, la bouche déchirée de cris. M'accrochant au sol, gigotante, j'opposais mon poids de chair à l'aérienne puissance qui me tyrannisait ; je l'obligeais à se matérialiser : on m'empoignait, on m'enfermait dans le cabinet noir entre des balais et des plumeaux ; alors je pouvais me cogner des pieds et des mains à de vrais murs, au lieu de me débattre contre d'insaisissables volontés. Je savais cette lutte vaine ; du moment où maman m'avait ôté des mains la prune saignante, où Louise avait rangé dans son cabas ma pelle et mes moules, j'étais vaincue ; mais je ne me rendais

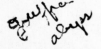

pas. J'accomplissais le travail de la défaite. Mes soubre-
sauts, les larmes qui m'aveuglaient brisaient le temps,
effaçaient l'espace, abolissaient à la fois l'objet de mon
désir et les obstacles qui m'en séparaient. Je sombrais
dans la nuit de l'impuissance ; plus rien ne demeurait
que ma présence nue et elle explosait en de longs hur-
lements.

Non seulement les adultes brimaient ma volonté,
mais je me sentais la proie de leurs consciences. Celles-ci
jouaient parfois le rôle d'un aimable miroir ; elles
avaient aussi le pouvoir de me jeter des sorts ; elles me
changeaient en bête, en chose. « Comme elle a de beaux
mollets, cette petite ! » dit une dame qui se pencha pour
me palper. Si j'avais pu me dire : « Que cette dame est
sotte ! elle me prend pour un petit chien », j'aurais été
sauvée. Mais à trois ans, je n'avais aucun recours contre
cette voix bénisseuse, ce sourire gourmand, sinon de
me jeter en glapissant sur le trottoir. Plus tard, j'appris
quelques parades ; mais je haussai mes exigences : il
suffisait pour me blesser qu'on me traitât en bébé ;
bornée dans mes connaissances et dans mes possibilités,
je ne m'en estimais pas moins une vraie personne.
Place Saint-Sulpice, la main dans la main de ma tante
Marguerite qui ne savait pas très bien me parler, je me
suis demandé soudain : « Comment me voit-elle ? » et
j'éprouvai un sentiment aigu de supériorité : car je
connaissais mon for intérieur, et elle l'ignorait ; trompée
par les apparences, elle ne se doutait pas, voyant mon
corps inachevé, qu'au-dedans de moi rien ne manquait ;
je me promis, lorsque je serais grande, de ne pas oublier
qu'on est à cinq ans un individu complet. C'est ce
que niaient les adultes lorsqu'ils me marquaient de
la condescendance, et ils m'offensaient. J'avais des sus-
ceptibilités d'infirme. Si bonne-maman trichait aux

Tricher — cheat

cartes pour me faire gagner, si tante Lili me proposait une devinette trop facile, j'entrais en transe. Souvent je soupçonnais les grandes personnes de jouer des comédies ; je leur faisais trop de crédit pour imaginer qu'elles en fussent dupes : je supposais qu'elles les concertaient tout exprès pour se moquer de moi. À la fin d'un repas de fête, bon-papa voulut me faire trinquer : je tombai du haut mal. Un jour où j'avais couru, Louise prit un mouchoir pour essuyer mon front en sueur : je me débattis avec hargne, son geste m'avait paru faux. Dès que je pressentais, à tort ou à raison, qu'on abusait de mon ingénuité pour me manœuvrer, je me cabrais.

Ma violence intimidait. On me grondait, on me punissait un peu ; il était rare qu'on me giflât. « Quand on touche à Simone, elle devient violette », disait maman. Un de mes oncles, exaspéré, passa outre : je fus si éberluée que ma crise s'arrêta net. On eût peut-être facilement réussi à me mater ; mais mes parents ne prenaient pas mes fureurs au tragique. Papa, parodiant je ne sais qui, s'amusait à répéter : « Cette enfant est insociable. » On disait aussi, non sans un soupçon de fierté : « Simone est têtue comme une mule. » J'en pris avantage. Je faisais des caprices ; je désobéissais pour le seul plaisir de ne pas obéir. Sur les photos de famille, je tire la langue, je tourne le dos : autour de moi on rit. Ces menues victoires m'encouragèrent à ne pas considérer comme insurmontables les règles, les rites, la routine ; elles sont à la racine d'un certain optimisme qui devait survivre à tous les dressages.

Quant à mes défaites, elles n'engendraient en moi ni humiliation ni ressentiment ; lorsque, à bout de larmes et de cris, je finissais par capituler, j'étais trop épuisée pour ruminer des regrets : souvent j'avais même oublié l'objet de ma révolte. Honteuse d'un excès dont je ne trouvais plus en moi de justification, je n'éprouvais que des remords ; ils se dissipaient vite, car je n'avais pas de peine à obtenir mon pardon. Somme toute, mes colères compensaient l'arbitraire des lois qui m'asservissaient ; elles m'évitèrent de me morfondre en de silencieuses rancunes. Jamais je ne mis sérieusement en question l'autorité. Les conduites des adultes ne me semblaient suspectes que dans la mesure où elles reflétaient l'équivoque de ma condition enfantine : c'est contre celle-ci qu'en fait je m'insurgeais. Mais j'acceptais sans la moindre réticence les dogmes et les valeurs qui m'étaient proposés.

Les deux catégories majeures selon lesquelles s'ordonnait mon univers, c'était le Bien et le Mal. J'habitais la région du Bien, où régnaient — indissolublement unis — le bonheur et la vertu. J'avais l'expérience de douleurs injustifiées ; il m'arrivait de me cogner, de m'écorcher ; une éruption d'ecthyma m'avait défigurée : un médecin brûlait mes pustules avec du nitrate d'argent et je criais. Mais ces accidents se réparaient vite et n'ébranlaient pas mon credo : les joies et les peines des hommes correspondent à leurs mérites.

Vivant dans l'intimité du Bien, je sus tout de suite qu'il comportait des nuances et des degrés. J'étais une bonne petite fille et je commettais des fautes ; ma tante Alice priait beaucoup, elle irait sûrement au ciel, pourtant elle s'était montrée injuste à mon égard. Parmi les gens que je devais aimer et respecter, il y en avait que, sur certains points, mes parents blâmaient. Bon-papa, bonne-maman mêmes n'échappaient pas à leurs critiques ; ils restaient brouillés avec des cousins que maman voyait souvent et que je trouvais très gentils. Le mot de brouille, qui évoquait des écheveaux inextricablement emmêlés, me déplaisait : pourquoi se brouillet-on ? comment ? il me semblait regrettable d'être brouillé. J'épousai hautement la cause de maman. « Chez qui avez-vous été hier ? » demandait tante Lili. « Je ne vous le dirai pas : maman me l'a défendu. » Elle échangeait avec sa mère un long regard. Il leur arrivait de faire des réflexions désobligeantes : « Alors ? ta maman trotte toujours ? » Leur malveillance les déconsidérait sans atteindre maman. Elle n'altérait pas d'ailleurs l'affection que je leur portais. Je trouvais naturel, et en un sens satisfaisant, que ces personnages secondaires fussent moins irréprochables que les divinités suprêmes : Louise et mes parents détenaient le monopole de l'infaillibilité.

Une épée de feu séparait le Bien du Mal ; je n'avais jamais vu celui-ci face à face. Parfois, la voix de mes parents se durcissait ; à leur indignation, à leur colère, je devinais que dans leur entourage même il se trouvait des âmes vraiment noires : je ne savais pas lesquelles, et j'ignorais leurs crimes. Le Mal gardait ses distances. Je n'imaginais ses suppôts qu'à travers des figures mythiques : le diable, la fée Carabosse, les sœurs de Cendrillon ; faute de les avoir rencontrés en chair et en os, je les réduisais à leur pure essence ; le Méchant péchait comme le feu brûle, sans excuse, sans recours ; l'enfer était son lieu naturel, la torture son destin et il m'eût paru sacrilège de m'apitoyer sur ses tourments. À vrai dire, les brodequins de fer rougi dont les nains chaussaient la marâtre de Blanche-Neige, les flammes où cuisait Lucifer, n'évoquaient jamais pour moi l'image d'une chair souffrante. Ogres, sorcières, démons, marâtres et bourreaux, ces êtres inhumains symbolisaient une puissance abstraite et leurs supplices illustraient abstraitement leur juste défaite.

grignoter – nibble

Quand je partis pour Lyon avec Louise et ma sœur, je caressai l'espoir d'affronter l'Ennemi à visage découvert. Nous étions invitées par de lointains cousins qui habitaient dans les faubourgs de la ville une maison entourée d'un grand parc. Maman m'avertit que les petits Sirmione n'avaient plus de mère, qu'ils n'étaient pas toujours sages et qu'ils ne disaient pas bien leurs prières : je ne devais pas me troubler s'ils riaient de moi quand je dirais les miennes. Je crus comprendre que leur père, un vieux professeur de médecine, se moquait du bon Dieu. Je me drapai dans la blanche tunique de sainte Blandine livrée aux lions : je fus déçue, car nul ne m'attaqua. L'oncle Sirmione, quand il quittait la maison, marmonnait dans sa barbe : « Au revoir. Dieu vous bénisse » ; ce n'était donc pas un païen. Mes cousins — ils étaient sept, âgés de dix à vingt ans — se conduisaient assurément de façon insolite ; à travers les grilles du parc, ils jetaient des pierres aux gamins des rues, ils se battaient, ils tourmentaient une petite orpheline idiote, qui vivait avec eux ; la nuit, pour la terroriser, ils sortaient du cabinet de leur père un squelette qu'ils habillaient d'un drap. Tout en me déconcertant, ces anomalies me parurent bénignes ; je n'y découvris pas l'insondable noirceur du mal. Je jouai paisiblement parmi les massifs d'hortensias et l'envers du monde me demeura caché.

Un soir cependant, je crus que la terre avait basculé sous mes pieds.

Mes parents étaient venus nous rejoindre. Un après-midi, Louise me conduisit avec ma sœur à une kermesse où nous nous amusâmes beaucoup. Quand nous quittâmes la fête, le soir tombait. Nous bavardions, nous riions, je grignotais un de ces faux objets qui me plaisaient tant — un martinet en réglisse — lorsque

25

maman apparut à un détour du chemin. Elle portait sur sa tête une écharpe de mousseline verte et sa lèvre supérieure était gonflée : à quelle heure rentrions-nous ? Elle était la plus âgée, et elle était « Madame », elle avait le droit de gronder Louise ; mais je n'aimai pas sa moue, ni sa voix ; je n'aimai pas voir s'allumer dans les yeux patients de Louise quelque chose qui n'était pas de l'amitié. Ce soir-là — ou un autre soir, mais dans mon souvenir les deux incidents sont étroitement liés — je me trouvai dans le jardin avec Louise, et une autre personne que je n'identifie pas ; il faisait nuit ; dans la façade sombre, une fenêtre s'ouvrait sur une chambre éclairée ; on apercevait deux silhouettes et on entendait des voix agitées : « Voilà Monsieur et Madame qui se bagarrent », dit Louise. C'est alors que l'univers chavira. Impossible que papa et maman fussent ennemis, que Louise fût leur ennemie ; quand l'impossible s'accomplit, le ciel se mélange à l'enfer, les ténèbres se confondent avec la lumière. Je sombrai dans le chaos qui précéda la Création.

Ce cauchemar ne dura pas : le lendemain matin, mes parents avaient leur sourire et leur voix de tous les jours. Le ricanement de Louise me resta sur le cœur, mais je passai outre : il y avait beaucoup de petits faits que j'ensevelissais ainsi dans le brouillard.

Cette aptitude à passer sous silence des événements que pourtant je ressentais assez vivement pour ne jamais les oublier, est un des traits qui me frappent le plus quand je me remémore mes premières années. Le monde qu'on m'enseignait se disposait harmonieusement autour de coordonnées fixes et de catégories tranchées. Les notions neutres en avaient été bannies : pas de milieu entre le traître et le héros, le renégat et le martyr ; tout fruit non comestible était vénéneux ; on

m'assurait que « j'aimais » tous les membres de ma
famille, y compris mes grand-tantes les plus disgraciées.
Dès mes premiers balbutiements, mon expérience
démentit cet essentialisme. Le blanc n'était que rarement tout à fait blanc, la noirceur du mal se dérobait :
je n'apercevais que des grisailles. Seulement, dès que
j'essayais d'en saisir les nuances indécises, il fallait me
servir de mots, et je me trouvais rejetée dans l'univers
des concepts aux dures arêtes. Ce que je voyais de mes
yeux, ce que j'éprouvais pour de bon, devait rentrer
tant bien que mal dans ces cadres ; les mythes et les
clichés prévalaient sur la vérité : incapable de la fixer,
je laissais celle-ci glisser dans l'insignifiance.

Puisque j'échouais à penser sans le secours du langage, je supposais que celui-ci couvrait exactement la
réalité ; j'y étais initiée par les adultes que je prenais
pour les dépositaires de l'absolu : en désignant une
chose, ils en exprimaient la substance, au sens où l'on
exprime le jus d'un fruit. Entre le mot et son objet je ne
concevais donc nulle distance où l'erreur pût se glisser ;
ainsi s'explique que je me sois soumise au Verbe sans
critique, sans examen, et lors même que les circonstances m'invitaient à en douter. Deux de mes cousins
Sirmione suçaient des sucres de pomme : « C'est une
purge », me dirent-ils d'un ton narquois ; leur ricanement m'avertit qu'ils se moquaient de moi ; néanmoins, le mot s'incorpora aux bâtonnets blanchâtres ;
je cessai de les convoiter car ils m'apparaissaient à
présent comme un louche compromis entre la friandise
et le médicament.

Je me souviens pourtant d'un cas où la parole
n'emporta pas ma conviction. À la campagne, pendant
les vacances, on m'emmenait parfois jouer chez un lointain petit cousin ; il habitait une belle maison, au milieu

d'un grand parc et je m'amusais assez bien avec lui. « C'est un pauvre idiot », dit un soir mon père. Beaucoup plus âgé que moi, Cendri me paraissait normal du fait qu'il m'était familier. Je ne sais si on m'avait montré ou décrit des idiots : je leur prêtais un sourire baveux, des yeux vides. Quand je revis Cendri, je cherchai en vain à coller cette image sur sa figure ; peut-être qu'à l'intérieur de lui-même, sans en avoir l'apparence, il ressemblait aux idiots, mais je répugnais à le croire. Poussée par le désir d'en avoir le cœur net, et aussi par une obscure rancune contre mon père qui avait insulté mon camarade de jeux, j'interrogeai sa grand-mère : « C'est vrai que Cendri est idiot ? lui demandai-je. — Mais non ! » répondit-elle d'un air offensé. Elle connaissait bien son petit-fils. Se pouvait-il que papa se fût trompé ? Je restai perplexe.

Je ne tenais guère à Cendri et l'incident, s'il m'étonna, me toucha peu. Je ne découvris la noire magie des mots que lorsqu'ils me mordirent au cœur.

Maman venait d'étrenner une robe couleur tango. Louise dit à la femme de chambre d'en face : « Vous avez vu Madame comme elle est ficelée : une vraie excentrique ! » Un autre jour, Louise bavardait dans le hall de l'immeuble avec la fille de la concierge ; deux étages plus haut, maman, assise à son piano, chantait : « Ah ! dit Louise, c'est encore Madame qui crie comme un putois. » Excentrique. Putois. À mes oreilles, ces mots sonnaient affreusement : en quoi concernaient-ils maman qui était belle, élégante, musicienne ? et pourtant c'était Louise qui les avait prononcés : comment les désarmer ? Contre les autres gens, je savais me défendre ; mais elle était la justice, la vérité et mon respect m'interdisait de la juger. Il n'eût pas suffi de contester son goût ; pour neutraliser sa malveillance, il fallait l'imputer à une crise d'humeur, et par conséquent admettre qu'elle ne s'entendait pas bien avec maman ; en ce cas, l'une d'entre elles avait des torts ! Non. Je les voulais toutes les deux sans faille. Je m'appliquai à vider de leur substance les paroles de Louise : des sons bizarres étaient sortis de sa bouche, pour des raisons qui m'échappaient. Je ne réussis pas complètement. Il m'arriva désormais, quand maman portait une toilette voyante, ou quand elle chantait à pleine voix, de ressentir une espèce de malaise. D'autre part, sachant à présent qu'il ne fallait pas tenir compte de tous les propos de Louise, je ne l'écoutai plus tout à fait avec la même docilité qu'auparavant.

Prompte à m'esquiver dès que ma sécurité me semblait menacée, je m'appesantissais volontiers sur les problèmes où je ne pressentais pas de danger. Celui de la naissance m'inquiétait peu. On me raconta d'abord que les parents achetaient leurs enfants ; ce monde était si vaste et rempli de tant de merveilles inconnues qu'il pouvait bien s'y trouver un entrepôt de bébés. Peu à peu cette image s'effaça et je me contentai d'une solution plus vague : « C'est Dieu qui crée les enfants. » Il avait tiré la terre du chaos, Adam du limon ; rien d'extraordinaire à ce qu'il fît surgir dans un moïse un nourrisson. Le recours à la volonté divine tranquillisait ma curiosité : en gros, elle expliquait tout. Quant aux détails, je me disais que je les découvrirais peu à peu. Ce qui m'intriguait c'est le souci qu'avaient mes parents de me dérober certaines de leurs conversations : à mon approche, ils baissaient la voix ou se taisaient. Il y avait donc des choses que j'aurais pu comprendre et que je ne devais pas savoir : lesquelles ? Pourquoi me les cachait-on ? Maman défendait à Louise de me lire un des contes de Madame de Ségur : il m'eût donné des cauchemars. Qu'arrivait-il donc à ce jeune garçon vêtu de peaux de bêtes qu'on voyait sur les images ? en vain je les interrogeais. « Ourson » m'apparaissait comme l'incarnation même du secret.

Les grands mystères de la religion étaient beaucoup trop lointains et trop difficiles pour me surprendre. Mais le familier miracle de Noël me fit réfléchir. Je trouvai incongru que le tout-puissant petit Jésus s'amusât à descendre dans les cheminées comme un vulgaire ramoneur. Je remuai longtemps la question dans ma tête, et je finis par m'en ouvrir à mes parents qui passèrent aux aveux. Ce qui me stupéfia, ce fut d'avoir cru si solidement une chose qui n'était pas vraie, c'est qu'il pût y avoir des certitudes fausses. Je n'en tirai pas de conclusion pratique. Je ne me dis pas que mes parents m'avaient trompée, qu'ils pourraient me tromper encore. Sans doute ne leur aurais-je pas pardonné un mensonge qui m'eût frustrée, ou blessée dans ma chair ; je me serais révoltée, et je serais devenue méfiante. Mais je ne me sentis pas plus lésée que le spectateur à qui l'illusionniste dévoile un de ses tours ; et même j'avais éprouvé un tel ravissement en découvrant près de mon soulier Blondine assise sur sa malle, que je savais plutôt gré à mes parents de leur supercherie. Peut-être aussi leur en aurais-je fait grief si je n'avais pas appris la vérité de leur bouche : en reconnaissant qu'ils m'avaient dupée, ils me convainquirent de leur franchise. Ils me parlaient aujourd'hui comme à une grande personne ; fière de ma dignité neuve, j'acceptai qu'on eût leurré le bébé que je n'étais plus ; il me parut normal que l'on continuât de mystifier ma petite sœur. Moi j'avais passé du côté des adultes, et je présumai que dorénavant la vérité m'était garantie.

30

Mes parents répondaient avec bonne grâce à mes questions ; mon ignorance se dissipait dès l'instant où je la formulais. Il y avait pourtant une déficience dont j'étais consciente : sous les yeux des adultes, les taches noires alignées dans les livres se changeaient en mots ; je les regardais : pour moi aussi elles étaient visibles, et je ne savais pas les voir. On m'avait fait jouer de bonne heure avec des lettres. À trois ans je répétais que le *o* s'appelle *o* ; le *s* était un *s* comme une table est une table ; je connaissais à peu près l'alphabet, mais les pages imprimées continuaient à se taire. Un jour, il se fit un déclic dans ma tête. Maman avait ouvert sur la table de la salle à manger la méthode Regimbeau ; je contemplais l'image d'une vache, et les deux lettres, *c, h,* qui se prononçaient *ch.* J'ai compris soudain qu'elles ne possédaient pas un nom à la manière des objets, mais qu'elles représentaient un son : j'ai compris ce que c'est qu'un signe. J'eus vite fait d'apprendre à lire. Cependant ma pensée s'arrêta en chemin. Je voyais dans l'image graphique l'exacte doublure du son qui lui correspondait : ils émanaient ensemble de la chose qu'ils exprimaient, si bien que leur relation ne comportait aucun arbitraire. L'intelligence du signe n'entraîna pas celle de la convention. C'est pourquoi je résistai vivement quand bonne-maman voulut m'enseigner mes notes. Elle m'indiquait avec une aiguille à tricoter les rondes inscrites sur une portée ; cette ligne renvoyait, m'expliquait-elle, à telle touche du piano. Pourquoi ? comment ? Je n'apercevais rien de commun entre le papier réglé et le clavier. Quand on prétendait m'imposer des contraintes injustifiées, je me révoltais ; de même, je récusais les vérités qui ne reflétaient pas un absolu. Je ne voulais céder qu'à la nécessité ; les décisions humaines relevaient plus ou moins du caprice, elles ne pesaient pas assez lourd pour forcer mon adhésion. Pendant des jours, je m'entêtai. Je finis par me rendre : un jour, je sus ma gamme ; mais j'eus l'impression d'apprendre les règles d'un jeu, non d'acquérir une connaissance. En revanche je mordis sans peine à l'arithmétique, car je croyais à la réalité des nombres.

Au mois d'octobre 1913 — j'avais cinq ans et demi — on décida de me faire entrer dans un cours au nom alléchant : le cours Désir. La directrice des classes élémentaires, Mademoiselle Fayet, me reçut dans un cabinet solennel, aux portières capitonnées. Tout en parlant avec maman, elle me caressait les cheveux. « Nous ne sommes pas des institutrices, mais des éducatrices », expliquait-elle. Elle portait une guimpe montante, une jupe longue et me parut trop onctueuse : j'aimais ce qui résistait un peu. Cependant, la veille de ma première classe, je sautai de joie dans l'antichambre : « Demain, je vais au cours ! — Ça ne vous amusera pas toujours », me dit Louise. Pour une fois, elle se trompait, j'en étais sûre. L'idée d'entrer en possession d'une vie à moi m'enivrait. Jusqu'alors, j'avais grandi en marge des adultes ; désormais j'aurais mon cartable, mes livres, mes cahiers, mes tâches ; ma semaine et mes journées se découperaient selon mes propres horaires ; j'entrevoyais un avenir qui, au lieu de me séparer de moi-même, se déposerait dans ma mémoire : d'année en année je m'enrichirais, tout en demeurant fidèlement cette écolière dont je célébrais en cet instant la naissance.

Je ne fus pas déçue. Chaque mercredi, chaque samedi, je participai pendant une heure à une cérémonie sacrée, dont la pompe transfigurait toute ma semaine. Les élèves s'asseyaient autour d'une table ovale ; trônant dans une sorte de cathèdre, Mademoiselle Fayet présidait ; du haut de son cadre, Adeline Désir, une bossue qu'on s'occupait en haut lieu de faire béatifier, nous surveillait. Nos mères, installées sur des canapés de moleskine noire, brodaient et tricotaient. Selon que nous avions été plus ou moins sages, elles nous octroyaient des notes de conduite qu'à la fin de la classe nous déclinions à haute voix. Mademoiselle les inscrivait sur son registre. Maman me donnait toujours dix sur dix : un neuf nous eût toutes deux déshonorées. Mademoiselle nous distribuait des *satisfecit* que chaque trimestre nous échangions contre des livres dorés sur tranche. Puis elle se postait dans l'embrasure de la porte, elle déposait un baiser sur nos fronts, de bons conseils dans nos cœurs. Je savais lire, écrire, un peu compter : j'étais la vedette du cours « Zéro ». Aux environs de Noël, on m'habilla d'une robe blanche bordée d'un galon doré et je figurai l'enfant Jésus : les autres petites filles s'agenouillaient devant moi.

Maman contrôlait mes devoirs, et me faisait soigneusement réciter mes leçons. J'aimais apprendre. L'Histoire sainte me semblait encore plus amusante que les contes de Perrault puisque les prodiges qu'elle relatait étaient arrivés pour de vrai. Je m'enchantais aussi des planches de mon atlas. Je m'émouvais de la solitude des îles, de la hardiesse des caps, de la fragilité de cette langue de terre qui rattache les presqu'îles au continent ; j'ai connu à nouveau cette extase géographique quand, adulte, j'ai vu d'avion la Corse et la Sardaigne s'inscrire dans le bleu de la mer, quand j'ai retrouvé à Chalcis, éclairée d'un vrai soleil, l'idée parfaite d'un isthme étranglé entre deux mers. Des formes rigoureuses, des anecdotes fermement taillées dans le marbre des siècles : le monde était un album d'images aux couleurs brillantes que je feuilletais avec ravissement.

Si je pris tant de plaisir à l'étude, c'est que ma vie quotidienne ne me rassasiait plus. J'habitais Paris, dans un décor planté par la main de l'homme, et parfaitement domestiqué ; rues, maisons, tramways, réverbères, ustensiles : les choses, plates comme des concepts, se réduisaient à leurs fonctions. Le Luxembourg, aux massifs intouchables, aux pelouses interdites, n'était pour moi qu'un terrain de jeux. Par endroits, une déchirure laissait entrevoir, derrière la toile peinte, des profondeurs confuses. Les tunnels du métro fuyaient à l'infini vers le cœur secret de la terre. Boulevard Montparnasse, sur l'emplacement qu'occupe aujourd'hui la Coupole, s'étendait un dépôt de charbon « Juglar », d'où sortaient des hommes aux visages barbouillés, coiffés de sacs en jute : parmi les monceaux de coke et d'anthracite, comme dans la suie des cheminées, rôdaient en plein jour ces ténèbres que Dieu avait séparées de la lumière. Mais je n'avais pas de prise sur eux. Dans l'univers policé où j'étais cantonnée, peu de chose m'étonnait, car j'ignorais où commence, où s'arrête le pouvoir de l'homme. Les avions, les dirigeables, qui parfois traversaient le ciel de Paris, émerveillaient beaucoup plus les adultes que moi-même. Quant aux distractions, on ne m'en offrait guère. Mes parents m'emmenèrent voir défiler sur les Champs-Élysées les souverains anglais ; j'assistai à quelques cortèges de mi-carême, et plus tard, à l'enterrement de Gallieni. Je suivis des processions, je visitai des reposoirs. Je n'allais presque jamais au cirque, rarement au Guignol. J'avais quelques jouets qui m'amusaient : un petit nombre seulement me captivèrent. J'aimais coller mes yeux au stéréoscope qui transformait deux plates photographies en une scène à trois dimensions, ou voir tourner dans le kinétoscope une bande d'images immobiles dont la rotation engendrait le galop d'un cheval. On me donna des espèces d'albums qu'on animait d'un simple coup de pouce : la petite fille figée sur des feuillets se mettait à sauter, le boxeur à boxer. Jeux d'ombres, projections lumineuses : ce qui m'intéressait dans tous les mirages optiques, c'est qu'ils se composaient et se recomposaient sous mes yeux. Dans l'ensemble, les maigres richesses de mon existence de citadine ne pouvaient rivaliser avec celles qu'enfermaient les livres.

Tout changeait lorsque je quittais la ville et que j'étais transportée parmi les bêtes et les plantes, dans la nature aux innombrables replis.

Nous passions l'été en Limousin, dans la famille de papa. Mon grand-père s'était retiré près d'Uzerche, dans une propriété achetée par son père. Il portait des favoris blancs, une casquette, la Légion d'honneur, il fredonnait toute la journée. Il me disait le nom des arbres, des fleurs et des oiseaux. Des paons faisaient la roue devant la maison couverte de glycines et de bignonias ; dans la volière, j'admirais les cardinaux à la tête rouge et les faisans dorés. Barrée de cascades artificielles, fleurie de nénuphars, la « rivière anglaise », où nageaient des poissons rouges, enserrait dans ses eaux une île minuscule que deux ponts de rondins reliaient à la terre. Cèdres, wellingtonias, hêtres pourpres, arbres nains du Japon, saules pleureurs, magnolias, araucarias, feuilles persistantes et feuilles caduques, massifs, buissons, fourrés : le parc, entouré de barrières blanches, n'était pas grand, mais si divers que je n'avais jamais fini de l'explorer. Nous le quittions au milieu des vacances pour aller chez la sœur de papa qui avait épousé un hobereau des environs ; ils avaient deux enfants. Ils venaient nous chercher avec « le grand break » que traînaient quatre chevaux. Après le déjeuner de famille,

hobereau – gentleman (péjoratif)

nous nous installions sur les banquettes de cuir bleu qui sentaient la poussière et le soleil. Mon oncle nous escortait à cheval. Au bout de vingt kilomètres, nous arrivions à La Grillère. Le parc, plus vaste et plus sauvage que celui de Meyrignac, mais plus monotone, entourait un vilain château flanqué de tourelles et coiffé d'ardoises. Tante Hélène me traitait avec indifférence. Tonton Maurice, moustachu, botté, une cravache à la main, tantôt silencieux et tantôt courroucé, m'effrayait un peu. Mais je me plaisais avec Robert et Magdeleine, de cinq et trois ans mes aînés. Chez ma tante, comme chez grand-père, on me laissait courir en liberté sur les pelouses, et je pouvais toucher à tout. Grattant le sol, pétrissant la boue, froissant feuilles et corolles, polissant les marrons d'Inde, éclatant sous mon talon des cosses gonflées de vent, j'apprenais ce que n'enseignent ni les livres ni l'autorité. J'apprenais le bouton-d'or et le trèfle, le phlox sucré, le bleu fluorescent des volubilis, le papillon, la bête à bon Dieu, le ver luisant, la rosée, les toiles d'araignée et les fils de la Vierge ; j'apprenais que le rouge du houx est plus rouge que celui du laurier-cerise ou du sorbier, que l'automne dore les pêches et cuivre les feuillages, que le soleil monte et descend dans le ciel sans qu'on le voie jamais bouger. Le foisonnement des couleurs, des odeurs m'exaltait. Partout, dans l'eau verte des pêcheries, dans la houle des prairies, sous les fougères qui coupent, au creux des taillis se cachaient des trésors que je brûlais de découvrir.

Depuis que j'allais en classe, mon père s'intéressait à mes succès, à mes progrès et il comptait davantage dans ma vie. Il me semblait d'une espèce plus rare que le reste des hommes. En cette époque de barbes et de

bacchantes, son visage glabre, aux mimiques expres-
sives, étonnait : ses amis disaient qu'il ressemblait à
Rigadin. Personne dans mon entourage n'était aussi drôle,
aussi intéressant, aussi brillant que lui ; personne n'avait
lu autant de livres, ne savait par cœur autant de vers,
ne discutait avec autant de feu. Adossé à la cheminée, il
parlait beaucoup, avec beaucoup de gestes : on l'écoutait.
Dans les réunions de famille, il tenait la vedette : il
récitait des monologues, ou *Le Singe* de Zamacoïs et
tout le monde applaudissait. Sa plus grande originalité,
c'est que, dans ses heures de loisir, il jouait la comédie ;
quand je le voyais sur des photographies, déguisé en
pierrot, en garçon de café, en pioupiou, en tragédienne,
je le prenais pour une sorte de magicien ; portant robe
et tablier blanc, un bonnet sur la tête, écarquillant ses
yeux bleus, il me fit rire aux larmes dans le rôle d'une
cuisinière idiote qui s'appelait Rosalie.

Tous les ans, mes parents passaient trois semaines à
Divonne-les-Bains, avec une troupe d'amateurs qui se
produisait sur la scène du Casino ; ils distrayaient les
estivants et le directeur du Grand Hôtel les hébergeait
gratis. En 1914, nous allâmes les attendre, Louise, ma
sœur et moi, à Meyrignac. Nous y retrouvâmes mon
oncle Gaston, qui était le frère aîné de papa, ma tante
Marguerite, dont la pâleur et la maigreur m'intimidaient, et ma cousine Jeanne, d'un an plus jeune que
moi. Ils habitaient Paris et nous nous voyions souvent.
Ma sœur et Jeanne subissaient docilement ma tyrannie.
À Meyrignac, je les attelais à une petite charrette, et
elles me tiraient au grand trot à travers les allées du
parc. Je leur faisais la classe, je les entraînais dans des
escapades que j'arrêtais prudemment au milieu de l'avenue. Un matin, nous nous amusions dans le bûcher,
parmi la sciure fraîche, quand le tocsin sonna : la guerre

était déclarée. J'avais entendu le mot pour la première fois à Lyon, une année plus tôt. En temps de guerre, m'avait-on dit, des gens tuent d'autres gens, et je m'étais demandé : où m'enfuirai-je ? Au cours de l'année, papa m'avait expliqué que la guerre signifie l'invasion d'un pays par des étrangers et je me pris à redouter les innombrables Japonais qui vendaient alors aux carrefours des éventails et des lanternes en papier. Mais non. Nos ennemis, c'étaient les Allemands, aux casques pointus, qui déjà nous avaient volé l'Alsace et la Lorraine et dont je découvris dans les albums de Hansi la grotesque hideur.

Je savais à présent que pendant une guerre, on ne se massacre qu'entre soldats, et je connaissais assez de géographie pour situer la frontière très loin du Limousin. Personne autour de moi ne paraissait effrayé, et je ne m'inquiétai pas. Papa et maman arrivèrent à l'improviste, poussiéreux et volubiles : ils avaient passé quarante-huit heures dans le train. On afficha sur les portes de la remise des ordres de réquisition, et les chevaux de grand-père furent emmenés à Uzerche. L'agitation générale, les gros titres du *Courrier du Centre*, me stimulaient : j'étais toujours contente quand quelque chose se passait. J'inventai des jeux appropriés aux circonstances : j'incarnais Poincaré, ma cousine, George V, ma sœur, le tsar. Nous tenions des conférences sous les cèdres et nous pourfendions les Prussiens à coups de sabre.

En septembre, à La Grillère, j'appris à remplir mes devoirs de Française. J'aidai maman à fabriquer de la charpie, je tricotai un passe-montagne. Ma tante Hélène attelait la charrette anglaise et nous allions à la gare voisine distribuer des pommes à de grands Hindous enturbannés qui nous donnaient par poignées des graines de sarrasin ; nous apportions aux blessés des tartines de fromage et de pâté. Les femmes du bourg s'empressaient, le long des convois, les bras chargés de victuailles. « Souvenir, souvenir », réclamaient-elles ; et les soldats leur donnaient des boutons de capote, des douilles de cartouches. L'une d'elles un jour offrit un verre de vin à un blessé allemand. Il y eut des murmures. « Quoi ! dit-elle, ce sont aussi des hommes. » On murmura de plus belle. Une sainte colère réveilla les yeux distraits de tante Hélène. Les Boches étaient des criminels de naissance ; ils suscitaient la haine, plus que l'indignation : on ne s'indigne pas contre Satan. Mais les traîtres, les espions, les mauvais Français scandalisaient délicieusement nos cœurs vertueux. Je dévisageai avec une soigneuse horreur celle qu'on appela désormais : « l'Allemande ». Enfin le Mal s'était incarné.

J'embrassai la cause du Bien avec emportement. Mon père, naguère réformé pour troubles cardiaques, fut « récupéré » et versé dans les zouaves. J'allai avec maman le voir à Villetaneuse où il faisait son service ; il avait laissé pousser sa moustache, et sous sa chéchia la gravité de son visage m'impressionna. Il fallait me montrer digne de lui. J'avais tout de suite fait preuve d'un patriotisme exemplaire en piétinant un poupon de celluloïd *made in Germany* qui d'ailleurs appartenait à ma sœur. On eut beaucoup de peine à m'empêcher de jeter par la fenêtre des porte-couteau en argent, marqués du même signe infamant. Je plantai des drapeaux alliés dans tous les vases. Je jouai au vaillant zouave, à l'enfant héroïque. J'écrivis avec des crayons de couleur : « Vive la France ! » Les adultes récompensèrent ma servilité. « Simone est terriblement chauvine », disait-on avec une fierté amusée. J'encaissai le sourire et dégustai l'éloge. Je ne sais qui fit cadeau à maman d'une pièce de drap d'officier bleu horizon ; une couturière y tailla pour ma sœur et moi des manteaux qui copiaient exactement les capotes militaires. « Regardez : il y a même une martingale », disait ma mère à ses amies admiratives ou étonnées. Aucun enfant ne portait un vêtement aussi original, aussi français que le mien : je me sentis vouée.

Il n'en faut pas beaucoup pour qu'un enfant se change en singe ; auparavant, je paradais volontiers ; mais je refusais d'entrer dans les comédies concertées par les adultes ; trop âgée à présent pour me faire caresser, câliner, cajoler par eux, j'avais de leur approbation un besoin de plus en plus aigu. Ils me proposaient un rôle facile à tenir et des plus seyants : je m'y jetai. Vêtue de ma capote bleu horizon, je quêtai sur les grands boulevards, devant la porte d'un foyer franco-belge que dirigeait une amie de maman. « Pour les petits réfugiés belges ! » Les pièces de monnaie pleuvaient dans mon panier fleuri et les sourires des passants m'assuraient que j'étais une adorable petite patriote. Cependant une femme en noir me toisa : « Pourquoi les réfugiés belges ? et les français ? » Je fus décontenancée. Les Belges étaient nos héroïques alliés ; mais enfin, si on se piquait de chauvinisme, on devait leur préférer les Français ; je me sentis battue sur mon propre terrain. J'eus d'autres déboires. Quand, à la nuit tombée, je rentrai dans le Foyer, on me félicita avec condescendance. « Je vais pouvoir payer mon charbon ! » dit la directrice. Je protestai : « L'argent est pour les réfugiés. » J'eus du mal à admettre que leurs intérêts se confondaient ; j'avais rêvé de charités plus spectaculaires. En outre, Mlle Fevrier avait promis à une infirmière la totalité de la recette et n'avoua pas qu'elle en retenait la moitié. « Douze francs, c'est magnifique ! » me dit poliment

ébranlé.
grok. weaken | fardé – make up | gumed

l'infirmière. J'en avais récolté vingt-quatre. J'enrageai.
On ne m'appréciait pas à ma juste valeur ; et puis je
m'étais prise pour une étoile, et je n'avais été qu'un
accessoire ; on m'avait jouée.

Je gardai néanmoins de cet après-midi un assez
glorieux souvenir et je persévérai. Je me promenai dans
la basilique du Sacré-Cœur avec d'autres petites filles,
en agitant une oriflamme, et en chantant. Je débitai des
litanies et des rosaires à l'intention de nos chers poilus.
Je répétai tous les slogans, j'observai toutes les consignes. Dans les métros et les tramways, on lisait : « Taisez-
vous, méfiez-vous, les oreilles ennemies vous écou-
tent. » On parlait d'espions qui enfonçaient des aiguilles
dans les fesses des femmes et d'autres qui distribuaient
aux enfants des bonbons empoisonnés. Je jouai le jeu
de la prudence. À la sortie d'un cours, la mère d'une
camarade m'offrit des boules de gomme ; je les refusai :
elle sentait le parfum, ses lèvres étaient fardées, elle
portait aux doigts de grosses bagues, et pour comble,
elle s'appelait Mme Malin. Je ne croyais pas vraiment
que ses bonbons fussent meurtriers, mais il me semblait
méritoire de m'exercer à la suspicion.

Une partie du cours Désir avait été aménagée en
hôpital. Dans les couloirs, une édifiante odeur de pharma-
cie se mêlait à l'odeur d'encaustique. Sous leurs voiles
blancs tachés de rouge, ces demoiselles ressemblaient à
des saintes et j'étais émue quand leurs lèvres touchaient
mon front. Une petite réfugiée du Nord entra dans ma
classe ; l'exode l'avait sérieusement ébranlée, elle avait
des tics et bégayait ; on me parlait beaucoup des petits
réfugiés et je voulus contribuer à adoucir leurs malheurs. J'inventai de ranger dans une boîte toutes les
friandises qu'on m'offrait : quand la caisse fut pleine de
gâteaux rassis, de chocolat blanchi, de pruneaux dessé-

chés, maman m'aida à l'emballer et je la portai à ces demoiselles. Elles évitèrent de me congratuler trop bruyamment, mais il y eut au-dessus de ma tête des chuchotements flatteurs.

La vertu me gagnait ; plus de colères ni de caprices : on m'avait expliqué qu'il dépendait de ma sagesse et de ma piété que Dieu sauvât la France. Quand l'aumônier du cours Désir m'eut prise en main, je devins une petite fille modèle. Il était jeune, pâle, infiniment suave. Il m'admit au catéchisme et m'initia aux douceurs de la confession. Je m'agenouillai en face de lui dans une petite chapelle et je répondis avec zèle à ses questions. Je ne sais plus du tout ce que je lui racontai, mais devant ma sœur qui me le répéta il félicita maman de ma belle âme. Je m'épris de cette âme que j'imaginais blanche et rayonnante comme l'hostie dans l'ostensoir. J'amassai des mérites. L'abbé Martin nous distribua au début de l'Avent des images représentant un enfant Jésus : à chaque bonne action, nous perforions d'un coup d'épingle les contours du dessin tracé à l'encre violette. Le jour de Noël, nous devions déposer nos cartons dans la crèche qui brillait au fond de la grande chapelle. J'inventai toutes espèces de mortifications, de sacrifices, de conduites édifiantes afin que le mien fût criblé de trous. Ces exploits agaçaient Louise. Mais maman et ces demoiselles m'encourageaient. J'entrai dans une confrérie enfantine, « Les anges de la Passion », ce qui me donna le droit de porter un scapulaire, et le devoir de méditer sur les sept douleurs de la Vierge. Conformément aux récentes instructions de Pie X, je préparai ma communion privée ; je suivis une retraite. Je ne compris pas bien pourquoi les pharisiens, dont le nom ressemblait de façon troublante à celui des habitants de Paris, s'étaient acharnés contre Jésus, mais je compatis à ses malheurs. Vêtue d'une robe de tulle, coiffée d'une charlotte en dentelle d'Irlande, j'avalai ma première hostie. Désormais, maman m'emmena trois fois par semaine communier à Notre-Dame-des-Champs. J'aimais dans la grisaille du matin le bruit de nos pas sur les dalles. Humant l'odeur de l'encens, le regard attendri par la buée des cierges, il m'était doux de m'abîmer au pied de la Croix, tout en rêvant vaguement à la tasse de chocolat qui m'attendait à la maison.

Ces pieuses complicités resserrèrent mon intimité avec maman ; elle prit nettement dans ma vie la première place. Ses frères ayant été mobilisés, Louise retourna chez ses parents pour les aider à travailler la terre. Frisée, mièvre, prétentieuse, Raymonde, la nouvelle bonne, ne m'inspira que du dédain. Maman ne sortait plus guère, elle recevait peu, elle s'occupait énormément de ma sœur et de moi ; elle m'associait à sa vie plus étroitement que ma cadette : elle aussi, c'était une aînée et tout le monde disait que je lui ressemblais beaucoup : j'avais l'impression qu'elle m'appartenait d'une manière privilégiée.

Papa partit pour le front en octobre ; je revois les couloirs d'un métro, et maman qui marchait à côté de moi, les yeux mouillés ; elle avait de beaux yeux noisette et deux larmes glissèrent sur ses joues. Je fus très émue. Cependant, jamais je ne réalisai que mon père courait des dangers. J'avais vu des blessés ; je savais qu'il y avait un rapport entre la guerre et la mort. Mais je ne concevais pas que cette grande aventure collective pût directement me concerner. Et puis je dus me convaincre que Dieu protégerait tout spécialement mon père : j'étais incapable d'imaginer le malheur.

Les événements confirmèrent mon optimisme ; à la suite d'une crise cardiaque, mon père fut évacué sur l'hôpital de Coulommiers, puis affecté au ministère de la Guerre. Il changea d'uniforme et rasa sa moustache. Vers cette même époque, Louise revint à la maison. La vie reprit son cours normal.

Je m'étais définitivement métamorphosée en enfant sage. Les premiers temps, j'avais composé mon personnage ; il m'avait valu tant de louanges, et dont j'avais tiré de si grandes satisfactions que j'avais fini par m'identifier à lui : il devint ma seule vérité. J'avais le sang moins vif qu'autrefois ; la croissance, une rougeole, m'avaient anémiée : je prenais des bains de soufre, des fortifiants ; je ne gênais plus les adultes par ma turbulence ; d'autre part mes goûts s'accordaient avec la vie que je menais, si bien qu'on me contrariait peu. En cas de conflit, j'étais capable à présent d'interroger, de discuter. On se bornait souvent à me répondre : « Ça ne se fait pas. Quand j'ai dit non, c'est non. » Même alors, je ne me jugeais plus opprimée. Je m'étais convaincue que mes parents ne cherchaient que mon bien. Et puis c'était la volonté de Dieu qui s'exprimait par leur bouche : il m'avait créée, il était mort pour moi, il avait droit à une absolue soumission. Je sentais sur mes épaules le joug rassurant de la nécessité.

Ainsi abdiquai-je l'indépendance que ma petite enfance avait tenté de sauvegarder. Pendant plusieurs années, je me fis le docile reflet de mes parents. Il est temps de dire, dans la mesure où je le sais, qui ils étaient.

Sur l'enfance de mon père, je ne possède que peu de renseignements. Mon arrière-grand-père, qui était contrôleur des contributions à Argentan, dut léguer à ses fils une honnête fortune puisque le cadet put vivre de ses rentes ; l'aîné, mon grand-père, hérita entre

Chétif — puny

autres biens d'un domaine de deux cents hectares ; il
épousa une jeune bourgeoise qui appartenait à une
plantureuse famille du Nord. Cependant, soit par goût,
soit parce qu'il avait trois enfants, il entra dans les
bureaux de la Ville de Paris : il y fit une longue carrière,
qu'il termina chef de service et décoré. Son train de vie
avait plus d'éclat que sa situation. Mon père passa son
enfance dans un bel appartement du boulevard Saint-
Germain et connut sinon l'opulence du moins une confortable aisance. Il avait une sœur plus âgée que lui et
un frère aîné cancre, bruyant, souvent brutal, qui le
bousculait. Chétif, détestant la violence, il s'ingénia à
compenser sa faiblesse physique par la séduction : il fut
le favori de sa mère et de ses professeurs. Ses goûts
s'opposaient systématiquement à ceux de son aîné ;
réfractaire aux sports, à la gymnastique, il se passionna
pour la lecture et pour l'étude. Ma grand-mère le
stimulait : il vivait dans son ombre et ne cherchait qu'à
lui complaire. Issue d'une austère bourgeoisie qui croyait
fermement en Dieu, au travail, au devoir, au mérite,
elle exigeait qu'un écolier remplît parfaitement ses
tâches d'écolier : chaque année Georges remportait au
collège Stanislas le prix d'excellence. Pendant les vacances, il racolait impérieusement les enfants des fermiers
et leur faisait la classe : une photo le représente, dans la
cour de Meyrignac, entouré d'une dizaine d'élèves,
filles et garçons. Une femme de chambre, en tablier et
coiffe blancs, tient un plateau chargé de verres d'oran-
geade. Sa mère mourut l'année où il eut treize ans ;
non seulement il en éprouva un violent chagrin, mais il
se trouva brusquement abandonné à lui-même. C'était
ma grand-mère qui incarnait pour lui la loi. Mon
grand-père n'était guère capable d'assumer ce rôle. Certes, il pensait bien : il haïssait les Communards et décla-

mait du Déroulède. Mais il était plus conscient de ses droits que convaincu de ses devoirs. À mi-chemin entre l'aristocrate et le bourgeois, entre le propriétaire foncier et le fonctionnaire, respectueux de la religion sans la pratiquer, il ne se sentait ni solidement intégré à la société, ni chargé de sérieuses responsabilités : il professait un épicurisme de bon ton. Il s'adonnait à un sport presque aussi distingué que l'escrime, « la canne », et avait obtenu le titre de « prévost » dont il se montrait très fier. Il n'aimait ni les discussions ni les soucis et laissait à ses enfants la bride sur le cou. Mon père continua de briller dans les branches qui l'intéressaient : en latin, en littérature ; mais il n'obtint plus le prix d'excellence : il avait cessé de se contraindre.

Moyennant certaines compensations financières, Meyrignac devait revenir à mon oncle Gaston : satisfait de ce sûr destin, celui-ci se voua à l'oisiveté. Sa situation de cadet, son attachement à sa mère, ses succès scolaires, avaient amené mon père — dont l'avenir n'était pas garanti — à revendiquer son individualité : il se reconnaissait des dons, et voulait en tirer parti. Par son côté oratoire, le métier d'avocat lui plaisait, car déjà il était beau parleur. Il s'inscrivit à la faculté de Droit. Mais il m'a répété souvent que si les convenances ne le lui avaient pas interdit, il serait entré au Conservatoire. Ce n'était pas une boutade : rien dans sa vie ne fut plus authentique que son amour pour le théâtre. Étudiant, il découvrit avec jubilation la littérature qui plaisait à son temps ; il passait ses nuits à lire Alphonse Daudet, Maupassant, Bourget, Marcel Prévost, Jules Lemaitre. Mais il connaissait des joies encore plus vives lorsqu'il s'asseyait au parterre de la Comédie-Française ou des Variétés. Il assistait à tous les spectacles ; il était épris de toutes les actrices, il idolâtrait les grands acteurs ;

c'est pour leur ressembler qu'il dénudait son visage. À cette époque, on jouait beaucoup la comédie dans les salons : il prit des leçons de diction, étudia l'art du maquillage et s'affilia à des troupes d'amateurs.

L'insolite vocation de mon père s'explique, je crois, par son statut social. Son nom, certaines relations familiales, des camaraderies d'enfance, des amitiés de jeune homme le convainquirent qu'il appartenait à l'aristocratie ; il en adopta les valeurs. Il appréciait les gestes élégants, les jolis sentiments, la désinvolture, l'allure, le panache, la frivolité, l'ironie. Les sérieuses vertus que prise la bourgeoisie l'ennuyaient. Grâce à sa très bonne mémoire, il réussit ses examens, mais il consacra surtout ses années d'études à ses plaisirs : théâtres, champs de courses, cafés, salons. Il se souciait si peu de réussite roturière qu'une fois ses premiers diplômes conquis, il ne prit pas la peine de soutenir une thèse ; il s'inscrivit à la cour d'appel et entra comme secrétaire chez un avocat chevronné. Il dédaignait les succès qui s'obtiennent par le travail et l'effort ; d'après lui, si on était « né », on possédait des qualités irréductibles à tout mérite : esprit, talent, charme, race. L'ennui, c'est qu'au sein de cette caste à laquelle il prétendait, il se trouvait n'être rien ; il avait un nom à particule, mais obscur, qui ne lui ouvrait ni les clubs, ni les salons élégants ; pour vivre en grand seigneur, les moyens lui manquaient. Ce qu'il pouvait être dans le monde bourgeois — un avocat distingué, un père de famille, un citoyen honorable — il y accordait peu de prix. Il partait dans la vie les mains vides, et méprisait les biens qui s'acquièrent. Pour pallier cette indigence, il ne lui restait qu'une issue : paraître.

Pour paraître, il faut des témoins ; mon père ne goûtait ni la nature, ni la solitude : il ne se plaisait qu'en

affre - torture ; se grimer - make
- farder up

société. Son métier l'amusait dans la mesure où un avocat, lorsqu'il plaide, se donne en spectacle. Jeune
homme, il apportait à sa toilette les soins d'un dandy.
Habitué dès l'enfance aux parades de la séduction, il se
fit une réputation de brillant causeur et de charmeur ;
mais ces succès le laissaient insatisfait ; ils ne le haus-
saient qu'à un rang médiocre dans des salons où comptaient avant tout la fortune et les quartiers de noblesse ;
pour récuser les hiérarchies admises dans son monde,
il lui fallait contester celui-ci, donc — puisque, à ses
yeux, les basses classes ne comptaient pas — se situer
hors du monde. La littérature permet de se venger de
la réalité en l'asservissant à la fiction ; mais si mon père
fut un lecteur passionné, il savait que l'écriture exige de
rebutantes vertus, des efforts, de la patience ; c'est une
activité solitaire où le public n'existe qu'en espoir. Le
théâtre en revanche apportait à ses problèmes une solution privilégiée. L'acteur élude les affres de la création ;
on lui offre, tout constitué, un univers imaginaire où
une place lui est réservée ; il s'y meut en chair et en os,
face à une audience de chair et d'os ; réduite au rôle de
miroir, celle-ci lui renvoie docilement son image ; sur la
scène, il est souverain et il existe pour de vrai : il se
sent vraiment souverain. Mon père prenait un plaisir
tout particulier à se grimer : ajustant perruque et favoris,
il s'escamotait ; ainsi esquivait-il toute confrontation. Ni
seigneur ni roturier : cette indétermination se changeait
en plasticité ; ayant radicalement cessé d'être, il devenait n'importe qui : il les dépassait tous.

On comprend qu'il n'ait jamais songé à passer outre
aux préjugés de son milieu et à embrasser la profession
d'acteur. Il se donna au théâtre parce qu'il ne se résignait pas à la modestie de sa position : il n'envisageait
pas de déchoir. Il réussit doublement son coup. Cher-

chant un recours contre une société qui ne s'ouvrait à lui qu'avec réticence, il en força les portes. Grâce à ses talents d'amateur, il eut en effet accès à des cercles plus élégants et moins austères que le milieu dans lequel il était né ; on y appréciait les gens d'esprit, les jolies femmes, le plaisir. Acteur et homme du monde, mon père avait trouvé sa voie. Il consacrait à la comédie et à la pantomime tous ses loisirs. La veille même de son mariage, il se produisit sur une scène. Aussitôt rentré de son voyage de noces, il fit jouer maman dont la beauté compensait l'inexpérience. J'ai dit que tous les ans, à Divonne-les-Bains, ils participaient à des spectacles donnés par une compagnie d'amateurs. Ils allaient souvent au théâtre. Mon père recevait *Comœdia* et il se tenait au courant de tous les potins de coulisses. Il compta parmi ses amis intimes un acteur de l'Odéon. Pendant son séjour à l'hôpital de Coulommiers, il composa et joua une revue, en collaboration avec un autre malade, le jeune chansonnier Gabriello qu'il invita quelquefois à la maison. Plus tard, quand il n'eut plus les moyens de mener une vie mondaine, il trouva encore des occasions de monter sur les planches, fût-ce dans des patronages.

Dans cette passion têtue se résumait sa singularité. Par ses opinions, mon père appartenait à son époque et à sa classe. Il tenait pour utopique l'idée d'un rétablissement de la royauté ; mais la République ne lui inspirait que du dégoût. Sans être affilié à *L'Action française*, il avait des amis parmi les « Camelots du roi », et il admirait Maurras et Daudet. Il interdisait qu'on mît en question les principes du nationalisme ; si quelqu'un de malavisé prétendait en discuter, il s'y refusait avec un grand rire : son amour de la Patrie se situait au-delà des arguments et des mots : « C'est ma seule religion », disait-il.

49

Il détestait les métèques, s'indignait qu'on permît aux Juifs de se mêler des affaires du pays, et il était aussi convaincu de la culpabilité de Dreyfus que ma mère de l'existence de Dieu. Il lisait *Le Matin* et prit un jour une colère parce qu'un des cousins Sirmione avait introduit à la maison *L'Œuvre*, « ce torchon ». Il considérait Renan comme un grand esprit, mais il respectait l'Église et il avait en horreur les lois Combes. Sa morale privée était axée sur le culte de la famille ; la femme, en tant que mère, lui était sacrée ; il exigeait des épouses la fidélité, des jeunes filles l'innocence, mais consentait aux hommes de grandes libertés, ce qui l'amenait à considérer avec indulgence les femmes qu'on dit légères. Comme il est classique, l'idéalisme s'alliait chez lui à un scepticisme qui frôlait le cynisme. Il vibrait à *Cyrano*, goûtait Clément Vautel, se délectait de Capus, Donnay, Sacha Guitry, Flers et Caillavet. Nationaliste et boulevardier, il prisait la grandeur et la frivolité.

Toute petite, il m'avait subjuguée par sa gaieté et son bagou ; en grandissant, j'appris à l'admirer plus sérieusement : je m'émerveillai de sa culture, de son intelligence, de son infaillible bon sens. À la maison, sa prééminence était indiscutée ; ma mère, plus jeune que lui de huit ans, la reconnaissait de bon cœur : c'était lui qui l'avait initiée à la vie et aux livres. « La femme est ce que son mari la fait, c'est à lui de la former », disait-il souvent. Il lui lisait à haute voix *Les Origines de la France contemporaine* de Taine, et l'*Essai sur l'inégalité des races humaines* de Gobineau. Il n'affichait pas d'outrecuidantes prétentions : au contraire, il se piquait de connaître ses limites. Il rapporta du front des sujets de nouvelles que ma mère trouva ravissants et qu'il ne se risqua pas à traiter par crainte de la médiocrité. Par cette modestie, il manifestait une lucidité qui l'autorisait à porter, en chaque cas particulier, des jugements sans appel.

À mesure que je grandissais, il s'occupait davantage de moi. Il surveillait tout spécialement mon orthographe ; quand je lui écrivais, il me renvoyait mes lettres corrigées. En vacances, il me dictait des textes épineux, choisis d'ordinaire chez Victor Hugo. Comme je lisais beaucoup, je faisais peu de fautes et il disait avec satisfaction que j'avais l'orthographe naturelle. Pour former mon goût littéraire, il avait constitué, sur un carnet de moleskine noire, une petite anthologie : Un *Évangile* de Coppée, *Le Pantin de la petite Jeanne* de Banville, *Hélas ! si j'avais su !* d'Hégésippe Moreau, et quelques autres poèmes. Il m'apprit à les réciter, en y mettant le ton. Il me lut à haute voix les classiques, *Ruy Blas*, *Hernani*, les pièces de Rostand, l'*Histoire de la Littérature française* de Lanson, et les comédies de Labiche. Je lui posais beaucoup de questions et il me répondait de bonne grâce. Il ne m'intimidait pas, en ce sens que je n'éprouvai jamais devant lui la moindre gêne ; mais je n'essayai pas de franchir la distance qui le séparait de moi ; il y avait quantité de sujets dont je n'imaginais même pas de lui parler ; je n'étais pour lui ni un corps, ni une âme, mais un esprit. Nos rapports se situaient dans une sphère limpide où ne pouvait se produire aucun heurt. Il ne se penchait pas sur moi, mais me haussait jusqu'à lui et j'avais la fierté de me sentir alors une grande personne. Quand je retombais au niveau ordinaire, c'est de maman que je dépendais ; papa lui avait abandonné sans réserve le soin de veiller sur ma vie organique, et de diriger ma formation morale.

Ma mère était née à Verdun, dans une pieuse et riche famille bourgeoise ; son père, un banquier, avait fait ses études chez les jésuites ; sa mère, dans un couvent. Françoise avait un frère et une sœur plus jeunes qu'elle. Dévouée corps et âme à son mari, bonne-maman ne témoignait à ses enfants qu'une affection distante ; et c'était Lili, la benjamine, que préférait bon-papa ; maman souffrit de leur froideur. Demi-pensionnaire au couvent des Oiseaux, elle trouva des consolations dans la chaleureuse estime dont l'entourèrent les religieuses ; elle se jeta dans l'étude et dans la dévotion ; passé son brevet élémentaire, elle perfectionna sa culture sous la direction d'une mère supérieure. D'autres déceptions attristèrent son adolescence. Enfance et jeunesse lui laissèrent au cœur un ressentiment qui ne se calma jamais tout à fait. À vingt ans, engoncée dans des guimpes à baleines, habituée à réprimer ses élans et à enfouir dans le silence d'amers secrets, elle se sentait seule, et incomprise ; malgré sa beauté, elle manquait d'assurance et de gaieté. C'est sans enthousiasme qu'elle s'en alla rencontrer à Houlgate un jeune homme inconnu. Ils se plurent. Gagnée par l'exubérance de papa, forte des sentiments qu'il lui témoignait, ma mère s'épanouit. Mes premiers souvenirs sont d'une jeune femme rieuse et enjouée. Il y avait aussi en elle quelque chose d'entier et d'impérieux qui après son mariage se donna libre cours. Mon père jouissait à ses yeux d'un grand prestige et elle pensait que la femme doit obéir à l'homme. Mais avec Louise, avec ma sœur et moi, elle se montrait autoritaire, parfois jusqu'à l'emportement. Si un de ses intimes la contrariait ou l'offensait, elle réagissait souvent par la colère et par de violents éclats de franchise. En société cependant, elle demeura toujours timide. Brusquement transplantée dans un cercle très différent de son entourage provincial, elle ne s'y adapta pas sans effort. Sa jeunesse, son inexpérience, son amour pour mon père la rendaient vulnérable ; elle redoutait les critiques et, pour les éviter, mit tous ses soins à « faire comme tout le monde ». Son nouveau milieu ne respectait qu'à demi la morale des Oiseaux. Elle ne voulut pas passer pour bégueule, et elle renonça à juger selon son propre code : elle prit le parti de se fier aux convenances. Le meilleur ami de papa vivait maritalement, c'est-à-dire dans le péché ; cela ne l'empêchait pas de venir souvent à la maison : mais on n'y recevait pas sa concubine. Ma mère ne songea jamais à protester — dans un sens ni dans l'autre — contre une inconséquence que sanctionnaient les usages mondains. Elle consentit à bien d'autres compromis : ils n'entamèrent pas ses principes ; ce fut peut-être même pour compenser ces concessions qu'elle préserva, intérieurement, une rigoureuse intransigeance. Bien qu'ayant été, sans aucun doute, une jeune mariée heureuse, à peine distinguait-elle le vice de la sexualité : elle associa toujours étroitement l'idée de chair à celle de péché. Comme l'usage l'obligeait à excuser chez les hommes certaines incartades, elle concentra sur les femmes sa sévérité ; entre les « honnêtes femmes » et les « noceuses », elle ne concevait guère d'intermédiaire. Les questions « physiques » lui répugnaient tant que jamais elle ne les aborda avec moi ; elle ne m'avertit même pas des surprises qui m'attendaient au seuil de la puberté. Dans tous les autres domaines, elle partageait les idées de mon père, sans paraître éprouver de difficultés à les concilier avec la religion. Mon père s'étonnait des paradoxes du cœur humain, de l'hérédité, des bizarreries des rêves ; je n'ai jamais vu ma mère s'étonner de rien.

Aussi pénétrée de ses responsabilités que papa en était dégagé, elle prit à cœur sa tâche d'éducatrice. Elle demanda des conseils à la confrérie des « Mères chrétiennes » et conféra souvent avec ces demoiselles. Elle me conduisait elle-même au cours, assistait à mes classes, contrôlait devoirs et leçons ; elle apprit l'anglais et commença d'étudier le latin pour me suivre. Elle dirigeait mes lectures, m'emmenait à la messe et au salut ; nous faisions en commun, elle, ma sœur et moi, nos prières du matin et du soir. À tout instant, jusque dans le secret de mon cœur, elle était mon témoin, et je ne faisais guère de différence entre son regard et celui de Dieu. Aucune de mes tantes — pas même tante Marguerite qui avait été élevée au Sacré-Cœur — ne pratiquait la religion avec autant de zèle : elle communiait souvent, priait assidûment, lisait de nombreux ouvrages de piété. Sa conduite se conformait à ses croyances : prompte à se sacrifier, elle se dévouait entièrement aux siens. Je ne la considérais pas comme une sainte, parce qu'elle m'était trop familière et parce qu'elle s'emportait trop aisément ; son exemple ne m'en semblait que plus convaincant : je pouvais, donc je devais, m'égaler à elle en piété et en vertu. La chaleur de son affection rachetait ses sautes d'humeur. Plus impeccable et plus lointaine, elle n'eût pas si profondément agi sur moi.

Son ascendant, en effet, tenait en grande partie à notre intimité. Mon père me traitait comme une personne achevée ; ma mère prenait soin de l'enfant que j'étais. Elle me manifestait plus d'indulgence que lui : elle trouvait naturel de m'entendre bêtifier alors qu'il s'en agaçait ; elle s'amusait de saillies, de gribouillages qu'il ne jugeait pas drôles. Je voulais qu'on me considérât ; mais j'avais essentiellement besoin qu'on m'acceptât dans ma vérité, avec les déficiences de mon âge ; ma mère m'assurait par sa tendresse une totale justification. Les éloges les plus flatteurs étaient ceux que me décernaît mon père ; mais, s'il récriminait parce que j'avais mis du désordre dans son bureau, ou s'il s'exclamait : « Ces enfants sont stupides ! » je prenais à la légère des paroles auxquelles visiblement il attachait peu de poids ; en revanche, tout reproche de ma mère, le moindre de ses froncements de sourcils, mettait en jeu ma sécurité : privée de son approbation, je ne me sentais plus le droit d'exister.

Si ces blâmes me touchaient si fort, c'est que j'escomptais sa bienveillance. Quand j'avais sept à huit ans, je ne me contraignais pas devant elle, je lui parlais avec une grande liberté. Un souvenir précis m'en assure. Je souffris, après ma rougeole, d'une légère scoliose ; un médecin traça une ligne le long de ma colonne vertébrale, comme si mon dos avait été un tableau noir, et il me prescrivit des séances de gymnastique suédoise. Je pris quelques leçons privées avec un grand professeur blond. En l'attendant, un après-midi, je m'exerçais à grimper à la barre fixe ; arrivée en haut, j'éprouvai une bizarre démangeaison entre les cuisses ; c'était agréable et décevant ; je recommençai ; le phénomène se répéta. « C'est drôle », dis-je à maman ; et je lui décrivis ce que j'avais ressenti. D'un air indifférent, elle parla d'autre chose, et je pensai avoir tenu un de ces propos oiseux qui n'appellent pas de réponse.

Par la suite pourtant, mon attitude changea. Quand je m'interrogeai, un ou deux ans plus tard, sur les « liens du sang », souvent évoqués dans les livres, et sur le « fruit de vos entrailles », du *Je vous salue Marie*, je ne fis pas part à ma mère de mes soupçons. Il se peut qu'entre-temps elle ait opposé à certaines de mes questions des résistances que j'ai oubliées. Mais mon silence relevait d'une consigne plus générale : désormais je me surveillais. Ma mère me punissait rarement et, si elle avait la main leste, ses gifles ne faisaient pas grand mal. Cependant, sans l'aimer moins que naguère, je m'étais mise à la redouter. Il y avait un mot dont elle usait volontiers et qui nous paralysait ma sœur et moi : « C'est ridicule ! » Nous l'entendions souvent prononcer ce verdict quand elle critiquait avec papa la conduite d'un tiers ; dirigé contre nous, il nous précipitait de l'empyrée familial dans les bas-fonds où croupissait le reste du genre humain. Incapables de prévoir quel geste, quelle parole risquait de le déchaîner, toute initiative comportait pour nous un danger : la prudence conseillait de se tenir coites. Je me rappelle notre surprise quand ayant demandé l'autorisation d'emmener nos poupées en vacances elle répondit : « Pourquoi pas ? » Pendant des années nous avions refréné ce désir. Certainement, la première raison de ma timidité, c'était le souci d'éviter son mépris. Mais aussi, quand ses yeux brillaient d'un éclat orageux, ou quand simplement sa bouche se fronçait, je crois que je craignais, autant que ma propre déchéance, les remous que je provoquais dans son cœur. Si elle m'avait convaincue de mensonge, j'aurais ressenti son scandale plus vivement que ma honte : l'idée m'en était si intolérable que je disais toujours la vérité. Je ne me rendais évidemment pas compte que ma mère, en se hâtant de condamner la différence et la nouveauté, prévenait le désarroi que soulevait en elle toute contestation : mais je sentais que les paroles insolites, les projets imprévus troublaient sa sérénité. Ma responsabilité redoublait ma dépendance.

Ainsi vivions-nous, elle et moi, dans une sorte de symbiose, et sans m'appliquer à l'imiter, je fus modelée par elle. Elle m'inculqua le sens du devoir, ainsi que des consignes d'oubli de soi et d'austérité. Mon père ne détestait pas se mettre en avant, mais j'appris de maman à m'effacer, à contrôler mon langage, à censurer mes désirs, à dire et à faire exactement ce qui devait être dit et fait. Je ne revendiquais rien et j'osais peu de chose.

L'accord qui régnait entre mes parents fortifiait le respect que je portais à chacun d'eux. Il me permit d'éluder une difficulté qui aurait pu considérablement m'embarrasser ; papa n'allait pas à la messe, il souriait quand tante Marguerite commentait les miracles de Lourdes : il ne croyait pas. Ce scepticisme ne m'atteignait pas, tant je me sentais investie par la présence de Dieu ; pourtant mon père ne se trompait jamais : comment m'expliquer qu'il s'aveuglât sur la plus évidente des vérités ? À regarder les choses en face, c'était une impossible gageure. Néanmoins, puisque ma mère, qui était si pieuse, semblait la trouver naturelle, j'acceptai tranquillement l'attitude de papa. La conséquence c'est que je m'habituai à considérer que ma vie intellectuelle — incarnée par mon père — et ma vie spirituelle — dirigée par ma mère — étaient deux domaines radicalement hétérogènes, entre lesquels ne pouvait se produire aucune interférence. La sainteté était d'un autre ordre que l'intelligence ; et les choses humaines — culture, politique, affaires, usages et coutumes — ne relevaient pas de la religion. Ainsi reléguai-je Dieu hors du monde, ce qui devait influencer profondément la suite de mon évolution.

Ma situation familiale rappelait celle de mon père : il s'était trouvé en porte-à-faux entre le scepticisme désinvolte de mon grand-père et le sérieux bourgeois de ma grand-mère. Dans mon cas aussi, l'individualisme de papa et son éthique profane contrastaient avec la sévère morale traditionaliste que m'enseignait ma mère. Ce déséquilibre qui me vouait à la contestation explique en grande partie que je sois devenue une intellectuelle.

Pour l'instant, je me sentais protégée et guidée à la fois sur la terre et dans les voies célestes. Je me félicitais en outre de n'être pas livrée sans recours aux adultes ; je ne vivais pas seule ma condition d'enfant ; j'avais une pareille : ma sœur, dont le rôle devint considérable aux environs de mes six ans.

On l'appelait Poupette ; elle avait deux ans et demi de moins que moi. On disait qu'elle ressemblait à papa. Blonde, les yeux bleus, sur ses photos d'enfant son regard apparaît comme embué de larmes. Sa naissance avait déçu car toute la famille désirait un garçon ; certes, nul ne lui en marqua de rancune, mais il n'est peut-être pas indifférent qu'on eût soupiré autour de son berceau. On s'appliquait à nous traiter avec une exacte justice ; nous portions des toilettes identiques, nous sortions presque toujours ensemble, nous n'avions qu'une vie pour deux ; en tant qu'aînée, je jouissais néanmoins de certains avantages. J'avais une chambre, que je partageais avec Louise, et je dormais dans un grand lit, faussement ancien, en bois sculpté, que surmontait une reproduction de l'*Assomption* de Murillo. Pour ma sœur, on dressait un lit-cage dans un étroit corridor. Pendant le service militaire de papa, c'est moi qui accompagnais maman quand elle allait le voir. Reléguée à une place secondaire, la « plus petite » se sentait presque superflue. J'étais pour mes parents une expérience neuve : ma sœur avait bien plus de peine à les déconcerter et à les étonner ; on ne m'avait comparée à personne, et sans cesse on la comparait à moi. Au cours Désir, ces demoiselles avaient coutume de donner les aînées en exemple aux cadettes ; quoi que fît Poupette, le recul du temps, les sublimations de la légende voulaient que je l'eusse réussi mieux qu'elle ; aucun effort, aucun succès ne lui permettait jamais de crever ce plafond.

Victime d'une obscure malédiction, elle en souffrait et souvent le soir, assise sur sa petite chaise, elle pleurait. On lui reprochait son caractère grognon ; c'était encore une infériorité. Elle aurait pu me prendre en grippe ; paradoxalement, elle ne retrouvait de goût pour elle-même qu'auprès de moi. Confortablement installée dans mon rôle d'aînée, je ne me targuais d'aucune autre supériorité que celle que me donnait mon âge ; je jugeais Poupette très éveillée pour le sien ; je la tenais pour ce qu'elle était : une semblable un peu plus jeune que moi ; elle me savait gré de mon estime et y répondait avec une absolue dévotion. Elle était mon homme lige, mon second, mon double : nous ne pouvions pas nous passer l'une de l'autre.

Je plaignais les enfants uniques ; les amusements solitaires me semblaient fades : tout juste une manière de tuer le temps. À deux, une partie de balle ou de marelle devenait une entreprise, une course derrière un cerceau, une compétition. Même pour faire des décalcomanies ou pour peinturlurer un catalogue, il me fallait une associée ; rivalisant, collaborant, l'œuvre de chacune trouvait en l'autre sa destination, elle échappait à la gratuité. Les jeux qui me tenaient le plus à cœur, c'étaient ceux où j'incarnais des personnages : ils exigeaient une complice. Nous n'avions pas beaucoup de jouets ; les plus beaux — le tigre qui bondissait, l'éléphant qui soulevait ses pattes —, nos parents les mettaient sous clé ; ils les faisaient, à l'occasion, admirer à leurs invités. Je n'en avais pas de regret. J'étais flattée de posséder des objets dont les grandes personnes se divertissaient ; je les aimais mieux précieux que familiers. De toute façon les accessoires — épicerie, batterie de cuisine, panoplie d'infirmière — n'offraient à l'imagination qu'un mince secours. Pour animer les histoires que j'inventais, une partenaire m'était indispensable.

Un grand nombre des anecdotes et des situations que nous mettions en scène étaient d'une banalité dont nous avions conscience : la présence des adultes ne nous gênait pas pour vendre des chapeaux ou pour défier les balles allemandes. D'autres scénarios, ceux que nous préférions, réclamaient la clandestinité. Ils étaient en apparence d'une parfaite innocence ; mais sublimant l'aventure de notre enfance, ou anticipant l'avenir, ils flattaient en nous quelque chose d'intime et de secret. Je parlerai plus loin de ceux qui, de mon point de vue, m'apparaissent comme les plus significatifs. C'était surtout moi, en effet, qui m'exprimais à travers eux puisque je les imposais à ma sœur, lui assignant des rôles qu'elle acceptait docilement. À l'heure où le silence, l'ombre, l'ennui des immeubles bourgeois envahissaient le vestibule, je lâchais mes fantasmes ; nous les matérialisions, à grand renfort de gestes et de paroles, et parfois, nous envoûtant l'une l'autre, nous réussissions à décoller de ce monde jusqu'à ce qu'une voix impérieuse nous rappelât à la réalité. Nous recommencions le lendemain. « On va jouer à *ça* », disions-nous. Un jour venait où le thème trop souvent ressassé ne nous inspirait plus ; alors nous en choisissions un autre auquel nous restions fidèles pendant quelques heures ou quelques semaines.

J'ai dû à ma sœur d'apaiser en les jouant maints rêves ; elle me permit aussi de sauver ma vie quotidienne du silence : je pris auprès d'elle l'habitude de la communication. En son absence j'oscillais entre deux extrêmes : la parole était, ou bien un bruit oiseux que je produisais avec ma bouche, ou, s'adressant à mes parents, un acte sérieux ; quand nous causions, Poupette et moi, les mots avaient un sens et ne pesaient pas trop lourd. Je ne connus pas avec elle les plaisirs de l'échange, puisque tout nous était commun ; mais, commentant à haute voix les incidents et les émotions de la journée, nous en multipliions le prix. Il n'y avait rien de suspect dans nos propos ; néanmoins, par l'importance que mutuellement nous leur accordions, ils créaient entre nous une connivence qui nous isolait des adultes : ensemble, nous possédions notre jardin secret.

Celui-ci nous était bien utile. Les traditions nous assujettissaient à un assez grand nombre de corvées, surtout aux environs du nouvel an : il fallait assister, chez des tantes à la mode de Bretagne, à des repas de famille qui n'en finissaient pas, et rendre visite à de vieilles dames moisies. Bien souvent, nous nous sommes sauvées de l'ennui en nous réfugiant dans des vestibules et en jouant « à *ça* ». L'été, bon-papa organisait volontiers des expéditions dans les bois de Chaville ou de Meudon ; pour conjurer la langueur de ces promenades, nous n'avions d'autre ressource que nos bavardages ; nous faisions des projets, nous dévidions des souvenirs ; Poupette me posait des questions ; je lui racontais des épisodes de l'histoire romaine, de l'histoire de France, ou des récits de mon cru.

Ce que j'appréciais le plus dans nos rapports, c'est que j'avais sur elle une prise réelle. Les adultes me tenaient à leur merci. Si je leur extorquais des louanges, c'était encore eux qui décidaient de me les décerner. Certaines de mes conduites affectaient directement ma mère, mais sans nul rapport avec mes intentions. Entre ma sœur et moi, les choses se passaient pour de bon. Nous nous disputions, elle pleurait, je m'irritais, nous nous jetions à la tête la suprême insulte : « Tu es bête ! » et puis nous nous réconciliions. Ses larmes n'étaient pas feintes, et si elle riait d'une plaisanterie, c'était sans complaisance. Elle seule me reconnaissait de l'autorité ; les adultes parfois me cédaient ; elle m'obéissait.

Un des liens les plus solides qui s'établirent entre nous fut celui de maître à élève. J'aimais tant étudier que je trouvais passionnant d'enseigner. Faire la classe à mes poupées ne pouvait en aucune mesure me satisfaire : il ne s'agissait pas de parodier des gestes, mais de transmettre authentiquement ma science.

Apprenant à ma sœur lecture, écriture, calcul, je connus dès l'âge de six ans l'orgueil de l'efficacité. J'aimais gribouiller sur des feuilles blanches des phrases ou des dessins : mais je savais ne fabriquer alors que de faux objets. Quand je changeais l'ignorance en savoir, quand j'imprimais dans un esprit vierge des vérités, je créais quelque chose de réel. Je n'imitais pas les adultes : je les égalais et ma réussite défiait leur bon plaisir. Elle satisfaisait en moi des aspirations plus sérieuses que la vanité. Jusqu'alors, je me bornais à faire fructifier les soins dont j'étais l'objet : pour la première fois, à mon tour, je servais. J'échappais à la passivité de l'enfance, j'entrais dans le grand circuit humain où, pensais-je, chacun est utile à tous. Depuis que je travaillais sérieusement, le temps ne fuyait plus, il s'inscrivait en moi : confiant mes connaissances à une autre mémoire, je le sauvais deux fois.

Grâce à ma sœur — ma complice, ma sujette, ma créature — j'affirmais mon autonomie. Il est clair que je ne lui reconnaissais que « l'égalité dans la différence », ce qui est une façon de prétendre à la prééminence. Sans tout à fait me le formuler, je supposais que mes parents admettaient cette hiérarchie et que j'étais leur favorite. Ma chambre donnait sur le couloir où dormait ma sœur et au bout duquel s'ouvrait le bureau ; de mon lit j'entendais mon père causer la nuit avec ma mère et ce paisible murmure me berçait ; un soir, mon cœur s'arrêta presque de battre ; d'une voix posée, à peine curieuse, maman interrogeait : « Laquelle des deux petites préfères-tu ? » J'attendis que papa prononçât mon nom, mais pendant un instant qui me parut infini, il a hésité : « Simone est plus réfléchie, mais Poupette est si caressante... » Ils continuèrent à peser le pour et le contre en disant ce qui leur passait par le cœur ; finalement, ils s'accordèrent à nous aimer autant l'une que l'autre ; c'était conforme à ce qu'on lit dans les livres : les parents chérissent également tous leurs enfants. J'en ressentis néanmoins quelque dépit. Je n'aurais pas supporté que l'un d'eux me préférât ma sœur ; si je me résignai à un partage équitable, c'est que je me persuadai qu'il tournait à mon profit. Plus âgée, plus savante, plus avertie que ma cadette, si mes parents éprouvaient pour nous la même tendresse, du moins devaient-ils me considérer davantage et me sentir plus proche de leur maturité.

Je tenais pour une chance insigne que le ciel m'eût dévolu précisément ces parents, cette sœur, cette vie. Sans aucun doute, j'avais bien des raisons de me féliciter de mon sort. En outre, j'étais dotée de ce qu'on appelle un heureux caractère ; j'ai toujours trouvé la réalité plus nourrissante que les mirages ; or les choses qui existaient pour moi avec le plus d'évidence, c'étaient celles que je possédais : la valeur que je leur accordais me défendait contre les déceptions, les nostalgies, les regrets ; mes attachements l'emportaient de loin sur mes convoitises. Blondine était vieillotte, défraîchie, mal habillée ; je ne l'aurais pas cédée contre la plus somptueuse des poupées qui trônaient dans les vitrines : l'amour que je lui portais la rendait unique, irremplaçable. Je n'aurais échangé contre aucun paradis le parc de Meyrignac, contre aucun palais notre appartement. L'idée que Louise, ma sœur, mes parents pussent être différents de ce qu'ils étaient ne m'effleurait pas. Moi-même, je ne m'imaginais pas avec un autre visage, ni dans une autre peau : je me plaisais dans la mienne.

Il n'y a pas loin du contentement à la suffisance. Satisfaite de la place que j'occupais dans le monde, je la pensais privilégiée. Mes parents étaient des êtres d'exception, et je considérais notre foyer comme exemplaire. Papa aimait se moquer, et maman critiquer ; peu de gens trouvaient grâce devant eux, alors que je n'entendais jamais personne les dénigrer : leur manière de vivre représentait donc la norme absolue. Leur supériorité rejaillissait sur moi. Au Luxembourg, on nous défendait de jouer avec des petites filles inconnues : c'était évidemment parce que nous étions faites d'une étoffe plus raffinée. Nous n'avions pas le droit de boire, comme le vulgaire, dans les gobelets de métal enchaînés aux fontaines ; bonne-maman m'avait fait cadeau d'une coquille nacrée, d'un modèle exclusif, comme nos capotes bleu horizon. Je me rappelle un Mardi gras où nos sacs étaient pleins, au lieu de confetti, de pétales de roses. Ma mère se fournissait chez certains pâtissiers ; les éclairs du boulanger me semblaient aussi peu comestibles que s'ils avaient été en plâtre : la délicatesse de nos estomacs nous distinguait du commun. Alors que la plupart des enfants de mon entourage recevaient *La Semaine de Suzette*, j'étais abonnée à *L'Étoile noëliste*, que maman jugeait d'un niveau moral plus élevé. Je ne faisais pas mes études au lycée mais dans un institut privé qui manifestait, par quantité de détails, son originalité ; les classes, par exemple, étaient curieusement numérotées : zéro, première, seconde, troisième-première, troisième-seconde, quatrième-première, etc. Je suivais le catéchisme dans la chapelle du cours, sans me mélanger au troupeau des enfants de la paroisse. J'appartenais à une élite.

Cependant, dans ce cercle choisi, certains amis de mes parents bénéficiaient d'un sérieux avantage : ils étaient riches ; comme soldat de deuxième classe, mon père gagnait cinq sous par jour et nous tirions le diable par la queue. Il nous arrivait d'être invitées, ma sœur et moi, à des fêtes d'un luxe étourdissant ; dans d'immenses appartements, remplis de lustres, de satins, de velours, une nuée d'enfants se gavaient de crèmes glacées et de petits fours ; nous assistions à une séance de Guignol et aux tours d'un prestidigitateur, nous faisions des rondes autour d'un arbre de Noël. Les autres petites filles étaient vêtues de soie brillante, de dentelles ; nous portions des robes de lainage, aux couleurs mortes. J'en éprouvais un peu de malaise ; mais à la fin de la journée, fatiguée, en sueur, l'estomac barbouillé, je retournais mon écœurement contre les tapis, les cristaux, les taffetas ; j'étais contente quand je me retrouvais à la maison. Toute mon éducation m'assurait que la vertu et la culture comptent plus que la fortune : mes goûts me portaient à le croire ; j'acceptais donc avec sérénité la modestie de notre condition. Fidèle à mon parti pris d'optimisme, je me convainquis même qu'elle était enviable : je vis dans notre médiocrité un juste milieu. Les miséreux, les voyous, je les considérais comme des exclus ; mais les princes et les milliardaires se trouvaient eux aussi séparés du monde véritable : leur situation insolite les en écartait. Quant à moi, je croyais avoir accès aux plus hautes comme aux plus basses sphères de la société ; en vérité les premières m'étaient fermées, et j'étais coupée radicalement des secondes.

Peu de chose dérangeait ma tranquillité. J'envisageais la vie comme une aventure heureuse ; contre la mort, la foi me défendait : je fermerais les yeux, et en un éclair, les mains neigeuses des anges me transporteraient au ciel. Dans un livre doré sur tranche, je lus un apologue qui me combla de certitude ; une petite larve qui vivait au fond d'un étang s'inquiétait ; l'une après l'autre ses compagnes se perdaient dans la nuit du firmament aquatique : disparaîtrait-elle aussi ? Soudain, elle se retrouvait de l'autre côté des ténèbres : elle avait des ailes, elle volait, caressée par le soleil, parmi des fleurs merveilleuses. L'analogie me parut irréfutable ; un mince tapis d'azur me séparait des paradis où resplendit la vraie lumière ; souvent je me couchais sur la moquette, yeux clos, mains jointes, et je commandais à mon âme de s'échapper. Ce n'était qu'un jeu ; si j'avais cru ma dernière heure venue, j'aurais crié de terreur. Du moins l'idée de mort ne m'effrayait-elle pas. Un soir pourtant, le néant m'a transie. Je lisais : au bord de la mer, une sirène expirait ; pour l'amour d'un beau prince, elle avait renoncé à son âme immortelle, elle se changeait en écume. Cette voix qui en elle répétait sans trêve : « Je suis là », s'était tue pour toujours : il me sembla que l'univers entier avait sombré dans le silence. Mais non. Dieu me promettait l'éternité : jamais je ne cesserais de voir, d'entendre, de me parler. Il n'y aurait pas de fin.

Il y avait eu un commencement : cela me troublait, parfois : les enfants naissaient, pensais-je, d'un *fiat* divin ; mais contre toute orthodoxie, je limitai les capacités du Tout-Puissant. Cette présence en moi qui m'affirmait que j'étais moi, elle ne dépendait de personne, rien jamais ne l'atteignait, impossible que quelqu'un, fût-ce Dieu, l'eût fabriquée : il s'était borné à lui fournir une enveloppe. Dans l'espace surnaturel flottaient, invisibles, impalpables, des myriades de petites âmes qui attendaient de s'incarner. J'avais été l'une d'elles et j'en avais tout oublié ; elles rôdaient entre ciel et terre, et ne se le rappelleraient pas. Je me rendais compte avec angoisse que cette absence de mémoire équivalait au néant ; tout se passait comme si, avant d'apparaître dans mon berceau, je n'avais pas existé du tout. Il fallait combler cette faille : je capterais au passage les feux follets dont l'illusoire lumière n'éclairait rien, je leur prêterais mon regard, je dissiperais leur nuit, et les enfants qui naîtraient demain se souviendraient... Je me perdais jusqu'au vertige dans ces rêveries oiseuses, niant vainement le scandaleux divorce de ma conscience et du temps.

Du moins avais-je émergé des ténèbres ; mais les choses autour de moi y restaient enfouies. J'aimais les contes qui prêtaient à la grosse aiguille des idées en forme d'aiguille, au buffet des pensées de bois ; mais c'étaient des contes ; les objets au cœur opaque pesaient sur la terre sans le savoir, sans pouvoir murmurer : « Je suis là. » J'ai raconté ailleurs comment, à Meyrignac, je contemplai stupidement un vieux veston abandonné sur le dossier d'une chaise. J'essayai de dire à sa place : « Je suis un vieux veston fatigué. » C'était impossible et la panique me prit. Dans les siècles révolus, dans le silence des êtres inanimés je pressentais ma propre absence : je pressentais la vérité, fallacieusement conjurée, de ma mort.

Mon regard créait de la lumière ; en vacances surtout je me grisais de découvertes ; mais par moments, un doute me rongeait : loin de me révéler le monde, ma présence le défigurait. Certes je ne croyais pas que pendant mon sommeil les fleurs du salon s'en allaient au bal, ni que dans la vitrine des idylles se nouaient entre les bibelots. Mais je soupçonnais parfois la campagne familière d'imiter ces forêts enchantées qui se déguisent dès qu'un intrus les viole ; des mirages naissent sous ses pas, il s'égare, clairières et futaies lui dérobent leur secret. Cachée derrière un arbre, je tentais en vain de surprendre la solitude des sous-bois. Un récit qui s'intitulait *Valentin, ou le démon de la curiosité*, me fit grande impression. Une marraine-fée promenait Valentin en carrosse ; dehors, il y avait, lui disait-elle, des paysages merveilleux, mais des stores aveuglaient les vitres et il ne devait pas les soulever ; poussé par son mauvais génie, Valentin désobéissait ; il n'apercevait que des ténèbres : le regard avait tué son objet. Je ne m'intéressai pas à la suite de l'histoire : tandis que Valentin luttait contre son démon, je me débattais anxieusement contre la nuit du non-savoir.

Aiguës parfois, mes inquiétudes se dissipaient vite. Les adultes me garantissaient le monde et je ne tentai que rarement de le pénétrer sans leur secours. Je préférais les suivre dans les univers imaginaires qu'ils avaient créés pour moi.

Je m'installais dans l'antichambre, en face de l'armoire normande, et de l'horloge en bois sculpté qui enfermait dans son ventre deux pommes de pin cuivrées et les ténèbres du temps ; dans le mur s'ouvrait la bouche d'un calorifère ; à travers le treillis doré je respirais un souffle nauséabond qui montait des abîmes. Ce gouffre, le silence, scandé par le tic-tac de l'horloge, m'intimidaient. Les livres me rassuraient : ils parlaient et ne dissimulaient rien ; en mon absence, ils se taisaient ; je les ouvrais, et alors ils disaient exactement ce qu'ils disaient ; si un mot m'échappait, maman me l'expliquait. À plat ventre sur la moquette rouge, je lisais Madame de Ségur, Zénaïde Fleuriot, les contes de Perrault, de Grimm, de Madame d'Aulnoy, du chanoine Schmidt, les albums de Töpffer, Bécassine, les aventures de la famille Fenouillard, celles du sapeur Camember, *Sans famille,* Jules Verne, Paul d'Ivoi, André Laurie, et la série des « Livres roses » édités par Larousse, qui racontaient les légendes de tous les pays du monde et pendant la guerre des histoires héroïques.

On ne me donnait que des livres enfantins, choisis avec circonspection ; ils admettaient les mêmes vérités et les mêmes valeurs que mes parents et mes institutrices ; les bons étaient récompensés, les méchants punis ; il n'arrivait de mésaventures qu'aux gens ridicules et stupides. Il me suffisait que ces principes essentiels fussent sauvegardés ; ordinairement, je ne cherchais guère de correspondance entre les fantaisies des livres et la réalité ; je m'en amusais, comme je riais à Guignol, à distance ; c'est pourquoi, malgré les étranges arrière-plans qu'y découvrent avec ingéniosité les adultes, les romans de Madame de Ségur ne m'ont jamais étonnée. Madame Bonbec, le général Dourakine, de même que Monsieur Cryptogame, le baron de Crac, Bécassine n'avaient qu'une existence de fantoches. Un récit, c'était un bel objet qui se suffisait à soi-même, comme un spectacle de marionnettes ou une image ; j'étais sensible à la nécessité de ces constructions qui ont un commencement, une ordonnance, une fin, où mots et phrases brillent de leur éclat propre, comme les couleurs d'un tableau. Parfois pourtant le livre me parlait plus ou moins confusément du monde qui m'entourait ou de moi-même ; alors il me faisait rêver, ou réfléchir, et quelquefois il bousculait mes certitudes. Andersen m'enseigna la mélancolie ; dans ses contes, les objets pâtissent, se brisent, se consument sans mériter leur malheur ; la petite sirène, avant de s'anéantir, soufflait à chacun de ses pas comme si elle eût marché sur des charbons ardents et cependant elle n'avait commis aucune faute : ses tortures et sa mort me barbouillèrent le cœur. Un roman que je lus à Meyrignac, et qui s'appelait *Le Coureur des jungles*, me bouleversa. L'auteur contait d'extravagantes aventures avec assez d'adresse pour m'y faire participer. Le héros avait un ami, nommé Bob, corpulent, bon vivant, dévoué, qui gagna tout de suite ma sympathie. Emprisonnés ensemble dans une geôle hindoue, ils découvraient un corridor souterrain où un homme pouvait se glisser en rampant. Bob passait le premier ; soudain il poussait un cri affreux : il avait rencontré un python. Les mains moites, le cœur battant, j'assistai au drame : le serpent le dévorait. Cette histoire m'obséda longtemps. Certes, la seule idée d'engloutissement suffisait à glacer mon sang ; mais j'aurais été moins secouée si j'avais détesté la victime. L'affreuse mort de Bob contredisait toutes les règles ; n'importe quoi pouvait arriver.

Malgré leur conformisme, les livres élargissaient mon horizon ; en outre, je m'enchantais en néophyte de la sorcellerie qui transmute les signes imprimés en récit ; le désir me vint d'inverser cette magie. Assise devant une petite table, je décalquai sur le papier des phrases qui serpentaient dans ma tête : la feuille blanche se couvrait de taches violettes qui racontaient une histoire. Autour de moi, le silence de l'antichambre devenait solennel : il me semblait que j'officiais. Comme je ne cherchais pas dans la littérature un reflet de la réalité, je n'eus jamais non plus l'idée de transcrire mon expérience ou mes rêves ; ce qui m'amusait, c'était d'agencer un objet avec des mots, comme j'en construisais autrefois avec des cubes ; les livres seuls, et non le monde dans sa crudité, pouvaient me fournir des modèles ; je pastichai. Ma première œuvre s'intitula *Les Malheurs de Marguerite*. Une héroïque Alsacienne, orpheline par surcroît, traversait le Rhin avec une nichée de frères et sœurs pour gagner la France. J'appris avec regret que le fleuve ne coulait pas où il aurait fallu et mon roman avorta. Alors je démarquai *La Famille Fenouillard*, qu'à la maison nous goûtions tous vivement : Monsieur, Madame Fenouillard, et leurs deux filles, c'était le négatif de notre propre famille. Maman lut un soir à papa *La Famille Cornichon*, avec des rires approbateurs ; il sourit. Bon-papa me fit cadeau d'un volume broché, à la couverture jaune, dont les pages étaient vierges ; tante Lili y recopia mon manuscrit, d'une nette écriture de couventine : je regardai avec fierté cet objet qui était presque vrai et qui me devait l'existence. Je composai deux ou trois autres ouvrages qui eurent un moindre succès. Parfois je me contentais d'inventer les titres. À la campagne, je jouai à la libraire ; j'intitulai *Reine d'Azur* la feuille argentée du bouleau, *Fleur des Neiges* la feuille vernissée du magnolia, et j'arrangeai de savants étalages. Je ne savais trop si je souhaitais plus tard écrire des livres ou en vendre, mais à mes yeux le monde ne contenait rien de plus précieux. Ma mère était abonnée à un cabinet de lecture, rue Saint-Placide. D'infranchissables barrières défendaient les corridors tapissés de livres, et qui se perdaient dans l'infini comme les tunnels du métro. J'enviais les vieilles demoiselles aux guimpes montantes, qui manipulaient, à longueur de vie, les volumes vêtus de noir, dont le titre se détachait sur un rectangle orange ou vert. Enfouies dans le silence, masquées par la sombre monotonie des couvertures, toutes les paroles étaient là, attendant qu'on les

71

déchiffrât. Je rêvais de m'enfermer dans ces allées poussiéreuses, et de n'en jamais sortir.

Une fois par an environ, nous allions au Châtelet. Le conseiller municipal Alphonse Deville, dont mon père avait été secrétaire au temps où ils exerçaient tous deux la profession d'avocat, mettait à notre disposition la loge réservée à la Ville de Paris. Je vis ainsi *La Course au bonheur*, *Le Tour du monde en quatre-vingts jours*, et d'autres féeries à grand spectacle. J'admirai le rideau rouge, les lumières, les décors, les ballets des femmes-fleurs ; mais les aventures qui se déroulaient sur la scène m'intéressaient médiocrement. Les acteurs étaient trop réels, et pas assez. Les plus somptueux atours brillaient moins que les escarboucles des contes. Je battais des mains, je m'exclamais, mais au fond je préférais le tranquille tête-à-tête avec le papier imprimé.

Quant au cinéma, mes parents le tenaient pour un divertissement vulgaire. Ils jugeaient Charlot trop enfantin, même pour des enfants. Cependant, un ami de papa nous ayant procuré une invitation pour une projection privée, nous vîmes un matin, dans une salle des boulevards, *L'Ami Fritz* ; tout le monde convint que le film était charmant. Quelques semaines plus tard nous assistâmes, dans les mêmes conditions, au *Roi de Camargue*. Le héros, fiancé à une douce paysanne blonde, se promenait à cheval au bord de la mer ; il rencontrait une bohémienne nue, aux yeux étincelants, qui souffletait sa monture ; il en restait pantois pendant un long moment ; plus tard, il s'enfermait avec la belle fille brune dans une maisonnette, au milieu des marais. Je remarquai que ma mère et bonne-maman échangeaient des regards effarés ; leur inquiétude finit par m'alerter et je devinai que cette histoire n'était pas pour moi : mais je ne compris pas bien pourquoi. Pendant que la blonde courait désespérément à travers le marécage et s'y engloutissait, je ne réalisai pas que le plus affreux des péchés était en train de se consommer. L'altière impudeur de la bohémienne m'avait laissée de bois. J'avais connu dans *La Légende dorée*, dans les contes du chanoine Schmidt, des nudités plus voluptueuses. Néanmoins, nous ne retournâmes plus au cinéma.

Je ne le regrettai pas ; j'avais mes livres, mes jeux et partout autour de moi des objets de contemplation plus dignes d'intérêt que de plates images : des hommes et des femmes de chair et d'os. Doués de conscience, les gens, à l'encontre des choses muettes, ne m'inquiétaient pas : c'étaient mes semblables. À l'heure où les façades deviennent transparentes, je guettais les fenêtres éclairées. Il n'arrivait rien d'extraordinaire ; mais si un enfant s'asseyait devant une table et lisait, je m'émouvais de voir ma propre vie se changer sous mes yeux en spectacle. Une femme mettait le couvert, un couple causait : jouées à distance, sous le feu des lustres et des suspensions, les scènes familières rivalisaient d'éclat avec les féeries du Châtelet. Je ne m'en sentais pas exclue ; j'avais l'impression qu'à travers la diversité des décors et des acteurs, une histoire unique se déroulait. Indéfiniment répétée d'immeuble en immeuble, de ville en ville, mon existence participait à la richesse de ses innombrables reflets ; elle s'ouvrait sur l'univers entier.

L'après-midi, je restais assise longtemps sur le balcon de la salle à manger, à la hauteur des feuillages qui ombrageaient le boulevard Raspail, et je suivais des yeux les passants. Je connaissais trop peu les mœurs des adultes pour essayer de deviner vers quel rendez-vous ils se hâtaient. Mais leurs visages, les silhouettes, le bruit de leurs voix me captivaient ; à vrai dire, je m'explique assez mal aujourd'hui ce bonheur qu'ils me donnaient ; mais quand mes parents décidèrent de s'installer dans un cinquième, rue de Rennes, je me rappelle mon désespoir : « Les gens qui se promènent dans la rue, je ne les verrai plus ! » On me coupait du monde, on me condamnait à l'exil. À la campagne peu m'importait d'être reléguée dans un ermitage : la nature me comblait ; à Paris, j'avais faim de présences humaines ; la vérité d'une ville, ce sont ses habitants : à défaut de lien plus intime, il fallait au moins que je les voie. Déjà il m'arrivait de souhaiter transgresser le cercle où j'étais confinée. Une démarche, un geste, un sourire me touchaient : j'aurais voulu courir après l'inconnu qui tournait le coin de la rue et que je ne croiserais plus jamais. Au Luxembourg, un après-midi, une grande jeune fille en tailleur vert pomme faisait sauter des enfants à la corde ; elle avait des joues roses, un rire étincelant et tendre. Le soir, je déclarai à ma sœur : « Je sais ce que c'est que l'amour ! » J'avais en effet entrevu quelque chose de neuf. Mon père, ma mère, ma sœur : ceux que j'aimais étaient miens. Je pressentais pour la première fois qu'on peut se trouver atteint au cœur de soi-même par un rayonnement venu *d'ailleurs*.

Ces brefs élans ne m'empêchaient pas de me sentir solidement ancrée sur mon socle. Curieuse d'autrui, je ne rêvais pas d'un sort différent du mien. En particulier, je ne déplorais pas d'être une fille. Évitant, je l'ai dit, de me perdre en vains désirs, j'acceptais allégrement ce qui m'était donné. D'autre part, je ne voyais nulle raison positive de m'estimer mal lotie.

Je n'avais pas de frère : aucune comparaison ne me révéla que certaines licences m'étaient refusées à cause de mon sexe ; je n'imputai qu'à mon âge les contraintes qu'on m'infligeait ; je ressentis vivement mon enfance, jamais ma féminité. Les garçons que je connaissais n'avaient rien de prestigieux. Le plus éveillé, c'était le petit René, exceptionnellement admis à faire ses premières études au cours Désir ; j'obtenais de meilleures notes que lui. Et mon âme n'était pas moins précieuse aux yeux de Dieu que celle des enfants mâles : pourquoi les eussé-je enviés ?

Si je considérais les adultes, mon expérience était ambiguë. Sur certains plans, papa, bon-papa, mes oncles m'apparaissaient comme supérieurs à leurs femmes. Mais dans ma vie quotidienne, Louise, maman, ces demoiselles tenaient les premiers rôles. Madame de Ségur, Zénaïde Fleuriot prenaient pour héros des enfants et leur subordonnaient les grandes personnes : les mères occupaient donc dans leurs livres une place prépondérante. Les pères comptaient pour du beurre. Moi-même, j'envisageais essentiellement les adultes dans leur rapport à l'enfance : de ce point de vue, mon sexe m'assurait la prééminence. Dans mes jeux, mes ruminations, mes projets, je ne me suis jamais changée en homme ; toute mon imagination s'employait à anticiper mon destin de femme.

Ce destin, je l'accommodais à ma manière. Je ne sais pourquoi, mais le fait est que les phénomènes organiques cessèrent très tôt de m'intéresser. À la campagne, j'aidais Magdeleine à nourrir ses lapins, ses poules, mais ces corvées m'ennuyaient vite et j'étais peu sensible à la douceur d'une fourrure ou d'un duvet. Je n'ai jamais aimé les animaux. Rougeauds, ridés, les bébés aux yeux laiteux m'importunaient. Quand je me déguisais en infirmière, c'était pour ramasser les blessés sur le champ de bataille mais je ne les soignais pas. Un jour, à Meyrignac, j'administrai avec une poire en caoutchouc un simulacre de lavement à ma cousine Jeanne dont la souriante passivité incitait au sadisme :

je ne retrouve aucun autre souvenir qui s'apparente à celui-ci. Dans mes jeux, je ne consentais à la maternité qu'à condition d'en nier les aspects nourriciers. Méprisant les autres enfants qui s'en amusent avec incohérence, nous avions, ma sœur et moi, une façon particulière de considérer nos poupées ; elles savaient parler et raisonner, elles vivaient dans le même temps que nous, au même rythme, vieillissant chaque jour de vingt-quatre heures : c'étaient nos doubles. Dans la réalité, je me montrais plus curieuse que méthodique, plus zélée que vétilleuse ; mais je poursuivais volontiers des rêveries schizophréniques de rigueur et d'économie : j'utilisais Blondine pour assouvir cette manie. Mère parfaite d'une petite fille modèle, lui dispensant une éducation idéale dont elle tirait le maximum de profit, je récupérais mon existence quotidienne sous la figure de la nécessité. J'acceptais la discrète collaboration de ma sœur que j'aidais impérieusement à élever ses propres enfants. Mais je refusais qu'un homme me frustrât de mes responsabilités : nos maris voyageaient. Dans la vie, je le savais, il en va tout autrement : une mère de famille est toujours flanquée d'un époux ; mille tâches fastidieuses l'accablent. Quand j'évoquai mon avenir, ces servitudes me parurent si pesantes que je renonçai à avoir des enfants à moi ; ce qui m'importait, c'était de former des esprits et des âmes : « je me ferai professeur », décidai-je.

Cependant, l'enseignement, tel que le pratiquaient ces demoiselles, ne donnait pas au maître une prise assez définitive sur l'élève ; il fallait que celui-ci m'appartînt exclusivement : je planifierais ses journées dans les moindres détails, j'en éliminerais tout hasard ; combinant avec une ingénieuse exactitude occupations et distractions, j'exploiterais chaque instant sans rien en gaspiller. Je ne vis qu'un moyen de mener à bien ce dessein : je deviendrais institutrice dans une famille. Mes parents jetèrent les hauts cris. Moi je n'imaginais pas qu'un précepteur fût un subalterne. Constatant les progrès accomplis par ma sœur, je connaissais la joie souveraine d'avoir changé le vide en plénitude ; je ne concevais pas que l'avenir pût me proposer entreprise plus haute que de façonner un être humain. Non pas d'ailleurs n'importe lequel. Je me rends compte aujourd'hui que dans ma future création, comme dans ma poupée Blondine, c'est moi que je projetais. Tel était le sens de ma vocation : adulte, je reprendrais en main mon enfance et j'en ferais un chef-d'œuvre sans faille. Je me rêvais l'absolu fondement de moi-même et ma propre apothéose.

Ainsi, au présent et dans l'avenir, je me flattais de régner, seule, sur ma propre vie. Cependant la religion, l'histoire, les mythologies me suggéraient un autre rôle. J'imaginais souvent que j'étais Marie-Madeleine et que j'essuyais avec mes longs cheveux les pieds du Christ. La plupart des héroïnes réelles ou légendaires — sainte Blandine, Jeanne sur son bûcher, Grisélidis, Geneviève de Brabant — n'atteignaient, en ce monde ou dans l'autre, la gloire et le bonheur qu'à travers de douloureuses épreuves infligées par les mâles. Je jouais volontiers à la victime. Parfois, je mettais l'accent sur ses triomphes : le bourreau n'était qu'un insignifiant médiateur entre le martyr et ses palmes. C'est ainsi que nous faisions, ma sœur et moi, des concours d'endurance : nous nous pincions avec la pince à sucre, nous nous écorchions avec la hampe de nos petits drapeaux ; il fallait mourir sans abjurer ; je trichais honteusement, car j'expirais à la première écorchure, et tant que ma sœur n'avait pas cédé, je soutenais qu'elle survivait. Religieuse enfermée dans un cachot, je bafouais mon geôlier en chantant des hymnes. La passivité à laquelle mon sexe me vouait, je la convertissais en défi. Souvent, cependant, je commençais par longuement m'y complaire : je savourais les délices du malheur, de l'humiliation. Ma piété me disposait au masochisme ; prostrée aux pieds d'un jeune Dieu blond, ou, dans la nuit du confessionnal devant le suave abbé Martin, je goûtais d'exquises pâmoisons ; des larmes coulaient sur mes joues, je sombrais dans les bras des anges. Je poussais ces émotions au paroxysme quand, revêtant la chemise ensanglantée de sainte Blandine, je m'exposais aux griffes des lions et aux regards de la foule. Ou bien, m'inspirant de Grisélidis et de Geneviève de Brabant, j'entrais dans la peau d'une épouse persécutée ; ma sœur, entraînée à incarner les Barbe-Bleue, me chassait cruellement de son palais, je me perdais dans les forêts sauvages jusqu'au jour où mon innocence éclatait. Parfois, modifiant ce livret, je me rêvais coupable d'une faute mystérieuse, et je frémissais de repentir aux pieds d'un homme beau, pur, et terrible. Vaincu par mes remords, mon abjection, mon amour, le justicier posait sa main sur ma tête courbée, et je me sentais défaillir. Certains de mes fantasmes ne supportaient pas la lumière ; je ne les évoquais qu'en secret. Je fus extraordinairement émue par le sort de ce roi captif qu'un tyran oriental utilisait comme marchepied quand il montait à cheval ; il m'arrivait de me substituer tremblante, demi-nue, à l'esclave dont un dur éperon écorchait l'échine.

Plus ou moins clairement en effet, la nudité intervenait dans ces incantations. La tunique déchirée de sainte Blandine révélait la blancheur de ses flancs ; sa seule chevelure voilait Geneviève de Brabant. Je n'avais jamais vu d'adultes qu'hermétiquement vêtus ;

moi-même, en dehors de mes bains — et Louise me frictionnait alors avec une vigueur qui m'interdisait toute complaisance —, on m'avait appris à ne pas regarder mon corps, à changer de linge sans me découvrir. Dans mon univers, la chair n'avait pas droit à l'existence. Pourtant, j'avais connu la douceur des bras maternels ; dans l'échancrure de certains corsages naissait un sombre sillon qui me gênait et m'attirait. Je ne fus pas assez ingénieuse pour rééditer les plaisirs entrevus au cours de gymnastique ; mais parfois, un contact duveteux contre ma peau, une main qui frôlait mon cou, me faisaient frissonner. Trop ignorante pour inventer la caresse, j'usai de détours. À travers l'image d'un homme-marchepied, j'opérais la métamorphose du corps en objet. Je la réalisais sur moi-même quand je m'écroulais aux genoux d'un souverain-maître. Pour m'absoudre, il posait sur ma nuque sa main de justicier : implorant son pardon, j'obtenais la volupté. Mais lorsque je m'abandonnais à ces exquises déchéances, je n'oubliais jamais qu'il s'agissait d'un jeu. Pour de vrai, je ne me soumettais à personne : j'étais, et je demeurerais toujours mon propre maître.

J'avais même tendance à me considérer, du moins au niveau de l'enfance, comme l'Unique. D'humeur sociable, je fréquentais avec plaisir certaines de mes camarades. Nous faisions des parties de nain jaune ou de loto, nous échangions des livres. Mais dans l'ensemble, je n'avais guère d'estime pour aucun de mes petits amis, garçons ou filles. Je voulais qu'on jouât sérieusement, en respectant les règles et en se disputant avec âpreté la victoire ; ma sœur satisfaisait à ces exigences ; mais l'habituelle futilité de mes autres partenaires m'impatientait. Je suppose qu'en retour, je dus souvent les excéder. Il y eut une époque où j'arrivais au cours

Désir une demi-heure avant la classe ; je me mêlais à la récréation des demi-pensionnaires ; en me voyant traverser la cour, une petite fille se frotta le menton d'un geste expressif : « La voilà encore ! ah ! la barbe ! » Elle était laide, sotte et portait des lunettes : je m'étonnai un peu mais ne me vexai pas. Un jour nous allâmes en banlieue chez des amis de mes parents dont les enfants possédaient un jeu de croquet ; à La Grillère, c'était notre passe-temps favori ; pendant le goûter, pendant la promenade je ne cessai pas d'en parler. Je grillais d'impatience. Nos amis se plaignirent à ma sœur : « Elle est assommante avec son croquet ! » Quand le soir elle me répéta ces paroles, je les accueillis avec indifférence. Je ne pouvais être blessée par des enfants qui manifestaient leur infériorité en n'aimant pas le croquet aussi ardemment que je l'aimais. Butées dans nos préférences, nos manies, nos principes et nos valeurs, nous nous entendions, ma sœur et moi, pour reprocher aux autres enfants leur bêtise. La condescendance des adultes transforme l'enfance en une espèce dont tous les individus s'équivalent : rien ne m'irritait davantage. À La Grillère, comme je mangeais des noisettes, la vieille fille qui servait d'institutrice à Magdeleine déclara doctement : « Les enfants adorent les noisettes. » Je me moquai d'elle avec Poupette. Mes goûts ne m'étaient pas dictés par mon âge ; je n'étais pas « une enfant » : j'étais moi.

Ma sœur bénéficiait, en tant que vassale, de la souveraineté que je m'attribuais : elle ne me la disputait pas. Je pensais que si j'avais dû la partager, ma vie aurait perdu tout sens. Dans ma classe il y avait deux jumelles qui s'entendaient à merveille. Je me demandais comment on peut se résigner à vivre dédoublée ; je n'aurais plus été, me semblait-il, qu'une demi-personne ; et

80

même, j'avais l'impression qu'en se répétant identiquement en une autre, mon expérience eût cessé de m'appartenir. Une jumelle eût ôté à mon existence ce qui en faisait tout le prix : sa glorieuse singularité.

Pendant mes huit premières années, je ne connus qu'un enfant dont le jugement comptât : j'eus la chance qu'il ne me dédaignât pas. Ma grand-tante moustachue prenait souvent pour héros, dans *La Poupée modèle*, ses petits-enfants, Titite et Jacques ; Titite avait trois ans de plus que moi, Jacques était de six mois mon aîné. Ils avaient perdu leur père dans un accident d'auto ; leur mère, remariée, vivait à Châteauvillain. L'été de mes huit ans, nous fîmes un assez long séjour chez tante Alice. Les deux maisons se touchaient presque. J'assistai aux leçons que donnait à mes cousins une douce jeune fille blonde ; moins avancée qu'eux, je fus éblouie par les brillantes rédactions de Jacques, par son savoir, par son assurance. Avec son teint vermeil, ses yeux dorés, ses cheveux brillants comme l'écorce d'un marron d'Inde, c'était un très joli petit garçon. Sur le palier du premier étage, il y avait une bibliothèque où il me choisissait des livres ; assis sur les marches de l'escalier, nous lisions côte à côte, moi *Les Voyages de Gulliver*, et lui une *Astronomie populaire*. Quand nous descendions au jardin, c'était lui qui inventait nos jeux. Il avait entrepris de construire un avion qu'il avait baptisé d'avance *Le-Vieux-Charles*, en l'honneur de Guynemer ; pour lui fournir des matériaux, je ramassais toutes les boîtes de conserve que je trouvais dans la rue.

L'avion ne fut pas même ébauché, mais le prestige de Jacques n'en pâtit pas. À Paris, il logeait non dans un immeuble ordinaire, mais dans une vieille maison du boulevard Montparnasse où l'on fabriquait des vitraux ; en bas il y avait des bureaux, au-dessus l'appartement, plus haut les ateliers, et sous les combles des halls d'exposition ; c'était sa maison et il m'en faisait les honneurs avec l'autorité d'un jeune patron ; il m'expliquait l'art du vitrail et ce qui distingue celui-ci d'un vulgaire verre peint ; il parlait aux ouvriers d'un ton protecteur ; j'écoutais bouche bée ce petit garçon qui m'avait déjà l'air de gouverner une équipe d'adultes : il m'en imposait. Il traitait à égalité avec les grandes personnes, et il me scandalisait même un peu lorsqu'il rudoyait sa grand-mère. D'ordinaire, il méprisait les filles et j'appréciai d'autant plus son amitié. « Simone est une enfant précoce », avait-il déclaré. Le mot me plut beaucoup. Un jour, il fabriqua de ses mains un authentique vitrail, dont les losanges bleus, rouges, blancs, étaient sertis de plomb ; en lettres noires il y avait inscrit une dédicace : « Pour Simone ». Jamais je n'avais reçu de cadeau aussi flatteur. Nous décidâmes que nous étions « mariés d'amour » et j'appelai Jacques « mon fiancé ». Nous fîmes notre voyage de noces sur les chevaux de bois du Luxembourg. Je pris au sérieux notre engagement. Cependant, en son absence, je ne pensais guère à lui. Chaque fois que je le voyais, j'étais contente, mais il ne me manquait jamais.

Ainsi, l'image que je retrouve de moi aux environs de l'âge de raison est celle d'une petite fille rangée, heureuse et passablement arrogante. Deux ou trois souvenirs démentent ce portrait et me font supposer qu'il eût suffi de peu de chose pour ébranler mon assurance. À huit ans, je n'étais plus gaillarde comme dans ma première enfance mais malingre et timorée. Pendant les séances de gymnastique dont j'ai parlé, j'étais vêtue d'un vilain maillot étriqué et une de mes tantes avait dit à maman : « Elle a l'air d'un petit singe. » Vers la fin du traitement, le professeur me réunit aux élèves d'un cours collectif : une bande de garçons et de filles qu'accompagnait une gouvernante. Les filles portaient des costumes en jersey bleu pâle, aux jupes courtes et gracieusement plissées ; leurs tresses lustrées, leur voix, leurs manières, tout en elles était impeccable. Cependant elles couraient, sautaient, cabriolaient, riaient avec la liberté et la hardiesse que je croyais l'apanage des voyous. Je me sentis soudain gauche, poltronne, laide : un petit singe ; sans aucun doute, c'est ainsi que ces beaux enfants me voyaient ; ils me méprisaient : pire, ils m'ignoraient. Je contemplai, désemparée, leur triomphe et mon néant.

Quelques mois plus tard, une amie de mes parents, dont les enfants ne m'amusaient qu'à demi, m'emmena à Villers-sur-Mer. Je quittais pour la première fois ma sœur et je me sentis mutilée. Je trouvai la mer plate ; les bains me mirent au supplice : l'eau me coupait le souffle, j'avais peur. Un matin, dans mon lit, je sanglotai. Mme Rollin me prit avec embarras sur ses genoux et me demanda la raison de mes larmes ; il me sembla que nous jouions toutes deux une comédie, et je ne sus que répondre : non, personne ne m'avait brimée, tout le monde était gentil. La vérité c'est que, séparée de ma famille, privée des affections qui m'assuraient de mes mérites, des consignes et des repères qui définissaient ma place dans le monde, je ne savais plus comment me situer, ni ce que j'étais venue faire sur terre. J'avais besoin d'être prise dans des cadres dont la rigueur justifiait mon existence. Je m'en rendais compte, car je craignais le changement. Je n'eus à essuyer ni deuil ni dépaysement et c'est une des raisons qui me permirent de persévérer assez longtemps dans mes puériles prétentions.

Ma sérénité connut cependant une éclipse pendant la dernière année de la guerre.

Il fit grand froid cet hiver-là et le charbon manquait ; dans l'appartement mal chauffé, je collais vainement au radiateur mes doigts gonflés d'engelures. L'ère des restrictions avait commencé. Le pain était gris, ou trop blanc. Au lieu de chocolat, nous mangions le matin des soupes fades. Ma mère confectionnait des omelettes sans œufs et des entremets à la margarine, où la saccharine remplaçait le sucre ; elle nous servait de la viande frigorifiée, des biftecks de cheval et de tristes légumes : crosnes, topinambours, bettes, artichauts de Jérusalem. Pour économiser le vin, tante Lili fabriquait avec des figues une boisson fermentée, abominable, « la figuette ». Les repas avaient perdu leur ancienne gaieté. Souvent la nuit, les sirènes ululaient ; dehors, les réverbères et les fenêtres s'éteignaient ; on entendait des pas hâtifs et la voix irritée du chef d'îlot, M. Dardelle, qui criait : « Lumière ! » Deux ou trois fois ma mère nous fit descendre à la cave ; mais comme mon père restait obstinément dans son lit, elle se décida à ne pas bouger. Certains locataires des étages supérieurs venaient s'abriter dans notre antichambre ; on y installait des fauteuils où ils somnolaient. Parfois des amis, retenus par l'alerte, prolongeaient jusqu'à des heures insolites une partie de bridge. Je goûtais ce désordre, avec derrière les fenêtres calfeutrées le silence de la ville, et son brusque réveil quand sonnait la breloque. L'ennui, c'est que mes grands-parents qui habitaient un cinquième, près du Lion de Belfort, prenaient les taubes au sérieux ; ils se précipitaient à la cave et le lendemain matin, nous devions aller nous assurer qu'ils étaient sains et saufs. Aux premiers coups tirés par « la grosse Bertha », bonpapa, convaincu de l'imminente arrivée des Allemands, envoya sa femme et sa fille à La Charité-sur-Loire : lui-même, le jour venu, fuirait à pied jusqu'à Longjumeau. Bonne-maman, épuisée par le vigoureux affolement de son mari, tomba malade. Pour la soigner, il fallut la ramener à Paris ; mais comme elle n'était plus capable de quitter son cinquième en cas de bombardement, on l'installa chez nous. Quand elle arriva, accompagnée d'une infirmière, la rougeur de ses joues, son regard vide me firent peur : elle ne pouvait pas parler et ne me reconnut pas. Elle occupa ma chambre et nous campâmes, Louise, ma sœur et moi, dans le salon. Tante Lili et bon-papa prenaient leurs repas à la maison. De sa voix volumineuse, celui-ci prophétisait des désastres ou bien il annonçait soudain que la fortune venait de lui tomber du ciel. Son catastrophisme se doublait en effet d'un optimisme extravagant. Banquier à Verdun, ses spéculations avaient abouti à une faillite où s'étaient engloutis ses capitaux et ceux d'un bon nombre de gens. Il n'en gardait pas moins confiance en son étoile et en son flair. Pour l'instant, il dirigeait une usine de chaussures qui, grâce aux commandes de l'armée, marchait assez bien ; cette modeste entreprise n'apaisait pas sa fringale : brasser des affaires, des idées, de l'argent. Malheureusement pour lui, il ne pouvait plus disposer d'aucuns fonds sans l'assentiment de sa femme et de ses enfants : il tentait d'obtenir l'appui de papa. Il lui apporta un jour un petit lingot d'or qu'un alchimiste avait tiré sous ses yeux d'un morceau de plomb : ce secret devait nous rendre tous millionnaires, si seulement nous consentions une avance à l'inventeur. Papa souriait, bon-papa se congestionnait, ma mère et tante Lili prenaient parti, tout le monde criait. Ce genre de scène se répétait souvent. Surmenées, Louise et maman se « montaient » vite ; elles « avaient des mots » ; il arri-

assombrir - darken - fill with gloom

vait même que maman se disputât avec papa ; elle nous grondait, ma sœur et moi, et nous giflait au hasard de ses nerfs. Je n'avais plus cinq ans. Le temps était révolu où une querelle entre mes parents faisait basculer le ciel ; je ne confondais pas non plus l'impatience et l'injustice. Néanmoins, quand, la nuit, à travers la porte vitrée qui séparait la salle à manger du salon, j'entendais le tumulte haineux de la colère, je me cachais sous mes draps, le cœur gros. Je songeais au passé comme à un paradis perdu. Renaîtrait-il ? le monde ne me semblait plus un lieu sûr.

Ce qui l'assombrissait, surtout, c'est que mon imagination mûrissait. À travers les livres, les « communiqués », et les conversations que j'entendais, la vérité de la guerre se faisait jour : le froid, la boue, la peur, le sang qui coule, la douleur, les agonies. Nous avions perdu sur le front des amis, des cousins. Malgré les promesses du ciel, je suffoquais d'horreur en pensant à la mort qui sur terre sépare à jamais les gens qui s'aiment. On disait parfois devant ma sœur et moi : « Elles ont de la chance d'être des enfants ! Elles ne se rendent pas compte… » En moi-même je protestais : « Décidément les adultes ne savent rien de nous ! » Il m'arrivait d'être submergée par quelque chose de si amer, de si définitif, que personne, j'en étais sûre, ne pouvait connaître pire détresse. Pourquoi tant de souffrances ? me demandais-je. À La Grillère, des prisonniers allemands, et un jeune réfugié belge, réformé pour obésité, mangeaient la soupe dans la cuisine, côte à côte avec des travailleurs français : ils s'entendaient tous très bien. Somme toute les Allemands étaient des hommes ; eux aussi saignaient et mouraient. Pourquoi ? Je me mis à prier désespérément pour que ce malheur prît fin. La paix m'importait plus que la victoire. Tout en montant un escalier, je parlais avec maman ; elle me disait que la guerre allait peut-être bientôt s'achever : « Oui ! dis-je avec élan, qu'elle finisse ! n'importe comment : mais qu'elle finisse ! » Maman s'arrêta net et me regarda d'un air effrayé : « Ne dis pas une chose pareille ! La France doit être victorieuse ! » J'eus honte, non seulement d'avoir laissé échapper une énormité, mais même de l'avoir conçue. Pourtant j'avais peine à admettre qu'une idée pût être coupable. Au-dessous de notre appartement, face au paisible Dôme où M. Dardelle jouait aux dominos, venait de s'ouvrir un café bruyant, La Rotonde. On y voyait entrer des femmes maquillées, aux cheveux courts, et des hommes bizarrement vêtus. « C'est un repaire de métèques et de défaitistes », disait papa. Je lui demandai ce que c'était qu'un défaitiste. « Un mauvais Français qui croit à la défaite de la France », me répondit-il. Je ne compris pas. Les pensées vont et viennent à leur guise dans notre tête, on ne fait pas exprès de croire ce qu'on croit. En tout cas l'accent outragé de mon père, le visage scandalisé de ma mère, me confirmèrent qu'il ne faut pas se hâter de formuler à voix haute toutes les paroles inquiètes qu'on se chuchote tout bas.

Mon pacifisme hésitant ne m'empêchait pas de m'enorgueillir du patriotisme de mes parents. Intimidées par les taubes et par « la grosse Bertha », la plupart des élèves de l'institut désertèrent Paris avant la fin de l'année scolaire. Je restai seule dans ma classe avec une grande niaise de douze ans ; nous nous asseyions à la grande table déserte, en face de Mademoiselle Gontran ; elle s'occupait surtout de moi. Je pris un plaisir tout particulier à ces classes, solennelles comme des cours publics, intimes comme des leçons privées. Un jour, quand j'arrivai avec maman et ma sœur rue Jacob, nous trouvâmes l'immeuble vide : tout le monde était descendu à la cave. L'aventure nous fit beaucoup rire. Décidément, par notre courage, et notre allant, nous démontrions que nous étions des gens à part.

Bonne-maman retrouva ses esprits, elle retourna chez elle. Pendant les vacances et à la rentrée j'entendis beaucoup parler de deux traîtres qui avaient essayé de vendre la France à l'Allemagne : Malvy et Caillaux. On ne les fusilla pas comme on aurait dû, mais leurs manœuvres furent déjouées. Le 11 novembre, j'étudiais mon piano sous la surveillance de maman quand les cloches de l'armistice sonnèrent. Papa reprit ses vêtements civils. Le frère de maman mourut, à peine démobilisé, de la grippe espagnole. Mais je le connaissais peu, et quand maman eut séché ses larmes, le bonheur, pour moi du moins, ressuscita.

À la maison, on ne laissait rien perdre : ni un croûton de pain, ni un bout de ficelle, ni un billet de faveur, ni aucune occasion de consommer gratis. Ma sœur et moi, nous usions nos vêtements jusqu'à la corde, et même un peu au-delà. Ma mère ne gaspillait jamais une seconde ; en lisant, elle tricotait ; quand elle causait avec mon père ou avec des amis, elle cousait, ravaudait ou brodait ; dans les métros et les tramways elle confectionnait des kilomètres de « frivolité » dont elle ornait nos jupons. Le soir elle faisait ses comptes : depuis des années, chacun des centimes qui avaient passé par ses mains avait été marqué sur un grand livre noir. Je pensais que — non seulement dans ma famille, mais partout — le temps, l'argent étaient si étroitement mesurés qu'il fallait les administrer avec la plus exacte rigueur ; cette idée me convenait, puisque je souhaitais un monde sans caprice. Nous jouions souvent, Poupette et moi, aux explorateurs égarés dans un désert, aux naufragés échoués sur une île ; ou bien, dans une ville assiégée, nous résistions à la famine : nous déployions des trésors d'ingéniosité pour tirer un maximum de profit des ressources les plus infimes ; c'était un de nos thèmes favoris. Tout utiliser : je prétendis appliquer pour de bon cette consigne. Sur les carnets où je notais d'une semaine à l'autre le programme de mes cours, je me mis à écrire en lettres minuscules, sans laisser un espace blanc : ces demoiselles, étonnées, demandèrent à ma mère si j'étais avare. Je renonçai assez vite à cette manie : faire gratuitement des économies, c'est contradictoire, ce n'est pas amusant. Mais je demeurais convaincue qu'il faut employer à plein toutes les choses et soi-même. À La Grillère il y avait souvent — avant, après les repas, ou à la sortie de la messe — des moments morts ; je m'agitais : « Cette enfant ne peut donc pas rester sans rien faire ? » demanda avec impatience mon oncle Maurice ; mes parents en rirent avec moi : ils condamnaient l'oisiveté. Je la jugeais d'autant plus blâmable qu'elle m'ennuyait. Mon devoir se confondait donc avec mes plaisirs. C'est pour cela que mon existence fut, à cette époque, si heureuse : je n'avais qu'à suivre ma pente et tout le monde était enchanté de moi.

L'institut Adeline Désir comptait des pensionnaires, des demi-pensionnaires, des externes surveillées et d'autres qui comme moi se bornaient à suivre les cours ; deux fois par semaine avaient lieu les classes de culture générale, qui duraient chacune deux heures ; en outre j'apprenais l'anglais, le piano, le catéchisme. Mes émotions de néophyte ne s'étaient pas émoussées : à l'instant où Mademoiselle faisait son entrée, le temps devenait sacré. Nos professeurs ne nous racontaient rien de bien palpitant ; nous leur récitions nos leçons,

elles corrigeaient nos devoirs ; mais je ne leur demandais rien de plus que de sanctionner publiquement mon
existence. Mes mérites s'inscrivaient sur un registre qui
en éternisait la mémoire. Chaque fois, il me fallait
sinon me dépasser du moins m'égaler à moi-même : la
partie se jouait toujours à neuf ; perdre m'eût consternée, la victoire m'exaltait. Mon année était balisée par
ces moments étincelants : chaque jour menait quelque
part. Je plaignais les grandes personnes dont les semaines
étales sont à peine colorées par la fadeur des dimanches.
Vivre sans rien attendre me paraissait affreux.

J'attendais, j'étais attendue. Sans trêve je répondais à
une exigence qui m'épargnait de me demander : pourquoi suis-je ici ? Assise devant le bureau de papa, traduisant un texte anglais ou recopiant une rédaction,
j'occupais ma place sur terre et je faisais ce qui devait
être fait. L'arsenal des cendriers, encriers, coupe-papier,
crayons, porte-plume, éparpillés autour du buvard rose,
participait à cette nécessité : elle pénétrait le monde
tout entier. De mon fauteuil studieux, j'entendais l'harmonie des sphères.

Cependant je n'accomplissais pas avec le même
entrain toutes mes tâches. Mon conformisme n'avait
pas tué en moi désirs et dégoûts. Quand, à La Grillère,
tante Hélène servait un plat de potiron, je sortais de
table dans les larmes plutôt que d'y toucher ; ni menaces
ni coups ne m'eussent décidée à manger du fromage.
J'avais de plus sérieux entêtements. Je ne tolérais pas
l'ennui : il tournait aussitôt à l'angoisse ; c'est pourquoi,
je l'ai dit, je détestais l'oisiveté ; mais les travaux qui
paralysaient mon corps sans absorber mon esprit laissaient en moi le même vide. Bonne-maman réussit à
m'intéresser à la tapisserie et à la broderie sur filet : il
fallait asservir la laine ou le coton à la rigueur d'un

entêter - persista - stubborn

modèle et d'un canevas, et cette consigne m'accaparait assez ; je confectionnai une douzaine de têtières et recouvris d'une tapisserie, hideuse, une des chaises de ma chambre. Mais je sabotais les ourlets, les surjets, les reprises, les festons, le point de croix, le plumetis, le macramé. Pour piquer mon zèle, Mademoiselle Fayet me raconta une anecdote ; on vantait devant un jeune homme à marier les mérites d'une jeune fille musicienne, savante, douée de mille talents : sait-elle coudre ? demanda-t-il. Malgré tout mon respect, je jugeai stupide qu'on prétendît me soumettre aux lubies d'un jeune homme inconnu. Je ne m'amendai pas. Dans tous les domaines, autant j'étais avide de m'instruire, autant je trouvais fastidieux d'exécuter. Quand j'ouvrais mes livres d'anglais, il me semblait partir en voyage, je les étudiais avec un zèle passionné ; mais jamais je ne m'appliquai à acquérir un accent correct. Déchiffrer une sonatine m'amusait ; l'apprendre me rebutait ; je bâclais mes gammes et mes exercices, si bien qu'aux concours de piano je me classais parmi les dernières. En solfège, je ne mordais qu'à la théorie ; je chantais faux et ratais lamentablement mes dictées musicales. Mon écriture était si informe qu'on tenta en vain de la redresser par des leçons particulières. S'il fallait relever le tracé d'un fleuve, les contours d'un pays, ma maladresse décourageait le blâme. Ce trait devait se perpétuer. J'achoppai à tous les travaux pratiques et le fignolage ne fut jamais mon fort.

Je ne constatais pas sans dépit mes déficiences ; il m'aurait plu d'exceller en tout. Mais elles tenaient à des raisons trop profondes pour qu'un éphémère éclat de volonté suffît à y remédier. Dès que j'avais su réfléchir, je m'étais découvert un pouvoir infini, et de dérisoires limites. Quand je dormais, le monde disparaissait ; il

91

avait besoin de moi pour être vu, connu, compris ; je me sentais chargée d'une mission que j'accomplissais avec orgueil ; mais je ne supposais pas que mon corps imparfait dût y participer : au contraire, s'il intervenait, il risquait de tout gâcher. Sans doute, pour faire exister dans sa vérité un morceau de musique, il fallait en rendre les nuances et non le massacrer ; de toute façon, il n'atteindrait pas sous mes doigts son plus haut degré de perfection ; alors, à quoi bon m'acharner ? Développer des capacités qui demeureraient fatalement bornées et relatives : la modestie de cet effort me rebutait, moi qui n'avais qu'à regarder, à lire, à raisonner pour toucher l'absolu. Traduisant un texte anglais, j'en découvrais total, unique, le sens universel, alors que le *th* dans ma bouche n'était qu'une modulation parmi des millions d'autres ; je dédaignais de m'en préoccuper. L'urgence de ma tâche m'interdisait de m'attarder à ces futilités : tant de choses m'exigeaient ! Il fallait réveiller le passé, éclairer les cinq continents, descendre au centre de la terre et tourner autour de la lune. Quand on m'astreignait à des exercices oiseux, mon esprit criait famine et je me disais que je perdais un temps précieux. J'étais frustrée et j'étais coupable : je me hâtais d'en finir. Toute consigne se brisait contre mon impatience.

Je crois aussi que je tenais pour négligeable le travail de l'exécutant parce qu'il me semblait ne produire que des apparences. Au fond, je pensais que la vérité d'une sonate était sur la portée, immuable, éternelle, comme celle de Macbeth dans le livre imprimé. Créer, c'était une autre affaire. J'admirais qu'on fît surgir dans le monde quelque chose de réel et de neuf. Je ne pouvais m'y essayer qu'en un seul domaine : la littérature. Dessiner, pour moi, c'était copier et je m'y attachai d'autant moins que j'y réussissais mal ; je réagissais à l'ensemble d'un objet sans prêter attention au détail de ma perception ; j'échouai toujours à reproduire la plus simple fleur. En revanche, je savais me servir du langage, et puisqu'il exprimait la substance des choses, il les éclairait. J'avais spontanément tendance à raconter tout ce qui m'arrivait : je parlais beaucoup, j'écrivais volontiers. Si je relatais dans une rédaction un épisode de ma vie, il échappait à l'oubli, il intéressait d'autres gens, il était définitivement sauvé. J'aimais aussi inventer des histoires ; dans la mesure où elles s'inspiraient de mon expérience, elles la justifiaient ; en un sens elles ne servaient à rien, mais elles étaient uniques, irremplaçables, elles existaient et j'étais fière de les avoir tirées du néant. J'accordai donc toujours beaucoup de soin à mes « compositions françaises » si bien que j'en recopiai quelques-unes sur le « livre d'or ».

En juillet, la perspective des vacances me permettait de dire au revoir sans regret au cours Désir. Cependant, de retour à Paris, j'attendais fiévreusement la rentrée des classes. Je m'asseyais dans le fauteuil de cuir, à côté de la bibliothèque en poirier noirci, je faisais craquer entre mes mains les livres neufs, je respirais leur odeur, je regardais les images, les cartes, je parcourais une page d'histoire : j'aurais voulu en un seul coup d'œil animer tous les personnages, tous les paysages cachés dans l'ombre des feuilles noires et blanches. Autant que leur sourde présence, l'empire que j'avais sur eux me grisait.

En dehors de mes études, la lecture restait la grande affaire de ma vie. Maman se fournissait à présent à la bibliothèque Cardinale, place Saint-Sulpice. Une table chargée de revues et de magazines occupait le milieu d'une grande salle d'où rayonnaient des corridors tapissés de livres : les clients avaient le droit de s'y prome-

decevoir - disappoint ; sortilège - Magic spell

ner. J'éprouvai une des plus grandes joies de mon enfance le jour où ma mère m'annonça qu'elle m'offrait un abonnement personnel. Je me plantai devant le panneau réservé aux « Ouvrages pour la jeunesse », et où s'alignaient des centaines de volumes : « Tout cela est à moi ? » me dis-je, éperdue. La réalité dépassait les plus ambitieux de mes rêves : devant moi s'ouvrait le paradis, jusqu'alors inconnu, de l'abondance. Je rapportai à la maison un catalogue ; aidée par mes parents, je fis un choix parmi les ouvrages marqués *J* et je dressai des listes ; chaque semaine, j'hésitai délicieusement entre de multiples convoitises. En outre, ma mère m'emmenait quelquefois dans un petit magasin proche du cours, acheter des romans anglais : ils faisaient de l'usage car je les déchiffrais lentement. Je prenais grand plaisir à soulever, à l'aide d'un dictionnaire, le voile opaque des mots : descriptions et récits retenaient un peu de leur mystère ; je leur trouvais plus de charme et de profondeur que si je les avais lus en français.

Cette année-là, mon père me fit cadeau de *L'Abbé Constantin*, dans une belle édition illustrée par Madeleine Lemaire. Un dimanche, il m'emmena voir, à la Comédie-Française, la pièce tirée du roman. Pour la première fois, j'étais admise dans un vrai théâtre, fréquenté par les grandes personnes ; je m'assis avec émotion sur mon strapontin rouge et j'écoutai religieusement les acteurs ; ils me déçurent un peu ; les cheveux teints, l'accent affecté de Cécile Sorel ne convenaient pas à l'image que je m'étais faite de Madame Scott. Deux ou trois ans plus tard, pleurant à *Cyrano*, sanglotant à *L'Aiglon*, frémissant à *Britannicus*, je cédai corps et âme aux sortilèges de la scène. Mais cet après-midi, ce qui me transporta, ce fut bien moins la représentation que mon tête-à-tête avec mon père ; assister, seule

94

*griser — intoxicate/ mesquinerie—
meaness*

avec lui, à un spectacle qu'il avait choisi pour moi, cela
créait entre nous une telle complicité que, pendant quelques heures, j'eus l'impression grisante qu'il n'appartenait qu'à moi.

Vers cette époque, mes sentiments pour mon père
s'exaltèrent. Il était souvent soucieux. Il disait que Foch
s'était laissé manœuvrer, qu'on aurait dû aller jusqu'à
Berlin. Il parlait beaucoup des Bolcheviks, dont le nom
ressemblait dangereusement à celui des Boches et qui
l'avaient ruiné. Il augurait si mal de l'avenir qu'il n'osa
pas rouvrir son cabinet d'avocat. Il accepta dans l'usine
de son beau-père un poste de codirecteur. Il avait
connu déjà des déboires : par suite de la faillite de bon-
papa, la dot de ma mère n'avait jamais été payée. À
présent, sa carrière brisée, les « russes » qui constituaient
la majeure partie de son capital s'étant effondrés, il se
rangeait en soupirant dans la catégorie des « nouveaux
pauvres ». Il conservait cependant une humeur égale et
mettait plus volontiers le monde en question qu'il ne
s'apitoyait sur lui-même ; je m'émus qu'un homme
aussi supérieur s'accommodât avec tant de simplicité de
la mesquinerie de sa condition. Je le vis un jour jouer,
au profit d'une œuvre, *La Paix chez soi*, de Courteline. Il
tenait le rôle d'un feuilletoniste besogneux, accablé
d'ennuis d'argent et excédé par les coûteux caprices
d'une femme-enfant ; celle-ci ne ressemblait en rien à
maman ; néanmoins, j'identifiai mon père au personnage qu'il incarnait ; il lui prêtait une ironie désabusée
qui m'émut presque jusqu'aux larmes ; il y avait de la
mélancolie dans sa résignation : la silencieuse blessure
que je devinai en lui le dota d'un nouveau prestige. Je
l'aimai avec romantisme.

Par les beaux jours d'été, il nous emmenait parfois,
après le dîner, faire un tour au Luxembourg ; nous
mangions des glaces, à une terrasse de la place Médicis,

et nous traversions à nouveau le jardin dont la sonnerie d'un clairon annonçait la fermeture. J'enviais aux habitants du Sénat leurs rêveries nocturnes, dans les allées désertes. La routine de mes journées avait autant de rigueur que le rythme des saisons : le moindre écart me jetait dans l'extraordinaire. Marcher dans la douceur du crépuscule, à l'heure où d'habitude maman verrouillait la porte d'entrée, c'était aussi surprenant, aussi poétique qu'au cœur de l'hiver une aubépine en fleur.

Il y eut un soir tout à fait insolite où nous bûmes du chocolat, à la terrasse de Prévost, face à l'immeuble du *Matin*. Un journal lumineux annonçait les péripéties du match qui se déroulait à New York entre Carpentier et Dempsey. Le carrefour était noir de monde. Quand Carpentier fut mis K.-O., il y eut des hommes et des femmes qui fondirent en larmes ; je rentrai à la maison toute fière d'avoir assisté à ce grand événement. Mais je n'aimais pas moins nos soirées quotidiennes dans le bureau calfeutré ; mon père nous lisait *Le Voyage de M. Perrichon*, ou bien nous lisions, côte à côte, chacun pour soi. Je regardais mes parents, ma sœur, et j'avais chaud au cœur. « Nous quatre ! » me disais-je avec ravissement. Et je pensais : « Que nous sommes heureux ! »

Une seule chose, par instants, m'assombrissait : un jour, je le savais, cette période de ma vie s'achèverait. Cela ne paraissait pas vraisemblable. Quand on a aimé ses parents pendant vingt ans, comment peut-on, sans mourir de douleur, les quitter pour suivre un inconnu ? et comment peut-on, alors qu'on s'est passé de lui pendant vingt ans, se mettre à aimer du jour au lendemain un homme qui ne vous est rien ? J'interrogeai papa : « Un mari, c'est autre chose », répondit-il ; il eut un petit sourire qui ne m'éclaira pas. Je considérais toujours

96

oppriner - oppress

avec déplaisir le mariage. Je n'y voyais pas une servitude, car maman n'avait rien d'une opprimée ; c'était la promiscuité qui me rebutait. « Le soir, au lit, on ne peut même pas pleurer tranquillement si on en a envie ! » me disais-je avec effroi. Je ne sais pas si mon bonheur était entrecoupé de crises de tristesse, mais souvent la nuit je me faisais pleurer pour le plaisir ; m'obliger à refréner ces larmes, c'eût été me refuser ce minimum de liberté dont j'avais un impérieux besoin. Tout le jour, je sentais des regards braqués sur moi ; j'aimais mon entourage, mais quand je me couchais le soir, j'éprouvais un vif soulagement à l'idée de vivre enfin quelques instants sans témoin ; alors je pouvais m'interroger, me souvenir, m'émouvoir, prêter l'oreille à ces rumeurs timides que la présence des adultes étouffe. Il m'eût été odieux qu'on me privât de ce répit. Il me fallait échapper au moins quelques instants à toute sollicitude et me parler en paix sans que personne m'interrompît.

J'étais très pieuse ; je me confessais deux fois par mois à l'abbé Martin, je communiais trois fois par semaine, je lisais chaque matin un chapitre de l'*Imitation* ; entre les classes, je me glissais dans la chapelle de l'institut et je priais longtemps, la tête dans mes mains ; souvent pendant la journée, j'élevais mon âme à Dieu. Je ne m'intéressais plus à l'enfant Jésus, mais j'adorais éperdument le Christ. J'avais lu, en marge des Évangiles, de troublants romans dont il était le héros et je contemplais avec des yeux d'amoureuse son beau visage tendre et triste ; je suivais, à travers les collines couvertes d'oliviers, l'éclat de sa robe blanche, je mouillais de mes larmes ses pieds nus, et il me souriait comme il avait souri à Madeleine. Quand j'avais assez longtemps

97

embrassé ses genoux et pleuré sur son corps sanglant, je le laissais remonter au ciel. Il s'y fondait avec l'être plus mystérieux à qui je devais la vie et dont un jour, et pour toujours, la splendeur me ravirait.

Quel réconfort de le savoir là ! On m'avait dit qu'il chérissait chacune de ses créatures comme si elle avait été unique ; pas un instant son regard ne m'abandonnait, et tous les autres étaient exclus de notre tête-à-tête ; je les effaçais, il n'y avait au monde que Lui et moi, et je me sentais nécessaire à sa gloire : mon existence avait un prix infini. Il n'en laissait rien échapper : plus définitivement que sur les registres de ces demoiselles, mes actes, mes pensées, mes mérites s'inscrivaient en lui pour l'éternité ; mes défaillances aussi, évidemment, mais si bien lavées par mon repentir et par sa bonté qu'elles brillaient autant que mes vertus. Je ne me lassais pas de m'admirer dans ce pur miroir sans commencement ni fin. Mon image, toute rayonnante de la joie qu'elle suscitait dans le cœur de Dieu, me consolait de tous mes déboires terrestres ; elle me sauvait de l'indifférence, de l'injustice, et des malentendus humains. Car Dieu prenait toujours mon parti ; si j'avais eu quelque tort, à l'instant où je lui demandais pardon, il soufflait sur mon âme et elle retrouvait tout son lustre ; mais d'ordinaire, dans sa lumière, les fautes qu'on m'imputait s'évanouissaient ; en me jugeant, il me justifiait. Il était le lieu suprême où j'avais toujours raison. Je l'aimais, avec toute la passion que j'apportais à vivre.

Chaque année, je faisais une retraite ; toute la journée, j'écoutais les instructions d'un prédicateur, j'assistais à des offices, j'égrenais des chapelets, je méditais ; je déjeunais au cours, et pendant le repas une surveillante nous lisait la vie d'une sainte. Le soir, à la maison, ma mère respectait mon silencieux recueillement. Je notais sur un carnet les effusions de mon âme et des résolutions de sainteté. Je souhaitais ardemment me rapprocher de Dieu, mais je ne savais pas comment m'y prendre. Ma conduite laissait si peu à désirer que je ne pouvais guère l'améliorer ; d'ailleurs je me demandais dans quelle mesure elle concernait Dieu. La plupart des fautes pour lesquelles ma mère nous réprimandait, ma sœur et moi, c'étaient des maladresses ou des étourderies. Poupette se fit durement gronder et punir pour avoir perdu un collet de civette. Quand, pêchant des écrevisses avec mon oncle Gaston dans la « rivière anglaise », je tombai à l'eau, ce qui m'affola, ce fut l'algarade que je prévoyais et que d'ailleurs on m'épargna. Ces impairs n'avaient rien de commun avec le péché, et en les évitant, je ne me perfectionnais pas. Ce qu'il y avait d'embarrassant, c'est que Dieu interdisait beaucoup de choses, mais ne réclamait rien de positif, sinon quelques prières, quelques pratiques qui ne modifiaient pas le cours des journées. Je trouvais même bizarre, quand les gens venaient de communier, de les voir si vite se replonger dans le train-train habituel ; je faisais comme eux, mais j'en étais gênée. Au fond, ceux qui croyaient, ceux qui ne croyaient pas menaient tout juste la même existence ; je me persuadai de plus en plus qu'il n'y avait pas place dans le monde profane pour la vie surnaturelle. Et pourtant, c'était celle-ci qui comptait : elle seule. J'eus brusquement l'évidence, un matin, qu'un chrétien convaincu de la béatitude future n'aurait pas dû accorder le moindre prix aux choses éphémères. Comment la plupart d'entre eux acceptaient-ils de demeurer dans le siècle ? Plus je réfléchissais, plus je m'en étonnais. Je conclus qu'en tout cas je ne les imiterais pas : entre l'infini et la finitude, mon choix était fait. « J'entrerai au couvent », décidai-je. Les

algarade — unexpected argument

activités des sœurs de charité me semblaient encore trop futiles ; il n'y avait d'autre occupation raisonnable que de contempler à longueur de temps la gloire de Dieu. Je me ferais carmélite. Je ne m'ouvris pas de ce projet : on ne l'aurait pas pris au sérieux. Je me contentai de déclarer d'un air entendu : « Moi, je ne me marierai pas. » Mon père souriait : « Nous en reparlerons quand elle aura quinze ans. » Intérieurement, je lui renvoyais son sourire. Je savais qu'une implacable logique me promettait au cloître : comment préférerait-on rien à tout ?

Cet avenir me fut un alibi commode. Pendant plusieurs années il me permit de jouir sans scrupule de tous les biens de ce monde.

Mon bonheur atteignait son apogée pendant les deux mois et demi que, chaque été, je passais à la campagne. Ma mère était d'humeur plus sereine qu'à Paris ; mon père se consacrait davantage à moi ; je disposais, pour lire et jouer avec ma sœur, d'immenses loisirs. Le cours Désir ne me manquait pas : cette nécessité que l'étude conférait à ma vie rejaillissait sur mes vacances. Mon temps n'était plus réglé par des exigences précises : mais leur absence se trouvait largement compensée par l'immensité des horizons qui s'ouvraient à ma curiosité. Je les explorais sans recours : la médiation des adultes ne s'interposait plus entre le monde et moi. La solitude, la liberté qui au cours de l'année ne m'étaient que parcimonieusement dispensées, je m'en soûlais. Toutes mes aspirations se conciliaient : ma fidélité au passé, et mon goût de la nouveauté, mon amour pour mes parents et mes désirs d'indépendance.

D'ordinaire, nous séjournions d'abord pendant quelques semaines à La Grillère. Le château me semblait immense et antique ; il comptait à peine cinquante ans, mais aucun des objets qui y entrèrent pendant ce demi-siècle, meuble ou bricole, n'en sortit plus jamais. Nulle main ne s'aventurait à balayer les cendres du temps : on respirait l'odeur de vieilles vies éteintes. Suspendus aux murs du vestibule dallé, une collection de cors, en cuivre brillant, évoquait — fallacieusement, je crois — les fastes d'anciennes chasses à courre. Dans la « salle de billard », où l'on se tenait d'ordinaire, des renards, des buses, des milans empaillés perpétuaient cette tradition meurtrière. Il n'y avait pas de billard dans la pièce, mais une cheminée monumentale, une bibliothèque soigneusement fermée à clé, une table jonchée de numéros du *Chasseur français* ; des photographies jaunies, des gerbes de plumes de paon, des cailloux, des terres cuites, des baromètres, de silencieuses pendules, des lampes toujours éteintes, accablaient les guéridons. Sauf la salle à manger, on utilisait rarement les autres pièces : un salon embaumé dans la naphtaline, un petit salon, une salle d'études, une sorte de bureau, aux volets toujours clos, qui servait de débarras. Dans un cagibi, à la violente odeur de corroierie, reposaient des générations de bottes et de bottines. Deux escaliers donnaient accès aux étages supérieurs dont les corridors desservaient plus d'une douzaine de chambres, pour la plupart désaffectées, et remplies d'un bric-à-brac poussiéreux. Je partageais l'une d'elles avec ma sœur. Nous dormions dans des lits à colonnes. Des images découpées dans *L'Illustration*, et mises sous verre, décoraient les murs.

L'endroit le plus vivant de la maison, c'était la cuisine qui occupait la moitié du sous-sol. J'y prenais mon petit déjeuner le matin : du café au lait, du pain bis. Par le soupirail on voyait passer des poules, des pintades, des chiens, parfois des pieds humains. J'aimais le bois massif de la table, des bancs, des bahuts. La cuisinière de fonte jetait des flammes. Les cuivres rutilaient : casseroles de toutes tailles, chaudrons, écumoires, bassines, bassinoires ; je m'amusais de la gaieté des plats d'émail aux couleurs enfantines, de la variété des bols, des tasses, des verres, des écuelles, des raviers, des pots, des cruches, des pichets. En fonte, en terre, en grès, en porcelaine, en aluminium, en étain, que de marmites, de poêles, de pot-au-feu, de fait-tout, de cassolettes, de soupières, de plats, de timbales, de passoires, de hachoirs, de moulins, de moules, de mortiers ! De l'autre côté du corridor, où roucoulaient des tourterelles, c'était la laiterie. Jarres et jattes vernissées, barattes en bois poli, mottes de beurre, fromages blancs à la chair lisse sous les blanches mousselines : cette nudité hygiénique et cette odeur de nourrisson me faisaient fuir. Mais je me plaisais dans le fruitier, où des pommes et des poires mûrissaient sur des claies, et dans les celliers, parmi les tonneaux, les bouteilles, les jambons, les saucissons, les chapelets d'oignons et de champignons séchés. Dans ces souterrains se concentrait tout le luxe de La Grillère. Le parc était aussi fruste que l'intérieur de la maison : pas un massif de fleurs, pas une chaise de jardin, pas un coin où il fût commode ou plaisant de se tenir. Face au grand perron, il y avait une pêcherie où souvent des servantes lavaient du linge à grands coups de battoir ; une pelouse descendait en pente raide jusqu'à une bâtisse, plus ancienne que le château : la « maison d'en bas », remplie de harnais et de toiles d'araignée. Trois ou quatre chevaux hennissaient dans les écuries voisines.

rabais - discount

Mon oncle, ma tante, mes cousins menaient une existence assortie à ce cadre. Tante Hélène, dès six heures du matin, inspectait ses armoires. Servie par une nombreuse domesticité, elle ne faisait pas le ménage, cuisinait rarement, ne cousait ni ne lisait jamais, et pourtant elle se plaignait de n'avoir pas une minute à elle : sans répit elle furetait de la cave au grenier. Mon oncle descendait vers neuf heures ; il astiquait ses guêtres dans la cordonnerie et partait seller son cheval. Magdeleine soignait ses bêtes. Robert dormait. On déjeunait tard. Avant de se mettre à table, tonton Maurice assaisonnait méticuleusement la salade et la remuait avec des spatules de bois. Au début du repas, on discutait avec chaleur de la qualité des cantaloups ; à la fin, on comparait les saveurs de diverses espèces de poires. Entre-temps, on mangeait beaucoup et on parlait peu. Ma tante retournait à ses placards, mon oncle regagnait l'écurie en faisant siffler sa cravache. Magdeleine venait jouer au croquet avec Poupette et moi. En général, Robert ne faisait rien ; quelquefois, il s'en allait pêcher la truite ; en septembre, il chassait un peu. De vieux précepteurs, engagés au rabais, avaient tenté de lui inculquer quelques rudiments de calcul et d'orthographe. Ensuite une vieille fille à la peau jaune se consacra à Magdeleine, moins rétive, et qui, seule de toute la famille, lisait. Elle se gorgeait de romans, rêvait de devenir très belle et très aimée. Le soir, tout le monde se rassemblait dans la salle de billard ; papa réclamait de la lumière. Ma tante protestait : « Il fait encore clair ! » Elle se résignait enfin à poser sur la table une lampe à pétrole. Après le dîner, on l'entendait trottiner dans les corridors sombres. Robert et mon oncle, immobiles dans leurs fauteuils, l'œil fixe, attendaient en silence l'heure du coucher. Exceptionnellement, l'un d'eux feuilletait pendant quelques minutes *Le Chasseur français*. Le lendemain, la même journée recommençait, sauf le dimanche où, après avoir barricadé toutes les portes, on s'en allait, en charrette anglaise, entendre la messe à Saint-Germain-les-Belles. Jamais ma tante ne recevait et elle ne rendait visite à personne.

Je m'arrangeais fort bien de ces mœurs. Je passais le plus clair de mes journées sur le terrain de croquet avec ma sœur et ma cousine, et je lisais. Quelquefois, nous partions toutes trois à travers les châtaigneraies chercher des champignons. Nous négligions les fades champignons des prés, les filleuls, la barbe-de-capucin, les girolles gaufrées ; nous évitions avec soin les bolets de Satan à la queue rouge, et les faux cèpes que nous reconnaissions à leur couleur terne, à la raideur de leur ligne. Nous méprisions les cèpes d'âge mûr, dont la chair commençait à s'amollir et à proliférer en barbe verdâtre. Nous ne ramassions que les jeunes cèpes à la queue galbée, et dont la tête était coiffée d'un beau velours tête-de-nègre ou violacé. Fouillant dans la mousse, écartant les fougères, nous frappions du pied les « vesses-de-loup », qui en éclatant lâchaient une immonde poussière. Parfois, nous allions avec Robert pêcher des écrevisses ; ou bien, pour nourrir les paons de Magdeleine, nous éventrions avec une pelle des fourmilières et nous ramenions sur une brouette des cargaisons d'œufs blanchâtres.

Le « grand break » ne sortait plus jamais de la remise. Pour nous rendre à Meyrignac, nous roulions pendant une heure dans un petit train qui s'arrêtait toutes les dix minutes ; on chargeait les malles sur une charrette à âne et nous gagnions à pied, à travers champs, la propriété : je n'imaginais pas qu'il existât sur terre aucun endroit plus agréable à habiter. En un sens, nos journées y étaient austères. Nous ne possédions, Poupette et moi, ni croquet, ni aucun jeu de plein air : ma mère avait refusé que mon père nous achetât des bicyclettes ; nous ne savions pas nager, et d'ailleurs la Vézère n'était pas toute proche. Quand par hasard on entendait sur l'avenue le roulement d'une automobile, maman et tante Marguerite quittaient précipitamment le parc pour s'en aller faire toilette : il n'y avait jamais d'enfants parmi les visiteurs. Mais je me passais de distractions. La lecture, la promenade, les jeux que j'inventais avec ma sœur, me suffisaient.

Le premier de mes bonheurs, c'était, au petit matin, de surprendre le réveil des prairies ; un livre à la main, je quittais la maison endormie, je poussais la barrière ; impossible de m'asseoir dans l'herbe embuée de gelée blanche ; je marchais sur l'avenue, le long du pré planté d'arbres choisis que grand-père appelait « le parc paysagé » ; je lisais, à petits pas, et je sentais contre ma peau la fraîcheur de l'air s'attendrir ; le mince glacis qui voilait la terre fondait doucement ; le hêtre pourpre, les cèdres bleus, les peupliers argentés brillaient d'un éclat aussi neuf qu'au premier matin du paradis : et moi j'étais seule à porter la beauté du monde, et la gloire de Dieu, avec au creux de l'estomac un rêve de chocolat et de pain grillé. Quand les abeilles bourdonnaient, quand les volets verts s'ouvraient dans l'odeur ensoleillée des glycines, déjà je partageais avec cette journée, qui pour les autres commençait à peine, un long passé secret. Après les effusions familiales et le petit déjeuner, je m'asseyais sous le catalpa, devant une table de fer, et je faisais mes « devoirs de vacances » ; j'aimais ces instants, où, faussement occupée par une tâche facile, je m'abandonnais aux rumeurs de l'été : le frémissement des guêpes, le caquetage des pintades, l'appel angoissé des paons, le murmure des feuillages ; le parfum des phlox se mêlait aux odeurs de caramel et de chocolat qui m'arrivaient par bouffées de la cuisine ; sur mon cahier dansaient des ronds de soleil. Chaque chose et moi-même nous avions notre place juste ici, maintenant, à jamais.

Grand-père descendait vers midi, le menton rasé de frais entre ses favoris blancs. Il lisait *L'Écho de Paris* jusqu'au déjeuner. Il aimait les nourritures robustes : perdrix aux choux, vol-au-vent de poulet, canard aux olives, râble de lièvre, pâtés, tartes, tourtes, frangipanes, flognardes, clafoutis. Tandis que le dessous-de-plat à musique jouait un air des *Cloches de Corneville*, il plaisantait avec papa ; tout le long du repas, ils s'arrachaient la parole ; ils riaient, déclamaient, chantaient ; on épuisait les souvenirs, anecdotes, citations, bons mots, calembredaines du folklore familial. Ensuite, je partais d'ordinaire me promener avec ma sœur ; nous griffant les jambes aux ajoncs, les bras aux ronces, nous explorions à des kilomètres à la ronde les châtaigneraies, les champs, les landes. Nous faisions de grandes découvertes : des étangs ; une cascade ; au milieu d'une bruyère, des blocs de granit gris que nous escaladions pour apercevoir au loin la ligne bleue des Monédières. En chemin, nous goûtions aux noisettes et aux mûres des haies, aux arbouses, aux cornouilles, aux baies acides de l'épine-vinette ; nous essayions les pommes de tous les pommiers ; mais nous nous gardions de sucer le lait des euphorbes, et de toucher à ces beaux épis couleur de minium qui portent altièrement le nom énigmatique de « sceau-de-Salomon ». Étourdies par l'odeur du regain fraîchement coupé, par l'odeur des chèvrefeuilles, par l'odeur des blés noirs en fleur, nous nous couchions sur la mousse ou sur l'herbe, et nous lisions. Parfois aussi, je passais l'après-midi, seule, dans le parc paysagé, et je me soûlais de lecture tout en regardant s'allonger les ombres et voleter les papillons.

Les jours de pluie, nous restions à la maison. Mais si je souffrais des contraintes que m'infligeaient des volontés humaines, je ne détestais pas celles que m'imposaient les choses. Je me plaisais dans le salon aux fauteuils recouverts de peluche verte, aux portes-fenêtres voilées de mousseline jaune ; sur le marbre de la cheminée, sur les tables et les crédences, quantité de choses mortes achevaient de mourir ; les oiseaux empaillés perdaient leurs plumes, les fleurs séchées s'effritaient, les coquillages se ternissaient. Je grimpais sur un tabouret, je fouillais la bibliothèque ; j'y découvrais toujours quelque Fenimore Cooper, ou quelque « Magasin pittoresque » aux feuillets piqués de rouille, que je ne connaissais pas encore. Il y avait un piano, dont plusieurs touches étaient muettes et les sons discordants ; maman ouvrait sur le pupitre la partition du *Grand Mogol* ou celle des *Noces de Jeannette* et chantait les airs favoris de grand-père : il reprenait avec nous les refrains.

Quand il faisait beau, j'allais après le dîner faire un tour dans le parc ; je respirais, sous la Voie lactée, l'odeur pathétique des magnolias, tout en guettant les étoiles filantes. Et puis, un bougeoir à la main, je montais me coucher. J'avais une chambre à moi ; elle donnait sur la cour, face au bûcher, à la buanderie, à la remise qui enfermait, périmées comme d'anciens carrosses, une victoria et une berline ; son exiguïté me charmait : un lit, une commode, et sur une espèce de coffre la cuvette et le pot à eau. C'était une cellule, juste à ma mesure, comme naguère la niche où je me blottissais sous le bureau de papa. Bien que la présence de ma sœur me fût d'ordinaire légère, la solitude m'exaltait. Quand j'étais en humeur de sainteté, j'en profitais pour dormir sur le plancher. Mais surtout, avant de me mettre au lit, je m'attardais longtemps à ma fenêtre et souvent je me relevais pour épier le souffle paisible de la nuit. Je me penchais, je plongeais mes mains dans la fraîcheur d'un massif de lauriers-cerises ; l'eau de la fontaine coulait en glougloutant sur une pierre verdâtre ; parfois, une vache frappait de son sabot la porte de l'étable : je devinais l'odeur de la paille et du foin. Monotone, têtue comme un cœur qui bat, une sauterelle stridulait ; contre le silence infini, sous l'infini du ciel, il semblait que la terre fît écho à cette voix en moi qui sans répit chuchotait : je suis là ; mon cœur oscillait de sa chaleur vivante au feu glacé des étoiles. Là-haut, il y avait Dieu, et il me regardait ; caressée par la brise, grisée de parfums, cette fête dans mon sang me donnait l'éternité.

Il y avait un mot qui revenait souvent dans la bouche des adultes : c'est inconvenant. Le contenu en était quelque peu incertain. Je lui avais d'abord attribué un sens plus ou moins scatologique. Dans *Les Vacances* de Madame de Ségur, un des personnages racontait une histoire de fantôme, de cauchemar, de drap souillé qui me choquait autant que mes parents ; je liais alors l'indécence aux basses fonctions du corps ; j'appris ensuite qu'il participait tout entier à leur grossièreté : il fallait le cacher ; laisser voir ses dessous ou sa peau — sauf en quelques zones bien définies — c'était une incongruité. Certains détails vestimentaires, certaines attitudes étaient aussi répréhensibles qu'une indiscrète exhibition. Ces interdits visaient particulièrement l'espèce féminine ; une dame « comme il faut » ne devait ni se décolleter abondamment, ni porter des jupes courtes, ni teindre ses cheveux, ni les couper, ni se maquiller, ni se vautrer sur un divan, ni embrasser son mari dans les couloirs du métro : si elle transgressait ces règles, elle avait mauvais genre. L'inconvenance ne se confondait pas tout à fait avec le péché mais suscitait des blâmes plus sévères que le ridicule. Nous sentions bien, ma sœur et moi, que sous ses apparences anodines, quelque chose d'important se dissimulait, et pour nous protéger contre ce mystère, nous nous hâtions de le tourner en dérision. Au Luxembourg, nous nous poussions du coude en passant devant les couples d'amoureux. L'inconvenance avait dans mon esprit un rapport, mais extrêmement vague, avec une autre énigme : les ouvrages défendus. Quelquefois, avant de me remettre un livre, maman en épinglait ensemble quelques feuillets ; dans *La Guerre des Mondes* de Wells, je trouvai ainsi un chapitre condamné. Je n'ôtais jamais les épingles, mais je me demandais souvent : de quoi est-il question ? C'était étrange. Les adultes parlaient librement devant moi ; je circulais dans le monde sans y rencontrer d'obstacle ; pourtant dans cette transparence quelque chose se cachait ; quoi ? où ? en vain mon regard fouillait l'horizon, cherchant à repérer la zone occulte qu'aucun écran ne masquait et qui demeurait cependant invisible.

Un jour, comme je travaillais, assise devant le bureau de papa, j'avisai à portée de ma main un roman à la couverture jaune : *Cosmopolis*. Fatiguée, la tête vide, je l'ouvris d'un geste machinal ; je n'avais pas l'intention de le lire, mais il me semblait que, sans même réunir les mots en phrases, un coup d'œil jeté à l'intérieur du volume me révélerait la couleur de son secret. Maman surgit derrière moi. « Que fais-tu ? » Je balbutiai. « Il ne faut pas ! dit-elle, il ne faut jamais toucher aux livres qui ne sont pas pour toi. » Sa voix suppliait et il y avait sur son visage une inquiétude plus convaincante qu'un reproche : entre les pages de *Cosmopolis*, un grand danger me guettait. Je me confondis en promesses. Ma mémoire a indissolublement lié cet épisode à un incident beaucoup plus ancien : toute petite, assise sur ce même fauteuil, j'avais enfoncé mon doigt dans le trou noir de la prise électrique ; la secousse m'avait fait crier de surprise et de douleur. Pendant que ma mère me parlait, ai-je regardé le cercle noir, au milieu du rond de porcelaine, ou n'ai-je fait le rapprochement que plus tard ? En tout cas, j'avais l'impression qu'un contact avec les Zola, les Bourget de la bibliothèque provoquerait en moi un choc imprévisible et foudroyant. Et tel ce rail du métro qui me fascinait parce que l'œil glissait sur sa surface polie, sans déceler son énergie meurtrière, les vieux volumes aux dos fatigués m'intimidaient d'autant plus que rien ne signalait leur pouvoir maléfique.

Pendant la retraite qui précéda ma communion solennelle, le prédicateur, pour nous mettre en garde contre les tentations de la curiosité, nous raconta une histoire qui exaspéra la mienne. Une petite fille, étonnamment intelligente et précoce, mais élevée par des parents peu vigilants, était un jour venue se confier à lui : elle avait fait tant de mauvaises lectures qu'elle avait perdu la foi et pris la vie en horreur. Il essaya de lui rendre l'espoir, mais elle était trop gravement contaminée : à peu de temps de là, il apprit son suicide. Mon premier mouvement fut un élan d'admiration jalouse pour cette petite fille, d'un an seulement mon aînée, qui en savait tellement plus long que moi. Puis je sombrai dans la perplexité. La foi, c'était mon assurance contre l'enfer : je le redoutais trop pour jamais commettre un péché mortel ; mais si on cessait de croire, tous les gouffres s'ouvraient ; un si affreux malheur pouvait-il arriver

110

sans qu'on l'eût mérité ? La petite suicidée n'avait pas même péché par désobéissance ; elle s'était seulement exposée sans précaution à des forces obscures qui avaient ravagé son âme ; pourquoi Dieu ne l'avait-il pas secourue ? et comment des mots agencés par des hommes peuvent-ils détruire les surnaturelles évidences ? Ce que je comprenais le moins, c'est que la connaissance conduisît au désespoir. Le prédicateur n'avait pas dit que les mauvais livres peignaient la vie sous des couleurs fausses : en ce cas, il eût facilement balayé leurs mensonges ; le drame de l'enfant qu'il avait échoué à sauver, c'est qu'elle avait découvert prématurément l'authentique visage de la réalité. De toute façon, me disais-je, un jour je la verrai moi aussi, face à face, et je n'en mourrai pas : l'idée qu'il y a un âge où la vérité tue répugnait à mon rationalisme.

L'âge d'ailleurs n'entrait pas seul en ligne de compte ; tante Lili n'avait droit qu'aux ouvrages « pour jeunes filles » ; maman avait arraché des mains de Louise *Claudine à l'école* et le soir elle avait commenté l'incident avec papa : « Heureusement qu'elle n'a rien compris ! » Le mariage était l'antidote qui permettait d'absorber sans danger les fruits de l'arbre de Science ; je ne m'expliquais pas du tout pourquoi. Je n'envisageai jamais d'aborder ces problèmes avec mes camarades. Une élève avait été renvoyée du cours pour avoir tenu de « vilaines conversations » et je me disais vertueusement que si elle avait tenté de m'en rendre complice, je n'y aurais pas prêté l'oreille.

Ma cousine Magdeleine, cependant, lisait n'importe quoi. Papa s'était indigné de la voir, à douze ans, plongée dans *Les Trois Mousquetaires* : tante Hélène avait haussé distraitement les épaules. Gavée de romans « au-dessus de son âge », Magdeleine ne semblait pas pour autant songer au suicide. En 1919, mes parents ayant trouvé rue de Rennes un appartement moins coûteux que celui du boulevard Montparnasse nous laissèrent, ma sœur et moi, à La Grillère, pendant la première quinzaine d'octobre, afin de déménager tranquillement. Nous étions du matin au soir seules avec Magdeleine. Un jour, sans préméditation, entre deux parties de croquet, je lui demandai de quoi il s'agissait dans les livres défendus ; je n'avais pas l'intention de m'en faire révéler le contenu ; je voulais simplement comprendre pour quelles raisons ils étaient prohibés.

Nous avions déposé nos maillets, nous étions assises toutes trois sur la pelouse, au bord du terrain planté d'arceaux. Magdeleine hésita, pouffa, et se mit à parler. Elle nous montra son chien et nous fit remarquer deux boules, entre ses jambes. « Eh bien ! dit-elle, les hommes en ont aussi. » Dans un recueil intitulé *Romans et Nouvelles*, elle avait lu une mélodramatique histoire : une marquise, jalouse de son mari, lui faisait couper « ses boules » pendant qu'il dormait. Il en mourait. Je trouvai cette leçon d'anatomie oiseuse et sans me rendre compte que j'avais amorcé une « vilaine conversation », je pressai Magdeleine : qu'y avait-il d'autre ? Elle m'expliqua alors ce que voulaient dire les mots *amant* et *maîtresse* : si maman et tonton Maurice s'aimaient, elle serait sa maîtresse, lui son amant. Elle ne précisa pas le sens du mot *aimer*, si bien que son hypothèse incongrue me déconcerta sans m'instruire. Ses propos ne commencèrent à m'intéresser que lorsqu'elle me renseigna sur la façon dont naissent les enfants ; le recours à la volonté divine ne me satisfaisait plus car je savais que, les miracles mis à part, Dieu opère toujours à travers des causalités naturelles : ce qui se passe sur terre exige une explication terrestre. Magdeleine confirma mes soupçons : les bébés se forment dans les entrailles de leur mère ; quelques jours plus tôt, en ouvrant une lapine, la cuisinière avait trouvé à l'intérieur six petits lapereaux. Quand une femme attend un enfant, on dit qu'elle est enceinte et son ventre se gonfle. Magdeleine ne nous donna guère d'autres détails. Elle enchaîna, en m'annonçant que d'ici un an ou deux des choses se passeraient dans mon corps ; j'aurais des « pertes blanches » et puis je saignerais chaque mois et il me faudrait porter entre les cuisses des espèces de bandages. Je demandai si on appelait cet épanchement « pertes rouges », et ma sœur s'inquiéta de savoir comment on s'arrangeait avec ces pansements : comment faisait-on pour uriner ? La question agaça Magdeleine ; elle dit que nous étions des sottes, haussa les épaules, et s'en alla nourrir ses poules. Peut-être mesura-t-elle notre puérilité et nous jugea-t-elle indignes d'une initiation plus poussée. Je restai confondue d'étonnement : j'avais imaginé que les secrets gardés par les adultes étaient d'une bien plus haute importance. D'autre part, le ton confidentiel et ricanant de Magdeleine s'accordait mal avec la baroque insignifiance de ses révélations ; quelque chose clochait, je ne savais pas quoi. Elle n'avait pas abordé le problème de la conception, que je méditai les jours suivants ; ayant compris que la cause et l'effet sont nécessairement homogènes, je ne pouvais admettre que la cérémonie du mariage fît surgir, dans le ventre de la femme, un corps de chair ; il devait se passer entre les parents quelque chose d'organique. Le comportement des animaux aurait pu m'éclairer : j'avais vu Criquette, la petite fox de Magdeleine, collée à un grand chien-loup et Magdeleine en larmes essayait de les séparer. « Ses petits seront trop gros : Criquette en mourra ! » Mais je ne rapprochai pas ces ébats — non plus que ceux des volailles et des mouches — des mœurs humaines. Les expressions « lien du sang », « enfants du même sang », « je reconnais mon sang » me suggérèrent que le jour des noces et une fois pour toutes on transfusait un peu de sang de l'époux dans les veines de l'épouse ; j'imaginais les mariés debout, le poignet droit de l'homme lié au poignet gauche de la femme ; c'était une opération solennelle, à laquelle assistaient le prêtre et quelques témoins choisis.

Bien que décevants, les bavardages de Magdeleine durent vivement nous agiter, car nous nous livrâmes alors ma sœur et moi à de grandes débauches verbales. Gentille, peu moralisante, tante Hélène, avec son air d'être toujours ailleurs, ne nous intimidait pas. Nous nous mîmes à tenir devant elle un tas de propos « inconvenants ». Dans le salon aux meubles garnis de housses, tante Hélène s'asseyait parfois devant le piano pour chanter avec nous des chansons 1900 ; elle en possédait toute une collection ; nous choisîmes les plus suspectes et nous les fredonnâmes avec complaisance. « *Tes seins blancs sont meilleurs à ma bouche gourmande — que la fraise des bois — et le lait que j'y bois…* » Ce début de romance nous intriguait beaucoup : fallait-il l'entendre littéralement ? arrive-t-il que l'homme boive le lait de la femme ? est-ce un rite amoureux ? En tout cas, ce couplet était sans aucun doute « inconvenant ». Nous l'écrivions du bout du doigt sur la buée des vitres, nous le récitions à voix haute, au nez de tante Hélène ; nous accablions celle-ci de questions saugrenues, tout en lui laissant entendre qu'on ne nous en contait plus. Je pense que notre exubérance désordonnée était en vérité dirigée ; nous n'avions pas l'habitude de la clandestinité, nous voulions avertir les adultes que nous avions percé leurs secrets, mais nous manquions d'audace et nous avions besoin de nous étourdir ; notre franchise prit la forme de la provocation. Nous atteignîmes nos fins. De retour à Paris, ma sœur, moins inhibée que moi, osa interroger maman ; elle lui demanda si les enfants sortaient par le nombril. « Pourquoi cette question ? dit ma mère un peu sèchement. Vous savez tout ! » Tante Hélène l'avait évidemment mise au courant. Soulagées d'avoir franchi ce premier pas, nous poussâmes plus avant ; ma mère nous laissa entendre que les nouveau-nés sortaient par l'anus, et sans douleur. Elle parlait d'un ton détaché ; mais cette conversation n'eut pas de suite : plus jamais je n'abordai avec elle ces problèmes et elle n'en souffla plus mot.

Je ne me souviens pas d'avoir ruminé les phénomènes de la grossesse et de l'accouchement, ni de les avoir intégrés à mon avenir ; j'étais réfractaire au mariage et à la maternité, et je ne me sentis sans doute pas concernée. C'est par un autre biais que cette initiation avortée me troubla. Elle laissait en suspens bien des énigmes. Quel rapport y avait-il entre cette sérieuse affaire, la naissance d'un enfant, et les choses inconvenantes ? S'il n'en existait pas, pourquoi le ton de Magdeleine, les réticences de maman en faisaient-ils supposer un ? Ma mère n'avait parlé qu'à notre instigation, sommairement, sans nous expliquer le mariage. Les faits physiologiques relèvent de la science comme la rotation de la Terre : qu'est-ce qui l'empêchait de nous en informer aussi simplement ? D'autre part, si les livres défendus ne contenaient, comme l'avait suggéré ma cousine, que de cocasses indécences, d'où tiraient-ils leur venin ? Je ne me posais pas explicitement ces questions, mais elles me tourmentaient. Il fallait que le corps fût en soi un objet dangereux pour que toute allusion, austère ou frivole, à son existence, semblât périlleuse.

115

Présumant que derrière le silence des adultes quelque chose se cachait, je ne les accusai pas de faire des embarras pour rien. Sur la nature de leurs secrets cependant, j'avais perdu mes illusions : ils n'avaient pas accès à des sphères occultes où la lumière eût été plus éblouissante, l'horizon plus vaste que dans mon propre monde. Ma déception réduisait l'univers et les hommes à leur quotidienne trivialité. Je ne m'en rendis pas compte tout de suite, mais le prestige des grandes personnes s'en trouva considérablement diminué.

On m'avait appris combien la vanité est vaine et futile la futilité ; j'aurais eu honte d'attacher de l'importance à la parure et de me mirer longuement dans les glaces ; toutefois, lorsque les circonstances m'y autorisaient, je considérais mon reflet avec faveur. Malgré ma timidité, j'aspirais, comme autrefois, à jouer les vedettes. Le jour de ma communion solennelle, je jubilai ; familiarisée depuis longtemps avec la sainte table, je goûtai sans scrupule les attraits profanes de la fête. Ma robe, prêtée par une cousine, n'avait rien de remarquable ; mais au lieu du classique bonnet de tulle, on portait, au cours Désir, une couronne de roses ; ce détail indiquait que je n'appartenais pas au banal troupeau des enfants des paroisses : l'abbé Martin administrait l'hostie à une élite triée sur le volet. Je fus en outre choisie pour renouveler au nom de mes compagnes les vœux solennels par lesquels nous avions renoncé, le jour de notre baptême, à Satan, à ses pompes, à ses œuvres. Ma tante Marguerite donna en mon honneur un grand déjeuner que je présidai ; l'après-midi il y eut à la maison un goûter et j'exposai sur le piano à queue les cadeaux que j'avais reçus. On me congratulait et je me trouvais belle. Le soir, je quittai à regret mes atours ; pour me consoler, je me convertis pendant un instant au mariage ; un jour viendrait où dans la blancheur des satins, dans l'éclat des orgues et des cierges, je me changerais à nouveau en reine.

L'année suivante, je remplis avec grand plaisir le rôle plus modeste de demoiselle d'honneur. Tante Lili se maria. La cérémonie fut sans faste ; mais ma toilette m'enchanta. J'aimais la caresse soyeuse de ma robe en foulard bleu ; un ruban de velours noir retenait mes boucles et je portais une capeline de paille bise, fleurie de coquelicots et de bleuets. J'avais pour cavalier un joli garçon de dix-neuf ans qui me parlait comme à une grande : j'étais convaincue qu'il me trouvait charmante.

Je commençai à m'intéresser à ma future image. Outre les ouvrages sérieux et les récits d'aventures que je prenais au cabinet de lecture, je lisais aussi les romans de la « Bibliothèque de ma fille », qui avaient distrait l'adolescence de ma mère et qui occupaient tout un rayon de mon armoire ; à La Grillère, j'avais droit aux *Veillées des Chaumières*, et aux volumes de la collection Stella, dont se délectait Magdeleine ; Delly, Guy Chantepleure, *La Neuvaine de Colette*, *Mon oncle et mon curé* : ces vertueuses idylles ne m'amusaient qu'à demi ; je jugeais les héroïnes sottes, leurs amoureux fades. Mais il y eut un livre où je crus reconnaître mon visage et mon destin : *Little Women*, de Louisa Alcott. Les petites March étaient protestantes, elles avaient pour père un pasteur et comme livre de chevet, leur mère leur avait donné non l'*Imitation de Jésus-Christ*, mais *The Pilgrim's Progress* : ce recul ne faisait que mieux ressortir les traits qui nous étaient communs. Je m'émus de voir Meg et Joe enfiler de pauvres robes en popeline noisette pour se rendre à une matinée où tous les autres enfants étaient vêtus de soie ; on leur enseignait, comme à moi, que la culture et la moralité l'emportent sur la richesse ; leur modeste foyer avait, comme le mien, un je-ne-sais-quoi d'exceptionnel. Je m'identifiai passionnément à Joe, l'intellectuelle. Brusque, anguleuse, Joe se perchait, pour lire, au faîte des arbres, elle était bien plus garçonnière et plus hardie que moi ; mais je partageais son horreur de la couture et du ménage, son amour des livres. Elle écrivait : pour l'imiter je renouai avec mon passé et composai deux ou trois nouvelles. Je ne sais si je rêvais de ressusciter mon ancienne amitié avec Jacques, ou si, plus vaguement, je souhaitais que fût effacée la frontière qui me fermait le monde des garçons, mais les rapports de Joe et de Laurie m'allèrent au cœur. Plus tard, je n'en doutais pas, ils s'épouseraient ; il se pouvait donc que la maturité accomplît les promesses de l'enfance au lieu de la renier : cette idée me comblait d'espoir. Mais ce qui m'enchanta surtout, c'est la partialité décidée que Louisa Alcott manifestait à Joe. Je détestais, je l'ai dit, que la condescendance des grandes personnes nivelât l'espèce enfantine. Les qualités et les défauts que les auteurs prêtaient à leurs jeunes héros semblaient, ordinairement, des accidents sans conséquence : en grandissant, ils deviendraient tous des gens de bien ; d'ailleurs ils ne se distinguaient les uns des autres que par leur moralité : jamais par leur intelligence ; on aurait dit que, de ce point de vue, l'âge les égalisait tous. Au contraire, Joe l'emportait sur ses sœurs, plus vertueuses ou plus jolies, par son ardeur à connaître, par la vigueur de ses pensées ; sa supériorité, aussi éclatante que celle de certains adultes, lui garantissait un destin insolite : elle était marquée. Je me crus autorisée moi aussi à considérer mon goût pour les livres, mes succès scolaires, comme le gage d'une valeur que confirmerait mon avenir. Je devins à mes propres yeux un personnage de roman. Toute intrigue romanesque exigeant des obstacles et des échecs, je m'en inventai. Un après-midi, je jouais au croquet avec Poupette, Jeanne et Magdeleine. Nous portions des tabliers en toile beige, festonnés de rouge et brodés de cerises. Les massifs de lauriers brillaient au soleil, la terre sentait bon. Soudain je m'immobilisai : j'étais en train de vivre le premier chapitre d'un livre dont j'étais l'héroïne ; celle-ci sortait à peine de l'enfance ; mais nous allions grandir ; plus jolies, plus gracieuses, plus douces que moi, ma sœur et mes cousines plairaient davantage, décidai-je ; elles trouveraient des maris : moi pas. Je n'en aurais pas d'amertume ; il serait juste qu'on me les préférât : mais quelque chose arriverait, qui m'exalterait au-dessus de toute préférence ; j'ignorais sous quelle forme, et par qui, mais je serais reconnue. J'imaginai que déjà un regard embrassait le terrain de croquet et les quatre fillettes en tablier beige ; il s'arrêtait sur moi et une voix murmurait : « Celle-ci n'est pas pareille aux autres. » Il était bien dérisoire de me comparer avec tant de pompe à une sœur, à des cousines dénuées de toute prétention. Mais je visais à travers elles toutes mes semblables. J'affirmais que je serais, que j'étais, hors série.

Je ne me livrais d'ailleurs qu'assez rarement à ces revendications orgueilleuses : l'estime qu'on m'accordait m'en dispensait. Et si parfois je me sentais exceptionnelle, je n'allais plus jamais jusqu'à me croire unique. Désormais ma suffisance était tempérée par les sentiments qu'une autre m'inspirait. J'avais eu la chance de rencontrer l'amitié.

Le jour où j'entrai en quatrième-première — j'allais sur mes dix ans — le tabouret voisin du mien était occupé par une nouvelle : une petite noiraude, aux cheveux coupés court. En attendant Mademoiselle, et à la sortie de la classe, nous causâmes. Elle s'appelait Élisabeth Mabille, elle avait mon âge. Ses études, commencées en famille, avaient été interrompues par un grave accident : à la campagne, en faisant cuire des pommes de terre, elle avait mis le feu à sa robe ; la cuisse brûlée au troisième degré, elle avait hurlé pendant des nuits ; elle était restée couchée toute une année ; sous la jupe plissée, la chair était encore boursouflée. Il ne m'était jamais rien arrivé de si important : elle me parut tout de suite un personnage. La manière dont elle parlait aux professeurs m'étonna ; son naturel contrastait avec la voix stéréotypée des autres élèves. Dans la semaine qui suivit, elle acheva de me séduire : elle singeait à merveille Mademoiselle Bodet ; tout ce qu'elle disait était intéressant ou drôle.

Malgré les lacunes dues à son oisiveté forcée, Élisabeth se rangea bientôt parmi les premières de la classe ; aux compositions, je la battais de justesse. Notre émulation plut à nos institutrices : elles encouragèrent notre amitié. À la séance récréative qui avait lieu chaque année, aux environs de Noël, on nous fit jouer ensemble une saynète. En robe rose, le visage encadré d'anglaises, j'incarnais Madame de Sévigné enfant ; Élisabeth tenait le rôle d'un jeune cousin turbulent ; son costume garçonnier lui seyait et elle charma l'auditoire par sa vivacité et son aisance. Le travail des répétitions, notre tête-à-tête sous les feux de la rampe, resserrèrent encore nos liens ; on nous appela désormais : « les deux inséparables. »

effaroucher – frighten

Mon père et ma mère s'interrogèrent longtemps sur les différentes branches des diverses familles Mabille dont ils avaient entendu parler ; ils conclurent qu'ils avaient avec les parents d'Élisabeth de vagues relations communes. Son père était un ingénieur des chemins de fer, très haut placé ; sa mère, née Larivière, appartenait à une dynastie de catholiques militants ; elle avait neuf enfants et s'occupait activement des œuvres de Saint-Thomas-d'Aquin. Elle apparaissait parfois, rue Jacob. C'était une belle quadragénaire, brune, aux yeux de feu, au sourire appuyé, qui portait autour de son cou un ruban de velours fermé par un bijou ancien. Elle tempérait par une soigneuse amabilité son aisance de souveraine. Elle conquit maman en l'appelant « Petite madame », et en lui disant qu'elle paraissait ma sœur aînée. On nous autorisa, Élisabeth et moi, à aller jouer l'une chez l'autre.

La première fois, ma sœur m'accompagna rue de Varenne et nous fûmes toutes deux effarouchées. Élisabeth — que dans l'intimité on appelait Zaza — avait une grande sœur, un grand frère, six frères et sœurs plus jeunes qu'elle, une ribambelle de cousins et de petits amis. Ils couraient, sautaient, se battaient, grimpaient sur les tables, renversaient des meubles, en criant. À la fin de l'après-midi, Mme Mabille entrait dans le salon, elle relevait une chaise, elle épongeait en souriant un front en sueur ; je m'étonnai de son indifférence aux bosses, aux taches, aux assiettes cassées : elle ne se fâchait jamais. Je n'aimais pas beaucoup ces jeux déréglés, et souvent Zaza aussi s'en fatiguait. Nous nous réfugiions dans le bureau de M. Mabille, et loin du tumulte, nous causions. C'était un plaisir neuf. Mes parents me parlaient, et moi je leur parlais, mais nous ne causions pas ensemble ; entre ma sœur et moi, il n'y

ribambelle – procession

avait pas la distance indispensable aux échanges. Avec
Zaza, j'avais de vraies conversations, comme le soir papa
avec maman. Nous causions de nos études, de nos
lectures, de nos camarades, de nos professeurs, de ce que
nous connaissions du monde : non de nous-mêmes.
Jamais nos entretiens ne tournaient à la confidence.
Nous ne nous permettions aucune familiarité. Nous nous
disions « vous » avec cérémonie, et sauf par correspondance, nous ne nous embrassions pas.

Zaza aimait comme moi les livres et l'étude ; en
outre, elle était dotée d'une quantité de talents qui me
faisaient défaut. Quelquefois, quand je sonnais rue de
Varenne, je la trouvais occupée à confectionner des sablés,
des caramels ; elle piquait sur une aiguille à tricoter des
quartiers d'orange, des dattes, des pruneaux et les plon-
geait dans une casserole où cuisait un sirop à l'odeur de
vinaigre chaud : ses fruits déguisés avaient aussi bonne
mine que ceux des confiseurs. Elle polycopiait elle-
même, à une dizaine d'exemplaires, une *Chronique familiale*,
qu'elle rédigeait chaque semaine à l'intention des
grand-mères, oncles, tantes, absents de Paris ; j'admirais, autant que la vivacité de ses récits, son adresse à
fabriquer un objet qui ressemblait à un vrai journal.
Elle prit avec moi quelques leçons de piano, mais passa
très vite dans une section supérieure. Malingre, les jambes
grêles, elle n'en accomplissait pas moins avec son corps
mille prouesses ; Mme Mabille, aux premiers jours du
printemps, nous emmena toutes deux dans une banlieue fleurie — c'était, je crois, à Nanterre. Zaza fit sur
l'herbe la roue, le grand écart et toute espèce de culbu-
tes ; elle grimpait aux arbres, elle se suspendait aux
branches par les pieds. Dans toutes ses conduites, elle
faisait preuve d'une aisance qui m'émerveillait. À dix ans,
elle circulait seule dans les rues ; au cours Désir, elle

désinvolte – casual

n'adopta jamais mes manières guindées ; elle parlait à ces demoiselles d'un ton poli, mais désinvolte, presque d'égale à égale. Une année, elle se permit, au cours d'une audition de piano, une audace qui frisa le scandale. La salle des fêtes était pleine. Aux premiers rangs, les élèves vêtues de leurs plus belles robes, bouclées, frisées, avec des nœuds dans les cheveux, attendaient le moment d'exhiber leurs talents. Derrière elles étaient assises les professeurs et les surveillantes, en corsages de soie, gantées de blanc. Au fond se tenaient les parents et leurs invités. Zaza, vêtue de taffetas bleu, joua un morceau que sa mère jugeait trop difficile pour elle et dont elle massacrait d'ordinaire quelques mesures ; cette fois, elle les exécuta sans faute et, jetant à Mme Mabille un regard triomphant, elle lui tira la langue. Les petites filles frémirent sous leurs boucles et la réprobation figea le visage de ces demoiselles. Quand Zaza descendit de l'estrade, sa mère l'embrassa si gaiement que personne n'osa la gronder. À mes yeux, cet exploit la nimba de gloire. Soumise aux lois, aux poncifs, aux préjugés, j'aimais néanmoins ce qui était neuf, sincère, spontané. La vivacité et l'indépendance de Zaza me subjuguaient.

Je ne m'avisai pas tout de suite de la place que cette amitié tenait dans ma vie ; je n'étais guère plus habile que dans ma première enfance à nommer ce qui se passait en moi. On m'avait entraînée à confondre ce qui doit être et ce qui est : je n'examinais pas ce qui se cachait sous la convention des mots. Il était entendu que j'avais une tendre affection pour toute ma famille, y compris mes plus lointains cousins. Mes parents, ma sœur, je les aimais : ce mot couvrait tout. Les nuances de mes sentiments, leurs fluctuations, n'avaient pas droit à l'existence. Zaza était ma meilleure amie : il n'y avait rien de plus à dire. Dans un cœur bien ordonné, l'amitié occupe un rang honorable, mais elle n'a ni l'éclat du mystérieux Amour ni la dignité sacrée des tendresses filiales. Je ne mettais pas en question cette hiérarchie.

Cette année-là, comme les autres années, le mois d'octobre m'apporta la joyeuse fièvre des rentrées. Les livres neufs craquaient entre les doigts, ils sentaient bon ; assise dans le fauteuil de cuir, je me grisai des promesses de l'avenir.

Aucune promesse ne fut tenue. Je retrouvai dans les jardins du Luxembourg l'odeur et les rousseurs de l'automne : elles ne me touchaient plus ; le bleu du ciel s'était terni. Les classes m'ennuyèrent ; j'apprenais mes leçons, je faisais mes devoirs sans joie, et je poussais avec indifférence la porte du cours Désir. C'était bien mon passé qui ressuscitait et pourtant je ne le reconnaissais pas : il avait perdu toutes ses couleurs ; mes journées n'avaient plus de goût. Tout m'était donné, et mes mains restaient vides. Je marchais sur le boulevard Raspail à côté de maman et je me demandai soudain avec angoisse : « Qu'arrive-t-il ? Est-ce cela ma vie ? N'était-ce que cela ? Est-ce que cela continuera ainsi, toujours ? » À l'idée d'enfiler à perte de vue des semaines, des mois, des années que n'éclairaient nulle attente, nulle promesse, j'eus le souffle coupé : on aurait dit que, sans prévenir, le monde était mort. Cette détresse non plus, je ne savais pas la nommer.

Pendant dix à quinze jours, je me traînai d'heure en heure, du jour au lendemain, les jambes molles. Un après-midi, je me déshabillais dans le vestiaire de l'institut, quand Zaza apparut. Nous nous sommes mises à parler, à raconter, à commenter ; les mots se précipitaient sur mes lèvres, et dans ma poitrine tournoyaient mille soleils ; dans un éblouissement de joie, je me suis dit : « C'est elle qui me manquait ! » Si radicale était mon ignorance des vraies aventures du cœur que je n'avais pas songé à me dire : « Je souffre de son absence. » Il me fallait sa présence pour réaliser le besoin que j'avais d'elle. Ce fut une évidence fulgurante. Brusquement, conventions, routines, clichés volèrent en éclats et je fus submergée par une émotion qui n'était prévue dans aucun code. Je me laissai soulever par cette joie qui déferlait en moi, violente et fraîche comme l'eau des cascades, nue comme un beau granit. Quelques jours plus tard, j'arrivai au cours en avance, et je regardai avec une espèce de stupeur le tabouret de Zaza : « Si elle ne devait plus jamais s'y asseoir, si elle mourait, que deviendrai-je ? » Et de nouveau une évidence me foudroya : « Je ne peux plus vivre sans elle. » C'était un peu effrayant : elle allait, venait, loin de moi, et tout mon bonheur, mon existence même reposaient entre ses mains. J'imaginai que Mademoiselle Gontran allait entrer, balayant le sol de sa longue jupe, et elle nous dirait : « Priez, mes enfants : votre petite compagne, Élisabeth Mabille, a été rappelée par Dieu la nuit dernière. » Eh bien, me dis-je, je mourrais sur l'heure ! Je glisserais de mon tabouret, et je tomberais sur le sol, expirante. Cette solution me rassura. Je ne croyais pas pour de bon qu'une grâce divine m'ôterait la vie ; mais je ne redoutais pas non plus réellement la mort de Zaza. J'avais été jusqu'à m'avouer la dépendance où me mettait mon attachement pour elle : je n'osai pas en affronter toutes les conséquences.

Je ne réclamais pas que Zaza éprouvât à mon égard un sentiment aussi définitif : il me suffisait d'être sa camarade préférée. L'admiration que je lui vouais ne me dépréciait pas à mes propres yeux. L'amour n'est pas l'envie. Je ne concevais rien de mieux au monde que d'être moi-même, et d'aimer Zaza.

DEUXIÈME PARTIE

Nous avions déménagé. Notre nouveau logis, disposé à peu près comme l'ancien, meublé de façon identique, était plus étroit et moins confortable. Pas de salle de bains ; un seul cabinet de toilette, sans eau courante : mon père vidait chaque jour la lourde lessiveuse installée sous le lavabo. Pas de chauffage ; l'hiver, l'appartement était glacé, à l'exception du bureau où ma mère allumait une salamandre ; même l'été, c'était toujours là que je travaillais. La chambre que je partageais avec ma sœur — Louise couchait au sixième — était trop exiguë pour qu'on pût s'y tenir. Au lieu du spacieux vestibule où j'avais aimé me réfugier, il n'existait qu'un corridor. Sortie de mon lit, il n'y avait pas un coin qui fût mien ; je ne possédais même pas un pupitre pour y ranger mes affaires. Dans le bureau, ma mère recevait souvent des visites ; c'est là qu'elle causait le soir avec mon père. J'appris à faire mes devoirs, à étudier mes leçons dans le brouhaha des voix. Mais il m'était pénible de ne jamais pouvoir m'isoler. Nous enviions, ardemment, ma sœur et moi, les petites filles qui ont une chambre à elles ; la nôtre n'était qu'un dortoir.

Louise se fiança à un couvreur ; je la surpris un jour dans la cuisine, gauchement assise sur les genoux d'un homme roux ; elle avait une peau blanchâtre et lui des joues rubicondes ; sans savoir pourquoi, je me sentis triste ; pourtant on approuvait son choix : bien qu'ouvrier, son promis pensait bien. Elle nous quitta. Catherine, une jeune paysanne fraîche et gaie avec qui j'avais joué à Meyrignac, la remplaça ; c'était presque une camarade ; mais elle sortait le soir avec les pompiers de la caserne d'en face : elle « courait ». Ma mère la morigéna, puis la renvoya et décida qu'elle se passerait d'aide, car les affaires de mon père marchaient mal. L'usine de chaussures avait périclité. Grâce à la protection d'un cousin lointain et influent, mon père entra dans la « publicité financière » ; il travailla d'abord au *Gaulois*, puis dans divers autres journaux ; ce métier rapportait peu et l'ennuyait. Par compensation, il s'en allait, le soir, plus souvent qu'autrefois, jouer au bridge chez des amis ou au café ; l'été, il passait ses dimanches aux courses. Maman restait souvent seule. Elle ne se plaignait pas ; mais elle détestait faire le ménage et la pauvreté lui pesait ; elle devint d'une extrême nervosité. Peu à peu, mon père perdit sa belle égalité d'humeur. Ils ne se querellaient pas vraiment, mais ils criaient très fort pour de petites choses, et souvent s'en prenaient à ma sœur et à moi.

Face aux grandes personnes, nous demeurions étroitement liguées ; si l'une des deux renversait un encrier, c'était notre faute commune, nous en réclamions ensemble la responsabilité. Cependant, nos rapports avaient un peu changé depuis que je connaissais Zaza ; je ne jurais plus que par ma nouvelle amie. Zaza se moquait de tout le monde ; elle n'épargnait pas Poupette et la traitait en « petite » ; je l'imitais. Ma sœur en fut si malheureuse qu'elle essaya de se détacher de moi. Un après-midi, nous étions seules dans le bureau, et nous venions de nous chamailler, quand elle me dit d'un ton dramatique : « J'ai quelque chose à t'avouer ! » J'avais ouvert un livre d'anglais sur le buvard rose et commencé d'étudier, je tournai à peine la tête : « Voilà ! dit ma sœur. Je crois que je ne t'aime plus autant qu'avant » ; elle m'expliqua d'une voix posée la neuve indifférence de son cœur ; j'écoutais en silence et des larmes roulaient sur mes joues ; elle bondit : « Ce n'est pas vrai ! ce n'est pas vrai ! » cria-t-elle en m'embrassant ; nous nous étreignîmes et je séchai mes pleurs. « Tu sais, lui dis-je, pour de bon, je ne t'ai pas crue ! » Pourtant elle n'avait pas tout à fait menti ; elle commençait à s'insurger contre sa condition de cadette et comme je la délaissais, elle m'englobait dans sa révolte. Elle était dans la même classe que notre cousine Jeanne, qu'elle aimait bien, mais dont elle ne partageait pas les goûts, et dont on l'obligeait à fréquenter les amies ; c'étaient des petites filles niaises et prétentieuses, elle les haïssait, et elle enrageait qu'on les jugeât dignes de son amitié ; on passait outre. Au cours Désir, on continuait à considérer Poupette comme un reflet, nécessairement imparfait, de son aînée : elle se sentait souvent humiliée, aussi la disait-on orgueilleuse et ces demoiselles, en bonnes éducatrices, avaient soin de l'humilier davantage. Du fait que j'étais la plus avancée, c'était de moi que mon père s'occupait le plus ; sans partager la dévotion que j'avais pour lui, ma sœur souffrait de cette partialité ; un été à Meyrignac, pour prouver que sa mémoire valait la mienne, elle apprit par cœur la liste de tous les maréchaux de Napoléon, avec leurs noms et leurs titres ; elle la récita d'un trait : nos parents sourirent. Dans son exaspération, elle se mit à me regarder d'un œil nouveau : elle cherchait mes failles. Je m'irritai qu'elle prétendît, même timidement, rivaliser avec moi,

131

me critiquer, m'échapper. De tout temps, nous nous étions chicanées parce que j'étais brutale et qu'elle pleurait facilement ; elle pleurait moins, mais nos querelles devinrent plus sérieuses : nous y mettions de l'amour-propre ; chacune exigeait d'avoir le dernier mot. Cependant, nous finissions toujours par nous réconcilier : nous avions besoin l'une de l'autre. Nous jugions de la même manière nos camarades, ces demoiselles, les membres de la famille ; nous ne nous cachions rien ; et nous prenions toujours autant de plaisir à jouer ensemble. Quand nos parents sortaient le soir, nous faisions la fête ; nous confectionnions une omelette soufflée que nous mangions à la cuisine, nous bouleversions l'appartement en poussant de grands cris. Maintenant que nous couchions dans la même chambre, nous poursuivions longtemps au lit nos jeux et nos conversations.

L'année où nous nous installâmes rue de Rennes, mon sommeil se troubla. Avais-je mal digéré les révélations de Magdeleine ? Seule une cloison séparait à présent mon lit de celui de mes parents et il m'arrivait d'entendre mon père ronfler : fus-je sensible à cette promiscuité ? J'eus des cauchemars. Un homme sautait sur mon lit, il enfonçait son genou dans mon estomac, j'étouffais ; je rêvais désespérément que je me réveillais et de nouveau le poids de mon agresseur m'écrasait. Vers la même époque, le lever devint un traumatisme si douloureux qu'en y pensant le soir, avant de m'endormir, ma gorge se serrait, mes mains devenaient moites. Quand j'entendais le matin la voix de ma mère, je souhaitais tomber malade tant j'avais horreur de m'arracher à l'engourdissement des ténèbres. Le jour, j'avais des vertiges ; je m'anémiais. Maman et le médecin disaient : « C'est la formation. » Je détestais ce mot, et le sourd travail qui se faisait dans mon corps. J'enviais aux « grandes jeunes filles » leur liberté ; mais je répugnais à l'idée de voir mon torse se ballonner ; j'avais entendu, autrefois, des femmes adultes uriner avec un bruit de cataracte ; en pensant aux outres gonflées d'eau qu'elles enfermaient dans leur ventre, je ressentais le même effroi que Gulliver le jour où de jeunes géantes lui découvrirent leurs seins.

Depuis que j'en avais éventé le mystère, les livres prohibés m'effrayaient moins qu'autrefois ; souvent je laissais traîner mon regard sur les morceaux de journaux suspendus dans les w.-c. C'est ainsi que je lus un fragment de roman-feuilleton où le héros posait sur les seins blancs de l'héroïne des lèvres ardentes. Ce baiser me brûla ; à la fois mâle, femelle et voyeur, je le donnais, le subissais et je m'en remplissais les yeux. Assurément, si j'en éprouvai un émoi si vif, c'est que déjà mon corps s'était éveillé ; mais ses rêveries cristallisèrent autour de cette image ; je ne sais combien de fois je l'évoquai avant de m'endormir. J'en inventai d'autres : je me demande d'où je les tirais. Le fait que les époux couchent, à peine vêtus, dans un même lit, n'avait pas suffi jusqu'ici à me suggérer l'étreinte ni la caresse : je suppose que je les créai à partir de mon besoin. Car je fus pendant quelque temps la proie de désirs torturants ; je me retournais dans mon lit, la gorge sèche, appelant un corps d'homme contre mon corps, des mains d'homme sur ma peau. Je calculais avec désespoir : « On n'a pas le droit de se marier avant quinze ans ! » Encore était-ce un âge limite : il me faudrait attendre des années avant que mon supplice prît fin. Il commençait en douceur ; dans la tiédeur des draps et le fourmillement de mon sang, mes fantasmes me faisaient délicieusement battre le cœur ; je croyais presque qu'ils allaient se matérialiser ; mais non, ils s'évanouissaient ; nulle main, nulle bouche n'apaisait ma chair irritée ; ma chemise de madapolam devenait une tunique empoisonnée. Seul le sommeil me délivrait. Jamais je n'associai ces désordres à l'idée de péché : leur brutalité débordait ma complaisance et je me sentais plutôt victime que coupable. Je ne me demandai pas non plus si les autres petites filles connaissaient ce martyre. Je n'avais pas l'habitude de me comparer.

'Nous séjournions chez des amis dans la moiteur étouffante de la mi-juillet quand je m'éveillai un matin, atterrée : ma chemise était souillée. Je la lavai ; je m'habillai : de nouveau mon linge se salit. J'avais oublié les imprécises prophéties de Magdeleine et je me demandais de quelle ignominieuse maladie j'étais atteinte. Inquiète, me sentant vaguement fautive, je dus recourir à ma mère ; elle m'expliqua que j'étais devenue « une grande fille », et m'empaqueta de manière incommode. J'éprouvai un vif soulagement en apprenant que je n'étais coupable de rien ; et même, comme chaque fois qu'il m'arrivait quelque chose d'important, il me vint au cœur une espèce de fierté. Je supportai sans trop de gêne que ma mère chuchotât avec ses amies. En revanche, quand le soir nous eûmes retrouvé mon père rue de Rennes, il fit en plaisantant une allusion à mon état : je me consumai de honte. J'avais imaginé que la confrérie féminine dissimulait soigneusement aux hommes sa tare secrète. En face de mon père je me croyais un pur esprit : j'eus horreur qu'il me considérât soudain comme un organisme. Je me sentis à jamais déchue.

J'enlaidis, mon nez rougeoya ; il me poussa sur le visage et sur la nuque des boutons que je taquinais avec nervosité. Ma mère, excédée de travail, m'habillait avec négligence ; mes robes informes accentuaient ma gaucherie. Gênée par mon corps, je développai des phobies : je ne supportais pas, par exemple, de boire dans un verre où j'avais déjà bu. J'eus des tics : je n'arrêtais pas de hausser les épaules, de faire tourner mon nez. « Ne gratte pas tes boutons, ne tourne pas ton nez », me répétait mon père. Sans méchanceté, mais sans ménagement, il faisait sur mon teint, mon acné, ma balourdise, des remarques qui exaspéraient mon malaise et mes manies.

Le riche cousin à qui papa devait sa situation organisa une fête pour ses enfants et leurs amis. Il composa une revue en vers. Ma sœur fut choisie comme commère. En robe de tulle bleue, semée d'étoiles, ses beaux cheveux répandus sur son dos, elle incarnait la Belle de la Nuit. Après avoir poétiquement dialogué avec un pierrot lunaire, elle présentait, en couplets rimés, les jeunes invités qui défilaient, costumés, sur une estrade. Déguisée en Espagnole, je devais me pavaner en jouant de l'éventail, tandis qu'elle chantait, sur l'air de *Funiculi-funicula* :

> *Voici venir vers nous une belle personne*
> *Qui se pousse du col* (bis)
> *C'est bien le chic parfait de Barcelone*
> *Le pas espagnol* (bis)
> *Ça ne met pas ses grands yeux dans sa musette ;*
> *C'est plein d'audace... etc.*

Tous les regards fixés sur moi, et sentant mes joues s'enflammer, j'étais au supplice. Un peu plus tard, j'assistai aux noces d'une cousine du Nord ; alors que le jour du mariage de ma tante Lili mon image m'avait charmée, cette fois elle me navra. Maman s'avisa seulement le

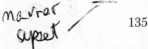

matin, à Arras, que ma nouvelle robe en crêpe de Chine beige, plaquée sur une poitrine qui n'avait plus rien d'enfantin, la soulignait avec indécence. On l'enveloppa de bandages si bien que j'eus tout le jour l'impression de cacher dans mon corsage une encombrante infirmité. Dans l'ennui de la cérémonie et d'un interminable banquet, j'avais tristement conscience de ce que confirment les photos : mal attifée, pataude, j'hésitais avec disgrâce entre la fillette et la femme.

Mes nuits étaient redevenues calmes. En revanche, d'une manière indéfinissable, le monde se troubla. Ce changement n'affecta pas Zaza : c'était une personne et non un objet. Mais il y avait dans la classe au-dessus de la mienne une élève que je regardais comme une belle idole, blonde, souriante et rose ; elle s'appelait Marguerite de Théricourt et son père possédait une des plus grosses fortunes de France ; une gouvernante l'accompagnait au cours dans une vaste auto noire que conduisait un chauffeur ; à dix ans, déjà, avec ses boucles impeccables, ses robes soignées, ses gants qu'elle n'ôtait qu'au moment d'entrer en classe, elle me paraissait une petite princesse. Elle devint une jolie jeune fille, aux longs cheveux pâles et bien lissés, aux yeux de porcelaine, au sourire gracieux ; j'étais sensible à son aisance, à sa réserve, à sa voix posée et chantante. Bonne élève, manifestant à ces demoiselles une extrême déférence, celles-ci, flattées par l'éclat de sa fortune, l'adoraient. Elle me parlait toujours avec beaucoup de gentillesse. On racontait que sa mère était une grande malade : cette épreuve dotait Marguerite d'une aura romanesque. Je me disais parfois que, si elle m'invitait chez elle, je défaillerais de joie, mais je n'osais même pas le désirer : elle habitait dans des sphères pour moi aussi lointaines que la cour d'Angleterre. D'ailleurs je ne souhaitais pas avec elle d'intimité, mais seulement pouvoir la contempler de plus près.

Quand j'eus atteint la puberté, mon sentiment s'accusa. À la fin de ma troisième — qu'on appelait classe de sixième-première — j'assistai à l'examen solennel que passaient à l'intérieur de l'institut les élèves de seconde et que récompensait un « diplôme Adeline Désir ». Marguerite portait une robe habillée, en crêpe de Chine gris, dont les manches laissaient apercevoir en transparence de jolis bras ronds : cette pudique nudité me bouleversa. J'étais trop ignorante et trop respectueuse pour ébaucher le moindre désir ; je n'imaginai pas même qu'aucune main pût jamais profaner les blanches épaules ; mais pendant tout le temps que durèrent les épreuves, je n'en détachai pas les yeux et quelque chose d'inconnu me serrait à la gorge.

Mon corps changeait ; mon existence aussi : le passé me quittait. Déjà nous avions déménagé, et Louise était partie. Je regardais avec ma sœur de vieilles photographies quand je m'avisai soudain qu'un de ces jours, j'allais perdre Meyrignac. Grand-père était très âgé, il mourrait ; quand le domaine appartiendrait à mon oncle Gaston — qui déjà en était nu-propriétaire — je ne m'y sentirais plus chez moi ; j'y viendrais en étrangère, puis je n'y viendrais plus. Je fus consternée. Mes parents répétaient — et leur exemple semblait le confirmer — que la vie a raison des amitiés d'enfance : est-ce que j'oublierais Zaza ? Nous nous demandions avec inquiétude Poupette et moi si notre affection résisterait à l'âge. Les grandes personnes ne partageaient pas nos jeux ni nos plaisirs. Je n'en connaissais aucune qui parût beaucoup s'amuser sur terre : la vie n'est pas gaie, la vie n'est pas un roman, déclaraient-elles en chœur.

La monotonie de l'existence adulte m'avait toujours apitoyée ; quand je me rendis compte que, dans un bref délai, elle deviendrait mon lot, l'angoisse me prit. Un après-midi, j'aidais maman à faire la vaisselle ; elle lavait des assiettes, je les essuyais ; par la fenêtre, je voyais le mur de la caserne de pompiers, et d'autres cuisines où des femmes frottaient des casseroles ou épluchaient des légumes. Chaque jour, le déjeuner, le dîner ; chaque jour la vaisselle ; ces heures indéfiniment recommencées et qui ne mènent nulle part : vivrais-je ainsi ? Une image se forma dans ma tête, avec une netteté si désolante que je me la rappelle encore aujourd'hui : une rangée de carrés gris s'étendait jusqu'à l'horizon, diminués selon les lois de la perspective, mais tous identiques, et plats ; c'étaient les jours et les semaines, et les années. Moi, depuis ma naissance, je m'étais endormie chaque soir un peu plus riche que la veille ; je m'élevais de degré en degré ; mais si je ne trouvais là-haut qu'un morne plateau, sans aucun but vers lequel marcher, à quoi bon ?

Non, me dis-je, tout en rangeant dans le placard une pile d'assiettes ; ma vie à moi conduira quelque part. Heureusement, je n'étais pas vouée à un destin de ménagère. Mon père n'était pas féministe ; il admirait la sagesse des romans de Colette Yver où l'avocate, la doctoresse, finissent par sacrifier leur carrière à l'harmonie du foyer ; mais nécessité fait loi : « Vous, mes petites, vous ne vous marierez pas, répétait-il souvent. Vous n'avez pas de dot, il faudra travailler. » Je préférais infiniment la perspective d'un métier à celle du mariage ; elle autorisait des espoirs. Il y avait eu des gens qui avaient fait des choses : j'en ferais. Je ne prévoyais pas bien lesquelles. L'astronomie, l'archéologie, la paléontologie tour à tour m'avaient réclamée et je continuais à caresser vaguement le dessein d'écrire. Mais ces projets manquaient de consistance, je n'y croyais pas assez pour envisager avec confiance l'avenir. D'avance, je portais le deuil de mon passé.

Ce refus du dernier sevrage se manifesta avec éclat à l'occasion du roman de Louisa Alcott, *Good Wives*, qui fait suite à *Little Women*. Un an, ou davantage, avait passé depuis que j'avais quitté Joe et Laurie, souriant ensemble à l'avenir. Dès que j'eus entre les mains le petit volume broché de la collection Tauchnitz où s'achevait leur histoire, je l'ouvris au hasard : je tombai sur une page qui m'apprit brutalement le mariage de Laurie avec une jeune sœur de Joe, la blonde, vaine et stupide Amy. Je rejetai le livre, comme s'il m'avait brûlé les doigts. Pendant plusieurs jours, je restai terrassée par un malheur qui m'avait atteinte au vif de moi-même : l'homme que j'aimais et dont je me croyais aimée m'avait trahie pour une sotte. Je détestai Louisa Alcott. Plus tard, je découvris que Joe avait elle-même refusé sa main à Laurie. Après un long célibat, des erreurs, des épreuves, elle rencontrait un professeur, plus âgé qu'elle, doté des plus hautes qualités : il la comprenait, la consolait, la conseillait, ils s'épousaient. Bien mieux que le jeune Laurie, cet homme supérieur, survenant du dehors dans l'histoire de Joe, incarnait le Juge suprême par qui je rêvais d'être un jour reconnue ; néanmoins son intrusion me mécontenta. Autrefois, lisant *Les Vacances* de Madame de Ségur, j'avais déploré que Sophie n'épousât pas Paul, son ami d'enfance, mais un jeune châtelain inconnu. L'amitié, l'amour, c'était à mes yeux quelque chose de définitif, d'éternel, et non pas une aventure précaire. Je ne voulais pas que l'avenir m'imposât des ruptures : il fallait qu'il enveloppât tout mon passé.

J'avais perdu la sécurité de l'enfance ; en échange je n'avais rien gagné. L'autorité de mes parents n'avait pas fléchi et comme mon esprit critique s'éveillait, je la supportais de plus en plus impatiemment. Visites, déjeuners de famille, toutes ces corvées que mes parents tenaient pour obligatoires, je n'en voyais pas l'utilité. Les réponses : « Ça se doit. Ça ne se fait pas », ne me satisfaisaient plus du tout. La sollicitude de ma mère me pesait. Elle avait « ses idées » qu'elle ne se souciait pas de justifier, aussi ses décisions me paraissaient-elles souvent arbitraires. Nous nous disputâmes violemment à propos d'un missel que j'offris à ma sœur pour sa communion solennelle ; je le voulais relié de cuir fauve, comme celui que possédaient la plupart de mes camarades ; maman estimait qu'une couverture de toile bleue serait bien assez belle ; je protestai que l'argent de ma tirelire m'appartenait ; elle répondit qu'on ne doit pas dépenser vingt francs pour un objet qui peut n'en coûter que quatorze. Pendant que nous achetions du pain chez le boulanger, tout au long de l'escalier et de retour à la maison, je lui tins tête. Je dus céder la rage au cœur, me promettant de ne jamais lui pardonner ce que je considérais comme un abus de pouvoir. Si elle m'avait souvent contrariée, je crois qu'elle m'eût précipitée dans la révolte. Mais dans les choses importantes — mes études, le choix de mes amies — elle intervenait peu ; elle respectait mon travail et même mes loisirs, ne me demandant que de menus services : moudre le café, descendre la caisse à ordures. J'avais l'habitude de la docilité, et je croyais que, en gros, Dieu l'exigeait de moi ; le conflit qui m'opposait à ma mère n'éclata pas, mais j'en avais sourdement conscience. Son éducation, son milieu l'avaient convaincue que pour une femme la maternité est le plus beau des rôles : elle ne pouvait le jouer que si je tenais le mien, mais je refusais aussi farouchement qu'à cinq ans d'entrer dans les comédies des adultes. Au cours Désir, la veille de notre communion solennelle, on nous exhortait à aller nous jeter aux pieds de nos mamans en leur demandant pardon de nos fautes ; non seulement je ne l'avais pas fait, mais quand son tour fut venu, j'en dissuadai ma sœur. Ma mère fut fâchée. Elle devinait en moi des réticences qui lui donnaient de l'humeur, et elle me grondait souvent. Je lui en voulais de me maintenir dans la dépendance et d'affirmer sur moi des droits. En outre j'étais jalouse de la place qu'elle occupait dans le cœur de mon père car ma passion pour lui n'avait fait que grandir.

Plus sa vie devenait ingrate, plus la supériorité de mon père m'aveuglait ; elle ne dépendait ni de la fortune ni du succès, aussi je me persuadais qu'il les avait délibérément négligés ; cela ne m'empêchait pas de le plaindre : je le pensais méconnu, incompris, victime d'obscurs cataclysmes. Je lui savais d'autant plus gré de ses accès de gaieté, encore assez fréquents. Il racontait de vieilles histoires, se moquait du tiers et du quart, faisait de bons mots. Quand il restait à la maison, il nous lisait Victor Hugo, Rostand ; il parlait des écrivains qu'il aimait, de théâtre, de grands événements passés, d'un tas de sujets élevés, et j'étais transportée bien loin des grisailles quotidiennes. Je n'imaginais pas qu'il existât un homme aussi intelligent que lui. Dans toutes les discussions auxquelles j'assistais, il avait le dernier mot, et quand il s'attaquait à des absents, il les écrasait. Il admirait avec feu certains grands hommes ; mais ceux-ci appartenaient à des sphères si lointaines qu'elles me paraissaient mythiques, et d'ailleurs ils n'étaient jamais irréprochables ; l'excès même de leur génie les vouait à l'erreur : ils sombraient dans l'orgueil et leur esprit se faussait. C'était le cas de Victor Hugo dont mon père déclamait les poèmes avec enthousiasme mais que la vanité avait finalement égaré ; c'était le cas de Zola, d'Anatole France, de beaucoup d'autres. Mon père opposait à leurs aberrations une sereine impartialité. Même ceux qu'il estimait sans réserve, leur œuvre avait des limites : mon père, lui, parlait d'une voix vivante, sa pensée était insaisissable et infinie. Gens et choses comparaissaient devant lui : il jugeait souverainement.

Du moment qu'il m'approuvait, j'étais sûre de moi. Pendant des années, il ne m'avait décerné que des éloges. Lorsque j'entrai dans l'âge ingrat, je le déçus : il appréciait chez les femmes l'élégance, la beauté. Non seulement il ne me cacha pas son désappointement, mais il marqua plus d'intérêt qu'autrefois à ma sœur, qui restait une jolie enfant. Il rayonnait de fierté quand elle parada, déguisée en « Belle de la Nuit ». Il participait parfois à des spectacles que son ami M. Jeannot — grand zélateur du théâtre chrétien — organisait dans des patronages de banlieue ; il fit jouer Poupette avec lui. Le visage encadré de longues tresses blondes, elle tint le rôle de la petite fille dans *Le Pharmacien*, de Max Maurey. Il lui apprit à réciter des fables en les détaillant et avec des effets. Sans me l'avouer, je souffrais de leur entente et j'en voulais vaguement à ma sœur.

Ma véritable rivale, c'était ma mère. Je rêvais d'avoir avec mon père des rapports personnels ; mais même dans les rares occasions où nous nous trouvions tous les deux seuls, nous nous parlions comme si elle avait été là. En cas de conflit, si j'avais recouru à mon père, il m'aurait répondu : « Fais ce que ta mère te dit ! » Il ne m'arriva qu'une fois de chercher sa complicité. Il nous avait emmenées aux courses d'Auteuil ; la pelouse était noire de monde, il faisait chaud, rien ne se passait, et je m'ennuyais ; enfin on donna le départ : les gens se ruèrent vers les barrières, et leurs dos me cachèrent la piste. Mon père avait loué pour nous des pliants et je voulus monter sur le mien. « Non », dit maman, qui détestait la foule et que la bousculade avait énervée. J'insistai. « Non et non », répéta-t-elle. Comme elle s'affairait avec ma sœur, je me tournai vers mon père et je lançai avec emportement : « Maman est ridicule. Pourquoi est-ce que je ne peux pas monter sur ce pliant ? » Il haussa les épaules d'un air gêné, sans prendre parti.

Du moins ce geste ambigu me permettait-il de supposer qu'à part soi mon père trouvait parfois ma mère trop impérieuse ; je me persuadai qu'une silencieuse alliance existait entre lui et moi. Je perdis cette illusion. Pendant un déjeuner, on parla d'un grand cousin dissipé qui considérait sa mère comme une idiote : de l'aveu de mon père elle l'était en effet. Il déclara cependant avec véhémence : « Un enfant qui juge sa mère est un imbécile. » Je devins écarlate et je quittai la table en prétextant un malaise : je jugeais ma mère. Mon père m'avait porté un double coup, en affirmant leur solidarité et en me traitant indirectement d'imbécile. Ce qui m'affolait encore davantage, c'est que je jugeais cette phrase même qu'il venait de prononcer : puisque la sottise de ma tante sautait aux yeux, pourquoi son fils ne l'eût-il pas reconnue ? Ce n'est pas mal de se dire la vérité, et d'ailleurs, bien souvent, on ne le fait pas exprès ; en ce moment, par exemple, je ne pouvais pas m'empêcher de penser ce que je pensais : étais-je en faute ? En un sens non, et pourtant les paroles de mon père mordaient sur moi si bien que je me sentais à la fois irréprochable et monstrueuse. Par la suite, et peut-être en partie à cause de cet incident, je n'accordai plus à mon père une infaillibilité absolue. Pourtant mes parents conservèrent le pouvoir de faire de moi une coupable ; j'acceptais leurs verdicts tout en me voyant avec d'autres yeux que les leurs. La vérité de mon être leur appartenait encore autant qu'à moi : mais paradoxalement, ma vérité en eux pouvait n'être qu'un leurre, elle pouvait être fausse. Il n'y avait qu'un moyen de prévenir cette étrange confusion : il fallait leur dissimuler les trompeuses apparences. J'avais l'habitude de surveiller mon langage : je redoublai de prudence. Je franchis un pas de plus. Puisque je n'avouais pas tout, pourquoi ne pas oser des actes inavouables ? J'appris la clandestinité.

Mes lectures étaient contrôlées avec la même rigueur qu'autrefois ; en dehors de la littérature spécialement destinée à l'enfance ou expurgée à son intention, on ne me mettait entre les mains qu'un très petit nombre d'ouvrages choisis ; encore mes parents en censuraient-ils souvent des passages ; dans *L'Aiglon* même, mon père faisait des coupures. Cependant, confiants en ma loyauté, ils ne fermaient pas à clé la bibliothèque ; à La Grillère, ils me laissaient emporter les collections reliées de *La Petite Illustration*, après m'avoir indiqué les pièces qui étaient « pour moi ». En vacances, j'étais toujours à court de lectures ; quand j'avais terminé *Primerose* ou *Les Bouffons*, je regardais avec convoitise la masse de papier imprimé qui gisait sur l'herbe à portée de ma main, de mes yeux. Depuis longtemps je me permettais de bénignes désobéissances ; ma mère me défendait de manger entre les repas ; à la campagne, j'emportais chaque après-midi dans mon tablier une douzaine de pommes : nul malaise ne m'avait jamais punie de mes excès. Depuis mes conversations avec Magdeleine, je doutais que Sacha Guitry, Flers et Caillavet, Capus, Tristan Bernard fussent beaucoup plus nocifs. Je me risquai en terrain interdit. Je m'enhardis jusqu'à aborder Bernstein, Bataille : je n'en éprouvai aucun dommage. À Paris, feignant de me restreindre aux *Nuits* de Musset, je m'installai devant le gros volume contenant ses œuvres complètes, je lus tout son théâtre, *Rolla*, la *Confession d'un enfant du siècle*. Désormais, chaque fois que je me trouvais seule à la maison, je puisais librement dans la bibliothèque. Je passais des heures merveilleuses, au creux du fauteuil de cuir, à dévorer la collection de romans à quatre-vingt-dix centimes qui avaient enchanté la jeunesse de papa : Bourget, Alphonse Daudet, Marcel Prévost, Maupassant, les Goncourt. Ils complétèrent mon éducation sexuelle, mais sans beaucoup de cohérence. L'acte d'amour durait parfois toute une nuit, parfois quelques minutes, il paraissait tantôt insipide, tantôt extraordinairement voluptueux ; il comportait des raffinements et des variations qui me demeuraient tout à fait hermétiques. Les rapports visiblement louches des *Civilisés* de Farrère avec leurs boys, de Claudine avec son amie Rézi embrouillèrent encore la question. Soit faute de talent, soit parce que j'en savais à la fois trop et trop peu, aucun auteur ne réussit à m'émouvoir comme m'avait émue naguère le chanoine Schmidt. Dans l'ensemble, je ne mettais guère ces récits en relation avec ma propre expérience ; je me rendais compte qu'ils évoquaient une société en grande partie périmée ; à part *Claudine* et *Mademoiselle Dax* de Farrère, les héroïnes — niaises jeunes filles ou femmes du monde futiles — m'intéressaient peu ; je jugeais les hommes médiocres. Aucun de ces ouvrages ne me proposait une image de l'amour ni une idée de mon destin qui pût me satisfaire, je n'y cherchais pas un pressentiment de mon avenir ;

dépayser - divertir

mais ils me donnaient ce que je leur demandais : ils me dépaysaient. Grâce à eux, je m'affranchissais de mon enfance, j'entrais dans un monde compliqué, aventureux, imprévu. Quand mes parents sortaient le soir, je prolongeais tard dans la nuit les joies de l'évasion ; pendant que ma sœur dormait, adossée à mon oreiller, je lisais ; dès que j'entendais tourner la clé dans la serrure, j'éteignais ; le matin, après avoir fait mon lit, je glissais le livre sous le matelas en attendant le moment de le remettre à sa place. Il était impossible que maman soupçonnât ces manœuvres ; mais, par instants, la seule idée que *Les Demi-vierges* ou *La Femme et le Pantin* gisaient contre mon sommier me faisait frissonner de terreur. De mon point de vue, ma conduite n'avait rien de répréhensible : je me distrayais, je m'instruisais ; mes parents voulaient mon bien : je ne les contrecarrais pas puisque mes lectures ne me faisaient pas de mal. Cependant, une fois rendu public, mon acte fût devenu criminel.

Paradoxalement, ce fut une lecture licite qui me précipita dans les affres de la trahison. J'avais expliqué en classe *Silas Marner*. Avant de partir en vacances, ma mère m'acheta *Adam Bede*. Assise sous les peupliers du « parc paysagé », je suivis pendant plusieurs jours avec patience le déroulement d'une lente histoire, un peu fade. Soudain, à la suite d'une promenade dans un bois, l'héroïne — qui n'était pas mariée — se trouvait enceinte. Mon cœur se mit à battre à grands coups : pourvu que maman ne lise pas ce livre ! Car alors elle saurait que je savais : je ne pouvais pas supporter cette idée. Je ne redoutais pas une réprimande. J'étais irréprochable. Mais j'avais une peur panique de ce qui se passerait dans sa tête. Peut-être se croirait-elle obligée d'avoir une conversation avec moi : cette perspective m'épouvantait parce que, au silence qu'elle avait toujours gardé sur ces problèmes, je mesurais sa répugnance à les aborder. Pour moi, l'existence des filles-mères était un fait objectif qui ne m'incommodait pas plus que celle des antipodes : mais la connaissance que j'en avais deviendrait, à travers la conscience de ma mère, un scandale qui nous souillerait toutes deux.

Malgré mon anxiété, je n'inventai pas cette simple parade : feindre d'avoir égaré mon livre dans les bois. Perdre un objet, fût-ce une brosse à dents, déchaînait à la maison de tels orages que le remède m'effrayait presque autant que le mal. En outre, si je pratiquais sans scrupule la restriction mentale, je n'aurais pas eu le front de débiter devant ma mère un mensonge positif ; ma rougeur, mes hésitations m'auraient trahie. Je pris simplement garde à ce que *Adam Bede* ne lui tombât pas dans les mains. Elle n'eut pas l'idée de le lire et son désarroi me fut épargné.

Ainsi, mes rapports avec ma famille étaient-ils devenus beaucoup moins faciles qu'autrefois. Ma sœur ne m'idolâtrait plus sans réserve, mon père me trouvait laide et m'en faisait grief, ma mère se méfiait de l'obscur changement qu'elle devinait en moi. S'ils avaient lu dans ma tête, mes parents m'auraient condamnée ; au lieu de me protéger comme naguère, leur regard me mettait en danger. Eux-mêmes ils étaient descendus de leur empyrée ; je n'en profitai pas pour récuser leur jugement. Au contraire, je me sentis doublement contestée ; je n'habitais plus un lieu privilégié, et ma perfection s'était ébréchée ; j'étais incertaine de moi-même, et vulnérable. Mes rapports avec les autres devaient s'en trouver modifiés.

ébrécher — chip

haut place

147

Les dons de Zaza s'affirmaient ; elle jouait du piano assez remarquablement pour son âge et elle commençait à apprendre le violon. Alors que mon écriture était grossièrement enfantine, la sienne m'étonnait par son élégance. Mon père appréciait comme moi le style de ses lettres, la vivacité de sa conversation ; il s'amusait à la traiter cérémonieusement et elle se prêtait au jeu avec grâce ; l'âge ingrat ne l'enlaidissait pas ; habillée, coiffée sans apprêt, elle avait des manières aisées de jeune fille ; elle n'avait pas perdu cependant sa hardiesse garçonnière : en vacances, elle galopait à cheval à travers les forêts landaises, insouciante des branchages qui la cinglaient. Elle fit un voyage en Italie ; au retour, elle me parla des monuments, des statues, des tableaux qu'elle avait aimés ; j'enviai les joies qu'elle avait goûtées dans un pays légendaire, et je regardai avec respect la tête noire qui enfermait de si belles images. Son originalité m'éblouissait. Me souciant moins de juger que de connaître, je m'intéressais à tout : Zaza choisissait ; la Grèce l'enchantait, les Romains l'ennuyaient ; insensible aux malheurs de la famille royale, le destin de Napoléon l'enthousiasmait. Elle admirait Racine, Corneille l'irritait ; elle détestait *Horace*, *Polyeucte*, et brûlait de sympathie pour *Le Misanthrope*. Je l'avais toujours connue moqueuse ; entre douze et quinze ans, elle fit de l'ironie un système ; elle tournait en ridicule non seulement la plupart des gens, mais aussi les coutumes établies et les idées reçues ; elle avait fait des *Maximes* de La Rochefoucauld son livre de chevet et répétait à tout bout de champ que c'est l'intérêt qui guide les hommes. Je n'avais sur l'humanité aucune idée générale et son pessimisme têtu m'en imposait. Beaucoup de ses opinions étaient subversives ; elle scandalisa le cours Désir en défendant, dans une composition française, Alceste contre

148

Courroucer — anger ; désinvolture — casual

Philinte, et une autre fois en plaçant Napoléon au-dessus de Pasteur. Ses audaces courrouçaient certains professeurs ; d'autres les mettaient sur le compte de sa jeunesse et s'en amusaient : elle était la bête noire des unes, et la favorite des autres. Je me classais d'ordinaire avant elle, même en français où je l'emportais pour « le fond » ; mais je pensais qu'elle dédaignait la première place ; quoique moins bien notés que les miens, ses travaux scolaires devaient à sa désinvolture un je-ne-sais-quoi dont me privait mon assiduité. On disait qu'elle avait de la personnalité : c'était là son suprême privilège. La complaisance confuse que j'avais naguère éprouvée à mon égard ne m'avait pas dotée de contours définis ; au-dedans de moi, tout était flou, insignifiant ; en Zaza j'entrevoyais une présence, jaillissante comme une source, robuste comme un bloc de marbre, aussi fermement dessinée qu'un portrait de Dürer. Je la comparais à mon vide intérieur, et je me méprisais. Zaza m'obligeait à cette confrontation car elle mettait souvent en parallèle sa nonchalance et mon zèle, ses défauts et mes perfections dont elle se moquait volontiers. Je n'étais pas à l'abri de ses sarcasmes.

« Je n'ai pas de personnalité », me disais-je tristement. Ma curiosité se donnait à tout ; je croyais à l'absolu du vrai, à la nécessité de la loi morale ; mes pensées se modelaient sur leur objet ; si parfois l'une d'elles me surprenait, c'est qu'elle reflétait quelque chose de surprenant. Je préférais le mieux au bien, le mal au pire, je méprisais ce qui était méprisable. Je n'apercevais nulle trace de ma subjectivité. Je m'étais voulue sans bornes : j'étais informe comme l'infini. Le paradoxe, c'est que je m'avisai de cette déficience au moment même où je découvris mon individualité : ma prétention à l'universel m'avait paru jusqu'alors aller de soi, et voilà qu'elle devenait un trait de caractère. « Simone s'intéresse à tout. » Je me trouvais limitée par mon refus des limites. Des conduites, des idées qui s'étaient imposées tout naturellement à moi traduisaient en fait ma passivité et mon défaut de sens critique. Au lieu de demeurer la pure conscience incrustée au centre du Tout, je m'incarnai : ce fut une douloureuse déchéance. La figure que soudain on m'imputait ne pouvait que me décevoir, moi qui avais vécu comme Dieu même, sans visage. C'est pourquoi je fus si prompte à me jeter dans l'humilité. Si je n'étais qu'un individu parmi d'autres, toute différence, au lieu de confirmer ma souveraineté, risquait de se tourner en infériorité. Mes parents avaient cessé d'être pour moi de sûrs garants ; et j'aimais tant Zaza qu'elle me semblait plus réelle que moi-même : j'étais son négatif ; au lieu de revendiquer mes propres particularités, je les subis avec dépit.

Un livre que je lus vers treize ans me fournit un mythe auquel je crus longtemps. C'était *L'Écolier d'Athènes*, d'André Laurie. Théagène, écolier sérieux, appliqué, raisonnable, était subjugué par le bel Euphorion ; ce jeune aristocrate, élégant, délicat, raffiné, spirituel, impertinent, éblouissait camarades et professeurs, bien qu'on lui reprochât parfois sa nonchalance et sa désinvolture. Il mourait à la fleur de l'âge et c'était Théagène qui cinquante ans plus tard racontait leur histoire. J'identifiai Zaza au bel éphèbe blond et moi-même à Théagène : il y avait des êtres doués et des êtres méritants, et c'est irrémédiablement dans cette dernière catégorie que je me rangeais.

Ma modestie cependant était équivoque ; les méritants devaient aux doués admiration et dévouement. Mais enfin c'était Théagène qui, survivant à son ami, parlait de lui : il était la mémoire et la conscience, le

Sujet essentiel. Si on m'avait proposé d'être Zaza, j'aurais refusé ; j'aimais mieux posséder l'univers qu'une figure. Je gardais la conviction que seule je réussirais à dévoiler la réalité sans la déformer ni l'amenuiser. C'est seulement quand je me confrontais à Zaza que je déplorais amèrement ma banalité.

J'étais jusqu'à un certain point victime d'un mirage ; je me sentais du dedans, je la voyais du dehors : la partie n'était pas égale. Je trouvais extraordinaire qu'elle ne pût toucher ni même apercevoir une pêche sans que sa peau se hérissât ; tandis que mon horreur des huîtres allait de soi. Cependant aucune autre camarade ne m'étonna. Zaza était vraiment assez exceptionnelle.

Des neuf enfants Mabille, elle était la troisième, et la seconde des filles ; sa mère n'avait pas eu le loisir de la couver ; elle s'était mêlée à la vie de ses frères, de leurs cousins, de leurs camarades et elle avait pris leur allure garçonnière ; on l'avait de bonne heure considérée comme une grande et chargée des responsabilités qui incombent aux aînés. Mariée à vingt-cinq ans, avec un catholique pratiquant, par surcroît son cousin, Mme Mabille, à la naissance de Zaza, était déjà solidement installée dans sa condition de matrone ; spécimen accompli de la bourgeoisie bien pensante, elle allait son chemin avec l'assurance de ces grandes dames qui s'autorisent de leur science de l'étiquette pour l'enfreindre à l'occasion ; ainsi tolérait-elle chez ses enfants d'anodines incartades ; la spontanéité de Zaza, son naturel, reflétait l'orgueilleuse aisance de sa mère. J'avais été stupéfaite qu'elle osât, au milieu d'une audition de piano, lui tirer la langue : c'est qu'elle escomptait sa complicité ; pardessus la tête du public, toutes deux se riaient des conventions. Moi, si j'avais commis une incongruité, ma mère l'eût ressentie dans la honte : mon conformisme traduisait sa timidité.

M. Mabille ne me plaisait qu'à demi ; il était trop différent de mon père qui d'ailleurs ne sympathisait pas avec lui. Il avait une longue barbe, des lorgnons ; il communiait chaque dimanche et consacrait une bonne partie de ses loisirs à des œuvres sociales. Ses poils soyeux, ses vertus chrétiennes le féminisaient et le rabaissaient à mes yeux. Au début de notre amitié, Zaza me raconta qu'il faisait rire ses enfants aux larmes en lisant à haute voix et en mimant *Le Malade imaginaire*. Un peu plus tard, elle l'écoutait avec un intérêt déférent quand, dans la grande galerie du Louvre, il nous expliquait les beautés d'un Corrège, quand, au sortir d'une projection des *Trois Mousquetaires*, il prédisait que le cinéma tuerait l'Art. Elle évoquait devant moi avec attendrissement la nuit où ses parents, fraîchement mariés, avaient écouté la main dans la main, au bord d'un lac, la barcarolle *Belle nuit — ô nuit d'amour*... Peu à peu elle se mit à tenir de tout autres propos. « Papa est tellement sérieux ! » me dit-elle un jour avec rancune. L'aînée, Lili, tenait de M. Mabille, méthodique, vétilleuse, catégorique comme lui, elle brillait en mathématiques : tous deux s'entendaient à merveille. Zaza n'aimait pas cette grande sœur positive et prêcheuse. Mme Mabille affichait la plus grande estime pour ce parangon mais il y avait entre elles une sourde rivalité et souvent leur hostilité transparaissait ; Mme Mabille ne faisait pas mystère de sa prédilection pour Zaza : « C'est tout mon portrait », disait-elle d'une voix heureuse. De son côté, Zaza préférait sa mère avec emportement. Elle me raconta que M. Mabille avait plusieurs fois demandé en vain la main de sa cousine ; belle, ardente, vivace, Guite Larivière redoutait ce polytechnicien sévère ;

cependant, elle menait au Pays basque une existence retirée, et les partis n'affluaient pas ; à vingt-cinq ans, sous l'impérieuse pression de sa mère, elle se résigna à dire oui. Zaza me confia aussi que Mme Mabille — à qui elle attribuait des trésors de charme, de sensibilité, de fantaisie — avait souffert de l'incompréhension d'un mari ennuyeux comme un livre d'algèbre ; elle en pensait beaucoup plus long ; je me rends compte aujourd'hui qu'elle éprouvait pour son père une répulsion physique. Sa mère l'avertit très tôt, et avec une crudité méchante, des réalités sexuelles : Zaza comprit précocement que Mme Mabille avait haï dès la première nuit et à jamais les étreintes conjugales. Elle étendit à toute la famille de son père la répugnance que celui-ci lui inspirait. En revanche, elle adorait sa grand-mère maternelle qui, lorsqu'elle venait à Paris, partageait toujours son lit. M. Larivière avait milité jadis dans des journaux et des revues provinciales aux côtés de Louis Veuillot ; il avait laissé derrière lui quelques articles, et une vaste bibliothèque ; contre son père, contre les mathématiques, Zaza opta pour la littérature ; mais son grand-père mort, ni Mme Larivière ni Mme Mabille ne se piquant de culture, il n'y avait personne pour dicter à Zaza des principes ou des goûts ; elle fut amenée à penser par elle-même. À vrai dire, sa marge d'originalité était fort mince ; fondamentalement, Zaza exprimait, comme moi, son milieu. Mais au cours Désir et dans nos foyers, nous étions si étroitement astreintes aux préjugés et aux lieux communs que le moindre élan de sincérité, la plus minime invention surprenait.

Ce qui m'impressionnait le plus vivement chez Zaza, c'était son cynisme. Je tombai des nues quand — des années plus tard — elle m'en donna les raisons. Elle était loin de partager la haute opinion que je me faisais

Corvé — chore — drudgery
rancune — grudge

d'elle. Mme Mabille avait une trop nombreuse progéniture, elle remplissait trop de « devoirs sociaux » et de corvées mondaines pour accorder beaucoup d'elle-même à aucun de ses enfants ; sa patience, ses sourires, recouvraient, je crois, une grande froideur ; toute petite, Zaza se sentit plus ou moins délaissée ; ensuite sa mère lui marqua une affection particulière, mais très mesurée : l'amour passionné que lui portait Zaza fut certainement plus jaloux qu'heureux. Je ne sais si dans sa rancune à l'égard de son père n'entrait pas aussi du dépit : elle ne dut pas être indifférente à la prédilection de M. Mabille pour Lili. De toute façon, le troisième rejeton d'une famille de neuf enfants ne peut guère se penser que comme un numéro parmi d'autres ; il bénéficie d'une sollicitude collective qui ne l'encourage pas à se croire quelqu'un. Aucune des petites Mabille n'avait froid aux yeux ; elles plaçaient trop haut leur famille pour éprouver de la timidité devant des étrangers ; mais quand Zaza, au lieu de se comporter en membre du clan, se retrouvait tout juste elle-même, elle se découvrait un tas de défauts : elle était laide, disgraciée, peu aimable, mal aimée. Elle compensait par la raillerie ce sentiment d'infériorité. Je ne le remarquai pas alors, mais jamais elle ne se moqua de mes défauts : seulement de mes vertus ; jamais elle ne mit en avant ses dons ni ses réussites : elle n'affichait que ses faiblesses. Pendant les vacances de Pâques, l'année de nos quatorze ans, elle m'écrivit qu'elle n'avait pas le courage de faire ses révisions de physique et que cependant l'idée de rater la prochaine composition la navrait : « Vous ne pouvez pas me comprendre, parce que si vous aviez une composition à apprendre, au lieu de vous tourmenter de ne pas la savoir, vous l'apprendriez. » Je m'attristai en lisant ces lignes qui tournaient en dérision mes manies

154

de bonne élève ; mais leur discrète agressivité signifiait aussi que Zaza se reprochait son indolence. Si je l'agaçais, c'est qu'elle me donnait à la fois raison et tort ; elle défendait sans joie contre mes perfections l'enfant malchanceuse qu'elle était à ses propres yeux.

Il y avait aussi du ressentiment dans son mépris de l'humanité : elle ne s'estimait guère, mais le reste du monde ne lui semblait pas estimable non plus. Elle cherchait au ciel l'amour que lui refusait la terre, elle était très pieuse. Elle vivait dans un milieu plus homogène que le mien, où les valeurs religieuses étaient affirmées unanimement et avec emphase : le démenti que la pratique infligeait à la théorie n'en prenait qu'un plus scandaleux éclat. Les Mabille donnaient de l'argent à des œuvres. Chaque année, pendant le pèlerinage national, ils allaient à Lourdes ; les garçons servaient comme brancardiers ; les filles lavaient la vaisselle dans les cuisines des hospices. Dans leur entourage on parlait beaucoup de Dieu, de charité, d'idéal ; mais Zaza s'aperçut vite que tous ces gens ne respectaient que l'argent et les dignités sociales. Cette hypocrisie la révolta ; elle s'en protégea par un parti pris de cynisme. Je n'aperçus jamais ce qu'il y avait de déchiré et de grinçant dans ce qu'on appelait au cours Désir ses paradoxes.

Zaza tutoyait ses autres amies ; aux Tuileries, elle jouait avec n'importe qui, elle avait des manières très libres, et même un peu effrontées. Cependant mes rapports avec elle étaient assez guindés ; ni embrassades, ni bourrades ; nous continuions à nous dire vous, et nous nous parlions à distance. Je savais qu'elle tenait à moi beaucoup moins que je ne tenais à elle ; elle me préférait à nos autres camarades, mais la vie scolaire ne comptait pas pour elle autant que pour moi ; attachée à

sa famille, à son milieu, à son piano, à ses vacances,
j'ignorais quelle place elle me concédait dans son existence ; je ne m'en étais pas d'abord inquiétée ; à présent, je m'interrogeais ; j'avais conscience que mon zèle
studieux, ma docilité l'ennuyaient ; jusqu'à quel point
m'estimait-elle ? Il n'était pas question de lui découvrir
mes sentiments, ni d'essayer de connaître les siens.
J'avais réussi à me délivrer intérieurement des clichés
dont les adultes accablent l'enfance : j'osais mes émotions, mes rêves, mes désirs, et même certains mots.
Mais je n'imaginais pas qu'on pût communiquer sincèrement avec autrui. Dans les livres, les gens se font
des déclarations d'amour, de haine, ils mettent leur
cœur en phrases ; dans la vie, jamais on ne prononce
de paroles qui pèsent. Ce qui « se dit » est aussi réglé
que ce qui « se fait ». Rien de plus conventionnel que
les lettres que nous échangions. Zaza utilisait les lieux
communs un peu plus élégamment que moi ; mais ni
l'une ni l'autre nous n'exprimions rien de ce qui nous
touchait vraiment. Nos mères lisaient notre correspondance : cette censure ne favorisait certes pas de libres
effusions. Mais même dans nos conversations, nous
respections d'indéfinissables convenances ; nous étions
en deçà même de la pudeur, persuadées, toutes deux,
que notre intime vérité ne devait pas ouvertement
s'énoncer. Je me trouvais donc réduite à interpréter des
signes incertains ; le moindre éloge de Zaza me comblait de joie ; les sourires narquois dont elle était prodigue me ravageaient. Le bonheur que me donnait notre
amitié fut traversé pendant ces années ingrates par le
constant souci de lui déplaire.

Une année, au milieu des vacances, son ironie me fit
souffrir mille morts. J'avais été admirer en famille les
cascades de Gimel ; à leur pittoresque établi, je réagis

mégarde — by mistake

par un enthousiasme de commande. Bien entendu, puisque mes lettres relevaient de ma vie publique, j'y taisais
soigneusement les joies solitaires que me donnait la
campagne ; en revanche, j'entrepris de décrire à Zaza
cette excursion collective, ses beautés, mes transports.
La platitude de mon style soulignait déplorablement
l'insincérité de mes émois. Dans sa réponse, Zaza insi-
nua malicieusement que je lui avais envoyé par mégarde
un de mes devoirs de vacances : j'en pleurai. Je sentais
qu'elle me reprochait quelque chose de plus grave que
la pompe maladroite de mes phrases : j'emportais partout avec moi ma guenille de bonne élève. C'était en
partie vrai ; mais il était vrai aussi que j'aimais Zaza avec
une intensité qui ne devait rien aux usages ni aux poncifs. Je ne coïncidais pas tout à fait avec le personnage
qu'elle prenait pour moi ; mais je ne trouvais pas le
moyen de l'abattre pour montrer à Zaza mon cœur
nu : ce malentendu me désespérait. Dans ma réponse je
fis semblant de plaisanter en reprochant à Zaza sa
méchanceté ; elle sentit qu'elle m'avait peinée car elle
s'excusa par retour du courrier : j'avais été victime, me
disait-elle, d'une crise de mauvaise humeur. Je me
rassérénai.

Zaza ne soupçonnait pas combien je la vénérais, ni
que je m'étais démise en sa faveur de tout orgueil. À
une vente de charité du cours Désir, une graphologue
examina nos écritures ; celle de Zaza lui parut dénoter
une précoce maturité, une sensibilité, une culture, des
dons artistiques étonnants ; dans la mienne, elle ne
décela que de l'infantilisme. J'acceptai ce verdict : oui,
j'étais une élève appliquée, une enfant sage, sans plus.
Zaza se récria avec une véhémence qui me réconforta.
Protestant dans une lettre contre une autre analyse,
également défavorable, que je lui avais communiquée,

157

elle ébaucha mon portrait : « Un peu de réserve, un peu de soumission de l'esprit aux doctrines et aux usages ; j'ajoute beaucoup de cœur, et un aveuglement sans pareil et très indulgent pour vos amies. »

Il ne nous arrivait pas souvent de parler aussi explicitement de nous. Était-ce ma faute ? Le fait est que Zaza faisait gentiment allusion à ma « réserve » : souhaitait-elle entre nous plus d'abandon ? L'affection que je lui portais était fanatique, la sienne à mon égard réticente : mais je fus sans doute responsable de notre excès de discrétion.

Celle-ci me pesait pourtant. Brusque, caustique, Zaza était sensible ; elle était arrivée un jour au cours le visage ravagé parce qu'elle avait appris la veille la mort d'un lointain petit cousin. Elle aurait été touchée du culte que je lui rendais : il me devint intolérable qu'elle n'en devinât rien. Puisque aucune parole ne m'était possible, j'inventai un geste. C'était courir de grands risques ; maman trouverait mon initiative ridicule ; ou Zaza elle-même l'accueillerait avec surprise. Mais j'avais un tel besoin de m'exprimer que, pour une fois, je passai outre. Je m'ouvris de mon projet à ma mère qui l'agréa. J'offrirais à Zaza, pour sa fête, un sac que je confectionnerais de mes mains. J'achetai une soie rouge et bleue, brochée d'or, qui me parut le comble du luxe ; d'après un patron de la *Mode pratique*, je la montai sur une armature de sparterie et je doublai la pochette avec du satin cerise ; j'enveloppai mon œuvre dans du papier de soie. Le jour venu, je guettai Zaza dans le vestiaire ; quand je lui tendis mon cadeau, elle me regarda avec stupeur, puis le sang lui monta aux joues et son visage changea ; un moment, nous restâmes en face l'une de l'autre, embarrassées par notre émotion, incapables de trouver dans notre répertoire un mot, un geste approprié. Le lendemain, nos mères se rencontrèrent. « Remercie Mme de Beauvoir, dit Mme Mabille de sa voix affable, toute la peine a été pour elle. » Elle essayait de faire entrer mon acte dans le circuit des politesses adultes. Je m'aperçus à cet instant que je ne l'aimais plus du tout. D'ailleurs, elle échoua. Quelque chose s'était passé qui ne pouvait plus être effacé.

Je n'en restai pas moins sur le qui-vive. Même quand Zaza se montrait tout à fait amicale, même quand elle semblait se plaire avec moi, j'avais peur de l'importuner. Cette secrète « personnalité » qui l'habitait, elle ne m'en livrait que la menue monnaie : je me faisais de ses tête-à-tête avec elle-même une idée presque religieuse. Un jour, j'allai chercher rue de Varenne un livre qu'elle devait me prêter ; elle n'était pas à la maison ; on me fit entrer dans sa chambre : je pouvais l'y attendre, elle ne tarderait pas. Je regardai le mur tendu de papier bleu, la *Sainte Anne* de Vinci, le crucifix ; Zaza avait laissé ouvert sur son bureau un de ses livres favoris : *Les Essais* de Montaigne. Je lus la page qu'elle venait d'abandonner, qu'elle allait reprendre : qu'y lisait-elle ? Les signes imprimés me semblaient plus indéchiffrables qu'au temps où je ne connaissais pas l'alphabet. J'essayais de voir la chambre avec les yeux de Zaza, de m'insinuer dans ce monologue qui se déroulait d'elle à elle : en vain. Je pouvais toucher tous ces objets où sa présence était inscrite : mais ils ne me la livraient pas ; en me l'annonçant, ils me la cachaient ; on aurait même dit qu'ils me défiaient de jamais m'en approcher. L'existence de Zaza me parut si hermétiquement fermée sur soi que la moindre place m'y était refusée. Je pris mon livre, je m'enfuis. Quand je la rencontrai le lendemain, elle me parut abasourdie : pourquoi étais-je partie si vite ? Je ne sus pas le lui expliquer. Je ne

engouement - craze

m'avouais pas à moi-même de quelles fiévreuses tortures je payais le bonheur qu'elle me donnait.

La plupart des garçons que je connaissais me semblaient disgracieux et bornés ; je savais pourtant qu'ils
appartenaient à une catégorie privilégiée. J'étais prête,
dès qu'ils avaient un peu de charme ou de vivacité, à
subir leur prestige. Mon cousin Jacques n'avait jamais
perdu le sien. Il habitait seul avec sa sœur et une vieille
bonne dans la maison du boulevard Montparnasse et il
venait souvent passer la soirée chez nous. À treize ans,
il avait déjà des manières de jeune homme ; l'indépendance de sa vie, son autorité dans les discussions en faisaient un précoce adulte et je trouvais normal qu'il me
traitât en petite cousine. Nous nous réjouissions beaucoup, ma sœur et moi, quand nous reconnaissions son
coup de sonnette. Un soir, il arriva si tard que nous
étions déjà au lit ; nous nous précipitâmes au bureau en
chemise de nuit. « Voyons ! dit ma mère, ce n'est pas
une tenue ! Vous êtes trop grandes ! » Je fus étonnée. Je
regardais Jacques comme une espèce de frère. Il m'aidait
à faire mes versions latines, il critiquait le choix de mes
lectures, il me disait des vers. Un soir, sur le balcon, il
récita *La Tristesse d'Olympio*, et je me rappelai, avec un pin-
cement au cœur, que nous avions été fiancés. À présent,
il n'avait de vraies conversations qu'avec mon père.
Il était externe au collège Stanislas, où il brillait ; il se
prit entre quatorze et quinze ans d'un vif engouement
pour un professeur de littérature qui lui apprit à préférer Mallarmé à Rostand. Mon père haussa les épaules, puis s'irrita. Comme Jacques dénigrait *Cyrano* sans
savoir m'en expliquer les faiblesses, comme il récitait
d'un air gourmet des vers obscurs sans m'en faire

160

sentir les beautés, j'admis avec mes parents qu'il posait. Néanmoins, tout en récusant ses goûts j'admirais qu'il les défendît avec tant de superbe. Il connaissait une quantité de poètes et d'écrivains dont j'ignorais tout ; avec lui entraient dans la maison les rumeurs d'un monde qui m'était fermé : comme j'aurais voulu y pénétrer ! Papa disait volontiers : « Simone a un cerveau d'homme. Simone est un homme. » Pourtant on me traitait en fille. Jacques et ses camarades lisaient les vrais livres, ils étaient au courant des vrais problèmes ; ils vivaient à ciel ouvert : on me confinait dans une nursery. Je ne me désespérais pas. Je faisais confiance à mon avenir. Par le savoir ou le talent, des femmes s'étaient taillé leur place dans l'univers des hommes. Mais je m'impatientais de ce retard qu'on m'imposait. Quand il m'arrivait de passer devant le collège Stanislas, mon cœur se serrait ; j'évoquais le mystère qui se célébrait derrière ces murs : une classe de garçons, et je me sentais en exil. Ils avaient pour professeurs des hommes brillant d'intelligence qui leur livraient la connaissance dans son intacte splendeur. Mes vieilles institutrices ne me la communiquaient qu'expurgée, affadie, défraîchie. On me nourrissait d'ersatz et on me retenait en cage.

Je ne regardais plus en effet ces demoiselles comme les augustes prêtresses du Savoir mais comme d'assez dérisoires bigotes. Plus ou moins affiliées à l'ordre des jésuites, elles se coiffaient avec la raie sur le côté tant qu'elles n'étaient encore que novices, avec la raie au milieu lorsqu'elles avaient prononcé leurs vœux. Elles croyaient devoir manifester leur dévotion par l'extravagance de leurs toilettes ; elles portaient des corsages en taffetas changeant, à manches gigot, avec des guimpes baleinées ; leurs jupes balayaient le plancher. Elles étaient plus riches en vertus qu'en diplômes. On trouvait

remarquable que Mademoiselle Dubois, une brune moustachue, achevât une licence d'anglais ; Mademoiselle
Billon, âgée de trente ans environ, avait été vue à la
Sorbonne, en train de passer l'oral de son bachot, rou-
gissante et gantée. Mon père ne cachait pas qu'il trouvait
ces pieuses femmes un peu demeurées. Il s'agaçait qu'on
m'obligeât, si je racontais dans une rédaction une promenade ou une fête, à terminer mon récit en « remer-
ciant Dieu de cette bonne journée ». Il prisait Voltaire,
Beaumarchais, il savait par cœur Victor Hugo : il
n'admettait pas qu'on arrêtât la littérature française au
XVIIᵉ siècle. Il alla jusqu'à proposer à maman de nous
mettre, ma sœur et moi, au lycée ; nous aurions fait des
études plus sérieuses et à moins de frais. Je repoussai
avec feu cette suggestion. J'aurais perdu le goût de vivre
si on m'avait séparée de Zaza. Ma mère me soutint.
Sur ce point aussi, j'étais divisée. Je voulais rester au
cours Désir et pourtant je ne m'y plaisais plus. Je continuai à travailler avec ardeur, mais ma conduite s'altéra.
La directrice des classes supérieures, Mademoiselle
Lejeune, une grande femme sèche et vive à la parole
facile, m'en imposait ; mais je me moquais avec Zaza et
quelques camarades des ridicules de nos autres professeurs. Les surveillantes ne réussissaient pas à nous faire
tenir tranquilles. Nous passions les heures de battement
qui séparaient les classes dans une grande pièce qu'on
appelait « la salle d'étude des cours ». Nous bavardions,
nous ricanions, nous provoquions la pionne chargée
d'y faire régner l'ordre et que nous avions surnommée
« l'épouvantail à moineaux ». Ma sœur, poussée à bout,
avait décidé de devenir franchement insupportable. Avec
une amie qu'elle s'était choisie elle-même, Anne-Marie
Gendron, elle fonda *L'Écho du cours Désir* ; Zaza lui
prêta de la pâte à polycopier et de temps en temps, je

collaborai ; nous rédigions de sanglants pamphlets. On ne
nous donnait plus de notes de conduite, mais ces demoiselles nous sermonnaient et se plaignaient à ma mère.
Elle s'inquiétait un peu ; mais comme mon père riait avec
nous, elle passait outre. Jamais l'idée ne m'effleura d'attacher une signification morale à ces incartades : ces demoiselles ne détenaient plus les clés du bien et du mal du
moment où j'avais découvert qu'elles étaient bêtes.

La bêtise : autrefois, nous la reprochions, ma sœur
et moi, aux enfants qui nous ennuyaient ; maintenant
nous en accusions beaucoup de grandes personnes, en
particulier ces demoiselles. Les sermons onctueux, les
rabâchages solennels, les grands mots, les simagrées,
c'était de la bêtise ; il était bête d'attacher de l'importance à des broutilles, de s'entêter dans les usages et les
coutumes, de préférer les lieux communs, les préjugés,
à des évidences. Le comble de la bêtise, c'était de croire
que nous gobions les vertueux mensonges qu'on nous
débitait. La bêtise nous faisait rire, c'était un de nos
grands sujets de divertissement ; mais elle avait aussi
quelque chose d'effrayant. Si elle l'avait emporté, nous
n'aurions plus eu le droit de penser, de nous moquer,
d'éprouver de vrais désirs, de vrais plaisirs. Il fallait la
combattre, ou renoncer à vivre.

Ces demoiselles finirent par s'irriter de mon insubor-
dination et elles me le firent savoir. L'institut Adeline
Désir prenait grand soin de se distinguer des établisse-
ments laïques où l'on orne les esprits sans former les
âmes. Au lieu de nous distribuer en fin d'année des prix
correspondant à nos succès scolaires — ce qui eût ris-
qué de créer entre nous de profanes rivalités —, on nous
décernait au mois de mars, sous la présidence d'un évê-
que, des nominations et des médailles qui récompen-
saient surtout notre zèle, notre sagesse, et aussi notre

ancienneté dans la maison. La réunion avait lieu salle Wagram avec une énorme pompe. La plus haute distinction, c'était la « nomination d'honneur », accordée dans chaque classe à une poignée d'élues qui excellaient en tout. Les autres n'avaient droit qu'à des mentions spéciales. Cette année-là, quand mon nom eut solennellement retenti dans le silence, j'entendis avec surprise Mademoiselle Lejeune proclamer : « Nominations spéciales de mathématiques, d'histoire et de géographie. » Il y eut parmi mes camarades un murmure mi-consterné, mi-satisfait, car je ne comptais pas que des amies. J'encaissai avec dignité ce camouflet. À la sortie, mon professeur d'histoire aborda ma mère : l'influence de Zaza m'était néfaste ; il ne fallait plus nous laisser assises l'une à côté de l'autre pendant les cours. J'eus beau me raidir, des larmes me vinrent aux yeux ; elles firent plaisir à Mademoiselle Gontran qui crut que je pleurais ma nomination d'honneur ; moi, je croyais étouffer de colère parce qu'on prétendait m'éloigner de Zaza. Mais ma détresse était plus profonde. Dans ce triste corridor, je réalisai obscurément que mon enfance prenait fin. Les adultes me tenaient encore en tutelle, sans assurer plus longtemps la paix de mon cœur. J'étais séparée d'eux par cette liberté dont je ne tirais nul orgueil mais que je subissais solitairement.

Je ne régnais plus sur le monde ; les façades des immeubles, les regards indifférents des passants m'exilaient. C'est pourquoi mon amour pour la campagne prit des couleurs mystiques. Dès que j'arrivais à Meyrignac, les murailles s'écroulaient, l'horizon reculait. Je me perdais dans l'infini tout en restant moi-même. Je sentais sur mes paupières la chaleur du soleil qui brille pour tous et qui ici, en cet instant, ne caressait que moi. Le vent tournoyait autour des peupliers : il venait d'ailleurs, de partout, il bousculait l'espace, et je tourbillonnais, immobile, jusqu'aux confins de la terre. Quand la lune se levait au ciel, je communiais avec les lointaines cités, les déserts, les mers, les villages qui au même moment baignaient dans sa lumière. Je n'étais plus une conscience vacante, un regard abstrait, mais l'odeur houleuse des blés noirs, l'odeur intime des bruyères, l'épaisse chaleur du midi ou le frisson des crépuscules ; je pesais lourd ; et pourtant je m'évaporais dans l'azur, je n'avais plus de bornes.

Mon expérience humaine était courte ; faute d'un bon éclairage et de mots appropriés, je n'en saisissais pas tout. La nature me découvrait, visibles, tangibles, quantité de manières d'exister dont je ne m'étais jamais approchée. J'admirais l'isolement superbe du chêne qui dominait le parc paysagé ; je m'attristais sur la solitude en commun des brins d'herbe. J'appris les matins ingénus, et la mélancolie crépusculaire, les triomphes et les déclins, les renouveaux, les agonies. Quelque chose en moi, un jour, s'accorderait avec le parfum des chèvre-feuilles. Chaque soir j'allais m'asseoir parmi les mêmes bruyères, et je regardais les ondulations bleutées des Monédières ; chaque soir le soleil se couchait derrière la même colline : mais les rouges, les roses, les carmins, les pourpres, les violets ne se répétaient jamais. Dans les prairies immuables bourdonnait de l'aube à la nuit une vie toujours neuve. Face au ciel changeant, la fidélité se distinguait de la routine, et vieillir n'était pas nécessairement se renier.

À nouveau j'étais unique et j'étais exigée ; il fallait mon regard pour que le rouge du hêtre rencontrât le bleu du cèdre et l'argent des peupliers. Lorsque je m'en allais, le paysage se défaisait, il n'existait plus pour personne : il n'existait plus du tout.

Pourtant, bien plus vivement qu'à Paris, je sentais autour de moi la présence de Dieu ; à Paris, les hommes et leurs échafaudages me le cachaient ; je voyais ici les herbes et les nuages tels qu'il les avait arrachés au chaos, et ils portaient sa marque. Plus je collais à la terre, plus je m'approchais de lui, et chaque promenade était un acte d'adoration. Sa souveraineté ne m'ôtait pas la mienne. Il connaissait toutes les choses à sa façon, c'est-à-dire absolument : mais il me semblait que, d'une certaine manière, il avait besoin de mes yeux pour que les arbres aient des couleurs. La brûlure du soleil, la fraîcheur de la rosée, comment un pur esprit les eût-il éprouvées, sinon à travers mon corps ? Il avait fait cette terre pour les hommes, et les hommes pour témoigner de ses beautés : la mission dont je m'étais toujours sentie obscurément chargée, c'était lui qui me l'avait donnée. Loin qu'il me détrônât, il assurait mon règne. Privée de ma présence, la création glissait dans un obscur sommeil ; en l'éveillant, j'accomplissais le plus sacré de mes devoirs, alors que les adultes, indifférents, trahissaient les desseins de Dieu. Quand le matin je franchissais en courant les barrières blanches pour m'enfoncer dans les sous-bois, c'était lui-même qui m'appelait. Il me regardait avec complaisance regarder ce monde qu'il avait créé afin que je le voie.

Même si la faim me tenaillait, même si j'étais fatiguée de lire et de ruminer, je répugnais à réintégrer ma carcasse et à rentrer dans l'espace fermé, dans le temps sclérosé des adultes. Un soir, je m'oubliai. C'était à La Grillère. J'avais lu longtemps, au bord d'un étang, une histoire de saint François d'Assise ; au crépuscule, j'avais fermé le livre ; couchée dans l'herbe, je regardais la lune ; elle brillait sur l'Ombrie mouillée par les premiers pleurs de la nuit : la douceur de cette heure me suffoquait. J'aurais voulu la saisir au vol, et la fixer à jamais sur le papier avec des mots ; il y aura d'autres heures, me disais-je, et j'apprendrai à les retenir. Je restai clouée à la terre, les yeux rivés sur le ciel. Quand je poussai la porte de la salle de billard, le dîner venait de s'achever. Ce fut un beau charivari ; mon père lui-même y tint bruyamment sa partie. En guise de représailles, ma mère décréta que le lendemain je ne mettrais pas les pieds hors du parc. Je n'osais pas franchement désobéir. Je passai la journée assise sur les pelouses, ou bien arpentant les allées, un livre à la main et la rage au cœur. Là-bas, les eaux de l'étang se ridaient, s'apaisaient, la lumière s'exaspérait, s'adoucissait, sans moi, sans nul témoin ; c'était intolérable. « S'il pleuvait, s'il y avait une raison, me disais-je, j'en prendrais mon parti. » Mais je retrouvais, intacte, la révolte qui autrefois me convulsait ; un mot jeté au hasard suffisait à empêcher une joie, une plénitude ; et cette frustration du monde et de moi-même ne servait à personne, à rien. Heureusement, cette brimade ne se répéta pas. Dans l'ensemble, à condition d'être rentrée à l'heure des repas, je disposais de mes journées.

Mes vacances m'évitèrent de confondre les joies de la contemplation avec l'ennui. À Paris, dans les musées, il m'arriva de tricher ; du moins savais-je la différence entre les admirations forcées et les émotions sincères. J'appris aussi que pour entrer dans le secret des choses, il faut d'abord se donner à elles. D'ordinaire ma curiosité était gloutonne ; je croyais posséder dès que je connaissais et connaître rien qu'en survolant. Mais pour apprivoiser un coin de campagne, je rôdais jour après jour dans les chemins creux, je restais de longues heures immobile au pied d'un arbre : alors la moindre vibration de l'air, chaque nuance de l'automne me touchait.

Je me résignais mal à me retrouver à Paris. Je montais sur le balcon : je ne voyais que des toits ; le ciel se réduisait à un lieu géométrique, l'air n'était plus ni parfum ni caresse, il se confondait avec l'espace nu. Les bruits de la rue ne me parlaient pas. Je restais là, le cœur vide, les larmes aux yeux.

À Paris, je retombais sous la coupe des adultes. Je continuais à accepter sans la critiquer leur version du monde. On ne peut imaginer enseignement plus sectaire que celui que je reçus. Manuels scolaires, livres, classes, conversations : tout convergeait. Jamais on ne me laissa entendre, fût-ce de loin, fût-ce en sourdine, un autre son de cloche.

J'appris l'histoire aussi docilement que la géographie, sans soupçonner qu'elle pût davantage prêter à discussion. Toute petite, je m'émus au musée Grévin devant les martyrs livrés aux lions, devant la noble figure de Marie-Antoinette. Les empereurs qui avaient persécuté les chrétiens, les tricoteuses et les sans-culottes m'apparaissaient comme les plus odieuses incarnations du Mal. Le Bien, c'était l'Église et la France. On m'enseigna au cours les papes et les conciles ; mais je m'intéressai bien davantage au destin de mon pays : son passé, son présent, son avenir alimentaient à la maison de nombreuses conversations ; papa se délectait des ouvrages de Madelin, de Lenôtre, de Funck-Brentano ; on me fit lire quantité de romans et récits historiques, et toute la collection des *Mémoires* expurgés par Madame Carette. Vers neuf ans, j'avais pleuré sur les malheurs de Louis XVII et admiré l'héroïsme des Chouans ; mais je renonçai de bonne heure à la monarchie ; je trouvais absurde que le pouvoir dépendît de l'hérédité et échût la plupart du temps à des imbéciles. Il m'eût paru normal qu'on confiât le gouvernement aux hommes les plus compétents. Chez nous, je le savais, ce n'était malheureusement pas le cas. Une malédiction nous condamnait à avoir pour dirigeants des crapules ; aussi la France, supérieure par essence à toutes les autres nations, n'occupait pas dans le monde la place qui lui revenait. Certains amis de papa soutenaient contre lui qu'il fallait tenir l'Angleterre et non l'Allemagne pour notre ennemie héréditaire ; mais leurs dissensions n'allaient pas plus loin. Ils s'accordaient à considérer l'existence de tout pays étranger comme une dérision et un danger. Victime de l'idéalisme criminel de Wilson, menacée dans son avenir par le brutal réalisme des Boches et des Bolcheviks, la France, faute d'un chef à la poigne solide, courait à sa perte. D'ailleurs la civilisation entière allait sombrer. Mon père qui était en train de manger son capital vouait à la ruine toute l'humanité ; maman faisait chorus. Il y avait le péril rouge, le péril jaune : bientôt des confins de la terre et des bas-fonds de la société une nouvelle barbarie déferlerait ; la révolution précipiterait le monde dans le chaos. Mon père prophétisait ces calamités avec une véhémence passionnée qui me consternait ; cet avenir qu'il peignait en couleurs affreuses, c'était le mien ; j'aimais la vie : je ne pouvais accepter qu'elle se transformât demain en une lamentation sans espoir. Un jour, au lieu de laisser passer au-dessus de ma tête le flot de paroles et d'images dévastatrices, j'inventai une riposte : « De toute façon, me dis-je, ce sont des hommes qui gagneront. » On aurait cru, à entendre mon père, que des monstres informes s'apprêtaient à mettre en pièces l'humanité ; mais non : dans les deux camps, des hommes s'affrontaient. Après tout, pensais-je, c'est la majorité qui l'emportera ; les mécontents seront la minorité ; si le bonheur change de mains, il n'y a pas là de catastrophe. L'Autre avait cessé soudain de m'apparaître comme le Mal absolu : je ne voyais pas, a priori, pourquoi préférer à ses intérêts ceux qu'on disait être les miens. Je respirai. La terre n'était pas en danger.

C'était l'angoisse qui m'avait stimulée ; contre le désespoir j'avais découvert une issue parce que je l'avais cherchée avec ardeur. Mais ma sécurité et mes confortables illusions me rendaient insensible aux problèmes sociaux. J'étais à cent lieues de contester l'ordre établi.

C'est peu de dire que la propriété me paraissait un droit sacré ; comme autrefois entre le mot et la chose qu'il désigne, je supposais entre le propriétaire et ses biens une union consubstantielle. Dire : *mon* argent, *ma* sœur, *mon* nez, c'était dans les trois cas affirmer un lien qu'aucune volonté ne pouvait détruire parce qu'il existait par-delà toute convention. On me raconta que pour construire la ligne de chemin de fer qui desservait Uzerche, l'État avait exproprié un certain nombre de paysans et de châtelains. Je ne fus guère moins scandalisée que s'il avait versé leur sang. Meyrignac appartenait à grand-père aussi absolument que sa propre vie.

En revanche, je n'admettais pas qu'un fait brut, la richesse, pût fonder aucun droit ni conférer aucun mérite. L'Évangile prône la pauvreté. Je respectais beaucoup plus Louise que quantité de dames fortunées. Je m'indignai que ma cousine Magdeleine refusât de dire bonjour aux boulangers qui venaient en carriole livrer du pain à La Grillère : « C'est à eux de me saluer les premiers », déclara-t-elle. Je croyais à l'égalité abstraite

Priver – deprive

apanage – perogttie Privilege

des personnes humaines. À Meyrignac, un été, je lus
un ouvrage d'histoire qui préconisait le suffrage censi-
taire. Je relevai la tête : « Mais c'est honteux d'empêcher les pauvres de voter ! » Papa sourit. Il m'expliqua
qu'une nation, c'est un ensemble de biens ; à ceux qui
les détiennent revient normalement le soin de les administrer. Il conclut en me citant le mot de Guizot :
« Enrichissez-vous. » Sa démonstration me laissa perplexe. Papa avait échoué à s'enrichir : aurait-il jugé bon
qu'on le privât de ses droits ? Si je protestais, c'est au
nom du système de valeurs qu'il m'avait lui-même
enseigné. Il n'estimait pas que la qualité d'un homme
se mesurât à son compte en banque ; il se moquait
volontiers des « nouveaux riches ». L'élite se définissait
selon lui par l'intelligence, la culture, une orthographe
correcte, une bonne éducation, des idées saines. Je le
suivais facilement quand il objectait au suffrage universel la sottise et l'ignorance de la majorité des électeurs :
seuls les gens « éclairés » auraient dû avoir voix au chapitre. Je m'inclinais devant cette logique que complétait
une vérité empirique : les « lumières » sont l'apanage de
la bourgeoisie. Certains individus des couches inférieures
réussissent des prouesses intellectuelles mais ils conservent
quelque chose de « primaire » et ce sont généralement
des esprits faux. En revanche, tout homme de bonne
famille possède un « je-ne-sais-quoi » qui le distingue du
vulgaire. Je n'étais pas trop choquée que le mérite fût
lié au hasard d'une naissance puisque c'était la volonté
de Dieu qui décidait des chances de chacun. En tout
cas, le fait me paraissait patent : moralement, donc
absolument, la classe à laquelle j'appartenais l'emportait
de loin sur le reste de la société. Quand j'allais avec
maman rendre visite aux fermiers de grand-père,
l'odeur du purin, la saleté des intérieurs où couraient

171

des poules, la rusticité des meubles, me semblaient traduire la grossièreté de leurs âmes ; je les voyais travailler dans les champs, boueux, sentant la sueur et la terre, et jamais ils ne contemplaient l'harmonie du paysage, ils ignoraient les beautés des couchers de soleil. Ils ne lisaient pas, ils n'avaient pas d'idéal ; papa disait, sans animosité d'ailleurs, que c'étaient des « brutes ». Quand il me lut l'*Essai sur l'inégalité des races humaines* de Gobineau, j'adoptai avec empressement l'idée que leur cerveau différait du nôtre.

J'aimais tant la campagne que la vie des paysans me semblait heureuse. Si j'avais entrevu celle des ouvriers, je n'aurais guère pu éviter de me poser des questions : mais j'en ignorais tout. Avant son mariage, tante Lili, désœuvrée, s'occupait d'œuvres ; elle m'emmena parfois porter des jouets à des enfants choisis ; les pauvres ne me parurent pas malheureux. Une quantité de bonnes âmes leur faisaient la charité et les sœurs de Saint-Vincent-de-Paul se dévouaient spécialement à leur service. Il y avait parmi eux des mécontents : c'était de faux pauvres, qui se gavaient de dinde rôtie la nuit de Noël, ou de mauvais pauvres qui buvaient. Quelques livres — Dickens, *Sans famille* d'Hector Malot — décrivaient de dures existences ; je trouvai terrible le sort des mineurs, enfouis tout le jour dans de sombres galeries, à la merci d'un coup de grisou. Mais on m'assura que les temps avaient changé. Les ouvriers travaillaient beaucoup moins, et gagnaient beaucoup plus ; depuis la création des syndicats, les véritables opprimés c'étaient les patrons. Les ouvriers, beaucoup plus favorisés que nous, n'avaient pas à « représenter », aussi pouvaient-ils s'offrir du poulet tous les dimanches ; au marché leurs femmes achetaient les meilleurs morceaux et elles se payaient des bas de soie. La dureté de leurs métiers, l'inconfort de leurs logis, ils en avaient l'habitude ; ils n'en souffraient pas comme nous en aurions souffert. Leurs récriminations n'avaient pas l'excuse du besoin. D'ailleurs, disait mon père en haussant les épaules : « On ne meurt pas de faim ! » Non, si les ouvriers haïssaient la bourgeoisie, c'est qu'ils étaient conscients de sa supériorité. Le communisme, le socialisme ne s'expliquaient que par l'envie : « Et l'envie, disait mon père, est un vilain sentiment. »

Il m'arriva une seule fois de pressentir le dénuement. Louise habitait avec son mari, le couvreur, une chambre, rue Madame, sous les toits ; elle eut un bébé et j'allai la voir avec ma mère. Je n'avais jamais mis les pieds dans un sixième. Le triste boyau sur lequel donnaient une douzaine de portes, toutes semblables, me serra le cœur. La chambre de Louise, minuscule, contenait un lit de fer, un berceau, une table qui supportait un réchaud ; elle dormait, cuisinait, mangeait, vivait avec un homme entre ces quatre murs ; tout au long du corridor, des familles étouffaient, claquemurées dans d'identiques réduits ; déjà la promiscuité dans laquelle je vivais et la monotonie des journées bourgeoises m'oppressaient. J'entrevis un univers où l'air qu'on respirait avait un goût de suie, dont nulle lumière jamais ne perçait la crasse : l'existence y était une lente agonie. À peu de temps de là, Louise perdit son enfant. Je sanglotai pendant des heures : c'était la première fois que je voyais face à face le malheur. J'imaginais Louise dans sa chambre sans joie, privée de son enfant, privée de tout : une telle détresse aurait dû faire exploser la terre. « C'est trop injuste ! » me disais-je. Je ne pensais pas seulement à l'enfant mort, mais au corridor du sixième. Je finis par sécher mes larmes sans avoir mis en question la société.

Il m'était bien difficile de penser par moi-même, car le système qu'on m'enseignait était à la fois monolithique et incohérent. Si mes parents s'étaient disputés, j'aurais pu les opposer l'un à l'autre. Une doctrine unique et rigoureuse aurait fourni à ma jeune logique des prises solides. Mais nourrie à la fois de la morale des Oiseaux et du nationalisme paternel, je m'enlisais dans les contradictions. Ni ma mère ni ces demoiselles ne doutaient que le pape fût élu par le Saint-Esprit ; cependant mon père lui interdisait de se mêler des affaires du siècle et maman pensait comme lui ; Léon XIII en consacrant des encycliques aux « questions sociales » avait trahi sa mission ; Pie X qui n'en avait pas soufflé mot était un saint. Il me fallait donc digérer ce paradoxe : l'homme choisi par Dieu pour le représenter sur terre ne devait pas se soucier des choses terrestres. La France était la fille aînée de l'Église, elle devait obéissance à sa mère. Néanmoins les valeurs nationales passaient avant les vertus catholiques ; quand on quêta, à Saint-Sulpice, pour « les enfants affamés de l'Europe centrale », ma mère s'indigna et refusa de donner « pour les Boches ». En toutes circonstances le patriotisme et le souci de l'ordre prévalaient sur la charité chrétienne. Mentir, c'est offenser Dieu ; cependant papa professait qu'en commettant un faux le colonel Henry s'était conduit en grand honnête homme. Tuer était un crime, mais il ne fallait pas abolir la peine de mort. On m'apprit de bonne heure les conciliations de la casuistique, à séparer radicalement Dieu de César et à rendre à chacun son dû ; il restait tout de même déconcertant que César l'emportât toujours sur Dieu. À regarder à la fois le monde à travers les versets de l'Évangile et les colonnes du *Matin*, la vision se brouille. Je n'avais d'autre ressource que de me réfugier, tête baissée, dans l'autorité.

174

Je m'y soumettais aveuglément. Un conflit avait éclaté entre *L'Action française* et la *Démocratie nouvelle* ; s'étant assuré l'avantage du nombre, les Camelots du roi attaquèrent les partisans de Marc Sangnier et leur firent ingurgiter des bouteilles d'huile de ricin. Papa et ses amis s'en amusèrent beaucoup. J'avais appris dans ma petite enfance à rire des souffrances des méchants ; sans m'interroger plus avant, j'admis, sur la foi de papa, que la plaisanterie était fort drôle. En remontant avec Zaza la rue Saint-Benoît, j'y fis gaiement allusion. Le visage de Zaza se durcit : « C'est infect ! » dit-elle d'un ton révolté. Je ne sus que répondre. Déconfite, je me rendais compte que j'avais copié à l'étourdie l'attitude de papa mais que ma tête était vide. Zaza exprimait aussi l'opinion de sa famille. Son père avait appartenu au *Sillon*, avant que l'Église ne l'eût condamné ; il continuait à penser que les catholiques ont des devoirs sociaux et rejetait les théories de Maurras ; c'était une position assez cohérente pour qu'une fillette de quatorze ans pût s'y rallier en connaissance de cause ; l'indignation de Zaza, son horreur de la violence, étaient sincères. Moi j'avais parlé comme un perroquet et je ne trouvais pas en moi le moindre répondant. Je souffris du mépris de Zaza, mais ce qui me troubla davantage, ce fut la dissension qui venait de se manifester entre elle et mon père : je ne voulais donner tort à aucun des deux. Je parlai à papa ; il haussa les épaules, et dit que Zaza était une enfant ; cette réponse ne me satisfit pas. Pour la première fois, j'étais acculée à prendre parti : mais je n'y connaissais rien et je ne décidai pas. La seule conclusion que je tirai de cet incident, c'est qu'on pouvait avoir un autre avis que mon père. Même la vérité n'était plus garantie.

Ce fut l'*Histoire des deux Restaurations* de Vaulabelle qui me fit incliner vers le libéralisme ; je lus en deux étés les sept volumes de la bibliothèque de grand-père. Je pleurai sur l'échec de Napoléon ; je pris en haine la monarchie, le conservatisme, l'obscurantisme. Je voulais que la raison gouvernât les hommes et je m'enthousiasmai pour la démocratie qui leur garantissait à tous, pensais-je, des droits égaux et la liberté. Je m'arrêtai là.

Je m'intéressais beaucoup moins aux lointaines questions politiques et sociales qu'aux problèmes qui me concernaient : la morale, ma vie intérieure, mes rapports avec Dieu. C'est là-dessus que je commençai à réfléchir.

La nature me parlait de Dieu. Mais décidément, il me semblait tout à fait étranger au monde où s'agitent les hommes. De même que le pape au fond du Vatican n'a pas à se soucier de ce qui se passe dans le siècle, Dieu, dans l'infini du ciel, ne devait guère s'intéresser aux détails des aventures terrestres. Depuis longtemps j'avais appris à distinguer sa Loi de l'autorité profane. Mes insolences en classe, mes lectures clandestines ne le concernaient pas. D'année en année, ma piété en se fortifiant s'épurait et je dédaignais les fadeurs de la morale au profit de la mystique. Je priais, je méditais, j'essayais de rendre sensible à mon cœur la présence divine. Vers douze ans, j'inventai des mortifications : enfermée dans les cabinets — mon seul refuge — je me frottais au sang avec une pierre ponce, je me fustigeais avec la chaînette d'or que je portais à mon cou. Ma ferveur porta peu de fruits. Dans mes livres de piété, on parlait beaucoup de progrès, d'ascension ; les âmes gravissaient des sentiers escarpés, elles franchissaient des obstacles ; par moments, elles traversaient des déserts arides, et puis une rosée céleste les consolait : c'était toute une aventure ; en fait, alors qu'intellectuellement je m'élevais de jour en jour vers le savoir, je n'avais jamais l'impression de m'être rapprochée de Dieu. Je souhaitais des apparitions, des extases, qu'en moi ou hors de moi quelque chose se passât : rien n'arrivait et mes exercices finissaient par ressembler à des comédies. Je m'exhortais à la patience, escomptant qu'un jour je me retrouverais, installée au cœur de l'éternité, merveilleusement détachée de la terre. En attendant j'y vivais sans contrainte, car mes efforts se situaient sur des hauteurs spirituelles dont la sérénité ne pouvait être troublée par des trivialités.

Mon système reçut un démenti. Depuis sept ans, je me confessais deux fois par mois à l'abbé Martin ; je l'entretenais de mes états d'âme ; je m'accusais d'avoir communié sans ferveur, prié du bout des lèvres, trop rarement pensé à Dieu ; à ces défaillances éthérées il répondait par un sermon d'un style élevé. Un jour, au lieu de se conformer à ces rites, il se mit à me parler sur un ton familier. « Il m'est revenu aux oreilles que ma petite Simone a changé... qu'elle est désobéissante, turbulente, qu'elle répond quand on la gronde... Désormais il faudra faire attention à ces choses. » Mes joues s'embrasèrent ; je regardai avec horreur l'imposteur que pendant des années j'avais pris pour le représentant de Dieu : brusquement il venait de retrousser sa soutane, découvrant ses jupons de bigote ; sa robe de prêtre n'était qu'un travesti ; elle habillait une commère qui se repaissait de ragots. Je quittai le confessionnal, la tête en feu, décidée à ne jamais y remettre les pieds : désormais il m'eût paru aussi odieux de m'agenouiller devant l'abbé Martin que devant « l'épouvantail à moineaux ». Quand il m'arrivait d'apercevoir dans les couloirs de l'institut sa jupe noire, mon cœur

177

battait, je m'enfuyais : elle m'inspirait un malaise physique, comme si la supercherie de l'abbé m'eût rendue complice d'une obscénité.

Je suppose qu'il fut fort étonné ; mais sans doute s'estima-t-il lié par le secret professionnel ; il ne m'est pas revenu aux oreilles qu'il ait avisé personne de ma défection ; il ne tenta pas de s'expliquer avec moi. Du jour au lendemain, la rupture fut consommée.

Dieu sortit indemne de cette aventure ; mais de justesse. Si je me hâtai de désavouer mon directeur, ce fut pour conjurer l'atroce soupçon qui pendant un instant enténébra le ciel : peut-être Dieu était-il mesquin et tracassier comme une vieille dévote, peut-être que Dieu était bête ! Pendant que l'abbé parlait, une main imbécile s'était abattue sur ma nuque, elle ployait ma tête, elle collait mon visage à la terre ; jusqu'à ma mort, elle m'obligerait à ramper, aveuglée par la boue et la nuit ; il fallait dire adieu à jamais à la vérité, à la liberté, à toute joie ; vivre devenait une calamité et une honte.

Je m'arrachai à cette main de plomb ; je concentrai mon horreur sur le traître qui avait usurpé le rôle de médium divin. Quand je sortis de la chapelle, Dieu était rétabli dans son omnisciente majesté, j'avais rafistolé le ciel. J'errai sous les voûtes de Saint-Sulpice, à la recherche d'un confesseur qui n'altérât point, par d'impures paroles humaines, les messages venus d'en haut. J'en essayai un roux, puis un brun que je réussis à intéresser à mon âme. Il m'indiqua des thèmes de méditation et me prêta un *Précis de théologie ascétique et mystique*. Mais dans la grande église nue, je ne me sentais pas au chaud comme dans la chapelle du cours. Mon nouveau directeur ne m'avait pas été donné dès l'enfance, je l'avais choisi, un peu au hasard : ce n'était pas un Père et je ne pouvais pas m'abandonner totalement à lui. J'avais jugé et méprisé un prêtre : aucun prêtre ne m'apparaîtrait plus jamais comme le Juge souverain. Personne sur terre n'incarnait exactement Dieu : j'étais seule en face de Lui. Et il me restait au fond du cœur une inquiétude : qui était-il ? que voulait-il au juste ? dans quel camp se rangeait-il ?

Mon père ne croyait pas ; les plus grands écrivains, les meilleurs penseurs partageaient son scepticisme ; dans l'ensemble, c'était surtout les femmes qui allaient à l'église ; je commençais à trouver paradoxal et troublant que la vérité fût leur privilège alors que les hommes, sans discussion possible, leur étaient supérieurs. En même temps, je pensais qu'il n'y a pas de plus grand cataclysme que de perdre la foi et je tentais souvent de m'assurer contre ce risque. J'avais poussé assez loin mon instruction religieuse et suivi des cours d'apologétique ; à toute objection dirigée contre les vérités révélées, je savais opposer un argument subtil : je n'en connaissais aucun qui les démontrât. L'allégorie de l'horloge et de l'horloger ne me convainquait pas. J'ignorais trop radicalement la souffrance pour en tirer argument contre la Providence ; mais l'harmonie du monde ne me sautait pas aux yeux. Le Christ et quantité de saints avaient manifesté sur terre le surnaturel : je me rendais compte que la Bible, les Évangiles, les miracles, les visions n'étaient garantis que par l'autorité de l'Église. « Le plus grand miracle de Lourdes, c'est Lourdes lui-même », disait mon père. Les faits religieux n'étaient convaincants que pour les convaincus. Je ne doutais pas aujourd'hui que la Vierge ne fût apparue à Bernadette, en robe blanche et bleue : peut-être en douterais-je demain. Les croyants admettaient l'existence de ce cercle vicieux puisqu'ils professaient que croire exige une grâce. Je ne supposais pas que Dieu me jouât le

essor — rapid expansion

mauvais tour de jamais me la refuser ; mais j'aurais tout de même souhaité m'agripper à une preuve irréfutable ; je n'en trouvai qu'une : les voix de Jeanne d'Arc. Jeanne appartenait à l'histoire ; mon père, autant que ma mère, la vénérait. Ni menteuse, ni illuminée, comment récuser son témoignage ? Toute son extraordinaire aventure le confirmait : les voix lui avaient parlé ; c'était un fait scientifiquement établi et je ne comprenais pas comment mon père se débrouillait pour l'éluder.

Un soir, à Meyrignac, je m'accoudai, comme tant d'autres soirs, à ma fenêtre ; une chaude odeur d'étable montait vers les glacis du ciel ; ma prière prit faiblement son essor, puis retomba. J'avais passé ma journée à manger des pommes interdites et à lire, dans un Balzac prohibé, l'étrange idylle d'un homme et d'une panthère ; avant de m'endormir, j'allais me raconter de drôles d'histoires, qui me mettraient dans de drôles d'états. « Ce sont des péchés », me dis-je. Impossible de tricher plus longtemps : la désobéissance soutenue et systématique, le mensonge, les rêveries impures n'étaient pas des conduites innocentes. Je plongeai mes mains dans la fraîcheur des lauriers-cerises, j'écoutai le glouglou de l'eau, et je compris que rien ne me ferait renoncer aux joies terrestres. « Je ne crois plus en Dieu », me dis-je, sans grand étonnement. C'était une évidence : si j'avais cru en lui, je n'aurais pas consenti de gaieté de cœur à l'offenser. J'avais toujours pensé qu'au prix de l'éternité ce monde comptait pour rien ; il comptait, puisque je l'aimais, et c'était Dieu soudain qui ne faisait pas le poids : il fallait que son nom ne recouvrît plus qu'un mirage. Depuis longtemps l'idée que je me faisais de lui s'était épurée, sublimée au point qu'il avait perdu tout visage, tout lien concret avec la terre et de fil en

180

aiguille l'être même. Sa perfection excluait sa réalité. C'est pourquoi j'éprouvai si peu de surprise quand je constatai son absence dans mon cœur et au ciel. Je ne le niai pas afin de me débarrasser d'un gêneur : au contraire, je m'aperçus qu'il n'intervenait plus dans ma vie et j'en conclus qu'il avait cessé d'exister pour moi.

Je devais fatalement en arriver à cette liquidation. J'étais trop extrémiste pour vivre sous l'œil de Dieu en disant au siècle à la fois oui et non. D'autre part, j'aurais répugné à sauter avec mauvaise foi du profane au sacré et à affirmer Dieu tout en vivant sans lui. Je ne concevais pas d'accommodements avec le ciel. Si peu qu'on lui refusât, c'était trop si Dieu existait ; si peu qu'on lui accordât, c'était trop s'il n'existait pas. Ergoter avec sa conscience, chicaner sur ses plaisirs ; ces marchandages m'écœuraient. C'est pourquoi je n'essayai pas de ruser. Dès que la lumière se fit en moi, je tranchai net.

Le scepticisme paternel m'avait ouvert la voie ; je ne m'engageais pas en solitaire dans une aventure hasardeuse. J'éprouvai même un grand soulagement à me retrouver, affranchie de mon enfance et de mon sexe, en accord avec les libres esprits que j'admirais. Les voix de Jeanne d'Arc ne me troublèrent pas beaucoup ; d'autres énigmes m'intriguèrent : mais la religion m'avait habituée aux mystères. Et il m'était plus facile de penser un monde sans créateur qu'un créateur chargé de toutes les contradictions du monde. Mon incrédulité ne vacilla jamais.

Cependant la face de l'univers changea. Plus d'une fois, dans les jours qui suivirent, assise au pied du hêtre pourpre ou des peupliers argentés, je ressentis dans l'angoisse le vide du ciel. Naguère, je me tenais au centre d'un vivant tableau dont Dieu même avait choisi les couleurs et les lumières ; toutes les choses fredonnaient doucement sa gloire. Soudain, tout se taisait. Quel silence ! La terre roulait dans un espace que nul regard ne transperçait, et perdue sur sa surface immense, au milieu de l'éther aveugle, j'étais seule. Seule : pour la première fois je comprenais le sens terrible de ce mot. Seule : sans témoin, sans interlocuteur, sans recours. Mon souffle dans ma poitrine, mon sang dans mes veines, et ce remue-ménage dans ma tête, cela n'existait pour personne. Je me levais, je courais vers le parc, je m'asseyais sous le catalpa entre maman et tante Marguerite tant j'avais besoin d'entendre des voix.

Je fis une autre découverte. Un après-midi, à Paris, je réalisai que j'étais condamnée à mort. Il n'y avait personne que moi dans l'appartement et je ne refrénai pas mon désespoir ; j'ai crié, j'ai griffé la moquette rouge. Et quand je me relevai, hébétée, je me demandai : « Comment les autres gens font-ils ? Comment ferai-je ? » Il me semblait impossible de vivre toute ma vie le cœur tordu par l'horreur. Quand l'échéance s'approche, me disais-je, quand on a déjà trente ans, quarante ans et qu'on pense : « C'est pour demain », comment le supporte-t-on ? Plus que la mort elle-même je redoutais cette épouvante qui bientôt serait mon lot, et pour toujours.

Heureusement, au cours de l'année scolaire, ces fulgurations métaphysiques se firent rares : je manquais de loisir et de solitude. Quant à la pratique de ma vie, ma conversion ne la modifia pas. J'avais cessé de croire en découvrant que Dieu n'exerçait aucune influence sur mes conduites : elles ne changèrent donc pas lorsque je renonçai à lui. J'avais imaginé que la loi morale tenait de lui sa nécessité : mais elle s'était si profondément gravée en moi qu'elle demeura intacte après sa suppression. Loin que ma mère dût son autorité à un pouvoir surnaturel, c'est mon respect qui donnait un caractère sacré à ses décrets. Je continuai de m'y soumettre. Idées de devoir, de mérite, tabous sexuels : tout fut conservé.

Je n'envisageai pas de m'ouvrir à mon père : je l'aurais jeté dans un terrible embarras. Je portai donc seule mon secret et je le trouvai lourd : pour la première fois de ma vie, j'avais l'impression que le bien ne coïncidait pas avec la vérité. Je ne pouvais m'empêcher de me voir avec les yeux des autres — ma mère, Zaza, mes camarades, ces demoiselles même — et avec les yeux de cette autre que j'avais été. L'année précédente, il y avait eu, en classe de philosophie, une grande élève dont on chuchotait qu'elle « ne croyait pas » ; elle travaillait bien, elle ne tenait pas de propos déplacés, on ne l'avait pas renvoyée ; mais j'éprouvais une sorte de frayeur quand j'apercevais, dans les couloirs, son visage que rendait encore plus inquiétant la fixité d'un œil de verre. C'était mon tour à présent de me sentir une brebis galeuse. Ce qui aggravait mon cas, c'est que je dissimulais : j'allais à la messe, je communiais. J'avalais l'hostie avec indifférence, et pourtant je savais que, selon les croyants, je commettais un sacrilège. En cachant mon crime, je le multipliais, mais comment eussé-je osé l'avouer ? On m'aurait montrée du doigt, chassée du cours, j'aurais perdu l'amitié de Zaza ; et dans le cœur de maman, quel scandale ! J'étais condamnée au mensonge. Ce n'était pas un mensonge anodin : il entachait ma vie entière et par moments — surtout en face de Zaza dont j'admirais la droiture — il me pesait comme une tare. De nouveau j'étais victime d'une sorcellerie que je n'arrivais pas à conjurer : je n'avais rien fait de mal, et je me sentais coupable. Si les adultes avaient décrété que j'étais une hypocrite, une impie, une enfant sournoise et dénaturée, leur verdict m'eût semblé à la fois horriblement injuste et parfaitement fondé. On aurait dit que j'existais de deux manières ; entre ce que j'étais pour moi, et ce que j'étais pour les autres, il n'y avait aucun rapport.

Par moments, je souffrais tant de me sentir marquée, maudite, séparée, que je souhaitais retomber dans l'erreur. Il me fallait rendre à l'abbé Roullin le *Précis de théologie ascétique et mystique* qu'il m'avait prêté. Je retournai à Saint-Sulpice, je m'agenouillai dans le confessionnal, je dis m'être éloignée depuis plusieurs mois des sacrements parce que je ne croyais plus. Voyant dans mes mains le *Précis* et mesurant de quelles hauteurs j'avais chu, l'abbé s'étonna et avec une brutalité concertée il demanda : « Quel grave péché avez-vous commis ? » Je protestai. Il ne me crut pas et me conseilla de beaucoup prier. Je me résignai à vivre en bannie.

Je lus à cette époque un roman qui me renvoya l'image de mon exil : *Le Moulin sur la Floss* de George Eliot me fit une impression encore plus profonde que naguère *Little Women*. Je le lus en anglais, à Meyrignac, couchée sur la mousse d'une châtaigneraie. Brune, aimant la nature, la lecture, la vie, trop spontanée pour observer les conventions respectées par son entourage, mais sensible au blâme d'un frère qu'elle adorait, Maggie Tulliver était comme moi divisée entre les autres et elle-même : je me reconnus en elle. Son amitié avec le jeune bossu qui lui prêtait des livres m'émut autant que celle de Joe avec Laurie : je souhaitai qu'elle l'épousât. Mais cette fois encore, l'amour brisait avec l'enfance. Maggie s'éprenait du fiancé d'une cousine, Stephen, dont elle faisait involontairement la conquête. Compromise par lui, elle refusait de l'épouser par loyauté

envers Lucy ; le village eût excusé une perfidie sanc-
tionnée par de justes noces ; il ne pardonnait pas à
Maggie d'avoir sacrifié les apparences à la voix de sa
conscience. Son frère même la désavouait. Je ne concevais que l'amour-amitié ; à mes yeux, des livres échan-
gés et discutés ensemble créaient entre un garçon et
une fille des liens éternels ; je comprenais mal l'attirance
que Maggie éprouvait pour Stephen. Néanmoins,
puisqu'elle l'aimait, elle n'aurait pas dû renoncer à lui.
C'est au moment où elle se retirait dans le vieux moulin,
méconnue, calomniée, abandonnée de tous, que je brû-
lai de tendresse pour elle. Je pleurai sur sa mort pendant des heures. Les autres la condamnaient parce
qu'elle valait mieux qu'eux ; je lui ressemblais, et je vis
désormais dans mon isolement non une marque d'infa-
mie mais un signe d'élection. Je n'envisageai pas d'en
mourir. À travers son héroïne, je m'identifiai à l'auteur :
un jour une adolescente, une autre moi-même, trempe-
rait de ses larmes un roman où j'aurais raconté ma propre histoire.

J'avais décidé depuis longtemps de consacrer ma vie
à des travaux intellectuels. Zaza me scandalisa en
déclarant d'un ton provocant : « Mettre neuf enfants au
monde comme l'a fait maman, ça vaut bien autant que
d'écrire des livres. » Je ne voyais pas de commune
mesure entre ces deux destins. Avoir des enfants, qui à
leur tour auraient des enfants, c'était rabâcher à l'infini la
même ennuyeuse ritournelle ; le savant, l'artiste,
l'écrivain, le penseur créaient un autre monde, lumineux
et joyeux, où tout avait sa raison d'être. C'était là que
je voulais passer mes jours ; j'étais bien décidée à m'y
tailler une place. Lorsque j'eus renoncé au ciel, mes
ambitions terrestres s'accusèrent : il fallait émerger.
Étendue dans un pré, je contemplai, juste à la hauteur

185

de mon regard, le déferlement des brins d'herbe, tous identiques, chacun noyé dans la jungle minuscule qui lui cachait tous les autres. Cette répétition indéfinie de l'ignorance, de l'indifférence équivalait à la mort. Je levai les yeux vers le chêne : il dominait le paysage et n'avait pas de semblable. Je serais pareille à lui.

Pourquoi ai-je choisi d'écrire ? Enfant, je n'avais guère pris au sérieux mes gribouillages ; mon véritable souci avait été de connaître ; je me plaisais à rédiger mes compositions françaises, mais ces demoiselles me reprochaient mon style guindé ; je ne me sentais pas « douée ». Cependant, quand à quinze ans j'inscrivis sur l'album d'une amie les prédilections, les projets qui étaient censés définir ma personnalité, à la question : « Que voulez-vous faire plus tard ? » je répondis d'un trait : « Être un auteur célèbre. » Touchant mon musicien favori, ma fleur préférée, je m'étais inventé des goûts plus ou moins factices. Mais sur ce point je n'hésitai pas : je convoitais cet avenir, à l'exclusion de tout autre.

La première raison, c'est l'admiration que m'inspiraient les écrivains ; mon père les mettait bien au-dessus des savants, des érudits, des professeurs. J'étais convaincue moi aussi de leur suprématie ; même si son nom était largement connu, l'œuvre d'un spécialiste ne s'ouvrait qu'à un petit nombre ; les livres, tout le monde les lisait : ils touchaient l'imagination, le cœur ; ils valaient à leur auteur la gloire la plus universelle et la plus intime. En tant que femme, ces sommets me semblaient en outre plus accessibles que les pénéplaines ; les plus célèbres de mes sœurs s'étaient illustrées dans la littérature.

Et puis j'avais toujours eu le goût de la communication. Sur l'album de mon amie, je citai comme divertissements favoris : la lecture et la conversation. J'étais loquace. Tout ce qui me frappait au cours d'une journée, je le racontais, ou du moins j'essayais. Je redoutais la nuit, l'oubli ; ce que j'avais vu, senti, aimé, c'était un déchirement de l'abandonner au silence. Émue par un clair de lune, je souhaitais une plume, du papier et savoir m'en servir. J'aimais, à quinze ans, les correspondances, les journaux intimes — par exemple le journal d'Eugénie de Guérin — qui s'efforcent de retenir le temps. J'avais compris aussi que les romans, les nouvelles, contes ne sont pas des objets étrangers à la vie mais qu'ils l'expriment à leur manière.

Si j'avais souhaité autrefois me faire institutrice, c'est que je rêvais d'être ma propre cause et ma propre fin ; je pensais à présent que la littérature me permettrait de réaliser ce vœu. Elle m'assurerait une immortalité qui compenserait l'éternité perdue ; il n'y avait plus de Dieu pour m'aimer, mais je brûlerais dans des millions de cœurs. En écrivant une œuvre nourrie de mon histoire, je me créerais moi-même à neuf et je justifierais mon existence. En même temps, je servirais l'humanité : quel plus beau cadeau lui faire que des livres ? Je m'intéressais à la fois à moi, et aux autres ; j'acceptais mon « incarnation » mais je ne voulais pas renoncer à l'universel : ce projet conciliait tout ; il flattait toutes les aspirations qui s'étaient développées en moi au cours de ces quinze années.

J'avais toujours accordé à l'amour une haute valeur. Vers treize ans, dans l'hebdomadaire *Le Noël*, que je reçus après *L'Étoile noëliste*, je lus un édifiant petit roman intitulé *Ninon-Rose*. La pieuse Ninon aimait André qui l'aimait ; mais sa cousine Thérèse, en larmes, ses beaux cheveux éployés sur sa chemise de nuit, lui confiait qu'elle se consumait pour André ; après un combat intérieur et quelques prières, Ninon se sacrifiait ; elle refusait sa main à André qui dépité épousait Thérèse. Ninon était récompensée : elle convolait avec un autre garçon fort méritant, nommé Bernard. Cette histoire me révolta. Un héros de roman avait le droit de se tromper sur l'objet de sa flamme ou sur ses propres sentiments ; à un amour faux, ou incomplet — tel celui de David Copperfield pour sa femme-enfant —, pouvait succéder le véritable amour ; mais celui-ci, du moment où il explosait dans un cœur, était irremplaçable ; nulle générosité, nulle abnégation n'autorisait à le refuser. Zaza et moi, nous fûmes bouleversées par un roman de Fogazzaro intitulé *Daniele Cortis*. Daniele était un homme politique important et catholique ; la femme qu'il aimait et qui l'aimait était mariée ; il y avait entre eux une exceptionnelle entente ; leurs cœurs battaient à l'unisson, toutes leurs pensées s'accordaient : ils étaient faits l'un pour l'autre. Cependant même une platonique amitié eût provoqué des commérages, ruiné la carrière de Daniele et compromis la cause qu'il servait ; se jurant fidélité « jusqu'à la mort et au-delà », ils se quittaient pour toujours. J'en fus déchirée et furieuse. La carrière, la cause, c'était abstrait. Je trouvais absurde et criminel de les préférer au bonheur, à la vie. Sans doute était-ce mon amitié pour Zaza qui me faisait attacher tant de prix à l'union de deux êtres ; découvrant ensemble le monde, et se le donnant l'un à l'autre, ils en prenaient possession, pensai-je, d'une manière privilégiée ; en même temps, chacun trouvait la définitive raison de son existence dans le besoin que l'autre avait de lui. Renoncer à l'amour me paraissait aussi insensé que se désintéresser de son salut quand on croit à l'éternité.

Je n'envisageais pas de laisser échapper aucun des biens de ce monde. Quand j'eus renoncé au cloître, je me mis à rêver à l'amour pour mon compte ; je songeai sans répugnance au mariage. L'idée de maternité me restait étrangère, je m'étonnais que Zaza s'extasiât devant des nouveau-nés fripés : mais il ne me paraissait plus inconcevable de vivre aux côtés d'un homme que j'aurais choisi. La maison paternelle n'était pas une prison et s'il avait fallu la quitter sur l'heure, la panique m'aurait saisie ; mais j'avais cessé d'envisager mon éventuel départ comme un atroce sevrage. J'étouffais un peu dans le cercle de famille. C'est pourquoi je fus si vivement frappée par un film tiré du *Bercail* de Bernstein auquel le hasard d'une invitation me fit assister. L'héroïne s'ennuyait entre ses enfants et un mari aussi rébarbatif que M. Mabille ; une lourde chaîne enroulée autour de ses poignets symbolisait sa servitude. Un beau garçon fougueux l'arrachait à son foyer. En robe de toile, bras nus, cheveux au vent, la jeune femme gambadait à travers les prairies, la main dans la main de son amoureux ; ils se lançaient au visage des poignées de foin dont je croyais respirer l'odeur, leurs yeux riaient : jamais je n'avais ressenti, contemplé, imaginé pareils délires de gaieté. Je ne sais quelles péripéties ramenaient au bercail une créature meurtrie que son époux accueillait avec bonté ; repentante, elle voyait sa pesante chaîne d'acier se changer en une guirlande de roses. Ce prodige me laissa sceptique. Je demeurai éblouie par la révélation de délices inconnues que je ne savais pas nommer mais qui un jour me combleraient : c'était la liberté et c'était le plaisir. Le morne esclavage des adultes m'effrayait ; rien ne leur arrivait d'imprévu ; ils subissaient dans les soupirs une existence où tout était décidé d'avance, sans que jamais personne décidât

de rien. L'héroïne de Bernstein avait osé un acte, et le
soleil avait brillé. Pendant longtemps, quand je tournai
mon regard vers les incertaines années de ma maturité,
l'image d'un couple batifolant dans un pré me fit tres-
saillir d'espoir.

Canoter - boating

L'été de mes quinze ans, à la fin de l'année scolaire,
j'allai deux ou trois fois canoter au Bois avec Zaza et
d'autres camarades. Je remarquai dans une allée un
jeune couple qui marchait devant moi ; le garçon
appuyait légèrement sa main sur l'épaule de la femme.
Émue, soudain, je me dis qu'il devait être doux d'avancer à travers la vie avec sur son épaule une main si familière qu'à peine en sentait-on le poids, si présente que la
solitude fût à jamais conjurée. « Deux êtres unis » : je
rêvais sur ces mots. Ni ma sœur, trop proche, ni Zaza,
trop lointaine, ne m'en avaient fait pressentir le vrai
sens. Il m'arriva souvent par la suite, quand je lisais
dans le bureau, de relever la tête et de me demander :
« Rencontrerai-je un homme qui sera fait pour moi ? »
Mes lectures ne m'en avaient fourni aucun modèle.
Je m'étais sentie assez proche d'Hellé, l'héroïne de
Marcelle Tinayre. « Les filles comme toi, Hellé, sont
faites pour être les compagnes des héros », lui disait son
père. Cette prophétie m'avait frappée ; mais je trouvai
plutôt rebutant l'apôtre roux et barbu qu'Hellé finissait
par épouser. Je ne prêtais à mon futur mari aucun trait
défini. En revanche, je me faisais de nos rapports une
idée précise : j'éprouverais pour lui une admiration passionnée. En ce domaine, comme dans tous les autres,
j'avais soif de nécessité. Il faudrait que l'élu s'imposât à
moi, comme s'était imposée Zaza, par une sorte d'évidence ; sinon je me demanderais : pourquoi lui et pas
un autre ? Ce doute était incompatible avec le véritable

amour. J'aimerais, le jour où un homme me subjuguerait par son intelligence, sa culture, son autorité.

Sur ce point, Zaza n'était pas de mon avis ; pour elle aussi l'amour impliquait l'estime et l'entente ; mais si un homme a de la sensibilité et de l'imagination, si c'est un artiste, un poète, peu importe, disait-elle, qu'il soit peu instruit et même médiocrement intelligent. « Alors, on ne peut pas tout se dire ! » objectais-je. Un peintre, un musicien ne m'aurait pas comprise tout entière, et il me serait demeuré en partie opaque. Moi je voulais qu'entre mari et femme tout fût mis en commun ; chacun devait remplir, en face de l'autre, ce rôle d'exact témoin que jadis j'avais attribué à Dieu. Cela excluait qu'on aimât quelqu'un de *différent* : je ne me marierais que si je rencontrais, plus accompli que moi, mon pareil, mon double.

Pourquoi réclamais-je qu'il me fût supérieur ? Je ne crois pas du tout que j'aie cherché en lui un succédané de mon père ; je tenais à mon indépendance ; j'exercerais un métier, j'écrirais, j'aurais une vie personnelle ; je ne m'envisageai jamais comme la compagne d'un homme : nous serions deux compagnons. Cependant, l'idée que je me faisais de notre couple fut indirectement influencée par les sentiments que j'avais portés à mon père. Mon éducation, ma culture, et la vision de la société, telle qu'elle était, tout me convainquait que les femmes appartiennent à une caste inférieure ; Zaza en doutait parce qu'elle préférait de loin sa mère à M. Mabille ; dans mon cas au contraire, le prestige paternel avait fortifié cette opinion : c'est en partie sur elle que je fondais mon exigence. Membre d'une espèce privilégiée, bénéficiant au départ d'une avance considérable, si dans l'absolu un homme ne valait pas plus que moi, je jugerais que, relativement, il valait moins : pour le reconnaître comme mon égal, il fallait qu'il me dépassât.

D'autre part, je pensais à moi du dedans, comme à quelqu'un en train de se faire, et j'avais l'ambition de progresser à l'infini ; l'élu, je le voyais du dehors comme une personne achevée ; pour qu'il demeurât toujours à ma hauteur, je lui garantissais dès le départ des perfections qui pour moi n'existaient encore qu'en espoir ; il était d'emblée le modèle de ce que je voulais devenir : donc il l'emportait sur moi. Je prenais soin d'ailleurs de ne pas mettre trop de distance entre nous. Je n'aurais pas accepté que sa pensée, ses travaux me fussent impénétrables : alors j'aurais souffert de mes insuffisances ; il fallait que l'amour me justifiât sans me borner. L'image que j'évoquais, c'était celle d'une escalade où mon partenaire, un peu plus agile et robuste que moi, m'aiderait à me hisser de palier en palier. J'étais plus âpre que généreuse, je désirais recevoir et non donner ; s'il m'avait fallu remorquer un traînard, je me serais consumée d'impatience. En ce cas, le célibat était bien préférable au mariage. La vie commune devait favoriser et non contrecarrer mon entreprise fondamentale : m'approprier le monde. Ni inférieur, ni différent, ni outrageusement supérieur, l'homme prédestiné me garantirait mon existence sans lui ôter sa souveraineté.

Pendant deux ou trois ans, ce schème orienta mes rêveries. Je leur accordais une certaine importance. Un jour j'interrogeai ma sœur avec un peu d'anxiété : étais-je définitivement laide ? Avais-je une chance de devenir une femme assez jolie pour qu'on l'aimât ? Habituée à entendre papa déclarer que j'étais un homme, Poupette ne comprit pas ma question ; elle m'aimait, Zaza m'aimait : de quoi m'inquiétais-je ? À vrai dire je me tourmentais modérément. Mes études, la littérature, les choses qui dépendaient de moi demeuraient le centre de mes préoccupations. Je m'intéressais moins à mon destin d'adulte qu'à mon avenir immédiat.

À la fin de ma seconde, j'avais quinze ans et demi, j'allai avec mes parents passer les vacances du 14 Juillet à Châteauvillain. Tante Alice était morte ; nous logions chez tante Germaine, la mère de Titite et de Jacques. Celui-ci était en train de passer à Paris l'oral de son bachot. J'aimais bien Titite ; elle resplendissait de fraîcheur ; elle avait de belles lèvres charnues et l'on devinait sous sa peau le battement de son sang. Fiancée à un ami d'enfance, un ravissant jeune homme aux cils immenses, elle attendait le mariage avec une impatience qu'elle ne cachait pas ; certaines tantes chuchotaient qu'en tête à tête avec son fiancé elle se tenait mal : *très* mal. Le soir de mon arrivée, nous allâmes toutes les deux, après le dîner, faire un tour dans le « Mail » qui attenait au jardin. Nous nous assîmes sur un banc de pierre, en silence : nous n'avions jamais grand-chose à nous dire. Elle rumina un moment, puis me dévisagea avec curiosité : « Ça te suffit vraiment, tes études ? me demanda-t-elle, tu es heureuse comme ça ? Tu ne souhaites jamais autre chose ? » Je secouai la tête : « Ça me suffit », dis-je. C'était vrai ; en cette fin d'année scolaire, je ne voyais guère plus loin que la prochaine année scolaire et le bachot qu'il fallait réussir. Titite soupira et retomba dans ses rêves de fiancée que je jugeais, a priori, un peu niais, malgré ma sympathie pour elle. Jacques arriva le lendemain, reçu, et rayonnant de suffisance. Il m'emmena sur le court de tennis, me proposa d'échanger quelques balles, m'écrasa, et s'excusa avec désinvolture de m'avoir utilisée comme *punching-ball*. Je ne l'intéressais pas beaucoup, je le savais. Je l'avais entendu parler avec estime de jeunes filles qui tout en préparant leur licence jouaient au tennis, sortaient, dansaient, s'habillaient bien. Cependant, son dédain glissa sur moi : pas un instant je ne déplorai ma maladresse au jeu, ni la coupe rudimentaire de ma robe de pongé rose. Je valais mieux que les étudiantes policées que Jacques me préférait et lui-même s'en apercevrait un jour.

Je sortais de l'âge ingrat, au lieu de regretter mon enfance, je me tournai vers l'avenir ; il restait assez lointain pour ne pas m'effaroucher et déjà il m'éblouissait. Cet été-là, entre tous les étés, je m'enivrai de sa splendeur. Je m'asseyais, sur un bloc de granit gris, au bord de l'étang que j'avais découvert à La Grillère, un an plus tôt. Un moulin se mirait dans l'eau où vagabondaient des nuages. Je lisais les *Promenades archéologiques* de Gaston Boissier, et je me disais qu'un jour je me promènerais sur le Palatin. Les nuages, au fond de l'étang, se teintaient de rose ; je me levais, mais je ne me décidais pas à partir ; je m'adossais à la haie de noisetiers ; la brise du soir caressait les fusains, elle me frôlait, me souffletait, et je m'abandonnais à sa douceur, à sa violence. Les noisetiers murmuraient et je comprenais leur oracle ; j'étais attendue : par moi-même. Ruisselante de lumière, le monde couché à mes pieds comme un grand animal familier, je souriais à l'adolescente qui demain mourrait et ressusciterait dans ma gloire : aucune vie, aucun instant d'aucune vie ne saurait tenir les promesses dont j'affolais mon cœur crédule.

À la fin de septembre, je fus invitée avec ma sœur à Meulan où les parents de sa meilleure amie avaient une maison ; Anne-Marie Gendron appartenait à une famille nombreuse, assez fortunée et très unie ; jamais une querelle, jamais un éclat de voix, mais des sourires, des prévenances : je me retrouvai dans un paradis dont j'avais perdu jusqu'au souvenir. Les garçons nous promenèrent en barque sur la Seine ; l'aînée des filles, âgée de vingt ans, nous conduisit en taxi à Vernon. Nous suivîmes la route de corniche qui domine le fleuve ; je fus sensible aux charmes du paysage mais plus encore à la grâce de Clotilde ; elle m'invita, le soir, à venir dans sa chambre et nous causâmes. Elle avait passé ses bachots, lisait un peu, étudiait assidûment le piano ; elle me parla de son amour pour la musique, de Mme Swetchine, de sa famille. Son secrétaire était rempli de souvenirs : des liasses de lettres, entourées de faveurs, des carnets — sans doute des journaux intimes —, des programmes de concerts, des photographies, une aquarelle que sa mère avait peinte et lui avait offerte à l'occasion de ses dix-huit ans. Il me parut extraordinairement enviable de posséder un passé à soi : presque autant que d'avoir une personnalité. Elle me prêta quelques livres ; elle me traitait en égale et me conseillait avec une sollicitude d'aînée. Je m'engouai d'elle. Je ne l'admirais pas comme Zaza et elle était trop éthérée pour m'inspirer, comme Marguerite, d'obscurs désirs. Mais je la trouvais romanesque ; elle me proposait une attirante image de la jeune fille que je serais demain. Elle nous reconduisit chez nos parents ; avant même qu'elle eût refermé la porte, une scène éclata : nous avions oublié à Meulan une brosse à dents ! Par contraste avec les jours sereins que je venais de vivre, l'aigre atmosphère où je me replongeais me parut soudain irrespirable. La tête appuyée contre la commode du vestibule, je sanglotai ; ma sœur m'imita : « C'est charmant ! aussitôt rentrées, elles pleurent », disaient mon père et ma mère indignés. Je m'avouai pour la première fois combien les cris, les récriminations, les réprimandes qu'à l'ordinaire j'encaissais en silence m'étaient pénibles à supporter ; toutes les larmes que pendant des mois j'avais refoulées me suffoquaient. Je ne sais si ma mère devinait qu'intérieurement je commençais à lui échapper ; mais je l'irritais, et elle s'emportait souvent contre moi : c'est pourquoi je cherchai en Clotilde une grande sœur consolante. J'allai chez elle assez souvent ; j'étais séduite par ses jolies toilettes, le décor raffiné de sa chambre, sa gentillesse, son indépendance ; quand elle m'emmenait au concert, j'admirais qu'elle prît des taxis — ce qui était à mes yeux le comble de la magnificence — et qu'elle cochât avec décision sur les programmes ses morceaux préférés. Ces rapports étonnèrent Zaza, et davantage encore les amies de Clotilde : la coutume voulait qu'on ne se fréquentât qu'entre jeunes filles du même âge, à un an près. Je pris le thé, un jour, chez Clotilde, avec Lili Mabille et d'autres « grandes » ; je me sentis déplacée et la fadeur des conversations me déçut. Et puis Clotilde était fort pieuse : elle ne pouvait guère me servir de guide, à moi qui ne croyais plus. Je présume que, de son côté, elle me trouvait trop jeune ; elle espaça nos rencontres et je n'insistai pas ; au bout de quelques semaines, nous cessâmes de nous voir. À peu de temps de là, elle fit, avec beaucoup de sentimentalité, un mariage « arrangé ».

Au début de l'année scolaire, bon-papa tomba malade. Toutes ses entreprises avaient échoué. Son fils avait imaginé, autrefois, un modèle de boîtes de conserve qui s'ouvraient avec une pièce de deux sous : il voulut exploiter cette invention mais le brevet lui fut volé ; il intenta un procès à son concurrent et le perdit. Dans ses conversations revenaient sans cesse des mots inquiétants : créanciers, traites, hypothèques. Parfois quand je

196

déjeunais chez lui, on sonnait à la porte d'entrée : il posait un doigt sur ses lèvres et nous retenions notre souffle. Dans son visage violacé son regard s'était pétrifié. Un après-midi, à la maison, quand il se leva pour partir, il se mit à bredouiller : « Où est mon replapluie ? » Quand je le revis, il était assis dans un fauteuil, immobile, les yeux fermés ; il se déplaçait avec peine et somnolait toute la journée. De temps en temps il soulevait ses paupières : « J'ai une idée, disait-il à bonne-maman. J'ai une bonne idée : nous allons être riches. » La paralysie le gagna tout à fait et il ne quitta plus son grand lit aux colonnes torsadées ; son corps se couvrit d'escarres qui répandaient une odeur affreuse. Bonne-maman le soignait et tricotait à longueur de journée des vêtements d'enfants. Bon-papa avait toujours été prédestiné aux catastrophes ; bonne-maman acceptait son sort avec tant de résignation et tous deux étaient si âgés que leur malheur m'atteignit à peine.

Je travaillais avec plus d'ardeur que jamais. L'imminence des examens, l'espoir de devenir bientôt une étudiante m'aiguillonnaient. Ce fut une année faste. Mon visage s'arrangeait, mon corps ne me gênait plus ; mes secrets pesaient moins lourd. Mon amitié pour Zaza cessa de m'être un tourment. J'avais repris confiance en moi ; et d'autre part, Zaza changea : je ne me demandai pas pourquoi, mais, d'ironique, elle devint rêveuse. Elle se mit à aimer Musset, Lacordaire, Chopin. Elle blâmait encore le pharisaïsme de son milieu, mais sans condamner toute l'humanité. Elle m'épargna désormais ses sarcasmes.

Au cours Désir, nous faisions bande à part. L'institut ne préparait que latin-langues. M. Mabille voulait que sa fille eût une formation scientifique ; moi, j'aimais ce qui résistait : les mathématiques me plaisaient. On fit

radotage - rambleri

venir une extra qui à partir de la seconde nous enseigna l'algèbre, la trigonométrie, la physique. Jeune, vive, compétente, Mademoiselle Chassin ne perdait pas de temps en palabres morales : on travaillait sans niaiserie. Elle nous aimait bien. Quand Zaza se perdait trop longtemps dans l'invisible, elle lui demandait gentiment : « Où êtes-vous, Élisabeth ? » Zaza sursautait, souriait. Nous n'avions pour condisciples que deux jumelles toujours endeuillées et quasi muettes. L'intimité de ces classes me charmait. En latin, nous avions obtenu de sauter une année, et de passer dès la seconde dans le cours supérieur ; la compétition avec des élèves de première me tenait en haleine. Quand je me retrouvai, l'année du bachot, avec mes condisciples ordinaires et que le piment de la nouveauté fit défaut, le savoir de l'abbé Trécourt me parut un peu mince ; il n'évitait pas toujours les contresens ; mais ce gros homme au teint couperosé était plus ouvert, plus jovial que ces demoiselles et nous éprouvions pour lui une sympathie que visiblement il nous rendait. Nos parents trouvant amusant que nous présentions aussi latin-langues, nous commençâmes, vers janvier, à apprendre l'italien et nous sûmes très vite déchiffrer *Cuore* et *Le mie prigioni*. Zaza faisait de l'allemand ; néanmoins, comme mon professeur d'anglais n'appartenait pas à la confrérie et me manifestait de l'amitié, je suivais ses cours avec plaisir. En revanche, nous supportions avec impatience les patriotiques radotages de Mademoiselle Gontran, notre professeur d'histoire ; et Mademoiselle Lejeune nous irritait par l'étroitesse de ses partis pris littéraires. Pour élargir nos horizons, nous lisions beaucoup et nous discutions entre nous. Souvent en classe nous défendions opiniâtrement nos points de vue ; je ne sais si Mademoiselle Lejeune fut assez perspicace pour me percer à jour mais elle semblait, à présent, se méfier beaucoup plus de moi que de Zaza.

Nous nous liâmes avec quelques camarades ; nous nous réunissions pour jouer aux cartes et pour bavarder ; en été, nous nous retrouvions le samedi matin sur un tennis découvert de la rue Boulard. Aucune d'entre elles ne compta beaucoup ni pour Zaza, ni pour moi. À vrai dire, les grandes élèves du cours Désir manquaient de séduction. Onze ans d'assiduité m'ayant valu une médaille de vermeil, mon père accepta, sans enthousiasme, d'assister à la distribution des récompenses ; il se plaignit, le soir, de n'y avoir vu que des laiderons. Certaines de mes condisciples avaient pourtant des traits agréables ; mais pour nous habiller, on nous endimanchait ; l'austérité des coiffures, les couleurs violentes ou sucrées des satins et des taffetas éteignaient tous les visages. Ce qui dut surtout frapper mon père, ce fut l'air morne et opprimé de ces adolescentes. J'y étais si bien habituée, que lorsque je vis apparaître une nouvelle recrue qui riait d'un rire vraiment gai, j'écarquillai les yeux ; elle était championne internationale de golf, elle avait beaucoup voyagé ; ses cheveux courts, son chemisier bien coupé, sa large jupe à plis creux, son allure sportive, sa voix hardie dénotaient qu'elle avait grandi très loin de Saint-Thomas-d'Aquin ; elle parlait parfaitement l'anglais et savait assez de latin pour se présenter, à quinze ans et demi, à son premier bachot ; Corneille et Racine la faisaient bâiller. « La littérature m'assomme », me dit-elle. Je me récriai : « Oh ! ne dites pas ça. — Pourquoi pas ? puisque c'est vrai. » Sa présence rafraîchissait la funèbre « salle d'étude des cours ». Des choses l'ennuyaient, elle en aimait d'autres, dans sa vie, il y avait des plaisirs, et l'on devinait qu'elle attendait quelque chose de l'avenir. La tristesse que dégageaient mes autres camarades tenait moins à leur terne apparence qu'à leur résignation. Passé leurs bachots, elles suivraient quelques cours d'histoire et de littérature, elles feraient l'école du Louvre ou la Croix-Rouge, de la peinture sur porcelaine, du batik, de la reliure et s'occuperaient de quelques œuvres. De temps à autre on les emmènerait entendre *Carmen* ou tourner autour du tombeau de Napoléon pour entrevoir un jeune homme ; avec un peu de chance, elles l'épouseraient. Ainsi vivait l'aînée des Mabille ; elle cuisinait et dansait, servait de secrétaire à son père, de couturière à ses sœurs. Sa mère la traînait d'entrevue en entrevue. Zaza me raconta qu'une de ses tantes professait la théorie du « coup de foudre sacramentel » : à la minute où les fiancés échangent devant le prêtre le *oui* qui les unit, la grâce descend sur eux, et ils s'aiment. Ces mœurs indignaient Zaza ; elle déclara un jour qu'elle ne voyait pas de différence entre une femme qui se mariait par intérêt et une prostituée ; on lui avait appris qu'une chrétienne devait respecter son corps : elle ne le respectait pas si elle se donnait sans amour, pour des raisons de convenance ou d'argent. Sa véhémence m'étonna ; on aurait dit qu'elle ressentait dans sa propre chair l'ignominie de ce trafic. Pour moi, la question ne se posait pas. Je gagnerais ma vie, je serais libre. Mais dans le milieu de Zaza, il fallait se marier ou entrer en religion. « Le célibat, disait-on, n'est pas une vocation. » Elle commençait à redouter l'avenir ; était-ce la raison de ses insomnies ? elle dormait mal ; souvent elle se relevait la nuit et se frictionnait de la tête aux pieds à l'eau de Cologne ; le matin, pour se donner du cœur, elle avalait des mélanges de café et de vin blanc. Quand elle me racontait ces excès, je me rendais compte que beaucoup de choses en elle m'échappaient. Mais j'encourageais sa résistance et elle m'en savait gré : j'étais sa seule alliée. Nous avions en commun de nombreux dégoûts et un grand désir de bonheur.

Malgré nos différences, nous réagissions souvent de manière identique. Mon père avait reçu, de son ami qui était acteur, deux billets gratuits pour une matinée de l'Odéon ; il nous en fit cadeau ; on jouait une pièce de Paul Fort, *Charles VI*. Quand je me trouvai assise dans une loge, en tête à tête avec Zaza, sans chaperon, j'exultai. On frappa les trois coups et nous assistâmes à un drame noir ; Charles perdait la raison ; à la fin du premier acte, il errait sur la scène, hagard, monologuant avec incohérence ; je sombrai dans une angoisse aussi solitaire que sa folie. Je regardai Zaza : elle était blême. « Si ça recommence, nous nous en irons », proposai-je. Elle acquiesça. Quand le rideau se releva, Charles, en chemise, se débattait entre les mains d'hommes masqués et vêtus de cagoules. Nous sortîmes. L'ouvreuse nous arrêta : « Pourquoi partez-vous ? — C'est trop affreux », dis-je. Elle se mit à rire : « Mais mes petites, ce n'est pas vrai : c'est du théâtre. » Nous le savions ; nous n'en avions pas moins entrevu quelque chose d'horrible.

Mon entente avec Zaza, son estime, m'aidèrent à m'affranchir des adultes et à me voir avec mes propres yeux. Un incident pourtant me rappela combien je dépendais encore de leur jugement. Il explosa, inattendu, alors que je commençais à m'installer dans l'insouciance.

Comme chaque semaine, je fis avec soin le mot à mot de ma version latine et je le transcrivis sur deux colonnes. Il s'agissait ensuite de le mettre en « bon français ». Il se trouva que le texte était traduit dans ma littérature latine, avec une élégance que je jugeai inégalable :

son défaillance — without fault of failure

par comparaison, toutes les tournures qui me venaient à l'esprit me paraissaient d'une affligeante maladresse. Je n'avais commis aucune faute de sens, j'étais assurée d'obtenir une excellente note, je ne calculai pas ; mais l'objet, la phrase, avait ses exigences ; elle se voulait parfaite ; je répugnais à substituer au modèle idéal fourni par le manuel mes gauches inventions. De fil en aiguille, je recopiai la page imprimée.

On ne nous laissait jamais seules avec l'abbé Trécourt ; assise à une petite table, près de la fenêtre, une de ces demoiselles nous surveillait ; avant qu'il ne nous rendît nos versions, elle relevait nos notes sur un registre. Cette fonction avait été dévolue ce jour-là à Mademoiselle Dubois, la licenciée, dont normalement j'aurais dû l'année précédente suivre les cours de latin et que nous avions dédaignée, Zaza et moi, au profit de l'abbé ; elle ne m'aimait pas. Je l'entendis s'agiter dans mon dos ; elle s'exclamait, en sourdine, mais furieusement. Elle finit par rédiger un billet qu'elle posa sur le paquet de copies, avant de les remettre à l'abbé. Il essuya ses lorgnons, lut le message et sourit : « Oui, dit-il avec bonhomie, ce passage de Cicéron était traduit dans votre manuel et beaucoup d'entre vous s'en sont aperçues. J'ai mis les meilleures notes aux élèves qui ont gardé le plus d'originalité. » Malgré l'indulgence de sa voix, le visage courroucé de Mademoiselle Dubois, le silence inquiet de mes condisciples, me remplirent de terreur. Soit par habitude, soit par distraction ou par amitié, l'abbé m'avait classée première : j'obtenais un 17. Personne d'ailleurs n'avait moins de 12. Il me demanda, sans doute pour justifier sa partialité, d'expliquer le texte mot à mot : j'affermis ma voix et m'exécutai sans défaillance. Il me félicita et l'atmosphère se détendit. Mademoiselle Dubois n'osa pas réclamer qu'on me fît lire à haute voix mon « bon français » ; Zaza, assise à côté de moi, n'y jeta pas un coup d'œil : elle était d'une scrupuleuse honnêteté et se refusa, je pense, à me soupçonner. Mais d'autres camarades, à la sortie de la classe, chuchotèrent et Mademoiselle Dubois me prit à part : elle allait aviser Mademoiselle Lejeune de ma déloyauté. Ainsi, ce que j'avais souvent redouté venait finalement de se réaliser : un acte, accompli dans l'innocence de la clandestinité, en se révélant me déshonorait. Je respectais encore Mademoiselle Lejeune : l'idée qu'elle allait me mépriser me torturait. Impossible de remonter le temps, de reprendre mon coup : j'étais marquée pour toujours ! Je l'avais pressenti : la vérité peut être injuste. Toute la soirée et une partie de la nuit je me débattis contre le piège où j'étais tombée à l'étourdie et qui ne me lâcherait plus. D'ordinaire, j'éludais les difficultés par la fuite, le silence, l'oubli ; je prenais rarement des initiatives ; mais cette fois je décidai de lutter. Pour dissiper les apparences qui me déguisaient en coupable, il fallait mentir : je mentirais. J'allai trouver Mademoiselle Lejeune dans son cabinet et je lui jurai, les larmes aux yeux, que je n'avais pas copié : il s'était glissé dans ma version d'involontaires réminiscences. Convaincue de n'avoir rien fait de mal, je me défendis avec la ferveur de la franchise. Mais ma démarche était absurde : innocente, j'aurais apporté mon devoir comme une pièce à conviction ; je me contentai de donner ma parole. La directrice ne me crut pas, me le dit et ajouta avec impatience que l'incident était clos. Elle ne me sermonna pas, elle ne formula aucun reproche : cette indifférence même et la sécheresse de sa voix me révélèrent qu'elle n'avait pas une once d'affection pour moi. J'avais craint que ma faute ne me ruinât dans son esprit : mais depuis longtemps, il ne me restait rien à perdre. Je me rassérénai. Elle me refusait si catégoriquement son estime que je cessai de la désirer.

Pendant les semaines qui précédèrent le bachot, je connus des joies sans mélange. Il faisait beau et ma mère me permit d'aller étudier au Luxembourg. Je m'installais dans les jardins anglais, au bord d'une pelouse, ou près de la fontaine Médicis. Je portais encore mes cheveux dans le dos, ramassés dans une barrette, mais ma cousine Annie qui souvent me faisait cadeau de ses défroques m'avait donné cet été-là une jupe blanche plissée, un corsage en cretonne bleue : sous mon canotier de paille, je me croyais des allures de grande jeune fille. Je lisais Faguet, Brunetière, Jules Lemaitre, je respirais l'odeur du gazon, et je me sentais aussi libre que les étudiants qui traversaient nonchalamment le jardin. Je franchissais la grille, j'allais rôder sous les arcades de l'Odéon ; j'éprouvais les mêmes transports qu'à dix ans, dans les couloirs de la bibliothèque Cardinale. Il y avait à l'étalage des rangées de livres reliés, dorés sur tranche, dont les pages étaient coupées ; je lisais debout, pendant deux ou trois heures, sans que jamais un vendeur me dérangeât. Je lus Anatole France, les Goncourt, Colette, et tout ce qui me tombait sous la main. Je me disais que, tant qu'il y aurait des livres, le bonheur m'était garanti.

J'avais obtenu le droit de veiller assez tard ; quand papa était parti pour le Versailles où il jouait au bridge presque chaque soir, quand maman et ma sœur étaient couchées, je restais seule dans le bureau. Je me penchais à la fenêtre ; le vent m'apportait par bouffées une odeur de verdure ; au loin, des vitres brillaient. Je décrochais les lorgnettes de mon père, je les sortais de leur étui et, comme autrefois, j'épiais les vies inconnues ; peu m'importait la banalité du spectacle ; j'étais

— je suis toujours — sensible au charme de ce petit théâtre d'ombres : une chambre éclairée au fond de la nuit. Mon regard errait de façade en façade, et je me disais, émue par la tiédeur du soir : « Bientôt, je vivrai pour de bon. »

Je pris grand plaisir à passer mes examens. Dans les amphithéâtres de la Sorbonne, je coudoyai des garçons et des filles qui avaient fait leurs études dans des cours et des collèges inconnus, dans des lycées : je m'évadais du cours Désir, j'affrontais la vérité du monde. Assurée par mes professeurs d'avoir bien réussi l'écrit, j'abordai l'oral avec tant de confiance que je me croyais gracieuse dans ma trop longue robe en voile bleu. Devant les messieurs importants, réunis tout exprès pour jauger mes mérites, je retrouvai ma vanité d'enfant. L'examinateur de lettres, en particulier, me flatta en me parlant sur le ton de la conversation ; il me demanda si j'étais parente de Roger de Beauvoir ; je répliquai que ce nom n'était qu'un pseudonyme ; il m'interrogea sur Ronsard ; tout en étalant mon savoir, j'admirais la belle tête pensive qui s'inclinait vers moi : enfin, je voyais face à face un de ces hommes supérieurs dont je convoitais les suffrages ! Aux épreuves de latin-langues, cependant, l'examinateur m'accueillit ironiquement : « Alors, mademoiselle ! Vous collectionnez les diplômes ! » Déconcertée, je me rendis brusquement compte que ma performance pouvait paraître dérisoire ; mais je passai outre. Je décrochai la mention « Bien » et ces demoiselles, satisfaites de pouvoir inscrire ce succès sur leurs tablettes, me firent fête. Mes parents rayonnaient. Jacques, toujours péremptoire, avait décrété : « Il faut avoir au moins la mention "Bien", ou pas de mention du tout. » Il me félicita avec chaleur. Zaza fut reçue aussi, mais pendant cette période, je me souciai beaucoup moins d'elle que de moi.

Clotilde et Marguerite m'envoyèrent des lettres affectueuses ; ma mère me gâcha un peu mon plaisir en me les apportant décachetées, et en m'en récitant avec animation le contenu, mais la coutume était si solidement établie que je ne protestai pas. Nous nous trouvions alors à Valleuse, en Normandie, chez des cousins extrêmement bien pensants. Je n'aimais pas cette propriété trop peignée : pas de chemins creux, pas de bois ; des barbelés entouraient les prés ; un soir, je me glissai sous une clôture, je m'étendis dans l'herbe : une femme s'approcha et me demanda si j'étais malade. Je regagnai le parc ; mais j'y étouffais. Mon père absent, maman et mes cousins communiaient dans une même dévotion, professaient les mêmes principes sans qu'aucune voix rompît ce parfait accord ; parlant avec abandon devant moi, ils m'imposaient une complicité que je n'osais pas récuser : j'avais l'impression qu'on me violentait. Nous allâmes en auto à Rouen ; l'après-midi se passa à visiter des églises ; il y en avait beaucoup et chacune déchaînait des délires extatiques ; devant les dentelles de pierre de Saint-Maclou, l'enthousiasme atteignit au paroxysme : quel travail ! quelle finesse ! Je me taisais. « Quoi ! tu ne trouves pas ça beau ? » me demanda-t-on avec scandale. Je ne trouvais ça ni beau, ni laid : je ne sentais rien. On insista. Je serrai les dents ; je refusai qu'on introduisît de force des mots dans ma bouche. Tous les regards se fixaient avec blâme sur mes lèvres rétives ; la colère, la détresse me mirent au bord des larmes. Mon cousin finit par expliquer d'un ton conciliant qu'à mon âge on avait l'esprit de contradiction et mon supplice prit fin.

En Limousin, je retrouvai la liberté dont j'avais besoin. Quand j'avais passé la journée seule ou avec ma sœur, je jouais volontiers le soir au mah-jong en famille. Je m'initiai à la philosophie en lisant *La Vie intellectuelle* du Père Sertillanges, et *La Certitude morale* d'Ollé-Laprune qui m'ennuyèrent considérablement.

Mon père n'avait jamais mordu à la philosophie ; dans mon entourage comme dans celui de Zaza, on la tenait en suspicion. « Quel dommage ! toi qui raisonnes si bien, on va t'apprendre à déraisonner ! » lui disait un de ses oncles. Jacques cependant s'y était intéressé. Chez moi, la nouveauté suscitait toujours un espoir. J'attendis la rentrée avec impatience.

Psychologie, logique, morale, métaphysique : l'abbé Trécourt expédiait le programme à raison de quatre heures de cours par semaine. Il se bornait à nous rendre nos dissertations, à nous dicter un corrigé, et à nous faire réciter la leçon apprise dans notre manuel. À propos de chaque problème, l'auteur, le Révérend Père Lahr, faisait un rapide inventaire des erreurs humaines et nous enseignait la vérité selon saint Thomas. L'abbé ne s'embarrassait pas lui non plus de subtilités. Pour réfuter l'idéalisme, il opposait l'évidence du toucher aux possibles illusions de la vue ; il frappait sur la table en déclarant : « Ce qui est est. » Les lectures qu'il nous indiquait manquaient de sel ; c'était *L'Attention* de Ribot, *La Psychologie des foules* de Gustave Lebon, *Les Idées-forces* de Fouillée. Pourtant je me passionnai. Je retrouvais, traités par des messieurs sérieux, dans des livres, les problèmes qui avaient intrigué mon enfance ; soudain le monde des adultes n'allait plus de soi, il avait un envers, des dessous, le doute s'y mettait : si on poussait plus avant, qu'en resterait-il ? On ne poussait pas loin, mais c'était déjà assez extraordinaire, après douze ans de dogmatisme, une discipline qui posât des questions et qui me les posât à moi. Car c'était moi, dont on ne m'avait jamais parlé que par lieux communs, qui me trouvais soudain en cause. Ma conscience, d'où sortait-elle ? d'où tirait-elle ses pouvoirs ? La statue de Condillac me fit rêver, aussi vertigineusement que le vieux veston de mes sept ans. Je vis aussi, avec ébahissement, les coordonnées de l'univers se mettre à vaciller : les spéculations d'Henri Poincaré sur la relativité de l'espace et du temps, de la mesure, me plongèrent dans d'infinies méditations. Je m'émus des pages où il évoquait le passage de l'homme à travers l'univers aveugle : rien qu'un éclair, mais un éclair qui est tout ! L'image me poursuivit longtemps, de ce grand feu brûlant dans les ténèbres.

Ce qui m'attira surtout dans la philosophie, c'est que je pensais qu'elle allait droit à l'essentiel. Je n'avais jamais eu le goût du détail ; je percevais le sens global des choses plutôt que leurs singularités, et j'aimais mieux comprendre que voir ; j'avais toujours souhaité connaître *tout* ; la philosophie me permettrait d'assouvir ce désir, car c'est la totalité du réel qu'elle visait ; elle s'installait tout de suite en son cœur et me découvrait, au lieu d'un décevant tourbillon de faits ou de lois empiriques, un ordre, une raison, une nécessité. Sciences, littérature, toutes les autres disciplines me parurent des parentes pauvres.

Au jour le jour, cependant, nous n'apprenions pas grand-chose. Mais nous échappions à l'ennui par la ténacité que nous apportions, Zaza et moi, dans les discussions. Il y eut un débat particulièrement agité sur l'amour qu'on nomme platonique et sur l'autre, qu'on ne nommait pas. Une camarade ayant rangé *Tristan et Yseult* parmi les amoureux platoniques, Zaza éclata de rire : « Platoniques ! Tristan et Yseult ! Ah non ! » dit-elle avec un air de compétence qui déconcerta toute la classe. L'abbé conclut en nous exhortant au mariage de raison : on n'épouse pas un garçon parce que sa cravate lui va bien. Nous lui passâmes cette niaiserie. Mais nous n'étions pas toujours aussi accommodantes ; quand un sujet nous intéressait, nous discutions ferme. Nous respections beaucoup de choses ; nous pensions que les mots patrie, devoir, bien, mal, avaient un sens ; nous cherchions simplement à le définir ; nous n'essayions pas de rien détruire, mais nous aimions raisonner. C'était assez pour qu'on nous accusât d'avoir « mauvais esprit ». Mademoiselle Lejeune, qui assistait à tous les cours, déclara que nous nous engagions sur une pente dangereuse. L'abbé, au milieu de l'année, nous prit à part, et nous conjura de ne pas nous « dessécher » ; sinon, nous finirions par ressembler à ces demoiselles : c'étaient de saintes femmes, mais mieux valait ne pas marcher sur leurs traces. Je fus touchée par sa bonne volonté, surprise de son aberration : je l'assurai que je n'entrerais certainement pas dans la confrérie. Elle m'inspirait un dégoût dont Zaza même s'étonnait ; à travers ses railleries, elle gardait de l'affection pour nos institutrices et je la scandalisai un peu quand je lui affirmai que je les quitterais sans un regret.

Ma vie d'écolière s'achevait, autre chose allait commencer : quoi au juste ? Dans *Les Annales* je lus une conférence qui me fit rêver ; une ancienne Sévrienne évoquait ses souvenirs ; elle décrivait des jardins où de belles jeunes filles, avides de savoir, se promenaient au clair de lune ; leurs voix se mêlaient au murmure des jets d'eau. Mais ma mère se méfiait de Sèvres, et, réflexion faite, je ne tenais pas à m'enfermer, hors de Paris, avec des femmes. Alors, que décider ? Je redoutais cette part d'arbitraire que comporte tout choix. Mon père, qui souffrait de se trouver à cinquante ans devant un avenir incertain, souhaitait avant tout pour moi la sécurité ; il me destinait à l'administration qui m'assurerait un traitement fixe et une retraite. Quelqu'un lui conseilla l'École des Chartes. J'allai avec ma mère consulter une demoiselle, dans les coulisses de la Sorbonne. Je suivis des corridors tapissés de livres sur lesquels s'ouvraient des bureaux remplis de fichiers. Enfant, j'avais rêvé de vivre dans cette savante poussière et il me semblait aujourd'hui pénétrer dans le Saint des Saints. La demoiselle nous peignit les beautés mais aussi les difficultés de la carrière de bibliothécaire ; l'idée d'apprendre le sanscrit me rebuta ; l'érudition ne me tentait pas. Ce qui m'aurait plu, ç'aurait été de continuer mes études de philosophie. J'avais lu dans une revue un article sur une femme philosophe qui s'appelait Mademoiselle Zanta : elle avait passé son doctorat ; elle était photographiée devant son bureau, le visage grave et reposé ; elle vivait avec une jeune nièce qu'elle avait adoptée : ainsi avait-elle réussi à concilier sa vie cérébrale avec les exigences de sa sensibilité féminine. Comme j'aurais aimé qu'on écrivît un jour sur moi des choses aussi louangeuses ! Les femmes qui avaient alors une agrégation ou un doctorat de philosophie se comptaient sur les doigts de la main : je souhaitais être une de ces pionnières. Pratiquement, la seule carrière que m'ouvriraient ces diplômes, c'était l'enseignement : je n'avais rien contre. Mon père ne s'opposa pas à ce projet ; mais il refusait de me laisser courir le cachet : je prendrais un poste dans un lycée. Pourquoi pas ? Cette solution satisfaisait mes goûts et sa prudence. Ma mère en avisa timidement ces demoiselles et leurs visages se glacèrent. Elles avaient usé leurs existences à combattre la laïcité et ne faisaient guère de différence entre un établissement d'État et une maison publique. Elles expliquèrent en outre à ma mère que la philosophie corrodait mortellement les âmes : en un an de Sorbonne, je perdrais ma foi et mes mœurs. Maman s'inquiéta. Comme la licence classique offrait, selon papa, plus de débouchés, comme on permettrait peut-être à Zaza d'en préparer quelques certificats, j'acceptai de sacrifier la philosophie aux lettres. Mais je maintins ma décision d'enseigner dans un lycée. Quel scandale ! Onze ans de soins, de sermons, d'endoctrinement assidu : et je mordais la main qui m'avait nourrie ! Dans les regards de mes éducatrices je lisais avec indifférence mon ingratitude, mon indignité, ma trahison : Satan m'avait circonvenue.

En juillet, je passai mathématiques élémentaires et philosophie. L'enseignement de l'abbé était si faible que ma dissertation, qu'il aurait cotée 16, me valut tout juste un 11. Je me rattrapai sur les sciences. Le soir de l'oral, mon père m'emmena au théâtre de Dix-Heures, où j'entendis Dorin, Colline, Noël-Noël ; je m'amusai beaucoup. Que j'étais heureuse d'en avoir fini avec le cours Désir ! Deux ou trois jours plus tard, pourtant, comme je me trouvais seule dans l'appartement, je fus prise d'un étrange malaise ; je restai plantée au milieu de l'antichambre, aussi perdue que si j'avais été transplantée sur une autre planète : sans famille, sans amies, sans attache, sans espoir. Mon cœur était mort et le monde vide : un tel vide pourrait-il jamais se combler ? J'eus peur. Et puis le temps se remit à couler.

Il y avait un point sur lequel mon éducation m'avait profondément marquée : en dépit de mes lectures, je restais une oie blanche. J'avais seize ans environ quand une tante nous emmena ma sœur et moi salle Pleyel à la projection d'un film de voyage. Toutes les places assises étaient occupées et nous restâmes debout au promenoir. Je sentis avec surprise des mains qui me palpaient à travers mon manteau de lainage ; je crus qu'on cherchait à me voler mon sac et je le serrai sous mon bras ; les mains continuèrent à me triturer, absurdement. Je ne sus que dire ni que faire : je ne bronchai pas. Le film terminé, un homme, coiffé d'un feutre marron, me désigna en ricanant à un ami qui se mit lui aussi à rire. Ils se moquaient de moi : pourquoi ? Je n'y compris rien.

Un peu plus tard, quelqu'un — je ne sais plus qui — me chargea d'acheter dans une pieuse librairie proche de Saint-Sulpice une pièce pour patronage. Un employé blond, timide, vêtu d'une longue blouse noire, s'enquit poliment de mes désirs. Il se dirigea vers le fond du magasin et me fit signe de le suivre ; je m'approchai : il ouvrit sa blouse, découvrant quelque chose de rose ; son visage n'exprimait rien et je restai un instant interloquée ; puis je tournai les talons et partis. Son geste saugrenu me tourmenta moins que, sur la scène de l'Odéon, les délires du faux Charles VI ; mais il me laissa l'impression que des choses bizarres pouvaient inopinément arriver. Quand je me trouvai seule — dans une boutique, ou sur le quai d'un métro — avec un homme inconnu, j'éprouvai désormais un peu d'appréhension.

Au début de mon année de philosophie, Mme Mabille persuada maman de me faire prendre des leçons de danse. Une fois par semaine, je retrouvais Zaza dans un salon où des filles et des garçons s'exerçaient à bouger en mesure, sous la direction d'une dame mûre.

J'arborais ces jours-là une robe bleue en jersey de soie, léguée par ma cousine Annie, et qui s'ajustait sur moi au hasard. Tout maquillage m'était défendu. Dans la famille, seule ma cousine Magdeleine enfreignait cet interdit. Vers seize ans, elle avait commencé à s'attifer avec coquetterie. Papa, maman, tante Marguerite la montraient du doigt : « Tu t'es poudrée, Magdeleine ! — Mais non, ma tante, je vous assure », répondait-elle en zozotant un peu. Je riais avec les adultes : l'artifice était toujours « ridicule ». Chaque matin on revenait à la charge : « Ne dis pas non, Magdeleine, tu as mis de la poudre, ça se voit. » Un jour — elle avait alors dix-huit ou dix-neuf ans — elle répliqua, excédée : « Après tout, pourquoi pas ? » Elle avait passé aux aveux : on triompha. Mais sa réponse me fit réfléchir. De toute façon nous vivions fort loin de l'état de nature. On affirmait dans la famille : « Le fard abîme le teint. » Mais nous nous disions souvent ma sœur et moi en voyant la peau chagrinée de nos tantes que leur prudence payait mal. Je n'essayai cependant pas de discuter. J'arrivais donc aux cours de danse fagotée, le cheveu terne, les joues lui-santes, le nez brillant. Je ne savais rien faire de mon corps, pas même nager ni monter à bicyclette ; je me retrouvais aussi empruntée que le jour où je m'étais exhibée en Espagnole. Mais c'est pour une autre raison que je me pris à détester ces cours. Quand mon cavalier me serrait dans ses bras et m'appliquait contre sa poi-trine, j'éprouvais une impression bizarre, qui ressem-blait à un vertige d'estomac, mais que j'oubliais moins facilement. Rentrée à la maison, je me jetais dans le fauteuil de cuir, hébétée par une langueur qui n'avait pas de nom et qui me donnait envie de pleurer. Je pris prétexte de mon travail pour suspendre ces séances.

avertie - well informed
taquiner - tease

Zaza était plus avertie que moi. « Quand je pense que nos mères nous regardent danser en toute tranquillité d'âme, les innocentes ! » me dit-elle une fois. Elle taquinait sa sœur Lili et de grandes cousines : « Allons ! ne me racontez pas que si nous dansions entre nous ou avec nos frères ça nous amuserait autant. » Je crus qu'elle liait le plaisir de la danse avec celui, pour moi extrêmement vague, du flirt. À douze ans, mon ignorance avait pressenti le désir, la caresse ; à dix-sept ans, théoriquement renseignée, je ne savais même plus reconnaître le trouble.

Je ne sais s'il entrait ou non de la mauvaise foi dans mon ingénuité ; en tout cas la sexualité m'effrayait. Une seule personne, Titite, m'avait fait entrevoir que l'amour physique peut être vécu avec naturel, et dans la joie ; son corps exubérant ne connaissait pas la honte et quand elle évoquait ses noces, le désir qui brillait dans ses yeux l'embellissait. Tante Simone insinuait qu'avec son fiancé elle avait « été trop loin » ; maman la défendait ; je jugeais ce débat oiseux ; mariés ou non, les étreintes de ces beaux jeunes gens ne me choquaient pas : ils s'aimaient. Mais cette unique expérience ne suffit pas à abattre les tabous dressés autour de moi. Non seulement je n'avais — depuis Villers — jamais mis les pieds sur une plage, dans une piscine, dans un gymnase, si bien que la nudité se confondait pour moi avec l'indécence ; mais dans le milieu où je vivais, jamais la franchise d'un besoin, jamais un acte violent ne déchirait le réseau des conventions et des routines. Chez les adultes policés, comment faire place à la crudité animale de l'instinct, du plaisir ? Au cours de mon année de philosophie, Marguerite de Théricourt vint annoncer à Mademoiselle Lejeune son prochain mariage : elle épousait un associé de son père, riche et titré, beaucoup

plus âgé qu'elle, qu'elle connaissait depuis l'enfance.
Tout le monde la congratula, et elle rayonnait de
candide bonheur. Le mot « mariage » explosa dans ma
tête, et je fus plus éberluée que le jour où, en pleine
classe, une camarade s'était mise à aboyer. Cette
sérieuse demoiselle gantée, chapeautée, aux sourires
étudiés, comment y superposer l'image d'un corps rose
et tendre, couché entre les bras d'un homme ? Je n'allai
pas jusqu'à dénuder Marguerite : mais sous sa longue
chemise, et le ruissellement de ses cheveux dénoués, sa
chair s'offrait. Cette brusque impudeur tenait de la
démence. Ou la sexualité était une brève crise de folie,
ou Marguerite ne coïncidait pas avec la jeune personne
bien élevée qu'escortait partout une gouvernante ; les
apparences mentaient, le monde qu'on m'avait enseigné
était tout entier truqué. Je penchai vers cette hypothèse,
mais j'avais été dupe trop longtemps : l'illusion résistait
au doute. La véritable Marguerite portait obstinément
un chapeau et des gants. Quand je l'évoquais, à demi
dévoilée, exposée au regard d'un homme, je me sentais
emportée dans un simoun qui pulvérisait toutes les
normes de la morale et du bon sens.

À la fin de juillet je partis en vacances. J'y découvris
un aspect nouveau de la vie sexuelle : ni tranquille joie
des sens, ni égarement troublant, elle m'apparut comme
une polissonnerie.

Mon oncle Maurice, après s'être nourri exclusivement de salade pendant deux ou trois ans, était mort
d'un cancer à l'estomac, dans des souffrances affreuses.
Ma tante et Magdeleine l'avaient longuement pleuré.
Mais quand elles furent consolées, la vie devint, à La
Grillère, beaucoup plus gaie que par le passé. Robert
put inviter librement ses camarades. Les fils des hobe-
reaux limousins venaient de découvrir l'automobile et

ils se réunissaient à cinquante kilomètres à la ronde pour chasser et danser. Cette année-là, Robert courtisait une jeune beauté d'environ vingt-cinq ans, qui passait ses vacances dans le bourg voisin avec l'évidente intention de se faire épouser ; presque chaque jour Yvonne venait à La Grillère ; elle exhibait une garde-robe bigarrée, des cheveux opulents, un sourire si immuable que je n'ai jamais pu décider si elle était sourde ou idiote. Un après-midi, dans le salon délivré de ses housses, sa mère se mit au piano et Yvonne, en robe d'Andalouse, jouant de l'éventail et de la prunelle, exécuta des danses espagnoles au milieu d'un cercle de jeunes gens ricaneurs. À l'occasion de cette idylle, les *parties* se multiplièrent, à La Grillère et dans les environs. Je m'y amusai de grand cœur. Les parents ne s'y mêlaient pas ; on pouvait rire et s'agiter sans contrainte. Farandoles, rondes, « chaises en musique », la danse devenait un jeu parmi d'autres et ne m'incommodait plus. Je trouvai même très gentil un de mes cavaliers, qui terminait sa médecine. Une fois, dans un manoir voisin, nous veillâmes jusqu'à l'aube ; on confectionna de la soupe à l'oignon dans la cuisine ; nous allâmes en auto au pied du mont Gargan que nous escaladâmes pour voir le lever du soleil ; nous bûmes du café au lait dans une auberge ; ce fut ma première nuit blanche. Dans mes lettres, je racontai à Zaza ces débauches et elle parut un peu scandalisée que j'y prenne tant de plaisir et que maman les tolérât. Ni ma vertu, ni celle de ma sœur ne coururent jamais de danger ; on nous appelait « les deux petites » ; visiblement peu dessalées, le *sex-appeal* n'était pas notre fort. Cependant les conversations fourmillaient d'allusions et de sous-entendus dont la grivoiserie me choquait. Magdeleine me confia que pendant ces soirées il se passait dans les bosquets, dans les autos, beaucoup de choses. Les jeunes filles prenaient garde de demeurer des jeunes filles. Yvonne ayant négligé cette précaution, les amis de Robert, qui à tour de rôle avaient profité d'elle, avertirent obligeamment mon cousin et le mariage ne se fit pas. Les autres filles connaissaient la règle du jeu, et l'observaient ; mais cette prudence ne leur interdisait pas d'agréables divertissements. Sans doute ceux-ci n'étaient-ils pas très licites : les scrupuleuses couraient se confesser le lendemain, et se retrouvaient l'âme nette. J'aurais bien voulu comprendre par quel mécanisme le contact de deux bouches provoque la volupté : souvent, regardant les lèvres d'un garçon ou d'une fille, je m'étonnais, comme naguère devant le rail meurtrier du métro ou devant un livre dangereux. L'enseignement de Magdeleine était toujours baroque ; elle m'expliqua que le plaisir dépendait des goûts de chacun : son amie Nini exigeait que son partenaire lui embrassât ou lui chatouillât la plante des pieds. Avec curiosité, avec malaise, je me demandais si mon propre corps recelait des sources cachées d'où jailliraient un jour d'imprévisibles émois.

Je ne me serais prêtée pour rien au monde à la plus modeste expérience. Les mœurs que me décrivait Magdeleine me révoltaient. L'amour, tel que je le concevais, n'intéressait guère le corps ; mais je refusais que le corps cherchât à s'assouvir en dehors de l'amour. Je ne poussais pas l'intransigeance aussi loin qu'Antoine Redier, directeur de *La Revue française* où mon père travaillait, et qui avait tracé dans un roman le touchant portrait d'une jeune fille vraiment vraie : elle avait permis une fois à un homme de lui prendre un baiser, et plutôt que d'avouer cette vilenie à son fiancée elle renonçait à lui. Je trouvais cette histoire bouffonne. Mais quand une de mes camarades, fille d'un général, me racontait, non sans mélancolie, qu'à chacune de ses sorties, un de ses danseurs au moins l'embrassait, je la blâmais d'y consentir. Il me semblait triste, incongru, et pour tout dire, coupable, de donner ses lèvres à un indifférent. Une des raisons de ma pruderie, c'était sans doute ce dégoût mêlé de frayeur que le mâle inspire ordinairement aux vierges ; je redoutais surtout mes propres sens et leurs caprices ; le malaise éprouvé pendant les cours de danse m'irritait parce que je le subissais malgré moi ; je n'admettais pas que par un simple contact, par une pression, une étreinte, le premier venu pût me faire chavirer. Un jour viendrait où je me pâmerais dans les bras d'un homme : je choisirais mon heure et ma décision se justifierait par la violence d'un amour. À cet orgueil rationaliste se superposaient des mythes forgés par mon éducation. J'avais chéri cette hostie immaculée : mon âme ; dans ma mémoire traînaient des images d'hermine souillée, de lys profané ; s'il n'était pas transfiguré par le feu de la passion, le plaisir salissait. D'autre part, j'étais extrémiste : je voulais tout ou rien. Si j'aimais, ce serait à vie, et je m'engagerais tout entière, avec mon corps, mon cœur, ma tête et mon passé. Je refusais de grappiller des émotions, des voluptés étrangères à cette entreprise. À vrai dire, je n'eus pas l'occasion d'éprouver la solidité de ces principes, car nul séducteur ne tenta de les ébranler.

Ma conduite se conformait à la morale en vigueur dans mon milieu ; mais je n'acceptais pas celle-ci sans une importante réserve ; je prétendais soumettre les hommes à la même loi que les femmes. Tante Germaine avait déploré à mots couverts devant mes parents que Jacques fût trop sage. Mon père, la plupart des écrivains et, somme toute, le consentement universel encourageaient les garçons à jeter leur gourme. Le moment venu, ils épouseraient une jeune personne de leur monde ; en attendant, on les approuvait de s'amuser avec des filles de petite condition : lorettes, grisettes, midinettes, cousettes. Cet usage m'écœurait. On m'avait répété que les basses classes n'ont pas de moralité : l'inconduite d'une lingère ou d'une bouquetière me semblait donc si naturelle qu'elle ne me scandalisait même pas ; j'avais de la sympathie pour ces jeunes femmes sans fortune que les romanciers dotaient volontiers des qualités les plus touchantes. Cependant, dès le départ, leur amour était condamné : un jour ou l'autre, selon son caprice ou ses commodités, leur amant les plaquerait pour une demoiselle. J'étais démocrate et j'étais romanesque : je trouvais révoltant, sous prétexte que c'était un homme et qu'il avait de l'argent, qu'on l'autorisât à se jouer d'un cœur. D'autre part, je m'insurgeais au nom de la blanche fiancée avec qui je m'identifiais. Je ne voyais aucune raison pour reconnaître à mon partenaire des droits que je ne m'accordais pas. Notre amour ne serait nécessaire et total que s'il se gardait pour moi comme je me gardais pour lui. Et puis, il fallait que la vie sexuelle fût dans son essence même et donc pour tout le monde une affaire sérieuse ; sinon j'aurais été amenée à réviser ma propre attitude et comme j'étais, pour l'instant, incapable d'en changer, cela m'aurait jetée dans de grandes perplexités. Je m'entêtai donc, en dépit de l'opinion publique, à exiger des deux sexes une identique chasteté.

À la fin de septembre, je passai une semaine chez une camarade. Zaza m'avait quelquefois invitée à Laubardon ; les difficultés du voyage, mon âge trop tendre avaient fait avorter ce projet. À présent, j'avais dix-sept ans, et maman consentit à me mettre dans un train qui me conduirait directement de Paris à Joigny, où mes hôtes viendraient me chercher. C'était la première fois que je voyageais seule ; j'avais relevé mes cheveux, je portais un petit feutre gris, j'étais fière de ma liberté, et légèrement inquiète : aux stations, je guettais les voyageurs ; je n'aurais pas aimé me trouver enfermée dans mon compartiment, en tête à tête avec un inconnu. Thérèse m'attendait sur le quai. C'était une triste adolescente, orpheline de père, qui menait une existence endeuillée entre sa mère et une demi-douzaine de sœurs aînées. Pieuse et sentimentale, elle avait décoré sa chambre avec des flots de mousselines blanches qui avaient fait sourire Zaza. Elle m'enviait ma relative liberté et je crois que j'incarnais pour elle toute la gaieté du monde. Elle passait l'été dans un grand château de brique, assez beau, très lugubre, qu'entouraient d'admirables forêts. Dans les hautes futaies, au flanc des coteaux couverts de vignobles, je découvris un automne nouveau : violet, orange, rouge, et tout barbouillé d'or. Tout en nous promenant, nous parlions de la rentrée prochaine : Thérèse avait obtenu de suivre avec moi quelques cours de littérature et de latin. Je me disposais à travailler dur. Papa aurait aimé que je cumule les lettres et le droit « qui peut toujours servir » ; mais j'avais parcouru à Meyrignac le *Code civil* et cette lecture m'avait rebutée. En revanche, mon professeur de sciences me poussait à tenter mathématiques générales et l'idée me plaisait : je préparerais ce certificat à l'Institut catholique. Quant aux lettres, il avait été décidé, à l'instigation de M. Mabille, que nous suivrions des cours dans l'institut dirigé à Neuilly par Madame Daniélou : ainsi nos rapports avec la Sorbonne se trouveraient réduits au minimum. Maman s'était entretenue avec Mademoiselle

Lambert, principale collaboratrice de Madame Daniélou : si je continuais à étudier avec zèle, je pourrais fort bien pousser jusqu'à l'agrégation. Je reçus une lettre de Zaza : Mademoiselle Lejeune avait écrit à sa mère, pour l'aviser de l'affreuse crudité des classiques grecs et latins ; Mme Mabille avait répondu qu'elle redoutait, pour une jeune imagination, les pièges du romanesque mais non le réalisme. Robert Garric, notre futur professeur de littérature, catholique fervent et d'une spiritualité au-dessus de tout soupçon, avait affirmé à M. Mabille qu'on peut passer une licence sans se damner. Ainsi tous mes désirs se réalisaient : cette vie qui s'ouvrait, je la partagerais encore avec Zaza.

Une vie nouvelle ; une vie autre : j'étais plus émue que la veille de mon entrée au cours « Zéro ». Couchée sur des feuilles mortes, le regard étourdi par les couleurs passionnées des vignobles, je ressassais les mots austères : licence, agrégation. Et toutes les barrières, tous les murs s'envolaient. J'avançais, à ciel ouvert, à travers la vérité du monde. L'avenir n'était plus un espoir : je le touchais. Quatre ou cinq ans d'études, et puis toute une existence que je façonnerais de mes mains. Ma vie serait une belle histoire qui deviendrait vraie au fur et à mesure que je me la raconterais.

TROISIÈME PARTIE

J'inaugurai ma nouvelle existence en montant les escaliers de la bibliothèque Sainte-Geneviève. Je m'asseyais dans le secteur réservé aux lectrices, devant une grande table recouverte, comme celles du cours Désir, de moleskine noire et je me plongeais dans *La Comédie humaine* ou dans *Les Mémoires d'un homme de qualité*. En face de moi, à l'ombre d'un grand chapeau chargé d'oiseaux, une demoiselle d'âge mûr feuilletait de vieux tomes du *Journal officiel* : elle se parlait à mi-voix et riait. À cette époque, l'entrée de la salle était libre ; beaucoup de maniaques et de demi-clochards s'y réfugiaient ; ils monologuaient, chantonnaient, grignotaient des croûtons ; il y en avait un qui se promenait de long en large, coiffé d'un chapeau de papier. Je me sentais très loin de la « salle d'étude des cours » : je m'étais enfin jetée dans la mêlée humaine. « C'est arrivé : me voilà étudiante ! » me disais-je joyeusement. Je portais une robe écossaise, dont j'avais cousu moi-même les ourlets, mais neuve, et taillée à ma mesure ; compulsant des catalogues, allant, venant, m'affairant, il me semblait que j'étais charmante à voir.

Il y avait cette année-là au programme Lucrèce, Juvénal, *L'Heptaméron*, Diderot ; si j'étais demeurée aussi ignorante que l'avaient souhaité mes parents, le choc eût été brutal ; ils s'en avisèrent. Un après-midi, comme je me trouvais seule dans le bureau, ma mère s'assit en face de moi ; elle hésita, rougit : « Il y a certaines choses qu'il faut que tu saches », dit-elle. Je rougis aussi : « Je les sais », dis-je vivement. Elle n'eut pas la curiosité de s'enquérir de mes sources ; à notre commun soulagement, la conversation en resta là. Quelques jours plus tard, elle m'appela dans sa chambre ; elle me demanda avec un peu d'embarras « où j'en étais du point de vue religieux ». Mon cœur se mit à battre : « Eh bien, dis-je, voilà quelque temps que je ne crois plus. » Son visage se décomposa : « Ma pauvre petite ! » dit-elle. Elle ferma sa porte, pour que ma sœur n'entendît pas la suite de notre entretien ; d'une voix implorante, elle ébaucha une démonstration de l'existence de Dieu, puis elle eut un geste d'impuissance, et s'arrêta, les larmes aux yeux. Je regrettai de lui avoir fait de la peine, mais je me sentais bien soulagée : enfin j'allais pouvoir vivre à visage découvert.

Un soir, en descendant de l'autobus S, j'aperçus devant la maison l'auto de Jacques : il possédait depuis quelques mois une petite voiture. Je montai l'escalier quatre à quatre. Jacques venait nous voir moins souvent qu'autrefois ; mes parents ne lui pardonnaient pas ses goûts littéraires et sans doute était-il agacé par leurs railleries. Mon père réservait le monopole du talent aux idoles de sa jeunesse ; selon lui, le succès des auteurs étrangers et des auteurs modernes ne s'expliquait que par le snobisme. Il plaçait Alphonse Daudet à mille coudées au-dessus de Dickens ; quand on lui parlait du roman russe, il haussait les épaules. Un élève du Conservatoire, qui répétait avec lui une pièce de M. Jeannot intitulée *Le Retour à la terre*, déclara un soir

avec impétuosité : « Il faut s'incliner très bas devant
Ibsen ! » Mon père eut un grand rire : « Eh bien, moi,
dit-il, je ne m'incline pas ! » Anglaises, slaves, nordiques, toutes les œuvres d'outre-frontière lui semblaient
assommantes, fumeuses et puériles. Quant aux écrivains et aux peintres d'avant-garde, ils spéculaient cyni-
quement sur la bêtise humaine. Mon père appréciait le
naturel de certains jeunes acteurs : Gaby Morlay, Fresnay,
Blanchar, Charles Boyer. Mais il jugeait oiseuses les
recherches de Copeau, de Dullin, de Jouvet, et il détestait les Pitoëff, ces métèques. Il tenait pour de mauvais
Français les gens qui ne partageaient pas ses opinions.
Aussi Jacques esquivait-il les discussions ; volubile,
enjôleur, il badinait avec mon père, il faisait à ma mère
une cour rieuse et prenait bien garde de ne parler de
rien. Je le regrettais car lorsque par hasard il se découvrait, il disait des choses qui m'intriguaient, qui m'intéressaient ; je ne le trouvais plus du tout prétentieux ;
sur le monde, les hommes, la peinture, la littérature, il
en savait bien plus long que moi : j'aurais voulu qu'il
me fît profiter de son expérience. Ce soir-là, comme
d'habitude, il me traita en petite cousine ; mais il y
avait tant de gentillesse dans sa voix, dans ses sourires,
que je me sentis tout heureuse simplement de l'avoir
revu. La tête sur mon oreiller, des larmes me vinrent
aux yeux. « Je pleure, donc j'aime », me dis-je avec
ravissement. Dix-sept ans : j'avais l'âge.

J'entrevis un moyen de forcer l'estime de Jacques. Il
connaissait Robert Garric qui faisait à l'institut Sainte-
Marie le cours de littérature française. Garric avait
fondé et dirigeait un mouvement, les Équipes sociales,
qui se proposait de répandre la culture dans les couches
populaires : Jacques était un de ses équipiers et l'admirait. Si je réussissais à me faire distinguer par mon

nouveau professeur, s'il vantait à Jacques mes mérites, peut-être celui-ci cesserait-il de me considérer comme une insignifiante écolière. Garric était âgé d'un peu plus de trente ans ; blond, légèrement chauve, il parlait d'une voix allègre, avec un soupçon d'accent auvergnat ; ses explications de Ronsard m'éblouirent. J'apportai tous mes soins à ma première dissertation, mais seule une religieuse dominicaine, qui suivait les cours en costume civil, reçut des félicitations ; à peine nous détachions-nous Zaza et moi du reste de la classe avec un 11 d'indulgence. Thérèse venait loin derrière nous.

Le niveau intellectuel de Sainte-Marie était beaucoup plus élevé que celui du cours Désir. Mademoiselle Lambert, qui avait la haute main sur la section supérieure, m'inspira du respect. Agrégée de philosophie, âgée d'environ trente-cinq ans, une frange noire durcissait son visage où brillaient des yeux bleus, au regard incisif. Mais je ne la voyais jamais. Je débutais en grec, je m'aperçus qu'en latin je ne savais rien : mes professeurs m'ignoraient. Quant à mes nouvelles condisciples, elles ne me parurent pas plus gaies que les anciennes. Elles étaient hébergées et instruites gratis ; en échange, elles assuraient dans les classes secondaires l'enseignement et la discipline. La plupart, déjà sérieusement montées en graine, pensaient avec amertume qu'elles ne se marieraient jamais ; leur seule chance d'avoir un jour une vie décente, c'était de réussir leurs examens : ce souci les obsédait. J'essayai de causer avec quelques-unes d'entre elles, mais elles n'avaient rien à me dire.

En novembre, je commençai à préparer mathématiques générales à l'Institut catholique ; les filles s'asseyaient aux premiers rangs, les garçons aux derniers ; je leur trouvai à tous un même visage borné. À la Sorbonne, les cours de littérature m'ennuyèrent ; les professeurs se contentaient de répéter d'une voix molle ce qu'ils avaient jadis écrit dans leurs thèses de doctorat ; Fortunat Strowski nous racontait les pièces de théâtre auxquelles il avait assisté dans la semaine : sa verve fatiguée ne m'amusa pas longtemps. Pour me consoler, j'observais les étudiants, les étudiantes assis autour de moi sur les bancs des amphithéâtres : certains m'intriguaient, m'attiraient ; à la sortie, il m'arrivait de suivre longuement des yeux une inconnue dont l'élégance ou la grâce m'étonnait : à qui s'en allait-elle offrir le sourire peint sur ses lèvres ? Frôlée par ces vies étrangères, je retrouvais l'intime et obscur bonheur que j'avais connu, enfant, sur le balcon du boulevard Raspail. Seulement je n'osais parler à personne, et personne ne me parlait.

Bon-papa mourut à la fin de l'automne, après une interminable agonie ; ma mère s'enveloppa de crêpe et fit teindre en noir mes vêtements. Cette livrée funèbre m'enlaidissait, m'isolait et il me sembla qu'elle me vouait définitivement à une austérité qui commençait à me peser. Boulevard Saint-Michel, des garçons et des filles se promenaient en bandes, ils riaient ; ils allaient au café, au théâtre, au cinéma. Moi, quand j'avais toute la journée lu des thèses et traduit Catulle, le soir je faisais des problèmes. Mes parents rompaient avec les usages et m'orientaient non vers le mariage mais vers une carrière : au jour le jour, ils continuaient néanmoins de m'y soumettre ; pas question de me laisser sortir sans eux, ni de m'épargner les corvées familiales.

L'année passée, ma principale distraction ç'avait été mes rencontres avec mes amies, nos bavardages ; à présent, sauf Zaza, elles m'assommaient. J'assistai trois ou quatre fois au cercle d'études où elles se réunissaient sous la présidence de l'abbé Trécourt, mais la morne niaiserie des discussions me mit en fuite. Mes camarades n'avaient pas tant changé, moi non plus ; mais ce qui nous liait hier, c'était notre entreprise commune : nos études ; aujourd'hui, nos vies divergeaient ; je continuais à aller de l'avant, je me développais tandis que, pour s'adapter à leur existence de filles à marier, elles commençaient de s'abêtir. La diversité de nos avenirs d'avance me séparait d'elles.

Je dus bientôt me l'avouer : cette année ne m'apportait pas ce que j'en avais escompté. Dépaysée, coupée de mon passé, vaguement désaxée, je n'avais pourtant découvert aucun horizon vraiment neuf. Jusqu'alors, je m'étais accommodée de vivre en cage, car je savais qu'un jour, chaque jour plus proche, la porte s'ouvrirait ; voilà que je l'avais franchie, et j'étais encore enfermée. Quelle déception ! Aucun espoir précis ne me soutenait plus : cette prison-ci n'avait pas de barreaux, je ne pouvais pas y repérer d'issue. Peut-être y en avait-il une ; mais où ? et quand l'atteindrais-je ? Chaque soir, je descendais la caisse à ordures ; tout en vidant dans la poubelle les épluchures, les cendres, les vieux papiers, j'interrogeais le carré de ciel au-dessus de la courette ; je m'arrêtais devant l'entrée de l'immeuble ; des vitrines brillaient, des autos filaient sur la chaussée, des passants passaient ; dehors, la nuit vivait. Je remontais l'escalier, serrant avec répugnance la poignée un peu grasse de la caisse à ordures. Quand mes parents allaient dîner en ville, je me précipitais dans la rue avec ma sœur ; nous rôdions sans but, cherchant à saisir un écho, un reflet des grandes fêtes dont nous étions exclues.

Je supportais d'autant plus mal ma captivité que je ne me plaisais plus du tout à la maison. Les yeux au ciel ma mère priait pour mon âme ; ici-bas, elle gémissait sur mes égarements : toute communication était coupée entre nous. Du moins connaissais-je les raisons de son désarroi. Les réticences de mon père m'étonnaient et me piquaient bien davantage. Il aurait dû s'intéresser à mes efforts, à mes progrès, me parler amicalement des auteurs que j'étudiais : il ne me marquait que de l'indifférence et même une vague hostilité. Ma cousine Jeanne était peu douée pour les études mais très souriante et très polie ; mon père répétait à qui voulait l'entendre que son frère avait une fille délicieuse, et il soupirait. J'étais dépitée. Je ne soupçonnais rien du malentendu qui nous séparait et qui devait peser lourdement sur ma jeunesse.

Dans mon milieu, on trouvait alors incongru qu'une jeune fille fît des études poussées ; prendre un métier, c'était déchoir. Il va de soi que mon père était vigoureusement anti-féministe ; il se délectait, je l'ai dit, des romans de Colette Yver ; il estimait que la place de la femme est au foyer et dans les salons. Certes, il admirait le style de Colette, le jeu de Simone ; mais comme il appréciait la beauté des grandes courtisanes : à distance ; il ne les aurait pas reçues sous son toit. Avant la guerre, l'avenir lui souriait ; il comptait faire une carrière prospère, des spéculations heureuses, et nous marier ma sœur et moi dans le beau monde. Pour y briller, il jugeait qu'une femme devait avoir non seulement de la beauté, de l'élégance, mais encore de la conversation, de la lecture, aussi se réjouit-il de mes premiers succès d'écolière ; physiquement, je promettais ; si j'étais en outre intelligente et cultivée, je tiendrais avec éclat ma place dans la meilleure société. Mais s'il aimait les femmes d'esprit, mon père n'avait aucun goût pour les bas-bleus. Quand il déclara : « Vous, mes

petites, vous ne vous marierez pas, il faudra travailler »,
il y avait de l'amertume dans sa voix. Je crus que c'était
nous qu'il plaignait ; mais non, dans notre laborieux
avenir il lisait sa propre déchéance ; il récriminait
contre l'injuste destin qui le condamnait à avoir pour
filles des déclassées.

Il cédait à la nécessité. La guerre avait passé et l'avait
ruiné, balayant ses rêves, ses mythes, ses justifications,
ses espoirs. Je me trompais quand je le croyais résigné ;
il ne cessa pas de protester contre sa nouvelle condition. Il
prisait par-dessus tout la bonne éducation et les belles
manières ; pourtant, quand je me trouvais avec lui dans
un restaurant, un métro, un train, j'étais gênée par ses
éclats de voix, ses gesticulations, sa brutale indifférence
à l'opinion de ses voisins ; il manifestait, par cet exhibi-
tionnisme agressif, qu'il n'appartenait pas à leur espèce.
Au temps où il voyageait en première classe, c'est par sa
politesse raffinée qu'il indiquait qu'il était né ; en troisième, il le démontrait en niant les règles élémentaires
de la civilité. Presque partout il affectait une allure à
la fois ahurie et provocante qui signifiait que sa vraie
place n'était pas là. Dans les tranchées, il avait tout
naturellement parlé le même langage que ses camarades ; il nous raconta avec amusement que l'un d'eux
avait déclaré : « Quand Beauvoir dit merde, ça devient
un mot distingué. » Pour se prouver sa distinction, il se
mit à dire merde de plus en plus souvent. Il ne fréquentait plus guère à présent que des gens qu'il jugeait
« communs » ; il renchérit sur leur vulgarité ; n'étant
plus reconnu par ses pairs, il prit un aigre plaisir à se
faire méconnaître par des inférieurs. En de rares occasions — quand nous allions au théâtre, et que son ami
de l'Odéon le présentait à une actrice connue — il
retrouvait toutes ses grâces mondaines. Le reste du

temps, il s'appliquait si bien à paraître trivial qu'à la fin, personne sauf lui ne pouvait penser qu'il ne l'était pas.

À la maison, il gémissait sur la dureté des temps ; chaque fois que ma mère lui demandait de l'argent pour le ménage, il faisait un éclat ; il se plaignait tout particulièrement des sacrifices que lui coûtaient ses filles : nous avions l'impression de nous être indiscrètement imposées à sa charité. S'il me reprocha avec tant d'impatience les disgrâces de mon âge ingrat, c'est qu'il avait déjà contre moi de la rancune. Voilà que je n'étais plus seulement un fardeau : j'allais devenir la vivante incarnation de son échec. Les filles de ses amis, de son frère, de sa sœur seraient des dames : moi pas. Certes, quand je passai mes bachots, il se réjouit de mes succès ; ils le flattaient et lui évitaient bien du souci : je n'aurais pas de peine à gagner ma vie. Je ne compris pas qu'il se mêlait à sa satisfaction un âpre dépit.

« Quel dommage que Simone ne soit pas un garçon : elle aurait fait Polytechnique ! » J'avais souvent entendu mes parents exhaler ce regret. Un polytechnicien, à leurs yeux, c'était quelqu'un. Mais mon sexe leur interdisait de si hautes ambitions et mon père me destina prudemment à l'administration : cependant il détestait les fonctionnaires, ces budgétivores, et c'est avec ressentiment qu'il me disait : « Toi au moins, tu auras une retraite ! » J'aggravai mon cas en optant pour le professorat ; pratiquement, il approuvait mon choix, mais il était loin d'y adhérer du fond du cœur. Il tenait tous les professeurs pour des cuistres. Il avait eu comme condisciple à Stanislas Marcel Bouteron, grand spécialiste de Balzac ; il en parlait avec commisération : il trouvait dérisoire que l'on consumât sa vie dans de poussiéreux travaux d'érudition. Il nourrissait contre les professeurs de plus sérieux griefs ; ils appartenaient à la dangereuse secte qui avait soutenu Dreyfus : les intellectuels. Grisés par leur savoir livresque, butés dans leur orgueil abstrait et dans leurs vaines prétentions à l'universalisme, ceux-ci sacrifiaient les réalités concrètes — pays, race, caste, famille, patrie — aux billevesées dont la France et la civilisation étaient en train de mourir : les Droits de l'Homme, le pacifisme, l'internationalisme, le socialisme. Si je partageais leur condition, n'allais-je pas adopter leurs idées ? Mon père fut perspicace : tout de suite je lui devins suspecte. Plus tard, je m'étonnai qu'au lieu d'aiguiller prudemment ma sœur dans la même voie que moi il préférât pour elle les aléas d'une carrière artistique : il ne supporta pas de jeter ses deux filles dans le camp ennemi.

Demain j'allais trahir ma classe et déjà je reniais mon sexe ; cela non plus, mon père ne s'y résignait pas : il avait le culte de la jeune fille, la vraie. Ma cousine Jeanne incarnait cet idéal : elle croyait encore que les enfants naissaient dans les choux. Mon père avait tenté de préserver mon ignorance ; il disait autrefois que lorsque j'aurais dix-huit ans il m'interdirait encore les *Contes* de François Coppée ; maintenant, il acceptait que je lise n'importe quoi : mais il ne voyait pas beaucoup de distance entre une fille avertie, et la Garçonne dont, dans un livre infâme, Victor Margueritte venait de tracer le portrait. Si du moins j'avais sauvé les apparences ! Il aurait pu s'accommoder d'une fille exceptionnelle à condition qu'elle évitât soigneusement d'être insolite : je n'y réussis pas. J'étais sortie de l'âge ingrat, je me regardais de nouveau dans les glaces avec faveur ; mais en société, je faisais piètre figure. Mes amies, et Zaza elle-même, jouaient avec aisance leur rôle mondain ; elles paraissaient au « jour » de leur mère, servaient le

234

thé, souriaient, disaient aimablement des riens ; moi je souriais mal, je ne savais pas faire du charme, de l'esprit ni même des concessions. Mes parents me citaient en exemple des jeunes filles « remarquablement intelligentes » et qui cependant brillaient dans les salons. Je m'en irritais car je savais que leur cas n'avait rien de commun avec le mien : elles travaillaient en amateurs tandis que j'avais passé professionnelle. Je préparais cette année les certificats de littérature, de latin, de mathématiques générales, et j'apprenais le grec ; j'avais établi moi-même ce programme, la difficulté m'amusait ; mais précisément, pour m'imposer de gaieté de cœur un pareil effort, il fallait que l'étude ne représentât pas un à-côté de ma vie mais ma vie même : les choses dont on parlait autour de moi ne m'intéressaient pas. Je n'avais pas d'idées subversives ; en fait, je n'avais guère d'idées, sur rien ; mais toute la journée je m'entraînais à réfléchir, à comprendre, à critiquer, je m'interrogeais, je cherchais avec précision la vérité : ce scrupule me rendait inapte aux conversations mondaines.

Somme toute, en dehors des moments où j'étais reçue à mes examens, je ne faisais pas honneur à mon père ; aussi attachait-il une extrême importance à mes diplômes et m'encourageait-il à les accumuler. Son insistance me persuada qu'il était fier d'avoir pour fille une femme de tête ; au contraire : seules des réussites extraordinaires pouvaient conjurer la gêne qu'il en éprouvait. Si je menais de front trois licences, je devenais une espèce d'Inaudi, un phénomène qui échappait aux normes habituelles ; mon destin ne reflétait plus la déchéance familiale, mais s'expliquait par l'étrange fatalité d'un don.

Je ne me rendais évidemment pas compte de la contradiction qui divisait mon père : mais je réalisai vite celle de ma propre situation. Je me conformais très exactement à ses volontés, et il en paraissait fâché ; il m'avait vouée à l'étude, et il me reprochait d'avoir tout le temps le nez dans mes livres. On aurait cru, à voir sa morosité, que je m'étais engagée contre son gré dans cette voie qu'il avait en vérité choisie pour moi. Je me demandais de quoi j'étais coupable ; je me sentais mal à l'aise dans ma peau et j'avais de la rancune au cœur.

Le meilleur moment de ma semaine, c'était le cours de Garric. Je l'admirais de plus en plus. On disait à Sainte-Marie qu'il aurait pu faire dans l'Université une brillante carrière ; mais il n'avait aucune ambition personnelle ; il négligeait d'achever sa thèse et se consacrait corps et âme à ses Équipes ; il vivait en ascète dans un immeuble populaire de Belleville. Il donnait assez souvent des conférences de propagande, et par l'intermédiaire de Jacques je fus admise avec ma mère à l'une d'elles ; Jacques nous introduisit dans une suite de salons cossus, où l'on avait disposé des rangées de chaises rouges, aux dossiers dorés ; il nous fit asseoir et s'en alla serrer des mains ; il avait l'air de connaître tout le monde : comme je l'enviais ! Il faisait chaud, j'étouffais dans mes vêtements de deuil, et je ne connaissais personne. Garric parut ; j'oubliai tout le reste et moi-même ; l'autorité de sa voix me subjugua. À vingt ans, nous expliqua-t-il, il avait découvert dans les tranchées les joies d'une camaraderie qui supprimait les barrières sociales ; il n'accepta pas d'en être privé, après que l'armistice l'eut rendu à ses études ; cette ségrégation qui dans la vie civile sépare les jeunes bourgeois des jeunes ouvriers, il la ressentit comme une mutilation ; d'autre part il estimait que tout le monde a droit à la culture. Il croyait à la vérité de cette pensée exprimée par Lyautey dans un de ses discours marocains : par-delà toutes les différences, il existe toujours entre les hommes un dénominateur commun. Sur cette base, il décida de créer entre étudiants et fils du peuple un système d'échanges qui arracherait les premiers à leur solitude égoïste, les autres à leur ignorance. Apprenant à se connaître et à s'aimer, ils travailleraient ensemble à la réconciliation des classes. Car il n'est pas possible, affirma Garric au milieu des applaudissements, que le progrès social sorte d'une lutte dont le ferment est la haine : il ne s'accomplira qu'à travers l'amitié. Il avait rallié à son programme quelques camarades qui l'aidèrent à organiser à Reuilly un premier centre culturel. Ils obtinrent des appuis, des subsides et le mouvement s'amplifia : il groupait à présent, à travers toute la France, environ dix mille adhérents, garçons et filles, et douze cents enseignants. Garric était personnellement un catholique convaincu, mais il ne se proposait aucun apostolat religieux ; il y avait des incroyants parmi ses collaborateurs ; il considérait que les hommes doivent s'entraider sur le plan humain. Il conclut d'une voix vibrante que le peuple est bon dès qu'on le traite bien ; en refusant de lui tendre la main, la bourgeoisie commettrait une lourde faute dont les conséquences retomberaient sur elle.

Je buvais ses paroles ; elles ne dérangeaient pas mon univers, elles n'entraînaient aucune contestation de moi-même, et pourtant elles rendaient à mes oreilles un son absolument neuf. Certes, autour de moi, on prônait le dévouement, mais on lui assignait pour limite le cercle familial ; hors de là, autrui n'était pas un prochain. Les ouvriers en particulier appartenaient à une espèce aussi dangereusement étrangère que les Boches et les

étourdi = brainless

Bolcheviks. Garric avait balayé ces frontières : il n'existait sur terre qu'une immense communauté dont tous les membres étaient mes frères. Nier toutes les limites et toutes les séparations, sortir de ma classe, sortir de ma peau : ce mot d'ordre m'électrisa. Et je n'imaginais pas qu'on pût servir plus efficacement l'humanité qu'en lui dispensant des lumières, de la beauté. Je me promis de m'inscrire aux Équipes. Mais surtout, je contemplai avec émerveillement l'exemple que me donnait Garric. Enfin je rencontrais un homme qui au lieu de subir un destin avait choisi sa vie ; dotée d'un but, d'un sens, son existence incarnait une idée, et elle en avait la superbe nécessité. Ce modeste visage, au sourire vif, mais sans éclat, c'était celui d'un héros, d'un surhomme.

Je rentrai à la maison, exaltée ; j'ôtais dans l'antichambre mon manteau et mon chapeau noirs quand soudain je m'immobilisai ; les yeux fixés sur la moquette à la trame usée, j'entendis au-dedans de moi une voix impérieuse : « Il faut que ma vie serve ! il faut que dans ma vie tout serve ! » Une évidence me pétrifiait : des tâches infinies m'attendaient, j'étais tout entière exigée ; si je me permettais le moindre gaspillage, je trahissais ma mission et je lésais l'humanité. « Tout servira », me dis-je la gorge serrée ; c'était un serment solennel, et je le prononçai avec autant d'émotion que s'il avait engagé irrévocablement mon avenir à la face du ciel et de la terre.

Je n'avais jamais aimé perdre mon temps ; je me reprochai cependant d'avoir vécu à l'étourdie et désormais j'exploitai minutieusement chaque instant. Je dormis moins ; je faisais ma toilette à la diable ; plus question de me regarder dans les glaces : c'est à peine si je me lavais les dents ; je ne nettoyais jamais mes ongles. Je m'interdis les lectures frivoles, les bavardages inutiles,

tous les divertissements ; sans l'opposition de ma mère
j'aurais renoncé aux parties de tennis du samedi matin.
À table, j'apportais un livre ; j'apprenais mes verbes
grecs, je cherchais la solution d'un problème. Mon père
s'irrita, je m'entêtai, et il me laissa faire, écœuré. Quand
ma mère recevait des amies, je refusais d'aller au salon ;
parfois elle s'emportait, je cédais : mais je restais assise
au bord de ma chaise les dents serrées, avec un air si
furibond qu'elle me renvoyait très vite. Dans la famille
et parmi mes intimes on s'étonnait de mon débraillé, de
mon mutisme, de mon impolitesse ; je passai bientôt
pour une espèce de monstre.

Sans aucun doute ce fut en grande partie par ressentiment que j'adoptai cette attitude ; mes parents ne me
trouvaient pas à leur goût : je me rendis franchement
odieuse. Ma mère m'habillait mal et mon père me
reprochait d'être mal habillée : je devins une souillon.
Ils ne cherchaient pas à me comprendre : je m'enfonçai
dans le silence et dans la manie, je me voulus tout à fait
opaque. En même temps, je me défendais contre l'ennui.
J'étais mal douée pour la résignation ; en poussant au
paroxysme l'austérité qui était mon lot, j'en fis une
vocation ; sevrée de plaisirs, je choisis l'ascèse ; au lieu
de me traîner languissamment à travers la monotonie
de mes journées, j'allai devant moi, muette, l'œil fixe,
tendue vers un but invisible. Je m'abrutissais de travail,
et la fatigue me donnait une impression de plénitude.
Mes excès avaient aussi un sens positif. Depuis longtemps je m'étais promis d'échapper à l'affreuse banalité
quotidienne : l'exemple de Garric transforma cet espoir
en une volonté. Je me refusai à patienter davantage ;
j'entrai sans plus attendre dans la voie de l'héroïsme.

Chaque fois que je voyais Garric, je renouvelais mes
vœux. Assise entre Thérèse et Zaza, j'attendais, la

fulgurer-dezzye

bouche sèche, l'instant de son apparition. L'indifférence de mes compagnes me stupéfiait : on aurait dû, me semblait-il, entendre battre tous les cœurs. Zaza n'estimait pas Garric sans réserve ; elle s'agaçait qu'il arrivât toujours en retard. « L'exactitude est la politesse des rois », écrivit-elle un jour sur le tableau noir. Il s'asseyait, croisait les jambes sous la table, découvrant des fixe-chaussettes mauves : elle critiquait ce laisser-aller. Je ne comprenais pas qu'elle s'attardât à ces vétilles, mais je m'en félicitais ; j'aurais mal supporté qu'une autre recueillît avec autant de dévotion que moi les paroles et les sourires de mon héros. J'aurais voulu tout connaître de lui. Mon enfance m'avait entraînée aux techniques de la méditation ; je les utilisai pour essayer de me représenter ce que j'appelais, d'après une expression que je tenais de lui, son paysage intérieur ; mais je travaillais sur de bien maigres indices : ses cours, et les critiques un peu hâtives qu'il publiait dans *La Revue des Jeunes* ; en outre, j'étais souvent trop ignorante pour en tirer parti. Il y avait un écrivain que Garric citait volontiers : Péguy ; qui était-ce ? Qui était ce Gide dont un après-midi, presque furtivement, et en excusant d'un sourire son audace, il avait prononcé le nom ? Après la classe, il entrait dans le cabinet de Mademoiselle Lambert : que se disaient-ils ? Serais-je digne un jour de causer avec Garric d'égale à égal ? Une ou deux fois, je rêvai. « Les filles comme toi, Hellé, sont faites pour devenir les compagnes des héros. » Je traversais la place Saint-Sulpice quand, abruptement, cette lointaine prophétie fulgura dans le soir mouillé. Marcelle Tinayre avait-elle tiré mon horoscope ? D'abord émue par un jeune poète nonchalant et riche, Hellé se rendait aux vertus d'un apôtre au grand cœur, beaucoup plus âgé qu'elle. Les mérites de Garric éclipsaient aujourd'hui à mes yeux le

240

charme de Jacques : avais-je rencontré mon destin ? Je
ne jouai que timidement avec ce présage. Garric marié :
c'était choquant. Je souhaitai seulement exister un peu
pour lui. Je redoublai d'efforts pour gagner son estime :
j'y parvins. Une dissertation sur Ronsard, l'explication
d'un *Sonnet à Hélène*, une leçon sur d'Alembert, me
valurent des éloges enivrants. Suivie par Zaza, je pris la
tête de la classe et Garric nous engagea à nous présenter
dès la session de mars au certificat de littérature.

Sans en mesurer toute la violence, Zaza jugeait
excessive mon admiration pour Garric ; elle travaillait
sobrement, sortait un peu, consacrait beaucoup de
temps à sa famille ; elle ne s'écartait pas des vieilles
ornières ; elle n'avait pas été atteinte par cet appel
auquel je répondais avec fanatisme : je me détachai un
peu d'elle. Après les vacances de Noël, qu'elle avait
passées au Pays basque, elle tomba dans une étrange
apathie. Elle assistait aux cours, le regard mort, ne riait
plus, parlait à peine ; indifférente à sa propre vie, l'intérêt que je portais à la mienne ne trouvait en elle aucun
écho : « Tout ce que je désirerais, c'est de m'endormir
pour ne jamais me réveiller », me dit-elle un jour. Je n'y
attachai pas d'importance. Zaza avait souvent traversé
des crises de pessimisme ; j'attribuai celle-ci à la crainte
que lui inspirait l'avenir. Cette année d'étude n'était
pour elle qu'un sursis ; le destin qu'elle redoutait se
rapprochait et probablement ne se sentait-elle la force
ni de lui résister, ni de s'y résigner : alors elle aspirait à
l'insouciance du sommeil. Je lui reprochais à part moi
son défaitisme : il impliquait déjà, pensais-je, une abdication. De son côté, elle voyait dans mon optimisme la
preuve que je m'adaptais aisément à l'ordre établi. Toutes
les deux coupées du monde, Zaza par son désespoir, et
moi par un espoir fou, nos solitudes ne nous unissaient

pas ; au contraire, nous nous méfiions vaguement l'une de l'autre et le silence s'épaississait entre nous.

Quant à ma sœur, elle était heureuse, cette année-là ; elle préparait son bachot, brillamment : au cours Désir on lui souriait ; elle avait une nouvelle amie qu'elle aimait ; elle se souciait modérément de moi et je supposais qu'elle deviendrait elle aussi dans un proche avenir une petite bourgeoise tranquille. « Poupette, elle, on la mariera », disaient mes parents avec confiance. Je me plaisais encore avec elle, mais de toute façon, ce n'était qu'une enfant : je ne lui parlais de rien.

Quelqu'un aurait pu m'aider : Jacques. Je reniais les larmes que j'avais une nuit trop hâtivement versées ; non, je ne l'aimais pas ; si j'aimais, ce n'était pas lui. Mais je convoitais son amitié. Un soir où je dînais chez ses parents, au moment de passer à table, nous nous attardâmes un instant dans le salon, à dire des riens. Ma mère me rappela à l'ordre d'une voix brève. « Excuse-nous, lui dit Jacques avec un petit sourire, nous parlions de *La Musique intérieure* de Charles Maurras… » Je mangeai tristement mon potage. Comment lui faire savoir que j'avais cessé de tourner en dérision les choses que je ne comprenais pas ? S'il m'avait expliqué les poèmes, les livres qu'il aimait, je l'aurais écouté. « Nous parlions de *La Musique intérieure*… » Souvent je me répétai cette phrase, savourant son amertume où perçait un arrière-goût d'espoir.

En mars, je fus reçue avec éclat au certificat de littérature. Garric me félicita. Mademoiselle Lambert me fit venir dans son bureau, me scruta, me jaugea et me promit à un brillant avenir. À quelques jours de là, Jacques dîna à la maison ; vers la fin de la soirée, il me prit à part : « J'ai vu Garric avant-hier : on a beaucoup parlé de toi. » D'une voix attentive, il me posa quelques questions sur mes études et mes projets. « Je t'emmène demain matin faire un tour au Bois en auto », conclut-il inopinément. Quel tam-tam dans mon cœur ! J'avais réussi mon coup, Jacques s'intéressait à moi ! C'était un beau matin de printemps et voilà que je roulais en auto, seule avec Jacques, autour des lacs. Il me riait au visage : « Aimes-tu les arrêts brusques ? » et je piquais du nez dans le pare-brise. On pouvait donc, à notre âge, connaître encore une gaieté d'enfants ! Nous évoquâmes notre enfance : Châteauvillain, *L'Astronomie populaire*, *Le-Vieux-Charles* et les boîtes de fer-blanc que je ramassais : « Comme je t'ai fait marcher, ma pauvre Sim ! » me dit-il joyeusement. J'essayai aussi, par phrases hachées, de lui dire mes difficultés, mes problèmes : il hochait gravement la tête. Vers onze heures, il me déposa devant le tennis de la rue Boulard et me sourit avec malice : « Tu sais, dit-il, on peut être très bien, quoique licenciée. » Les gens bien, les gens très bien : être admis parmi ces élus, c'était la plus haute promotion. Je traversai le court de tennis d'un pas triomphal : quelque chose était arrivé, quelque chose avait commencé. « Je viens du bois de Boulogne », annonçai-je fièrement à mes amies. Je racontai ma promenade avec tant d'hilarité et d'incohérence que Zaza m'examina d'un œil soupçonneux : « Mais qu'est-ce que vous avez ce matin ? » J'étais heureuse.

Quand Jacques sonna à notre porte, la semaine suivante, mes parents étaient sortis ; en pareil cas, il plaisantait avec ma sœur et moi pendant quelques minutes et s'en allait : il resta. Il nous récita un poème de Cocteau et me donna des conseils de lecture ; il énuméra un tas de noms que je n'avais jamais entendus et me recommanda en particulier un roman qui s'intitulait, à ce que je crus comprendre, *Le Grand Môle*. « Passe donc demain après-midi à la maison, je te prêterai des bouquins », me dit-il en me quittant.

Ce fut Élise, la vieille gouvernante, qui m'accueillit : « Jacques n'est pas là, mais il a laissé dans sa chambre des choses pour vous. » Il avait griffonné un mot : « Excuse-moi, ma vieille Sim, et emporte les bouquins. » Je trouvai sur sa table une dizaine de volumes aux fraîches couleurs de bonbons acidulés : des Montherlant vert pistache, un Cocteau rouge framboise, des Barrès jaune citron, des Claudel, des Valéry d'une blancheur neigeuse rehaussée d'écarlate. À travers le papier transparent, je lus et je relus les titres : *Le Potomak, Les Nourritures terrestres, L'Annonce faite à Marie, Le Paradis à l'ombre des épées, Du sang, de la volupté et de la mort*. Bien des livres déjà m'avaient passé par les mains, mais ceux-ci n'appartenaient pas à l'espèce commune : j'en attendais d'extraordinaires révélations. Je m'étonnai presque, lorsque je les ouvris, d'y déchiffrer sans peine des mots familiers.

Mais ils ne me déçurent pas : je fus déconcertée, éblouie, transportée. À part les rares exceptions que j'ai signalées, je tenais les œuvres littéraires pour des monuments que j'explorais avec plus ou moins d'intérêt, que parfois j'admirais, mais qui ne me concernaient pas. Soudain, des hommes de chair et d'os me parlaient, de bouche à oreille, d'eux-mêmes et de moi ; ils exprimaient des aspirations, des révoltes que je n'avais pas su me formuler, mais que je reconnaissais. J'écumai Sainte-Geneviève : je lisais Gide, Claudel, Jammes, la tête en feu, les tempes battantes, étouffant d'émotion. J'épuisai la bibliothèque de Jacques ; je m'abonnai à La Maison des amis des livres où trônait en longue robe de bure grise Adrienne Monnier ; j'étais si goulue que je ne me contentais pas des deux volumes auxquels j'avais droit : j'en enfouissais clandestinement plus d'une demi-douzaine dans ma serviette ; la difficulté était de les remettre, ensuite, sur leurs rayons, et je crains bien de ne pas les avoir tous restitués. Quand il faisait beau, j'allais lire au Luxembourg, dans le soleil, je marchais, exaltée, autour du bassin, en me répétant des phrases qui me plaisaient. Souvent je m'installais dans la salle de travail de l'Institut catholique qui m'offrait, à quelques pas de chez moi, un silencieux asile. C'est là, assise devant un pupitre noir, parmi de pieux étudiants et des séminaristes aux longues jupes, que je lus, les larmes aux yeux, le roman que Jacques aimait entre tous et qui s'appelait non *Le Grand Môle* mais *Le Grand Meaulnes*. Je m'abîmai dans la lecture comme autrefois dans la prière. La littérature prit dans mon existence la place qu'y avait occupée la religion : elle l'envahit tout entière, et la transfigura. Les livres que j'aimais devinrent une Bible où je puisais des conseils et des secours ; j'en copiai de longs extraits ; j'appris par cœur de nouveaux cantiques et de nouvelles litanies, des psaumes, des proverbes, des prophéties et je sanctifiai toutes les circonstances de ma vie en me récitant ces textes sacrés. Mes émotions, mes larmes, mes espoirs n'en étaient pas moins sincères ; les mots et les cadences, les vers, les versets ne me servaient pas à feindre : mais ils sauvaient du silence toutes ces intimes aventures dont je ne pouvais parler à personne ; entre moi et les âmes sœurs qui existaient quelque part, hors d'atteinte, ils créaient une sorte de communion ; au lieu de vivre ma petite histoire particulière, je participais à une grande épopée spirituelle. Pendant des mois je me nourris de littérature : mais c'était alors la seule réalité à laquelle il me fût possible d'accéder.

Mes parents froncèrent les sourcils. Ma mère classait les livres en deux catégories : les ouvrages sérieux et les romans ; elle tenait ceux-ci pour un divertissement sinon coupable, du moins futile, et me blâma de gaspiller avec Mauriac, Radiguet, Giraudoux, Larbaud, Proust, des heures que j'aurais pu employer à m'instruire sur le Béloutchistan, la princesse de Lamballe, les mœurs des anguilles, l'âme de la femme ou le secret des Pyramides. Ayant effleuré du regard mes auteurs favoris, mon père les jugea prétentieux, alambiqués, baroques, décadents, immoraux ; il reprocha vivement à Jacques de m'avoir prêté, entre autres, *Étienne* de Marcel Arland. Ils n'avaient plus les moyens de censurer mes lectures : mais souvent ils s'en indignaient, avec éclat. Je m'irritais de ces attaques. Le conflit qui couvait entre nous s'exaspéra.

Mon enfance, mon adolescence, s'étaient écoulées sans heurt ; d'une année à l'autre, je me reconnaissais. Il me sembla soudain qu'une rupture décisive venait de se produire dans ma vie ; je me rappelais le cours Désir, l'abbé, mes camarades, mais je ne comprenais plus rien à la tranquille écolière que j'avais été quelques mois plus tôt ; à présent, je m'intéressais à mes états d'âme beaucoup plus qu'au monde extérieur. Je me mis à tenir un journal intime ; en exergue, j'écrivis : « Si quelqu'un, qui que ce soit, lit ces pages, je ne le lui pardonnerai jamais. C'est une laide et mauvaise action qu'il fera là. Prière de respecter cet avertissement en dépit de sa ridicule solennité. » En outre, je pris grand soin de le dérober à tous les regards. J'y recopiais des passages de mes livres favoris, je m'interrogeais, je m'analysais, et je me félicitais de ma transformation. En quoi consistait-elle au juste ? Mon journal l'explique mal ; j'y passais quantité de choses sous silence, et je manquais de recul. Cependant, en le relisant, quelques faits m'ont sauté aux yeux.

« Je suis seule. On est toujours seul. Je serai toujours seule. » Je retrouve ce leitmotiv d'un bout à l'autre de mon cahier. Jamais je n'avais pensé cela. « Je suis autre », me disais-je parfois avec orgueil ; mais je voyais dans mes différences le gage d'une supériorité qu'un jour tout le monde reconnaîtrait. Je n'avais rien d'une révoltée ; je voulais devenir quelqu'un, faire quelque chose, poursuivre sans fin l'ascension commencée depuis ma naissance ; il me fallait donc m'arracher aux ornières, aux routines : mais je croyais possible de dépasser la médiocrité bourgeoise sans quitter la bourgeoisie. Sa dévotion aux valeurs universelles était, m'imaginais-je, sincère ; je me pensais autorisée à liquider traditions, coutumes, préjugés, tous les particularismes, au profit de la raison, du beau, du bien, du progrès. Si je réussissais une vie, une œuvre qui fissent honneur à l'humanité, on me féliciterait d'avoir foulé aux pieds le conformisme ; comme Mademoiselle Zanta, on m'accepterait, on m'admirerait. Je découvris brutalement que je m'étais bien trompée ; loin de m'admirer, on ne m'acceptait pas ; au lieu de me tresser des couronnes, on me bannissait. L'angoisse me prit, car je réalisai qu'on blâmait en moi, plus encore que mon attitude actuelle, l'avenir où je m'engageais : cet ostracisme n'aurait pas de fin. Je n'imaginais pas qu'il existât des milieux différents du mien ; quelques individus, ici ou là, émergeaient de la masse ; mais je n'avais guère de chances d'en rencontrer aucun ; même si je nouais une ou deux amitiés, elles ne me consoleraient pas de l'exil dont déjà je souffrais ; j'avais toujours été choyée, entourée, estimée, j'aimais qu'on m'aimât ; la sévérité de mon destin m'effraya.

C'est par mon père qu'elle me fut annoncée ; j'avais compté sur son appui, sa sympathie, son approbation : je fus profondément déçue qu'il me les refusât. Il y avait bien de la distance entre mes ambitieuses visées et son scepticisme morose ; sa morale exigeait le respect des institutions ; quant aux individus, ils n'avaient rien à faire sur terre, sinon éviter les ennuis et jouir le mieux possible de l'existence. Mon père répétait souvent qu'il faut avoir un idéal, et tout en les détestant, il enviait les Italiens parce que Mussolini leur en fournissait un : cependant il ne m'en proposait aucun. Mais je ne lui en demandais pas tant. Étant donné son âge et les circonstances, je trouvais son attitude normale et il me semblait qu'il aurait pu comprendre la mienne. Sur bien des points — la Société des Nations, le cartel des gauches, la guerre du Maroc — je n'avais aucune opinion et j'acquiesçais à tout ce qu'il me disait. Nos désaccords me paraissaient si bénins que je ne fis d'abord aucun effort pour les atténuer.

Mon père tenait Anatole France pour le plus grand écrivain du siècle ; il m'avait fait lire à la fin des vacances *Le Lys rouge* et *Les dieux ont soif*. J'avais témoigné peu d'enthousiasme. Il insista et me donna pour mes dix-huit ans les quatre volumes de *La Vie littéraire*. L'hédonisme de France m'indigna. Il ne cherchait dans l'art que d'égoïstes plaisirs : quelle bassesse ! pensais-je. Je méprisais aussi la platitude des romans de Maupassant que mon père considérait comme des chefs-d'œuvre. Je le dis poliment, mais il en prit de l'humeur : il sentait bien que mes dégoûts mettaient en jeu beaucoup de choses. Il se fâcha plus sérieusement quand je m'attaquai à certaines traditions. Je subissais avec impatience

les déjeuners, les dîners qui plusieurs fois par an réunissaient chez une cousine ou une autre toute ma paren-
tèle ; les sentiments seuls importent, affirmai-je, et non
les hasards des alliances et du sang ; mon père avait le
culte de la famille et il commença à penser que je manquais de cœur. Je n'acceptais pas sa conception du
mariage ; moins austère que les Mabille, il y accordait
à l'amour une assez large place ; mais moi je ne séparais pas l'amour de l'amitié : entre ces deux sentiments,
il ne voyait rien de commun. Je n'admettais pas qu'un
des deux époux « trompât » l'autre : s'ils ne se convenaient plus, ils devaient se séparer. Je m'irritais que mon
père autorisât le mari à « donner des coups de canif dans
le contrat ». Je n'étais pas féministe dans la mesure où je
ne me souciais pas de politique : le droit de vote, je m'en
fichais. Mais à mes yeux, hommes et femmes étaient au
même titre des personnes et j'exigeais entre eux une
exacte réciprocité. L'attitude de mon père à l'égard du
« beau sexe » me blessait. Dans l'ensemble, la frivolité des
liaisons, des amours, des adultères bourgeois m'écœurait. Mon oncle Gaston m'emmena, avec ma sœur et
ma cousine, voir une innocente opérette de Mirande :
Passionnément ; au retour, j'exprimai ma répugnance avec
une vigueur qui surprit beaucoup mes parents : je lisais
pourtant Gide et Proust sans sourciller. La morale
sexuelle courante me scandalisait à la fois par ses indul-
gences et par ses sévérités. J'appris avec stupeur en
lisant un fait divers que l'avortement était un délit ; ce
qui se passait dans mon corps ne concernait que moi ;
aucun argument ne m'en fit démordre.

Nos disputes s'envenimèrent assez vite ; j'aurais pu,
s'il s'était montré tolérant, accepter mon père tel qu'il
était ; mais moi, je n'étais encore rien, je décidais de ce
que j'allais devenir et en adoptant des opinions, des

249

goûts opposés aux siens, il lui semblait que délibérément je le reniais. D'autre part, il voyait beaucoup mieux que moi sur quelle pente je m'étais engagée. Je refusais les hiérarchies, les valeurs, les cérémonies par lesquelles l'élite se distingue ; ma critique ne tendait, pensais-je, qu'à la débarrasser de vaines survivances : elle impliquait en fait sa liquidation. Seul l'individu me semblait réel, important : j'aboutirais fatalement à préférer à ma classe la société prise dans sa totalité. Somme toute, c'était moi qui avais ouvert les hostilités ; mais je l'ignorais, je ne comprenais pas pourquoi mon père et tout son entourage me condamnaient. J'étais tombée dans un traquenard ; la bourgeoisie m'avait persuadée que ses intérêts se confondaient avec ceux de l'humanité ; je croyais pouvoir atteindre en accord avec elle des vérités valables pour tous : dès que je m'en approchais, elle se dressait contre moi. Je me sentais « ahurie, désorientée, douloureusement ». Qui m'avait mystifiée ? pourquoi ? comment ? En tout cas, j'étais victime d'une injustice et peu à peu ma rancune se tourna en révolte.

Personne ne m'admettait telle que j'étais, personne ne m'aimait : je m'aimerai assez, décidai-je, pour compenser cet abandon. Autrefois, je me convenais, mais je me souciais peu de me connaître ; désormais, je prétendis me dédoubler, me regarder, je m'épiai ; dans mon journal je dialoguai avec moi-même. J'entrai dans un monde dont la nouveauté m'étourdit. J'appris ce qui sépare la détresse de la mélancolie, et la sécheresse de la sérénité ; j'appris les hésitations du cœur, ses délires, l'éclat des grands renoncements et les murmures souterrains de l'espoir. Je m'exaltais, comme aux soirs où, derrière des collines bleues, je contemplais le ciel mouvant ; j'étais le paysage et le regard : je n'existais que par moi, et pour moi. Je me félicitai d'un exil qui m'avait chassée vers de si hautes joies ; je méprisai ceux qui les ignoraient et je m'étonnai d'avoir pu si longtemps vivre sans elles.

Cependant je persévérai dans mon dessein : servir. Contre Renan, je protestai sur mon cahier que le grand homme lui-même n'est pas une fin en soi : il ne se justifie que s'il contribue à élever le niveau intellectuel et moral de la commune humanité. Le catholicisme m'avait persuadée de ne tenir aucun individu, fût-ce le plus déshérité, pour négligeable : tous avaient également le droit de réaliser ce que j'appelais leur essence éternelle. Mon chemin était clairement tracé : me perfectionner, m'enrichir, et m'exprimer dans une œuvre qui aiderait les autres à vivre.

Déjà il me sembla que je devais communiquer la solitaire expérience que j'étais en train de traverser. En avril, j'écrivis les premières pages d'un roman. Sous le nom d'Éliane, je me promenais dans un parc avec des cousins, des cousines ; je ramassais dans l'herbe un scarabée. « Montre », me disait-on. Je fermais jalousement ma main. On me pressait, je me débattais, je m'enfuyais ; ils couraient après moi ; haletante, le cœur battant, je m'enfonçais dans des bois, je leur échappais et je me mettais à pleurer doucement. Bientôt je séchais mes larmes en murmurant : « Personne ne saura jamais » ; et je revenais lentement vers la maison. « Elle se sentait assez forte pour défendre son unique bien contre les coups et contre les caresses, et pour tenir toujours sa main fermée. »

Cet apologue traduisait le plus obsédant de mes soucis : me défendre contre autrui ; car si mes parents ne m'épargnaient pas leurs reproches, ils réclamaient ma confiance. Ma mère m'avait dit souvent qu'elle avait souffert de la froideur de bonne-maman, et qu'elle souhaitait être pour ses filles une amie ; mais comment aurait-elle pu causer avec moi de personne à personne ? J'étais à ses yeux une âme en péril, une âme à sauver : un objet. La solidité de ses convictions lui interdisait la moindre concession. Si elle m'interrogeait, ce n'était pas pour chercher entre nous un terrain d'entente : elle enquêtait. J'avais toujours l'impression, quand elle me posait une question, qu'elle regardait par un trou de serrure. Le seul fait qu'elle revendiquât des droits sur moi me glaçait. Elle m'en voulait de cet échec et s'efforçait de vaincre mes résistances en déployant une sollicitude qui les exaspérait : « Simone aimerait mieux se mettre toute nue que de dire ce qu'elle a dans la tête », disait-elle d'un ton fâché. En effet ; je me taisais énormément. Même avec mon père, je renonçai à discuter ; je n'avais pas la moindre chance d'influencer ses opinions, mes arguments s'écrasaient contre un mur : une fois pour toutes, et aussi radicalement que ma mère, il m'avait donné tort ; il ne cherchait même plus à me convaincre, mais seulement à me prendre en faute. Les conversations les plus innocentes recelaient des pièges ; mes parents traduisaient mes propos dans leur idiome et m'imputaient des idées qui n'avaient rien de commun avec les miennes. Je m'étais toujours débattue contre l'oppression du langage ; à présent, je me répétais la phrase de Barrès : « Pourquoi les mots, cette précision brutale qui maltraite nos complications ? » Dès que j'ouvrais la bouche, je donnais barre sur moi, et on m'enfermait à nouveau dans ce monde dont j'avais mis des années à m'évader, où chaque chose a sans équivoque son nom, sa place, sa fonction, où la haine et l'amour, le mal et le bien sont aussi tranchés que le noir et le blanc, où d'avance tout est classé, catalogué, connu, compris et irrémédiablement jugé, ce monde aux arêtes coupantes, baigné d'une implacable lumière, que n'effleure jamais l'ombre d'un doute. Je préférais garder le silence. Seulement mes parents ne s'en accommodaient pas, ils me traitaient d'ingrate. J'avais le cœur beaucoup moins sec que mon père ne le croyait et je me désolais ; le soir dans mon lit je pleurais ; il m'arriva même d'éclater en sanglots sous leurs yeux ; ils s'en offusquèrent et me reprochèrent de plus belle mon ingratitude. J'envisageai une parade : faire des réponses apaisantes, mentir ; je m'y résignai mal : il me semblait me trahir moi-même. Je décidai de « dire la vérité, mais brutalement, sans commentaires » : ainsi éviterais-je à la fois de travestir ma pensée et de la livrer. Ce n'était guère adroit, car je scandalisais mes parents sans calmer leur curiosité. En fait, il n'existait pas de solution, j'étais coincée ; mes parents ne pouvaient supporter ni ce que j'avais à leur dire, ni mon mutisme ; quand je me risquais à leur en donner, mes explications les atterraient. « Tu vois la vie à côté, la vie n'est pas si compliquée », disait ma mère. Mais si je rentrais dans ma coquille, mon père se lamentait : je me desséchais, je n'étais plus qu'un cerveau. On parlait de m'envoyer à l'étranger, on demandait des conseils à la ronde, on s'affolait. J'essayais de me blinder ; je m'exhortais à ne plus craindre le blâme, le ridicule, ni les malentendus : peu importait l'opinion qu'on avait de moi, ni qu'elle fût ou non fondée. Quand j'atteignais à cette indifférence, je pouvais rire sans en avoir envie et approuver tout ce qui se disait. Mais alors je me sentais radicalement coupée d'autrui ; je regardais dans la glace celle que leurs yeux voyaient : ce n'était pas moi ; moi, j'étais absente ; absente de partout ; où me retrouver ? Je m'égarais. « Vivre c'est mentir », me disais-je avec accablement ; en principe, je n'avais rien contre le mensonge ; mais pratiquement, c'était épuisant de se fabriquer sans cesse des masques. Quelquefois, je pensais que les forces allaient me manquer et que je me résignerais à redevenir comme les autres.

Cette idée m'effrayait d'autant plus qu'à présent je leur retournais l'hostilité qu'ils me témoignaient. Quand autrefois je me promettais de ne pas leur ressembler, j'éprouvais à leur égard de la pitié et non de l'animosité ; mais à présent ils détestaient en moi ce qui me distinguait d'eux et à quoi j'attachais le plus de prix : je passai de la commisération à la colère. Comme ils étaient sûrs d'avoir raison ! Ils refusaient tout changement et toute contestation, ils niaient tous les problèmes. Pour comprendre le monde, pour me trouver moi-même, il fallait me sauver d'eux.

C'était bien déconcertant, alors que j'avais cru m'avancer sur une voie triomphale, de m'apercevoir soudain que j'étais engagée dans une lutte ; j'en éprouvai un choc dont je fus longue à me remettre ; du moins la littérature m'aida-t-elle à rebondir de la détresse à l'orgueil. « Familles, je vous hais ! foyers clos, portes refermées. » L'imprécation de Ménalque m'assurait qu'en m'ennuyant à la maison je servais une cause sacrée. J'appris en lisant les premiers Barrès que « l'homme libre » suscite fatalement la haine des « Barbares » et que son premier devoir est de leur tenir tête. Je ne subissais pas un obscur malheur, mais je menais le bon combat.

Barrès, Gide, Valéry, Claudel : je partageais les dévotions des écrivains de la nouvelle génération ; et je lisais fiévreusement tous les romans, tous les essais de mes jeunes aînés. Il est normal que je me sois reconnue en eux car nous étions du même bord. Bourgeois comme moi, ils se sentaient comme moi mal à l'aise dans leur peau. La guerre avait ruiné leur sécurité sans les arracher à leur classe ; ils se révoltaient mais uniquement contre leurs parents, contre la famille et la tradition. Écœurés par le « bourrage de crâne » auquel on les avait soumis pendant la guerre, ils réclamaient le droit de regarder les choses en face et de les appeler par leur nom ; seulement comme ils n'avaient pas du tout l'intention de bousculer la société, ils se bornaient à étudier avec minutie leurs états d'âme : ils prêchaient la « sincérité envers soi-même ». Rejetant les clichés, les lieux communs, ils refusaient avec mépris les anciennes sagesses dont ils avaient constaté la faillite ; mais ils n'essayaient pas d'en construire une autre ; ils préféraient affirmer qu'il ne faut jamais se satisfaire de rien : ils exaltaient l'inquiétude. Tout jeune homme à la page était un inquiet ; pendant le carême de 1925, le Père Sanson avait prêché à Notre-Dame sur « l'Inquiétude humaine ». Par dégoût des vieilles morales, les plus hardis allaient jusqu'à mettre en question le Bien et le Mal : ils admiraient les « démoniaques » de Dostoïevski qui devint une de leurs idoles. Certains professaient un dédaigneux esthétisme ; d'autres se ralliaient à l'immoralisme.

J'étais exactement dans la même situation que ces fils de famille désaxés ; je me séparais de la classe à laquelle j'appartenais : où aller ? Pas question de descendre vers « les couches inférieures » ; on pouvait, on devait les aider à s'élever, mais pour l'instant sur mes carnets je confondais dans un même dégoût l'épicurisme d'Anatole France et le matérialisme des ouvriers « qui s'entassent dans les cinémas ». Comme je n'apercevais sur terre aucune place qui me convînt, j'envisageai joyeusement de ne jamais m'arrêter nulle part. Je me vouai à l'Inquiétude. Quant à la sincérité, j'y aspirais depuis mon enfance. Autour de moi on réprouvait le mensonge, mais on fuyait soigneusement la vérité ; si aujourd'hui j'avais tant de difficultés à parler, c'est que je répugnais à utiliser la fausse monnaie en cours dans mon entourage. Je ne mis pas moins d'empressement à embrasser l'immoralisme. Certes, je n'approuvais pas qu'on volât par intérêt ni qu'on s'ébattît dans un lit pour le plaisir ; mais s'ils étaient gratuits, désespérés, révoltés — et bien entendu imaginaires — j'encaissais sans broncher tous les vices, les viols et les assassinats. Faire le mal, c'était la manière la plus radicale de répudier toute complicité avec les gens de bien.

Refus des paroles creuses, des fausses morales et de leur confort : cette attitude négative, la littérature la présentait comme une éthique positive. De notre malaise, elle faisait une quête : nous cherchions un salut. Si nous avions renié notre classe, c'était pour nous installer dans l'Absolu. « Le péché est la place béante de Dieu », écrivait Stanislas Fumet dans *Notre Baudelaire*. Ainsi l'immoralisme n'était pas seulement un défi à la société, il permettait d'atteindre Dieu ; croyants et incrédules utilisaient volontiers ce nom ; selon les uns, il désignait une inaccessible présence, selon les autres, une vertigineuse absence : cela ne faisait guère de différence et je n'eus pas de peine à amalgamer Claudel et Gide ; chez tous deux, Dieu se définissait par rapport au monde bourgeois comme l'*autre*, et tout ce qui était autre manifestait quelque chose de divin ; le vide au cœur de la Jeanne d'Arc de Péguy, la lèpre qui rongeait Violaine, j'y reconnaissais la soif qui dévorait Nathanaël ; entre un sacrifice surhumain et un crime gratuit, il n'y a pas beaucoup de distance et je voyais en Sygne la sœur de Lafcadio. L'important, c'était de s'arracher à la terre, et on touchait alors à l'éternel.

Un petit nombre de jeunes écrivains — Ramon Fernandez, Jean Prévost — se détournaient de ces chemins mystiques pour tenter de bâtir un nouvel humanisme ; je ne les suivis pas. L'année passée, pourtant, j'avais consenti au silence du ciel et lu avec émotion Henri Poincaré ; je me plaisais sur terre ; mais l'humanisme — à moins d'être révolutionnaire, et celui dont on parlait dans la *N.R.F.* ne l'était pas — implique qu'on puisse atteindre l'universel en demeurant bourgeois : or je venais de constater brutalement qu'un tel espoir était un leurre. Désormais, je n'accordai plus à ma vie intellectuelle qu'une valeur relative, puisqu'elle avait échoué à me concilier l'estime de tous. J'invoquai une instance supérieure qui me permît de récuser les jugements étrangers : je me réfugiai dans « mon moi profond » et décidai que toute mon existence devait lui être subordonnée.

Ce changement m'amena à considérer l'avenir sous un jour nouveau : « J'aurai une vie heureuse, féconde, glorieuse », me disais-je à quinze ans. Je décidai : « Je me contenterai d'une vie féconde. » Il me semblait encore important de servir l'humanité, mais je n'attendais plus qu'elle me reconnût puisque l'opinion d'autrui ne devait plus compter pour moi. Ce renoncement me coûta peu, car la gloire n'avait été au fond de l'avenir qu'un fantôme incertain. Le bonheur en revanche, je l'avais connu, je l'avais toujours voulu ; je ne me résignai pas facilement à m'en détourner. Si je m'y décidai, c'est que je crus qu'il m'était à jamais refusé. Je ne le séparais pas de l'amour, de l'amitié, de la tendresse, et je m'engageais dans une entreprise « irrémédiablement solitaire ». Pour le reconquérir, il aurait fallu revenir en arrière, déchoir : je décrétai que tout bonheur est en soi une déchéance. Comment le concilier avec l'inquiétude ?

fendre - split, cleave through

J'aimais le Grand Meaulnes, Alissa, Violaine, la Monique
de Marcel Arland : je marcherais sur leurs traces. Il
n'était pas interdit en revanche d'accueillir la joie ;
souvent elle me visitait. Je versai beaucoup de larmes
pendant ce trimestre, mais je connus aussi de grands
éblouissements.

Bien qu'ayant passé le certificat de littérature, je
n'envisageai pas de me priver des cours de Garric : je
continuai à m'asseoir en face de lui tous les samedis
après-midi. Ma ferveur ne déclinait pas : il me semblait
que la terre n'aurait pas été habitable si je n'avais eu
personne à admirer. Quand il m'arrivait de revenir de
Neuilly sans Zaza ni Thérèse, je rentrais à pied ; je
remontais l'avenue de la Grande-Armée ; je m'amusais
à un jeu qui à cette époque ne comportait encore que
des risques limités : traverser tout droit, sans m'arrêter,
la place de l'Étoile ; je fendais à grands pas la foule qui
montait et descendait l'avenue des Champs-Élysées.
Et je pensais à cet homme, différent de tous les autres,
qui habitait un quartier inconnu, presque exotique :
Belleville ; il n'était pas « inquiet », mais il ne dormait
pas : il avait trouvé sa voie ; pas de foyer, pas de métier,
pas de routine ; dans ses journées aucun déchet : il était
seul, il était libre, du matin au soir il agissait, il éclairait,
il brûlait. Comme j'aurais voulu l'imiter ! J'éveillai dans
mon cœur « l'esprit Équipe », je regardais tous les
passants avec amour. Quand je lisais au Luxembourg,
si quelqu'un s'asseyait sur mon banc et engageait la
conversation, je m'empressais de répondre. On me
défendait autrefois de jouer avec les petites filles que je
ne connaissais pas et je me plaisais à piétiner les vieux
tabous. J'étais particulièrement contente lorsque par

piétiner - trample on

hasard j'avais affaire à des « gens du peuple » : il me semblait alors mettre en pratique les instructions de Garric. Son existence illuminait mes jours.

Cependant les joies que j'en tirais furent bientôt traversées d'angoisse. Je l'écoutais encore parler de Balzac, de Victor Hugo : en vérité, je dus m'avouer que je m'évertuais à prolonger un passé mort ; j'étais une auditrice mais non plus son élève : j'avais cessé d'appartenir à sa vie. « Et dans quelques semaines je ne le verrai même plus ! » me disais-je. Déjà je l'avais perdu. Jamais je n'avais rien perdu de précieux : lorsque les choses me quittaient, j'avais d'avance cessé d'y tenir ; cette fois, on me faisait violence, et je me révoltais. Non, disais-je, je ne veux pas. Voilà que ma volonté comptait pour rien. Comment lutter ? J'avisai Garric que j'allais m'inscrire aux Équipes, il m'en félicita : mais il ne s'occupait guère de la section féminine. Sans doute, l'an prochain, ne le rencontrerais-je jamais. L'idée m'était si insupportable que je me jetai dans des divagations ; n'aurais-je pas le courage de lui parler, de lui écrire, de lui dire que je ne pouvais pas vivre sans jamais le voir ? Si j'osais, me demandais-je, qu'arrive-rait-il ? Je n'osai pas. « À la rentrée, je saurai bien le retrouver. » Cet espoir m'apaisait un peu. Et puis, tout en m'acharnant à le retenir dans ma vie, je laissai tout de même Garric glisser au second plan. Jacques prenait de plus en plus d'importance. Garric était une lointaine idole ; Jacques s'inquiétait de mes problèmes, il m'était doux de causer avec lui. Bientôt je me rendis compte qu'il avait retrouvé dans mon cœur la première place.

J'aimais mieux en ce temps-là m'étonner que com-prendre, je n'essayai pas de situer Jacques, ni de me l'expliquer. Aujourd'hui seulement, je recompose son histoire avec un peu de cohérence.

Le grand-père paternel de Jacques avait été marié
avec la sœur de bon-papa — ma grand-tante moustachue qui écrivait dans *La Poupée modèle*. Ambitieux,
joueur, il avait compromis sa fortune par des spéculations fougueuses. Les deux beaux-frères s'étaient féro-
cement brouillés, pour des questions d'intérêt, et bien
que bon-papa eût lui-même cascadé de faillite en faillite,
il déclara vertueusement au temps où j'appelais Jacques
mon fiancé : « Jamais une de mes petites-filles n'épou-
sera un Laiguillon. » Quand Ernest Laiguillon mourut,
la fabrique de vitraux tenait encore debout ; mais on
disait dans la famille que si ce pauvre Charlot n'avait
pas prématurément péri dans cet affreux accident, il
aurait sans doute achevé de la saborder : il était comme
son père entreprenant à l'excès, déraisonnablement
confiant en son étoile. Ce fut le frère de ma tante
Germaine qui se chargea de diriger la maison jusqu'à la
majorité de son neveu ; il l'administra avec une extrême
prudence car, contrairement aux Laiguillon, les Flandin
étaient des provinciaux aux vues bornées, satisfaits de
profits mesquins.

Jacques avait deux ans quand il perdit son père ; il lui
ressemblait ; il tenait de lui ses yeux pailletés, sa bouche
gourmande, son air éveillé ; sa grand-mère Laiguillon
l'idolâtrait et le traita, à peine savait-il parler, en petit
chef de famille : il devait protéger Titite et petite maman.
Il prit ce rôle au sérieux ; sa sœur et sa mère l'adulaient.
Mais après cinq ans de veuvage, tante Germaine se
remaria avec un fonctionnaire qui vivait à Châteauvillain ;
elle s'y fixa et y accoucha d'un fils. D'abord elle garda
près d'elle ses aînés. Puis, dans l'intérêt de leurs études,
on mit Titite demi-pensionnaire au cours Valton,

Jacques à Stanislas ; ils habitèrent l'appartement du boulevard Montparnasse, surveillés par la vieille Élise. Comment Jacques supporta-t-il cet abandon ? Peu d'enfants furent plus impérieusement acculés à se travestir que ce petit seigneur détrôné, exilé, délaissé. Il affichait les mêmes sentiments souriants pour son beau-père et son demi-frère que pour sa mère et sa sœur ; l'avenir devait prouver — beaucoup plus tard — que seule son affection pour Titite était vraie ; il ne s'avoua sans doute pas ses rancunes : mais ce n'est pas un hasard s'il rudoyait sa grand-mère Flandin et s'il manifesta toujours à sa famille maternelle un mépris qui frisait l'hostilité. Gravé sur une façade, inscrit dans la lumière de beaux vitraux chatoyants, le nom de Laiguillon avait à ses yeux l'éclat d'un blason ; mais aussi, s'il s'en targuait avec tant d'ostentation, c'est qu'il se vengeait de sa mère en reconnaissant exclusivement son ascendance paternelle.

Il avait échoué à remplacer au foyer le jeune mort ; par compensation, il revendiqua hautement sa succession : à l'âge de huit ans, subissant avec dédain la provisoire tutelle de son oncle, il se proclamait l'unique maître de la Maison. Ainsi s'explique sa jeune importance. Nul n'a su quelle détresse, quelles jalousies, quelles rancœurs, quelles terreurs peut-être il traînait à travers les greniers solitaires où les poussières du passé lui annonçaient son avenir. Mais certainement sa jactance, son aplomb, ses fanfaronnades cachaient un grand désarroi.

Un enfant, c'est un insurgé : il se voulut raisonnable comme un homme. Il n'eut pas à conquérir la liberté mais à s'en défendre : il s'imposa les normes et les interdits qu'un père vivant lui eût dictés. Exubérant, désinvolte, insolent, au collège il lui arrivait souvent de chahuter ; il me montra en riant sur son carnet une observation qui lui reprochait des « bruits divers en espagnol » ; il ne posait pas au petit garçon modèle : c'était un adulte à qui sa maturité permettait d'enfreindre une trop puérile discipline. À douze ans, improvisant à la maison une comédie-charade, il étonna son auditoire en faisant l'apologie du mariage de raison ; il jouait le rôle d'un jeune homme qui refuse d'épouser une jeune fille pauvre. « Si je fonde un foyer, expliqua-t-il, je veux pouvoir garantir à mes enfants une confortable aisance. » Adolescent, il ne mit jamais en question l'ordre établi. Comment se fût-il rebellé contre le fantôme que lui seul soutenait au-dessus du néant ? Bon fils, frère attentif, il resta fidèle à la ligne qu'une voix d'outre-tombe lui avait assignée. Il affichait un grand respect pour les institutions bourgeoises. Il me dit un jour en parlant de Garric : « C'est un type bien ; mais il devrait être marié et avoir un métier. — Pourquoi ? — Un homme doit avoir un métier. » Il prenait lui-même à cœur ses futures fonctions. Il suivait des cours d'art décoratif, de droit, et s'initiait aux affaires dans les bureaux du rez-de-chaussée, qui sentaient la vieille poussière. Les affaires et le droit l'ennuyaient ; en revanche, il aimait dessiner ; il apprit la gravure sur bois, et il s'intéressait vivement à la peinture. Seulement il n'était pas question pour lui de s'y consacrer ; son oncle, qui n'entendait rien aux Beaux-Arts, menait fort bien la maison ; les tâches de Jacques ne seraient guère différentes de celles de n'importe quel petit patron. Il s'en consolait en renouant avec les audacieuses visées de son père et de son grand-père ; il nourrissait de grands projets ; il ne se contenterait pas d'une modeste clientèle de curés de campagne ; les vitraux Laiguillon étonneraient le monde par leur qualité artistique, et la fabrique deviendrait une entreprise d'envergure. Sa mère, ses parents s'inquiétaient : « Il ferait mieux de laisser la direction des affaires à son oncle, disait mon père. Il ruinera la maison. » Le fait est qu'il y avait dans son zèle quelque chose de suspect ; le sérieux de ses dix-huit ans ressemblait trop à celui qu'il exhibait à huit ans, pour ne pas paraître également joué. Il forçait sur le conformisme, comme s'il n'avait pas appartenu par droit de naissance à la caste dont il se réclamait. C'est qu'il avait échoué à se substituer effectivement à son père : il n'entendait que sa propre voix, et celle-ci manquait d'autorité. Il évitait d'autant plus soigneusement de contester la sagesse dont il s'était doté qu'il ne l'intériorisa jamais. Jamais il ne coïncida avec le personnage qu'il incarnait bruyamment : le fils Laiguillon.

Je percevais cette faille. J'en concluais que Jacques avait fait sienne la seule attitude qui me parût valable : chercher en gémissant. Sa véhémence ne me convainquait pas de son ambition, ni sa voix pondérée de sa résignation. Loin de se ranger parmi les gens assis, il allait jusqu'à refuser les facilités de l'anticonformisme. Sa moue blasée, son regard hésitant, les livres qu'il m'avait prêtés, ses demi-confidences, tout m'assurait qu'il vivait tourné vers un incertain au-delà. Il aimait le Grand Meaulnes, il me l'avait fait aimer : je les identifiais. Je vis en Jacques une incarnation raffinée de l'Inquiétude.

J'allais assez souvent dîner boulevard Montparnasse, en famille. Je ne détestais pas ces soirées. Contrairement au reste de mon entourage, tante Germaine et Titite ne considéraient pas que je m'étais changée en un monstre ; près d'elles, dans le grand appartement mi-clair, mi-sombre, qui depuis mon enfance m'était familier, les fils de ma vie se renouaient : je ne me sentais plus marquée, ni exilée. J'avais avec Jacques de brefs apartés

où s'affirmait notre complicité. Mes parents ne la considéraient pas d'un mauvais œil. Ils avaient à l'égard de
Jacques des sentiments ambigus : ils lui en voulaient de
ne plus guère venir à la maison, et de s'occuper de moi
plus que d'eux ; lui aussi, ils l'accusaient d'ingratitude.
Cependant Jacques était assuré d'une situation confortable : s'il m'épousait, quelle aubaine pour une fille
sans dot ! Chaque fois que ma mère prononçait son
nom, elle esquissait un sourire d'une discrétion
appuyée ; j'enrageais qu'on prétendît transformer en
une entreprise bourgeoise une entente fondée sur un
commun refus des horizons bourgeois ; néanmoins, je
trouvais bien commode que notre amitié fût licite et
qu'on m'autorisât à voir Jacques seule à seul.

C'était en général vers la fin de l'après-midi que je
sonnais à la porte de l'immeuble ; je montais jusqu'à
l'appartement. Jacques m'accueillait avec un sourire
empressé : « Je ne te dérange pas ? — Tu ne me déranges
jamais. — Comment ça va ? — Ça va toujours bien
quand je te vois. » Sa gentillesse me réchauffait le cœur.
Il m'emmenait dans la longue galerie moyenâgeuse où
il avait installé sa table de travail ; il n'y faisait jamais
très clair : un vitrail arrêtait la lumière ; j'aimais cette
pénombre, les bahuts et les coffres en bois massif. Je
m'asseyais sur un sofa couvert de velours cramoisi ; il
marchait de long en large, une cigarette au coin des
lèvres, clignant un peu les yeux pour chercher sa pensée dans les volutes de fumée. Je lui rendais les livres
que je lui avais empruntés, il m'en prêtait d'autres ; il
me lisait du Mallarmé, du Laforgue, du Francis Jammes,
du Max Jacob. « Tu vas l'initier à la littérature moderne ?
lui avait demandé mon père d'un ton mi-ironique, mi-
pincé. — Mais rien ne pourrait me faire plus de plaisir »,
avait dit Jacques. Il prenait cette tâche à cœur. « Tout

de même, je t'ai fait connaître de belles choses ! » me disait-il parfois avec fierté. Il me guidait d'ailleurs avec beaucoup de discrétion. « C'est chic d'aimer *Aimée* ! » me dit-il quand je lui rapportai le roman de Jacques Rivière ; nous poussions rarement plus avant nos commentaires ; il détestait s'appesantir. Souvent, si je lui demandais un éclaircissement, il souriait et me citait Cocteau : « C'est comme les accidents de chemin de fer : ça se sent, ça ne s'explique pas. » Quand il m'envoyait au Studio des Ursulines voir — en matinée, avec ma mère — un film d'avant-garde ou à l'Atelier le dernier spectacle de Dullin, il me disait seulement : « Il ne faut pas manquer ça. » Parfois il me décrivait minutieusement un détail : une lumière jaune au coin d'une toile, sur l'écran une main qui s'ouvre ; religieuse, amusée, sa voix suggérait l'infini. Il me donna tout de même des indications précieuses sur la manière dont il fallait regarder un tableau de Picasso ; il m'ébahissait parce qu'il pouvait identifier un Braque ou un Matisse sans voir la signature : ça me semblait de la sorcellerie. J'étais étourdie par toutes ces nouveautés qu'il me révélait, et j'avais un peu l'impression qu'il en était lui-même l'auteur. Je lui attribuais plus ou moins l'*Orphée* de Cocteau, les *Arlequins* de Picasso, *Entracte* de René Clair.

Que faisait-il en vérité ? quels étaient ses projets, ses soucis ? Il ne travaillait pas beaucoup. Il aimait foncer en auto, la nuit, à travers Paris ; il fréquentait un peu les brasseries du Quartier latin, les bars de Montparnasse ; il me peignait les bars comme des endroits fabuleux où toujours il arrive quelque chose. Mais il n'était pas très content de son existence. Arpentant la galerie, fourrageant ses cheveux d'un beau châtain doré, il me confiait en souriant : « C'est effrayant ce que je suis compliqué ! Je me perds dans mes propres

complications ! » Une fois, il me dit sans aucune gaieté :
« Vois-tu, ce qu'il me faudrait, c'est croire en quelque
chose ! — Est-ce que ça ne suffit pas de vivre ? » lui
demandai-je ; moi, je croyais à la vie. Il secoua la tête :
« Ce n'est pas facile de vivre si on ne croit à rien. » Et
puis il détourna la conversation ; il ne se livrait jamais
que par toutes petites bribes et je n'insistais pas. Avec
Zaza, jamais dans nos conversations nous ne touchions
à l'essentiel ; avec Jacques, si nous nous en appro-
chions, il me semblait normal que ce fût de la manière
la plus discrète. Je savais qu'il avait un ami, Lucien
Riaucourt, fils d'un gros banquier lyonnais, avec qui il
passait des nuits entières à causer ; ils se raccompa-
gnaient l'un l'autre, du boulevard Montparnasse à la rue
de Beaune, et parfois Riaucourt restait à dormir sur le
sofa rouge. Ce jeune homme avait rencontré Cocteau
et confié à Dullin un projet de pièce. Il avait publié un
recueil de poèmes, illustré par Jacques d'une gravure
sur bois. Je m'inclinais devant ces supériorités. Je
m'estimais déjà bien chanceuse que Jacques m'accordât
une place en marge de sa vie. D'habitude, il ne sympathisait guère avec les femmes, me disait-il ; il aimait sa
sœur, mais il la trouvait trop sentimentale ; c'était vraiment exceptionnel de pouvoir causer, entre garçon et
fille, comme nous le faisions.

De temps en temps je lui parlais un peu de moi, et il
me donnait des conseils. « Tâche de paraître limpide »,
me disait-il. Il m'assurait aussi qu'il fallait accepter ce
que la vie a de quotidien et me citait Verlaine : « La vie
humble, aux travaux ennuyeux et faciles. » Je n'étais
pas tout à fait d'accord ; mais ce qui importait, c'était
qu'il m'écoutât, me comprît, m'encourageât, et me
sauvât pendant quelques instants de la solitude.

#53   03-15-2011 11:36AM
Item(s) checked out to p32136080.

TITLE: Radio Shangri-La : what I learned
BARCODE: 33333804787840
DUE DATE: 03-29-11

New York Public Library (www.nypl.org)
Jefferson Market Branch (212) 243-4334

Je crois qu'il n'aurait pas demandé mieux que de m'associer plus familièrement à sa vie. Il me montrait des lettres de ses amis, il aurait voulu me les faire connaître. Un après-midi je l'accompagnai aux courses, à Longchamp. Il proposa une fois de m'emmener aux Ballets russes. Ma mère refusa net : « Simone ne sortira pas seule le soir. » Non qu'elle doutât de ma vertu ; avant le dîner, je pouvais passer des heures, seule dans l'appartement avec Jacques ; mais après, à moins d'être exorcisé par la présence de mes parents, tout endroit devenait un mauvais lieu. Notre amitié se réduisit donc à des échanges de phrases inachevées, coupées de longs silences, et à des lectures à haute voix.

Le trimestre s'acheva. Je passai mes examens de mathématiques et de latin. C'était agréable d'aller vite, de réussir ; mais décidément je n'éprouvais de passion ni pour les sciences exactes, ni pour les langues mortes. Mademoiselle Lambert me conseilla de revenir à mon premier projet ; c'était elle qui faisait à Sainte-Marie les cours de philosophie : elle serait heureuse de m'avoir pour élève ; elle m'assura que j'obtiendrais sans peine l'agrégation. Mes parents ne firent pas d'opposition. Je fus très satisfaite de cette décision.

Bien que la figure de Garric eût un peu pâli pendant ces dernières semaines, j'avais tout de même la mort dans l'âme lorsque, dans un triste corridor de l'institut Sainte-Marie, je pris congé de lui. J'allai encore une fois l'écouter : il donna dans une salle du boulevard Saint-Germain une conférence à laquelle prirent part Henri Massis et M. Mabille. Celui-ci parla le dernier ; les mots coulaient avec embarras de sa barbe, et pendant toute son intervention, les joues de Zaza flambèrent de gêne. Je dévorais Garric des yeux. Je sentais sur moi le regard perplexe de ma mère, mais je n'essayai même pas de me dominer. J'apprenais par cœur ce visage qui allait s'éteindre, pour toujours. C'est si total une présence, c'est si radical, l'absence : entre les deux nul passage ne semblait possible. M. Mabille se tut, les orateurs quittèrent l'estrade : le tour était joué.

Je m'accrochai encore. Un matin, je pris le métro, je débarquai sur une terre inconnue, si lointaine qu'il me sembla avoir passé en fraude une frontière : à Belleville. Je suivis la grande rue où habitait Garric ; je connaissais le numéro de son immeuble ; je m'en approchai en rasant les murs ; j'étais prête, s'il me surprenait, à m'évanouir de honte. Un instant je m'arrêtai devant sa maison, je contemplai la morne façade de brique, et cette porte que chaque jour, matin et soir, il franchissait, je poursuivis mon chemin ; je regardais les magasins, les cafés, le square ; il les connaissait si bien qu'il ne les voyait même plus. Qu'étais-je venue chercher ? En tout cas je rentrai bredouille.

Jacques, j'étais sûre de le retrouver en octobre et je lui dis au revoir sans tristesse. Il venait d'échouer à son examen de droit et il était un peu abattu. Dans sa dernière poignée de main, dans son dernier sourire, il mit tant de chaleur que je m'émus. Je me demandai anxieusement, après l'avoir quitté, s'il ne risquait pas d'avoir pris ma sérénité pour de l'indifférence. Cette idée me navra. Il m'avait tant donné ! Je pensais moins aux livres, aux tableaux, aux films, qu'à cette lumière caressante dans ses yeux quand je lui parlais de moi. J'eus besoin soudain de le remercier et je lui écrivis d'un trait une petite lettre. Mais ma plume resta en suspens au-dessus de l'enveloppe. Jacques appréciait au plus haut point la pudeur. Avec un de ses sourires aux mystérieux sous-entendus, il m'avait cité, dans la version qu'en a donnée Cocteau, le mot de Goethe : « Je t'aime : est-ce que ça te regarde ? » Jugerait-il indiscrètes mes sobres effusions ? Grommellerait-il en lui-même : « Est-ce que ça me regarde ? » Cependant, si ma lettre devait un peu le réconforter, c'était une lâcheté de ne pas l'envoyer. J'hésitai, retenue par cette peur du ridicule qui avait paralysé mon enfance ; mais je ne voulais plus me conduire en enfant. J'ajoutai vivement un post-scriptum : « Peut-être vas-tu me trouver ridicule mais je me mépriserais de n'oser l'être jamais. » Et j'allai jeter la lettre dans une boîte.

Ma tante Marguerite et mon oncle Gaston qui faisaient avec leurs enfants une saison à Cauterets nous invitèrent, ma sœur et moi, à les y rejoindre. Un an plus tôt, j'aurais découvert la montagne avec ravissement ; à présent, je m'étais enfoncée en moi-même et le monde extérieur ne me touchait plus. Et puis, j'avais eu avec la nature des rapports trop intimes pour accepter de la voir ici ravalée au niveau d'une distraction de villégiaturants ; on me la débitait en tranches, sans me laisser le loisir ni la solitude nécessaires pour m'en approcher : faute de me donner à elle, je n'en reçus rien. Sapins et gaves se taisaient. Nous allâmes en excursion au cirque de Gavarnie, au lac de Gaube, ma cousine Jeanne prenait des photographies : je ne vis que de mornes dioramas. Pas plus que les hideux hôtels plantés le long des rues, ces décors, inutilement somptueux, ne me distrayaient de ma peine.

Car j'étais malheureuse. Garric avait disparu pour toujours. Et avec Jacques, où en étais-je ? Dans ma lettre, je lui avais donné mon adresse, à Cauterets ; comme il ne souhaitait évidemment pas que sa réponse tombe en d'autres mains que les miennes, il m'écrirait ici, ou pas du tout : il n'écrivait pas. Dix fois par jour j'inspectais, au bureau de l'hôtel, le casier 46 : rien. Pourquoi ? J'avais vécu notre amitié dans la confiance, dans l'insouciance ; maintenant je me demandais : que suis-je pour lui ? Avait-il trouvé ma lettre puérile ? ou déplacée ? M'avait-il simplement oubliée ? Quel tourment ! et comme j'aurais souhaité pouvoir le ressasser en paix ! Mais je n'avais pas un instant de tranquillité. Je couchais dans la même chambre que Poupette et Jeanne ; on ne sortait qu'en groupe ; toute la journée, il me fallait prendre sur moi et, sans répit, des voix entraient dans mes oreilles. À La Raillère, autour d'une tasse de chocolat, le soir, dans le salon de l'hôtel, ces dames et ces messieurs causaient ; c'étaient les vacances, ils lisaient et ils parlaient de leurs lectures. On disait : « C'est bien écrit, mais il y a des longueurs. » Ou bien : « Il y a des longueurs, mais c'est bien écrit. » Parfois, l'œil rêveur, la voix subtile, on nuançait : « C'est curieux » ou d'un ton un peu plus sévère : « C'est spécial. » J'attendais la nuit pour pleurer ; le lendemain, la lettre n'était pas encore arrivée ; de nouveau j'attendais le soir, les nerfs à vif, le cœur hérissé d'épines. Un matin dans ma chambre, j'éclatai en sanglots ; je ne sais plus comment je rassurai ma pauvre tante effarée.

Avant de regagner Meyrignac, nous nous arrêtâmes deux jours à Lourdes. Je reçus un choc. Moribonds, infirmes, goitreux : devant cette atroce parade, je pris brutalement conscience que le monde n'était pas un état d'âme. Les hommes avaient des corps et souffraient dans leurs corps. Suivant une procession, insensible au braillement des cantiques et à l'odeur surie des dévotes en liesse, je me fis honte de ma complaisance à moi-même. Rien n'était vrai que cette opaque misère. J'enviai vaguement Zaza qui, pendant les pèlerinages, lavait la vaisselle des malades. Se dévouer. S'oublier. Mais comment ? Pour quoi ? Le malheur, travesti par de grotesques espoirs, était ici trop dénué de sens pour me dessiller les yeux. Je macérai quelques jours dans l'horreur ; puis je repris le fil de mes soucis.

Je passai de pénibles vacances. Je me traînais à travers les châtaigneraies et je pleurais. Je me sentais absolument seule au monde. Cette année, ma sœur m'était étrangère. J'avais exaspéré mes parents par mon attitude agressivement austère ; ils m'observaient avec méfiance. Ils lisaient les romans que j'avais apportés, ils en discutaient entre eux et avec tante Marguerite : « C'est morbide, c'est à côté, ce n'est pas ça », disaient-ils souvent ; ils me blessaient autant que lorsqu'ils faisaient des commentaires sur mes humeurs ou des suppositions sur ce que j'avais en tête. Plus disponibles qu'à Paris, ils supportaient moins patiemment que jamais mes silences et je n'arrangeai pas les choses en me laissant aller deux ou trois fois à des sorties désordonnées. Malgré mes efforts, je restais très vulnérable. Quand ma mère hochait la tête en disant : « Décidément, ça ne va pas », j'enrageais ; mais si je réussissais à donner le change et qu'elle soupirât avec satisfaction : « Ça va mieux ! » j'étais exaspérée. Je tenais à mes parents, et dans ces lieux où nous avions été si unis, nos malentendus m'étaient encore plus douloureux qu'à Paris. En outre j'étais désœuvrée ; je n'avais pu me procurer qu'un petit nombre de livres. À travers une étude sur Kant, je me passionnai pour l'idéalisme critique qui me confirmait dans mon refus de Dieu. Dans les théories de Bergson sur « le moi social et le moi profond » je reconnus avec enthousiasme ma propre expérience. Mais les voix impersonnelles des philosophes ne m'apportaient pas le même réconfort que celles de mes auteurs de chevet. Je ne sentais plus autour de moi de présences fraternelles. Mon seul recours, c'était mon journal intime ; quand j'y avais rabâché mon ennui, ma tristesse, je recommençais à m'ennuyer, tristement.

Une nuit, à La Grillère, comme je venais de me coucher dans un vaste lit campagnard, l'angoisse fondit sur moi ; il m'était arrivé d'avoir peur de la mort jusqu'aux larmes, jusqu'aux cris ; mais cette fois c'était pire : déjà la vie avait basculé dans le néant : rien n'était rien, sinon ici, en cet instant, une épouvante, si violente que j'hésitai à aller frapper à la porte de ma mère, à me prétendre malade, pour entendre des voix. Je finis par m'endormir, mais je gardai de cette crise un souvenir terrifié.

De retour à Meyrignac, je songeai à écrire ; je préférais la littérature à la philosophie, je n'aurais pas du tout été satisfaite si l'on m'avait prédit que je deviendrais une espèce de Bergson ; je ne voulais pas parler avec cette voix abstraite qui, lorsque je l'entendais, ne me touchait pas. Ce que je rêvais d'écrire, c'était un « roman de la vie intérieure » ; je voulais communiquer mon expérience. J'hésitai. Il me semblait sentir en moi « un tas de choses à dire » ; mais je me rendais compte qu'écrire est un art et que je n'y étais pas experte. Je notai tout de même plusieurs sujets de roman et finalement je me décidai. Je composai ma première œuvre. C'était l'histoire d'une évasion manquée. L'héroïne avait mon âge, dix-huit ans ; elle passait des vacances en famille dans une maison de campagne où devait la rejoindre un fiancé, qu'elle aimait conventionnellement. Jusqu'alors, elle était satisfaite de la banalité de l'existence. Soudain, elle découvrait « autre chose ». Un musicien de génie lui révélait les vraies valeurs : l'art, la sincérité, l'inquiétude. Elle s'avisait qu'elle avait vécu dans le mensonge ; en elle naissaient une fièvre, un désir inconnu. Le musicien s'en allait. Le fiancé arrivait. De sa chambre, au premier étage, elle entendait un joyeux brouhaha de bienvenue ; elle hésitait : ce qu'elle avait un instant entrevu, allait-elle le sauver ? le perdre ? Le courage lui manquait. Elle descendait l'escalier et elle entrait en souriant dans le salon où les autres l'attendaient. Je ne me fis pas d'illusions sur la valeur de ce récit ; mais c'était la première fois que je m'appliquais à mettre en phrases ma propre expérience et je pris plaisir à l'écrire.

J'avais envoyé à Garric une petite lettre, d'élève à professeur, et il m'avait répondu par une petite carte, de professeur à élève ; je ne pensais plus beaucoup à lui. Par son exemple, il m'avait incitée à m'arracher à mon milieu, à mon passé : condamnée à la solitude, j'avais foncé à sa suite dans l'héroïsme. Mais c'était un chemin ardu, et j'aurais certes préféré que la condamnation fût rapportée ; l'amitié de Jacques autorisait cet espoir. Couchée dans les bruyères, rôdant dans les chemins creux, c'est son image que j'évoquais. Il n'avait pas répondu à ma lettre ; mais avec le temps ma déception s'atténuait ; des souvenirs la recouvraient : ses sourires d'accueil, notre connivence, les heures veloutées que j'avais passées près de lui. J'étais si lasse de pleurer que je me permis des rêves. J'allumerais la lampe, je m'assiérais sur le sofa rouge : je serais chez moi. Je regarderais Jacques : il serait à moi. Aucun doute, je l'aimais : pourquoi ne m'aimerait-il pas ? Je me mis à faire des projets de bonheur. Si j'y avais renoncé, c'est que j'avais cru qu'il m'était refusé ; mais dès qu'il me parut possible, je me repris à le convoiter.

Jacques était beau, d'une beauté enfantine et charnelle ; pourtant, jamais il ne m'inspira le moindre trouble ni

273

l'ombre d'un désir ; peut-être me trompais-je quand je notais avec un peu d'étonnement sur mon carnet que s'il eût esquissé un geste de tendresse, quelque chose en moi se fût rétracté : cela signifie du moins qu'en imagination, je gardais mes distances. J'avais toujours considéré Jacques comme un grand frère un peu lointain ; hostile ou bienveillante, la famille ne cessa jamais de nous investir ; sans doute est-ce pourquoi les sentiments que j'éprouvais pour lui s'adressaient à un ange.

Ils durent en revanche à notre cousinage le caractère irrémédiable que tout de suite je leur attribuai. J'avais passionnément reproché à Joe, à Maggie, d'avoir trahi leur enfance : en aimant Jacques, je pensais accomplir mon destin. Je me racontais nos anciennes fiançailles, et ce vitrail dont il m'avait fait cadeau ; je me félicitais que notre adolescence nous eût séparés et qu'ainsi m'eût été donnée l'éclatante joie de nos retrouvailles. Manifestement, cette idylle était inscrite au ciel.

En vérité, si je crus en sa fatalité, c'est que, sans clairement me l'exprimer, je voyais en elle l'idéale solution de toutes mes difficultés. Tout en détestant les routines bourgeoises, je gardais la nostalgie des soirées dans le bureau noir et rouge, au temps où je n'imaginais pas pouvoir jamais quitter mes parents. La maison Laiguillon, le bel appartement avec ses moquettes épaisses, le clair salon, la galerie ombreuse, c'était déjà pour moi un foyer ; je lirais, à côté de Jacques, et je penserais « nous deux » comme autrefois je murmurais « nous quatre » ; sa mère, sa sœur m'entoureraient de leur tendresse, mes parents se radouciraient : je redeviendrais celle que tout le monde aimait, je reprendrais ma place dans cette société hors de laquelle je n'envisageais que l'exil. Pourtant, je n'abdiquerais rien ; auprès

de Jacques le bonheur ne serait jamais un sommeil ;
nos jours tendrement se répéteraient, mais de jour en
jour nous poursuivrions notre quête ; nous nous égare-
rions côte à côte, sans jamais nous perdre, unis par notre
inquiétude. Ainsi ferais-je mon salut dans la paix du
cœur et non dans le déchirement. À bout de larmes et
d'ennui, je misai d'un élan toute ma vie sur cette
chance. J'attendis fiévreusement la rentrée et dans le
train mon cœur bondissait.

Quand je me retrouvai dans l'appartement à la
moquette pâlie, je me réveillai, brutalement ; je n'avais
pas atterri chez Jacques, mais à la maison ; j'allais passer l'année entre ces murs. J'embrassai d'un coup d'œil
la suite des jours et des mois : quel désert ! Les anciennes amitiés, les camaraderies, les plaisirs, j'en avais fait
table rase ; Garric était perdu pour moi ; je verrais
Jacques au mieux deux ou trois fois par mois, et rien
ne m'autorisait à attendre de lui plus qu'il ne m'avait
donné. Je connaîtrais donc à nouveau le découragement
des réveils où ne s'annonce aucune joie ; le soir, la
caisse à ordures qu'il faut vider ; et la fatigue et l'ennui.
Dans le silence des châtaigneraies, le délire fanatique
qui m'avait soutenue l'an dernier avait achevé de
s'éteindre ; tout allait recommencer : sauf cette espèce
de folie qui m'avait permis de tout supporter.

Je fus si effrayée que je voulus aussitôt courir chez
Jacques : lui seul pouvait m'aider. Les sentiments de
mes parents à son égard étaient, je l'ai dit, ambigus. Ce
matin-là ma mère m'interdit d'aller le voir, et elle fit
une sortie violente contre lui et contre l'influence qu'il
avait prise sur moi. Je n'osais pas encore désobéir, ni
mentir sérieusement. J'avertissais ma mère de mes
projets ; le soir je lui rendais compte de mes journées.
Je me soumis. Mais j'étouffais de colère et surtout de

chagrin. Pendant des semaines j'avais attendu passionnément cette rencontre et il suffisait d'un caprice maternel pour m'en priver ! Je réalisai avec horreur ma dépendance. Non seulement on m'avait condamnée à l'exil, mais on ne me laissait pas libre de lutter contre l'aridité de mon sort ; mes actes, mes gestes, mes paroles, tout était contrôlé ; on épiait mes pensées, et on pouvait faire avorter d'un mot les projets qui me tenaient le plus à cœur : tout recours m'était ôté. L'année passée, je m'étais tant bien que mal accommodée de mon sort parce que j'étais étonnée des grands changements qui se produisaient en moi ; maintenant, cette aventure était achevée et je retombai dans la détresse. J'étais devenue différente, et il m'aurait fallu autour de moi un monde différent : lequel ? Que souhaitais-je au juste ? Je ne savais même pas l'imaginer. Cette passivité me désespérait. Il ne me restait qu'à attendre. Combien de temps ? trois ans, quatre ans ? c'est long quand on a dix-huit ans. Et si je les passais en prison, ligotée, je me retrouverais à la sortie toujours aussi seule, sans amour, sans ferveur, sans rien. J'enseignerais la philosophie, en province : à quoi cela m'avancerait-il ? Écrire ? mes essais de Meyrignac ne valaient rien. Si je restais la même, en proie aux mêmes routines, au même ennui, je ne progresserais jamais ; jamais je ne réussirais une œuvre. Non, pas une lueur nulle part. Pour la première fois de mon existence, je pensais sincèrement qu'il valait mieux être mort que vivant.

Au bout d'une semaine, je reçus l'autorisation d'aller voir Jacques. Arrivée devant sa porte, la panique me prit : il était mon unique espoir, et je ne savais plus rien de lui sinon qu'il n'avait pas répondu à ma lettre. En avait-il été touché ou irrité ? Comment allait-il m'accueillir ? Je tournai autour du pâté de maisons, une fois, deux fois, ni morte ni vive. La sonnette encastrée dans le mur m'effrayait : elle avait la même fausse innocence que le trou noir où enfant j'avais imprudemment enfoncé mon doigt. Je pressai le bouton. Comme d'habitude, la porte s'ouvrit automatiquement, je montai l'escalier. Jacques me sourit, je m'assis sur le sofa cramoisi. Il me tendit une enveloppe à mon nom : « Tiens, dit-il, je ne te l'ai pas envoyée parce que je préférais que ça reste entre nous. » Il avait rougi jusqu'aux yeux. Je dépliai sa lettre. En exergue il avait écrit : « Est-ce que ça te regarde ? » Il me félicitait de ne pas craindre le ridicule, il me disait que souvent, « dans les après-midi chauds et seuls », il avait pensé à moi. Il me donnait des conseils. « Tu choquerais moins ton entourage en étant plus humaine ; et puis, c'est plus fort : j'allais dire, plus orgueilleux… » « Le secret du bonheur et le comble de l'art, c'est de vivre comme tout le monde, en n'étant comme personne. » Il terminait par cette phrase : « Veux-tu me considérer comme ton ami ? » Un énorme soleil se leva dans mon cœur. Et puis Jacques se mit à parler, par petites phrases hachées, et le crépuscule tomba. Ça n'allait pas, me dit-il, ça n'allait pas du tout. Il était dans le pétrin, salement embêté ; il avait cru être quelqu'un de bien : il ne le croyait plus ; il se méprisait ; il ne savait plus que faire de sa peau. Je l'écoutais, attendrie par son humilité, transportée par sa confiance, oppressée par son accablement. Je le quittai, le cœur en feu. Je m'assis sur un banc pour toucher, pour regarder le cadeau qu'il venait de me faire : une feuille d'un beau papier épais, aux barbes pointues, couverte de signes violets. Certains de ses conseils m'étonnaient : je ne me sentais pas inhumaine ; je ne faisais pas exprès de choquer ; vivre comme tout le monde, ça ne me tentait pas du tout ;

marasme — Stagnation, Slump

mais j'étais émue qu'il eût composé pour moi ces cadences. Je relus dix fois les premiers mots : « Est-ce que ça te regarde ? » Ils signifiaient clairement que Jacques tenait à moi plus qu'il ne me l'avait jamais manifesté ; mais une autre évidence s'imposait : il ne m'aimait pas ; sinon il n'eût pas sombré dans un tel marasme. J'en pris rapidement mon parti ; mon erreur me sautait aux yeux : impossible de concilier l'amour et l'inquiétude. Jacques me rappelait à la vérité ; les tête-à-tête sous la lampe, les lilas et les roses, ce n'était pas pour nous. Nous étions trop lucides et trop exigeants pour nous reposer dans la fausse sécurité de l'amour. Jamais Jacques n'arrêterait sa course anxieuse. Il avait été au bout du désespoir, au point de le retourner en dégoût contre lui-même : je devais le suivre dans ces âpres chemins. J'appelai à mon secours Alissa et Violaine, et je m'abîmai dans le renoncement. « Je n'aimerai jamais personne d'autre, mais entre nous l'amour est impossible », décidai-je. Je ne reniai pas la conviction qui s'était imposée à moi pendant ces vacances : Jacques était mon destin. Mais les raisons pour lesquelles je liais mon sort au sien excluaient qu'il m'apportât le bonheur. J'avais un rôle dans sa vie : mais ce n'était pas de l'inviter au sommeil ; il fallait combattre son découragement et l'aider à poursuivre sa recherche. Je me mis tout de suite à l'ouvrage. Je lui écrivis une nouvelle lettre où je lui proposais des raisons de vivre puisées chez les meilleurs auteurs.

Il était normal qu'il ne me répondît pas puisque nous désirions tous deux que notre amitié « reste entre nous ». Pourtant, je me rongeai. Dînant chez lui, en famille, pendant toute la soirée, je guettai un éclair complice dans ses yeux : rien. Il bouffonna avec plus d'extravagance encore que de coutume : « Tu n'as pas fini de

278

faire le fou ! » lui disait sa mère en riant. Il paraissait si insouciant, et à mon égard si indifférent que j'eus la certitude d'avoir, cette fois, raté mon coup : il avait lu avec agacement la dissertation que je lui avais disgracieusement assénée. « Douloureuse, douloureuse soirée où son masque dissimulait trop hermétiquement son visage… Je voudrais vomir mon cœur », écrivis-je le lendemain matin. Je décidai de me terrer, de l'oublier. Mais, huit jours plus tard, ma mère, renseignée par la famille, m'avisa que Jacques avait de nouveau raté son examen : il en semblait très affecté ; ça serait gentil de passer le voir. Aussitôt, je préparai mes pansements, mes baumes, j'accourus. Il avait en effet l'air effondré ; affalé dans un fauteuil, mal rasé, le col défait, presque débraillé, il ne s'arracha pas un sourire. Il me remercia de ma lettre, sans grande conviction me sembla-t-il. Et il me répéta qu'il n'était bon à rien, qu'il ne valait rien. Il avait mené tout l'été une vie stupide, il gâchait tout, il se dégoûtait. J'essayai de le réconforter, mais le cœur n'y était pas. Quand je le quittai, il chuchota : « Merci d'être venue » d'un ton concentré qui me remua ; je n'en rentrai pas moins à la maison très abattue. Cette fois, j'échouai à me peindre en couleurs sublimes le désarroi de Jacques ; je ne savais pas ce qu'il avait fait au juste cet été, mais je supposais le pire : le jeu, l'alcool, et ce que j'appelais vaguement la débauche. Il avait sûrement des excuses : mais je trouvai décevant d'avoir à l'excuser. Je me rappelai le grand rêve d'amour-admiration que je m'étais forgé à quinze ans et je le confrontai tristement avec mon affection pour Jacques : non, je ne l'admirais pas. Peut-être toute admiration était-elle une duperie ; peut-être ne retrouvait-on au fond de tous les cœurs qu'un même carnaval incertain ; peut-être que le seul lien possible entre deux

279

âmes, c'était la compassion. Ce pessimisme ne suffit pas à me réconforter.

Notre entrevue suivante me jeta dans de nouvelles perplexités. Il s'était repris, il riait, et il faisait d'une voix réfléchie des projets raisonnables. « Un jour, je me marierai », lança-t-il. Cette petite phrase me ravagea. L'avait-il prononcée incidemment ou à dessein ? En ce cas, était-ce une promesse ou une mise en garde ? Impossible de supporter qu'une autre que moi fût sa femme : pourtant, je découvris que l'idée de l'épouser me révulsait. Tout l'été, je l'avais caressée ; à présent, quand j'envisageais ce mariage que souhaitaient ardemment mes parents, j'avais envie de fuir. Je n'y voyais plus mon salut mais ma perte. Je vécus pendant plusieurs jours dans la terreur.

Quand je retournai chez Jacques, il était avec des amis ; il me les présenta et ils continuèrent à parler entre eux : de bars et de barmen, d'ennuis d'argent, d'obscures intrigues ; il me plaisait que ma présence ne dérangeât pas leur conciliabule ; néanmoins cette conversation me déprima. Jacques me demanda de l'attendre pendant qu'il raccompagnait ses amis en voiture et, prostrée sur le sofa rouge, à bout de nerfs, je sanglotai. Je m'étais calmée lorsqu'il revint. Son visage avait changé et de nouveau perçait dans ses paroles une tendresse attentive. « Tu sais, c'est très exceptionnel une amitié comme la nôtre », me dit-il. Il descendit avec moi le boulevard Raspail, et nous nous arrêtâmes un long moment devant une vitrine où était exposé un blanc tableau de Foujita. Il partait le lendemain pour Châteauvillain où il devait passer trois semaines. Je pensai avec soulagement que pendant tout ce temps la douceur de ce crépuscule demeurerait mon dernier souvenir.

Cependant mon agitation ne s'apaisa pas : je ne me comprenais plus. Par moments Jacques était tout : à d'autres, absolument rien. Je m'étonnais de ressentir « cette haine pour lui parfois ». Je me demandais : « Pourquoi est-ce seulement dans l'attente, le regret, la pitié que je connais de grands élans de tendresse ? » L'idée d'un amour partagé entre nous me glaçait. Si le besoin que j'avais de lui s'endormait, je me sentais diminuée ; mais je notai : « J'ai besoin de *lui* — non de le *voir.* » Au lieu de me stimuler comme l'année passée, nos conversations me débilitaient. J'aimais mieux penser à lui, à distance, que me trouver en face de lui.

Trois semaines après son départ, comme je traversais la place de la Sorbonne, j'aperçus devant la terrasse d'Harcourt son auto. Quel coup ! Je savais que sa vie n'était pas avec moi : nous en parlions à mots couverts, je restais en marge. Mais je voulais penser que dans nos entretiens, il mettait le plus vrai de lui-même ; cette petite voiture, au bord d'un trottoir, m'affirmait le contraire. En cet instant, à chaque instant, Jacques existait en chair et en os, pour d'autres, et pas pour moi ; que pesaient, dans l'épaisseur des semaines et des mois, nos timides rencontres ? Il vint un soir à la maison ; il fut charmant ; et je me sentis cruellement déçue. Pourquoi ? J'y voyais de moins en moins clair. Sa mère, sa sœur faisaient un séjour à Paris et je ne le rencontrais plus seul. Il me semblait que nous jouions à cache-cache et peut-être finirions-nous par ne jamais nous trouver. L'aimais-je ou non ? M'aimerait-il ? Ma mère me répéta, d'un ton mi-figue mi-raisin, qu'il avait dit à la sienne : « Elle est très jolie, Simone ; c'est dommage que tante Françoise l'habille si mal. » La critique ne me concernait pas : je retins que ma tête lui plaisait. Il avait seulement dix-neuf ans, des études à achever, son service militaire à faire ; il était normal qu'il ne parlât de mariage que par vagues allusions ; cette réserve ne démentait pas la chaleur de ses accueils, ses sourires, ses pressions de main. Il m'avait écrit : « Est-ce que ça te regarde ? » Dans l'affection que me témoignaient tante Germaine et Titite, il y avait cette année-là une espèce de complicité : sa famille, comme la mienne, semblait nous considérer comme engagés. Mais qu'est-ce qu'il pensait au juste ? Il avait l'air parfois si indifférent ! À la fin de novembre nous dînâmes dans un restaurant avec ses parents et les miens. Il bavarda, il plaisanta ; sa présence déguisait trop parfaitement son absence : je m'égarai dans cette mascarade. Pendant la moitié de la nuit, je pleurai.

Quelques jours plus tard, je vis pour la première fois de ma vie mourir quelqu'un : mon oncle Gaston, brusquement emporté par une occlusion intestinale. Il agonisa toute une nuit. Tante Marguerite lui tenait la main, et lui disait des mots qu'il n'entendait pas. Ses enfants étaient à son chevet, et mes parents, ma sœur et moi. Il râlait, et il vomissait des choses noires. Quand il s'arrêta de respirer, sa mâchoire pendait, et on noua une mentonnière autour de sa tête. Mon père que je n'avais jamais vu pleurer sanglotait. La violence de mon désespoir surprit tout le monde et moi-même. J'aimais bien mon oncle, et le souvenir de nos parties de chasse à Meyrignac, dans le petit matin ; j'aimais bien ma cousine Jeanne et j'avais horreur de me dire : elle est orpheline. Mais ni mes regrets, ni ma compassion ne justifiaient l'ouragan qui me dévasta pendant deux jours : je ne supportais pas ce regard noyé que mon oncle avait jeté à sa femme, juste avant de mourir, et où déjà l'irréparable était accompli. Irréparable ; irrémédiable : ces mots martelaient ma tête, à la faire éclater ; et

282

un autre leur répondait : inévitable. Peut-être moi aussi je verrais ce regard dans les yeux de l'homme que j'aurais longuement aimé.

Ce fut Jacques qui me consola. Il parut si ému de mes yeux ravagés, il se montra si affectueux que je séchai mes larmes. Au cours d'un déjeuner chez sa grand-mère Flandin, elle me dit incidemment : « Tu ne serais plus toi si tu ne travaillais pas. » Jacques me regarda avec tendresse : « J'espère que ça serait elle tout de même. » Et je pensai : « J'avais tort de douter : il m'aime. » Je dînai chez lui la semaine suivante, et il me confia dans un bref aparté qu'il était sorti de ses embêtements mais qu'il craignait d'être en train de s'embourgeoiser. Et puis, tout de suite après le repas, il décampa. Je lui inventai des excuses, mais aucune ne me convainquit : il ne serait pas parti s'il avait tenu à moi. Tenait-il solidement à quelque chose ? Décidément il me semblait instable, versatile ; il se perdait dans de petites camaraderies et de petits ennuis ; il ne se souciait pas des problèmes qui me tourmentaient ; il manquait de conviction intellectuelle. Je retombai dans le désarroi : « Ne pourrai-je jamais m'arracher de lui, contre qui parfois je me révolte ? Je l'aime, je l'aime intensément : et je ne sais même pas s'il est fait pour moi. »

Le fait est qu'il y avait entre Jacques et moi bien des différences. Traçant mon portrait au milieu de l'automne, ce que je notai d'abord, c'est ce que j'appelais mon sérieux : « Un sérieux austère, implacable, dont je ne comprends pas la raison mais auquel je me soumets comme à une écrasante nécessité. » Depuis mon enfance, je m'étais toujours montrée entière, extrême, et j'en tirais fierté. Les autres s'arrêtaient à mi-chemin de la foi ou du scepticisme, de leurs désirs, de leurs projets : je méprisais leur tiédeur. J'allais au bout de mes sentiments, de mes idées, de mes entreprises ; je ne prenais rien à la légère ; et comme dans ma petite enfance je voulais que tout dans ma vie fût justifié par une sorte de nécessité. Cet entêtement me privait, je m'en rendais compte, de certaines qualités, mais il n'était pas question de m'en départir ; mon sérieux, c'était « tout moi », et je tenais énormément à moi.

Je ne reprochais pas à Jacques sa désinvolture, ses paradoxes, ses ellipses ; je le pensais plus artiste, plus sensible, plus spontané et plus doué que moi ; par moments je ressuscitais le mythe de Théagène et Euphorion et j'étais prête à placer au-dessus de mes mérites la grâce qui l'habitait. Mais au lieu que, chez Zaza autrefois, je ne trouvais rien à critiquer, certains traits de Jacques me gênaient : « Son goût des formules ; des enthousiasmes trop grands pour leur objet ; des dédains un peu affectés. » Il manquait de profondeur, de persévérance, et parfois, ce qui me semblait plus grave, de sincérité. Il m'arrivait de m'irriter de ses dérobades ; et je le soupçonnais parfois de prendre complaisamment prétexte de son scepticisme pour s'épargner le moindre effort. Il se plaignait de ne croire à rien ; je m'acharnais à lui proposer des buts ; il me semblait exaltant de travailler à se développer, à s'enrichir ; c'est en ce sens que je comprenais le précepte de Gide : « Faire de soi un être irremplaçable » ; mais si je le rappelais à Jacques, il haussait les épaules : « Pour ça il n'y a qu'à se coucher et à dormir. » Je le pressais d'écrire ; j'étais certaine qu'il ferait de beaux livres, s'il voulait : « À quoi bon ? » me répondait-il. Et le dessin, la peinture ? il avait des dons. Il me répondait : « À quoi bon ? » À toutes mes suggestions, il opposait ces trois petits mots. « Jacques s'obstine à vouloir bâtir dans l'absolu ; il devrait pratiquer Kant ; il n'arrivera à rien dans cette direction », notai-je un jour avec naïveté. Pourtant je me doutais bien que l'attitude de Jacques n'avait rien à voir avec la métaphysique et je la jugeais d'ordinaire avec sévérité : je n'aimais pas la paresse, ni l'étourderie, ni l'inconstance. De son côté, je sentais que souvent ma bonne foi l'agaçait. Une amitié pouvait s'arranger de ces divergences ; elles rendaient redoutable la perspective d'une vie commune.

Je ne m'en serais pas tant inquiétée si j'avais seulement constaté une opposition entre nos caractères ; mais je me rendais compte qu'autre chose était en jeu : l'orientation de nos existences. Le jour où il prononça le mot de mariage, je fis longuement le bilan de ce qui nous séparait : « Jouir de belles choses lui suffit ; il accepte le luxe et la vie facile, il aime le bonheur. Moi, il me faut une vie dévorante. J'ai besoin d'agir, de me dépenser, de réaliser ; il me faut un but à atteindre, des difficultés à vaincre, une œuvre à accomplir. Je ne suis pas faite pour le luxe. Jamais je ne pourrai me satisfaire de ce qui le satisfait. »

Le luxe de la maison Laiguillon n'avait rien d'ébouriffant ; ce que je refusais en fait, ce que je reprochais à Jacques d'accepter, c'était la condition bourgeoise. Notre entente reposait sur une équivoque qui explique les incohérences de mon cœur. À mes yeux, Jacques échappait à sa classe parce qu'il était inquiet : je ne réalisai pas que l'inquiétude était la manière dont cette génération bourgeoise essayait de se récupérer ; cependant, je sentais que le jour où le mariage l'en aurait délivré, Jacques coïnciderait exactement avec son personnage de jeune patron et de chef de famille. En vérité, tout ce qu'il souhaitait, c'était remplir un jour avec conviction le rôle que lui assignait sa naissance et il comptait sur le mariage, comme Pascal sur l'eau bénite, pour acquérir la foi qui lui manquait. Cela je ne me le disais pas encore clairement, mais je compris qu'il considérait le mariage comme une solution et non comme un point de départ. Pas question de s'élever ensemble vers des cimes : si je devenais Mme Laiguillon, je serais vouée à l'entretien d'un « foyer clos ». Peut-être n'était-ce pas absolument inconciliable avec mes aspirations personnelles ? Je me méfiais des conciliations et celle-ci en particulier me paraissait périlleuse. Quand je partagerais l'existence de Jacques, j'aurais bien du mal à me défendre contre lui puisque déjà son nihilisme me contaminait. J'essayais de le récuser en m'appuyant sur l'évidence de mes passions, de mes volontés ; souvent j'y réussissais. Dans les moments de découragement, j'inclinais cependant à lui donner raison. Sous son influence et pour lui complaire, ne me laisserais-je pas entraîner à sacrifier tout ce qui faisait « ma valeur » ? Je me révoltais contre cette mutilation. Voilà pourquoi pendant tout cet hiver mon amour pour Jacques fut si douloureux. Ou bien il se gaspillait, il s'égarait loin de moi, et j'en souffrais ; ou il cherchait l'équilibre dans un « embourgeoisement » qui aurait pu le rapprocher de moi mais où je voyais une déchéance ; je ne pouvais pas le suivre dans ses désordres, je ne voulais pas m'installer avec lui dans un ordre que je méprisais. Nous n'avions foi ni l'un ni l'autre dans les valeurs traditionnelles ; mais moi j'étais décidée à en découvrir ou à en inventer d'autres ; et lui ne voyait rien au-delà ; il oscillait de la dissipation au marasme et la sagesse à laquelle il se ralliait était celle du consentement ; il ne songeait pas à changer la vie, mais à s'y adapter. Moi, je cherchais un dépassement.

Il m'arriva bien souvent de pressentir entre nous une incompatibilité et je me désolais : « Le bonheur, la vie, c'est lui ! Ah ! le bonheur, la vie qui devraient être tout ! » Pourtant je ne me décidai pas à arracher Jacques de mon cœur. Il partit en tournée pour un mois à travers la France ; il allait voir des curés, des églises, et chercher à placer les vitraux Laiguillon. C'était l'hiver, il faisait froid : je me repris à désirer la chaleur de sa présence, un amour paisible, un foyer à nous, à moi. Je ne me posais plus de questions. Je lisais *L'Adieu à l'adolescence* de Mauriac, j'en apprenais par cœur de longs passages languides que je me récitais dans les rues.

Si je m'entêtai dans cet amour, c'est d'abord qu'à travers mes hésitations je gardai toujours à Jacques une affection émue ; il était charmant, charmeur, et sa gentillesse, capricieuse, mais réelle, avait bouleversé plus d'un cœur ; le mien était sans défense : une intonation, un regard suffisait à y déchaîner une gratitude éperdue. Jacques ne m'éblouissait plus ; pour comprendre les livres, les tableaux, je me passais de lui ; mais j'étais touchée par sa confiance et par ses accès d'humilité. Tous les autres, les jeunes gens bornés, les adultes rassis, ils savaient tout sur toutes choses, et quand ils disaient : « Je ne comprends pas ! » ce n'était jamais à eux qu'ils donnaient tort. Comme j'étais reconnaissante à Jacques de ses incertitudes ! Je voulais l'aider comme il m'avait aidée. Plus encore que par notre passé je me sentais liée à lui par une espèce de pacte qui me rendait son « salut » plus nécessaire que le mien. Je crus d'autant plus fermement à cette prédestination que je ne connaissais aucun homme, jeune ou vieux, avec qui il me fût possible d'échanger deux mots. Si Jacques n'était pas fait pour moi, alors personne ne l'était, et il fallait en revenir à une solitude que je trouvais bien amère.

Dans les moments où de nouveau je me vouais à Jacques, je redressais sa statue : « Tout ce qui me vient de Jacques m'apparaît comme un jeu, un manque de courage, une lâcheté — et puis je retrouve la vérité de ce qu'il m'a dit. » Son scepticisme manifestait sa lucidité ; au fond, c'était moi qui manquais de courage quand je me déguisais la triste relativité des fins humaines ; lui, il osait s'avouer qu'aucun but ne méritait un effort. Il perdait son temps dans les bars ? il y fuyait son désespoir, et il lui arrivait d'y rencontrer la poésie. Au lieu de lui reprocher ses gaspillages, il fallait admirer sa prodigalité : il ressemblait à ce roi de Thulé, qu'il aimait à citer, et qui n'hésita pas à jeter à la mer sa plus belle coupe d'or pour la chance d'un soupir. J'étais incapable de pareils raffinements, mais ça ne m'autorisait pas à en méconnaître le prix. Je me persuadai qu'un jour Jacques les exprimerait dans une œuvre. Il ne me décourageait pas tout à fait : il m'annonçait de temps en temps qu'il avait trouvé un titre formidable. Il fallait patienter, lui faire crédit. Ainsi opérais-je de la déception à l'enthousiasme des rétablissements ardus.

La principale raison de mon acharnement, c'est que, en dehors de cet amour, ma vie me semblait désespérément vide et vaine. Jacques n'était que lui ; mais à distance il devenait tout : tout ce que je ne possédais pas. Je lui devais des joies, des peines dont la violence seule me sauvait de l'aride ennui où j'étais enlisée.

Zaza rentra à Paris au début d'octobre. Elle avait fait couper ses beaux cheveux noirs, et sa nouvelle coiffure dégageait plaisamment son visage un peu maigre. Habillée dans le style de Saint-Thomas-d'Aquin, confortablement, quoique sans élégance, elle portait toujours de petites cloches enfoncées jusqu'aux sourcils, et souvent des gants. Le jour où je la retrouvai, nous

escompter — ajout

passâmes l'après-midi sur les quais de la Seine et dans les Tuileries ; elle avait cet air sérieux et même un peu triste qui lui était à présent habituel. Elle me dit que son père venait de changer de situation ; on avait donné à Raoul Dautry le poste d'ingénieur en chef des chemins de fer de l'État que M. Mabille escomptait ; dépité, il avait accepté les propositions que lui faisait depuis longtemps la maison Citroën : il gagnerait énormément d'argent. Les Mabille allaient s'installer dans un luxueux appartement, rue de Berri ; ils avaient acheté une auto ; ils seraient amenés à sortir et à recevoir beaucoup plus qu'autrefois. Ça n'avait pas l'air d'enchanter Zaza ; elle me parla avec impatience de cette vie mondaine qu'on lui imposait, et je compris que si elle courait les mariages, les enterrements, les baptêmes, les premières communions, les thés, les lunchs, les ventes de charité, les réunions de famille, les goûters de fiançailles, les soirées dansantes, ce n'était pas de gaieté de cœur ; elle jugeait son milieu avec autant de sévérité que par le passé, et même, il lui pesait davantage. Avant les vacances, je lui avais prêté quelques livres ; elle me dit qu'ils l'avaient fait beaucoup réfléchir ; elle avait relu trois fois *Le Grand Meaulnes* : jamais un roman ne l'avait autant remuée. Elle me sembla soudain très proche et je lui parlai un peu de moi : sur bien des points, elle pensait tout à fait les mêmes choses. « J'ai retrouvé Zaza ! » me dis-je joyeusement quand, au soir tombant, je la quittai.

Nous prîmes l'habitude de nous promener ensemble tous les dimanches matin. Ni sous son toit, ni sous le mien, le tête-à-tête ne nous eût guère été possible ; et nous ignorions absolument l'usage des cafés : « Mais que font tous ces gens ? ils n'ont donc pas de foyer ? » me demanda une fois Zaza en passant devant le Régence. Nous arpentions donc les allées du Luxembourg ou les

Champs-Élysées ; quand il faisait beau, nous nous asseyions sur des chaises de fer, au bord d'une pelouse. Nous empruntions au cabinet d'Adrienne Monnier les mêmes livres : nous lûmes avec passion la correspondance d'Alain-Fournier et de Jacques Rivière ; elle préférait, de loin, Fournier ; j'étais séduite par la rapacité méthodique de Rivière. Nous discutions, nous commentions notre vie quotidienne. Zaza avait de sérieuses difficultés avec Mme Mabille qui lui reprochait de consacrer trop de temps à l'étude, à la lecture, à la musique et de négliger « ses devoirs sociaux » ; les livres que Zaza aimait lui paraissaient suspects ; elle s'inquiétait. Zaza avait pour sa mère la même dévotion qu'autrefois, et elle ne supportait pas de lui faire de la peine. « Pourtant, il y a des choses auxquelles je ne veux pas renoncer ! » me dit-elle d'une voix angoissée. Elle redoutait, dans l'avenir, de plus graves conflits. À force de se traîner d'entrevue en entrevue, Lili, qui avait déjà vingt-trois ans, finirait bien par se caser ; alors on songerait à marier Zaza. « Je ne me laisserai pas faire, me disait-elle. Mais je serai obligée de me disputer avec maman ! » Sans lui parler de Jacques, ni de mon évolution religieuse, je lui disais moi aussi beaucoup de choses. Au lendemain de cette nuit que je passai dans les larmes, après un dîner avec Jacques, je me sentis incapable de me traîner seule, jusqu'au soir ; j'allai sonner chez Zaza et aussitôt assise en face d'elle, j'éclatai en sanglots. Elle fut si consternée que je lui racontai tout.

Le plus clair de mes journées, je le passais, comme d'habitude, à travailler. Mademoiselle Lambert faisait cette année-là des cours de logique et d'histoire de la philosophie et je commençai par ces deux certificats. J'étais contente de me remettre à la philosophie. Je restais aussi sensible que dans mon enfance à l'étrangeté de

ma présence sur cette terre qui sortait d'où ? qui allait
où ? J'y pensais souvent, avec stupeur, et sur mes carnets
je m'interrogeais ; il me semblait être dupe « d'un tour
de prestidigitation dont le truc est enfantin, mais qu'on
n'arrive pas à deviner ». J'espérais sinon l'élucider, au
moins le cerner de plus près. Comme je possédais pour
tout bagage ce que m'avait enseigné l'abbé Trécourt, je
commençai par tâtonner difficilement à travers les systèmes de Descartes et de Spinoza. Parfois, ils m'emportaient très haut, dans l'infini : j'apercevais la terre à mes
pieds comme une fourmilière et la littérature même
devenait un vain grésillement ; parfois je n'y voyais
que de maladroits échafaudages, sans rapport avec la
réalité. J'étudiai Kant, et il me convainquit que personne ne me découvrirait le dessous des cartes. Sa critique me parut si pertinente, j'eus tant de plaisir à la
comprendre que sur le moment, je ne m'attristai pas.
Cependant, si elle échouait à m'expliquer l'univers et
moi-même, je ne savais plus trop que demander à la
philosophie ; je m'intéressai modérément à des doctrines
que d'avance je récusais. Je fis sur « la preuve ontologique
chez Descartes » une dissertation que Mademoiselle
Lambert jugea médiocre. Cependant elle avait décidé de
s'intéresser à moi et j'en fus flattée. Pendant ses cours
de logique, je me distrayais à la regarder. Elle portait
toujours des robes bleues, simples, mais recherchées ;
je trouvais un peu monotone la froide ardeur de son
regard, mais j'étais toujours surprise par ses sourires
qui transformaient son masque sévère en un visage de
chair. On disait qu'elle avait perdu son fiancé à la guerre
et qu'à la suite de ce deuil elle avait renoncé au siècle.
Elle inspirait des passions : on l'accusait même d'abuser
de son ascendant ; certaines étudiantes s'affiliaient par
amour pour elle à ce tiers-ordre qu'elle dirigeait aux

côtés de Madame Daniélou ; et puis après avoir appâté ces jeunes âmes, elle se dérobait à leur dévotion. Peu m'importait. Selon moi, il ne suffisait pas de penser seulement, ni de seulement vivre ; je n'estimais tout à fait que les gens qui « pensaient leur vie » ; or Mademoiselle Lambert ne « vivait » pas. Elle faisait des cours et travaillait à une thèse : je trouvais cette existence bien aride. Néanmoins, j'avais plaisir à m'asseoir dans son bureau, bleu comme ses robes et ses yeux ; il y avait toujours sur sa table, dans un vase de cristal, une rose thé. Elle me conseillait des livres ; elle me prêta *La Tentation de l'Occident*, d'un jeune inconnu qui s'appelait André Malraux. Elle m'interrogeait sur moi-même, avec intensité, mais sans m'effaroucher. Elle admit aisément que j'aie perdu la foi. Je lui parlai de beaucoup de choses, et de mon cœur : pensait-elle qu'on dût se résigner à l'amour et au bonheur ? Elle me regarda avec une espèce d'anxiété : « Croyez-vous, Simone, qu'une femme puisse s'accomplir hors de l'amour et du mariage ? » Sans aucun doute, elle avait, elle aussi, ses problèmes ; mais ce fut la seule fois qu'elle y fit allusion, son rôle était de m'aider à résoudre les miens. Je l'écoutais sans grande conviction ; je ne pouvais pas oublier, malgré sa discrétion, qu'elle avait misé sur le ciel ; mais je lui savais gré de se soucier si chaleureusement de moi et sa confiance me réconfortait.

Je m'étais inscrite en juillet aux Équipes sociales. La directrice des sections féminines, une grosse personne violacée, me mit à la tête de l'Équipe de Belleville. Elle convoqua au début d'octobre une réunion de « responsables » pour nous dispenser des instructions. Les jeunes filles que je rencontrai à cette séance ressemblaient de façon regrettable à mes anciennes compagnes du cours Désir. J'avais deux collaboratrices, chargées d'enseigner l'une l'anglais, l'autre la gymnastique ; elles approchaient de la trentaine et ne sortaient jamais le soir sans leurs parents. Notre groupe était installé dans une espèce de Centre d'assistance sociale qu'administrait une grande fille brune, assez belle, d'environ vingt-cinq ans ; elle s'appelait Suzanne Boigue et me fut sympathique. Mais mes nouvelles activités me donnèrent peu de satisfaction. Un soir par semaine, pendant deux heures, j'expliquais Balzac ou Victor Hugo à de petites apprenties, je leur prêtais des livres, nous causions ; elles venaient en assez grand nombre, et assidûment ; mais c'était surtout pour se retrouver entre elles et pour entretenir de bons rapports avec le Centre qui leur rendait des services plus substantiels. Il abritait aussi une équipe masculine ; des séances récréatives, des bals réunissaient assez souvent garçons et filles ; la danse, le flirt et tout ce qui s'ensuivait les attiraient bien plus que les cercles d'études. Je trouvai ça normal. Mes élèves travaillaient toute la journée dans des ateliers de couture ou de mode ; les connaissances, d'ailleurs incohérentes, qu'on leur distribuait, n'avaient aucun rapport avec leur expérience, et ne leur servaient à rien. Je ne voyais pas d'inconvénient à leur faire lire *Les Misérables* ou *Le Père Goriot* ; mais Garric se trompait bien s'il s'imaginait que je leur apportais une culture ; et je répugnais à suivre les instructions qui m'engageaient à leur parler de la grandeur humaine ou de la valeur de la souffrance : j'aurais eu l'impression de me moquer d'elles. Quant à l'amitié, là aussi Garric m'avait bernée. L'atmosphère du Centre était assez gaie ; mais entre les jeunes de Belleville et ceux qui, comme moi, venaient à eux, il n'y avait ni intimité, ni réciprocité. On tuait le temps ensemble, rien de plus. Mon désenchantement rejaillit sur Garric. Il vint faire une conférence et je

passai une bonne partie de la soirée avec Suzanne Boigue et lui. J'avais passionnément désiré lui parler un
jour, en adulte, sur un pied d'égalité : et la conversation me sembla fastidieuse. Il rabâchait toujours les
mêmes idées : l'amitié doit remplacer la haine ; au lieu
de penser par partis, syndicats, révolutions, il faut penser métier, famille, région ; le problème est de sauver
en tout homme la valeur humaine. Je l'écoutai distraitement. Mon admiration pour lui s'était éteinte en même
temps que ma foi dans son œuvre. Un peu plus tard,
Suzanne Boigue me demanda de donner des leçons par
correspondance à des malades de Berck : j'acceptai. Ce
travail me parut efficace dans sa modestie. Je conclus
néanmoins que l'action était une solution décevante :
on se procurait de fallacieux alibis en prétendant se
dévouer à autrui. Je n'eus pas l'idée que l'action pût
prendre des formes bien différentes de celle que je
condamnais. Car si je pressentis dans les Équipes une
mystification, j'en fus tout de même victime. Je crus
avoir un véritable contact avec « le peuple » ; il me
parut cordial, déférent, et tout disposé à collaborer avec
les privilégiés. Cette expérience truquée ne fit qu'aggraver
mon ignorance.

Personnellement, ce que j'appréciais le plus dans les
Équipes, c'est qu'elles me permettaient de passer une
soirée hors de la maison. J'avais retrouvé avec ma sœur
une grande intimité ; je lui parlais de l'amour, de l'amitié, du bonheur et de ses pièges, de la joie, des beautés
de la vie intérieure ; elle lisait Francis Jammes, Alain-
Fournier. En revanche, mes rapports avec mes parents
ne s'amélioraient pas. Ils auraient été sincèrement
navrés s'ils avaient soupçonné combien leur attitude
m'affectait : ils ne le soupçonnaient pas. Ils tenaient
mes goûts et mes opinions pour un défi au bon sens et

néfast → harmful

à eux-mêmes, et ils contre-attaquaient à tout bout de champ. Souvent ils en appelaient à leurs amis ; ils dénonçaient en chœur le charlatanisme des artistes modernes, le snobisme du public, la décadence de la France et de la civilisation : pendant ces réquisitoires tous les regards se braquaient sur moi. M. Franchot, brillant causeur, féru de littérature, auteur de deux romans qu'il avait fait imprimer à ses frais, me demanda un soir d'une voix sarcastique quelles beautés je trouvais au *Cornet à dés* de Max Jacob. « Ah ! dis-je sèchement, ce n'est pas perméable au premier regard. » On s'esclaffa et je conviens que j'avais donné barre sur moi : mais en de pareils cas, je n'avais d'autre alternative que le pédantisme ou la grossièreté. Je m'appliquais à ne pas réagir aux provocations, mais mes parents ne s'accommodaient pas de cette fausse mort. Convaincus que je subissais de néfastes influences, ils m'interrogeaient avec soupçon : « Qu'est-ce qu'elle a donc de si extraordinaire, ta Mademoiselle Lambert ? » demandait mon père. Il me reprochait de n'avoir pas le sens de la famille et de lui préférer des étrangers. Ma mère admettait en principe qu'on aimât mieux les amis qu'on s'était choisis que de lointains parents, mais elle jugeait excessifs mes sentiments pour Zaza. Le jour où j'allai pleurer chez celle-ci à l'improviste, je signalai cette visite. « J'ai passé chez Zaza. — Tu l'as déjà vue dimanche ! dit ma mère. Tu n'as pas besoin d'être tout le temps fourrée chez elle ! » Une longue scène s'ensuivit. Un autre sujet de conflit, c'était mes lectures. Ma mère n'en prenait pas son parti ; elle pâlit en feuilletant *La Nuit kurde* de Jean-Richard Bloch. Elle faisait part à tout le monde du souci que je lui donnais : à mon père, à Mme Mabille, à mes tantes, à mes cousines, à ses amies. Je n'arrivais pas à me résigner à cette méfiance que je sentais autour de moi. Que les soirées me semblaient longues, et les dimanches ! Ma mère disait qu'on ne pouvait pas faire de feu dans la cheminée de ma chambre ; je dressais donc une table de bridge au salon, où brûlait une salamandre et dont la porte demeurait traditionnellement grande ouverte. Ma mère entrait, sortait, allait, venait et se penchait sur mon épaule : « Qu'est-ce que tu fais ? Qu'est-ce que c'est que ce livre ? » Douée d'une vitalité robuste, qu'elle n'avait guère l'occasion de dépenser, elle croyait aux vertus de la gaieté. Chantant, riant, plaisantant, elle essayait de ressusciter à elle seule les joyeux éclats qui remplissaient la maison au temps où mon père ne nous quittait pas chaque soir et où la bonne humeur régnait. Elle réclamait ma complicité et si je manquais d'allant, elle s'inquiétait : « À quoi penses-tu ? Qu'est-ce que tu as ? Pourquoi fais-tu cette tête-là ? Naturellement, à ta mère tu ne veux rien dire... » Quand enfin elle se couchait, j'étais trop fatiguée pour profiter de ce répit. Comme j'aurais voulu pouvoir simplement aller au cinéma ! Je m'étendais sur le tapis avec un livre, mais j'avais la tête si lourde que souvent je m'endormais. J'allais me coucher, le cœur brouillé. Je me réveillais le matin dans l'ennui, et mes journées se traînaient tristement. Les livres, j'en étais écœurée : j'en avais trop lu qui rabâchaient tous les mêmes refrains ; ils ne m'apportaient pas un espoir neuf. J'aimais mieux tuer le temps dans les galeries de la rue de Seine ou de la rue La Boétie : la peinture me sortait de moi-même. J'essayais d'en sortir. Parfois, je me perdais dans les cendres du couchant ; je regardais flamber contre une pelouse vert pâle de pâles chrysanthèmes jaunes ; à l'heure où la lumière des réverbères changeait en décors d'opéra les feuillages du Carrousel, j'écoutais les jets d'eau. La bonne volonté ne me manquait pas ; il suffisait d'un rayon de soleil pour que mon sang bondît. Mais c'était l'automne, il bruinait ; mes joies étaient rares et s'effilochaient vite. L'ennui revenait, et le désespoir. L'année passée aussi avait mal commencé ; je comptais me mêler joyeusement au monde ; on m'avait retenue en cage, et puis exilée. Je m'étais tirée d'affaire par un travail négatif : la rupture avec mon passé, avec mon milieu ; j'avais fait aussi de grandes découvertes : Garric, l'amitié de Jacques, les livres. J'avais repris confiance dans l'avenir et plané haut dans le ciel, vers un destin héroïque. Quelle chute ! À nouveau, l'avenir, c'était aujourd'hui et toutes les promesses auraient dû être tenues sans attendre. Il fallait servir : à quoi ? à qui ? J'avais beaucoup lu, réfléchi, appris, j'étais prête, j'étais riche, me disais-je : personne ne me réclamait rien. La vie m'avait paru si pleine que pour répondre à ses appels infinis j'avais cherché fanatiquement à tout utiliser de moi : elle était vide ; aucune voix ne me sollicitait. Je me sentais des forces pour soulever la terre : et je ne trouvais pas le moindre caillou à remuer. Ma désillusion fut brutale : « Je *suis* tellement plus que je ne peux *faire* ! » Il ne suffisait pas d'avoir renoncé à la gloire, au bonheur ; je ne demandais même plus que mon existence fût féconde, je ne demandais plus rien ; j'apprenais avec douleur « la stérilité d'être ». Je travaillais pour avoir un métier ; mais un métier, c'est un moyen : vers quelle fin ? Le mariage, pour quoi faire ? Élever des enfants ou corriger des devoirs, c'était la même inutile ritournelle. Jacques avait raison : à quoi bon ? Les gens se résignaient à exister en vain : pas moi. Mademoiselle Lambert comme ma mère égrenaient des journées mortes, elles se contentaient de s'occuper : « Moi je voudrais une exigence telle qu'elle ne me laisse le temps de m'occuper à rien ! » Je n'en rencontrais pas et dans mon impatience j'universalisais mon cas particulier : « Rien n'a besoin de moi, rien n'a besoin de personne, parce que rien n'a besoin d'être. »

Ainsi retrouvais-je en moi ce « nouveau mal du siècle » dénoncé par Marcel Arland dans un article de la *N.R.F.* qui avait fait grand bruit. Notre génération, expliquait-il, ne se consolait pas de l'absence de Dieu ; elle découvrait avec détresse qu'en dehors de lui, il n'existait que des occupations. J'avais lu cet essai quelques mois plus tôt, avec intérêt, mais sans trouble ; alors, je me passais très bien de Dieu et si j'utilisais son nom, c'était pour désigner un vide qui avait à mes yeux l'éclat de la plénitude. À présent encore, je ne souhaitais pas du tout qu'il existât, et même il me semblait que si j'avais cru en lui, je l'aurais détesté. Tâtonnant sur des chemins dont il connaissait les moindres détours, ballottée au hasard de sa grâce, pétrifiée par son infaillible jugement, mon existence n'eût été qu'une épreuve stupide, et vaine. Aucun sophisme n'aurait pu me convaincre que le Tout-Puissant avait besoin de ma misère : ou alors c'eût été par jeu. Quand la condescendance amusée des adultes transformait autrefois ma vie en une puérile comédie, je me convulsais de rage : aujourd'hui, j'aurais refusé non moins furieusement de me faire le singe de Dieu. Si j'avais retrouvé au ciel, amplifié à l'infini, le monstrueux alliage de fragilité et de rigueur, de caprice et de fausse nécessité qui m'opprimait depuis ma naissance, plutôt que de l'adorer, j'aurais choisi de me damner. Le regard rayonnant d'une malicieuse bonté, Dieu m'aurait volé la terre, ma vie, autrui, moi-même. Je tenais pour une grande chance de m'être sauvée de lui.

Mais alors, pourquoi répétais-je avec désolation que « tout est vanité » ? En vérité, le mal dont je souffrais, c'était d'avoir été chassée du paradis de l'enfance et de n'avoir pas retrouvé une place parmi les hommes. Je m'étais installée dans l'absolu pour pouvoir regarder de haut ce monde qui me rejetait ; maintenant, si je voulais agir, faire une œuvre, m'exprimer, il fallait y redescendre : mais mon mépris l'avait anéanti, je n'apercevais tout autour de moi que le vide. Le fait est que je n'avais encore mis la main sur rien. Amour, action, œuvre littéraire : je me bornais à secouer des concepts dans ma tête ; je contestais abstraitement d'abstraites possibilités et j'en concluais à la navrante insignifiance de la réalité. Je souhaitais tenir fermement quelque chose, et trompée par la violence de ce désir indéfini, je le confondais avec un désir d'infini.

Mon indigence, mon impuissance m'auraient moins inquiétée si j'avais soupçonné à quel point j'étais encore bornée, ignare ; une tâche m'aurait requise : m'informer ; et d'autres sans doute se seraient bientôt proposées. Mais le pire, quand on habite une prison sans barreaux, c'est qu'on n'a pas même conscience des écrans qui bouchent l'horizon ; j'errais à travers un épais brouillard, et je le croyais transparent. Les choses qui m'échappaient, je n'en entrevoyais même pas la présence.

L'histoire ne m'intéressait pas. À part l'ouvrage de Vaulabelle sur les deux Restaurations, les mémoires, récits, chroniques qu'on m'avait fait lire m'avaient paru, comme les cours de Mademoiselle Gontran, un fatras d'anecdotes sans signification. Ce qui arrivait en ce moment ne devait guère mériter davantage mon attention. Mon père et ses amis parlaient inlassablement de politique et je savais que tout allait de travers : je n'avais pas envie de mettre le nez dans cette noire confusion. Les problèmes qui les agitaient — le redressement du franc, l'évacuation de la Rhénanie, les utopies de la S.D.N. — me paraissaient du même ordre que les affaires de famille et les ennuis d'argent ; ils ne me concernaient pas. Jacques, Zaza ne s'en souciaient pas ; Mademoiselle Lambert n'en parlait jamais ; les écrivains de la *N.R.F.* — je n'en lisais guère d'autres — n'y touchaient pas, sauf parfois Drieu la Rochelle, mais en termes pour moi hermétiques. En Russie, peut-être, il se passait des choses : mais c'était très loin. Sur les questions sociales, les Équipes m'avaient brouillé les idées, et la philosophie les dédaignait. À la Sorbonne, mes professeurs ignoraient systématiquement Hegel et Marx ; dans son gros livre sur *Le progrès de la conscience en Occident*, c'est à peine si Brunschvicg avait consacré trois pages à Marx, qu'il mettait en parallèle avec un penseur réactionnaire des plus obscurs. Il nous enseignait l'histoire de la pensée scientifique, mais personne ne nous racontait l'aventure humaine. Le sabbat sans queue ni tête que les hommes menaient sur terre pouvait intriguer des spécialistes : il n'était pas digne d'occuper le philosophe. Somme toute, quand celui-ci avait compris qu'il ne savait rien et qu'il n'y avait rien à savoir, il savait tout. Ainsi s'explique que j'aie pu écrire en janvier : « Je sais tout, j'ai fait le tour de toutes choses. » L'idéalisme subjectiviste auquel je me ralliais privait le monde de son épaisseur et de sa singularité : il n'est pas étonnant que même en imagination je n'aie rien trouvé de solide à quoi m'accrocher.

Tout convergeait donc pour me convaincre de l'insuffisance des choses humaines : ma propre condition, l'influence de Jacques, les idéologies qu'on m'enseignait, et la littérature de l'époque. La plupart des écrivains ressassaient « notre inquiétude », et m'invitaient à un lucide désespoir. Je poussai à l'extrême ce nihilisme.

Toute religion, toute morale, était une duperie, y compris le « culte du moi ». Je jugeai — non sans raison — artificielles les fièvres que j'avais naguère complaisamment entretenues. J'abandonnai Gide et Barrès. Dans tout projet je voyais une fuite, dans le travail un divertissement aussi futile qu'un autre. Un jeune héros de Mauriac considérait ses amitiés et ses plaisirs comme des « branches » qui le soutenaient précairement au-dessus du néant : je lui empruntai ce mot. On avait le droit de se raccrocher à des branches, mais à condition de ne pas confondre le relatif avec l'absolu, la déroute avec la victoire. Je jugeais autrui d'après ces normes ; seuls existaient pour moi les gens qui regardaient en face, sans tricher, ce rien qui ronge tout ; les autres n'existaient pas. Je tenais a priori les ministres, les académiciens, les messieurs décorés, tous les importants, pour des Barbares. Un écrivain se devait d'être maudit ; toute réussite prêtait au soupçon, et je me demandais si le fait même d'écrire n'impliquait pas une faille : seul le silence de Monsieur Teste me semblait exprimer dignement l'absolu désespoir humain. Je ressuscitai ainsi, au nom de l'absence de Dieu, l'idéal de renoncement au siècle que m'avait inspiré son existence. Mais cette ascèse ne débouchait plus sur aucun salut. L'attitude la plus franche, somme toute, c'était de se supprimer ; j'en convenais et j'admirais les suicides métaphysiques ; je ne songeai cependant pas à y recourir : j'avais bien trop peur de la mort. Seule à la maison, il m'arrivait de me débattre comme à quinze ans ; tremblante, les mains moites je criais, égarée : « Je ne veux pas mourir ! »

Et déjà la mort me rongeait. Comme je n'étais engagée dans aucune entreprise, le temps se décomposait en instants qui indéfiniment se reniaient ; je ne pouvais pas me résigner à « cette mort multiple et fragmentaire ». Je recopiais des pages de Schopenhauer, de Barrès, des vers de Madame de Noailles. Je trouvais d'autant plus affreux de mourir que je ne voyais pas de raisons de vivre.

Pourtant, j'aimais la vie, passionnément. Il suffisait de peu de chose pour me rendre confiance en elle, en moi : une lettre d'un de mes élèves de Berck, le sourire d'une apprentie de Belleville, les confidences d'une camarade de Neuilly, un regard de Zaza, un remerciement, un mot tendre. Dès que je me sentais utile ou aimée, l'horizon s'éclairait et à nouveau je me faisais des promesses : « Être aimée, être admirée, être nécessaire ; être quelqu'un. » J'étais de plus en plus sûre d'avoir « un tas de choses à dire » : je les dirais. Le jour où j'eus dix-neuf ans, j'écrivis, dans la bibliothèque de la Sorbonne, un long dialogue où alternaient deux voix qui étaient toutes deux les miennes : l'une disait la vanité de toute chose, et le dégoût et la fatigue ; l'autre affirmait qu'il est beau d'exister, fût-ce stérilement. D'un jour à l'autre, d'une heure à l'autre, je passais de l'abattement à l'orgueil. Mais pendant tout l'automne et tout l'hiver, ce qui domina en moi ce fut l'angoisse de me retrouver un jour « vaincue par la vie ».

Ces oscillations, ces doutes m'affolaient ; l'ennui m'étouffait et j'avais le cœur à vif. Quand je me jetais dans le malheur, c'était avec toute la violence de ma jeunesse, de ma santé, et la douleur morale pouvait me ravager avec autant de sauvagerie qu'une souffrance physique. Je marchais dans Paris, abattant des kilomètres, promenant sur des décors inconnus un regard brouillé par les pleurs. L'estomac creusé par la marche, j'entrais dans une pâtisserie, je mangeais une brioche et je me récitais ironiquement le mot de Heine : « Quelles

302

que soient les larmes qu'on pleure, on finit toujours par se moucher. » Sur les quais de la Seine, à travers mes sanglots, je me berçais avec des vers de Laforgue :

> Ô bien-aimé, il n'est plus temps, mon cœur se crève,
> Et trop pour t'en vouloir, mais j'ai tant sangloté…

J'aimais sentir la brûlure de mes yeux. Mais par moments, toutes mes armes me tombaient des mains. Je me réfugiais dans les bas-côtés d'une église pour pouvoir pleurer en paix ; je restais prostrée, la tête dans mes mains, suffoquée par d'âcres ténèbres.

Jacques revint à Paris à la fin de janvier. Dès le lendemain de son retour il sonna à la maison. Pour mon dix-neuvième anniversaire mes parents avaient fait faire des photos de moi, et il m'en demanda une ; jamais sa voix n'avait eu des inflexions aussi caressantes. Je tremblais lorsque huit jours plus tard je sonnai à sa porte, tant je redoutais une brutale rechute. Notre entrevue me ravit. Il avait commencé un roman, qui s'appelait *Les Jeunes Bourgeois*, et il me dit : « C'est beaucoup pour toi que je l'écris. » Il me dit aussi qu'il me le dédierait : « Je considère que c'est un dû. » Pendant quelques jours, je vécus dans l'exaltation. Je lui parlai de moi, la semaine suivante ; je lui racontai mon ennui, et que je ne trouvais plus aucun sens à la vie. « Il n'y a pas besoin de tant chercher », me répondit-il gravement. « Il faut faire simplement sa journée. » Il ajouta, un peu plus tard : « Il faut avoir l'humilité de reconnaître qu'on ne peut pas s'en tirer seul ; c'est plus facile de vivre pour quelqu'un d'autre. » Il me sourit : « La solution, c'est de faire de l'égoïsme à deux. »

Je me répétai cette phrase, ce sourire ; je ne doutais plus : Jacques m'aimait ; nous nous marierions. Mais décidément quelque chose clochait : mon bonheur ne dura pas plus de trois jours. Jacques revint à la maison ; je passai avec lui une soirée très gaie, et après son départ, je m'effondrai : « J'ai tout pour être heureuse, et je voudrais mourir ! La vie est là, elle me guette, elle va fondre sur nous. J'ai peur : je suis seule, je serai toujours seule... Si je pouvais fuir — où ? n'importe où. Un grand cataclysme qui nous emporterait. » Pour Jacques, se marier, c'était décidément faire une fin et moi je ne voulais pas en finir, pas si vite. Pendant un mois encore je me débattis. Je me persuadais par moments que je pourrais vivre auprès de Jacques sans me mutiler ; et puis la terreur me reprenait : « M'enfermer dans les limites d'un autre ! Horreur de cet amour qui m'enchaîne, qui ne me laisse pas libre. » « Désir de briser ce lien, d'oublier, de commencer une autre vie... » « Pas encore, je ne veux pas encore ce sacrifice de tout moi-même. » Pourtant j'avais vers Jacques de grands élans d'amour, et je ne m'avouais que par brefs éclairs : « Il n'est pas fait pour moi. » Je préférais protester que je n'étais pas faite pour l'amour ni pour le bonheur. Dans mon journal, j'en parlais, bizarrement, comme de données constituées une fois pour toutes, qu'il m'était loisible de rejeter ou d'accueillir, mais dont il ne m'appartenait pas de modifier le contenu. Au lieu de me dire : « Je crois de moins en moins pouvoir être heureuse avec Jacques », j'écrivais : « Je redoute de plus en plus le bonheur. » « Détresse aussi bien devant le oui que devant le non au bonheur. » « C'est quand je l'aime le plus que je déteste davantage l'amour que j'ai pour lui. » Je craignais que ma tendresse ne m'entraînât à devenir sa femme, et je refusais farouchement la vie qui attendait la future Mme Laiguillon.

Jacques de son côté avait ses caprices. Il me décochait des sourires enjôleurs ; il disait : « Il y a des êtres irremplaçables » en m'enveloppant d'un regard ému ; il me demandait de revenir le voir bientôt : il m'accueillait avec froideur. Il tomba malade au début de mars. Je lui rendis plusieurs visites : il y avait toujours des oncles, des tantes, des grand-mères à son chevet. « Viens demain : on causera tranquilles », me dit-il une fois. J'étais encore plus émue que de coutume quand je m'acheminai cet après-midi-là vers le boulevard Montparnasse. J'achetai un bouquet de violettes que j'épinglai à l'encolure de ma robe ; j'eus du mal à les attacher et dans mon impatience, je perdis mon sac à main. Il ne contenait pas grand-chose, néanmoins j'arrivai chez Jacques très énervée. J'avais longtemps pensé à notre cœur-à-cœur dans la pénombre de sa chambre. Mais je ne le trouvai pas seul. Lucien Riaucourt était assis à côté de son lit. Je l'avais déjà rencontré : c'était un élégant jeune homme, désinvolte, qui parlait bien. Ils continuèrent à causer entre eux, des bars qu'ils fréquentaient, des gens qu'ils y retrouvaient ; ils projetèrent des sorties pour la semaine suivante. Je me sentis parfaitement importune : je n'avais pas d'argent, je ne sortais pas le soir, je n'étais qu'une petite étudiante, incapable de participer à la véritable existence de Jacques. En outre, il était de mauvaise humeur ; il se montra ironique, presque agressif ; je m'enfuis très vite et il me dit au revoir avec une évidente satisfaction. La colère me prit et je le détestai. Qu'avait-il d'extraordinaire ? il y en avait un tas d'autres qui valaient autant que lui. Je m'étais bien trompée en le prenant pour une espèce de Grand Meaulnes. Il était instable, égoïste, et il n'aimait que s'amuser. Je marchai rageusement sur les grands boulevards en me promettant de séparer ma vie de la sienne. Le lendemain, je me radoucis ; mais j'étais décidée à ne plus remettre les pieds chez lui d'ici longtemps. Je tins parole et je passai plus de six semaines sans le revoir.

La philosophie ne m'avait ni ouvert le ciel, ni ancrée à la terre ; tout de même, en janvier, les premières difficultés vaincues, je commençai à m'y intéresser sérieusement. Je lus Bergson, Platon, Schopenhauer, Leibniz, Hamelin, et avec ferveur Nietzsche. Un tas de problèmes me passionnaient : la valeur de la science, la vie, la matière, le temps, l'art. Je n'avais pas de doctrine arrêtée ; du moins savais-je que je rejetais Aristote, saint Thomas, Maritain et aussi tous les empirismes et le matérialisme. En gros je me ralliais à l'idéalisme critique, tel que nous l'exposait Brunschvicg, bien que, sur bien des points, il me laissât sur ma faim. Je repris du goût pour la littérature. Sur le boulevard Saint-Michel, la librairie Picard s'ouvrait libéralement aux étudiants : j'y feuilletais les revues d'avant-garde qui en ce temps-là naissaient et mouraient comme des mouches ; je lus Breton, Aragon ; le surréalisme me conquit. L'inquiétude, à la longue, c'était fade ; je préférai les outrances de la pure négation. Destruction de l'art, de la morale, du langage, dérèglement systématique, désespoir poussé jusqu'au suicide : ces excès me ravissaient.

J'avais envie de parler de ces choses ; j'avais envie de parler de toutes choses avec des gens qui, à l'encontre de Jacques, achèveraient leurs phrases. Je cherchai avidement à faire des connaissances. À Sainte-Marie, je sollicitai les confidences de mes camarades : mais décidément, il n'y en avait aucune qui m'intéressât. Je pris beaucoup plus de plaisir à causer, à Belleville, avec Suzanne Boigue. Elle avait des cheveux châtains, strictement coupés, un grand front, des yeux bleus très clairs et quelque chose d'intrépide. Elle gagnait sa vie comme directrice du Centre dont j'ai parlé ; son âge, son indépendance, ses responsabilités, son autorité lui donnaient un certain ascendant. Elle était croyante, mais elle me laissa entendre que ses rapports avec Dieu n'étaient pas de tout repos. En littérature, nous avions à peu près les mêmes goûts. Et je m'aperçus avec satisfaction qu'elle n'était dupe ni des Équipes, ni de « l'action » en général. Elle aussi, me confia-t-elle, elle voulait vivre et non dormir : elle aussi désespérait de rencontrer sur terre autre chose que des narcotiques. Comme nous avions toutes deux de la santé et de l'appétit, nos conversations désabusées, loin de me déprimer, me revigoraient. En la quittant, j'arpentais à pas vifs les Buttes-Chaumont. Elle souhaitait, comme moi, trouver sa vraie place en ce monde. Elle alla à Berck pour y rencontrer une espèce de sainte qui avait consacré sa vie aux « allongés ». À son retour elle me dit énergiquement : « La sainteté, ce n'est pas ma voie. » Au début du printemps, elle eut un coup de foudre pour un jeune et pieux collaborateur des Équipes ; ils décidèrent de s'épouser. Les circonstances leur imposaient une attente de deux ans : mais quand on s'aime, le temps ne compte pas, me dit Suzanne Boigue. Elle rayonnait. Je fus stupéfaite quand elle m'annonça quelques semaines plus tard qu'elle avait rompu avec son fiancé. Il y avait entre eux un attrait physique trop vif, et le jeune homme s'était effrayé de l'intensité de leurs baisers. Il avait demandé à Suzanne d'assurer leur chasteté par l'absence : ils s'attendraient à distance. Elle avait préféré tirer un trait. Je trouvai baroque cette histoire dont je n'eus jamais la clé. Mais la déception de Suzanne me toucha et je jugeai pathétique son effort pour la surmonter.

Les étudiants que j'approchai à la Sorbonne, filles et garçons, me parurent insignifiants : ils se déplaçaient par bandes, riaient trop fort, ne s'intéressaient à rien et se contentaient de cette indifférence. Cependant je remarquai, au cours d'histoire de la philosophie, un jeune homme aux yeux bleus et graves, beaucoup plus âgé que moi ; vêtu de noir, coiffé d'un feutre noir, il ne parlait à personne, sauf à une petite brune à qui il souriait beaucoup. Un jour, il traduisait à la bibliothèque des lettres d'Engels quand, à sa table, des étudiants se mirent à chahuter ; ses yeux étincelèrent, d'une voix brève il réclama le silence avec tant d'autorité qu'il fut aussitôt obéi. « C'est quelqu'un ! » pensai-je, impressionnée. Je réussis à lui parler et par la suite, chaque fois que la petite brune était absente, nous causions. Un jour, je fis quelques pas avec lui sur le boulevard Saint-Michel : je demandai le soir à ma sœur si elle jugeait ma conduite incorrecte ; elle me rassura et je récidivai. Pierre Nodier était lié au groupe *Philosophies* auquel appartenaient Morhange, Friedmann, Henri Lefebvre, Politzer ; grâce aux subsides fournis par le père de l'un d'entre eux, un riche banquier, ils avaient fondé une revue ; mais leur commanditaire, indigné par un article contre la guerre du Maroc, leur avait coupé les vivres. Peu après, la revue avait ressuscité sous un autre titre, *L'Esprit*. Pierre Nodier m'en apporta deux numéros : c'était la première fois que je prenais contact avec des intellectuels de gauche. Cependant, je ne me sentis pas dépaysée : je reconnus le langage auquel la littérature de l'époque m'avait habituée ; ces jeunes gens parlaient eux aussi d'âme, de salut, de joie, d'éternité ; ils disaient que la pensée devait être « charnelle et concrète » mais ils le disaient en termes abstraits. Selon eux, la philosophie ne se distinguait pas de la révolution, en celle-ci résidait l'unique espoir de l'humanité ; mais en ce temps-là Politzer estimait que « sur le plan de la vérité, le matérialisme historique n'est pas inséparable de la révolution » ; il croyait à la valeur de l'Idée idéaliste, à condition qu'on la saisît dans sa totalité concrète, sans s'arrêter au stade de l'abstraction. Ils s'intéressaient avant tout aux avatars de l'Esprit ; l'économie et la politique n'avaient à leurs yeux qu'un rôle accessoire. Ils condamnaient le capitalisme parce qu'il avait détruit dans l'homme « le sens de l'être » ; ils considéraient qu'à travers le soulèvement des peuples d'Asie et d'Afrique « l'Histoire vient servir la Sagesse ». Friedmann mettait en pièces l'idéologie des jeunes bourgeois, leur goût de l'inquiétude et de la disponibilité : mais c'était pour y substituer une mystique. Il s'agissait de restituer aux hommes « la partie éternelle d'eux-mêmes ». Ils n'envisageaient pas la vie sous l'angle du besoin, ni du travail, ils en faisaient une valeur romantique. « Il y a de la vie, et notre amour va vers elle », écrivait Friedmann. Politzer la définissait dans une phrase qui fit grand bruit : « La vie triomphante, brutale du matelot qui éteint sa cigarette sur les Gobelins du Kremlin, elle vous effraie et vous ne voulez pas en entendre parler : et pourtant, c'est ça, la vie ! » On n'était pas loin des surréalistes, dont beaucoup étaient précisément en train de se convertir à la Révolution. Elle me séduisit moi aussi, mais uniquement sous son aspect négatif ; je me mis à souhaiter qu'on chamboulât radicalement la société ; mais je ne la compris pas mieux qu'auparavant. Et je restai indifférente aux événements qui se déroulaient dans le monde. Tous les journaux, même *Candide*, consacraient des colonnes à la révolution qui venait d'éclater en Chine : je ne sourcillai pas.

Cependant mes conversations avec Nodier commencèrent à m'ouvrir l'esprit. Je lui posais beaucoup de questions. Il me répondait de bonne grâce et je trouvai tant de profit à ces entretiens que parfois je m'interrogeais tristement : pourquoi mon lot n'est-il pas d'aimer un homme comme celui-ci, qui partagerait mon goût pour les idées et pour l'étude, à qui je tiendrais par la tête autant que par le cœur ? J'eus beaucoup de regrets quand vers la fin de mai il me fit ses adieux dans la cour de la Sorbonne. Il partait pour l'Australie où il avait obtenu un poste et où la petite brune le suivit. En me serrant la main, il me dit d'un air pénétré : « Je vous souhaite beaucoup de bonnes choses. »

Au début de mars, je passai, très bien, mon certificat d'histoire de la philosophie, et à cette occasion je fis connaissance avec un groupe d'étudiants de gauche. Ils me demandèrent de signer une pétition : Paul Boncour avait déposé un projet de loi militaire décrétant la mobilisation des femmes, et la revue *Europe* ouvrait une campagne de protestation. Je fus bien perplexe. L'égalité des sexes, j'étais pour ; et en cas de danger, ne fallait-il pas tout faire pour défendre son pays ? « Eh bien, dis-je quand j'eus lu le texte du projet, c'est du bon nationalisme. » Le gros garçon chauve qui faisait circuler la pétition ricana : « Il faudrait savoir si le nationalisme est bon ! » Voilà une question que je ne m'étais jamais posée : je ne savais pas qu'y répondre. On m'expliqua que la loi aboutirait à la mobilisation générale des consciences, et cela me décida : la liberté de pensée, ça, en tout cas, c'était sacré ; et puis tous les autres signaient : je signai donc. Je me fis moins tirer l'oreille quand il s'agit de réclamer la grâce de Sacco et de Vanzetti ; leurs noms ne me disaient rien, mais on assurait qu'ils étaient innocents : de toute façon, je désapprouvais la peine de mort.

Mes activités politiques s'arrêtèrent là et mes idées restèrent fumeuses. Je savais une chose : je détestais l'extrême droite. Un après-midi, une poignée de braillards étaient entrés dans la bibliothèque de la Sorbonne, en criant : « À la porte les métèques et les Juifs ! » Ils tenaient à la main de grosses cannes, ils avaient vidé quelques étudiants au teint basané. Ce triomphe de la violence, de la bêtise, m'avait jetée dans une colère effrayée. Je détestais le conformisme, tous les obscurantismes, j'aurais voulu que la raison gouvernât les hommes ; à cause de cela, la gauche m'intéressait. Mais toutes les étiquettes me déplaisaient : je n'aimais pas que les gens fussent catalogués. Plusieurs de mes condisciples étaient socialistes ; à mes oreilles, le mot sonnait mal ; un socialiste ne pouvait être un tourmenté ; il poursuivait des objectifs à la fois profanes et limités : a priori, cette modération m'ennuyait. L'extrémisme des communistes m'attirait davantage ; mais je les soupçonnais d'être aussi dogmatiques et stéréotypés que des séminaristes. Vers le mois de mai, néanmoins, je me liai avec un ancien élève d'Alain, qui était communiste : la conjonction, en ce temps-là, n'étonnait pas. Il me vanta les classes d'Alain, m'exposa ses idées, me prêta ses livres. Il me fit connaître aussi Romain Rolland et je me ralliai résolument au pacifisme. Mallet s'intéressait à beaucoup d'autres choses : à la peinture, au cinéma, au théâtre, même au music-hall. Il y avait du feu dans ses yeux, dans sa voix, et je me plaisais à causer avec lui. Je notai, étonnée : « J'ai découvert qu'on peut être intelligent et s'intéresser à la politique. » En fait, théoriquement, il n'y connaissait pas grand-chose, et ne m'apprit rien. Je continuai à subordonner les questions sociales à la métaphysique et à la morale : à quoi bon se soucier du bonheur de l'humanité, si elle n'avait pas de raison d'être ?

Cet entêtement m'empêcha de tirer profit de ma rencontre avec Simone Weil. Tout en préparant Normale, elle passait à la Sorbonne les mêmes certificats que moi. Elle m'intriguait, à cause de sa grande réputation d'intelligence et de son accoutrement bizarre ; elle déambulait dans la cour de la Sorbonne, escortée par une bande d'anciens élèves d'Alain ; elle avait toujours dans une poche de sa vareuse un numéro des *Libres propos* et dans l'autre un numéro de *L'Humanité*. Une grande famine venait de dévaster la Chine, et on m'avait raconté qu'en apprenant cette nouvelle, elle avait sangloté : ces larmes forcèrent mon respect plus encore que ses dons philosophiques. J'enviais un cœur capable de battre à travers l'univers entier. Je réussis un jour à l'approcher. Je ne sais plus comment la conversation s'engagea ; elle déclara d'un ton tranchant qu'une seule chose comptait aujourd'hui sur terre : la Révolution qui donnerait à manger à tout le monde. Je rétorquai, de façon non moins péremptoire, que le problème n'était pas de faire le bonheur des hommes, mais de trouver un sens à leur existence. Elle me toisa : « On voit bien que vous n'avez jamais eu faim », dit-elle. Nos relations s'arrêtèrent là. Je compris qu'elle m'avait cataloguée « une petite bourgeoise spiritualiste » et je m'en irritai, comme je m'irritais autrefois quand Mademoiselle Litt expliquait mes goûts par mon infantilisme ; je me croyais affranchie de ma classe : je ne voulais être rien d'autre que moi.

Je ne sais trop pourquoi je frayai avec Blanchette Weiss. Petite, replète, dans son visage bouffi de suffisance s'affairaient des yeux malveillants ; mais je fus médusée par son bagout philosophique ; elle amalgamait les spéculations métaphysiques et les commérages avec une volubilité que je pris pour de l'intelligence. Les modes finis ne pouvant communiquer entre eux sans le truchement de l'infini, tout amour humain est coupable, m'expliquait-elle ; elle s'autorisait des exigences de l'infini pour dénigrer tous les gens qu'elle connaissait. J'appris par elle avec amusement quels étaient les ambitions, les manies, les faiblesses, les vices de nos professeurs et des étudiants en vue. « J'ai une âme de concierge proustienne », disait-elle complaisamment. Non sans inconséquence, elle me reprochait de conserver la nostalgie de l'absolu : moi, je crée mes propres valeurs, disait-elle. Lesquelles ? Là-dessus, elle restait vague. Elle attachait le plus grand prix à sa vie intérieure : j'étais d'accord ; elle dédaignait la richesse : moi aussi ; mais elle m'exposa que pour éviter de penser à l'argent il était nécessaire d'en avoir à sa suffisance et qu'elle consentirait, sans doute, à faire un mariage d'intérêt : je fus outrée. Je découvris aussi chez elle un singulier narcissisme : sous ses frisons et ses pompons elle se prenait pour une sœur de Clara d'Ellébeuse. Malgré tout, j'avais tellement envie « d'échanger des idées » que je la voyais assez souvent.

Ma seule véritable amie demeurait Zaza. Sa mère, hélas ! commençait à me regarder d'un mauvais œil. C'était sous mon influence que Zaza préférait ses études à la vie domestique et je lui prêtais des livres scandaleux. Mme Mabille détestait furieusement Mauriac : elle ressentait comme une insulte personnelle ses peintures des foyers bourgeois. Elle se méfiait de Claudel que Zaza aimait parce qu'il l'aidait à concilier le ciel et la terre : « Tu ferais mieux de lire les Pères de l'Église », disait Mme Mabille avec humeur. Elle vint plusieurs fois à la maison se plaindre à ma mère, et ne cacha pas à Zaza

rechigner - balk

qu'elle souhaitait que nous espacions nos rencontres.
Zaza tint bon ; notre amitié était une de ces choses auxquelles elle ne voulait pas renoncer. Nous nous voyions
très souvent. Nous travaillions le grec ensemble ; nous
allions au concert, et voir des expositions de peinture.
Parfois elle me jouait au piano du Chopin, du Debussy.
Nous nous promenions beaucoup. Un après-midi,
ayant arraché à ma mère un consentement rechigné,
elle m'emmena chez un coiffeur qui me coupa les cheveux. Je n'y gagnai pas grand-chose car ma mère,
fâchée de s'être laissé forcer la main, me refusa le luxe
d'une mise en plis. De Laubardon où elle passa les
vacances de Pâques, Zaza m'envoya une lettre qui
m'émut jusqu'au fond du cœur : « J'avais vécu depuis
mes quinze ans dans une grande solitude morale, je souffrais de me sentir isolée et perdue : vous avez rompu ma
solitude. » Cela ne l'empêchait pas d'être en ce moment
plongée dans un « marasme affreux ». « Jamais je n'ai
été aussi submergée de moi-même », m'écrivait-elle.
Elle disait aussi : « J'ai trop vécu les yeux tournés vers
le passé et sans pouvoir m'arracher à l'émerveillement
de mes souvenirs d'enfance. » Cette fois non plus, je ne
m'interrogeai pas. Je jugeais naturel qu'on se résignât
mal à se changer en adulte.

Cela me reposait beaucoup de ne plus voir Jacques :
je ne me tourmentais plus. Les premiers rayons du
soleil me réchauffèrent le sang. Tout en continuant à
beaucoup travailler, je décidai de me distraire. J'allais
assez souvent au cinéma, l'après-midi ; je fréquentais
surtout le Studio des Ursulines, le Vieux-Colombier, et
le Ciné-Latin : c'était, derrière le Panthéon, une petite
salle aux sièges de bois, dont l'orchestre se réduisait à
un piano ; les places n'y coûtaient pas cher et on y
reprenait les meilleurs films de ces dernières années ;

314

j'y vis *La Ruée vers l'or*, et beaucoup d'autres Charlot. Certains soirs, ma mère nous accompagnait ma sœur et moi au théâtre. Je vis Jouvet dans *Le Grand Large* où débutait Michel Simon, Dullin dans *La Comédie du bonheur*, Madame Pitoëff dans *Sainte Jeanne*. Je pensais des jours à l'avance à ces sorties, elles illuminaient ma semaine ; à l'importance que je leur attachais, je mesure combien m'avait pesé l'austérité des deux premiers trimestres. Dans la journée, je courais les expositions, je rôdais longuement dans les galeries du Louvre. Je me promenais dans Paris, sans pleurer, en regardant tout. J'aimais les soirs où, après le dîner, je descendais seule dans le métro, et où je débouchais à l'autre bout de la ville, près des Buttes-Chaumont qui sentaient l'humidité et la verdure. Souvent je rentrais à pied. Boulevard de la Chapelle, sous l'acier du métro aérien, des femmes faisaient le guet ; des hommes sortaient en vacillant des bistrots illuminés ; aux frontons des cinémas, des affiches criaient. Le monde était autour de moi une énorme présence confuse. Je marchais à grands pas, frôlée par son haleine épaisse. Je me disais que somme toute il était bien intéressant de vivre.

Mes ambitions se ranimèrent. Malgré mes amitiés, et mon incertain amour, je me sentais toujours très seule ; personne ne me connaissait ni ne m'aimait tout entière, telle que j'étais ; personne n'était ni, pensais-je, ne pourrait jamais être pour moi « quelque chose de définitif et de complet ». Plutôt que de continuer à en souffrir, je me jetai de nouveau dans l'orgueil. Mon isolement manifestait ma supériorité ; je n'en doutais plus : j'étais quelqu'un, et je ferais quelque chose. Je complotai des sujets de roman. Un matin, dans la bibliothèque de la Sorbonne, au lieu de traduire du grec, je commençai « mon livre ». Il fallait préparer les examens de juin, le temps me manquait ; mais je calculai que l'an prochain j'aurais des loisirs et je me promis que je réaliserais sans plus attendre mon œuvre à moi : « Une œuvre, décidai-je, où je dirais tout, *tout.* » J'insiste souvent dans mes carnets sur cette volonté de « tout dire » qui fait un curieux contraste avec la pauvreté de mon expérience. La philosophie avait fortifié ma tendance à saisir les choses dans leur essence, à la racine, sous l'aspect de la totalité ; et comme je me mouvais parmi des abstractions, je croyais avoir découvert, de façon décisive, la vérité du monde. De temps en temps, je soupçonnais qu'elle débordait ce que j'en connaissais : mais rarement. Ma supériorité sur les autres gens venait précisément de ce que je ne laissais rien échapper : mon œuvre tirerait sa valeur de cet exceptionnel privilège.

Par instants, un scrupule me venait, je me rappelais que tout est vanité : je passais outre. Dans d'imaginaires dialogues avec Jacques, je récusais ses « À quoi bon ? » Je n'avais qu'une vie à vivre, je voulais la réussir, personne ne m'en empêcherait, pas même lui. Je n'abandonnai pas le point de vue de l'absolu ; mais puisque de ce côté-là, tout était perdu, je décidai de ne plus m'en soucier. J'aimais beaucoup le mot de Lagneau : « Je n'ai de soutien que mon désespoir absolu. » Une fois ce désespoir établi, puisque je continuais à exister, il fallait me débrouiller sur terre le mieux possible, c'est-à-dire faire ce qui me plaisait.

Je m'étonnais un peu de me passer si facilement de Jacques, mais le fait est qu'il ne me manquait pas du tout. Ma mère me rapporta à la fin avril qu'il s'étonnait de ne plus me voir. J'allai sonner chez lui : il ne m'arriva rien. Il me semblait que cette affection n'était plus de l'amour, et même, elle me pesait un peu. « Je ne désire même plus le voir. Je ne peux faire qu'il ne me fatigue même lorsqu'il est le plus simple. » Il n'écrivait plus son livre ; il ne l'écrirait jamais. « J'aurais l'impression de me prostituer », me dit-il avec hauteur. Une promenade en auto, une conversation où il me parut sincèrement embarrassé de lui-même me rapprochèrent de lui. Après tout, me dis-je, je n'ai pas le droit de lui imputer une inconséquence qui est celle de la vie même : elle nous jette vers des buts et nous découvre leur néant. Je me reprochai ma sévérité. « Il est mieux que sa vie », m'affirmais-je. Mais j'avais peur que sa vie ne finît par déteindre sur lui. Un pressentiment parfois me traversait : « J'ai mal dès que je pense à toi ; je ne sais pourquoi ta vie est tragique. »

La session de juin approchait ; j'étais prête et fatiguée de travailler ; je me relâchai. Je fis ma première escapade. Prétextant une séance de charité à Belleville, j'extorquai à ma mère une permission de minuit, et vingt francs. Je pris un billet de poulailler pour une représentation des Ballets russes. Lorsque vingt ans plus tard je me trouvai soudain seule, à deux heures du matin, au milieu de Times Square, je fus moins éberluée que ce soir-là, sous les combles du théâtre Sarah-Bernhardt. Soie, fourrures, diamants, parfums : au-dessous de moi, un public jacassant rutilait. Quand je sortais avec mes parents ou avec les Mabille, une infranchissable pellicule s'interposait entre le monde et moi : voilà que je baignais dans une des grandes fêtes nocturnes dont j'avais si souvent guetté au ciel le reflet. Je m'y étais faufilée à l'insu de tous les gens que je connaissais et ceux qui me coudoyaient ne me connaissaient pas. Je me sentais invisible et douée d'ubiquité : un elfe. On jouait ce soir-là *La Chatte* de Sauguet, *Le Pas d'acier* de

effaroucher - frighten

Prokofieff, *Le Triomphe de Neptune* de je ne sais plus qui. Décors, costumes, musiques, danses : tout m'étonna. Je crois que depuis mes cinq ans je n'avais pas connu pareil éblouissement.

Je recommençai. Je ne sais plus par quelles fraudes je me procurai un peu d'argent, en tout cas, ce furent encore les Équipes qui me fournirent des alibis. Je retournai deux fois aux Ballets russes ; j'entendis avec surprise des messieurs en habit noir chanter l'*Œdipe roi* de Stravinski, sur des paroles de Cocteau. Mallet m'avait parlé des bras blancs de Damia, et de sa voix : j'allai l'entendre à Bobino. Fantaisistes, chanteurs, équilibristes, tout m'était neuf et j'applaudissais tout.

Les jours qui précédèrent les examens, entre les épreuves, en attendant les résultats, certains de mes camarades — et parmi eux Jean Mallet, Blanchette Weiss — tuaient le temps dans la cour de la Sorbonne. On jouait à la balle, aux charades, aux portraits chinois, on commérait, on discutait. Je me mêlai à cette bande. Mais je me sentais fort éloignée de la plupart de ces étudiants avec qui je me commettais : la liberté de leurs mœurs m'effarouchait. Théoriquement rompue à toutes les dépravations, je demeurais en fait d'une pruderie extrême. Si l'on me disait qu'un tel et une telle « étaient ensemble », je me contractais. Quand Blanchette Weiss, me désignant un Normalien réputé, me confia qu'hélas ! il avait de *ces* mœurs, je frissonnai. Les étudiantes affranchies, et surtout celles qui avaient hélas ! de *ces* goûts, me faisaient horreur. Je m'avouais que ces réactions ne s'expliquaient que par mon éducation, mais je refusais de les combattre. Les grosses plaisanteries, les mots crus, le laisser-aller, les mauvaises manières me rebutaient. Cependant je n'eus pas non plus de sympathie pour la petite coterie où m'introduisit

318

Blanchette Weiss ; elle avait de l'entregent et connaissait quelques Normaliens de bonne famille qui, par réaction contre le débraillé de l'École, affectaient des manières guindées. Ils m'invitèrent à prendre le thé dans des arrière-boutiques de boulangeries : ils ne fréquentaient pas les cafés, et n'y auraient en tout cas jamais emmené des jeunes filles. Je trouvai flatteur de les intéresser, mais je me reprochai ce mouvement de vanité, car je les rangeais parmi les Barbares : ils ne s'intéressaient qu'à la politique, aux réussites sociales, à leurs futures carrières. Nous bûmes du thé, comme dans des salons, et la conversation oscillait désagréablement du pédantisme à la mondanité.

Un après-midi, dans la cour de la Sorbonne, je contredis vivement, sur je ne sais plus quel sujet, un jeune homme au long visage ténébreux : il me considéra avec surprise et déclara qu'il ne trouvait rien à me répondre. Désormais il vint chaque jour de la porte Dauphine pour poursuivre ce dialogue. Il s'appelait Michel Riesmann et finissait sa deuxième année de khâgne. Son père était un important personnage dans le monde du grand art officiel. Michel se disait disciple de Gide, et rendait un culte à la Beauté. Il croyait à la littérature et était en train d'achever un petit roman. Je le scandalisai en professant une grande admiration pour le surréalisme. Il me sembla désuet et ennuyeux, mais peut-être une âme se cachait-elle derrière sa pensive laideur ; et puis il m'exhortait à écrire et j'avais besoin d'encouragements. Il m'envoya une lettre cérémonieuse et artistiquement calligraphiée pour proposer que nous correspondions pendant les vacances. J'acceptai. Nous convînmes aussi Blanchette Weiss et moi de nous écrire. Elle m'invita à goûter chez elle. Je mangeai des tartes aux fraises dans un luxueux appartement de l'avenue Kléber et elle me prêta, magnifiquement reliés en plein cuir, des recueils de Verhaeren et de Francis Jammes.

J'avais passé mon année à gémir sur la vanité de tous les buts : je n'en avais pas moins poursuivi les miens avec ténacité. Je fus reçue en philosophie générale. Simone Weil venait en tête de liste, et je la suivais, précédant un Normalien qui s'appelait Jean Pradelle. J'obtins aussi mon certificat de grec. Mademoiselle Lambert exulta, mes parents sourirent ; à la Sorbonne, à la maison, tout le monde me félicita. Je me réjouis beaucoup. Ces succès confirmaient la bonne opinion que j'avais de moi, ils assuraient mon avenir, je leur accordais une grande importance et je n'aurais voulu pour rien au monde y renoncer. Je n'oubliai pas néanmoins que toute réussite déguise une abdication, et je me donnai les gants de sangloter. Je me répétai furieusement le mot que Martin du Gard prête à Jacques Thibault : « Ils m'ont réduit à ça ! » On me réduisait au personnage d'une étudiante douée, d'un brillant sujet, moi qui étais la pathétique absence de l'Absolu ! Il y avait bien de la duplicité dans mes larmes ; je ne crois pourtant pas qu'elles aient été une simple comédie. À travers le brouhaha d'une fin d'année bien remplie, je ressentais amèrement le vide de mon cœur. Je continuais avec passion à désirer cette autre chose que je ne savais pas définir puisque je lui refusais le seul nom qui lui convînt : le bonheur.

Jean Pradelle, vexé, disait-il en riant, d'avoir été dépassé par deux filles, voulut me connaître. Il se fit présenter par un camarade que m'avait présenté Blanchette Weiss. Un peu plus jeune que moi, il était depuis un an à Normale, comme externe. Il avait lui aussi l'allure d'un jeune homme de bonne famille ; mais sans rien de gourmé. Un visage limpide et assez beau, le regard velouté, un rire d'écolier, l'abord direct et gai : il me fut tout de suite sympathique. Je le rencontrai quinze jours plus tard, rue d'Ulm, où j'allais voir les résultats du concours d'entrée : j'avais des camarades, entre autres Riesmann, qui s'y étaient présentés. Il m'emmena dans le jardin de l'École. C'était pour une sorbonnarde un endroit assez prestigieux et tout en causant j'examinai avec curiosité ce haut lieu. J'y retrouvai Pradelle le lendemain matin. Nous assistâmes à quelques oraux de philosophie ; puis je me promenai avec lui au Luxembourg. Nous étions en vacances ; tous mes amis, et presque tous les siens, avaient déjà quitté Paris : nous prîmes l'habitude de nous rencontrer chaque jour aux pieds d'une reine de pierre. J'arrivais toujours scrupuleusement à l'heure à mes rendez-vous : j'avais tant de plaisir à le voir accourir rieur, feignant la confusion, que je lui savais presque gré de ses retards.

Pradelle écoutait bien, d'un air réfléchi, et répondait gravement : quelle aubaine ! Je m'empressai de lui exposer mon âme. Je lui parlai agressivement des Barbares, et il me surprit en refusant de faire chorus ; orphelin de père, il s'entendait parfaitement avec sa mère et sa sœur et ne partageait pas mon horreur des « foyers clos ». Il ne détestait pas les sorties mondaines et dansait à l'occasion : pourquoi pas ? me demanda-t-il d'un air ingénu qui me désarma. Mon manichéisme opposait à une minuscule élite une immense masse indigne d'exister ; selon lui, il y avait chez tout le monde un peu de bien, un peu de mal : il ne faisait pas tant de différence entre les gens. Il blâmait ma sévérité et son indulgence m'offusquait. À ceci près, nous avions beaucoup de points communs. Comme moi pieusement élevé, et aujourd'hui incrédule, la morale chrétienne l'avait marqué. À l'École, on le rangeait parmi les « talas ». Il réprouvait les façons grossières de ses camarades, les chansons obscènes, les plaisanteries grivoises, la brutalité, la débauche, les dissipations du cœur et des sens. Il aimait à peu près les mêmes livres que moi, avec une prédilection pour Claudel, et un certain dédain de Proust qu'il ne trouvait pas « essentiel ». Il me prêta *Ubu roi* que je n'appréciai qu'à demi, faute d'y retrouver, de si loin que ce fût, mes obsessions. Ce qui m'importait surtout, c'est que lui aussi il cherchait anxieusement la vérité : il croyait que la philosophie parviendrait, un jour, à la lui découvrir. Là-dessus, pendant quinze jours nous discutâmes d'arrache-pied. Il me disait que j'avais choisi trop précipitamment le désespoir et je lui reprochais de s'accrocher à de vains espoirs : tous les systèmes boitaient. Je les démolissais l'un après l'autre ; il cédait sur chacun, mais faisait confiance à la raison humaine.

En fait, il n'était pas si rationaliste que ça. Il gardait beaucoup plus que moi la nostalgie de la foi perdue. Il estimait que nous n'avions pas étudié assez à fond le catholicisme pour nous arroger le droit de le rejeter : il fallait reprendre cet examen. J'objectai que nous connaissions encore moins le bouddhisme ; pourquoi ce préjugé en faveur de la religion de nos mères ? Il me scrutait d'un œil critique, et il m'accusait de préférer la quête de la vérité à la vérité même. Comme j'étais profondément têtue, mais superficiellement très influençable, ses objurgations, s'ajoutant à celles que m'avaient discrètement prodiguées Mademoiselle Lambert et Suzanne Boigue, me fournirent un prétexte à m'agiter. J'allai voir un certain abbé Beaudin, dont Jacques même m'avait parlé avec estime, et qui se spécialisait dans le renflouage des intellectuels en perdition. Je tenais par hasard à la main un livre de Benda et l'abbé commença par l'attaquer brillamment, ce qui ne me fit ni chaud ni froid ; ensuite nous échangeâmes quelques propos incertains. Je le quittai, honteuse de cette démarche dont j'avais connu d'avance la vanité car je savais mon incrédulité plus ferme que le roc.

Je m'aperçus vite que malgré nos affinités il y avait entre Pradelle et moi bien de la distance. Dans son inquiétude, purement cérébrale, je ne reconnaissais pas mes déchirements. Je le jugeai « sans complication, sans mystère, un écolier sage ». À cause de son sérieux, de sa valeur philosophique, je l'estimais plus que Jacques ; mais Jacques avait quelque chose que Pradelle n'avait pas. Me promenant dans les allées du Luxembourg, je me disais que, somme toute, si l'un des deux avait voulu de moi pour femme, aucun ne m'aurait convenu. Ce qui m'attachait encore à Jacques, c'était cette faille qui le coupait de son milieu ; mais on ne bâtit rien sur une faille, et je voulais construire une pensée, une œuvre. Pradelle était comme moi un intellectuel : mais il restait adapté à sa classe, à sa vie, il acceptait de grand cœur la société bourgeoise ; je ne pouvais pas plus m'accommoder de son souriant optimisme que du nihilisme de Jacques. D'ailleurs, tous les deux, pour des raisons différentes, je les effrayais un peu. « Est-ce qu'on épouse une femme comme moi ? » me demandais-je avec quelque mélancolie car je ne distinguais pas alors l'amour du mariage. « Je suis si sûre qu'il n'existe pas, celui qui vraiment serait tout, comprendrait tout, profondément le frère et l'égal de moi-même. » Ce qui me séparait de tous les autres, c'était une certaine violence que je ne rencontrais qu'en moi. Cette confrontation avec

Pradelle me renforça dans la conviction que j'étais vouée à la solitude.

Cependant, dans la mesure où il n'était effectivement question que d'amitié, nous nous entendions bien. J'appréciais son amour de la vérité, sa rigueur ; il ne confondait pas les sentiments avec les idées et je me rendis compte, sous son regard impartial, que bien souvent mes états d'âme m'avaient tenu lieu de pensée. Il m'obligeait à réfléchir, à faire le point ; je ne me vantai plus de savoir tout, au contraire : « Je ne sais rien, rien ; non seulement pas une réponse mais aucune manière valable de poser la question. » Je me promis de ne plus me duper, et je demandai à Pradelle de m'aider à me garder de tous les mensonges ; il serait « ma conscience vivante ». Je décidai que j'allais consacrer les prochaines années à chercher avec acharnement la vérité. « Je travaillerai, comme une brute, jusqu'à ce que je la trouve. » Pradelle me rendit un grand service en ranimant mon goût pour la philosophie. Et un plus grand encore peut-être en m'apprenant à nouveau la gaieté : je ne connaissais personne de gai. Il supportait si allégrement le poids du monde que celui-ci cessa de m'écraser ; au Luxembourg, le matin, le bleu du ciel, les pelouses vertes, le soleil, brillaient comme aux plus beaux jours. « Les branches sont nombreuses et neuves en ce moment ; elles masquent complètement l'abîme qui est en dessous. » Cela signifiait que je prenais plaisir à vivre et que j'en oubliais mes angoisses métaphysiques. Comme Pradelle me raccompagnait un jour à la maison, ma mère nous croisa ; je le lui présentai ; il lui plut : il plaisait. Cette amitié fut agréée.

Zaza avait réussi son certificat de grec. Elle partit pour Laubardon. À la fin de juillet, je reçus d'elle une lettre qui me coupa le souffle. Elle était désespérément malheureuse et me disait pourquoi. Elle me racontait enfin l'histoire de cette adolescence qu'elle avait vécue à côté de moi et dont j'avais tout ignoré. Vingt-cinq ans plus tôt, un cousin de son père, fidèle à la tradition basque, était parti chercher fortune en Argentine ; il s'y était considérablement enrichi. Zaza avait onze ans quand il était revenu dans sa maison natale, à quelque cinq cents mètres de Laubardon ; il était marié, il avait un petit garçon « solitaire, triste, farouche » qui se prit d'une grande amitié pour elle. Ses parents le mirent pensionnaire dans un collège d'Espagne ; mais aux vacances, les deux enfants se retrouvaient et c'est ensemble qu'ils faisaient ces promenades à cheval dont Zaza me parlait avec des yeux brillants. L'année de leurs quinze ans, ils s'aperçurent qu'ils s'aimaient ; délaissé, exilé, André ne possédait qu'elle au monde ; et Zaza qui se pensait laide, disgraciée, dédaignée, se jeta dans ses bras ; ils se permirent des baisers qui les lièrent passionnément. Dorénavant, ils s'écrivirent chaque semaine et c'est à lui qu'elle rêvait pendant les classes de physique et sous le regard jovial de l'abbé Trécourt. Les parents de Zaza et ceux d'André — beaucoup plus riches — étaient brouillés ; ils n'avaient pas contrarié la camaraderie des deux enfants, mais quand ils se rendirent compte que ceux-ci avaient grandi, ils intervinrent. Il n'était pas question qu'on permît jamais à André et à Zaza de s'épouser. Mme Mabille décida donc qu'ils devaient cesser de se voir. « Aux vacances du jour de l'an 1926, m'écrivait Zaza, j'ai passé ici une seule journée pour revoir André et lui dire que tout était fini entre nous. Mais j'ai eu beau lui dire les choses les plus cruelles, je n'ai pu l'empêcher de voir combien il m'était cher et cette entrevue de rupture nous a liés plus que jamais. » Elle ajoutait un peu plus loin : « Lorsqu'on m'a obligée à rompre avec André, j'ai tant souffert que plusieurs fois j'ai été à deux doigts du suicide. Je me souviens d'un soir où, regardant le métro arriver, j'ai failli passer dessous. Je n'avais plus à aucun degré le goût de l'existence. » Depuis lors, dix-huit mois s'étaient écoulés : elle n'avait pas revu André, ils ne s'étaient pas écrit. Soudain, arrivant à Laubardon, elle venait de le rencontrer. « Pendant vingt mois nous n'avons rien su l'un de l'autre et nous avons marché dans des voies si différentes que dans notre brusque rapprochement, il y a quelque chose de déroutant, de presque douloureux. Je vois avec une grande netteté toutes les peines, tous les sacrifices qui doivent accompagner un sentiment entre deux êtres aussi peu assortis que lui et moi, mais je ne peux pas agir autrement que je n'agis, je ne peux pas renoncer au rêve de toute ma jeunesse, à tant de souvenirs chers, je ne peux pas manquer à quelqu'un qui a besoin de moi. Les familles d'André et la mienne sont aussi peu désireuses que possible d'un rapprochement de ce genre. Lui part au mois d'octobre pour un an en Argentine d'où il reviendra pour faire son service en France. Il y a donc encore devant nous beaucoup de difficultés et une longue séparation ; enfin, si nos projets aboutissent, nous vivrons au moins pendant une dizaine d'années en Amérique du Sud. Vous voyez que tout cela est un peu sombre. Il va falloir que ce soir je parle à maman ; il y a deux ans, elle avait dit non avec la dernière énergie et je suis bouleversée d'avance de la conversation que je vais avoir avec elle. Je l'aime tellement, voyez-vous, que cela m'est plus dur que tout de lui causer toute cette peine que je lui cause et d'aller contre sa volonté. Quand j'étais petite, je demandais toujours dans mes prières : que personne ne souffre jamais à cause de moi. Hélas ! quel vœu irréalisable ! »

Je relus dix fois cette lettre, la gorge serrée. Je comprenais maintenant le changement survenu chez Zaza à quinze ans, ses airs absents, son romantisme, et aussi son étrange prescience de l'amour : elle avait appris déjà à aimer avec son sang, et c'est pourquoi elle riait quand on prétendait « platonique » l'amour de Tristan et Yseult, c'est pourquoi l'idée d'un mariage vénal lui inspirait tant d'horreur. Comme je l'avais mal connue ! « Je voudrais m'endormir et ne jamais me réveiller », disait-elle, et je passais outre ; je savais pourtant combien il peut faire noir dans un cœur. Cela m'était intolérable d'imaginer Zaza, sagement chapeautée, gantée, debout au bord d'un quai de métro et fixant sur les rails un regard fasciné.

Je reçus une seconde lettre quelques jours plus tard. La conversation avec Mme Mabille s'était très mal passée. Elle avait de nouveau défendu à Zaza de voir son cousin. Zaza était trop chrétienne pour songer à désobéir : mais jamais cet interdit ne lui avait paru aussi affreux qu'en ce moment où cinq cents mètres à peine la séparaient du garçon qu'elle aimait. Ce qui la torturait plus que tout, c'était l'idée qu'il souffrît à cause d'elle, alors que nuit et jour elle ne pensait qu'à lui. Je restai confondue par ce malheur qui débordait tout ce que j'avais jamais éprouvé. Il avait été entendu que cette année enfin je passerais trois semaines avec Zaza au Pays basque et j'avais hâte d'être près d'elle.

Quand j'arrivai à Meyrignac, je me sentais « paisible comme depuis dix-huit mois je ne l'avais pas été ».

Tout de même, la comparaison avec Pradelle n'était pas favorable à Jacques, j'évoquais son souvenir sans indulgence : « Ah ! cette frivolité, ce manque de sérieux, ces histoires de bars, de bridge et d'argent !… Il y a en lui des choses plus rares que dans un autre : mais aussi quelque chose de pitoyablement manqué. » J'étais détachée de lui, et juste assez attachée à Pradelle pour que son existence éclairât mes journées sans que son absence les assombrît. Nous nous écrivions beaucoup. J'écrivais aussi à Riesmann, à Blanchette Weiss, à Mademoiselle Lambert, à Suzanne Boigue, à Zaza. Je m'étais installé une table, au grenier, sous une lucarne, et le soir, à la lueur d'une lampe Pigeon, je m'épanchais pendant des pages. Grâce aux lettres que je recevais — surtout celles de Pradelle — je ne me sentais plus seule. J'avais aussi de longues conversations avec ma sœur ; elle venait de passer son baccalauréat de philosophie, et pendant toute l'année nous avions été proches l'une de l'autre. À part mon attitude religieuse, je ne lui cachais rien. Jacques avait autant de prestige à ses yeux qu'aux miens et elle avait adopté mes mythologies. Détestant comme moi le cours Désir, la plupart de ses camarades, et les préjugés de notre milieu, elle était joyeusement partie en guerre contre les Barbares. Peut-être parce qu'elle avait eu une enfance beaucoup moins heureuse que la mienne, elle se rebiffait plus hardiment que moi contre les servitudes qui pesaient sur nous. « C'est bête », me dit-elle un soir d'un air confus, « mais ça m'est désagréable que maman ouvre les lettres que je reçois : je n'ai plus de plaisir à les lire. » Je lui dis que moi aussi, ça me gênait. Nous nous exhortâmes au courage : après tout, nous avions dix-sept et dix-neuf ans ; nous priâmes notre mère de ne plus censurer notre correspondance. Elle répondit qu'elle avait le devoir de veiller sur nos âmes, mais finalement elle céda. C'était une importante victoire.

Dans l'ensemble, mes rapports avec mes parents s'étaient un peu détendus. Je passai des journées tranquilles. Je faisais de la philosophie et je pensais à écrire. J'hésitai avant de me décider. Pradelle m'avait convaincue que la première tâche, c'était de chercher la vérité : est-ce que la littérature n'allait pas m'en détourner ? Et n'y avait-il pas une contradiction dans mon entreprise ? Je voulais dire la vanité de tout ; mais l'écrivain trahit son désespoir dès qu'il en fait un livre : mieux valait peut-être imiter le silence de Monsieur Teste. Je craignais aussi, si j'écrivais, d'être entraînée à souhaiter le succès, la célébrité, ces choses que je méprisais. Ces scrupules abstraits ne pesaient pas assez lourd pour m'arrêter. Je consultai par correspondance plusieurs de mes amis, et comme je l'espérais, ils m'encouragèrent. Je commençai un vaste roman ; l'héroïne traversait toutes mes expériences ; elle s'éveillait à la « vraie vie », entrait en conflit avec son entourage, puis elle faisait amèrement le tour de tout : action, amour, savoir. Je ne connus jamais la fin de cette histoire car le temps me manqua et je l'abandonnai à mi-chemin.

Les lettres que je reçus alors de Zaza ne rendaient pas le même son que celles du mois de juillet. Elle s'apercevait, me disait-elle, qu'au cours de ces deux dernières années, elle s'était intellectuellement beaucoup développée ; elle avait mûri, elle avait changé. Pendant sa brève entrevue avec André, elle avait eu l'impression que lui n'avait pas évolué ; il était resté très juvénile et un peu fruste. Elle commençait à se demander si sa fidélité n'était pas « un entêtement dans des rêves qu'on ne veut pas voir s'évanouir, un manque de sincérité et de courage ». Elle s'était abandonnée, sans doute avec excès, à l'influence du *Grand Meaulnes*. « J'ai puisé là un amour, un culte du rêve auquel aucune réalité ne sert de fondement, qui m'a égarée peut-être, loin de moi-même. » Elle ne regrettait certainement pas son amour pour son cousin : « Ce sentiment éprouvé à quinze ans a été mon véritable éveil à l'existence ; du jour où j'ai aimé, j'ai compris une infinité de choses ; je n'ai plus trouvé presque rien ridicule. » Mais il lui fallait bien s'avouer qu'à partir de la rupture de janvier 1926, elle avait perpétué ce passé artificiellement « à force de volonté et d'imagination ». De toute façon, André devait partir un an pour l'Argentine : à son retour, il serait temps de prendre des décisions. Pour l'instant, elle était lasse de s'interroger ; elle passait des vacances extrême-ment mondaines et agitées, et au début elle en avait été excédée ; mais maintenant, m'écrivait-elle, « je ne veux plus penser qu'à m'amuser ».

Cette phrase m'étonna et dans ma réponse, je la rele-vai avec une nuance de blâme. Zaza se défendit vive-ment : elle savait que s'amuser ne résout rien : « Der-nièrement, m'écrivit-elle, on a organisé une grande excursion avec des amis, au Pays basque ; j'avais un tel besoin de solitude que je me suis donné un bon coup de hache sur le pied pour échapper à cette expédition. J'en ai eu pour huit jours de chaise longue et de phrases apitoyées, mais j'ai eu du moins un peu de solitude, et le droit de ne pas parler et de ne pas m'amuser. »

Je fus saisie. Je savais comme on peut désespérément aspirer à la solitude et au « droit de ne pas parler ». Mais je n'aurais jamais eu le courage de me fendre le pied. Non, Zaza n'était ni tiède, ni résignée : il y avait en elle une sourde violence qui me fit un peu peur. Il ne fallait prendre à la légère aucune de ses paroles, car elle en était bien plus avare que moi. Si je ne l'y avais pas provoquée, elle ne m'aurait pas même signalé cet incident.

Je ne voulus plus rien lui taire : je lui avouai que j'avais perdu la foi ; elle s'en doutait, me répondit-elle ; elle aussi, elle avait traversé au cours de l'année une crise religieuse. « Quand je confrontais la foi et les pratiques de mon enfance, et le dogme catholique, avec toutes mes idées nouvelles, il y avait une disproportion, une disparité telles entre les deux ordres d'idées que j'en avais une espèce de vertige. Claudel m'a été d'un secours très grand et je ne puis dire tout ce que je lui dois. Et je crois comme lorsque j'avais six ans, beaucoup plus avec mon cœur qu'avec mon intelligence, et en renonçant absolument à ma raison. Les discussions théologiques me semblent presque toujours absurdes et grotesques. Je crois surtout que Dieu est très incompréhensible pour nous, et très caché, et que la foi qu'il nous donne en lui est un don surnaturel, une grâce qu'il nous accorde. C'est pourquoi je ne puis que plaindre de tout mon cœur ceux qui sont privés de cette grâce et je crois que lorsqu'ils sont sincères et assoiffés de vérité, cette vérité un jour ou l'autre se découvrira à eux... D'ailleurs, ajoutait-elle, la foi n'apporte pas un assouvissement ; il est aussi difficile d'atteindre à la paix du cœur quand on croit que quand on ne croit pas : on a seulement l'espoir de connaître la paix dans une autre vie. » Ainsi non seulement elle m'acceptait telle que j'étais, mais elle prenait grand soin de se refuser l'ombre d'une supériorité ; si pour elle un brin de paille luisait au ciel, cela n'empêchait pas que sur terre elle tâtonnât dans les mêmes ténèbres que moi et nous n'en continuions pas moins à marcher côte à côte.

Le 10 septembre, je partis joyeusement pour Laubardon. Je m'embarquai à Uzerche, au petit matin, et je descendis à Bordeaux, car, avais-je écrit à Zaza, « je ne peux pas traverser la patrie de Mauriac sans m'y arrêter ». Pour la première fois de ma vie je me promenais seule, dans une ville inconnue. Il y avait un grand fleuve, des quais brumeux, et déjà les platanes sentaient l'automne. Dans les rues étroites, l'ombre jouait avec la lumière ; et puis de larges avenues filaient vers des esplanades. Somnolente et charmée, je flottais, légère enfin comme une bulle. Dans le jardin public, entre les massifs de cannas écarlates, je rêvais à des rêves d'adolescents inquiets. On m'avait donné des conseils : je bus un chocolat sur les allées de Tourny ; je déjeunai près de la gare dans un restaurant qui s'appelait Le petit Marguery : jamais je n'avais été au restaurant sans mes parents. Ensuite, un train m'emporta le long d'une voie vertigineusement droite que bordaient à l'infini des pins. J'aimais les trains. Penchée à la portière, j'offrais mon visage au vent et aux escarbilles et je me jurais de ne jamais ressembler aux voyageurs aveuglément entassés dans la chaleur des compartiments.

J'arrivai vers le soir. Le parc de Laubardon était beaucoup moins beau que celui de Meyrignac, mais je trouvai plaisante la maison au toit de tuiles, envahie de vigne vierge. Zaza me conduisit dans la chambre que je devais partager avec elle et Geneviève de Bréville, une petite jeune fille fraîche et sage dont Mme Mabille raffolait. J'y restai seule un moment, pour défaire ma valise et me débarbouiller. Des bruits de vaisselle et d'enfants montaient du rez-de-chaussée. Un peu dépaysée, je tournai en rond dans la pièce. J'avisai sur un guéridon un carnet couvert de moleskine noire que j'ouvris au hasard : « Simone de Beauvoir arrive demain. Je dois avouer que cela ne me fait pas plaisir car franchement je ne l'aime pas. » Je restai interdite ; c'était une expérience neuve et désagréable ; jamais je n'avais supposé qu'on pût éprouver à mon égard une active antipathie ; il m'effrayait un peu, ce visage ennemi qui aux yeux de Geneviève était le mien. Je n'y rêvai pas longtemps, car quelqu'un frappa : c'était Mme Mabille. « Je voudrais vous parler, ma petite Simone », me dit-elle ; je fus surprise par la douceur de sa voix, car depuis longtemps elle ne me prodiguait plus ses sourires. D'un air embarrassé, elle toucha le camée qui fermait son collier de velours, et elle me demanda si Zaza m'avait « mise au courant ». Je dis que oui. Elle semblait ignorer que les sentiments de sa fille fléchissaient et entreprit de m'expliquer pourquoi elle les combattait. Les parents d'André s'opposaient à ce mariage, et d'ailleurs ils appartenaient à un milieu très riche, dissipé et grossier qui ne convenait pas du tout à Zaza ; il fallait absolument que celle-ci oubliât son cousin, et Mme Mabille comptait sur moi pour l'y aider. Je détestai la complicité qu'elle m'imposait ; cependant son appel m'émut car il devait lui en coûter d'implorer mon alliance. Je l'assurai confusément que je ferais de mon mieux.

Zaza m'avait prévenue ; au début de mon séjour, pique-niques, thés, sauteries se succédèrent sans répit ; la maison était largement ouverte : des nuées de cousins et d'amis venaient déjeuner, goûter, jouer au tennis et au bridge. Ou bien la Citroën, conduite par Mme Mabille, Lili ou Zaza, nous emmenait danser chez des propriétaires des environs. Il y avait souvent des fêtes au bourg voisin ; j'assistai à des parties de pelote basque, j'allai voir de jeunes paysans, verts de frousse, planter des cocardes dans le cuir de vaches efflanquées ; parfois, une corne acérée fendait leurs beaux pantalons blancs, et tout le monde riait. Après le dîner, quelqu'un se mettait au piano, la famille chantait en chœur ; on jouait aussi à des jeux : charades et bouts-rimés. Les travaux ménagers dévoraient les matinées. On cueillait des fleurs, on arrangeait des bouquets, et surtout on cuisinait. Lili, Zaza, Bébelle confectionnaient des cakes, des quatre-quarts, des sablés, des brioches pour le thé de l'après-midi ; elles aidaient leur mère et leur grand-mère à mettre en bocaux des tonnes de fruits et de légumes ; il y avait toujours des pois à écosser, des haricots verts à effiler, des noix à décortiquer, des prunes à dénoyauter. Se nourrir devenait une entreprise de longue haleine, et harassante.

Je ne voyais guère Zaza, je m'ennuyais un peu. Et, bien que dénuée de sens psychologique, je me rendais compte que les Mabille et leurs amis se méfiaient de moi. Mal attifée, peu soignée, je ne savais pas faire la révérence aux vieilles dames, je ne mesurais pas mes gestes ni mes rires. Je n'avais pas le sou, je me disposais à travailler : c'était déjà choquant ; pour comble, je serais professeur dans un lycée ; pendant des générations, tous ces gens avaient combattu la laïcité : à leurs yeux, je me préparais un avenir infamant. Je me taisais le plus possible, je me surveillais, mais j'avais beau faire : chacune de mes paroles, et même mes silences détonnaient. Mme Mabille s'astreignait à l'amabilité. M. Lacoin et la vieille Mme Larivière m'ignoraient poliment. L'aîné des garçons venait d'entrer au séminaire ; Bébelle couvait une vocation religieuse : ils ne s'occupaient guère de moi. Mais j'étonnais vaguement les plus jeunes enfants, c'est-à-dire que vaguement ils me blâmaient. Et Lili ne cachait pas sa réprobation. Parfaitement adapté à son milieu, ce parangon avait réponse à tout : il suffisait que je pose une question pour l'agacer. À quinze ou seize ans, pendant un déjeuner chez les Mabille, je m'étais demandé à haute voix pourquoi, puisque les gens sont faits pareils, le goût de la tomate ou du hareng n'est pas le même dans toutes les bouches ; Lili s'était moquée de moi. Maintenant, je ne me livrais plus aussi naïvement, mais mes réticences suffisaient à la piquer. Un après-midi, au jardin, on discuta sur le suffrage des femmes ; il paraissait logique à tout le monde que Mme Mabille eût le droit de voter plutôt qu'un manœuvre ivrogne. Mais Lili tenait de source sûre que dans les mauvais quartiers les femmes étaient plus « rouges » que les hommes ; si elles accédaient aux urnes, la bonne cause en pâtirait. L'argument parut décisif. Je ne dis rien, mais dans le chœur des approbations, ce mutisme était subversif.

Les Mabille voyaient presque chaque jour leurs cousins du Moulin de Labarthète. La fille, Didine, était très liée avec Lili. Il y avait trois garçons, Henri, un inspecteur des finances au lourd visage de viveur ambitieux ; Edgar, qui était officier de cavalerie ; Xavier, un séminariste de vingt ans : c'était le seul qui me parût intéressant ; il avait des traits délicats, des yeux pensifs, et il inquiétait sa famille par ce qu'on appelait « son aboulie » ; le dimanche matin, prostré dans un fauteuil, il délibérait si longtemps pour savoir s'il irait ou non à la messe qu'il lui arrivait souvent de la manquer. Il lisait, il réfléchissait, il tranchait sur son entourage. Je demandai à Zaza pourquoi elle n'avait aucune intimité avec lui. Elle fut très déconcertée : « Je n'y ai jamais pensé. Chez nous, ce n'est pas possible. La famille ne comprendrait pas. » Mais elle avait de la sympathie pour lui. Au cours d'une conversation, Lili et Didine se demandèrent avec une stupeur, sans doute intentionnelle, comment des gens sensés pouvaient contester l'existence de Dieu. Lili parla de l'horloge et de l'horloger en me regardant dans les yeux ; je me décidai à contrecœur à prononcer le nom de Kant. Xavier m'appuya : « Ah ! dit-il, voilà l'avantage de n'avoir pas fait de philosophie : on peut se contenter de ce genre d'argument ! » Lili et Didine battirent en retraite.

Le sujet le plus débattu à Laubardon, c'était le conflit qui mettait alors aux prises *L'Action française* et l'Église. Les Mabille réclamaient énergiquement que tous les catholiques se soumettent au pape ; les Labarthète — sauf Xavier, qui ne se prononçait pas — tenaient pour Maurras et Daudet. J'écoutais leurs voix passionnées et je me sentais en exil. J'en souffrais. Je prétendais dans mon journal qu'à mes yeux une quantité de gens « n'existaient pas » ; en vérité, dès qu'elle était présente, toute personne comptait. Je relève cette note sur mon carnet : « Crise de désespoir devant Xavier du Moulin. Trop bien senti la distance d'eux à moi et le sophisme où ils voudraient m'enfermer. » Je ne me rappelle plus le prétexte de cette explosion qui resta évidemment secrète ; mais le sens en est clair : je n'acceptais pas de gaieté de cœur d'être différente des autres et traitée par eux, plus ou moins ouvertement, en brebis galeuse. Zaza avait de l'affection pour sa famille, j'en avais eu moi-même et mon passé pesait encore lourd. D'ailleurs, j'avais été une enfant trop heureuse pour faire lever facilement en moi la haine ou même l'animosité ; je ne savais pas me défendre contre la malveillance.

L'amitié de Zaza m'aurait soutenue si nous avions pu causer, mais la nuit même il y avait un tiers entre nous ; aussitôt couchée, j'essayais de m'endormir. Dès que Geneviève me croyait assoupie, elle entraînait Zaza dans de longues conversations. Elle se demandait si elle était assez gentille avec sa mère ; elle avait parfois contre elle des mouvements d'impatience : était-ce très mal ? Zaza répondait du bout des lèvres. Mais si peu qu'elle se livrât, ces babillages la compromettaient et elle me devenait étrangère ; je me disais, le cœur serré, que malgré tout elle croyait en Dieu, à sa mère, à ses devoirs, et je me retrouvais très seule.

Heureusement, Zaza nous ménagea assez vite un tête-à-tête. M'avait-elle devinée ? Elle me déclara discrètement, mais sans ambages, que sa sympathie pour Geneviève était très limitée : celle-ci la tenait pour son amie intime, mais la réciproque n'était pas vraie. Je fus soulagée. D'ailleurs Geneviève partit et comme la saison s'avançait, le remue-ménage mondain s'apaisa. J'eus Zaza à moi. Une nuit, alors que toute la maison dormait, ayant jeté des châles sur nos longues chemises de madapolam, nous descendîmes au jardin ; assises sous un pin, nous causâmes longtemps. Zaza était certaine à présent de ne plus aimer son cousin ; elle me raconta en détail leur idylle. C'est alors que j'appris ce qu'avait été son enfance, et ce grand délaissement dont je n'avais rien pressenti. « Moi je vous aimais », lui dis-je ; elle tomba des nues ; elle m'avoua que je n'avais eu qu'une place incertaine dans la hiérarchie de ses amitiés, dont aucune d'ailleurs ne pesait bien lourd. Au ciel, une vieille lune agonisait avec indolence, nous parlions d'autrefois, et la maladresse de nos cœurs d'enfants nous attristait ; elle était bouleversée de m'avoir peinée et ignorée ; moi je trouvais amer de lui dire ces choses seulement aujourd'hui, alors qu'elles avaient cessé d'être vraies : je ne la préférais plus à tout. Cependant, il y avait de la douceur à communier dans ces regrets. Jamais nous n'avions été aussi proches et la fin de mon séjour fut très heureuse. Nous nous asseyions dans la bibliothèque, et nous causions, entourées par les œuvres complètes de Louis Veuillot, de Montalembert, et par la collection de *La Revue des Deux Mondes* ; nous causions sur les chemins poussiéreux où rôdait l'odeur râpeuse des figuiers ; nous parlions de Francis Jammes, de Laforgue, de Radiguet, de nous-mêmes. Je lus à Zaza quelques pages de mon roman : les dialogues la confondirent, mais elle m'exhorta à continuer. Elle aussi, disait-elle, elle aimerait écrire, plus tard, et je l'encourageai. Quand vint le jour de mon départ, elle m'accompagna en train jusqu'à Mont-de-Marsan. Nous mangeâmes sur un banc de petites omelettes sèches et froides et nous nous séparâmes sans mélancolie car nous devions nous retrouver à Paris dans peu de temps.

J'étais à l'âge où l'on croit à l'efficacité des explications épistolaires. De Laubardon, j'écrivis à ma mère en lui réclamant sa confiance : je l'assurais que plus tard je serais quelqu'un. Elle me répondit très gentiment. Quand je me retrouvai dans l'appartement de la rue de Rennes, pendant un instant le cœur me manqua : trois années encore à passer entre ces murs ! Mais mon dernier trimestre m'avait laissé de bons souvenirs et je m'exhortai à l'optimisme. Mademoiselle Lambert souhaitait que je la décharge partiellement de sa classe de baccalauréat, à Sainte-Marie ; elle m'abandonnerait les heures de psychologie ; j'avais accepté, pour gagner un peu d'argent et pour m'exercer à l'enseignement. Je comptais achever en avril ma licence de philosophie, en juin celle de lettres ; ces derniers certificats ne me demanderaient pas beaucoup de travail, et il me resterait du temps pour écrire, pour lire, pour approfondir les grands problèmes. Je dressai un vaste plan d'étude, et de minutieux horaires ; je pris un plaisir enfantin à mettre l'avenir en fiches et je ressuscitai presque la sage effervescence des octobres anciens. Je me hâtai de revoir mes camarades de Sorbonne. Je traversai Paris, de Neuilly à la rue de Rennes, de la rue de Rennes à Belleville, en regardant d'un œil serein les petits tas de feuilles mortes, au bord des trottoirs.

J'allai chez Jacques, je lui exposai mon système ; il fallait consacrer sa vie à chercher pourquoi on vivait : en attendant, on ne devait rien prendre jamais pour accordé mais fonder ses valeurs par des actes d'amour et de volonté indéfiniment renouvelés. Il m'écouta avec bonne volonté mais secoua la tête. « Ça ne serait pas vivable », dit-il. Comme j'insistais, il sourit : « Tu ne crois pas que c'est bien abstrait pour des gens de vingt ans ? » me demanda-t-il. Il souhaitait que son existence demeurât quelque temps encore un grand jeu hasardeux. Tour à tour, les jours qui suivirent, je lui donnai raison et tort. Je décidai que je l'aimais, puis que décidément je ne l'aimais pas. J'étais dépitée. Je restai deux mois sans le voir.

Je me promenai avec Jean Pradelle autour du lac du bois de Boulogne ; nous regardions l'automne, les cygnes, les gens qui canotaient ; nous reprîmes le fil de nos discussions : avec une moindre ardeur. Je tenais beaucoup à Pradelle, mais comme il était peu tourmenté ! Sa tranquillité me blessait. Riesmann me fit lire son roman que je jugeai puéril, et je lui lus quelques pages du mien qui l'ennuya vivement. Jean Mallet me parlait toujours d'Alain, Suzanne Boigue de son cœur, Mademoiselle Lambert de Dieu. Ma sœur venait d'entrer dans une école d'arts appliqués où elle se déplaisait beaucoup, elle pleurait. Zaza pratiquait l'obéissance et passait des heures à sélectionner des échantillons dans les grands magasins. À nouveau l'ennui fondit sur moi, et la solitude. Quand je m'étais dit, au Luxembourg, qu'elle serait mon lot, il y avait tant de gaieté dans l'air que je ne m'étais pas trop émue, mais à travers les brouillards de l'automne, l'avenir m'effraya. Je n'aimerais personne, personne n'était assez grand pour qu'on l'aime ; je ne retrouverais pas la chaleur d'un foyer ; je passerais mes jours dans une chambre de province dont je ne sortirais que pour faire mes cours : quelle aridité ! Je n'espérais même plus connaître avec aucun être humain une véritable entente. Pas un de mes amis ne m'acceptait sans réserve, ni Zaza qui priait pour moi, ni Jacques qui me trouvait trop abstraite, ni Pradelle qui déplorait mon agitation et mes partis pris. Ce qui les effarouchait, c'était ce qu'il y avait de plus têtu en moi : mon refus de cette médiocre existence à laquelle, d'une manière ou d'une autre, ils consentaient, et mes efforts désordonnés pour m'en sortir. J'essayai de me faire une raison. « Je ne suis pas comme les autres, je m'y résigne », m'affirmais-je ; mais je ne me résignais pas. Séparée d'autrui, je n'avais plus de lien avec le monde : il devenait un spectacle qui ne me concernait pas. J'avais renoncé successivement à la gloire, au bonheur, à servir ; maintenant je ne m'intéressais plus même à vivre. Par moments, je perdais tout à fait le sens de la réalité : les rues, les autos, les passants n'étaient qu'un défilé d'apparences parmi lesquelles flottait ma présence sans nom. Il m'arrivait de me dire avec fierté et avec crainte que j'étais folle : la distance n'est pas très grande entre une solitude tenace et la folie. J'avais bien des raisons de m'égarer. Depuis deux ans je me débattais dans un traquenard, sans trouver d'issue ; je me cognais sans cesse à d'invisibles obstacles : ça finissait par me donner le vertige. Mes mains restaient vides ; je trompais ma déception en m'affirmant à la fois qu'un jour je posséderais tout et que rien ne valait rien : je m'embrouillais dans ces contradictions.

340

Surtout, je crevais de santé, de jeunesse, et je restais confinée à la maison et dans des bibliothèques : toute cette vitalité que je ne dépensais pas se déchaînait en vains tourbillons dans ma tête et dans mon cœur.

La terre ne m'était plus rien, j'étais « hors de la vie », je ne souhaitais même plus écrire, l'horrible vanité de tout m'avait reprise à la gorge ; mais j'en avais assez de souffrir, l'hiver passé j'avais trop pleuré ; je m'inventai un espoir. Dans les instants de parfait détachement où l'univers paraissait se réduire à un jeu d'illusions, où mon propre moi s'abolissait, quelque chose subsistait : quelque chose d'indestructible, d'éternel ; mon indifférence me parut manifester, en creux, une présence à laquelle il n'était peut-être pas impossible d'accéder. Je ne songeais pas au Dieu des chrétiens : le catholicisme me déplaisait de plus en plus. Mais je fus tout de même influencée par Mademoiselle Lambert, par Pradelle, qui affirmaient la possibilité d'atteindre l'être ; je lus Plotin et des études de psychologie mystique ; je me demandai si, par-delà les limites de la raison, certaines expériences n'étaient pas susceptibles de me livrer l'absolu ; ce lieu abstrait d'où je réduisais en poudre le monde inhospitalier, j'y cherchai une plénitude. Pourquoi une mystique ne serait-elle pas possible ? « Je veux toucher Dieu ou devenir Dieu », déclarai-je. Tout au long de l'année, je m'abandonnai par intermittence à ce délire.

Cependant j'étais fatiguée de moi. Je cessai presque de tenir mon journal. Je m'occupai. À Neuilly comme à Belleville, je m'entendais bien avec mes élèves, le professorat m'amusa. À la Sorbonne, personne ne suivait les cours de sociologie, ni ceux de psychologie, tant ils nous semblaient insipides. J'assistai seulement aux représentations que le dimanche et le mardi matin Georges Dumas nous donnait à Sainte-Anne, avec le concours de quelques fous. Maniaques, paranoïaques, déments précoces défilaient sur l'estrade sans qu'il nous renseignât jamais sur leur histoire, sur leurs conflits, sans qu'il parût même soupçonner que des choses se passaient dans leurs têtes. Il se bornait à nous démontrer que leurs anomalies s'organisaient selon les schèmes qu'il proposait dans son Traité. Il était habile à provoquer par ses questions les réactions qu'il escomptait, et la malice de son vieux visage cireux était si communicative que nous avions peine à étouffer nos rires : on aurait cru que la folie était une énorme gaudriole. Même dans cet éclairage, elle me fascinait. Délirants, hallucinés, imbéciles, hilares, torturés, obsédés, ces gens-là étaient différents.

J'allai aussi écouter Jean Baruzi, auteur d'une thèse respectée sur *Saint Jean de la Croix*, qui traitait à bâtons rompus toutes les questions capitales. La peau et le poil charbonneux, ses yeux dardaient à travers la nuit obscure de sombres feux. Chaque semaine, sa voix s'arrachait en tremblant aux abîmes du silence et nous promettait pour la semaine suivante de déchirantes illuminations. Les Normaliens dédaignaient ces cours que fréquentaient certains outsiders. Parmi ceux-ci, on remarquait René Daumal et Roger Vailland. Ils écrivaient dans des revues d'avant-garde ; le premier passait pour un esprit profond, le second pour une vive intelligence. Vailland se plaisait à choquer et son physique même étonnait. Sa peau lisse était tendue à craquer sur un visage tout en profil : de face, on ne voyait qu'une pomme d'Adam. Son expression blasée démentait sa fraîcheur : on aurait dit un vieillard régénéré par un philtre diabolique. On le voyait souvent en compagnie d'une jeune femme qu'il tenait négligemment par le cou. « Ma femelle », disait-il en la présentant. Je lus de lui dans *Le Grand Jeu* une véhémente diatribe contre un sergent qui avait surpris un soldat avec une truie et l'avait puni. Vailland revendiquait pour tous les hommes, civils et militaires, le droit à la bestialité. Je restai songeuse. J'avais l'imagination intrépide, mais je l'ai dit, la réalité m'effarouchait aisément. Je ne tentai pas d'approcher Daumal ni Vailland, qui m'ignoraient.

Je ne nouai qu'une seule amitié neuve : avec Lisa Quermadec, une pensionnaire de Sainte-Marie qui préparait sa licence de philosophie. C'était une frêle petite Bretonne, au visage éveillé et un peu garçonnier, sous des cheveux coupés très court. Elle détestait la maison de Neuilly et le mysticisme de Mademoiselle Lambert. Elle croyait en Dieu, mais tenait pour des fanfarons ou des snobs ceux qui prétendaient l'aimer : « Comment aimerait-on quelqu'un qu'on ne connaît pas ? » Elle me plaisait, mais son scepticisme un peu amer n'égayait pas ma vie. Je continuai mon roman. J'entrepris pour Baruzi une immense dissertation sur « la personnalité », dont je fis une somme de mon savoir et de mes ignorances. J'allais au concert une fois par semaine, seule ou avec Zaza : deux fois, *Le Sacre du printemps* me transporta. Mais dans l'ensemble, je ne m'enthousiasmais plus guère, pour rien. Je me désolai en lisant le second volume de la *Correspondance* de Rivière et de Fournier : les fièvres de leur jeunesse se perdaient en soucis mesquins, en inimitiés, en aigreurs. Je me demandais si la même dégradation me guettait.

Je retournai chez Jacques. Il arpenta la galerie avec des gestes et des sourires d'autrefois et le passé se ranima. Je revins souvent. Il parlait, il parlait beaucoup ; la pénombre s'emplissait de fumée et dans les volutes bleutées ondulaient des mots chatoyants ; quelque part, en des lieux inconnus, on rencontrait des gens différents de tous les autres, et des choses arrivaient : des choses drôles, un peu tragiques, parfois très belles. Quoi ? La porte refermée, les mots s'éteignaient. Mais huit jours plus tard, de nouveau j'apercevais dans les iris pailletés le sillage de l'Aventure. L'Aventure, l'évasion, les grands départs : peut-être y avait-il là un salut ! C'était celui que proposait *Vasco* de Marc Chadourne qui eut cet hiver-là un considérable succès et que je lus avec presque autant de ferveur que *Le Grand Meaulnes*. Jacques n'avait pas franchi les océans ; mais quantité de jeunes romanciers — Soupault entre autres — affirmaient qu'on peut faire sans quitter Paris d'étonnants voyages ; ils évoquaient la bouleversante poésie de ces bars où Jacques traînait ses nuits. Je me repris à l'aimer. J'avais été si loin dans l'indifférence, et même dans le dédain, que ce retour de passion m'étonne. Je crois pourtant que je peux me l'expliquer. D'abord le passé pesait lourd ; j'aimais Jacques en grande partie parce que je l'avais aimé. Et puis j'étais fatiguée d'avoir le cœur sec et de désespérer : un désir de tendresse et de sécurité me revenait. Jacques se montrait avec moi d'une gentillesse qui ne se démentait plus ; il faisait des frais, il m'amusait. Tout cela n'aurait pas suffi à me ramener à lui. Ce qui fut beaucoup plus décisif, c'est qu'il restait mal à l'aise dans sa peau, inadapté, incertain ; je me sentais moins insolite auprès de lui qu'auprès de tous les gens qui acceptaient la vie ; rien ne me semblait plus important que de la refuser ; je conclus que nous étions lui et moi de la même espèce, et de nouveau je liai mon destin au sien. Cela ne m'apporta pas d'ailleurs beaucoup de réconfort ; je savais combien nous étions différents et je ne comptais plus que l'amour me délivrât de la solitude. J'avais l'impression de subir une fatalité, plutôt que d'aller librement vers le bonheur. Je saluai mon vingtième anniversaire par un couplet mélancolique. « Je n'irai pas en Océanie. Je ne recommencerai pas Saint Jean de la Croix. Rien n'est triste, tout est prévu. La démence précoce serait une solution. Si j'essayais de vivre ? Mais j'ai été élevée au cours Désir. »

J'aurais bien aimé goûter moi aussi à cette existence « hasardeuse et inutile » dont Jacques et les jeunes romanciers me vantaient les attraits. Mais comment introduire de l'imprévu dans mes journées ? Nous réussissions ma sœur et moi à dérober de loin en loin une soirée à la vigilance maternelle : elle dessinait souvent le soir à la Grande Chaumière, c'était un prétexte commode lorsque je m'étais procuré de mon côté un alibi. Avec l'argent que je gagnais à Neuilly, nous allions au Studio des Champs-Élysées voir une pièce d'avant-garde, ou bien, du promenoir du Casino de Paris, nous écoutions Maurice Chevalier. Nous marchions dans les rues, en parlant de notre vie et de la Vie ; invisible, mais partout présente, l'aventure nous frôlait. Ces frasques nous mettaient en gaieté ; mais nous ne pouvions pas souvent les répéter. La monotonie quotidienne continuait à m'accabler : « Oh ! réveils mornes, vie sans désir et sans amour, tout épuisé déjà et si vite, l'affreux *ennui*. Ça ne peut pas durer ! Qu'est-ce que je veux ? qu'est-ce que je peux ? Rien et rien. Mon livre ? Vanité. La philo ? J'en suis saturée. L'amour ? Trop fatiguée. Pourtant j'ai vingt ans, je veux vivre ! »

Ça ne pouvait pas durer : ça ne durait pas. Je revenais à mon livre, à la philosophie, à l'amour. Et puis ça recommençait : « Toujours ce conflit qui semble sans issue ! une ardente conscience de mes forces, de ma supériorité sur eux tous, de ce que je pourrais faire ; et le sentiment de la totale inutilité de ces choses ! Non, ça ne peut pas durer ainsi. »

Et ça durait. Et peut-être après tout que cela durerait toujours. Comme un pendule en folie, j'oscillais frénétiquement de l'apathie à des joies égarées. J'escaladais la nuit les escaliers du Sacré-Cœur, je regardais scintiller dans les déserts de l'espace Paris, vaine oasis. Je pleurais parce que c'était si beau et parce que c'était inutile. Je redescendais les petites rues de la Butte en riant à toutes les lumières. J'échouais dans la sécheresse, je rebondissais dans la paix. Je m'épuisais.

Mes amitiés me décevaient de plus en plus. Blanchette Weiss se brouilla avec moi ; je n'ai jamais compris pourquoi : du jour au lendemain elle me tourna le dos et ne répondit pas à la lettre où je lui demandais des explications. Je sus qu'elle me traitait d'intrigante et m'accusait de la jalouser au point d'avoir abîmé à coups de dents la reliure des livres qu'elle m'avait prêtés. J'étais en froid avec Riesmann. Il m'avait invitée chez lui. J'avais rencontré, dans un immense·salon plein d'objets d'art, Jean Baruzi et son frère Joseph, auteur d'un livre ésotérique ; il y avait aussi un sculpteur célèbre dont les œuvres défiguraient Paris, et d'autres personnalités académiques : la conversation me consterna. Riesmann lui-même m'importunait par son esthétisme et sa sentimentalité. Les autres, ceux que j'aimais bien, que j'aimais beaucoup, celui que j'aimais, ils ne me comprenaient pas, ils ne me suffisaient pas ; leur existence, leur présence même ne résolvaient rien.

Il y avait longtemps que la solitude m'avait précipitée dans l'orgueil. La tête me tourna tout à fait. Baruzi me rendit ma dissertation, avec de grands éloges ; il me reçut à la sortie du cours et sa voix mourante exhala l'espoir qu'il y eût là l'amorce d'une œuvre de poids. Je

foudroyer ~ stricken down

m'enflammai. « Je suis sûre de monter plus haut qu'eux tous. Orgueil ? Si je n'ai pas de génie, oui ; mais si j'en ai — comme je le crois parfois, comme j'en suis *sûre* parfois — ce n'est que de la lucidité », écrivis-je paisiblement. Le lendemain, je vis *Le Cirque* de Charlot ; en sortant du cinéma, je me promenai dans les Tuileries ; un soleil orange roulait dans le ciel bleu pâle et incendiait les vitres du Louvre. Je me rappelai de vieux crépuscules et soudain, je me sentis foudroyée par cette exigence que depuis si longtemps je réclamais à cor et à cri : je devais faire mon œuvre. Ce projet n'avait rien de neuf. Cependant, comme j'avais envie qu'il m'arrive des choses, et que jamais il ne se passait rien, je fis de mon émotion un événement. Encore une fois, je prononçai face au ciel et à la terre des vœux solennels. Rien, jamais, en aucun cas, ne m'empêcherait d'écrire mon livre. Le fait est que je ne remis plus en question cette décision. Je me promis aussi de vouloir désormais la joie, et de l'obtenir.

Navré : upset

Un nouveau printemps commença. Je passai mes certificats de morale et de psychologie. L'idée de me plonger dans la philologie me répugna tant que j'y renonçai. Mon père fut navré : il aurait trouvé élégant que je cumule deux licences ; mais je n'avais plus seize ans : je tins bon. Il me vint une inspiration. Mon dernier trimestre se trouvait vacant : pourquoi ne pas commencer tout de suite mon diplôme ? Il n'était pas défendu, en ce temps-là, de le présenter la même année que l'agrégation ; si je l'avançais assez, rien ne m'empêcherait, à la rentrée, de préparer le concours tout en le terminant : je gagnerais un an ! Ainsi, d'ici dix-huit mois, j'en aurais fini avec la Sorbonne, avec la maison, je serais libre, et autre chose commencerait ! Je n'hésitai pas. J'allai consulter M. Brunschvicg qui ne vit pas d'obstacle à ce projet, puisque je possédais un certificat de science et des connaissances convenables en grec et en latin. Il me conseilla de traiter « le concept chez Leibniz », et j'acquiesçai.

La solitude, cependant, continuait à me miner. Elle s'aggrava au début d'avril. Jean Pradelle alla passer quelques jours à Solesmes avec des camarades. Je le rencontrai, le lendemain de son retour, à La Maison des amis des livres où nous étions tous deux abonnés. Dans la pièce principale, Adrienne Monnier, vêtue de sa robe monacale, recevait des auteurs connus : Fargue, Jean Prévost, Joyce ; les petites salles du fond étaient toujours vides. Nous nous assîmes sur des tabourets, et nous causâmes. D'une voix un peu hésitante, Pradelle me confia qu'à Solesmes il avait communié : en voyant ses camarades s'approcher de la table sainte, il s'était senti exilé, exclu, abandonné ; il les y avait accompagnés, le lendemain, après s'être confessé ; il avait décidé qu'il croyait. Je l'écoutais, la gorge serrée : je me sentais abandonnée, exclue, trahie. Jacques trouvait un asile dans les bars de Montparnasse, Pradelle au pied des tabernacles : à mes côtés, il n'y avait absolument plus personne. Je pleurai la nuit, sur cette désertion.

Deux jours plus tard, mon père partit pour La Grillère ; il voulait voir sa sœur, je ne sais plus à quel propos. La plainte des locomotives, le rougeoiement des fumées dans la nuit charbonneuse, me firent rêver au déchirement des grands adieux. « Je vais avec toi », déclarai-je. On objecta que je n'avais pas même une brosse à dents, mais finalement on me passa cette lubie. Pendant tout le voyage, penchée à la portière, je me grisai de ténèbres et de vent. Jamais je n'avais vu la campagne au printemps ; je me promenai parmi les coucous, les primevères, les campanules ; je m'émus sur mon enfance, sur ma vie, sur ma mort. La peur de la mort ne m'avait pas quittée, je ne m'y habituais pas ; il m'arrivait encore de trembler et de pleurer de terreur. Par contraste le fait d'exister ici, en cet instant, prenait parfois un éclat fulgurant. Souvent, pendant ces quelques jours, le silence de la nature me précipita dans l'épouvante ou dans la joie. J'allai plus loin. Dans ces prés, ces bois où je ne percevais pas la trace des hommes, je crus toucher cette réalité supra-humaine à laquelle j'aspirais. Je m'agenouillais pour cueillir une fleur, et soudain je me sentais clouée à la terre, accablée par le poids du ciel, je ne pouvais plus bouger : c'était une angoisse et c'était une extase qui me donnait l'éternité. Je rentrai à Paris, persuadée que j'avais traversé des expériences mystiques, et j'essayai de les renouveler. J'avais lu Saint Jean de la Croix : « Pour aller où tu ne sais pas, il faut aller par où tu ne sais pas. » Renversant cette phrase, je vis dans l'obscurité de mes chemins le signe que je marchais vers un accomplissement. Je descendais au plus profond de moi, je m'emportais tout entière vers un zénith d'où j'embrassais tout. Il y avait de la sincérité dans ces divagations. Je m'étais enfoncée dans une telle solitude que par moments je devenais tout à fait étrangère au monde et il m'ahurissait par son étrangeté ; les objets n'avaient plus de sens, ni les visages, ni moi-même : comme je ne reconnaissais rien, il était tentant d'imaginer que j'avais atteint l'inconnu. Je cultivai ces états avec un excès de complaisance. Tout de même, je n'avais pas envie de me duper ; je demandai à Pradelle et à Mademoiselle Lambert ce qu'ils en pensaient. Il fut catégorique : « Ça n'a pas d'intérêt. » Elle nuança davantage : « C'est une sorte d'intuition métaphysique. » Je conclus qu'on ne pouvait pas bâtir sa vie sur ces vertiges et je ne les recherchai plus.

Je continuai à m'occuper. Maintenant que j'étais licenciée, j'avais mes entrées à la bibliothèque Victor-Cousin, perchée dans un coin retiré de la Sorbonne. Elle contenait une vaste collection d'ouvrages philosophiques, et presque personne ne la fréquentait. J'y passais mes journées. J'écrivais mon roman avec persévérance. Je lisais Leibniz, et des livres utiles à la préparation du concours. Le soir, abrutie par l'étude, je me languissais dans ma chambre. Je me serais bien consolée de ne pas pouvoir quitter la terre si seulement j'avais eu la permission de m'y promener en liberté. Comme j'aurais voulu plonger dans la nuit, entendre du jazz, coudoyer des gens ! Mais non, j'étais claquemurée ! J'étouffais, je me consumais, j'avais envie de me fracasser la tête contre ces murs.

Jacques allait s'embarquer pour l'Algérie où il ferait pendant dix-huit mois son service militaire. Je le voyais souvent, il était plus cordial que jamais. Il me parlait beaucoup de ses amis. Je savais que Riaucourt avait une liaison avec une jeune femme qui s'appelait Olga ; Jacques me peignit leurs amours en couleurs si romanesques que, pour la première fois, je considérai avec sympathie une union illégitime. Il fit aussi allusion à une autre femme, très belle, qui s'appelait Magda et qu'il aurait aimé me faire connaître. « C'est une histoire qui nous a coûté assez cher », me dit-il. Magda faisait partie de ces inquiétants prodiges qu'on rencontre la nuit dans les bars. Je ne me demandai pas quel rôle elle avait joué dans la vie de Jacques. Je ne me demandais rien. J'étais certaine à présent que Jacques tenait à moi, que je pourrais vivre auprès de lui dans la joie. Je redoutais notre séparation ; mais j'y pensais à peine

amadouer, mollifier, sooth

tant j'étais heureuse de ce rapprochement qu'elle pro-
voquait entre nous.

Huit jours avant le départ de Jacques, je dînai chez
lui en famille. Son ami Riquet Bresson vint le chercher
après le repas : Jacques proposa de m'emmener avec
eux voir un film, *L'Équipage*. Fâchée que le mot
mariage n'eût jamais été prononcé, ma mère n'approuvait plus du tout notre amitié ; elle refusa ; j'insistai, ma
tante plaida ma cause : finalement, étant donné les
circonstances, ma mère se laissa amadouer. *jucher-*

Nous n'allâmes pas au cinéma. Jacques me conduisit **perch**
au Stryx, rue Huyghens, où il avait ses habitudes, et je
me juchai entre Riquet et lui sur un tabouret. Il appelait
le barman par son nom, Michel, et commanda pour
moi un *dry martini*. Jamais je n'avais mis le pied dans
un café, et voilà que je me trouvais une nuit dans un
bar, avec deux jeunes gens : pour moi, c'était vraiment
de l'extraordinaire. Les bouteilles aux couleurs timides
ou violentes, les bols d'olives et d'amandes salées, les
petites tables, tout m'étonnait ; et le plus surprenant,
c'était que pour Jacques ce décor fût familier. Je sifflai
rapidement mon cocktail, et comme je n'avais jamais bu
une goutte d'alcool, pas même de vin que je n'aimais
pas, j'eus vite fait de quitter la terre. J'appelai Michel
par son nom et je jouai des comédies. Jacques et Riquet
s'assirent à une table pour faire une partie de *poker-dice*
et feignirent de ne pas me connaître. J'interpellai les
clients, qui étaient de jeunes Nordiques bien calmes.
L'un d'eux m'offrit un second martini que sur un signe
de Jacques je vidai derrière le comptoir. Pour être à la
hauteur, je cassai deux ou trois verres. Jacques riait,
j'étais aux anges. Nous allâmes aux Vikings. Dans la rue
je donnai le bras droit à Jacques, le gauche à Riquet : le
gauche n'existait pas et je m'émerveillai de connaître

351

avec Jacques une intimité physique qui symbolisait la confusion de nos âmes. Il m'enseigna le *poker-dice* et me fit servir un *gin-fizz*, avec très peu de gin : je me soumettais amoureusement à sa vigilance. Le temps n'existait plus : il était déjà deux heures quand je bus, au zinc de La Rotonde, une menthe verte. Autour de moi papillotaient des visages surgis d'un autre monde ; des miracles éclataient à tous les carrefours. Et je me sentais liée à Jacques par une indissoluble complicité, comme si nous avions commis ensemble un meurtre ou traversé à pied le Sahara.

Il me laissa devant le 71 rue de Rennes. J'avais la clé de l'appartement. Mais mes parents m'attendaient, ma mère en larmes, mon père avec son visage des grands jours. Ils revenaient du boulevard Montparnasse où ma mère avait carillonné jusqu'à ce que ma tante apparût à une fenêtre : ma mère avait réclamé à grands cris qu'on lui rendît sa fille et accusé Jacques de la déshonorer. J'expliquai que nous avions vu *L'Équipage* et pris un café crème à La Rotonde. Mais mes parents ne se calmèrent pas, et bien qu'un peu plus blasée qu'autrefois, moi aussi je pleurai et je me convulsai. Jacques m'avait donné rendez-vous le lendemain à la terrasse du Select. Consterné par mes yeux rougis, et par le récit que lui avait fait sa mère, il mit dans son regard plus de tendresse que jamais ; il se défendit de m'avoir traitée avec irrévérence : « Il y a un respect plus difficile », me dit-il. Et je me sentis encore plus unie à lui que pendant notre orgie. Nous nous fîmes nos adieux quatre jours plus tard. Je lui demandai s'il était très triste de quitter Paris. « Je n'ai surtout pas envie de te dire au revoir, à toi », me répondit-il. Il m'accompagna en auto à la Sorbonne. Je descendis. Un long moment nous nous regardâmes. « Alors, dit-il d'une voix qui me bouleversa, je ne te verrai plus ? » Il embraya, et je restai au bord du trottoir, désemparée. Mais mes derniers souvenirs me donnaient la force de défier le temps. Je pensai : « À l'année prochaine », et j'allai lire Leibniz.

« Si jamais tu veux t'offrir une petite virée, fais signe à Riquet », m'avait dit Jacques. J'envoyai un mot au jeune Bresson que je retrouvai un soir vers six heures au Stryx ; on parla de Jacques, qu'il admirait ; mais le bar était désert et il n'arriva rien. Il arriva peu de chose cet autre soir où je montai prendre un apéritif au bar de La Rotonde ; quelques jeunes gens causaient entre eux, d'un air timide ; les tables de bois blanc, les chaises normandes, les rideaux rouges et blancs ne semblaient pas receler plus de mystère qu'une arrière-boutique de pâtissier. Cependant, quand je voulus payer mon *sherry-gobler*, le gros barman roux refusa mon argent ; cet incident — que jamais je n'élucidai — touchait discrètement au prodige et m'encouragea. Je m'arrangeai, en quittant la maison de bonne heure, en arrivant en retard à mon cercle, pour passer une heure aux Vikings chacun des soirs où j'allais à Belleville. Une fois, je bus deux *gin-fizz* : c'était trop ; je les vomis dans le métro ; quand je poussai la porte du Centre mes jambes flageolaient, j'avais le front couvert de sueur froide : on me crut malade, on m'étendit sur un divan en me félicitant de mon courage. Ma cousine Magdeleine vint passer quelques jours à Paris : je sautai sur l'occasion. Elle avait vingt-trois ans, et ma mère nous autorisa à aller un soir toutes les deux seules au théâtre : en fait, nous avions comploté de courir les mauvais lieux. Les choses faillirent se gâter parce que, au moment de quitter la maison, Magdeleine s'amusa à me mettre un

peu de rose aux pommettes : je trouvais ça joli, et quand
ma mère m'enjoignit de me débarbouiller, je protestai.
Sans doute crut-elle apercevoir sur ma joue l'empreinte
fourchue de Satan ; elle m'exorcisa d'un soufflet. Je
cédai en grinçant des dents. Elle me laissa tout de
même sortir et nous nous dirigeâmes, ma cousine et
moi, vers Montmartre. Nous errâmes longtemps sous
la lumière des enseignes au néon : nous ne nous déci-
dions pas à choisir. Nous nous fourvoyâmes dans deux
bars, mornes comme des crémeries, et nous échouâmes
rue Lepic, dans un atroce petit bouge où des garçons
de mœurs légères attendaient le client. Deux d'entre
eux s'assirent à notre table, étonnés par notre intrusion,
car nous n'étions visiblement pas des concurrentes.
Nous bâillâmes en commun pendant un long moment :
le dégoût me serrait le cœur.

Cependant, je persévérai. Je racontai à mes parents
que le Centre de Belleville préparait pour le 14 Juillet
une séance récréative, que je faisais répéter une comédie à mes élèves et qu'il me fallait disposer de plusieurs
soirées par semaine ; je prétendis dépenser au bénéfice
des Équipes l'argent que je consumais en *gin-fizz*. J'allais
ordinairement au Jockey, boulevard Montparnasse :
Jacques m'en avait parlé, et j'aimais, sur les murs, les
affiches coloriées où se mêlaient le canotier de Chevalier,
les souliers de Charlot, le sourire de Greta Garbo ;
j'aimais les bouteilles lumineuses, les petits drapeaux
bigarrés, l'odeur de tabac et d'alcool, les voix, les rires,
le saxophone. Les femmes m'émerveillaient : il n'y
avait pas de mots dans mon vocabulaire pour désigner
le tissu de leurs robes, la couleur de leurs cheveux ; je
n'imaginais pas qu'on pût acheter dans aucun magasin
leurs bas impalpables, leurs escarpins, le rouge de leurs
lèvres. Je les entendais débattre avec des hommes le

tarif de leurs nuits et des complaisances dont elles les régaleraient. Mon imagination ne réagissait pas : je l'avais bloquée. Les premiers temps surtout, il n'y avait pas autour de moi des gens de chair et d'os mais des allégories : l'inquiétude, la futilité, l'hébétude, le désespoir, le génie peut-être, et sûrement le vice aux multiples visages. Je restais convaincue que le péché est la place béante de Dieu et je me perchais sur mon tabouret avec la ferveur qui me prostrait, enfant, au pied du Saint-Sacrement : je touchais la même présence ; le jazz avait remplacé la grande voix de l'orgue, et je guettais l'aventure comme autrefois j'attendais l'extase. « Dans les bars, m'avait dit Jacques, il suffit de faire n'importe quoi, et les choses arrivent. » Je faisais n'importe quoi. Si un client entrait, le chapeau sur la tête, je criais : « Chapeau ! » et je jetais en l'air son couvre-chef. Je cassais un verre, par-ci par-là. Je pérorais, j'interpellais les habitués que j'essayais, naïvement, de mystifier : je me prétendais modèle, ou putain. Avec ma robe fanée, mes gros bas, mes souliers plats, mon visage sans art, je ne trompais personne. « Vous n'avez pas la touche qu'il faut », me dit un boiteux aux yeux cerclés d'écaille. « Vous êtes une petite bourgeoise qui veut jouer à la bohème », conclut un homme au nez crochu qui écrivait des romans-feuilletons. Je protestai : le boiteux dessina quelque chose sur un bout de papier. « Voilà ce qu'il faut faire et se laisser faire dans le métier de courtisane. » Je gardai mon sang-froid : « C'est très mal dessiné », dis-je. « C'est ressemblant » ; il ouvrit sa braguette et cette fois, je détournai les yeux. « Ça ne m'intéresse pas. » Ils rirent. « Vous voyez ! dit le feuilletoniste. Une vraie pute aurait regardé et dit : "Il n'y a pas de quoi se vanter !" » L'alcool aidant, j'encaissais froidement les obscénités. D'ailleurs on me laissait en paix. Il arrivait qu'on m'offrît un verre, qu'on m'invitât à danser, rien de plus : évidemment, je décourageais la lubricité.

Ma sœur participa plusieurs fois à ces équipées ; pour se donner mauvais genre, elle mettait son chapeau de travers et croisait haut les jambes. Nous parlions fort, nous ricanions bruyamment. Ou bien, nous entrions l'une après l'autre dans le bar, feignant de ne pas nous connaître et nous faisions semblant de nous disputer : nous nous prenions aux cheveux, nous glapissions des insultes, heureuses si cette exhibition surprenait un instant le public.

Les soirs où je restais à la maison, je supportais mal la tranquillité de ma chambre ; je cherchai de nouveau des voies mystiques. Une nuit, je sommai Dieu s'il existait de se déclarer. Il se tint coi et plus jamais je ne lui adressai la parole. Au fond, j'étais très contente qu'il n'existât pas. J'aurais détesté que la partie qui était en train de se jouer ici-bas eût déjà son dénouement dans l'éternité.

En tout cas, il y avait maintenant sur terre un endroit où je me sentais à mon aise ; le Jockey me devenait familier, j'y retrouvais des figures de connaissance, je m'y plaisais de plus en plus. Il suffisait d'un *gin-fizz*, et ma solitude fondait : tous les hommes étaient frères, nous nous comprenions tous, tout le monde s'aimait. Plus de problème, de regret, d'attente : le présent me remplissait. Je dansais, des bras m'étreignaient et mon corps pressentait des évasions, des abandons plus faciles et plus apaisants que mes délires ; loin de m'en offusquer comme à seize ans, je trouvais consolant qu'une main inconnue pût avoir sur ma nuque une chaleur, une douceur qui ressemblait à la tendresse. Je ne comprenais rien aux gens qui m'entouraient, mais peu m'importait : j'étais dépaysée ; et j'avais l'impression qu'enfin je touchais du doigt la liberté. J'avais fait des progrès depuis l'époque où j'hésitais à marcher dans la rue à côté d'un jeune homme : je défiais allègrement les convenances et l'autorité. L'attrait qu'avaient pour moi les bars et les dancings venait en grande partie de leur caractère illicite. Jamais ma mère n'aurait accepté d'y mettre les pieds ; mon père eût été scandalisé de m'y voir, et Pradelle affligé ; j'éprouvais une grande satisfaction à me savoir radicalement hors la loi.

Peu à peu je m'enhardis. Je me laissai accoster dans les rues, j'allai boire au bistrot avec des inconnus. Un soir, je montai dans une automobile qui m'avait suivie le long des grands boulevards. « On va faire un tour à Robinson ? » proposa le conducteur. Il n'avait rien de plaisant et que deviendrais-je s'il me laissait en plan à minuit, à dix kilomètres de Paris ? Mais j'avais des principes : « Vivre dangereusement. Ne rien refuser », disaient Gide, Rivière, les surréalistes, et Jacques. « D'accord », dis-je. Place de la Bastille, à la terrasse d'un café, nous bûmes maussadement des cocktails. Une fois remontés dans l'auto, l'homme effleura mon genou : je m'écartai vivement. « Alors quoi ? vous vous faites trimbaler en voiture, et vous ne voulez même pas qu'on vous touche ? » Sa voix avait changé. Il arrêta l'auto et essaya de m'embrasser. Je m'enfuis, poursuivie par ses insultes. J'attrapai le dernier métro. Je me rendais compte que je l'avais échappé belle ; cependant je me félicitai d'avoir fait un acte vraiment gratuit.

Un autre soir, dans une kermesse de l'avenue de Clichy, je jouai au football en miniature avec un jeune voyou qui avait la joue barrée d'une cicatrice rose ; nous avons tiré à la carabine, et il insista pour payer toutes les parties. Il me présenta un ami et il m'offrit un

café crème. Quand je vis démarrer mon dernier autobus, je lui dis adieu et je partis en courant. Ils me
rattrapèrent au moment où j'allais sauter sur la plate-
forme ; ils me saisirent aux épaules : « C'est pas des
façons ! » Le receveur hésitait, la main sur la sonnette ;
puis il tira la poignée et l'autobus s'ébranla. J'écumais
de colère. Les deux garçons m'assurèrent que c'était
moi qui avais eu tort : on ne laisse pas tomber les gens
sans prévenir. Nous nous réconciliâmes et ils insistèrent
pour m'accompagner à pied jusqu'à la maison : je pris
soin de leur expliquer qu'ils ne devaient rien attendre
de moi, mais ils s'obstinèrent. Rue Cassette, au coin de
la rue de Rennes, le voyou à la cicatrice me prit par la
taille : « Quand se revoit-on ? — Quand vous voudrez »,
dis-je lâchement. Il essaya de m'embrasser, je me débattis.
Quatre agents cyclistes apparurent ; je n'osai pas les
appeler mais mon agresseur me lâcha et nous fîmes
quelques pas vers la maison. La ronde passée, de nouveau il m'empoigna : « Tu ne viendras pas au rendez-
vous : tu as voulu me faire marcher ! J'aime pas ça !
Tu mérites une leçon. » Il n'avait pas l'air bon : il allait
me frapper ou m'embrasser à pleine bouche, et je ne
sais pas ce qui m'effrayait le plus. L'ami s'interposa :
« Allons ! on peut s'arranger. Il râle parce que vous lui
avez coûté de l'argent, c'est tout. » Je vidai mon sac.
« Je me fous de l'argent ! dit l'autre. Je veux lui donner
une leçon. » Il finit tout de même par me prendre ma
fortune : quinze francs. « Pas même de quoi se payer
une femme ! » dit-il hargneusement. Je rentrai chez
moi ; j'avais eu vraiment peur.

L'année scolaire s'achevait. Suzanne Boigue avait
passé plusieurs mois chez une de ses sœurs, au Maroc ;

avenant - pleasant
carapace - shell

elle y avait rencontré l'homme de sa vie. Le lunch de mariage eut lieu dans un grand jardin de banlieue ; le mari était avenant, Suzanne exultait, le bonheur me parut attrayant. D'ailleurs je ne me sentais pas malheureuse : l'absence de Jacques, et la certitude de son amour tranquillisaient mon cœur, que ne menaçaient plus les heurts d'une rencontre, les hasards d'une humeur. J'allai canoter au Bois avec ma sœur, Zaza, Lisa, Pradelle : mes amis s'entendaient bien et quand ils étaient réunis, je regrettais moins de ne m'entendre tout à fait avec aucun d'eux. Pradelle me présenta un camarade de Normale pour qui il professait une vive estime : c'était un de ceux qui, à Solesmes, l'avaient entraîné à communier. Il s'appelait Pierre Clairaut et sympathisait avec *L'Action française* ; petit, noiraud, il ressemblait à un grillon. Il devait se présenter l'année suivante à l'agrégation de philosophie, et nous allions donc nous trouver condisciples. Comme il avait l'air dur, hautain, et sûr de soi, je me promis qu'à la rentrée j'essaierais de découvrir ce que cachait sa carapace. J'allai avec lui et avec Pradelle voir passer en Sorbonne les oraux du concours : on se bousculait pour entendre la leçon de Raymond Aron, à qui tout le monde prédisait un grand avenir philosophique. On me montra aussi Daniel Lagache qui se destinait à la psychiatrie. À la surprise générale, Jean-Paul Sartre avait échoué à l'écrit. Le concours me parut difficile, mais je ne perdis pas courage : je travaillerais autant qu'il le faudrait, mais d'ici un an, j'en aurais fini ; il me semblait être déjà libre. Je pense aussi que ça m'avait fait beaucoup de bien de me débaucher, de me distraire, de changer d'air. J'avais retrouvé mon équilibre au point que je ne tenais même plus de journal intime : « Je ne désire qu'une intimité de plus en plus grande avec le monde, et dire ce monde dans une œuvre », écrivais-je à Zaza. J'étais d'excellente humeur quand j'arrivai en Limousin et par-dessus le marché, j'y reçus une lettre de Jacques. Il me parlait de Biskra, des petits ânes, des ronds de soleil, de l'été ; il rappelait nos rencontres qu'il appelait « mes seuls garde-à-vous d'alors » ; il promettait : « L'année prochaine, on fera des choses bien. » Ma sœur, moins entraînée que moi à déchiffrer les cryptogrammes, me demanda le sens de cette dernière phrase. « Ça veut dire qu'on se mariera », répondis-je triomphalement.

Le bel été ! Plus de larmes, plus d'effusions solitaires, plus de tempêtes épistolaires. La campagne me comblait, comme à cinq ans, comme à douze ans et l'azur suffisait à remplir le ciel. Je savais à présent ce que promettait l'odeur des chèvrefeuilles et ce que signifiait la rosée des matins. Dans les chemins creux, à travers les blés noirs en fleur, parmi les bruyères et les ajoncs qui griffent, je reconnaissais les innombrables nuances de mes peines et de mes bonheurs. Je me promenai beaucoup avec ma sœur. Souvent nous nous baignions, en jupons, dans les eaux brunes de la Vézère ; nous nous séchions dans l'herbe qui sentait la menthe. Elle dessinait, je lisais. Même les distractions ne me gênaient pas. Mes parents avaient renoué avec de vieux amis qui passaient l'été dans un château des environs ; ceux-ci avaient trois grands fils, fort beaux garçons, qui se destinaient au barreau et avec qui nous allions de temps en temps jouer au tennis. Je m'amusais de bon cœur. Leur mère prévint délicatement la nôtre qu'elle n'accepterait pour brus que des filles dotées : cela nous fit bien rire car nous considérions sans convoitise ces jeunes gens rangés.

Cette année encore, j'étais invitée à Laubardon. Ma mère avait accepté de bonne grâce que je rencontre à

Bordeaux Pradelle qui passait ses vacances dans la région. Ce fut une journée charmante. Décidément Pradelle comptait beaucoup pour moi. Et Zaza encore davantage. Je débarquai à Laubardon, le cœur en fête.

Zaza avait accompli en juin le rare exploit de réussir du premier coup son certificat de philologie. Pourtant, cette année, elle n'avait accordé que très peu de temps à ses études. Sa mère réclamait de plus en plus tyranniquement sa présence et ses services. Mme Mabille tenait l'épargne pour une vertu capitale ; elle eût jugé immoral d'acheter chez un fournisseur les produits qui pouvaient se fabriquer à la maison : pâtisserie, confitures, lingerie, robes et manteaux. Pendant la belle saison, elle allait souvent aux Halles, à six heures du matin, avec ses filles, pour se procurer à bas prix fruits et légumes. Quand les petites Mabille avaient besoin d'une toilette neuve, Zaza devait explorer une dizaine de magasins ; de chacun elle rapportait une liasse d'échantillons que Mme Mabille comparait, en tenant compte de la qualité du tissu et de son prix ; après une longue délibération, Zaza retournait acheter l'étoffe choisie. Ces tâches, et les corvées mondaines qui s'étaient multipliées depuis l'ascension de M. Mabille, excédaient Zaza. Elle ne parvenait pas à se convaincre qu'en courant les salons et les grands magasins, elle observait fidèlement les préceptes de l'Évangile. Sans doute, son devoir de chrétienne était-il de se soumettre à sa mère ; mais, lisant un livre sur Port-Royal, elle avait été frappée par un mot de Nicole, suggérant que l'obéissance aussi peut être un piège du démon. En acceptant de se diminuer, de s'abêtir, ne contrariait-elle pas la volonté de Dieu ? Comment connaître celle-ci avec certitude ? Elle craignait de pécher par orgueil, si elle se fiait à son propre jugement, et par lâcheté si elle cédait aux pressions extérieures. Ce doute exaspérait le conflit qui la déchirait depuis longtemps : elle aimait sa mère, mais aussi beaucoup de choses que sa mère n'aimait pas. Souvent elle me citait tristement un mot de Ramuz : « Les choses que j'aime ne s'aiment pas entre elles. » L'avenir n'avait rien de consolant. Mme Mabille refusait catégoriquement que Zaza entreprît l'an prochain un diplôme d'études, elle redoutait que sa fille ne devînt une intellectuelle. L'amour, Zaza n'espérait plus le rencontrer. Dans mon entourage, il arrivait — rarement — qu'on se mariât par inclination : ç'avait été le cas de ma cousine Titite. Mais, disait Mme Mabille : « Les Beauvoir sont des gens hors classe. » Zaza était beaucoup plus solidement intégrée que moi à la bourgeoisie bien pensante où toutes les unions étaient arrangées par les familles ; or tous ces jeunes gens qui acceptaient de se laisser passivement marier étaient d'une consternante médiocrité. Zaza aimait la vie avec ardeur ; c'est pourquoi la perspective d'une existence sans joie lui ôtait par moments toute envie de vivre. Comme dans sa petite enfance, elle se défendait par des paradoxes contre le faux idéalisme de son milieu. Ayant vu Jouvet jouer dans *Le Grand Large* un rôle d'ivrogne, elle se déclara amoureuse de lui et épingla sa photographie au-dessus de son lit ; l'ironie, la sécheresse, le scepticisme trouvaient tout de suite un écho en elle. Dans une lettre qu'elle m'envoya au début des vacances, elle me confia qu'elle rêvait parfois de renoncer radicalement à ce monde. « Après des moments d'amour de la vie aussi bien intellectuelle que physique, je suis tellement prise, soudain, par le sentiment de la vanité de tout cela, que je sens toutes les choses, toutes les personnes se retirer de moi ; j'éprouve pour tout l'univers une telle indifférence qu'il me semble être déjà dans la mort. Le renoncement à soi-même, à l'existence, à tout, le renoncement des religieux qui tentent de commencer dès ce monde la vie surnaturelle, si vous saviez comme il me tente. Bien souvent, je me suis dit que ce désir de trouver dans "les liens" la liberté véritable était un signe de vocation ; à d'autres moments, la vie et les choses me reprennent tellement que la vie d'un couvent me paraît être une mutilation et qu'il me semble que ce n'est pas cela que Dieu veut de moi. Mais quelle que soit la voie que je doive suivre, je ne peux pas comme vous aller à la vie avec tout moi-même ; au moment où j'existe avec le plus d'intensité, j'ai encore le goût du néant dans la bouche. »

Cette lettre m'avait un peu effrayée. Zaza m'y répétait que mon incrédulité ne nous séparait pas. Mais si jamais elle entrait au couvent, elle serait perdue pour moi ; et pour elle-même, pensais-je.

Le soir de mon arrivée, j'eus une déception ; je ne couchais pas dans la chambre de Zaza, mais dans celle de Mademoiselle Avdicovitch, une étudiante polonaise engagée comme gouvernante pour la période des vacances ; elle s'occupait des trois derniers petits Mabille. Ce qui me consola un peu c'est que je la trouvai charmante : Zaza m'avait parlé d'elle dans ses lettres avec beaucoup de sympathie. Elle avait de jolis cheveux blonds, des yeux bleus à la fois languides et rieurs, une bouche épanouie et une séduction tout à fait insolite à laquelle je n'eus pas alors l'indécence de donner son nom : du *sex-appeal*. Sa robe vaporeuse découvrait d'appétissantes épaules ; le soir, elle se mit au piano et chanta en ukrainien des chansons d'amour, avec des coquetteries qui nous enchantèrent, Zaza et moi, et qui scandalisèrent tous les autres. La nuit, j'écarquillai les yeux en la voyant revêtir au lieu d'une chemise de nuit

éberlué

un pyjama. Elle m'ouvrit tout de suite volubilement son cœur. Son père possédait à Lwów une grosse fabrique de bonbons ; tout en faisant ses études, elle avait milité en faveur de l'indépendance ukrainienne, et passé quelques jours en prison. Elle était partie compléter sa culture, d'abord à Berlin où elle était restée deux ou trois ans, puis à Paris ; elle suivait des cours à la Sorbonne et recevait une pension de ses parents. Elle avait voulu profiter de ses vacances pour pénétrer dans l'intimité d'une famille française : elle en était éberluée. Je me rendis compte le lendemain combien, en dépit de sa parfaite éducation, elle choquait les gens de bien ; gracieuse, féminine, auprès d'elle, nous avions l'air, Zaza, ses amies et moi-même, de jeunes nonnes. L'après-midi, elle s'amusa à tirer les cartes à toute l'assistance, y compris Xavier du Moulin avec qui, indifférente à sa soutane, elle flirtait discrètement : il ne paraissait pas insensible à ses avances, et il lui souriait beaucoup ; elle lui fit le grand jeu, et lui prédit qu'il rencontrerait bientôt la dame de cœur. Les mères, les sœurs aînées furent outrées ; derrière son dos, Mme Mabille accusa Stépha de ne pas se tenir à sa place. « D'ailleurs je suis sûre que ce n'est pas une vraie jeune fille », dit-elle. Elle reprocha à Zaza de trop sympathiser avec cette étrangère.

Quant à moi, je me demande pourquoi elle avait consenti à m'inviter : sans doute pour ne pas heurter sa fille de front ; mais elle s'appliquait systématiquement à me rendre impossible un tête-à-tête avec Zaza. Celle-ci passait ses matinées à la cuisine : cela me navrait de la voir perdre des heures à recouvrir de parchemin des pots de confitures, aidée par Bébelle ou Mathé. Dans la journée, elle n'était pas seule une minute. Mme Mabille multipliait réceptions et sorties, dans l'espoir de caser enfin Lili qui commençait à monter en graine. « C'est la dernière année que je m'occupe de toi ; tu m'as déjà coûté assez cher en entrevues : maintenant, c'est le tour de ta sœur », avait-elle déclaré publiquement au cours d'un dîner auquel assistait Stépha. Déjà des polytechniciens avaient avisé Mme Mabille qu'ils épouseraient volontiers sa cadette. Je me demandais si à la longue Zaza ne se laisserait pas convaincre que son devoir de chrétienne était de fonder un foyer ; pas plus que l'abêtissement du couvent, je n'acceptais pour elle la morosité d'un mariage résigné.

Quelques jours après mon arrivée, un vaste pique-nique réunit sur les bords de l'Adour toutes les familles bien de la région. Zaza me prêta sa robe de tussor rose. Elle portait une robe en toile de soie blanche, avec une ceinture verte et un collier de jade ; elle avait maigri. Elle avait de fréquents maux de tête, elle dormait mal ; pour donner le change elle se mettait sur les joues des « ronds de santé » ; malgré cet artifice, elle manquait de fraîcheur. Mais j'aimais son visage et cela me peinait qu'elle l'offrît aimablement à n'importe qui ; elle jouait avec trop d'aisance son rôle de jeune fille du monde. Nous arrivâmes en avance ; peu à peu, les gens affluèrent, et chacun des sourires de Zaza, chacune de ses révérences me pinçait le cœur. Je m'activai avec les autres : on étala des nappes sur l'herbe, on déballa vaisselle et victuailles, je tournai la manivelle d'une machine à fabriquer des crèmes glacées. Stépha me prit à part et me demanda de lui expliquer le système de Leibniz : pendant une heure j'oubliai mon ennui. Mais ensuite la journée se traîna lourdement. Œufs en gelée, cornets, aspics et barquettes, ballottines, galantines, pâtés, chauds-froids, daubes, terrines, confits, tourtes, tartes, frangipanes : toutes ces dames avaient rempli avec zèle leurs devoirs sociaux. On se gorgea de nourriture ; on rit sans beaucoup de gaieté ; on parla sans

rasserener - calm oneself

conviction : personne ne semblait s'amuser. Vers la fin
de l'après-midi, Mme Mabille me demanda si je savais
où avait passé Zaza ; elle partit à sa recherche, et je la
suivis. Nous la retrouvâmes, barbotant dans l'Adour,
au pied d'une cascade ; en guise de costume de bain,
elle s'était enveloppée d'un manteau de loden.
Mme Mabille la gronda, mais d'une voix riante : elle
ne galvaudait pas son autorité pour des peccadilles. Je
compris que Zaza avait eu besoin de solitude, de sen-
sations violentes, et peut-être aussi d'une purification
après ce gluant après-midi et je me rassérénai : elle
n'était pas encore prête à se laisser couler dans le sommeil satisfait des matrones.

Pourtant sa mère, je m'en rendis compte, gardait sur
elle un grand ascendant. Mme Mabille suivait avec ses
enfants une habile politique ; tout petits, elle les traitait
avec une indulgence enjouée ; plus tard, elle restait
libérale dans les petites choses ; quand il s'agissait
d'affaires sérieuses, son crédit était intact. Elle avait à
l'occasion de la vivacité et un certain charme ; elle avait
toujours manifesté à sa cadette une tendresse particulière, et celle-ci s'était prise à ses sourires : l'amour,
autant que le respect, paralysait ses révoltes. Un soir pourtant, elle s'insurgea. Au milieu du dîner, Mme Mabille
déclara d'une voix coupante : « Je ne comprends pas
qu'un croyant fréquente des incroyants. » Je sentis avec
angoisse le sang me monter aux joues. Zaza rétorqua
indignée : « Personne n'a le droit de juger personne.
Dieu conduit les gens par les chemins qu'il choisit.
— Je ne juge pas, dit froidement Mme Mabille, nous
devons prier pour les âmes égarées : mais non nous laisser
contaminer par elles. » Zaza étouffait de colère et cela me
rasséréna. Mais je sentais que l'atmosphère de Laubardon
était encore plus hostile que l'année précédente. Plus

tard, à Paris, Stépha me raconta que les enfants ricanaient de me voir si mal habillée : ils ricanèrent aussi le jour où Zaza, sans m'en dire la raison, me prêta une de ses robes. Je n'avais pas d'amour-propre et j'étais peu observatrice : je subis avec indifférence beaucoup d'autres avanies. Néanmoins, il m'arrivait d'avoir le cœur lourd. Stépha eut la curiosité d'aller voir Lourdes, et je me sentis encore plus seule. Un soir, après le dîner, Zaza se mit au piano ; elle joua du Chopin ; elle jouait bien ; je regardais son casque de cheveux noirs, séparés par une raie sage, d'une émouvante blancheur, et je me disais que c'était cette musique passionnée qui exprimait sa vérité ; mais il y avait cette mère et toute cette famille entre nous, et peut-être un jour se renierait-elle, et je la perdrais ; pour l'instant, en tout cas, elle était hors d'atteinte. J'éprouvai une douleur si aiguë que je me levai, je quittai le salon, je me couchai, en larmes. La porte s'ouvrit ; Zaza s'approcha de mon lit, se pencha sur moi, m'embrassa. Notre amitié avait toujours été si sévère que son geste me bouleversa de joie.

Stépha revint de Lourdes ; elle rapportait pour les petits une grosse boîte de berlingots : « C'est très gentil, mademoiselle, lui dit Mme Mabille d'un air glacé, mais vous auriez pu vous épargner cette dépense : les enfants n'ont pas besoin de vos bonbons. » Ensemble nous déchirions à belles dents la famille de Zaza et ses amis : cela me soulageait un peu. D'ailleurs, cette année encore, la fin de mon séjour fut plus clémente que le commencement. Je ne sais si Zaza s'expliqua avec sa mère, ou si elle manœuvra habilement : je réussis à la voir seule ; à nouveau nous fîmes de longues promenades, et nous causâmes. Elle me parlait de Proust, qu'elle comprenait beaucoup mieux que moi ; elle me disait qu'à le lire il lui venait une grande envie d'écrire.

Elle m'assurait que l'an prochain, elle ne se laisserait pas abrutir par le train-train quotidien : elle lirait, nous causerions. J'eus une idée qui la séduisit : le dimanche matin nous nous retrouverions pour jouer au tennis, Zaza, ma sœur, moi-même, Jean Pradelle, Pierre Clairaut et un quelconque de leurs amis.

Nous nous entendions Zaza et moi à peu près sur tout. Chez les incroyants, à condition qu'on ne nuisît pas à autrui, aucune conduite ne lui semblait répréhensible : elle admettait l'immoralisme gidien ; le vice ne la scandalisait pas. En revanche, elle n'imaginait pas qu'on pût adorer Dieu et transgresser sciemment ses commandements. Je trouvai logique cette attitude qui pratiquement recoupait la mienne : car je permettais tout à autrui ; mais dans mon propre cas, dans celui de mes proches — de Jacques en particulier —, je continuais à appliquer les normes de la morale chrétienne. Ce n'est pas sans malaise que j'entendis Stépha me dire un jour, en riant aux éclats : « Mon Dieu ! que Zaza est naïve ! » Stépha avait déclaré que même dans les milieux catholiques, aucun jeune homme n'arrive vierge au mariage. Zaza avait protesté : si on croit, on vit selon sa foi. « Regardez vos cousins du Moulin, avait dit Stépha. — Eh bien, justement, avait répondu Zaza, ils communient tous les dimanches ! Je vous garantis qu'ils n'accepteraient pas de vivre en état de péché mortel. » Stépha n'avait pas insisté ; mais elle me raconta qu'à Montparnasse où elle allait souvent, elle avait maintes fois rencontré Henri et Edgar en compagnie non équivoque : « D'ailleurs, il n'y a qu'à voir leurs têtes ! » me dit-elle. En effet, ils n'avaient pas l'air d'enfants de chœur. Je pensai à Jacques : il avait un tout autre visage, il était d'une tout autre qualité ; impossible de supposer qu'il fît grossièrement la noce. Néanmoins, en me découvrant la naïveté de Zaza, Stépha contestait ma propre expérience. C'était pour elle une chose très ordinaire que de fréquenter les bars, les cafés où je cherchais clandestinement l'extraordinaire : elle les voyait certainement sous un angle très différent. Je me rendis compte que je prenais les gens tels qu'ils se donnaient ; je ne les soupçonnais pas d'avoir une autre vérité que leur vérité officielle ; Stépha m'avisait que ce monde policé avait des coulisses. Cette conversation m'inquiéta.

Cette année-là, Zaza ne m'accompagna pas à Mont-de-Marsan ; je m'y promenai entre deux trains en pensant à elle. J'étais décidée à lutter de toutes mes forces pour qu'en elle la vie l'emportât sur la mort.

me réconfortait. J'arrivais chez Zaza, Stépha paraissait
dans toute sa grâce empruntée. C'était pour elle une chose
très ordinaire que de fréquenter « bars, les cafés ou
« le Chichua, tranquillement. Exceptionnel dans les
« soyez conaon, où nous en allait, il m'éffrayait. Je me
« rendis compte que « je perdais les yeux tut, qu'il se
« donnait, je ne les soupçonnais pas d'avoir une autre
« vérité qui leur était attachée. Stépha m'avait quel-
« que police avec des réalités. L'art c'était un
« souriante.

« Cette année-là, j'aux de m'accompagna chez Mme
« de Biersau. Je m'y promenai toute dans l'ennui et
« pensais à elle. J'ai décidé « titre de velléités des temps
« pour qu'en elle la vie s'impose, sur la mort. »

QUATRIÈME PARTIE

Cette rentrée ne ressembla pas aux autres. En décidant de préparer le concours, je m'étais enfin évadée du labyrinthe dans lequel je tournoyais depuis trois ans : je m'étais mise en marche vers l'avenir. Toutes mes journées avaient désormais un sens : elles m'acheminaient vers une libération définitive. La difficulté de l'entreprise me piquait ; plus question de divaguer ni de m'ennuyer. À présent que j'avais quelque chose à y faire, la terre me suffisait largement ; j'étais délivrée de l'inquiétude, du désespoir, de toutes les nostalgies. « Sur ce cahier, ce ne sont plus des débats tragiques que je marquerai, mais la simple histoire de chaque journée. » J'avais l'impression qu'après un pénible apprentissage, ma véritable vie commençait et je m'y jetai joyeusement.

En octobre, la Sorbonne fermée, je passai mes journées à la Bibliothèque nationale. J'avais obtenu de ne pas rentrer déjeuner à la maison : j'achetais du pain, des rillettes, et je les mangeais dans les jardins du Palais-Royal, en regardant mourir les dernières roses ; assis sur des bancs, des terrassiers mordaient dans de gros sandwiches et buvaient du vin rouge. S'il bruinait, je m'abritais dans un café Biard, parmi des maçons qui puisaient dans des gamelles ; je me réjouissais d'échapper au cérémonial des repas de famille ; en réduisant la nourriture à sa vérité, il me semblait faire un pas vers la liberté. Je regagnais la Bibliothèque ; j'étudiais la théorie de la relativité, et je me passionnais. De temps en temps, je regardais les autres lecteurs, et je me carrais avec satisfaction dans mon fauteuil : parmi ces érudits, ces savants, ces chercheurs, ces penseurs, j'étais à ma place. Je ne me sentais plus du tout rejetée par mon milieu : c'était moi qui l'avais quitté pour entrer dans cette société dont je voyais ici une réduction, où communiaient à travers l'espace et les siècles tous les esprits qu'intéresse la vérité. Moi aussi, je participais à l'effort que fait l'humanité pour savoir, comprendre, s'exprimer : j'étais engagée dans une grande entreprise collective et j'échappais à jamais à la solitude. Quelle victoire ! Je revenais à mon travail. À six heures moins un quart, la voix du gardien annonçait avec solennité : « Messieurs… on va… bientôt… fermer. » C'était chaque fois une surprise, au sortir des livres, de retrouver les magasins, les lumières, les passants, et le nain qui vendait des violettes à côté du Théâtre-Français. Je marchais lentement, m'abandonnant à la mélancolie des soirs et des retours.

Stépha rentra à Paris peu de jours après moi et vint souvent à la Nationale, lire Goethe et Nietzsche. Les yeux et le sourire aux aguets, elle plaisait trop aux hommes et ils l'intéressaient trop pour qu'elle travaillât très assidûment. À peine installée, elle jetait son manteau sur ses épaules et s'en allait rejoindre dehors un de ses flirts : l'agrégatif d'allemand, l'étudiant prussien, le docteur roumain. Nous déjeunions ensemble et quoiqu'elle ne fût pas bien riche, elle m'offrait des gâteaux dans une boulangerie ou un bon café au bar Poccardi. À six heures, nous nous promenions sur les boulevards, ou, le plus souvent, nous prenions le thé chez elle. Elle habitait, dans un hôtel de la rue Saint-Sulpice, une petite chambre très bleue ; elle avait accroché aux murs des reproductions de Cézanne, de Renoir, du Greco, et les dessins d'un ami espagnol qui voulait peindre. Je me plaisais avec elle. J'aimais la tendresse de son col de fourrure, ses petites toques, ses robes, son parfum, ses roucoulements, ses gestes caressants. Mes rapports avec mes amis — Zaza, Jacques, Pradelle — avaient toujours été d'une extrême sévérité. Stépha me prenait le bras dans la rue ; au cinéma elle glissait sa main dans la mienne ; elle m'embrassait pour un oui pour un non. Elle me racontait des tas d'histoires, s'enthousiasmait pour Nietzsche, s'indignait contre Mme Mabille, se moquait de ses amoureux : elle réussissait très bien les imitations et entrecoupait ses récits de petites comédies qui m'amusaient beaucoup.

Elle était en train de liquider un vieux fonds de religiosité. À Lourdes, elle s'était confessée et elle avait communié ; à Paris, elle acheta au Bon Marché un petit livre de messe et s'agenouilla dans une chapelle de Saint-Sulpice en essayant de dire des prières ; ça n'avait pas rendu. Pendant une heure elle avait marché de long en large devant l'église sans se décider à y rentrer ni à s'en éloigner. Les mains derrière le dos, le front plissé, arpentant sa chambre d'un air soucieux, elle mima cette crise avec un tel entrain que je doutai de sa gravité. En fait, les divinités qu'adorait sérieusement Stépha, c'était la Pensée, l'Art, le Génie ; à défaut, elle appréciait l'intelligence et le talent. Chaque fois qu'elle dépistait un homme « intéressant », elle s'arrangeait pour faire sa connaissance, et elle s'évertuait à « mettre le pied dessus ». C'est « l'éternel féminin », m'expliquait-elle. Elle préférait à ces flirts les conversations intellectuelles et la camaraderie ; chaque semaine elle discutait pendant des heures à La Closerie des Lilas avec une bande d'Ukrainiens qui faisaient à Paris de vagues études ou du journalisme. Elle voyait quotidiennement son ami espagnol, qu'elle connaissait depuis des années, et qui lui avait proposé de l'épouser. Je le rencontrai plusieurs fois chez elle ; il habitait le même hôtel. Il s'appelait Fernando. Il descendait d'une de ces familles juives que les persécutions avaient chassées d'Espagne, quatre siècles plus tôt ; il était né à Constantinople et avait fait ses études à Berlin. Précocement chauve, le crâne et le visage ronds, il parlait de son « daimón » avec romantisme, mais il était capable d'ironie et il me fut très sympathique. Stépha admirait que, sans avoir le sou, il se débrouillât pour peindre, et elle partageait toutes ses idées ; ils étaient résolument internationalistes, pacifistes, et même, sur un mode utopique, révolutionnaires. Elle n'hésitait à l'épouser que parce qu'elle tenait à sa liberté.

Je leur fis connaître ma sœur, qu'ils adoptèrent aussitôt, et mes amis. Pradelle s'était cassé la jambe ; il boitillait quand je le retrouvai au début d'octobre sur la terrasse du Luxembourg. Il parut à Stépha trop sage, et elle l'ahurit par sa volubilité. Elle s'entendit mieux avec Lisa. Celle-ci habitait à présent une maison d'étudiantes dont les fenêtres s'ouvraient sur le petit Luxembourg. Elle gagnait chichement sa vie en donnant des leçons ; elle préparait un certificat de sciences et un diplôme sur Maine de Biran ; mais elle n'envisageait pas de se présenter jamais à l'agrégation ; sa santé était trop fragile. « Mon pauvre cerveau ! disait-elle en prenant entre ses mains sa petite tête aux cheveux courts. Penser que je ne peux compter que sur lui ! que je dois tout tirer de lui ! C'est inhumain : un de ces jours il va flancher. »

Elle ne s'intéressait ni à Maine de Biran, ni à la philosophie, ni à elle-même : « Je me demande quel plaisir vous avez à me voir ! » me disait-elle avec un petit sourire frileux. Elle ne m'ennuyait pas, parce que jamais elle ne se payait de mots et que souvent sa méfiance la rendait perspicace.

Avec Stépha je parlais beaucoup de Zaza qui prolongeait son séjour à Laubardon. Je lui avais envoyé de Paris *La Nymphe au cœur fidèle* et quelques autres livres ; Mme Mabille, me raconta Stépha, s'était emportée et elle avait déclaré : « Je hais les intellectuels ! » Zaza commençait à l'inquiéter sérieusement : il ne serait pas facile de lui imposer un mariage arrangé. Mme Mabille regrettait de l'avoir laissée fréquenter la Sorbonne ; il lui paraissait urgent de reprendre sa fille en main, et elle aurait bien voulu la soustraire à mon influence. Zaza m'écrivit qu'elle s'était ouverte de notre projet de tennis et que sa mère en avait été révoltée : « Elle a déclaré qu'elle n'admettait pas ces mœurs de Sorbonne et que je n'irais pas à un tennis organisé par une petite étudiante de vingt ans, retrouver des jeunes gens dont elle ne connaît même pas les familles. Je vous dis tout cela brutalement, je préfère que vous vous rendiez compte de cet état d'esprit auquel sans cesse je me heurte et que par ailleurs une idée chrétienne d'obéissance m'oblige à respecter. Mais aujourd'hui je suis énervée à en pleurer ; les choses que j'aime ne s'aiment pas entre elles ; et sous prétexte de principes moraux, j'ai entendu des choses qui me révoltent… J'ai offert ironiquement de signer un papier par lequel je m'engagerais à n'épouser jamais ni Pradelle, ni Clairaut, ni aucun de leurs amis, mais cela n'a pas calmé maman. » Dans sa lettre suivante, elle m'annonça que pour l'obliger à rompre définitivement avec « la Sorbonne », sa mère avait décidé de l'envoyer passer l'hiver à Berlin : c'est ainsi qu'autrefois, me disait-elle, pour mettre un terme à une liaison scandaleuse ou encombrante, les familles du pays expédiaient leurs fils en Amérique du Sud.

Jamais je n'avais écrit à Zaza des lettres aussi expansives que pendant ces dernières semaines ; jamais elle ne s'était confiée à moi aussi franchement. Cependant, quand elle revint à Paris au milieu d'octobre, notre amitié reprit mal. À distance, elle ne me parlait que de ses difficultés, ses révoltes, et je me sentais son alliée ; mais en vérité son attitude était équivoque : elle gardait à sa mère tout son respect, tout son amour, elle restait solidaire de son milieu. Je ne pouvais plus accepter ce partage. J'avais mesuré l'hostilité de Mme Mabille, j'avais compris qu'entre les deux camps auxquels nous appartenions aucun compromis n'était possible : les « bien pensants » voulaient l'anéantissement des « intellectuels », et réciproquement. En ne se décidant pas pour moi, Zaza pactisait avec des adversaires acharnés à me détruire et je lui en voulus. Elle redoutait le voyage qui lui était imposé, elle se tourmentait ; je marquai ma rancune en refusant d'entrer dans ses soucis ; je me laissai aller à un accès de bonne humeur qui la déconcerta. J'affichais une grande intimité avec Stépha, et je me mettais à son diapason, riant et bavardant avec trop d'exubérance ; souvent nos propos choquaient Zaza ; elle fronça les sourcils quand Stépha déclara que les gens étaient d'autant plus internationalistes qu'ils étaient plus intelligents. Par réaction contre nos manières « d'étudiantes polonaises », elle joua avec raideur à la « jeune Française comme il faut » et mes craintes redoublèrent : peut-être finirait-elle par passer à l'ennemi. Je n'osais plus lui parler tout à fait librement si bien que j'aimais

378

mieux la voir avec Pradelle, Lisa, ma sœur, Stépha, qu'en tête à tête. Elle sentit certainement cette distance entre nous ; et puis les préparatifs de son départ l'absorbaient. Nous nous fîmes nos adieux au début de novembre sans grande conviction.

L'Université rouvrit ses portes. J'avais sauté une année et, sauf Clairaut, je ne connaissais aucun de mes nouveaux camarades ; pas un amateur, pas un dilettante parmi eux : tous étaient, comme moi, des bêtes à concours. Je leur trouvai des visages rébarbatifs et des airs importants. Je décidai de les ignorer. Je continuai de travailler à bride abattue. Je suivais à la Sorbonne et à l'École normale tous les cours d'agrégation, et, selon les horaires, j'allais étudier à Sainte-Geneviève, à Victor-Cousin, ou à la Nationale. Le soir, je lisais des romans ou je sortais. J'avais vieilli, j'allais bientôt les quitter : cette année mes parents m'autorisaient à aller de temps en temps au spectacle le soir, seule ou avec une amie. Je vis *L'Étoile de mer* de Man Ray, tous les programmes des Ursulines, du Studio 28 et du Ciné-Latin, tous les films de Brigitte Helm, de Douglas Fairbanks, de Buster Keaton. Je fréquentai les théâtres du Cartel. Sous l'influence de Stépha, je me négligeai moins qu'autrefois. L'agrégatif d'allemand, m'avait-elle dit, me reprochait de passer mon temps dans les livres : vingt ans, c'est trop tôt pour jouer les femmes savantes ; à la longue j'allais devenir laide. Elle avait protesté et elle s'était piquée : elle ne voulait pas que sa meilleure amie eût l'air d'un bas-bleu disgracié ; elle m'affirmait que physiquement, j'avais de la ressource, et insistait pour que j'en tire parti. Je me mis à aller souvent chez le coiffeur, je m'intéressai à l'achat d'un chapeau, à la confection d'une robe. Je renouai des amitiés. Mademoiselle Lambert ne m'intéressait plus. Suzanne

Boigue avait suivi son mari au Maroc ; mais je revis sans déplaisir Riesmann et j'eus un regain de sympathie pour Jean Mallet qui était à présent répétiteur au lycée de Saint-Germain et qui préparait un diplôme sous la direction de Baruzi. Clairaut venait souvent à la Nationale. Pradelle le respectait et m'avait convaincue de sa haute valeur. Il était catholique, thomiste, maurrassien et comme il me parlait, les yeux dans les yeux, d'une voix catégorique qui m'impressionnait, je me demandais si j'avais méconnu saint Thomas et Maurras ; leurs doctrines continuaient à me déplaire ; mais j'aurais voulu savoir comment on voyait le monde, comment on se sentait soi-même, quand on les adoptait : Clairaut m'intriguait. Il m'assura que je serais reçue à l'agrégation. « Il paraît que vous réussissez tout ce que vous entreprenez », me dit-il. Je fus très flattée. Stépha aussi m'encourageait : « Vous aurez une belle vie. Vous obtiendrez toujours ce que vous voudrez. » J'allai donc de l'avant, confiante en mon étoile et fort satisfaite de moi. C'était un bel automne, et quand je levais le nez de mes livres, je me félicitais que le ciel fût si tendre.

Entre-temps, pour m'assurer que je n'étais pas un rat de bibliothèque, je pensais à Jacques ; je lui consacrais des pages de mon journal, je lui écrivais des lettres que je gardais pour moi. Quand je vis sa mère, au début de novembre, elle se montra très affectueuse ; Jacques, me dit-elle, lui demandait instamment des nouvelles de « la seule personne à Paris qui m'intéresse » ; elle me sourit d'un air complice en me rapportant ces mots.

Je travaillais dur, je me distrayais, j'avais retrouvé mon équilibre, et c'est avec surprise que je me rappelais mes fredaines de l'été. Ces bars, ces dancings où j'avais traîné pendant des soirs ne m'inspiraient plus que du dégoût, et même une espèce d'horreur. Cette vertueuse répulsion avait tout juste le même sens que mes anciennes complaisances : malgré mon rationalisme, les choses de la chair restaient taboues pour moi.

« Comme vous êtes idéaliste ! » me disait souvent Stépha. Elle veillait soigneusement à ne pas m'effaroucher. Désignant sur les murs de la chambre bleue un croquis de femme nue, Fernando me dit un jour avec malice : « C'est Stépha qui a posé. » Je perdis contenance et elle lui jeta un coup d'œil courroucé : « Ne dis pas de bêtises ! » Il reconnut en hâte qu'il avait voulu rire. Pas un instant l'idée ne m'effleura que Stépha pût justifier le verdict de Mme Mabille : « Ce n'est pas une vraie jeune fille. » Cependant, elle essayait avec ménagement de m'affranchir un peu. « Je vous assure, chérie, c'est très important l'amour physique, pour les hommes surtout... » Une nuit, sortant de l'Atelier, nous vîmes, place Clichy, un rassemblement ; un agent venait d'arrêter un élégant petit jeune homme dont le chapeau avait roulé dans le ruisseau ; il était blême et se débattait ; la foule le huait : « Sale maquereau... » Je crus que j'allais tomber sur le trottoir ; j'entraînai Stépha ; les lumières, les rumeurs du boulevard, les filles fardées, tout me donnait envie de hurler. « Mais quoi, Simone ? c'est la vie. » D'une voix posée, Stépha m'expliquait que les hommes n'étaient pas des saints. Bien sûr, tout ça, c'est un peu « dégoûtant », mais enfin ça existait, et même ça comptait beaucoup, pour tout le monde. Elle me raconta à l'appui un tas d'anecdotes. Je me raidissais. De temps en temps, je faisais tout de même un effort de sincérité : d'où me venaient ces résistances, ces préventions ? « Est-ce le catholicisme qui m'a laissé un tel goût de pureté que la moindre allusion aux choses de la chair met en moi une détresse indicible ? Je songe à la Colombe d'Alain-Fournier, qui se jeta dans un étang pour ne pas transiger avec la pureté. Mais peut-être est-ce de l'orgueil ? »

Évidemment, je ne prétendais pas qu'on dût s'entêter indéfiniment dans la virginité. Mais je me persuadais qu'on peut célébrer au lit des messes blanches : un authentique amour sublime l'étreinte physique, et entre les bras de l'élu, la pure jeune fille se change allégrement en une claire jeune femme. J'aimais Francis Jammes, parce qu'il peignait la volupté en couleurs simples comme l'eau d'un torrent ; j'aimais surtout Claudel parce qu'il glorifie dans le corps la présence merveilleusement sensible de l'âme. Je rejetai sans l'achever *Le Dieu des corps* de Jules Romains, parce que le plaisir n'y était pas décrit comme un avatar de l'esprit. Je fus exaspérée par *Souffrance du chrétien* de Mauriac que publiait alors la *N.R.F.* Chez l'un triomphante, chez l'autre humiliée, la chair prenait, dans les deux cas, trop d'importance. Je m'indignai contre Clairaut qui, répondant à une enquête des *Nouvelles littéraires*, dénonçait « la guenille de chair et sa tragique suzeraineté » ; mais aussi contre Nizan et sa femme qui revendiquaient, entre époux, une entière licence sexuelle.

Je justifiais ma répugnance de la même façon que lorsque j'avais dix-sept ans : tout va bien si le corps obéit à la tête et au cœur mais il ne doit pas prendre les devants. L'argument tenait d'autant moins debout qu'en amour les héros de Romains étaient volontaristes, et que les Nizan plaidaient pour la liberté. D'ailleurs la raisonnable pruderie de mes dix-sept ans n'avait rien à voir avec la mystérieuse « horreur » qui souvent me glaçait. Je ne me sentais pas directement menacée ; parfois des bouffées de trouble m'avaient traversée : au Jockey, dans les bras de certains danseurs, ou lorsqu'à Meyrignac, vautrées dans l'herbe du parc paysagé, nous nous enlacions ma sœur et moi ; mais ces vertiges m'étaient agréables, je faisais bon ménage avec mon corps ; par curiosité, et par sensualité, j'avais envie d'en découvrir les ressources et les secrets ; j'attendais sans appréhension et même avec impatience le moment où je deviendrais une femme. C'est d'une manière détournée que je me trouvais mise en question : à travers Jacques. Si l'amour physique n'était qu'un jeu innocent, il n'avait aucune raison de s'y refuser ; mais alors nos conversations ne devaient pas peser lourd à côté des joyeuses et violentes complicités qu'il avait connues avec d'autres femmes ; j'admirais la hauteur et la pureté de nos rapports : ils étaient en vérité incomplets, fades, décharnés, et le respect que Jacques me témoignait relevait de la morale la plus conventionnelle ; je retombais dans le rôle ingrat d'une petite cousine qu'on aime bien : quelle distance entre cette pucelle et un homme riche de toute son expérience d'homme ! Je ne voulais pas me résigner à une telle infériorité. Je préférais voir dans la débauche une souillure ; alors je pouvais espérer que Jacques s'en était gardé ; sinon, il ne m'inspirerait pas d'envie mais de la pitié ; j'aimais mieux avoir à lui pardonner des faiblesses qu'être exilée de ses plaisirs. Pourtant cette perspective aussi m'effrayait. J'aspirais à la transparente fusion de nos âmes ; s'il avait commis des fautes ténébreuses, il m'échappait, au passé et même dans l'avenir, car notre histoire, faussée dès le départ, ne coïnciderait plus jamais avec celle que je nous avais inventée. « Je ne veux pas que la vie se mette à avoir d'autres volontés que les miennes », écrivis-je dans mon journal. Voilà je crois quel était le sens profond de mon angoisse. J'ignorais presque tout de la réalité ; dans mon milieu, elle était masquée par les conventions et les rites ; ces routines m'ennuyaient, mais je n'essayais pas de saisir la vie à sa racine ; au contraire, je m'évadais dans des nuées : j'étais une âme, un pur esprit, je ne m'intéressais qu'à des esprits et à des âmes ; l'intrusion de la sexualité faisait éclater cet angélisme ; elle me découvrait brusquement, dans leur redoutable unité, le besoin et la violence. J'avais éprouvé un choc, place Clichy, parce que j'avais senti entre le trafic du maquereau et la brutalité de l'agent le lien le plus intime. Ce n'était pas moi, c'était le monde qui se trouvait en jeu : si les hommes avaient des corps qui criaient famine et qui pesaient lourd, il n'obéissait pas du tout à l'idée que je m'en faisais ; misère, crime, oppression, guerre : j'entrevoyais confusément des horizons qui m'effrayaient.

Néanmoins, au milieu de novembre je retournai à Montparnasse. Étudier, bavarder, aller au cinéma : brusquement je me lassai de ce régime. Était-ce vivre ? Était-ce bien moi qui vivais ainsi ? Il y avait eu des larmes, des fièvres, l'aventure, la poésie, l'amour : une existence pathétique ; je ne voulais pas déchoir. Ce soir-là, je devais aller avec ma sœur à l'Œuvre ; je la retrouvai au Dôme et je l'entraînai au Jockey. Comme le croyant au sortir d'une crise de sécheresse s'abîme dans l'odeur de l'encens et des cierges, je me retrempai dans les fumées de l'alcool et du tabac. Elles eurent vite fait de nous monter à la tête. Renouant avec nos traditions, nous échangeâmes des injures bruyantes et nous nous houspillâmes un peu. Je souhaitai me fendre plus sérieusement le cœur et j'emmenai ma sœur au Stryx. Nous y trouvâmes le petit Bresson et un de ses amis, un quadragénaire. Cet homme d'âge flirta avec Poupette et lui offrit des violettes tandis que je causais avec Riquet qui me fit une ardente apologie de Jacques. « Il a eu des coups durs, me dit-il, mais il a toujours pris le dessus. » Il me dit quelle force il y avait dans sa faiblesse, quelle sincérité se cachait sous sa boursouflure, comme il savait parler entre deux cocktails de choses graves et douloureuses, et avec quelle lucidité il avait mesuré la vanité de tout. « Jacques ne sera jamais heureux », conclut-il admirativement. Mon cœur se serra : « Et si quelqu'un lui donnait tout ? demandai-je. — Ça l'humilierait. » La peur, l'espoir me reprirent à la gorge. Tout le long du boulevard Raspail, je sanglotai dans les violettes.

J'aimais les larmes, l'espoir, la peur. Quand Clairaut me dit le lendemain, en rivant son regard dans le mien : « Vous ferez une thèse sur Spinoza ; il n'y a que ça dans la vie : se marier, et faire une thèse », je me rebiffai. Faire une carrière, faire la noce : deux manières d'abdiquer. Pradelle convint avec moi que le travail aussi peut être une drogue. Je remerciai avec effusion Jacques dont le fantôme m'avait arrachée à mon studieux abêtissement. Sans doute certains de mes camarades de Sorbonne avaient-ils plus de valeur intellectuelle que lui, mais peu m'importait. L'avenir de Clairaut, de Pradelle me semblait tracé d'avance ; l'existence de Jacques, de ses amis, m'apparaissait comme une série de coups de dés : peut-être finiraient-ils par se détruire ou par gâcher leur vie. Je préférai ce risque à toutes les scléroses.

Pendant un mois, une ou deux fois chaque semaine, j'amenai au Stryx Stépha, Fernando, et un journaliste ukrainien de leurs amis qui employait plus volontiers ses loisirs à étudier le japonais ; j'y amenai ma sœur, Lisa, Mallet. Je ne sais trop où je trouvais de l'argent, cette année-là, car je ne faisais plus de cours. Sans doute économisais-je sur les cinq francs que ma mère me donnait chaque jour pour déjeuner, et je grattais un peu, de-ci, de-là. En tout cas j'organisais mon budget en fonction de ces orgies. « Feuilleté chez Picard les *Onze chapitres sur Platon* d'Alain. Ça coûte huit cocktails : trop cher. » Stépha se déguisait en barmaid, elle aidait Michel à servir les clients, plaisantait avec eux en quatre langues, chantait des refrains ukrainiens. Avec Riquet et son ami, nous parlions de Giraudoux, de Gide, de cinéma, de la vie, des femmes, des hommes, de l'amitié, de l'amour. Nous redescendions bruyamment vers Saint-Sulpice. Le lendemain je notais : « Merveilleuse soirée ! » ; mais j'entrecoupais mon récit de parenthèses qui rendaient un son très différent. Riquet m'avait dit de Jacques : « Il se mariera un jour, par coup de tête ; et peut-être fera-t-il un bon père de famille : mais il regrettera toujours l'aventure. » Ces prophéties ne me troublaient pas outre mesure ; ce qui me gênait, c'est que pendant trois ans Jacques eût mené à peu près la même vie que Riquet. Celui-ci parlait des femmes avec une désinvolture qui me froissait : pouvais-je encore croire que Jacques était un frère du Grand Meaulnes ? J'en doutais vivement. Après tout, c'était sans son aveu que je m'étais forgé de lui cette image et je commençais à me dire qu'il ne lui ressemblait peut-être pas du tout. Je ne m'y résignais pas. « Tout cela me fait mal. J'ai des visions de Jacques qui me font mal. » Somme toute, si le travail était un narcotique, l'alcool et le jeu ne valaient pas mieux. Ma place n'était ni dans les bars, ni dans les bibliothèques : mais alors, où ? Décidément je ne voyais de salut que dans la littérature ; je projetai un nouveau roman ; j'y mettrais aux prises une héroïne qui serait moi, et un héros qui ressemblerait à Jacques, avec « son orgueil éperdu et sa folie de destruction ». Mais mon malaise persista. Un soir, j'aperçus, dans un coin du Styx, Riquet, Riaucourt et son amie Olga que je trouvai très élégante. Ils commentaient une lettre qu'ils venaient de recevoir : de Jacques ; ils lui écrivaient une carte postale. Je ne pus éviter de me demander : « Pourquoi leur écrit-il à eux, jamais à moi ? » Je marchai tout un après-midi sur les boulevards, la mort dans l'âme, et j'échouai en larmes dans un cinéma.

Le lendemain, Pradelle, qui avait d'excellents rapports avec mes parents, dîna à la maison et nous partîmes ensuite pour le Ciné-Latin. Rue Soufflot, abruptement, je lui proposai de m'accompagner plutôt au Jockey ; il acquiesça, sans enthousiasme. Nous prîmes place à une table, en clients sérieux, et tout en buvant un *gin-fizz*, j'entrepris de lui expliquer qui était Jacques, dont je ne lui avais guère parlé qu'à la sauvette. Il m'écouta d'un air réservé. Il était visiblement mal à l'aise. Jugeait-il scandaleux, lui demandai-je, que je fréquente ce genre d'endroits ? Non, mais personnellement il les trouvait déprimants. C'est qu'il n'a pas connu, pensais-je, cet absolu de solitude et de désespoir qui justifie tous les dérèglements. Cependant, assise à ses côtés, à distance du bar où si souvent j'avais extravagué, je vis le dancing d'un œil neuf : son regard pertinent en avait éteint toute la poésie. Peut-être ne l'avais-je amené là que pour l'entendre me dire tout haut ce que je me disais tout bas : « Qu'est-ce que je viens donc faire ici ? » En tout cas, je lui donnai tout de suite raison, et je tournai même ma sévérité contre Jacques : pourquoi perdait-il son temps à s'étourdir ? Je rompis avec la débauche. Mes parents allèrent passer quelques jours à Arras et je n'en profitai pas. Je refusai de suivre Stépha à Montparnasse ; je repoussai même avec agacement ses sollicitations. Je restai au coin de mon feu, à lire Meredith.

Je cessai de m'interroger sur le passé de Jacques ; après tout, s'il avait commis des fautes, la face du monde n'en était pas changée. Même au présent, je ne me souciais plus guère de lui ; il se taisait trop ; ce silence finissait par ressembler à de l'hostilité. Quand à la fin de décembre sa grand-mère Flandin me donna de ses nouvelles, je les accueillis avec indifférence. Cependant, comme je répugnais à jamais rien lâcher, je supposai qu'à son retour notre amour ressusciterait.

Je continuais à travailler d'arrache-pied ; je passais chaque jour neuf à dix heures sur mes livres. En janvier, je fis mon stage au lycée Janson-de-Sailly, sous la surveillance de Rodriguès, un vieux monsieur très gentil : il présidait la Ligue des Droits de l'Homme et se tua en 1940 quand les Allemands entrèrent en France. J'avais pour camarades Merleau-Ponty et Lévi-Strauss ; je les connaissais un peu tous les deux. Le premier m'avait toujours inspiré une lointaine sympathie. Le second m'intimidait par son flegme, mais il en jouait avec adresse, et je le trouvai très drôle lorsque d'une voix neutre, le visage mort, il exposa à notre auditoire la folie des passions. Il y eut des matins grisâtres où je jugeais dérisoire de disserter sur la vie affective devant quarante lycéens qui vraisemblablement s'en foutaient ; les jours où il faisait beau, je me prenais à ce que je disais, et je croyais saisir dans certains yeux des lueurs d'intelligence. Je me rappelais mon émotion, jadis, quand je frôlais le mur de Stanislas : ça me paraissait si lointain, si inaccessible, une classe de garçons ! Maintenant j'étais là, sur l'estrade, c'était moi qui faisais le cours. Et plus rien au monde ne me semblait hors d'atteinte.

Je ne regrettais certes pas d'être une femme ; j'en tirais au contraire de grandes satisfactions. Mon éducation m'avait convaincue de l'infériorité intellectuelle de mon sexe, qu'admettaient beaucoup de mes congénères. « Une femme ne peut pas espérer passer l'agrégation à moins de cinq ou six échecs », me disait Mademoiselle Roulin qui en comptait déjà deux. Ce handicap donnait à mes réussites un éclat plus rare qu'à celles des étudiants mâles : il me suffisait de les égaler pour me sentir exceptionnelle ; en fait, je n'en avais rencontré aucun qui m'eût étonnée ; l'avenir m'était ouvert aussi largement qu'à eux : ils ne détenaient aucun avantage. Ils n'y prétendaient pas, d'ailleurs ; ils me traitaient sans condescendance, et même avec une particulière gentillesse car ils ne voyaient pas en moi une rivale ; les filles étaient classées au concours selon les mêmes barèmes que les garçons, mais on les acceptait en surnombre, elles ne leur disputaient pas leurs places. C'est ainsi qu'un exposé sur Platon me valut de la part de mes condisciples — en particulier de Jean Hyppolite — des compliments que n'atténuait aucune arrière-pensée. J'étais fière d'avoir conquis leur estime. Leur bienveillance m'évita de prendre jamais cette attitude de *challenge* qui m'agaça plus tard chez les femmes américaines : au départ, les hommes furent pour moi des camarades et non des adversaires. Loin de les envier, ma position, du fait qu'elle était singulière, me paraissait privilégiée. Un soir Pradelle invita chez lui ses meilleurs amis et leurs sœurs. La mienne m'accompagna. Toutes les jeunes filles se retirèrent dans la chambre de la petite Pradelle ; je demeurai avec les jeunes gens.

Je ne reniais cependant pas ma féminité. Ce soir-là, nous avions apporté ma sœur et moi les plus grands soins à notre toilette. Vêtues moi de soie rouge, et elle

389

de soie bleue, nous étions en vérité fort mal nippées, mais les autres jeunes filles ne brillaient pas non plus. J'avais croisé à Montparnasse d'élégantes beautés ; elles avaient des vies trop différentes de la mienne pour que la comparaison m'écrasât ; d'ailleurs, une fois libre, avec de l'argent en poche, rien ne m'empêcherait de les imiter. Je n'oubliais pas que Jacques m'avait dite jolie ; Stépha et Fernando me donnaient de grands espoirs. Telle quelle, je me regardais volontiers dans les glaces ; je me plaisais. Sur le terrain qui nous était commun, je ne m'estimais pas moins bien lotie que les autres femmes et je n'éprouvais à leur égard nul ressentiment ; je ne m'appliquai donc pas à les dédaigner. Sur bien des points je plaçais Zaza, ma sœur, Stépha, même Lisa au-dessus de mes amis masculins : plus sensibles, plus généreuses, elles étaient mieux douées pour le rêve, les larmes, l'amour. Je me flattais d'unir en moi « un cœur de femme, un cerveau d'homme ». Je me retrouvai l'Unique.

Ce qui tempéra, du moins je l'espère, cette arrogance, c'est que j'aimais surtout en moi les sentiments que j'inspirais, et que je m'intéressais aux autres beaucoup plus qu'à ma figure. Au temps où je me débattais dans des pièges qui m'isolaient du monde, je me sentais séparée de mes amis et ils ne pouvaient rien pour moi ; maintenant j'étais liée à eux par cet avenir que je venais de reconquérir et qui nous était commun ; cette vie où de nouveau j'apercevais tant de promesses, c'est en eux qu'elle s'incarnait. Mon cœur battait pour l'un, pour l'autre, pour tous ensemble, il était toujours occupé.

Au premier rang de mes affections venait ma sœur. Elle suivait à présent des cours d'art publicitaire dans un établissement de la rue Cassette où elle se plaisait. À une fête organisée par son école, elle chanta, déguisée en bergère, de vieilles chansons françaises et je la trouvai éblouissante. Parfois elle allait en soirée et quand elle rentrait, blonde, rose, animée, dans sa robe de tulle bleu, notre chambre s'illuminait. Nous visitions ensemble des expositions de peinture, le Salon d'Automne, le Louvre ; elle dessinait le soir dans un atelier de Montmartre ; souvent j'allais l'y chercher et nous traversions Paris, poursuivant la conversation commencée dès nos premiers balbutiements ; nous la poursuivions au lit avant de nous endormir, et le lendemain dès que nous nous retrouvions en tête à tête. Elle participait à toutes mes amitiés, à mes admirations, à mes engouements. Jacques pieusement mis à part, je ne tenais à personne autant qu'à elle ; elle m'était trop proche pour m'aider à vivre, mais sans elle, pensais-je, ma vie aurait perdu son goût. Quand je poussais mes sentiments au tragique, je me disais que si Jacques mourait, je me tuerais, mais que si elle disparaissait, je n'aurais pas même besoin de me tuer pour mourir.

Comme elle n'avait aucune amie, et qu'elle était toujours disponible, je passais d'assez longs moments avec Lisa. Par un pluvieux matin de décembre elle me demanda, au sortir d'un cours, de l'accompagner jusqu'à sa pension. Je préférais rentrer travailler, je refusai. Place Médicis, au moment où j'allais monter dans l'autobus, elle me dit, d'une drôle de voix : « Bon. Alors je vous raconterai jeudi ce que je voulais vous raconter. » Je dressai l'oreille : « Racontez tout de suite. » Elle m'entraîna au Luxembourg ; il n'y avait personne dans les allées mouillées. « Vous ne le répéterez pas : c'est trop ridicule. » Elle hésita : « Voilà : je voudrais me marier avec Pradelle. » Je m'assis sur un fil de fer, au bord d'une pelouse, et je la regardai, ébaubie. « Il me plaît tellement ! dit-elle. Plus que personne ne m'a jamais plu ! »

Ils préparaient le même certificat de sciences, et suivaient ensemble certains cours de philosophie ; je n'avais rien remarqué de particulier entre eux, quand nous sortions en bande ; mais je savais que Pradelle, avec son regard de velours et son sourire accueillant, tombait les jeunes filles ; j'avais appris par Clairaut que, parmi les sœurs de ses camarades, deux au moins se consumaient pour lui. Pendant une heure, dans le jardin désert, sous les arbres qui dégouttaient d'eau, Lisa me parla de ce goût nouveau qu'avait pris pour elle la vie. Comme elle avait l'air fragile, dans son manteau râpé ! Je lui trouvai un visage attachant, sous son petit chapeau qui ressemblait au calice d'une fleur, mais je doutai que Pradelle eût été ému par sa grâce un peu sèche. Stépha me rappela, le soir, qu'il avait détourné la conversation avec indifférence un jour où nous parlions de la solitude de Lisa, de sa tristesse. J'essayai de le sonder. Il revenait d'un mariage et nous nous disputâmes un peu : il trouvait du charme à ces cérémonies et moi je jugeais écœurante cette exhibition publique d'une affaire privée. Je lui demandai s'il pensait parfois à son propre mariage. Vaguement, me dit-il ; mais il n'espérait guère pouvoir aimer une femme d'amour ; il était trop exclusivement attaché à sa mère ; même en amitié, il se reprochait une certaine sécheresse. Je lui parlai de ces grands débordements de tendresse qui parfois mettaient les larmes aux yeux. Il secoua la tête : « Ça aussi, c'est exagéré. » Il n'exagérait jamais et l'idée me traversa qu'il ne serait pas facile à aimer. En tout cas, Lisa ne comptait pas pour lui. Elle me dit tristement qu'à la Sorbonne, il ne lui marquait pas le moindre intérêt. Nous passâmes une longue fin d'après-midi, au bar de La Rotonde, à parler de l'amour et de nos amours ; du dancing montait une musique de jazz et des voix chuchotaient dans la pénombre. « J'ai l'habitude du malheur, disait-elle, on naît comme ça. » Jamais elle n'avait rien obtenu de ce qu'elle avait désiré. « Et pourtant, si seulement je pouvais tenir cette tête entre mes mains, tout serait justifié, pour toujours. » Elle pensait à demander un poste, dans les colonies, et à partir pour Saigon ou pour Tananarive.

Je m'amusais toujours beaucoup avec Stépha ; Fernando était souvent là quand je montais dans sa chambre ; pendant qu'elle confectionnait des cocktails au curaçao, il me montrait des reproductions de Soutine et de Cézanne ; ses tableaux, encore maladroits, me plaisaient et j'admirais moi aussi que, sans souci des difficultés matérielles, il misât toute sa vie sur la peinture. Nous sortions parfois tous les trois. Nous vîmes avec enthousiasme Charles Dullin dans *Volpone*, et avec sévérité chez Baty, à la Comédie des Champs-Élysées, *Départs* de Gantillon. À la sortie de mes cours, Stépha m'invitait à déjeuner au Knam ; nous mangions en musique de la cuisine polonaise et elle me demandait conseil : devait-elle épouser Fernando ? Je répondais oui ; jamais je n'avais vu entre un homme et une femme une entente aussi entière : ils répondaient exactement à mon idéal du couple. Elle hésitait : il y a sur terre tant de gens « intéressants » ! Ce mot m'agaçait un peu. Je ne me sentais guère attirée par ces Roumains, ces Bulgares, avec qui Stépha jouait à la lutte des sexes. Par instants mon chauvinisme se réveillait. Nous déjeunâmes avec un étudiant allemand dans le restaurant installé à l'intérieur de la Bibliothèque ; blond, la joue rituellement balafrée, il parla de la grandeur de son pays, d'un ton vindicatif. Je pensai brusquement : « Peut-être qu'il se battra un jour contre Jacques, contre Pradelle », et j'eus envie de quitter la table.

393

Je me liai pourtant avec le journaliste hongrois qui fit irruption dans la vie de Stépha vers la fin de décembre. Très grand, très lourd, dans son visage volumineux ses lèvres pâteuses souriaient mal. Il parlait avec complaisance de son père adoptif qui dirigeait le plus grand théâtre de Budapest. Il travaillait à une thèse sur le mélodrame français, admirait passionnément la culture française, Madame de Staël et Charles Maurras ; la Hongrie exceptée, il considérait comme des Barbares tous les pays d'Europe centrale, et particulièrement les Balkans. Il enrageait quand il voyait Stépha causer avec un Roumain. Il se mettait facilement en colère ; alors ses mains tremblaient, son pied droit battait convulsivement le plancher, et il bégayait : j'étais gênée par cette incontinence. Il m'agaçait aussi parce que sa grosse bouche roulait sans cesse les mots : raffinement, grâce, délicatesse. Il n'était pas stupide, et j'écoutais avec curiosité ses considérations sur les cultures et les civilisations. Mais dans l'ensemble je ne goûtais que médiocrement sa conversation ; il s'en irritait. « Si vous saviez comme je suis spirituel en hongrois ! » me dit-il un jour, d'un ton à la fois furieux et navré. Quand il essayait de me circonvenir afin que je le serve auprès de Stépha, je l'envoyais promener. « C'est insensé ! » disait-il d'une voix haineuse. « Toutes les jeunes filles, quand une de leurs amies a une intrigue, elles adorent s'entremettre. » Je répondais grossièrement que son amour pour Stépha ne me touchait pas : c'était un désir égoïste de possession et de domination ; d'ailleurs je doutais de sa solidité : était-il prêt à bâtir sa vie avec elle ? Ses lèvres frémissaient : « On vous donnerait une statuette de Saxe, vous la jetteriez par terre pour voir si elle se casse ou non ! » Je ne cachais pas à Bandi — ainsi l'appelait Stépha — que dans cette affaire j'étais l'alliée de Fernando.

« Je déteste ce Fernando ! me dit Bandi. D'abord, c'est un Juif ! » Je fus scandalisée.

Stépha se plaignait beaucoup de lui ; elle le trouvait assez brillant pour avoir envie de « mettre le pied dessus » mais il la poursuivait avec trop d'insistance. Je constatai, à cette occasion, que j'étais, comme elle le disait, naïve. J'allai un soir avec Jean Mallet voir au théâtre des Champs-Élysées les *Piccoli* que Podrecca venait de présenter pour la première fois à Paris. J'aperçus Stépha, que Bandi serrait de très près, et qui ne se défendait pas. Mallet aimait bien Stépha, il comparait ses yeux à ceux d'un tigre piqué à la morphine ; il proposa d'aller lui dire bonjour. Le Hongrois s'écarta vivement d'elle, qui me sourit sans le moindre embarras. Je compris qu'elle traitait ses soupirants avec moins de rigueur qu'elle ne me l'avait laissé imaginer et je lui en voulus de ce qui me parut une déloyauté, car je n'entendais rien au flirt. Je fus très contente quand elle décida de se marier avec Fernando. Bandi lui fit alors des scènes violentes : il la traquait dans sa chambre, en dépit de toutes les consignes. Puis il se calma. Elle cessa de venir à la Nationale. Il m'invitait encore à prendre le café chez Poccardi mais il ne me parla plus d'elle.

Par la suite, il vécut en France, comme correspondant d'un journal hongrois. Dix ans plus tard, le soir de la déclaration de guerre, je le rencontrai au Dôme. Il allait s'engager le lendemain dans un régiment composé de volontaires étrangers. Il me confia un objet auquel il tenait beaucoup : une grosse pendulette en verre, de forme sphérique. Il m'avoua qu'il était juif, bâtard, et sexuellement maniaque : il n'aimait que les femmes pesant plus de cent kilos ; Stépha avait été dans sa vie une exception : il avait espéré que malgré sa petite taille, elle lui donnerait, grâce à son intelligence, une impression d'immensité. La guerre l'engloutit ; il ne vint jamais rechercher sa pendule.

Zaza m'écrivait de Berlin de longues lettres dont je lisais des extraits à Stépha, à Pradelle. Quand elle quitta Paris, elle appelait les Allemands : « les Boches », et c'est avec beaucoup d'appréhension qu'elle mit le pied en territoire ennemi : « Mon arrivée à Fröbel Hospiz a été assez lamentable : je m'attendais à un hôtel pour dames ; j'ai trouvé un grand caravansérail, plein de gros Boches, d'ailleurs fort respectables, et en m'introduisant dans ma chambre la *Mädchen* m'a remis, comme Stépha me l'avait prédit, un trousseau de clés : armoire à glace, chambre, porte du corps de logis où j'habite, porte cochère enfin, en cas qu'il me plaise de rentrer après quatre heures du matin. J'étais tellement fatiguée par le voyage, tellement ahurie par l'étendue de ma liberté et par l'immensité de Berlin que je n'ai pas eu le courage de descendre dîner et que je me suis enfoncée, en arrosant mon oreiller de mes larmes, dans un étrange lit sans draps ni couvertures qui comprenait seulement un édredon. J'ai dormi treize heures, j'ai été à la messe dans une chapelle catholique, j'ai promené ma curiosité à travers les rues, et à midi mon moral était déjà bien meilleur. Depuis, je m'habitue de plus en plus ; il y a bien des moments où un besoin déraisonnable de ma famille, de vous, de Paris, me prend tout à coup, comme un élancement douloureux, mais la vie berlinoise me plaît, je n'ai aucune difficulté avec personne, et je sens que ces trois mois que je vais passer ici vont être des plus intéressants. » Elle ne trouva pas de ressources dans la colonie française qui se composait uniquement du Corps diplomatique : il n'y avait à Berlin que trois étudiants français et les gens trouvaient tout à fait surprenant que Zaza vînt passer un trimestre en Allemagne et voulût suivre des cours. « Le consul, dans une lettre de recommandation qu'il m'a donnée pour un professeur allemand, terminait par une phrase qui m'a amusée : "Je vous prie de chaudement encourager la si intéressante initiative de Mlle Mabille." On dirait que j'ai survolé le Pôle Nord ! » Aussi se décida-t-elle très vite à frayer avec les indigènes. « Mercredi j'ai fait connaissance avec les théâtres de Berlin dans une compagnie tout à fait inattendue. Imaginez-vous, dirait Stépha, que vers six heures, je vois le directeur de l'Hospiz, le gros vieux Herr Pollack, s'approcher de moi pour me dire avec son sourire le plus gracieux : "Petite demoiselle française, voulez-vous venir avec moi au théâtre ce soir ?" Un peu ahurie d'abord, je me suis informée de la moralité de la pièce, et considérant l'air sérieux et digne du vieux Herr Pollack, j'ai décidé d'accepter. À huit heures nous trottions dans les rues de Berlin en bavardant comme de vieux camarades. Chaque fois qu'il s'agissait de payer quelque chose, le gros Boche disait avec grâce : "Vous êtes mon hôte, c'est gratuit." Au troisième entracte, mis en verve par une tasse de café, il m'a dit que sa femme ne voulait jamais venir au théâtre avec lui, qu'elle n'avait pas du tout ses goûts et n'avait jamais essayé de lui faire plaisir depuis trente-cinq ans de mariage, excepté il y a deux ans, parce qu'il était à la mort, mais on ne peut pas être toujours à la mort, me disait-il en allemand. Je m'amusais follement, trouvant le gros Herr Pollack beaucoup plus drôle que Sudermann dont on jouait *Die Ehre*, une pièce à thèse dans le genre Alexandre Dumas fils. Au sortir du Trianon Théâtre, pour achever cette soirée bien allemande, mon Boche a absolument voulu aller manger de la choucroute et des saucisses ! »

Je ris avec Stépha, en pensant que Mme Mabille avait exilé Zaza plutôt que de l'autoriser à participer à un tennis mixte ; et celle-ci sortait seule le soir avec un homme : un inconnu, un étranger, un Boche ! Encore s'était-elle enquise de la moralité de la pièce. Mais d'après ses lettres suivantes elle eut vite fait de se dégourdir. Elle suivait des cours à l'Université, elle allait au concert, au théâtre, dans les musées, elle s'était liée avec des étudiants, et avec un ami de Stépha, Hans Miller, dont celle-ci lui avait indiqué l'adresse. Il l'avait d'abord trouvée si gourmée qu'il lui avait dit en riant : « Vous prenez la vie avec des gants de chevreau glacé. » Elle en avait été très mortifiée : elle avait décidé d'ôter ses gants.

« Je vois tant de gens nouveaux, de milieux, de pays, de genre si différent que je sens tous mes préjugés s'en aller lamentablement à la dérive et ne sais plus exactement si j'ai jamais appartenu à un milieu, ni quel il est. Il m'arrive de déjeuner un matin à l'ambassade avec des célébrités de la diplomatie, de somptueuses ambassadrices du Brésil ou d'Argentine, et de dîner le soir seule chez Aschinger, le restaurant tout à fait populaire, les coudes collés à ceux d'un gros employé, ou de quelque étudiant grec ou chinois. Je ne suis emprisonnée dans aucun groupe, aucune raison stupide ne vient tout à coup m'empêcher de faire une chose qui peut m'intéresser, il n'y a rien d'impossible ni d'inacceptable et je prends avec émerveillement et confiance tout ce que chaque nouvelle journée m'apporte d'inattendu et de neuf. Au début, j'avais des préoccupations de forme ; je demandais aux gens ce qui "se faisait" ou "ne se faisait pas". Les gens ont souri et m'ont répondu : "Mais chacun fait ce qu'il veut", et j'ai fait mon profit de la leçon. Je suis pire maintenant qu'une étudiante polonaise, je sors seule à toute heure du jour et de la nuit, je vais au concert avec Hans Miller, je me promène avec lui jusqu'à une heure du matin. Il a l'air de trouver cela tellement naturel que je me sens confuse d'en éprouver encore de l'étonnement. » Ses idées aussi se modifiaient ; son chauvinisme fondait. « Ce qui me stupéfie le plus ici c'est le pacifisme, bien plus, la francophilie de tous les Allemands en général. L'autre jour au cinéma, j'ai assisté à un film à tendances pacifistes qui montrait les horreurs de la guerre : tout le monde applaudissait. Il paraît que l'année dernière, quand on a donné ici *Napoléon* qui a eu un succès monstre, l'orchestre jouait *La Marseillaise*. Un certain soir, à l'Ufa Palace, les gens ont même tellement applaudi qu'on l'a jouée trois fois au milieu des ovations générales. J'aurais sursauté si l'on m'avait dit avant que je quitte Paris que je pourrais sans gêne parler avec un Allemand de la guerre ; l'autre jour, Hans Miller m'a parlé du temps où il avait été prisonnier et il a terminé en me disant : "Peut-être étiez-vous trop petite pour vous en souvenir, mais c'était atroce, ce temps-là, des deux côtés, il ne faut pas que ce temps-là recommence !" Une autre fois, comme je lui parlais de *Siegfried et le Limousin* et lui disais qu'il prendrait intérêt à ce livre, il m'a répondu — mais les mots allemands rendaient plus énergiquement l'idée : "Est-ce "politique" ou bien "humain" ? On nous a assez parlé de nations, de races, qu'on nous parle donc un peu de l'homme en général." Je crois que les idées de ce genre sont très répandues parmi la jeunesse allemande. »

Hans Miller passa une semaine à Paris ; il sortit avec Stépha et lui dit que depuis son arrivée son amie s'était transformée ; froidement accueilli par les Mabille, il s'étonna de l'abîme qui séparait Zaza du reste de sa famille. Elle en était de plus en plus consciente, elle aussi. Elle m'écrivit qu'elle avait sangloté de bonheur en apercevant à la portière du train le visage de sa mère, venue la voir à Berlin : néanmoins l'idée de rentrer dans ses foyers l'effrayait. Lili avait enfin accordé sa main à un polytechnicien, et d'après le rapport de Hans Miller, la maison était sens dessus dessous. « À la maison je sens que tout le monde est déjà complètement absorbé par les faire-part, les félicitations reçues, les cadeaux, la bague, le trousseau, la couleur des demoiselles d'honneur (je crois que je n'oublie rien) ; et ce grand remue-ménage de formalités ne me donne pas grande envie de rentrer, je commence à avoir tellement perdu l'habitude de tout cela ! Et j'ai vraiment ici une vie belle, intéressante… Quand je songe à mon retour, c'est surtout un grand bonheur de vous retrouver que je sens en moi. Mais je vous avoue que je suis effrayée de reprendre mon existence d'il y a trois mois. Le très respectable formalisme dont vivent la plupart des gens de "notre milieu" m'est devenu insupportable, d'autant plus insupportable que je me rappelle l'époque pas bien lointaine où sans le savoir j'en étais encore pénétrée et que je crains en rentrant dans le cadre d'en reprendre l'esprit. »

Je ne sais si Mme Mabille se rendait compte que ce séjour à Berlin n'avait pas eu le résultat qu'elle en avait attendu ; en tout cas elle se préparait à reprendre sa fille en main. Rencontrant ma mère à une soirée où celle-ci accompagnait Poupette, elle lui avait parlé avec raideur. Ma mère prononça le nom de Stépha : « Je ne connais pas Stépha. Je connais Mademoiselle Avdicovitch qui a été gouvernante de mes enfants. » Elle avait ajouté : « Vous élevez Simone comme vous voulez. Moi j'ai d'autres principes. » Elle s'était plainte de mon influence sur sa fille et avait conclu : « Heureusement, Zaza m'aime beaucoup. »

Tout Paris eut la grippe, cet hiver-là, et j'étais au lit quand Zaza revint à Paris ; assise à mon chevet, elle me décrivit Berlin, l'Opéra, les concerts, les musées. Elle avait engraissé et pris des couleurs : Stépha et Pradelle furent frappés comme moi par sa métamorphose. Je lui dis qu'en octobre sa réserve m'avait inquiétée : elle m'assura gaiement qu'elle avait fait peau neuve. Non seulement beaucoup de ses idées avaient changé, mais au lieu de méditer sur la mort et d'aspirer au cloître, elle débordait de vitalité. Elle espérait que le départ de sa sœur allait beaucoup lui faciliter l'existence. Elle s'apitoyait cependant sur le sort de Lili : « C'est ta dernière chance », avait déclaré Mme Mabille. Lili avait couru consulter toutes ses amies. « Accepte », avaient conseillé les jeunes mariées résignées et les célibataires en mal d'époux. Zaza avait le cœur serré quand elle entendait les conversations des deux fiancés. Mais, sans trop savoir pourquoi, elle était certaine à présent qu'un pareil avenir ne la menaçait pas. Pour l'instant, elle se disposait à travailler sérieusement son violon, à beaucoup lire, à se cultiver ; elle comptait entreprendre la traduction d'un roman de Stefan Zweig. Sa mère n'osait pas lui reprendre trop brutalement sa liberté ; elle l'autorisa à sortir deux ou trois fois le soir, avec moi. Nous entendîmes *Le Prince Igor*, exécuté par l'Opéra russe. Nous assistâmes au premier film d'Al Jolson *Le Chanteur de jazz*, et à une séance organisée par le groupe « L'Effort », où l'on projetait des films de Germaine

Dulac : ensuite il y eut un débat agité sur le cinéma pur et le cinéma sonore. Souvent l'après-midi, pendant que je travaillais à la Nationale, je sentais sur mon épaule une main gantée ; Zaza me souriait, sous sa cloche de feutre rose, et nous allions boire un café ou faire un tour. Malheureusement, elle partit pour Bayonne, où elle tint compagnie pendant un mois à une cousine malade.

Elle me manqua beaucoup. Les journaux disaient que depuis quinze ans Paris n'avait pas connu de froid aussi rigoureux ; la Seine charriait des glaçons ; je ne me promenais plus et je travaillais trop. J'achevais mon diplôme ; je rédigeais pour un professeur nommé Laporte une dissertation sur Hume et Kant ; de neuf heures du matin à six heures du soir je restais fichée sur mon fauteuil, à la Nationale ; c'est à peine si je prenais une demi-heure pour manger un sandwich ; il m'arrivait, l'après-midi, de somnoler, et même, quelquefois je m'endormais. Le soir, à la maison, j'essayais de lire : Goethe, Cervantès, Tchekhov, Strindberg. Mais j'avais mal à la tête. La fatigue parfois me donnait envie de pleurer. Et décidément, la philosophie telle qu'on la pratiquait à la Sorbonne n'avait rien de consolant. Bréhier faisait sur les Stoïciens un excellent cours ; mais Brunschvicg se répétait ; Laporte mettait en pièces tous les systèmes, sauf celui de Hume. C'était le plus jeune de nos professeurs ; il portait de petites moustaches, des guêtres blanches, il suivait les femmes dans la rue ; une fois il avait abordé par méprise une de ses étudiantes. Il me rendit ma dissertation avec une note passable et d'ironiques commentaires : j'avais préféré Kant à Hume. Il me convoqua chez lui, dans un bel appartement de l'avenue Bosquet, pour me parler de mon devoir. « De grandes qualités ; mais très antipathique. Style obscur, faussement profond : pour ce qu'on a à dire en philosophie ! » Il fit le procès de tous ses collègues, et en particulier de Brunschvicg ; puis il passa rapidement en revue les vieux maîtres. Les philosophes de l'Antiquité ? des niais. Spinoza ? un monstre. Kant ? un imposteur. Restait Hume. J'objectai que Hume ne résolvait aucun des problèmes pratiques ; il haussa les épaules : « La pratique ne pose pas de problèmes. » Non. Il ne fallait voir dans la philosophie qu'un divertissement, et on avait le droit de lui en préférer d'autres. « Somme toute, il ne s'agirait que d'une convention ? suggérai-je. — Ah ! non, mademoiselle, cette fois vous exagérez, me dit-il avec une brusque indignation. Je sais, ajouta-t-il, le scepticisme n'est pas à la mode. Bien sûr : allez chercher une doctrine plus optimiste que la mienne. » Il me raccompagna jusqu'à la porte : « Eh bien, enchanté ! Vous réussirez sûrement l'agrégation », conclut-il d'un air écœuré. C'était sans doute plus sain, mais moins réconfortant que les vaticinations de Jean Baruzi.

J'essayai de réagir. Mais Stépha préparait son trousseau et montait son ménage, je la voyais à peine. Ma sœur était morne, Lisa désespérée, Clairaut distant, Pradelle toujours semblable à lui-même ; Mallet séchait sur son diplôme. Je tentai de m'intéresser à Mademoiselle Roulin, à quelques autres camarades. Je n'y réussis pas. Pendant tout un après-midi, à travers les galeries du Louvre, je fis un grand voyage d'Assyrie en Égypte, d'Égypte en Grèce ; je me retrouvai dans un soir mouillé de Paris. Je me traînais, sans pensée, sans amour. Je me méprisais. Je pensais à Jacques de très loin, comme à un orgueil perdu. Suzanne Boigue qui revenait du Maroc me reçut dans un clair appartement, discrètement exotique ; elle était aimée et heureuse, je l'enviai. Ce qui me pesait le plus, c'était de me sentir diminuée. « Il me semble que j'ai infiniment perdu, et le pire c'est que je n'arrive pas à en souffrir… Je suis inerte, portée au gré des occupations, des rêveries du moment. Rien de moi n'est engagé dans rien ; je ne tiens ni à une idée, ni à une affection par ce lien étroit, cruel et exaltant qui longtemps m'a attachée à tant de choses ; je m'intéresse à tout avec *mesure* ; ah ! je suis raisonnable jusqu'à n'avoir même pas l'angoisse de mon existence. » Je me raccrochais à l'espoir que cet état fût provisoire ; d'ici quatre mois, débarrassée du concours, je pourrais de nouveau m'intéresser à ma vie ; je commencerais à écrire mon livre. Mais j'aurais bien voulu qu'un secours me vînt du dehors : « Désir d'une affection nouvelle, d'une aventure, de n'importe quoi qui soit autre ! »

La poésie des bars s'était éventée. Mais après une journée passée à la Nationale ou à la Sorbonne, je supportais mal de m'enfermer à la maison. Où aller ? De nouveau je rôdai à Montparnasse, avec Lisa un soir, puis avec Fernando et Stépha. Ma sœur s'était liée avec une de ses camarades d'école, une jolie fille de dix-sept ans, souple et hardie, dont la mère tenait une confiserie ; on l'appelait Gégé ; elle sortait très librement. Je les retrouvais souvent au Dôme. Un soir, nous décidâmes d'aller à La Jungle, qui venait de s'ouvrir en face du Jockey ; mais les fonds manquaient. « Ça ne fait rien, dit Gégé. Attendez-nous là-bas : on va s'arranger. » J'entrai seule dans la boîte et je pris place au bar. Assises sur un banc du boulevard, Poupette et Gégé gémissaient avec éclat : « Dire qu'il ne nous manque que vingt francs ! » Un passant s'émut. Je ne sais plus ce qu'elles lui racontèrent, mais bientôt elles se perchèrent à côté de moi devant des *gin-fizz*. Gégé s'entendait à aguicher les hommes. On nous offrit à boire, on nous fit danser. Une naine, qu'on appelait

Chiffon et que j'avais déjà entendue au Jockey, chantait et débitait des obscénités en relevant ses jupes ; elle exhibait des cuisses marbrées d'ecchymoses et racontait comment son amant la mordait. En un sens, c'était rafraîchissant. Nous recommençâmes. Au bar du Jockey, un soir, je retrouvai de vieilles connaissances avec qui j'évoquai les gaietés de l'été passé ; un petit étudiant suisse, habitué de la Nationale, me fit une cour empressée ; je bus et je m'amusai. Plus tard, dans la nuit, un jeune médecin qui observait notre trio d'un œil critique me demanda si je venais là pour faire des études de mœurs ; quand ma sœur partit, à minuit, il me félicita de sa sagesse, mais il me dit avec un peu de blâme que Gégé était trop jeune pour courir les dancings. Vers une heure, il proposa de nous reconduire en taxi ; on raccompagna d'abord Gégé, et il s'amusa visiblement de ma gêne pendant le bout de trajet où je fus seule avec lui. Son intérêt me flatta. Il suffisait d'une rencontre, d'un incident imprévu pour me rendre ma bonne humeur. Le plaisir que je prenais à ces infimes aventures n'explique tout de même pas que j'aie de nouveau succombé à la séduction des mauvais lieux. Je m'en étonnai : « Jazz, femmes, danses, paroles impures, alcool, frôlements : comment puis-je n'être pas choquée, mais accepter ici ce que je n'accepterais nulle part, et plaisanter avec ces hommes ? Comment puis-je aimer ces choses avec cette passion qui vient de si loin, qui me tient si fort ? Qu'est-ce que je vais chercher dans ces endroits au charme trouble ? »

Quelques jours plus tard, je pris le thé chez Mademoiselle Roulin, avec qui je m'ennuyai ferme. En la quittant, j'allai à L'Européen ; je m'assis, pour quatre francs, à une place de balcon parmi des femmes en cheveux et des garçons débraillés ; des couples s'enlaçaient, s'embrassaient ; des filles lourdement parfumées se pâmaient en écoutant le chanteur gominé et de gros rires soulignaient les plaisanteries grivoises. Moi aussi je m'émouvais, je riais, je me sentais bien. Pourquoi ? Je rôdai longtemps sur le boulevard Barbès, je regardais les putains et les voyous non plus avec horreur mais avec une espèce d'envie. De nouveau je m'étonnai : « Il y a en moi je ne sais quel peut-être monstrueux désir, depuis toujours présent, de bruit, de lutte, de sauvagerie, et d'enlisement surtout… Que faudrait-il aujourd'hui pour que moi aussi je sois morphinomane, alcoolique, et je ne sais quoi encore ? Une occasion seulement, peut-être, une faim un peu plus grande de tout ce que je ne connaîtrai jamais… » Par moments je me scandalisais de cette « perversion », de ces « bas instincts » que je découvrais en moi. Qu'aurait pensé Pradelle qui m'accusait autrefois de prêter à la vie trop de noblesse ? Je me reprochais d'être duplice, hypocrite. Mais je ne songeais pas à me renier : « Je veux la vie, toute la vie. Je me sens curieuse, avide, avide de brûler plus ardemment que toute autre, fût-ce à n'importe quelle flamme. »

J'étais à deux doigts de m'avouer la vérité : j'en avais assez d'être un pur esprit. Non que le désir me tourmentât, comme à la veille de la puberté. Mais je devinais que la violence de la chair, sa crudité, m'auraient sauvée de cette fadeur éthérée où je m'étiolais. Il n'était pas question que j'en fasse l'expérience ; autant que mes sentiments pour Jacques, mes préjugés me l'interdisaient. Je détestais de plus en plus franchement le catholicisme : voyant Lisa et Zaza se débattre contre « cette religion martyrisante », je me réjouissais de lui avoir échappé ; en fait j'en restais barbouillée ; les tabous sexuels survivaient, au point que je prétendais pouvoir devenir morphinomane ou alcoolique, mais que je ne songeais même pas au libertinage. Lisant Goethe, et le livre écrit sur lui par Ludwig, je protestai contre sa morale. « Cette place si tranquillement faite à la vie des sens, sans déchirement, sans inquiétude, me choque. La pire débauche, si c'est celle d'un Gide cherchant un aliment pour son esprit, une défense, une provocation, m'émeut ; les amours de Goethe me froissent. » Ou bien l'amour physique s'intégrait à l'amour tout court, et en ce cas tout allait de soi, ou c'était une tragique déchéance et je n'avais pas l'audace d'y sombrer.

Décidément, j'étais saisonnière. Cette année encore, au premier souffle du printemps, je m'éployai, je respirai gaiement l'odeur du goudron chaud. Je ne me relâchai pas, le concours approchait et j'avais un tas de lacunes à combler ; mais la fatigue m'imposait des répits et j'en profitai. Je me promenai avec ma sœur sur les bords de la Marne, je repris plaisir à causer avec Pradelle, sous les marronniers du Luxembourg ; je m'achetai un petit chapeau rouge qui fit sourire Stépha et Fernando. J'emmenai mes parents à L'Européen et mon père nous offrit des glaces à la terrasse du Wepler. Ma mère m'accompagnait assez souvent au cinéma ; au Moulin-Rouge, je vis avec elle Barbette, moins extraordinaire que ne le prétendait Jean Cocteau. Zaza rentra de Bayonne. Nous visitâmes au Louvre les nouvelles salles de peinture française ; je n'aimais pas Monet, j'appréciais Renoir avec réserve, j'admirais beaucoup Manet, et éperdument Cézanne parce que je voyais dans ses tableaux « la descente de l'esprit au cœur du sensible ». Zaza partageait à peu près mes goûts. J'assistai sans trop d'ennui au mariage de sa sœur.

Pendant les vacances de Pâques, je passai toutes mes journées à la Nationale ; j'y rencontrais Clairaut que je trouvais un peu pédant mais qui continuait à m'intriguer ;

ce petit homme sec et noir avait-il vraiment souffert de la « tragique suzeraineté » de la chair ? Il était certain en tout cas que cette question le travaillait. Il amena plusieurs fois la conversation sur l'article de Mauriac. Quelle dose de sensualité peuvent s'autoriser des époux chrétiens ? des fiancés ? Il posa un jour la question à Zaza qui se mit en colère : « Ce sont des problèmes de vieilles filles et de curés ! » lui répondit-elle. Quelques jours plus tard, il me raconta qu'il avait personnellement traversé une douloureuse expérience. Au début de l'année scolaire, il s'était fiancé avec la sœur d'un de ses camarades ; elle l'admirait immensément, et c'était une nature passionnée : s'il n'y avait mis le holà, Dieu sait où cette fougue les aurait entraînés ! il lui avait expliqué qu'ils devaient se garder pour leur nuit de noces, qu'en attendant, seuls de chastes baisers leur étaient permis. Elle s'était obstinée à lui offrir sa bouche, lui à la refuser ; elle avait fini par le prendre en grippe et par rompre avec lui. Visiblement, cet échec l'obsédait. Il ratiocinait sur le mariage, l'amour, les femmes, avec un acharnement maniaque. Je trouvais assez ridicule cette histoire, qui me rappelait celle de Suzanne Boigue ; mais j'étais flattée qu'il m'en eût fait la confidence.

Les vacances de Pâques s'achevèrent ; dans les jardins de l'École normale, fleuris de lilas, de cytises et d'épine rouge, je me retrouvai avec plaisir au milieu de mes camarades. Je les connaissais presque tous. Seul me demeurait hermétique le clan formé par Sartre, Nizan et Herbaud ; ils ne frayaient avec personne ; ils n'assistaient qu'à quelques cours choisis et s'asseyaient à l'écart des autres. Ils avaient mauvaise réputation. On disait qu'ils « manquaient de sympathie à l'égard des choses ». Vivement anti-talas, ils appartenaient à une bande, composée en majorité d'anciens élèves d'Alain, et connue pour sa brutalité : ses affiliés jetaient des bombes à eau sur les Normaliens distingués qui rentraient la nuit, en smoking. Nizan était marié, et avait voyagé, il portait volontiers des pantalons de golf et derrière ses grosses lunettes d'écaille je lui trouvais un regard très intimidant. Sartre n'avait pas une mauvaise tête, mais on disait qu'il était le plus terrible des trois et même on l'accusait de boire. Un seul me paraissait accessible : Herbaud. Il était marié lui aussi. En compagnie de Sartre et de Nizan, il m'ignorait. Quand je le rencontrais seul, nous échangions quelques mots.

Il avait fait un exposé, en janvier, au cours de Brunschwicg et pendant la discussion qui avait suivi, il avait amusé tout le monde. J'avais été sensible au charme de sa voix gouailleuse, de sa lippe ironique. Mon regard, découragé par les agrégatifs grisâtres, se reposait volontiers sur son visage rose qu'éclairaient des yeux d'un bleu enfantin ; ses cheveux blonds étaient drus et vivants comme de l'herbe. Il était venu travailler un matin à la Nationale, et malgré l'élégance de son pardessus bleu, de son écharpe claire, de son complet bien coupé, je lui avais trouvé quelque chose de campagnard. J'avais eu l'inspiration — contrairement à mes habitudes — de monter déjeuner au restaurant intérieur à la Bibliothèque : il m'avait fait place à sa table avec autant de naturel que si nous avions eu rendez-vous. Nous avions parlé de Hume et de Kant. Je l'avais croisé dans l'antichambre de Laporte qui lui disait d'un ton cérémonieux : « Eh bien, au revoir, monsieur Herbaud », et j'avais pensé avec regret que c'était un monsieur marié, très lointain, pour qui je n'existerais jamais. Un après-midi, je l'avais aperçu rue Soufflot, accompagné de Sartre et de Nizan, et donnant le bras à une femme en gris : je m'étais sentie exclue. Il était le seul du trio à suivre les cours de Brunschvicg ; un peu avant les vacances de Pâques, il s'y était assis à côté de moi. Il avait dessiné des Eugènes, inspirés de ceux qu'a créés Cocteau dans *Le Potomak*, et composé de petits poèmes acides. Je l'avais trouvé très drôle, et ça m'avait émue de rencontrer, à la Sorbonne, quelqu'un qui aimât Cocteau. D'une certaine manière, Herbaud me faisait penser à Jacques ; lui aussi, il remplaçait souvent une phrase par un sourire et il paraissait vivre ailleurs que dans les livres. Chaque fois qu'il était revenu à la Nationale, il m'avait saluée gentiment, et j'avais grillé de lui dire quelque chose d'intelligent : malheureusement je n'avais rien trouvé.

Néanmoins quand les cours de Brunschvicg reprirent, après les vacances, il s'installa de nouveau près de moi. Il me dédia un « portrait de l'agrégatif moyen », d'autres dessins et des poèmes. Il m'annonça abruptement qu'il était individualiste. « Moi aussi », dis-je. « Vous ? » Il m'examina d'un air méfiant : « Mais je vous croyais catholique, thomiste et sociale ? » Je protestai, et il me félicita de notre accord. Il me fit à bâtons rompus l'éloge de nos précurseurs : Sylla, Barrès, Stendhal, Alcibiade pour qui il avait un faible ; je ne me rappelle plus tout ce qu'il me raconta, mais il m'amusait de plus en plus ; il avait l'air d'être parfaitement sûr de soi et de ne pas se prendre le moins du monde au sérieux : ce fut ce mélange de superbe et d'ironie qui me ravit. Quand en me quittant il nous promit de longues conversations, j'exultai : « Il a une forme d'intelligence qui me prend le cœur », notai-je le soir. Déjà, j'étais prête à délaisser pour lui Clairaut, Pradelle, Mallet, tous les autres ensemble. Il possédait évidemment l'attrait de la nouveauté, et je savais que je m'emballais vite, quitte parfois à déchanter rapidement. Je fus tout

de même surprise par la violence de cet engouement :
« Rencontre avec André Herbaud, ou avec moi-même ?
Lequel m'a émue si fort ? Pourquoi suis-je bouleversée,
comme si quelque chose m'était vraiment arrivé ? »

Quelque chose m'était arrivé, qui indirectement
décida de toute ma vie : mais cela je ne devais l'apprendre qu'un peu plus tard.

Désormais, Herbaud fréquenta assidûment la
Nationale ; je lui réservais le fauteuil voisin du mien.
Nous déjeunions dans une sorte de *lunch-room*, au
premier étage d'une boulangerie ; mes moyens me
permettaient tout juste de me payer le plat du jour mais
il me gavait avec autorité de barquettes aux fraises.
Une fois, il m'offrit à La Fleur de Lys, square Louvois,
un repas qui me parut somptueux. Nous nous promenions dans les jardins du Palais-Royal, nous nous
asseyions au bord du bassin ; le vent bousculait le jet
d'eau et des gouttelettes nous sautaient au visage. Je
suggérais de rentrer travailler. « Allons d'abord prendre
un café, disait Herbaud, sans ça vous travaillez mal,
vous vous agitez, vous m'empêchez de lire. » Il m'emmenait chez Poccardi et quand je me levais, la dernière
tasse avalée, il disait affectueusement : « Quel dommage ! » Il était fils d'un instituteur des environs de
Toulouse et il était monté à Paris pour préparer
Normale. Il avait connu en hypokhâgne Sartre et
Nizan et il me parla beaucoup d'eux ; il admirait Nizan,
pour sa distinction désinvolte, mais il était surtout lié
avec Sartre qu'il disait prodigieusement intéressant.
Nos autres condisciples, il les méprisait en bloc et en
détail. Il tenait Clairaut pour un cuistre et ne le saluait
jamais. Un après-midi, Clairaut s'approcha de moi, un

livre à la main : « Mademoiselle de Beauvoir, me demanda-t-il d'un ton inquisiteur, que pensez-vous de cette opinion de Brochard selon laquelle le Dieu d'Aristote éprouverait du plaisir ? » Herbaud le toisa : « Je l'espère pour lui », dit-il avec hauteur. Les premiers temps, nous causions surtout du petit monde qui nous était commun : nos camarades, nos professeurs, le concours. Il me citait le sujet de dissertation dont s'amusaient traditionnellement les Normaliens : « Différence entre la notion de concept et le concept de notion. » Il en avait inventé d'autres : « De tous les auteurs du programme, quel est celui que vous préférez et pourquoi ? » « L'âme et le corps : ressemblances, différences, avantages et inconvénients. » En fait, il n'avait avec la Sorbonne et Normale que des rapports assez lointains ; sa vie était ailleurs. Il m'en parla un peu. Il me parla de sa femme qui incarnait à ses yeux tous les paradoxes de la féminité, de Rome où il avait été en voyage de noces, du Forum qui l'avait ému aux larmes, de son système moral, du livre qu'il voulait écrire. Il m'apportait *Détective* et *L'Auto* ; il se passionnait pour une course cycliste ou pour une énigme policière ; il m'étourdissait d'anecdotes, de rapprochements imprévus. Il maniait avec tant de bonheur l'emphase et la sécheresse, le lyrisme, le cynisme, la naïveté, l'insolence que rien de ce qu'il disait n'était jamais banal. Mais ce qu'il y avait de plus irrésistible chez lui, c'était son rire : on aurait dit qu'il venait de tomber à l'improviste sur une planète qui n'était pas la sienne et dont il découvrait avec ravissement la prodigieuse drôlerie ; quand son rire explosait, tout me paraissait nouveau, surprenant, délicieux.

Herbaud ne ressemblait pas à mes autres amis ; ceux-ci avaient des visages si raisonnables qu'ils en deve-

degingandé — gangrène

naient immatériels. La tête de Jacques, à vrai dire, n'avait rien de séraphique, mais un certain glacis bourgeois en déguisait l'abondante sensualité. Impossible de réduire le visage de Herbaud à un symbole ; la mâchoire avançante, le grand sourire humide, les iris bleus cernés d'une cornée lustrée, la chair, les os, la peau s'imposaient et se suffisaient. En outre, Herbaud avait un corps. Parmi les arbres verdoyants il me disait combien il détestait la mort, et que jamais il ne consentirait à la maladie ni à la vieillesse. Comme il sentait fièrement dans ses veines la fraîcheur de son sang ! Je le regardais arpenter le jardin avec une grâce un peu dégingandée, je regardais ses oreilles, transparentes au soleil comme du sucre rose, et je savais que j'avais à côté de moi non pas un ange, mais un fils des hommes. J'étais fatiguée de l'angélisme et je me réjouissais qu'il me traitât — comme seule l'avait fait Stépha — en créature terrestre. Car sa sympathie ne s'adressait pas à mon âme ; elle ne supputait pas mes mérites : spontanée, gratuite, elle m'adoptait tout entière. Les autres me parlaient avec déférence, ou tout au moins avec gravité, à distance. Herbaud me riait au visage, il posait sa main sur mon bras, il me menaçait du doigt en m'appelant : « Ma pauvre amie ! » ; il me faisait sur ma personne un tas de petites réflexions, aimables ou moqueuses, toujours inattendues.

Philosophiquement, il ne m'éblouissait pas. Je notai avec un peu d'incohérence : « J'admire sa faculté d'avoir sur toutes choses des théories à lui. Peut-être parce qu'il ne sait pas beaucoup de philosophie. Il me plaît énormément. » Il manquait en effet de rigueur philosophique, mais ce qui comptait pour moi bien davantage, c'est qu'il m'ouvrait des chemins dans lesquels je brûlais de m'engager sans en avoir encore

413

l'audace. La plupart de mes amis croyaient, et je m'attardais à chercher des compromis entre leurs points de vue et le mien ; je n'osais pas trop m'éloigner d'eux. Herbaud me donnait envie de liquider ce passé qui me séparait de lui : il réprouvait mes accointances avec les talas. L'ascétisme chrétien lui répugnait. Il ignorait délibérément l'angoisse métaphysique. Antireligieux, anticlérical, il était aussi antinationaliste, antimilitariste ; il avait horreur de toutes les mystiques. Je lui donnai à lire ma dissertation sur « la personnalité » dont j'étais fière à l'excès ; il fit la moue ; il y décelait les relents d'un catholicisme et d'un romantisme dont il m'exhorta à me nettoyer au plus vite. J'acquiesçai avec emportement. J'en avais assez des « complications catholiques », des impasses spirituelles, des mensonges du merveilleux ; à présent, je voulais toucher terre. Voilà pourquoi en rencontrant Herbaud j'eus l'impression de me trouver moi-même : il m'indiquait mon avenir. Ce n'était ni un bien pensant, ni un rat de bibliothèque, ni un pilier de bar ; il prouvait par son exemple qu'on peut se bâtir, en dehors des vieux cadres, une vie orgueilleuse, joyeuse et réfléchie : telle exactement que je la souhaitais.

Cette fraîche amitié exaltait les gaietés du printemps. Un seul printemps dans l'année, me disais-je, et dans la vie une seule jeunesse : il ne faut rien laisser perdre des printemps de ma jeunesse. J'achevais de rédiger mon diplôme, je lisais des livres sur Kant, mais le plus gros du travail était fait, et je me sentais sûre de réussir : le succès que j'anticipais contribuait à me griser. Je passai avec ma sœur de riantes soirées à Bobino, au Lapin Agile, au Caveau de la Bolée, où elle faisait des croquis. J'entendis avec Zaza, salle Pleyel, le festival Layton et

Johnstone ; je visitai avec Riesmann une exposition Utrillo ; j'applaudis Valentine Tessier dans *Jean de la Lune*. Je lus avec admiration *Lucien Leuwen*, et avec curiosité *Manhattan Transfer* qui, pour mon goût, sentait trop le procédé. Je m'asseyais au Luxembourg, dans le soleil, je suivais au soir les eaux noires de la Seine, attentive aux lumières, aux odeurs, à mon cœur, et le bonheur me suffoquait.

Un soir, à la fin d'avril, je retrouvai ma sœur et Gégé place Saint-Michel ; après avoir bu des cocktails et écouté des disques de jazz dans un nouveau bar du quartier, Le Bateau ivre, nous allâmes à Montparnasse. Le bleu fluorescent des enseignes au néon me rappelait les volubilis de mon enfance. Au Jockey, des visages familiers me sourirent et une fois de plus la voix du saxophone me fendit mollement le cœur. J'aperçus Riquet. Nous causâmes : de *Jean de la Lune*, et, comme toujours, de l'amitié, de l'amour ; il m'ennuya ; quelle distance entre lui et Herbaud ! Il sortit une lettre de sa poche et j'entrevis l'écriture de Jacques. « Jacques change, me dit-il, il vieillit. Il ne reviendra à Paris qu'au milieu d'août. » Il ajouta avec élan : « Dans dix ans, il fera des choses inouïes. » Je ne bronchai pas. Il me semblait être atteinte d'une paralysie du cœur.

Le lendemain cependant je me réveillai au bord des larmes. « Pourquoi Jacques écrit-il aux autres, jamais à moi ? » J'allai à Sainte-Geneviève, mais je renonçai à travailler. Je lus l'*Odyssée* « pour mettre toute l'humanité entre moi et ma douleur particulière ». Le remède fut peu efficace. Où en étais-je avec Jacques ? Deux ans plus tôt, déçue par la froideur de son accueil, je m'étais promenée sur les boulevards en revendiquant contre lui « une vie à moi » ; cette vie, je l'avais. Mais allais-je oublier le héros de ma jeunesse, le frère fabuleux de

Meaulnes, promis à « des choses inouïes » et peut-être marqué, qui sait, par le génie ? Non. Le passé me tenait : j'avais tant souhaité, et depuis si longtemps, l'emporter tout entier avec moi dans l'avenir !

Je recommençai donc à tâtonner parmi des regrets, des attentes, et un soir je poussai la porte du Stryx. Riquet m'invita à sa table. Au bar, Olga, l'amie de Riaucourt, causait avec une brune emmitouflée de fourrures argentées, qui me parut très belle ; elle avait des bandeaux noirs, un visage aigu aux lèvres écarlates, de longues jambes soyeuses. Je sus aussitôt que c'était Magda. « Tu as des nouvelles de Jacques ? disait-elle. Il n'a pas demandé de nouvelles de moi ? Ce type-là, il a foutu le camp il y a un an et il ne demande même pas de mes nouvelles. On n'a même pas duré deux ans ensemble. Ah ! je ne suis pas vernie ! le chameau ! » J'enregistrai ses paroles, mais sur l'instant je réagis à peine. Je discutai tranquillement avec Riquet et sa bande jusqu'à une heure du matin.

Aussitôt couchée, je m'effondrai. Ma nuit fut affreuse. Je passai toute la journée sur la terrasse du Luxembourg, à essayer de faire le point. Je n'éprouvais guère de jalousie. Cette liaison était finie ; elle n'avait pas duré longtemps ; elle avait pesé à Jacques, il avait devancé l'appel pour la rompre. Et l'amour que je souhaitais entre nous n'avait rien de commun avec cette histoire. Un souvenir me revint : dans un livre de Pierre Jean Jouve qu'il m'avait prêté, Jacques avait souligné une phrase : « C'est cet ami à qui je me confie, mais c'est un autre que j'embrasse. » Et j'avais pensé : « Soit, Jacques. C'est l'autre que je plains. » Il encourageait cet orgueil en me disant qu'il n'estimait pas les femmes, mais que j'étais pour lui autre chose qu'une femme. Alors, pourquoi cette désolation dans mon cœur ? Pourquoi est-ce que je me répétais, les larmes aux yeux, les paroles d'Othello : « Quel dommage, Iago ! Ah ! Iago, quel dommage ! » C'est que je venais de faire une cuisante découverte : cette belle histoire qui était ma vie, elle devenait fausse au fur et à mesure que je me la racontais.

Comme je m'étais aveuglée, et comme j'en étais mortifiée ! Les cafards de Jacques, ses dégoûts, je les attribuais à je ne sais quelle soif d'impossible. Que mes réponses abstraites avaient dû lui paraître stupides ! Que j'étais loin de lui quand je nous croyais proches ! Il y avait eu des indices pourtant : des conversations avec des amis, qui roulaient sur des embêtements obscurs, mais précis. Un autre souvenir se réveilla : j'avais entrevu dans l'auto de Jacques, assise à côté de lui, une femme brune trop élégante et trop jolie. Mais j'avais multiplié les actes de foi. Avec quelle ingéniosité, avec quel entêtement je m'étais dupée ! J'avais rêvé seule cette amitié de trois ans ; j'y tenais aujourd'hui à cause du passé, et le passé n'était que mensonge. Tout s'écroulait. J'eus envie de couper tous les ponts : aimer quelqu'un d'autre, ou partir au bout du monde.

Et puis je me gourmandai. C'était mon rêve qui était faux, ce n'était pas Jacques. Que pouvais-je lui reprocher ? Jamais il n'avait posé au héros ni au saint et même il m'avait dit souvent beaucoup de mal de lui. La citation de Jouve avait été un avertissement ; il avait essayé de me parler de Magda : je ne lui avais pas rendu la franchise facile. D'ailleurs, il y avait longtemps que je pressentais la vérité, et même que je la savais. Que choquait-elle en moi, sinon de vieux préjugés catholiques ? Je me rassérénai. J'avais tort d'exiger que la vie se conformât à un idéal établi d'avance ; c'était à moi de me montrer à la hauteur de ce qu'elle m'apportait.

J'avais toujours préféré la réalité aux mirages ; je terminai ma méditation en m'enorgueillissant d'avoir buté sur un événement sordide et d'avoir réussi à le surmonter.

Le lendemain matin, une lettre de Meyrignac m'apprit que grand-père était gravement malade, qu'il allait mourir ; je l'aimais bien, mais il était très âgé, sa mort me semblait naturelle et je ne m'en attristai pas. Ma cousine Magdeleine se trouvait à Paris ; je l'emmenai manger des glaces à une terrasse des Champs-Élysées ; elle me racontait des histoires que je n'écoutais pas et je pensais à Jacques : avec dégoût. Sa liaison avec Magda se conformait trop fidèlement au classique schéma qui m'avait toujours écœurée : le fils de famille s'initie à la vie avec une maîtresse de petite condition, puis quand il décide de devenir un monsieur sérieux, il la plaque. C'était banal, c'était moche. Je me couchai, je me réveillai, la gorge serrée par le mépris. « On est à la hauteur des concessions qu'on se fait » : je me répétai cette phrase de Jean Sarment pendant les cours de l'École normale, et tandis que je déjeunais avec Pradelle dans une espèce de crémerie du boulevard Saint-Michel, Les Évelynes. Il parlait de lui. Il protestait qu'il était moins froidement pondéré que ses amis ne le prétendaient ; seulement il détestait toutes les surenchères ; il s'interdisait d'exprimer ses sentiments ou ses idées au-delà des certitudes qu'il en possédait. J'approuvai ses scrupules. S'il me paraissait parfois trop indulgent à l'égard d'autrui, il se traitait lui-même avec sévérité : ça vaut mieux que le contraire, pensais-je amèrement. Nous passâmes en revue les gens que nous estimions et d'un mot il écarta « les esthètes de bars ». Je lui donnai raison. Je l'accompagnai à Passy en autobus et j'allai me promener au Bois.

Je respirai l'odeur de l'herbe fraîchement tondue, je marchai dans le parc de Bagatelle, éblouie par la profusion des pâquerettes et des jonquilles, et des arbres fruitiers en fleur ; il y avait des parterres de tulipes rouges, aux têtes penchées, des haies de lilas et des arbres immenses. Je lus Homère au bord d'une rivière ; des ondées légères et le soleil, par grandes vagues, caressaient le feuillage bruissant. Quel chagrin, me demandais-je, pourrait résister à la beauté du monde ? Jacques, après tout, n'avait pas plus d'importance qu'un des arbres de ce jardin.

J'étais bavarde, j'aimais donner de la publicité à tout ce qui m'arrivait, et puis je souhaitais que quelqu'un prît sur cette histoire un point de vue impartial. Je savais que Herbaud en sourirait ; Zaza, Pradelle, je les estimais trop pour exposer Jacques à leur jugement. En revanche Clairaut ne m'intimidait plus et il apprécierait les faits à la lumière de cette morale chrétienne devant laquelle, en dépit de moi-même, je m'inclinais encore : je lui soumis mon cas. Il m'écouta avec avidité, et soupira : que les jeunes filles sont donc intransigeantes ! Il avait avoué à sa fiancée certaines défaillances — solitaires, me laissa-t-il entendre — et au lieu d'admirer sa franchise elle avait paru écœurée. Je supposai qu'elle aurait préféré une confession plus glorieuse, ou, à son défaut, le silence ; mais ce n'était pas la question. En ce qui me concernait, il blâmait ma sévérité, donc il innocentait Jacques. Je décidai de me ranger à son avis. Oubliant que la liaison de Jacques m'avait directement choquée par sa banalité bourgeoise, je me reprochai de l'avoir condamnée au nom de principes abstraits. En vérité, je me battais dans un tunnel, parmi des ombres. Contre le fantôme de Jacques, contre le passé défunt, je brandissais un idéal auquel je ne croyais plus. Mais si je le rejetais, au nom de quoi juger ? Pour protéger mon amour, je refoulai mon orgueil : pourquoi exiger que Jacques fût différent des autres ? Seulement, s'il ressemblait à tous, alors que je le savais, sur un grand nombre de points, inférieur à beaucoup, quelles raisons avais-je de le préférer ? L'indulgence s'achevait en indifférence.

Un dîner chez ses parents épaissit encore cette confusion. Dans cette galerie où j'avais passé des moments si lourds, si doux, ma tante me rapporta qu'il lui avait écrit : « Dis bien des choses à Simone quand tu la verras. Je n'ai pas été chic avec elle, mais je ne le suis avec personne ; d'ailleurs, ça ne l'étonnera pas de moi. » Ainsi je n'étais pour lui qu'une personne parmi d'autres ! Ce qui m'inquiéta encore davantage, c'est qu'il avait demandé à sa mère de lui confier l'an prochain son jeune frère : il comptait donc continuer à vivre en garçon ? Vraiment, j'étais incorrigible. Je me mordais les doigts d'avoir inventé seule notre passé ; et je continuais à bâtir seule notre avenir. Je renonçai à faire des hypothèses. Arrivera ce qui arrivera, me dis-je. J'allai jusqu'à penser que j'aurais peut-être intérêt à en finir avec cette vieille histoire et à recommencer tout à fait autre chose. Je ne désirais pas encore franchement ce renouveau, mais il me tentait. En tout cas, je décidai que pour vivre, écrire et être heureuse, je pouvais parfaitement me passer de Jacques.

Une dépêche, le dimanche, m'annonça la mort de grand-père ; décidément, mon passé se défaisait. Au Bois avec Zaza, seule à travers Paris, je promenai un cœur désœuvré. Le lundi après-midi, assise sur la terrasse ensoleillée du Luxembourg, je lus *Ma vie* d'Isadora

Duncan et je rêvai à ma propre existence. Elle ne serait pas tapageuse, ni même éclatante. Je souhaitais seulement l'amour, écrire de bons livres, avoir quelques enfants, « avec des amis à qui dédier mes livres et qui apprendront la pensée et la poésie à mes enfants ». J'accordais au mari une part bien minime. C'est que, lui prêtant encore les traits de Jacques, je me hâtais de combler par l'amitié des insuffisances que je ne me cachais plus. Dans cet avenir, dont je commençais à sentir l'imminence, l'essentiel demeurait la littérature. J'avais eu raison de ne pas écrire trop jeune un livre désespéré : à présent, je voulais dire à la fois le tragique de la vie, et sa beauté. Tandis que je méditais ainsi sur mon destin, j'aperçus Herbaud qui longeait le bassin en compagnie de Sartre : il me vit, et il m'ignora. Mystère et mensonge des journaux intimes : je ne mentionnai pas cet incident qui pourtant me resta sur le cœur. J'étais peinée que Herbaud eût renié notre amitié et j'éprouvai ce sentiment d'exil que je détestais entre tous.

À Meyrignac, toute la famille était rassemblée ; ce fut peut-être à cause de ce brouhaha que ni la dépouille de grand-père, ni la maison, ni le parc ne m'émurent. J'avais pleuré, à treize ans, en prévoyant qu'un jour je ne serais plus chez moi à Meyrignac ; c'en était fait ; le domaine appartenait à ma tante, à mes cousins, j'y viendrais cette année en invitée et bientôt, sans doute, je n'y viendrais plus : je ne m'arrachai pas un soupir. Enfance, adolescence, et le sabot des vaches heurtant sous les étoiles la porte de l'étable, tout cela était derrière moi, déjà très loin. J'étais prête à présent pour quelque chose d'autre ; dans la violence de cette attente, les regrets s'anéantissaient.

Je revins à Paris en vêtements de deuil, mon chapeau voilé de grenadine noire. Mais tous les marronniers étaient en fleur, le goudron fondait sous mes pieds, je sentais à travers ma robe la douce brûlure du soleil. C'était la foire sur l'esplanade des Invalides ; je m'y promenai avec ma sœur et Gégé en mangeant du nougat qui nous poissait les doigts. Elles rencontrèrent un camarade d'école qui nous emmena dans son studio écouter des disques et boire du porto. Que de plaisirs en un seul après-midi ! Chaque jour m'apportait quelque chose : l'odeur de peinture du Salon des Tuileries ; à L'Européen, Damia que j'allai entendre avec Mallet ; des promenades avec Zaza, avec Lisa ; le bleu de l'été, le soleil. Sur mon cahier je couvrais encore des pages : elles racontaient indéfiniment ma joie.

À la Nationale, je retrouvai Clairaut. Il m'offrit ses condoléances et m'interrogea sur l'état de mon cœur avec des yeux brillants ; c'était ma faute, j'avais trop parlé ; je fus néanmoins agacée. Il me fit lire, tapé à la machine, un bref roman où il relatait ses démêlés avec sa fiancée : comment un garçon cultivé, et qu'on disait intelligent, avait-il pu perdre son temps à raconter en phrases incolores d'aussi minables anecdotes ? Je ne lui cachai pas que je le croyais peu doué pour la littérature. Il ne parut pas m'en vouloir. Comme il était très lié avec Pradelle que mes parents aimaient beaucoup, il vint lui aussi dîner un soir à la maison et il plut énormément à mon père. Il parut très sensible aux charmes de ma sœur et pour lui prouver qu'il n'était pas un cuistre, il se jeta dans des badinages dont la lourdeur nous consterna.

Je revis Herbaud une semaine après mon retour, dans un couloir de la Sorbonne. Vêtu d'un costume d'été beige clair, il était assis à côté de Sartre sur le rebord d'une fenêtre. Il me tendit la main, dans un long geste affectueux, et regarda avec curiosité ma robe noire. Je m'assis au cours à côté de Lisa, et ils prirent place à quelques bancs derrière nous. Le lendemain, il était à la Nationale et il me dit s'être inquiété de mon absence : « J'ai supposé que vous étiez à la campagne, et puis hier je vous ai vue en deuil. » Je fus contente qu'il eût pensé à moi ; il mit le comble à mon plaisir en faisant allusion à notre rencontre, au Luxembourg ; il aurait aimé me présenter Sartre, « mais si je ne respecte pas les ruminations de Clairaut, dit-il, je ne me permettrais pas de vous déranger quand vous réfléchissez ». Il me remit, de la part de Sartre, un dessin que celui-ci m'avait dédié et qui représentait *Leibniz au bain avec les Monades*.

Pendant les trois semaines qui précédèrent l'agrégation, il vint chaque jour à la Bibliothèque ; même s'il n'y travaillait pas, il passait me prendre avant la fermeture et nous buvions un verre, ici ou là. L'examen l'inquiétait un peu ; néanmoins nous délaissions Kant et les Stoïciens pour causer. Il m'enseignait la « cosmologie eugénique », inventée à partir du *Potomak*, et à laquelle il avait rallié Sartre et Nizan ; tous trois appartenaient à la plus haute caste, celle des Eugènes, illustrée par Socrate et Descartes ; ils reléguaient tous leurs autres camarades dans les catégories inférieures, parmi les Marrhanes qui nagent dans l'infini, ou parmi les Mortimers qui nagent dans le bleu : certains s'en montraient sérieusement vexés. Moi, je me rangeais parmi les femmes humeuses : celles qui ont une destinée. Il me montra aussi les portraits des principaux animaux métaphysiques : le catoblépas, qui se mange les pieds ; le catoboryx qui s'exprime par borborygmes : à cette espèce appartenaient Charles du Bos, Gabriel Marcel et la plupart des collaborateurs de la *N.R.F.* « Je vous le dis, toute pensée de l'ordre est d'une insupportable tristesse » : telle était la première des leçons de l'Eugène. Il dédaignait la science, l'industrie, se moquait de toutes les morales de l'universel ; il crachait sur la logique de M. Lalande et sur le *Traité* de Goblot. L'Eugène cherche à faire de sa vie un objet original, et à atteindre une certaine « compréhension » du singulier, m'expliquait Herbaud. Je n'étais pas contre et même je me servis de cette idée pour me bâtir une morale pluraliste qui me permettrait de justifier des attitudes aussi différentes que celles de Jacques, de Zaza, de Herbaud lui-même ; chaque individu, décidais-je, possédait sa propre loi, aussi exigeante qu'un impératif catégorique, bien qu'elle ne fût pas universelle : on n'avait le droit de le blâmer ou de l'approuver qu'en fonction de cette norme singulière. Herbaud n'apprécia pas du tout cet effort de systématisation : « C'est le genre de pensée que je déteste », me dit-il d'une voix fâchée ; mais l'empressement avec lequel j'étais entrée dans ses mythologies me valut mon pardon. J'aimais beaucoup l'Eugène qui jouait un grand rôle dans nos conversations ; évidemment, c'était une création de Cocteau, mais Herbaud lui avait inventé des aventures charmantes, et il utilisait ingénieusement son autorité contre la philosophie de la Sorbonne, contre l'ordre, la raison, l'importance, la bêtise et toutes les vulgarités.

Herbaud admirait avec ostentation trois ou quatre personnes et méprisait tout le reste. Sa sévérité me réjouissait ; je l'entendis avec délices mettre en pièces Blanchette Weiss, et je lui abandonnai Clairaut. Il ne s'attaqua pas à Pradelle, bien qu'il ne l'appréciât point, mais quand il me voyait, à la Sorbonne, ou à Normale, en train de parler avec quelque camarade, il se tenait

dédaigneusement à l'écart. Il me reprochait mon indulgence. Un après-midi, à la Nationale, le Hongrois me
dérangea à deux reprises pour me consulter sur les fines-
ses de la langue française : il voulait savoir, entre autres
choses, si on pouvait utiliser le mot « gigolo » dans la
préface d'une thèse. « Tous ces gens qui fondent sur
vous ! me dit Herbaud, c'est inouï ! ce Hongrois qui
vient vous enlever deux fois ! Clairaut, toutes vos
amies ! Vous perdez votre temps avec des gens qui
n'en valent pas la peine. Ou vous êtes psychologue, ou
vous êtes inexcusable ! » Il n'avait pas d'antipathie pour
Zaza bien qu'il lui trouvât l'air trop sérieux, mais
comme je lui parlais de Stépha il me dit avec blâme :
« Elle m'a fait de l'œil ! » Les femmes provocantes lui
déplaisaient : elles sortaient de leur rôle de femme. Il
me dit un autre jour avec un peu d'humeur : « Vous
êtes la proie d'une bande. Je me demande quelle place
il reste pour moi dans votre univers. » Je l'assurai, ce
qu'il savait parfaitement, qu'elle était grande.

Il me plaisait de plus en plus et ce qu'il y avait
d'agréable, c'est qu'à travers lui, je me plaisais à moi-
même ; d'autres m'avaient prise au sérieux mais lui, je
l'amusais. Au sortir de la Bibliothèque il me disait
gaiement : « Comme vous marchez vite ! J'adore ça :
on dirait qu'on va quelque part ! » « Votre drôle de
voix rauque, me dit-il un autre jour, elle est très bien
d'ailleurs, votre voix, mais elle est rauque. Elle nous
divertit beaucoup, Sartre et moi. » Je découvris que
j'avais une démarche, une voix : c'était nouveau. Je me
mis à soigner de mon mieux ma toilette ; il récompensait mes efforts d'un compliment : « Ça vous va très
bien, cette nouvelle coiffure, ce col blanc. » Un après-
midi, dans les jardins du Palais-Royal, il me dit d'un air
perplexe : « Nos relations sont étranges. Du moins pour

moi : je n'ai jamais eu d'amitié féminine. — C'est peut-être que je ne suis pas très féminine. — Vous ? » Il rit d'une manière qui me flatta beaucoup. « Non. C'est plutôt parce que vous accueillez si facilement n'importe quoi : on est tout de suite de plain-pied. » Les premiers temps il m'appelait avec affectation « Mademoiselle ». Un jour il écrivit sur mon cahier, en grosses lettres : BEAUVOIR = BEAVER. « Vous êtes un Castor, dit-il. Les Castors vont en bande et ils ont l'esprit constructeur. »

Il y avait un tas de complicités entre nous, nous nous comprenions à demi-mot ; pourtant les choses ne nous touchaient pas toujours de la même manière. Herbaud connaissait Uzerche, il y avait passé quelques jours avec sa femme, il aimait beaucoup le Limousin : mais je m'étonnai quand sa voix éloquente fit lever sur les landes des dolmens, des menhirs, des forêts où les druides cueillaient le gui. Il se perdait volontiers dans des rêveries historiques : pour lui, les jardins du Palais-Royal étaient peuplés de grandes ombres ; moi, le passé me laissait de glace. En revanche, à cause de son ton détaché, de sa désinvolture, je croyais que Herbaud avait le cœur assez sec ; je fus touchée quand il me dit qu'il aimait *La Nymphe au cœur fidèle*, *Le Moulin sur la Floss*, *Le Grand Meaulnes*. Comme nous parlions d'Alain-Fournier, il murmura d'un air ému : « Il y a des êtres enviables » ; il resta un moment silencieux : « Au fond, reprit-il, je suis bien plus intellectuel que vous ; pourtant, à l'origine, c'est la même sensibilité que je retrouve en moi, dont je n'ai pas voulu. » Je lui dis que souvent il me semblait grisant tout simplement d'exister : « J'ai des moments merveilleux ! » Il hocha la tête : « Je l'espère bien, mademoiselle, vous les méritez. Moi, je n'ai pas de moments merveilleux, je suis un pauvre bougre : mais ce que je fais est admirable ! » D'un sourire il désavoua la fanfaronnade de ces derniers mots : dans quelle mesure y croyait-il ? « Il ne faut pas me juger », me disait-il parfois, sans que je puisse démêler s'il m'adressait une prière ou s'il me donnait un ordre. Je lui faisais volontiers crédit ; il me parlait des livres qu'il écrirait : peut-être en effet seraient-ils « admirables ». Une seule chose me gênait, chez lui : pour assouvir son individualisme, il misait sur la réussite sociale. J'étais radicalement dénuée de ce genre d'ambition. Je ne convoitais ni l'argent, ni les honneurs, ni la notoriété. Je craignais de parler en « catoboryx » si je prononçais les mots de « salut » ou d'« accomplissement intérieur » qui, dans mes carnets, revenaient souvent sous ma plume. Mais le fait est que je gardais une idée quasi religieuse de ce que j'appelais « ma destinée ». Herbaud s'intéressait à la figure qu'il se créerait aux yeux d'autrui ; ses livres futurs, il les envisageait seulement comme des éléments de son personnage. Là-dessus mon entêtement ne devait jamais fléchir : je ne comprenais pas qu'on aliénât sa vie aux suffrages d'un public douteux.

Nous ne parlions guère de nos problèmes personnels. Un jour pourtant Herbaud laissa échapper que l'Eugène n'est pas heureux parce que l'insensibilité est un idéal auquel il n'atteint pas. Je lui confiai que je comprenais bien les Eugènes car il y en avait un dans ma vie. Les relations entre Eugènes et femmes humeuses sont ordinairement difficiles, déclara-t-il, car elles veulent tout dévorer et « l'Eugène résiste ». « Ah ! je m'en suis bien aperçue ! » dis-je. Il rit beaucoup. De fil en aiguille, je lui racontai à grands traits mon histoire avec Jacques et il m'enjoignit de l'épouser ; ou à son défaut quelqu'un d'autre, ajouta-t-il : une femme doit se marier. Je constatai avec surprise que sur ce point son attitude différait à peine de celle de mon père. Un homme qui demeurait vierge passé dix-huit ans, c'était à ses yeux un névrosé ; mais il prétendait que la femme ne devait se donner qu'en légitimes noces. Moi je n'admettais pas qu'il y eût deux poids et deux mesures. Je ne blâmais plus Jacques ; mais du coup, j'accordais à présent aux femmes comme aux hommes la libre disposition de leurs corps. J'aimais beaucoup un roman de Michael Arlen, intitulé *Le Feutre vert*. Un malentendu avait séparé l'héroïne, Iris Storm, de Napier, le grand amour de sa jeunesse ; elle ne l'oubliait jamais, bien qu'elle couchât avec des tas d'hommes ; pour finir, plutôt que d'enlever Napier à une épouse aimable et aimante, elle se fracassait en auto contre un arbre. J'admirais Iris : sa solitude, sa désinvolture et son intégrité hautaine. Je prêtai le livre à Herbaud. « Je n'ai pas de sympathie pour les femmes faciles », me dit-il en me le rendant. Il me sourit. « Autant j'aime qu'une femme me plaise, autant il m'est impossible d'estimer une femme que j'ai eue. » Je m'indignai : « On n'a pas une Iris Storm. — Aucune femme ne subit impunément le contact des hommes. » Il me répéta que notre société ne respecte que les femmes mariées. Je ne me souciais pas d'être respectée. Vivre avec Jacques et l'épouser, c'était tout un. Mais dans les cas où l'on pouvait dissocier l'amour du mariage, cela me semblait à présent bien préférable. J'aperçus un jour au Luxembourg Nizan et sa femme qui poussait une voiture d'enfant, et je souhaitai vivement que cette image ne figurât pas dans mon avenir. Je trouvais gênant que des époux fussent rivés l'un à l'autre par des contraintes matérielles : le seul lien entre des gens qui s'aiment aurait dû être l'amour.

Ainsi je ne m'entendais pas sans réserve avec Herbaud. J'étais déconcertée par la frivolité de ses ambitions, par son respect de certaines conventions, et parfois par son esthétisme ; je me disais que si tous les deux nous avions été libres, je n'aurais pas voulu lier ma vie à la sienne ; j'envisageais l'amour comme un engagement total : je ne l'aimais donc pas. Tout de même le sentiment que j'éprouvais pour lui rappelait étrangement celui que m'avait inspiré Jacques. Du moment où je le quittais, j'attendais notre prochaine rencontre ; tout ce qui m'arrivait, tout ce qui me passait par la tête, je le lui destinais. Quand nous avions fini de causer et que nous travaillions côte à côte, mon cœur se serrait parce que nous inclinions déjà vers le départ : je ne savais jamais au juste quand je le reverrais et cette incertitude m'attristait ; par instants, je ressentais avec détresse la fragilité de notre amitié. « Vous êtes bien mélancolique, aujourd'hui ! » me disait gentiment Herbaud, et il s'ingéniait à me rendre ma bonne humeur. Je m'exhortais à vivre au jour le jour, sans espoir et sans crainte, cette histoire qui, au jour le jour, ne me donnait que de la joie.

Et c'était la joie qui l'emportait. Révisant mon programme, dans ma chambre, par un chaud après-midi, je me souvenais des heures toutes semblables où je préparais mon bachot : je connaissais la même paix, la même ardeur, et comme je m'étais enrichie, depuis mes seize ans ! J'envoyai une lettre à Pradelle pour préciser un rendez-vous et je la terminai par ces mots : « Soyons heureux ! » Deux ans plus tôt, il me le rappela, je lui avais demandé de me mettre en garde contre le bonheur ; je fus touchée par sa vigilance. Mais le mot avait changé de sens ; ce n'était plus une abdication, une torpeur : mon bonheur ne dépendait plus de Jacques. Je pris une décision. L'an prochain, même si j'étais recalée, je ne resterais pas à la maison, et si j'étais reçue, je ne prendrais pas de poste, je ne quitterais pas Paris : dans les deux cas, je m'installerais chez moi et je vivrais en donnant des leçons. Ma grand-mère, depuis la mort de son mari, prenait des pensionnaires. Je lui louerais une chambre, ce qui m'assurerait une parfaite indépendance sans effaroucher mes parents. Ils furent d'accord. Gagner de l'argent, sortir, recevoir, écrire, être libre : cette fois, vraiment, la vie s'ouvrait.

J'entraînais ma sœur dans cet avenir. Sur les berges de la Seine, à la nuit tombée, nous nous racontions à en perdre haleine nos triomphants lendemains : mes livres, ses tableaux, nos voyages, le monde. Dans l'eau fuyante tremblaient des colonnes et des ombres glissaient sur la passerelle des Arts ; nous rabattions sur nos yeux nos voiles noirs pour rendre le décor plus fantastique. Souvent nous associions Jacques à nos projets ; nous en parlions, non plus comme de l'amour de ma vie, mais comme du grand cousin prestigieux, qui avait été le héros de notre jeunesse.

« Moi, je ne serai plus ici l'an prochain », me disait Lisa qui achevait péniblement son diplôme ; elle avait sollicité un poste, à Saigon. Sans doute Pradelle avait-il deviné son secret : il la fuyait. « Ah ! que je suis malheureuse ! » murmurait-elle avec un mince sourire. Nous nous rencontrions à la Nationale, à la Sorbonne. Nous buvions de la limonade au Luxembourg. Ou nous mangions des mandarines, au crépuscule, dans sa chambre fleurie d'épines roses et blanches. Un jour, comme nous causions avec Clairaut dans la cour de la Sorbonne, il nous demanda de sa voix intense : « Que préférez-vous en vous ? » Je déclarai, fort mensongèrement : « Quelqu'un d'autre. » « Moi, répondit Lisa, c'est

430

la porte de sortie. » Elle me dit une autre fois : « Ce qu'il y a de bien chez vous, c'est que vous ne refusez jamais rien, vous laissez toutes les portes ouvertes. Moi je suis toujours sortie, et j'emporte tout avec moi. Quelle idée est-ce que j'ai eue, d'entrer un jour chez vous ? Ou est-ce vous qui êtes venue et qui avez eu l'idée d'attendre ? C'est vrai qu'on peut penser, quand le propriétaire est absent, qu'il reviendra d'un moment à l'autre ; mais les gens n'ont pas cette idée-là… » Il lui arrivait d'être presque jolie, le soir, dans son déshabillé de linon ; mais la fatigue et le désespoir desséchaient son visage.

Jamais Pradelle ne prononçait son nom ; en revanche il me parlait souvent de Zaza : « Amenez donc votre amie », me dit-il en me conviant à une réunion où devaient s'affronter Garric et Guéhenno. Elle dîna à la maison et m'accompagna rue du Four. Maxence présidait la séance à laquelle assistaient Jean Daniélou, Clairaut, et d'autres Normaliens bien pensants. Je me rappelais la conférence de Garric, trois ans plus tôt, quand il m'avait paru un demi-dieu et que Jacques serrait des mains, dans un monde inaccessible : aujourd'hui, je serrais beaucoup de mains. Je goûtais encore la voix chaude et vivace de Garric : malheureusement, ses propos me semblèrent stupides ; et ces talas à qui tout mon passé me liait, comme je me sentais étrangère à eux ! Quand Guéhenno prit la parole, de grands butors d'*Action française* le chahutèrent ; impossible de les faire taire. Garric et Guéhenno s'en allèrent boire ensemble un verre dans un bistrot voisin, et le public se dispersa. Malgré la pluie, Pradelle, Zaza et moi nous remontâmes le boulevard Saint-Germain et les Champs-Élysées. Mes deux amis étaient beaucoup plus rieurs que de coutume et se liguèrent affectueusement contre moi. Zaza m'appela « la dame amorale » — ce qui était le surnom d'Iris Storm dans *Le Feutre vert.* Pradelle renchérit : « Vous êtes une conscience solitaire. » Leur complicité m'amusa.

Bien que cette soirée eût été un minable fiasco, Zaza quelques jours plus tard m'en remercia d'un ton ému ; soudain, elle avait compris de façon décisive que jamais elle n'accepterait cette atrophie du cœur et de l'esprit que son milieu exigeait d'elle. Nous passâmes, Pradelle et moi, l'oral de nos diplômes et elle vint y assister ; nous fêtâmes nos succès en prenant tous les trois le thé aux Évelynes. J'organisai ce que Herbaud appela « la grande partie du bois de Boulogne ». Par un beau soir tiède, nous canotâmes sur le lac, Zaza, Lisa, ma sœur, Gégé, Pradelle, Clairaut, le second frère de Zaza et moi-même. On disputa des courses, il y eut des rires, des chansons. Zaza portait une robe en toile de soie rose, un petit chapeau de paille de riz, ses yeux noirs brillaient, jamais je ne l'avais vue aussi jolie ; chez Pradelle je retrouvai dans toute sa fraîcheur la gaieté qui m'avait ensoleillé le cœur, au début de notre amitié. Seule avec eux dans une barque, je fus à nouveau frappée par leur connivence et je m'étonnai un peu que leur affection pour moi fût, ce soir, aussi expansive : ils m'adressaient les regards, les sourires, les paroles caressantes qu'ils n'osaient pas encore échanger. Le lendemain, comme j'accompagnais Zaza qui faisait des courses en auto, elle me parla de Pradelle avec dévotion. Quelques instants plus tard, elle me dit que l'idée de se marier l'écœurait de plus en plus ; elle ne se résignerait pas à épouser un médiocre, mais elle ne se jugeait pas digne d'être aimée par quelqu'un de vraiment bien. Encore une fois, j'échouai à deviner les raisons précises de sa mélancolie. À vrai dire, malgré mon amitié pour elle, j'étais un peu distraite. Le concours d'agrégation s'ouvrait le surlendemain. J'avais dit au revoir à Herbaud ; pour combien de temps ? Je l'apercevrais pendant les épreuves ; puis il comptait quitter Paris, et à son retour il préparerait son oral avec Sartre et Nizan. Finies, nos rencontres à la Nationale : comme j'allais les regretter ! Je fus néanmoins de très bonne humeur le lendemain, pendant le pique-nique qui réunit dans la forêt de Fontainebleau la « bande du bois de Boulogne ». Pradelle et Zaza rayonnaient. Seul Clairaut se montra morose ; il faisait à ma sœur une cour empressée mais qui ne rendait pas du tout. Il faut dire qu'il s'y prenait d'une drôle de manière ; il nous invitait à boire un verre dans quelque arrière-boutique de boulanger, et commandait d'autorité : « Trois thés. — Non je prendrai une limonade, disait Poupette. — Le thé est plus rafraîchissant. — J'aime mieux la limonade. — Bon ! alors trois limonades, disait-il avec colère. — Mais prenez du thé ! — Je ne veux pas me singulariser. » Sans cesse il s'inventait des défaites qui le précipitaient dans le ressentiment. De temps en temps, il envoyait à ma sœur un pneumatique où il s'excusait d'avoir été de mauvaise humeur. Il promettait de devenir un joyeux compagnon, il allait désormais s'appliquer à cultiver sa spontanéité ; à la prochaine rencontre, son exubérance grinçante nous glaçait et de nouveau son visage se crispait de dépit.

« Bonne chance, Castor », me dit Herbaud de sa voix la plus tendre quand nous nous installâmes dans la bibliothèque de la Sorbonne. Je posai à côté de moi une bouteille thermos pleine de café et une boîte de petits-beurre ; la voix de M. Lalande annonça : « Liberté et contingence » ; les regards scrutèrent le plafond, les stylos se mirent à bouger ; je couvris des pages et j'eus l'impression que ça avait bien marché. À deux heures de l'après-midi, Zaza et Pradelle vinrent me chercher ;

après avoir bu une citronnade au Café de Flore, qui n'était alors qu'un petit café de quartier, nous nous promenâmes longtemps dans le Luxembourg pavoisé de grands iris jaunes et mauves. J'eus avec Pradelle une discussion aigre-douce. Sur certains points, nous avions toujours été divisés. Il professait qu'il n'y a guère de distance entre le bonheur et le malheur, entre la foi et l'incrédulité, entre n'importe quel sentiment et son absence. Je pensais fanatiquement le contraire. Bien que Herbaud me reprochât de me commettre avec n'importe qui, je classais les gens en deux catégories : pour quelques-uns j'éprouvais un attachement très vif, pour la majorité, une dédaigneuse indifférence. Pradelle mettait tout le monde dans le même panier. Depuis deux ans, nos positions s'étaient durcies. Il m'avait écrit l'avant-veille une lettre où il me faisait mon procès : « Beaucoup de choses nous séparent, beaucoup plus sans doute que vous ne pensez, et que je ne pense… Je ne peux supporter que votre sympathie soit si étroite. Comment vivre sans prendre ensemble tous les hommes dans un même filet d'amour ? Mais vous êtes si peu patiente, quand il s'agit de ces choses. » Il concluait cordialement : « Malgré votre frénésie qui me gêne comme inconscience et qui m'est si contraire, j'ai pour vous l'amitié la plus grande et la moins explicable. » De nouveau, cet après-midi-là, il me prêcha la pitié pour les hommes ; Zaza l'appuya, discrètement, car elle observait le précepte de l'Évangile : ne jugez pas. Moi je pensais qu'on ne peut pas aimer sans haïr : j'aimais Zaza, je détestais sa mère. Pradelle nous quitta sans que nous ayons, ni lui ni moi, cédé d'un pouce. Je restai avec Zaza jusqu'à l'heure du dîner ; pour la première fois, me dit-elle, elle ne s'était pas sentie en tiers entre Pradelle et moi, et elle en était profondément touchée. « Je ne pense pas qu'il existe de garçon aussi bien que Pradelle », ajouta-t-elle avec élan.

Ils m'attendaient dans la cour de la Sorbonne, en causant avec animation, quand je sortis, le surlendemain, de la dernière épreuve. Quel soulagement d'en avoir fini ! Mon père me conduisit le soir à la Lune Rousse, et nous mangeâmes des œufs au plat chez Lipp. Je dormis jusqu'à midi. Après le déjeuner, je montai chez Zaza, rue de Berri. Elle portait une robe neuve, en voile bleu, à dessins noirs et blancs, et une grande capeline de paille : comme elle s'était épanouie, depuis le début de l'été ! En descendant les Champs-Élysées, elle s'étonna de ce renouveau qu'elle sentait en elle. Deux ans plus tôt, quand elle avait rompu avec André, elle avait cru que, désormais, elle ne ferait plus que se survivre ; et voilà qu'elle se retrouvait aussi tranquillement joyeuse qu'aux meilleurs jours de son enfance : elle avait repris du goût pour les livres, pour les idées, et pour sa propre pensée. Et surtout, elle envisageait l'avenir avec une confiance qu'elle ne s'expliquait pas.

Ce même jour, comme nous sortions, vers minuit, du cinéma des Agriculteurs, Pradelle me dit en quelle estime il tenait mon amie ; elle ne parlait jamais que de ce qu'elle savait parfaitement, de ce qu'elle ressentait sincèrement, et c'est pourquoi elle se taisait souvent : mais chacun de ses mots pesait lourd. Il admirait aussi que, dans les circonstances difficiles où elle se trouvait, elle se montrât si égale à elle-même. Il demanda que je l'invite de nouveau à venir se promener avec nous. Je rentrai à la maison le cœur bondissant de joie. Je me rappelais comme Pradelle m'écoutait attentivement cet hiver, quand je lui donnais des nouvelles de Zaza, et souvent dans ses lettres elle disait quelques mots sur lui avec beaucoup de sympathie. Ils étaient faits l'un pour l'autre, ils s'aimaient. Un de mes vœux les plus chers se réalisait : Zaza vivrait heureuse !

Le lendemain matin, ma mère me dit que pendant que j'étais aux Agriculteurs, Herbaud avait passé à la maison ; je me désolai d'autant plus de l'avoir manqué qu'en quittant la salle d'examen, assez mécontent de ses épreuves, il ne m'avait pas donné de rendez-vous. Remâchant ma déception, je descendis vers midi acheter un cœur à la crème ; je le rencontrai au bas de l'escalier ; il m'invita à déjeuner. Mes courses furent vite expédiées. Pour ne pas changer nos habitudes, nous allâmes à La Fleur de Lys. Il avait été charmé de l'accueil de mes parents : mon père lui avait tenu des propos antimilitaristes et Herbaud avait abondé dans son sens. Il rit beaucoup quand il comprit qu'il avait été joué. Il partait le lendemain rejoindre sa femme à Bagnoles-de-l'Orne ; à son retour, dans une dizaine de jours, il préparerait l'oral du concours avec Sartre et Nizan qui m'invitaient cordialement à me joindre à eux. D'ici là, Sartre voulait faire ma connaissance : il me proposait un rendez-vous pour un soir prochain. Mais Herbaud me demanda de ne pas y aller : Sartre profiterait de son absence pour m'accaparer. « Je ne veux pas qu'on touche à mes plus chers sentiments », me dit Herbaud d'un ton complice. Nous décidâmes que ma sœur retrouverait Sartre à l'heure et à l'endroit prévus ; elle lui dirait que j'étais partie brusquement pour la campagne et sortirait avec lui à ma place.

Ainsi, je reverrais bientôt Herbaud, et j'étais acceptée par son clan : je jubilais. J'attaquai mollement le programme de l'oral. Je lus des livres qui m'amusaient, je flânai, je me donnai du bon temps. Pendant la soirée que Poupette passa avec Sartre, je récapitulai joyeusement l'année qui venait de s'écouler, et toute ma jeunesse ; je pensai avec émotion à l'avenir : « Étrange certitude que cette richesse que je sens en moi sera reçue, que je dirai des mots qui seront entendus, que cette vie sera une source où d'autres puiseront : certitude d'une vocation… » Je m'exaltai, aussi passionnément qu'au temps de mes envols mystiques, mais sans quitter la terre. Mon royaume était définitivement en ce monde. Quand ma sœur rentra, elle me félicita d'être restée à la maison. Sartre avait courtoisement encaissé notre mensonge ; il l'avait emmenée au cinéma et s'était montré très aimable ; mais la conversation avait chômé. « Tout ce qu'il raconte de Sartre, Herbaud l'invente lui-même », dit ma sœur qui connaissait un peu Herbaud et le trouvait très amusant.

Je profitai de mes loisirs pour ranimer des relations plus ou moins périmées. Je rendis visite à Mademoiselle Lambert qui s'effraya de ma sérénité et à Suzanne Boigue que la félicité conjugale affadissait ; je m'ennuyai avec Riesmann, de plus en plus ténébreux. Stépha depuis deux mois s'était éclipsée, elle s'était installée à Montrouge où Fernando avait loué un atelier ; je suppose qu'ils vivaient ensemble et qu'elle avait cessé de me voir afin de me dissimuler son inconduite. Elle réapparut, une alliance au doigt. Elle vint me chercher dès huit heures du matin ; nous déjeunâmes chez Dominique, un restaurant russe qui s'était ouvert à Montparnasse quelques semaines plus tôt, et nous passâmes toute la journée à nous promener et causer ; le soir, je dînai dans son studio, tendu de clairs tapis ukrainiens ; Fernando peignait du matin au soir, il avait fait de grands progrès. Quelques jours plus tard, ils donnèrent une fête pour célébrer leur mariage ; il y avait des Russes, des Ukrainiens, des Espagnols, tous vaguement peintres, sculpteurs, ou musiciens ; on but, on dansa, on chanta, on se déguisa. Mais Stépha allait bientôt partir avec Fernando pour Madrid où ils comptaient se fixer ; elle était absorbée par les préparatifs de ce voyage et par des soucis ménagers. Notre amitié — qui devait retrouver plus tard une nouvelle fraîcheur — se nourrissait surtout de souvenirs.

Je continuais à sortir souvent avec Pradelle et Zaza, et c'était moi à présent qui me sentais quelque peu une intruse : ils s'entendaient si bien ! Zaza ne s'avouait pas encore franchement ses espoirs, mais elle y puisait le courage de résister aux assauts maternels. Mme Mabille était en train de manigancer pour elle un mariage et sans répit la harcelait. « Qu'est-ce que tu as contre ce jeune homme ? — Rien, maman, mais je ne l'aime pas. — Ma petite, la femme n'aime pas ; c'est l'homme qui aime », expliquait Mme Mabille ; elle s'irritait : « Puisque tu n'as rien contre ce jeune homme, pourquoi refuses-tu de l'épouser ? Ta sœur s'est bien arrangée d'un garçon moins intelligent qu'elle ! » Zaza me rapportait ces discussions avec plus d'accablement que d'ironie car elle ne prenait pas à la légère le mécontentement de sa mère. « Je suis si fatiguée de lutter que peut-être, il y a deux ou trois mois, j'aurais cédé », me disait-elle. Elle trouvait son soupirant assez gentil ; mais elle ne pouvait pas imaginer qu'il devînt l'ami de Pradelle ou le mien ; dans nos réunions, il n'eût pas été à sa place ; elle ne voulait pas accepter pour mari un homme qu'elle estimait moins que d'autres.

Mme Mabille dut soupçonner les véritables raisons de cet entêtement ; quand je sonnais rue de Berri, elle m'accueillait avec un visage glacé ; et bientôt elle s'opposa aux rencontres de Zaza avec Pradelle. Nous avions projeté une seconde partie de canotage ; l'avant-veille, je reçus un pneu de Zaza. « Je viens d'avoir avec maman une conversation après laquelle il m'est absolument impossible d'aller canoter avec vous jeudi.

Maman quitte Paris demain matin ; je puis, lorsqu'elle est là, discuter avec elle et lui résister ; mais profiter de la liberté qu'elle me laisse pour faire une chose qui lui déplaît tout à fait, cela, je n'en suis pas capable. Cela m'est très dur de renoncer à cette soirée de jeudi pendant laquelle j'espérais retrouver des moments aussi merveilleux que ceux que j'ai passés entre vous et Pradelle au bois de Boulogne. Les choses que maman m'a dites m'ont mise dans un état si affreux que j'ai failli partir tout à l'heure pour trois mois dans un couvent quelconque où l'on consentît à me laisser en paix. Je songe encore à le faire, je suis dans un grand désarroi… »

Pradelle fut désolé : « Faites de grandes amitiés à Mlle Mabille, m'écrivit-il. Nous pourrons bien je pense, sans qu'elle manque à sa promesse, nous rencontrer en plein jour et comme par hasard ? » Ils se retrouvèrent à la Nationale où de nouveau je travaillais. Je déjeunai avec eux et ils partirent se promener en tête à tête. Ils se revirent seuls deux ou trois fois et vers la fin de juillet Zaza m'annonça, bouleversée, qu'ils s'aimaient : ils se marieraient quand Pradelle aurait passé l'agrégation et fait son service militaire. Mais Zaza redoutait l'opposition de sa mère. Je l'accusai de pessimisme. Elle n'était plus une enfant et Mme Mabille, après tout, souhaitait son bonheur : elle respecterait son choix. Que pouvait-elle y objecter ? Pradelle était d'une famille excellente, et catholique pratiquant ; vraisemblablement, il ferait une belle carrière, et en tout cas l'agrégation lui assurerait une situation décente : le mari de Lili ne roulait pas non plus sur l'or. Zaza secouait la tête. « Ce n'est pas la question. Dans notre milieu, les mariages ne se font pas comme ça ! » Pradelle avait connu Zaza par moi : c'était une mauvaise note. Et puis la perspective de longues fiançailles inquiéterait

Mme Mabille. Mais surtout, me répétait obstinément Zaza : « Ça ne se fait pas. » Elle avait décidé d'attendre la rentrée pour parler à sa mère ; cependant, elle comptait correspondre avec Pradelle pendant les vacances : Mme Mabille risquait de s'en apercevoir et alors qu'arriverait-il ? Malgré ses inquiétudes, quand elle arriva à Laubardon, Zaza se sentait pleine d'espoir. « J'ai une certitude qui me permet d'attendre avec confiance, et de supporter, s'il doit en survenir, beaucoup d'ennuis et de contradictions, m'écrivait-elle. La vie est merveilleuse. »

Quand il revint à Paris, au début de juillet, Herbaud m'envoya un mot pour m'inviter à passer la soirée avec lui. Mes parents n'approuvaient pas que je sorte avec un homme marié, mais j'étais si près de leur échapper qu'ils avaient à peu près renoncé à intervenir dans ma vie. J'allai donc avec Herbaud voir *Le Pèlerin* et souper chez Lipp. Il me raconta les dernières aventures de l'Eugène et m'enseigna « l'écarté brésilien », un jeu qu'il avait inventé pour être sûr de gagner à tous coups. Il me dit que « les petits camarades m'attendaient le lundi matin à la Cité universitaire ; ils comptaient sur moi pour travailler Leibniz ».

J'étais un peu effarouchée quand j'entrai dans la chambre de Sartre ; il y avait un grand désordre de livres et de papiers, des mégots dans tous les coins, une énorme fumée. Sartre m'accueillit mondainement ; il fumait la pipe. Silencieux, une cigarette collée au coin de son sourire oblique, Nizan m'épiait à travers ses épaisses lunettes, avec un air d'en penser long. Toute la journée, pétrifiée de timidité, je commentai *Le discours métaphysique* et Herbaud me reconduisit le soir à la maison.

Je revins chaque jour, et bientôt je me dégelai. Leibniz nous ennuyait et il fut décidé que nous le connaissions assez. Sartre se chargea de nous expliquer *Le Contrat social*, sur lequel il avait des lumières spéciales. À vrai dire, sur tous les auteurs, sur tous les chapitres du programme c'était lui qui, de loin, en savait le plus long : nous nous bornions à l'écouter. J'essayais parfois de discuter ; je m'ingéniais, je m'obstinais. « Elle est retorse ! » disait gaiement Herbaud tandis que Nizan contemplait ses ongles d'un air absorbé ; mais Sartre avait toujours le dessus. Impossible de lui en vouloir : il se mettait en quatre pour nous faire profiter de sa science. « C'est un merveilleux entraîneur intellectuel », notai-je. Je fus éberluée par sa générosité, car ces séances ne lui apprenaient rien, et pendant des heures il se dépensait sans compter.

Nous travaillions surtout le matin. L'après-midi, après avoir déjeuné au restaurant de la Cité, ou Chez Chabin, à côté du parc Montsouris, nous prenions de longues récréations. Souvent la femme de Nizan, une belle brune exubérante, se joignait à nous. Il y avait la foire, porte d'Orléans. On jouait au billard japonais, au football miniature, on tirait à la carabine, je gagnai à la loterie une grosse potiche rose. Nous nous entassions dans la petite auto de Nizan, nous faisions le tour de Paris en nous arrêtant çà et là pour boire un demi à une terrasse. Je visitai les dortoirs et les turnes de l'École normale, je grimpai rituellement sur les toits. Pendant ces promenades, Sartre et Herbaud chantaient à pleine gorge des airs qu'ils improvisaient ; ils composèrent un motet sur le titre d'un chapitre de Descartes : « De Dieu. Derechef qu'il existe. » Sartre avait une belle voix et un vaste répertoire : *Old Man River* et tous les airs de jazz en vogue ; ses dons comiques étaient célèbres dans toute l'École : c'était toujours lui qui jouait, dans la Revue annuelle, le rôle de M. Lanson ; il se taillait de vifs succès en interprétant *La Belle Hélène* et des romances 1900. Quand il avait assez payé de sa personne, il mettait un disque sur le plateau du phonographe : nous écoutions Sophie Tucker, Layton et Johnstone, Jack Hylton, les Revellers, et des *negro spirituals*. Chaque jour les murs de sa chambre s'enrichissaient de quelques dessins inédits : des animaux métaphysiques, de nouveaux exploits de l'Eugène. Nizan se spécialisait dans les portraits de Leibniz, qu'il représentait volontiers en curé, ou coiffé d'un chapeau tyrolien, et portant au derrière la marque du pied de Spinoza.

Parfois, nous délaissions la Cité pour le bureau de Nizan. Il habitait chez les parents de sa femme, dans un immeuble de la rue Vavin, tout en faïences. Il avait sur ses murs un grand portrait de Lénine, une affiche de Cassandre et la *Vénus* de Botticelli ; j'admirais les meubles ultramodernes, la bibliothèque soignée. Nizan était à l'avant-garde du trio ; il fréquentait des milieux littéraires, il était inscrit au parti communiste ; il nous révélait la littérature irlandaise et les nouveaux romanciers américains. Il était au courant des dernières modes, et même de la mode de demain : il nous emmenait au triste Café de Flore « afin de jouer un bon tour aux Deux Magots », disait-il en rongeant malignement ses ongles. Il préparait un pamphlet contre la philosophie officielle et une étude sur la « sagesse marxiste ». Il riait peu, mais souriait souvent, avec férocité. Sa conversation me séduisait, mais j'avais quelque difficulté à lui parler, à cause de son air distraitement railleur.

Comment m'acclimatai-je si vite ? Herbaud avait pris soin de ne pas me heurter, mais quand ils étaient ensemble, les trois « petits camarades » ne se contraignaient pas. Leur langage était agressif, leur pensée catégorique, leur justice sans appel. Ils se moquaient de l'ordre bourgeois ; ils avaient refusé de passer l'examen d'E. O. R. : là-dessus, je les suivais sans peine. Mais sur bien des points je restais dupe des sublimations bourgeoises ; eux, ils dégonflaient impitoyablement tous les idéalismes, ils tournaient en dérision les belles âmes, les âmes nobles, toutes les âmes, et les états d'âme, la vie intérieure, le merveilleux, le mystère, les élites ; en toute occasion — dans leurs propos, leurs attitudes, leurs plaisanteries — ils manifestaient que les hommes n'étaient pas des esprits mais des corps en proie au besoin, et jetés dans une aventure brutale. Un an plus tôt, ils m'auraient encore effrayée ; mais j'avais fait du chemin depuis la rentrée et bien souvent il m'était arrivé d'avoir faim de viandes moins creuses que celles dont je me nourrissais. Je compris vite que si le monde où m'invitaient mes nouveaux amis me paraissait rude, c'est qu'ils ne déguisaient rien ; ils ne me demandaient somme toute que d'oser ce que j'avais toujours voulu : regarder en face la réalité. Il ne me fallut pas longtemps pour m'y décider.

« Je suis ravi que vous vous entendiez bien avec les petits camarades, me dit Herbaud, mais… — D'accord, dis-je, vous, c'est vous. » Il sourit. « Vous ne serez jamais un petit camarade : vous êtes le Castor. » Il était jaloux, me dit-il, en amitié comme en amour et exigeait d'être traité avec partialité. Il maintenait fermement ses prérogatives. La première fois qu'il fut question de sortir le soir en bande, il secoua la tête : « Non. Ce soir je vais au cinéma avec Mlle de Beauvoir. — Bien, bien », fit Nizan d'un ton sardonique, et Sartre dit : « Soit » avec bonhomie. Herbaud était morose, ce jour-là, parce qu'il craignait d'avoir raté le concours, et pour d'obscures raisons qui tenaient à sa femme. Après avoir vu un film de Buster Keaton, nous nous assîmes dans un petit café et la conversation manqua d'entrain. « Vous ne vous ennuyez pas ? » me demandait-il avec un peu d'anxiété et beaucoup de coquetterie. Non ; mais ses préoccupations m'éloignaient un peu de lui. Il me redevint proche pendant la journée que je passai avec lui, sous prétexte de l'aider à traduire *L'Éthique à Nicomaque*. Il avait loué une chambre dans un petit hôtel de la rue Vaneau et ce fut là que nous travaillâmes : pas longtemps, car Aristote nous assommait. Il me fit lire des fragments d'*Anabase* de Saint-John Perse dont je ne connaissais rien et me montra des reproductions des *Sibylles* de Michel-Ange. Puis il me parla des différences qui le distinguaient de Sartre et de Nizan. Il se donnait sans arrière-pensée aux joies de ce monde : les œuvres d'art, la nature, les voyages, les intrigues et les plaisirs. « Eux, ils veulent toujours comprendre ; Sartre surtout », me dit-il. Il ajouta sur un ton de frayeur admirative : « Sartre, sauf peut-être quand il dort, il pense tout le temps ! » Il accepta que Sartre passât avec nous la soirée du 14 Juillet. Après un dîner dans un restaurant alsacien, nous regardâmes le feu d'artifice, assis sur une pelouse de la Cité. Puis Sartre, dont la munificence était légendaire, nous embarqua dans un taxi, et, au Falstaff, rue Montparnasse, nous abreuva de cocktails jusqu'à deux heures du matin. Ils rivalisaient de gentillesse et me racontaient un tas d'histoires. J'étais aux anges. Ma sœur s'était trompée : je trouvai Sartre encore plus amusant que Herbaud ; néanmoins, nous convînmes tous trois que celui-ci gardait la première place dans mes amitiés, et dans la rue il prit avec ostentation mon bras. Jamais il ne m'avait manifesté si ouvertement son affection que pendant les jours qui suivirent. « Je vous aime vraiment beaucoup, Castor », me disait-il. Comme je devais dîner avec Sartre chez les Nizan, et qu'il n'était pas libre, il me demanda avec une tendre autorité : « Vous penserez à moi ce soir ? » J'étais sensible aux moindres inflexions de sa voix, et aussi à ses froncements de sourcils. Un après-midi où je causais avec lui dans le hall de la Nationale, Pradelle nous aborda et je l'accueillis avec bonne humeur. Herbaud me dit au revoir d'un air furieux, et me planta là. Pendant toute la fin de la journée, je me rongeai. Le soir, je le retrouvai, tout content d'avoir réussi son effet. « Pauvre Castor ! j'ai été méchant ? » me dit-il gaiement. Je le conduisis au Stryx qu'il trouva « funambulesque à ravir » et je lui racontai mes équipées. « Vous êtes un phénomène ! » me dit-il en riant. Il me parla de lui, de son enfance campagnarde, de ses débuts à Paris, de son mariage. Jamais nous n'avions causé avec tant d'intimité. Mais nous étions anxieux, car nous devions connaître le lendemain les résultats de l'écrit. Si Herbaud était collé, il partirait aussitôt pour Bagnoles-de-l'Orne. L'an prochain, de toute façon, il prendrait un poste en province ou à l'étranger. Il me promit d'aller me voir en Limousin, au cours de cet été. Mais quelque chose finissait.

Le lendemain, je me dirigeai vers la Sorbonne le cœur battant ; à la porte, je rencontrai Sartre : j'étais admissible ainsi que Nizan et lui. Herbaud avait échoué. Il quitta Paris le soir même, sans que je l'aie revu. « Tu diras au Castor tout le bonheur que je lui souhaite », écrivit-il à Sartre dans un pneu où il l'avisait de son départ. Il réapparut une semaine plus tard, et seulement pour une journée. Il m'emmena au Balzar. « Que prenez-vous ? » demanda-t-il ; il ajouta : « De mon temps, c'était de la limonade. — C'est toujours votre temps », dis-je. Il sourit : « C'est ce que je voulais vous entendre dire. » Mais nous savions tous deux que j'avais menti.

« À partir de maintenant, je vous prends en main », me dit Sartre quand il m'eut annoncé mon admissibilité. Il avait le goût des amitiés féminines. La première fois que je l'avais aperçu à la Sorbonne, il portait un chapeau et causait d'un air animé avec une grande bringue d'agrégative que je trouvai très vilaine ; elle lui avait vite déplu ; il s'était lié avec une autre, plus jolie, mais qui faisait des embarras et avec qui il s'était rapidement brouillé. Quand Herbaud lui avait parlé de moi, il avait aussitôt voulu faire ma connaissance, et maintenant il était très content de pouvoir m'accaparer ; moi, il me semblait à présent que tout le temps que je ne passais pas avec lui était du temps perdu. Pendant les quinze jours que dura l'oral du concours, nous ne nous quittâmes guère que pour dormir. Nous allions à la Sorbonne passer nos épreuves et écouter les leçons de nos camarades. Nous sortions avec les Nizan. Nous prenions des verres au Balzar avec Aron qui faisait son service militaire dans la météorologie, avec Politzer qui était à présent inscrit au parti communiste. Le plus souvent nous nous promenions tous les deux seuls. Sur les quais de la Seine, Sartre m'achetait des *Pardaillan* et des *Fantômas* qu'il préférait de loin à la *Correspondance* de Rivière et Fournier ; il m'emmenait le soir voir des films de cow-boys pour lesquels je me passionnais en néophyte car j'étais surtout versée dans le cinéma abstrait et le cinéma d'art. Aux terrasses des cafés, ou en buvant des cocktails au Falstaff pendant des heures, nous causions.

« Il n'arrête jamais de penser », m'avait dit Herbaud. Cela ne signifiait pas qu'il sécrétât à tout bout de champ des formules et des théories : il avait en horreur la cuistrerie. Mais son esprit était toujours en alerte. Il ignorait les torpeurs, les somnolences, les fuites, les esquives, les trêves, la prudence, le respect. Il s'intéressait à tout et ne prenait jamais rien pour accordé. Face à un objet, au lieu de l'escamoter au profit d'un mythe, d'un mot, d'une impression, d'une idée préconçue, il le regardait ; il ne le lâchait pas avant d'en avoir compris les tenants et les aboutissants, les multiples sens. Il ne se demandait pas ce qu'il fallait penser, ce qu'il eût été piquant ou intelligent de penser : seulement ce qu'il pensait. Aussi décevait-il les esthètes, avides d'une élégance éprouvée. L'ayant entendu deux ans plus tôt faire un exposé, Riesmann, qu'éblouissait la logomachie de Baruzi, m'avait dit tristement : « Il n'a pas de génie ! » Au cours d'une leçon sur la « classification », sa minutieuse bonne foi avait mis cette année notre patience à l'épreuve : il avait fini par forcer notre intérêt. Il intéressait toujours les gens que ne rebutait pas la nouveauté car, ne visant pas l'originalité, il ne tombait dans aucun conformisme. Obstinée, naïve, son attention saisissait dans leur profusion les choses toutes vives. Que mon petit monde était étriqué, auprès de cet univers foisonnant ! Seuls, plus tard, certains fous m'inspirèrent une humilité analogue, qui découvraient dans un pétale de rose un enchevêtrement d'intrigues ténébreuses.

Nous parlions d'un tas de choses, mais particulièrement d'un sujet qui m'intéressait entre tous : moi-même. Quand ils prétendaient m'expliquer, les autres gens m'annexaient à leur monde, ils m'irritaient ; Sartre au contraire essayait de me situer dans mon propre système, il me comprenait à la lumière de mes valeurs, de mes projets. Il m'écouta sans enthousiasme quand je lui racontai mon histoire avec Jacques ; pour une femme, élevée comme je l'avais été, il était peut-être difficile d'éviter le mariage : mais il n'en pensait pas grand-chose de bon. En tout cas, je devais préserver ce qu'il y avait de plus estimable en moi : mon goût de la liberté, mon amour de la vie, ma curiosité, ma volonté d'écrire. Non seulement il m'encourageait dans cette entreprise mais il proposait de m'aider. Plus âgé que moi de deux ans — deux ans qu'il avait mis à profit —, ayant pris beaucoup plus tôt un meilleur départ, il en savait plus long, sur tout : mais la véritable supériorité qu'il se reconnaissait, et qui me sautait aux yeux, c'était la passion tranquille et forcenée qui le jetait vers ses livres à venir. Autrefois, je méprisais les enfants qui mettaient moins d'ardeur que moi à jouer au croquet ou à étudier : voilà que je rencontrais quelqu'un aux yeux de qui mes frénésies paraissaient timides. Et en effet, si je me comparais à lui, quelle tiédeur dans mes fièvres ! Je m'étais crue exceptionnelle parce que je ne concevais pas de vivre sans écrire : il ne vivait que pour écrire.

Il ne comptait pas, certes, mener une existence d'homme de cabinet ; il détestait les routines et les hiérarchies, les carrières, les foyers, les droits et les devoirs, tout le sérieux de la vie. Il se résignait mal à l'idée d'avoir un métier, des collègues, des supérieurs, des règles à observer et à imposer ; il ne deviendrait jamais un père de famille, ni même un homme marié. Avec le romantisme de l'époque et de ses vingt-trois ans, il rêvait à de grands voyages : à Constantinople, il fraterniserait avec les débardeurs ; il se soûlerait, dans les bas-fonds, avec les souteneurs ; il ferait le tour du globe et ni les parias des Indes, ni les popes du mont Athos, ni les pêcheurs de Terre-Neuve n'auraient de secrets pour lui. Il ne s'enracinerait nulle part, il ne s'encombrerait d'aucune possession : non pour se garder vainement disponible, mais afin de témoigner de tout. Toutes ses expériences devaient profiter à son œuvre et il écartait catégoriquement celles qui auraient pu la diminuer. Là-dessus nous discutâmes ferme. J'admirais, en théorie du moins, les grands dérèglements, les vies dangereuses, les hommes perdus, les excès d'alcool, de drogue, de passion. Sartre soutenait que, quand on a quelque chose à dire, tout gaspillage est criminel. L'œuvre d'art, l'œuvre littéraire était à ses yeux une fin absolue ; elle portait en soi sa raison d'être, celle de son créateur, et peut-être même — il ne le disait pas, mais je le soupçonnais d'en être persuadé — celle de l'univers entier. Les contestations métaphysiques lui faisaient hausser les épaules. Il s'intéressait aux questions politiques et sociales, il avait de la sympathie pour la position de Nizan ; mais son affaire à lui, c'était d'écrire, le reste ne venait qu'après. D'ailleurs il était alors beaucoup plus anarchiste que révolutionnaire ; il trouvait détestable la société telle qu'elle était, mais il ne détestait pas la détester ; ce qu'il appelait son « esthétique d'opposition » s'accommodait fort bien de l'existence d'imbéciles et de salauds, et même l'exigeait : s'il n'y avait rien eu à abattre, à combattre, la littérature n'eût pas été grand-chose.

À quelques nuances près, je trouvai une grande parenté entre son attitude et la mienne. Il n'y avait rien de mondain dans ses ambitions. Il réprouvait mon vocabulaire spiritualiste mais c'est bien un salut qu'il cherchait lui aussi dans la littérature ; les livres introduisaient en ce monde déplorablement contingent une

449

nécessité qui rejaillissait sur leur auteur ; certaines choses devaient être dites par lui, et alors il serait tout entier justifié. Il avait assez de jeunesse pour s'émouvoir sur sa destinée quand il entendait un air de saxophone après avoir bu trois martinis ; mais s'il l'avait fallu, il aurait accepté de garder l'anonymat : l'important, c'était le triomphe de ses idées, non ses propres succès. Il ne se disait jamais — comme il m'était arrivé de le faire — qu'il était « quelqu'un », qu'il avait « de la valeur » ; mais il estimait que d'importantes vérités — peut-être allait-il jusqu'à penser : la Vérité — s'étaient révélées à lui, et qu'il avait pour mission de les imposer au monde. Sur des carnets qu'il me montra, dans ses conversations, et même dans ses travaux scolaires, il affirmait avec entêtement un ensemble d'idées dont l'originalité et la cohérence étonnaient ses amis. Il en avait fait un exposé systématique à l'occasion d'une « Enquête auprès des étudiants d'aujourd'hui » ouverte par *Les Nouvelles littéraires.* « Nous avons reçu de J.-P. Sartre des pages remarquables », écrivit Roland Alix en présentant sa réponse dont il imprima de larges extraits ; en effet, toute une philosophie s'y indiquait, et qui n'avait guère de rapport avec celle qu'on nous enseignait en Sorbonne :

« C'est le paradoxe de l'esprit que l'homme, dont l'affaire est de créer le nécessaire, ne puisse s'élever lui-même jusqu'au niveau de l'être, comme ces devins qui prédisent l'avenir pour les autres, non pour eux. C'est pourquoi, au fond de l'être humain comme au fond de la nature, je vois la tristesse et l'ennui. Ce n'est pas que l'homme ne se pense lui-même comme un *être.* Il y met au contraire tous ses efforts. De là le Bien, et le Mal, idées de l'homme travaillant sur l'homme. Idées vaines. Idée vaine aussi ce déterminisme qui tente curieusement de faire la synthèse de l'existence et de l'être. Nous sommes aussi libres que vous voudrez, mais impuissants... Pour le reste, la volonté de puissance, l'action, la vie ne sont que de vaines idéologies. Il n'y a nulle part de volonté de puissance. Tout est trop faible : toutes choses tendent à mourir. L'aventure surtout est un leurre, je veux dire cette croyance en des connexions nécessaires, et qui pourtant existeraient. L'aventurier est un déterministe inconséquent qui se supposerait libre. » Comparant sa génération à celle qui l'avait précédée, Sartre concluait : « Nous sommes plus malheureux, mais plus sympathiques. »

Cette dernière phrase m'avait fait rire ; mais en causant avec Sartre j'entrevis la richesse de ce qu'il appelait sa « théorie de la contingence », où se trouvaient déjà en germe ses idées sur l'être, l'existence, la nécessité, la liberté. J'eus l'évidence qu'il écrirait un jour une œuvre philosophique qui compterait. Seulement il ne se facilitait pas la tâche, car il n'avait pas l'intention de composer, selon les règles traditionnelles, un traité théorique. Il aimait autant Stendhal que Spinoza et se refusait à séparer la philosophie de la littérature. À ses yeux, la contingence n'était pas une notion abstraite, mais une dimension réelle du monde : il fallait utiliser toutes les ressources de l'art pour rendre sensible au cœur cette secrète « faiblesse » qu'il apercevait dans l'homme et dans les choses. La tentative était à l'époque très insolite ; impossible de s'inspirer d'aucune mode, d'aucun modèle : autant la pensée de Sartre m'avait frappée par sa maturité, autant je fus déconcertée par la gaucherie des essais où il l'exprimait ; afin de la présenter dans sa vérité singulière, il recourait au mythe. *Er l'Arménien* mettait à contribution les dieux et les Titans : sous ce déguisement vieillot, ses théories perdaient leur mordant.

Il se rendait compte de cette maladresse, mais il ne s'en inquiétait pas ; de toute façon aucune réussite n'eût suffi à fonder sa confiance inconsidérée dans l'avenir. Il savait ce qu'il voulait faire et il avait la vie devant lui : il finirait bien par le faire. Je n'en doutais pas un instant : sa santé, sa bonne humeur suppléaient à toutes les preuves. Manifestement sa certitude recouvrait une résolution si radicale qu'un jour ou l'autre, d'une manière ou d'une autre, elle porterait des fruits.

C'était la première fois de ma vie que je me sentais intellectuellement dominée par quelqu'un. Beaucoup plus âgés que moi, Garric, Nodier m'en avaient imposé : mais de loin, vaguement, sans que je me confronte à eux. Sartre, tous les jours, toute la journée, je me mesurais à lui et dans nos discussions, je ne faisais pas le poids. Au Luxembourg, un matin, près de la fontaine Médicis, je lui exposai cette morale pluraliste que je m'étais fabriquée pour justifier les gens que j'aimais mais à qui je n'aurais pas voulu ressembler : il la mit en pièces. J'y tenais, parce qu'elle m'autorisait à prendre mon cœur pour arbitre du bien et du mal ; je me débattis pendant trois heures. Je dus reconnaître ma défaite ; en outre, je m'étais aperçue, au cours de la conversation, que beaucoup de mes opinions ne reposaient que sur des partis pris, de la mauvaise foi ou de l'étourderie, que mes raisonnements boitaient, que mes idées étaient confuses. « Je ne suis plus sûre de ce que je pense, ni même de penser », notai-je désarçonnée. Je n'y mettais aucun amour-propre. J'étais beaucoup plus curieuse qu'impérieuse, j'aimais mieux apprendre que briller. Mais tout de même, après tant d'années d'arrogante solitude, c'était un sérieux événement de découvrir que je n'étais ni l'unique, ni la première : une parmi d'autres, et soudain incertaine de ses véritables capacités. Car

452

Sartre n'était pas le seul qui m'obligeât à la modestie : Nizan, Aron, Politzer avaient sur moi une avance considérable. J'avais préparé le concours à la va-vite : leur culture était plus solide que la mienne, ils étaient au courant d'un tas de nouveautés que j'ignorais, ils avaient l'habitude de la discussion ; surtout, je manquais de méthode et de perspectives ; l'univers intellectuel était pour moi un vaste fatras où je me dirigeais à tâtons ; eux, leur recherche était, du moins en gros, orientée. Déjà il y avait entre eux d'importantes divergences ; on reprochait à Aron sa complaisance pour l'idéalisme de Brunschvicg ; mais tous avaient tiré beaucoup plus radicalement que moi les conséquences de l'inexistence de Dieu et ramené la philosophie du ciel sur terre. Ce qui m'en imposait aussi c'est qu'ils avaient une idée assez précise des livres qu'ils voulaient écrire. Moi j'avais rabâché que « je dirais tout » ; c'était trop et trop peu. Je découvris avec inquiétude que le roman pose mille problèmes que je n'avais pas soupçonnés.

Je ne me décourageai pas pourtant ; l'avenir me semblait soudain plus difficile que je ne l'avais escompté mais il était aussi plus réel et plus sûr ; au lieu d'informes possibilités, je voyais s'ouvrir devant moi un champ clairement défini, avec ses problèmes, ses tâches, ses matériaux, ses instruments, ses résistances. Je ne me demandai plus : que faire ? Il y avait tout à faire ; tout ce qu'autrefois j'avais souhaité faire : combattre l'erreur, trouver la vérité, la dire, éclairer le monde, peut-être même aider à le changer. Il me faudrait du temps, des efforts pour tenir ne fût-ce qu'une partie des promesses que je m'étais faites : mais cela ne m'effrayait pas. Rien n'était gagné : tout restait possible.

Et puis, une grande chance venait de m'être donnée : en face de cet avenir, brusquement je n'étais plus seule.

Jusqu'alors les hommes à qui j'avais tenu — Jacques, et à un moindre degré Herbaud — étaient d'une autre espèce que moi : désinvoltes, fuyants, un peu incohérents, marqués par une sorte de grâce funeste ; impossible de communiquer avec eux sans réserve. Sartre répondait exactement au vœu de mes quinze ans : il était le double en qui je retrouvais, portées à l'incandescence, toutes mes manies. Avec lui, je pourrais toujours tout partager. Quand je le quittai au début d'août, je savais que plus jamais il ne sortirait de ma vie.

Mais avant que celle-ci ne prît sa forme définitive, il me fallait d'abord tirer au clair mes rapports avec Jacques.

Qu'allais-je ressentir, en me retrouvant nez à nez avec mon passé ? Je me le demandais anxieusement quand, revenant de Meyrignac au milieu de septembre, je sonnai à la porte de la maison Laiguillon. Jacques sortit des bureaux du rez-de-chaussée, me serra la main, me sourit et me fit monter dans l'appartement. Assise sur le sofa rouge, je l'écoutai parler de son service militaire, de l'Afrique, de son ennui ; j'étais contente, mais pas du tout émue. « Comme nous nous retrouvons facilement ! » lui dis-je. Il passa la main dans ses cheveux. « Ça nous était bien dû ! » Je reconnaissais la pénombre de la galerie, je reconnaissais ses gestes, sa voix : je le reconnaissais trop. J'écrivis le soir sur mon carnet : « Jamais je ne l'épouserai. Je ne l'aime plus. » Somme toute, cette brutale liquidation ne me surprenait pas : « Il est trop évident qu'aux moments où je l'aimais le plus, il y eut toujours entre nous un désaccord profond que je ne surmontais qu'en renonçant à moi-même ; ou alors je m'insurgeais contre l'amour. » Je m'étais menti en feignant d'attendre cette confrontation pour engager mon avenir : depuis des semaines les jeux étaient faits.

Paris était encore vide et je revis Jacques souvent. Il me raconta son histoire avec Magda, sur un mode romanesque. De mon côté, je lui parlai de mes nouvelles amitiés : il ne parut guère les apprécier. En prenait-il ombrage ? Qu'étais-je pour lui ? Qu'attendait-il de moi ? Je pouvais d'autant moins le deviner que presque toujours, chez lui, ou au Stryx, il y avait des tiers entre nous ; nous sortions avec Riquet, avec Olga. Je me tourmentai un peu. À distance j'avais comblé Jacques de mon amour, et s'il me le demandait à présent, mes mains étaient vides. Il ne me demandait rien, mais il évoquait parfois son avenir sur un ton vaguement fatal.

Je l'invitai à venir un soir avec Riquet, Olga et ma sœur inaugurer mon nouveau domicile. Mon père avait financé mon installation, et ma chambre me plaisait beaucoup. Ma sœur m'aida à disposer sur une table des bouteilles de cognac et de vermouth, des verres, des assiettes, des petits gâteaux. Olga arriva un peu en retard, et seule, ce qui nous déçut vivement. Néanmoins, après deux ou trois verres la conversation s'anima ; nous nous interrogeâmes sur Jacques et sur son avenir. « Tout dépendra de sa femme », dit Olga ; elle soupira : « Je ne crois malheureusement pas qu'elle soit faite pour lui. — Qui donc ? demandai-je. — Odile Riaucourt. Vous ne saviez pas qu'il épouse la sœur de Lucien ? — Non », dis-je avec stupeur. Elle me donna complaisamment des détails. Jacques, à son retour d'Algérie, avait passé trois semaines dans la propriété des Riaucourt ; la petite s'était toquée de lui et elle avait impérieusement déclaré à ses parents qu'elle le voulait pour époux : Jacques, pressenti par Lucien, avait consenti. Il la connaissait à peine et, à part une dot considérable, elle n'avait, d'après Olga, aucune vertu particulière. Je compris pourquoi je ne voyais jamais Jacques en tête à tête : il n'osait ni se taire, ni me parler ; et si ce soir il m'avait fait faux bond, c'était pour laisser à Olga le soin de me mettre au courant. Je jouai de mon mieux l'indifférence. Mais aussitôt seules, nous exhalâmes, ma sœur et moi, notre consternation. Nous marchâmes longtemps dans Paris, navrées de voir le héros de notre jeunesse se métamorphoser en un bourgeois calculateur.

Quand je retournai chez Jacques, il m'entretint avec un peu d'embarras de sa fiancée et avec importance de ses responsabilités nouvelles. Un soir, je reçus de lui une lettre énigmatique : c'était lui qui m'avait ouvert la voie, me disait-il, et maintenant, il restait en arrière, peinant dans le vent, sans pouvoir me suivre : « Ajoute que le vent joint à la fatigue fait toujours plus ou moins pleurer. » Je m'émus ; mais je ne répondis pas ; il n'y avait rien à répondre. De toute façon c'était une histoire finie.

Qu'avait-elle signifié pour Jacques ? et lui-même, qui était-il ? Je me trompai lorsque je crus que son mariage me découvrait sa vérité et qu'après une crise de romantisme juvénile il allait tranquillement devenir le bourgeois qu'il était. Je le vis quelquefois avec sa femme : leurs rapports étaient aigres-doux. Nos relations tournèrent court, mais par la suite, je l'aperçus assez souvent dans les bars de Montparnasse, solitaire, le visage bouffi, les yeux larmoyants, visiblement imbibé d'alcool. Il procréa cinq ou six enfants et se jeta dans une périlleuse spéculation : il transporta son matériel chez un confrère et fit démolir la vieille fabrique Laiguillon pour la remplacer par un grand immeuble de rapport ; malheureusement, une fois la maison abattue, il ne réussit pas à réunir les capitaux nécessaires à la construction de l'immeuble ; il se brouilla avec le père de sa femme et avec sa propre mère qui avaient tous deux refusé de se risquer dans cette aventure ; lui, il y mangea jusqu'à son dernier sou et dut hypothéquer puis vendre son matériel. Il travailla pendant quelques mois dans l'affaire de son confrère mais il se fit bientôt congédier.

Même s'il avait procédé avec prudence et réussi son coup, il y aurait eu lieu de se demander pourquoi Jacques voulut liquider la Maison ; il n'est certes pas indifférent qu'on y ait fabriqué non de la quincaillerie, mais des vitraux. Pendant les années qui suivirent l'exposition de 1925, les arts décoratifs prirent un grand essor ; Jacques s'enthousiasma pour l'esthétique moderne et il pensait que le vitrail offrait d'immenses possibilités ; abstraitement, c'était vrai, mais en pratique, il fallut en rabattre. Dans le meuble, la verrerie, les tissus, le papier peint, on pouvait et même on devait inventer, car la clientèle bourgeoise était avide de nouveauté ; mais Jacques avait à satisfaire de petits curés de campagne aux goûts arriérés ; ou bien il se ruinait, ou bien il perpétuait dans ses ateliers la traditionnelle laideur des vitraux Laiguillon ; la laideur le dégoûtait. Il préféra se jeter dans des affaires qui n'avaient rien à voir avec l'art.

Sans argent, sans travail, Jacques vécut quelque temps aux crochets de sa femme à qui le père Riaucourt servait une pension ; mais entre eux les choses marchaient tout à fait mal ; fainéant, prodigue, coureur, ivrogne, menteur — et j'en passe — Jacques était sans aucun doute un détestable mari. Odile finit par demander une séparation de corps et par le chasser. Il y avait vingt ans que je ne l'avais pas vu quand je le rencontrai par hasard, boulevard Saint-Germain. À quarante-cinq ans, il en paraissait plus de soixante. Les cheveux entièrement blancs, les yeux injectés, l'abus de l'alcool l'avait rendu à demi aveugle ; il n'avait plus de regard, plus de sourire, plus de chair, si bien que son visage, réduit à sa seule ossature, ressemblait trait pour trait à celui de son grand-père Flandin. Il gagnait vingt-cinq mille francs par mois à faire de vagues écritures dans une station d'octroi au bord de la Seine : sur les papiers qu'il me montra, il était assimilé à un cantonnier. Il était vêtu comme un clochard, dormait dans des garnis, se nourrissait à peine et buvait le plus possible. À peu de temps de là, il perdit son emploi et se trouva absolument sans ressources. Sa mère, son frère, quand il allait leur demander de quoi manger, lui reprochaient de manquer de dignité ; seuls sa sœur et quelques amis vinrent à son secours. Mais ce n'était pas facile de l'aider ; il ne levait pas une phalange pour s'aider lui-même, et il était usé jusqu'à l'os. Il mourut à quarante-six ans de misère physiologique.

« Ah ! pourquoi ne t'ai-je pas épousée ? me dit-il en me serrant les mains avec effusion le jour où nous nous retrouvâmes. Quel dommage ! mais ma mère me répétait sans cesse que les mariages entre cousins sont maudits ! » Il avait donc bien songé à m'épouser : quand avait-il changé d'avis ? pourquoi au juste ? et pourquoi, au lieu de continuer à vivre en garçon, s'était-il précipité si jeune dans un mariage absurdement raisonnable ? Je ne réussis pas à le savoir, et peut-être ne le savait-il plus lui-même tant son cerveau s'était embrumé ; je n'essayai pas non plus de l'interroger sur l'histoire de sa déchéance car le premier de ses soucis était de me la faire oublier ; les jours où il portait une chemise propre et où il avait mangé à sa faim, il me rappelait volontiers le glorieux passé de la famille Laiguillon et il parlait en grand bourgeois ; il m'arrivait de me dire que s'il avait réussi, il n'aurait pas valu mieux qu'un autre, mais cette sévérité était hors de propos : ce n'était pas par hasard qu'il avait en fait si spectaculairement échoué. Il ne s'était pas contenté d'un ratage médiocre ; on a pu lui reprocher bien des choses, mais en tout cas il ne fut jamais mesquin ; il avait dégringolé tellement bas qu'il fallait qu'il eût été possédé par cette « folie de destruction » que j'imputais à sa jeunesse. Il se maria évidemment pour se lester de responsabilités ; il crut qu'en sacrifiant ses plaisirs et sa liberté, il ferait naître en lui un homme neuf, solidement convaincu de ses devoirs et de ses droits, adapté à ses bureaux et à son foyer ; mais le volontarisme ne paie pas : il resta le même, incapable à la fois de se couler dans la peau d'un bourgeois et de s'en évader. Il s'en alla fuir dans les bars son personnage d'époux et de père de famille ; en même temps il essayait de s'élever dans l'échelle des valeurs bourgeoises, mais non par un travail patient : d'un seul bond, et il le risqua avec une telle imprudence que son secret désir semble avoir été de se briser les reins. Sans aucun doute, ce destin s'est noué au cœur du petit garçon délaissé, effrayé, qui rôdait en maître, à sept ans, parmi les gloires et les poussières de la fabrique Laiguillon ; et si dans sa jeunesse il nous exhorta si souvent à « vivre comme tout le monde », c'est qu'il doutait d'y jamais parvenir.

Tandis que mon avenir se décidait, Zaza de son côté luttait pour son bonheur. Sa première lettre rayonnait d'espoir. La suivante était moins optimiste. Après m'avoir félicitée de ma réussite à l'agrégation, elle m'écrivait : « Il m'est particulièrement dur en ce moment d'être loin de vous. J'aurais tant besoin de vous parler par petites bribes, sans rien de précis ni de très réfléchi, de ce qui est depuis trois semaines toute mon existence. Avec quelques moments de joie, j'ai surtout connu, jusqu'à vendredi dernier, une terrible inquiétude et beaucoup de difficultés. Ce jour-là j'ai reçu de Pradelle une lettre un peu longue où plus de choses sont dites, où plus de mots me permettent de me raccrocher à des témoignages irrécusables pour lutter contre un doute dont je n'arrive pas à me débarrasser complètement. J'accepte, relativement sans peine, des difficultés assez lourdes, l'impossibilité de parler de cela à maman, pour le moment, la perspective de voir beaucoup de temps s'écouler avant que mes relations avec P. se précisent (et cela même n'importe nullement tant le présent me comble et me suffit). Le plus dur ce sont ces doutes, ces intermittences, ces vides si complets que je me demande parfois si tout ce qui est arrivé n'est pas un rêve. Et quand la joie revient dans sa plénitude, j'ai bien honte alors d'avoir eu la lâcheté de ne plus y croire. Il m'est difficile d'ailleurs de rattacher le P. de maintenant à celui d'il y a trois semaines, je relie mal ses lettres à des rencontres relativement récentes où nous étions encore l'un à l'autre si lointains, si mystérieux ; il me semble parfois que ce n'est qu'un jeu, que tout va retomber subitement dans le réel, dans le silence d'il y a trois semaines. Comment ferai-je seulement pour le revoir sans être tentée de prendre la fuite, ce garçon auquel j'ai écrit tant de choses, et si facilement, et devant lequel je n'oserais pas ouvrir la bouche maintenant tant sa présence, je le sens bien, m'intimiderait. Ah ! Simone, qu'est-ce que je suis en train de vous écrire, comme je vous parle mal de tout cela. Une seule chose mériterait qu'on vous la dise. C'est qu'il y a des merveilleux moments où tous ces doutes et ces difficultés tombent de moi comme des choses vides de sens, où je ne sens plus que la joie inaltérable et profonde qui au-dessus de ces misères demeure en moi et me pénètre toute. Alors la pensée de son existence suffit à m'émouvoir aux larmes, et quand je songe que c'est un peu pour moi et par moi qu'il existe, je sens mon cœur s'arrêter presque douloureusement sous le poids d'un bonheur trop grand. Voilà, Simone, ce qu'il advient de moi. De la vie que je mène, je n'ai pas le cœur de vous parler ce soir. La grande joie qui rayonne de l'intérieur donne parfois beaucoup de prix à des choses bien petites, ces jours-ci. Mais je suis surtout fatiguée d'avoir été obligée de continuer, malgré une intense vie intérieure et un immense besoin de solitude, les promenades aux environs, les tennis, les goûters, les distractions. Le courrier est le seul moment important de la journée… Je ne vous ai jamais mieux aimée, ma chère Simone, et je suis près de vous de tout mon cœur. »

Je lui répondis longuement, en essayant de la réconforter, et la semaine suivante, elle m'écrivait : « Paisiblement heureuse, je commence seulement à l'être, ma chère, chère Simone, et que c'est bon ! J'ai maintenant une certitude que rien ne peut plus m'enlever, une certitude merveilleusement douce qui a triomphé des hauts et des bas, et de toutes mes révoltes. Quand j'ai reçu votre lettre… je n'étais pas encore sortie de l'inquiétude. Je n'avais pas assez confiance pour savoir bien lire les lettres très douces, mais très silencieuses aussi, que Pradelle m'écrivait et je venais, cédant à un déraisonnable mouvement de pessimisme, de lui envoyer une lettre qu'il a pu qualifier depuis, sans exagérer, d'"un peu féroce". La vôtre est venue me rendre la vie… Je suis silencieusement restée avec vous

461

depuis votre lettre, c'est avec vous que j'ai lu celle que j'ai reçue de Pradelle samedi et qui est venue achever ma joie, et la rendre si légère, si jeune, qu'il s'y ajoute depuis trois jours une gaieté d'enfant de huit ans. Je craignais que mon injuste lettre ne brouillât de nouveau l'horizon ; il y a si intelligemment répondu que tout, au contraire, est redevenu facile et merveilleux. Je ne crois pas qu'on puisse plus délicieusement gronder les gens, leur faire leur procès, les absoudre et leur persuader avec plus de gaieté et de gentillesse que tout est simple, que tout est beau et qu'il faut y croire. »

Mais bientôt d'autres difficultés, plus redoutables, surgirent. À la fin d'août je reçus une lettre qui me désola : « Il ne faut pas m'en vouloir de ce trop long silence… Vous savez ce qu'est la vie, à Laubardon. Il a fallu voir des tas de gens et partir à Lourdes pour cinq jours. Nous en sommes revenus dimanche, et demain Bébelle et moi prenons le train de nouveau pour aller rejoindre les Bréville dans l'Ariège. Je me passerais bien, comme vous pouvez le penser, de toutes ces distractions ; c'est si assommant de s'amuser quand on n'en sent à aucun degré le besoin. Et j'ai d'autant plus soif de tranquillité que la vie, sans cesser d'être "merveilleuse", s'annonce pour quelque temps bien difficile. Des scrupules qui finissaient par empoisonner ma joie m'ont décidée à parler à maman dont l'attitude interrogative, inquiète et même méfiante me faisait trop souffrir. Seulement comme je ne pouvais lui dire qu'une demi-vérité, le résultat de mon aveu est que je ne peux plus écrire à Pradelle, que maman exige que, jusqu'à nouvel ordre, je ne le revoie plus. C'est dur, c'est même atroce. Quand je songe à ce qu'étaient pour moi ces lettres auxquelles je suis obligée de renoncer, quand je m'imagine cette longue année dont j'attendais tant et qui va être diminuée de ces rencontres qui auraient été merveilleuses, un chagrin étouffant me prend à la gorge, et mon cœur se serre jusqu'à me faire mal. Il faudra vivre complètement séparés — quelle horreur ! Je m'y résigne pour moi, mais pour lui cela m'est beaucoup plus difficile. L'idée qu'il peut souffrir à cause de moi me révolte ; la souffrance, j'y suis depuis longtemps habituée et je la trouve pour moi presque naturelle. Mais l'accepter pour lui qui ne l'a aucunement méritée, pour lui que j'aime tant voir épanoui par le bonheur comme il l'était un jour entre vous et moi sur le lac du bois de Boulogne, ah ! que c'est amer ! Pourtant j'aurais honte de me plaindre. Quand on a reçu cette grande chose que je sens en moi, inaltérable, on peut supporter tout le reste. L'essentiel de ma joie n'est pas à la merci des circonstances extérieures, il faudrait pour l'atteindre une difficulté venant directement de lui ou de moi. Cela, ce n'est plus à craindre, l'accord profond est si complet que c'est encore lui qui parle quand il m'écoute, encore moi qui parle quand je l'écoute, et nous ne pouvons plus maintenant malgré les séparations apparentes être désunis réellement. Et mon allégresse, dominant les plus cruelles pensées, s'élève encore et se répand sur toutes choses… Hier, après avoir écrit à Pradelle la lettre qu'il m'était si dur de lui écrire, j'ai reçu de lui un mot tout débordant de ce bel amour de la vie qui jusqu'à présent était chez lui moins sensible que chez vous. Seulement ce n'était pas tout à fait le chant païen de la chère dame amorale. Il me disait à propos des fiançailles de sa sœur tout ce que la parole "Cœli enarrant gloriam Dei" faisait jaillir d'enthousiasme pour "la glorification limpide de l'univers" et pour "une vie réconciliée avec toute la douceur des choses terrestres". Ah ! renoncer volontairement à recevoir des pages comme celles d'hier, que c'est dur, Simone. Il faut vraiment croire à la valeur de la souffrance et désirer porter avec le Christ la Croix pour accepter cela sans murmurer, je n'en serais pas naturellement capable. Mais laissons cela. La vie est malgré tout splendide, je serais terriblement ingrate si je ne me sentais en ce moment déborder de reconnaissance. Y a-t-il beaucoup d'êtres au monde qui ont ce que vous avez et ce que j'ai, qui connaîtront jamais rien qui en approche ? Et serait-ce le payer trop cher que de souffrir pour ce bien précieux n'importe quoi, tout ce qui sera nécessaire, et pendant tout le temps qu'il faudra ? Lili et son mari sont ici en ce moment : je crois bien que depuis trois semaines il n'y a pas eu entre eux d'autre sujet de conversation que la question de leur appartement et du prix que leur installation leur coûtera. Ils sont très gentils, je ne leur reproche rien. Mais quel soulagement d'avoir à présent la certitude qu'il n'y aura rien de commun entre ma vie et la leur, de sentir que ne possédant rien extérieurement je suis mille fois plus riche qu'eux et qu'enfin, devant tous ces gens qui me sont plus étrangers que les cailloux de la route, par certains côtés du moins, je ne serai plus jamais seule ! »

Je suggérai une solution qui me paraissait s'imposer : Mme Mabille s'inquiétait des indécises relations de Zaza avec Pradelle. Il n'avait qu'à lui demander, dans les formes, la main de sa fille. Je reçus en réponse la lettre suivante : « Hier en rentrant de l'Ariège où j'ai passé dix jours, de toute manière épuisants, j'ai trouvé ici votre lettre, que j'attendais. Depuis que je l'ai lue, je n'ai fait qu'y répondre, que parler tout doucement avec vous, malgré les occupations, la fatigue, tout l'extérieur. L'extérieur est terrible. Pendant les dix jours chez les Bréville, ayant Bébelle dans ma chambre, je n'étais pas seule une minute. J'étais si incapable de supporter sur moi le regard de quelqu'un pendant que j'écrivais certaines lettres que j'ai dû, pour le faire, attendre qu'elle fût endormie et me relever de deux à cinq ou six heures. Dans la journée, il fallait faire de grandes excursions, et répondre, sans jamais avoir l'air absent, aux attentions, aux plaisanteries aimables des gens qui nous recevaient. Les dernières pages qu'il a reçues de moi se ressentaient terriblement de ma fatigue : j'ai lu sa dernière lettre dans un tel état d'éreintement que j'en ai, je le vois maintenant, assez mal compris certains passages. La réponse que j'y ai faite a peut-être pu le faire souffrir, je n'ai pas su lui dire tout ce que je voulais, tout ce qu'il fallait. Tout cela me désole un peu ; et si je ne me reconnaissais pas jusqu'à présent le moindre mérite, je sens que j'en acquiers ces jours-ci tant il me faut de volonté pour résister au désir de lui écrire tout ce que je pense, toutes ces choses éloquentes et persuasives avec lesquelles je proteste dans le fond de mon cœur contre les accusations qu'il persiste à porter contre lui-même, contre les demandes de pardon qu'il a l'inconscience de m'adresser. Je ne voudrais pas, Simone, écrire à P. à travers vous, ce serait une hypocrisie pire à mes yeux qu'une infraction aux décisions que je n'ai plus à discuter. Mais des passages de ses dernières lettres me reviennent auxquels je n'ai pas assez répondu et qui continuent à me déchirer. "Vous avez dû être déçue par certaines de mes lettres." "La sincérité avec laquelle je vous ai parlé a dû vous apporter de la fatigue et une certaine tristesse", d'autres phrases encore qui m'ont fait bondir. Vous, Simone, qui savez la joie que je dois à P., que chacun des mots qu'il m'a dits et écrits, loin de me décevoir, n'a jamais fait qu'élargir et affermir l'admiration et l'amour que j'ai pour lui, vous qui voyez ce que j'étais et ce que je suis, ce qui me manquait et ce qu'il m'a donné avec une si admirable plénitude, oh ! tâchez de lui faire comprendre un peu que je lui dois toute la beauté dont déborde en ce moment ma vie, qu'il n'y a pas une chose en lui qui ne soit pour moi précieuse, que c'est de sa part une folie d'excuser ce qu'il dit, ou des lettres dont je comprends mieux la beauté et la douceur profondes chaque fois que je les relis. Dites-lui, Simone, vous qui me connaissez toute et qui avez suivi si bien cette année tous les battements de mon cœur, qu'il n'y a pas un être au monde qui m'ait donné et qui puisse jamais me donner le bonheur sans mélange, la joie totale que je tiens de lui et dont je ne pourrai jamais, même si je cesse de le lui dire, que me juger très indigne.

« Simone, si la démarche dont vous parlez pouvait être faite, tout serait pour cet hiver plus simple. Pradelle a pour ne pas la faire des raisons qui sont aussi valables à mes yeux qu'aux siens. Dans ces conditions, maman sans me demander une rupture totale m'a fait prévoir tant de difficultés et de restrictions dans nos relations que, effrayée d'une lutte sans cesse renouvelée, j'ai fini par préférer le pire. Sa réponse à la triste lettre que j'ai dû lui écrire m'a trop fait sentir ce que serait pour lui ce sacrifice. Je n'ai plus le courage maintenant de le souhaiter. Je vais tâcher d'arranger les choses, d'obtenir à force de soumission et de patience que maman me fasse, nous fasse un peu de crédit, d'écarter l'idée qu'elle a eue de m'envoyer à l'étranger. Tout cela, Simone, n'est pas simple, tout cela est dur et je m'en désole pour lui. Deux fois il m'a parlé de fatalisme. Je comprends ce qu'il veut me dire de cette manière détournée et je vais, à cause de lui, faire tout ce qui est en mon pouvoir pour améliorer notre situation. Mais ce qu'il faudra, je le supporterai avec ardeur, trouvant une sorte de joie à souffrir à cause de lui, trouvant surtout que, de quelque prix que je le paye, je n'achèterai jamais trop cher le bonheur dans lequel je suis entrée déjà, la joie contre laquelle aucune chose accidentelle ne peut rien… J'ai débarqué ici, mourant du besoin d'être seule. J'y ai trouvé, outre mon beau-frère, cinq de ses frères et sœurs ; je couche avec l'aînée, et avec les jumelles, dans cette chambre où j'ai été si bien avec vous et Stépha. Je vous ai écrit ces lignes en moins de trois quarts d'heure, avant d'aller accompagner ma famille au marché du bourg ; demain tous les du Moulin passent la journée ici, après-demain Geneviève de Bréville arrive, et il faudra danser chez les Mulot. Mais je reste libre sans que personne s'en doute. Toutes ces choses sont pour moi comme si elles n'étaient pas. Ma vie, c'est de sourire tout bas à la voix qui ne cesse de se faire entendre en moi, c'est de me réfugier avec lui, définitivement… »

Je m'irritai contre Pradelle : pourquoi repoussait-il la solution que j'avais proposée ? Je lui écrivis. Sa sœur, me répondit-il, venait de se fiancer ; son frère aîné — depuis longtemps marié, dont il ne parlait jamais — allait partir pour le Togo ; en annonçant à sa mère que lui aussi il préméditait de la quitter, il lui porterait un coup fatal. Et Zaza ? lui demandai-je quand il rentra à Paris, fin septembre. Ne réalisait-il pas qu'elle s'épuisait dans ces luttes ? Il répliqua qu'elle approuvait son attitude et j'eus beau m'acharner, il n'en démordit pas.

Zaza me parut très abattue ; elle avait maigri et perdu ses couleurs ; elle avait de fréquents maux de tête. Mme Mabille l'autorisait, provisoirement, à revoir Pradelle, mais en décembre, elle partirait pour Berlin et y passerait l'année : elle envisageait cet exil avec terreur.

Je fis une nouvelle suggestion : que Pradelle, à l'insu de sa mère, s'explique avec Mme Mabille. Zaza secoua la tête. Mme Mabille n'entrerait pas dans ses raisons ; elle les connaissait et n'y voyait qu'un faux-fuyant. D'après elle, Pradelle n'était pas décidé à épouser Zaza ; sinon il eût consenti à des démarches officielles ; une mère n'a pas le cœur brisé parce que son fils se fiance, cette histoire ne tenait pas debout ! Sur ce point, j'étais de son avis ; de toute façon, le mariage n'aurait pas lieu avant deux ans, le cas de Mme Pradelle ne me paraissait pas tragique : « Je ne veux pas qu'elle souffre à cause de moi », me disait Zaza. Sa grandeur d'âme m'exaspérait. Elle comprenait ma colère, elle comprenait les scrupules de Pradelle, et la prudence de Mme Mabille ; elle comprenait tous ces gens qui ne se comprenaient pas entre eux et dont les malentendus retombaient sur elle.

« Un an, ce n'est pas la mer à boire », disait Pradelle avec agacement. Cette sagesse, loin de réconforter Zaza, mettait sa confiance à rude épreuve ; pour accepter sans trop d'angoisse une longue séparation, elle aurait eu besoin de posséder cette certitude que souvent elle avait invoquée dans ses lettres mais qui en vérité lui faisait cruellement défaut. Ma prévision se justifiait : Pradelle n'était pas facile à aimer, surtout pour un cœur aussi violent que celui de Zaza. Avec une sincérité qui ressemblait à du narcissisme, il se plaignait à elle de manquer de passion, et elle ne pouvait s'empêcher de conclure qu'il l'aimait avec mollesse. Sa conduite ne la rassurait pas ; il avait à l'égard de sa famille des délicatesses abusives et ne semblait guère se soucier qu'elle en pâtît.

Ils ne s'étaient encore revus que brièvement, elle attendait avec impatience l'après-midi qu'ils avaient décidé de passer ensemble quand, au matin, elle reçut un pneumatique ; il venait de perdre un oncle, et il n'estimait pas ce deuil compatible avec la joie qu'il se promettait de leur rencontre : il se décommandait. Le lendemain, elle vint boire un verre chez moi avec ma sœur et Stépha, et ne réussit pas à s'arracher un sourire. Le soir, elle m'envoya un mot : « Je n'écris pas pour m'excuser d'avoir été sinistre malgré le vermouth et votre conseil réconfortant. Vous avez dû le comprendre, j'étais encore anéantie par le pneumatique de la veille. Il est tombé très mal à propos. Si Pradelle avait pu deviner dans quel sentiment j'attendais cette rencontre, je pense qu'il ne l'aurait pas renvoyée. Mais c'est très bien qu'il n'ait pas su, j'aime beaucoup ce qu'il a fait et cela ne m'a pas été mauvais de voir jusqu'où peut encore aller mon découragement, quand je reste absolument seule pour résister à mes amères réflexions et aux lugubres avertissements que maman croit nécessaire de me donner. Le plus triste est de ne pouvoir communiquer avec lui : je n'ai pas osé lui envoyer un mot à son domicile. Si vous aviez été seule, je lui aurais écrit quelques lignes avec sur l'enveloppe votre illisible écriture. Vous seriez bien gentille de lui envoyer tout de suite un pneu pour lui dire, ce qu'il sait déjà j'espère, que je suis tout près de lui dans la peine comme dans la joie, mais surtout qu'il peut m'écrire à la maison autant qu'il voudra. Il ferait bien de ne pas s'en abstenir car s'il n'est pas possible que très vite je le voie, j'aurais terriblement besoin d'un mot au moins de lui. D'ailleurs il n'a pas à redouter en ce moment ma gaieté. Si je lui parlais, même de nous, ce serait assez gravement. À supposer que sa présence me délivre, il reste dans l'existence bien assez de choses tristes dont on peut parler quand on est en deuil. Quand ce ne serait que de *Poussière*. J'ai repris ce livre hier soir, il ne m'a pas moins émue qu'au début des vacances. Oui, Judy est magnifique et attachante, elle reste malgré tout inachevée et surtout combien misérable. Que son goût de sa propre vie et des choses créées la sauve de la dureté de l'existence, je l'admets. Mais sa joie ne tiendrait pas en face de la mort et ce n'est pas une solution suffisante que de vivre comme s'il n'y avait pas en définitive cela. J'ai eu honte en la quittant de m'être un moment plainte, moi qui sens, au-dessus de toutes les difficultés et les tristesses qui peuvent la dissimuler parfois, une joie, difficile à goûter et trop souvent inaccessible à ma faiblesse, mais à laquelle du moins aucun être au monde n'est nécessaire et qui ne dépend pas même complètement de moi. Cette joie ne diminue rien. Ceux que j'aime n'ont pas à s'inquiéter, je ne m'évade pas d'eux. Et je me sens en ce moment attachée à la terre et même à ma propre vie comme je ne l'avais jamais encore été. »

Malgré cette conclusion optimiste, malgré l'assentiment crispé qu'elle accordait à la décision de Pradelle, Zaza laissait percer son amertume ; pour opposer aux « choses créées » la joie surnaturelle « à laquelle du moins aucun être au monde n'est nécessaire » il fallait qu'en ce monde elle n'espérât plus pouvoir définitivement se reposer sur aucun être. J'envoyai un pneu à Pradelle qui lui écrivit aussitôt ; elle me remercia : « Grâce à vous, j'ai été dès samedi délivrée des fantômes dont je me tourmentais. » Mais les fantômes ne la laissèrent pas longtemps en paix, et en face d'eux elle était bien seule. Le souci même que j'avais de son bonheur nous écartait l'une de l'autre, car je m'emportais contre Pradelle, et elle m'accusait de le méconnaître ; elle avait choisi le renoncement et se raidissait quand je l'exhortais à se défendre. D'ailleurs, sa mère m'avait interdit l'accès de la rue de Berri, et s'ingéniait à l'y retenir. Nous eûmes pourtant, chez moi, une longue conversation où je lui parlai de ma propre vie ; elle m'envoya un mot le lendemain pour me dire, avec effusion, combien elle en avait été heureuse. Mais, ajoutait-elle, « pour des raisons de famille qu'il serait trop long de vous expliquer, je ne pourrai pas vous voir avant quelque temps. Attendez un peu ».

Pradelle, d'autre part, l'avait avertie que son frère venait de s'embarquer et que pendant une semaine le soin de consoler sa mère l'occuperait tout entier. Cette fois encore, elle affectait de trouver naturel qu'il n'hésitât pas à la sacrifier ; mais j'étais certaine que de nouveaux doutes la rongeaient ; et je déplorai que pendant huit jours aucune voix ne dût faire échec aux « lugubres avertissements » prodigués par Mme Mabille.

Dix jours plus tard, je la rencontrai par hasard au bar Poccardi ; j'avais été lire à la Nationale, elle faisait des courses dans le quartier : je l'accompagnai. À mon grand étonnement, elle débordait de gaieté. Elle avait beaucoup réfléchi, au cours de cette semaine solitaire, et peu à peu, tout s'était mis en ordre dans sa tête et dans son cœur ; même son départ pour Berlin ne l'effrayait plus. Elle aurait des loisirs, elle essaierait d'écrire le roman auquel elle pensait depuis longtemps, elle lirait beaucoup : jamais elle n'avait eu une telle soif de lecture. Elle venait de redécouvrir Stendhal avec admiration. Sa famille le haïssait si catégoriquement qu'elle n'avait pas réussi jusqu'alors à surmonter tout à fait cette prévention ; mais en le relisant ces jours derniers, elle l'avait enfin compris, et aimé sans réticence. Elle sentait le besoin de réviser un grand nombre de ses jugements : elle avait l'impression qu'une sérieuse évolution venait brusquement de se déclencher en elle. Elle me parla avec une chaleur, une exubérance presque insolites ; il y avait quelque chose de forcené dans son optimisme. Cependant je me réjouis : elle avait retrouvé des forces neuves et il me semblait qu'elle était en train de beaucoup se rapprocher de moi. Je lui dis au revoir, le cœur plein d'espoir.

Quatre jours plus tard, je reçus un mot de Mme Mabille : Zaza était très malade ; elle avait une grosse fièvre, et d'affreux maux de tête. Le médecin l'avait fait transporter dans une clinique de Saint-Cloud ; il lui fallait une solitude et un calme absolus ; elle ne devait recevoir aucune visite : si la fièvre ne tombait pas, elle était perdue.

Je vis Pradelle. Il me raconta ce qu'il savait. Le surlendemain de ma rencontre avec Zaza, Mme Pradelle était seule dans son appartement quand on sonna ; elle ouvrit, et elle se trouva devant une jeune fille bien vêtue, mais qui ne portait pas de chapeau : à l'époque, c'était tout à fait incorrect. « Vous êtes la mère de Jean Pradelle ? demanda-t-elle. Je peux vous parler ? » Elle se présenta et Mme Pradelle la fit entrer. Zaza regarda autour d'elle ; elle avait un visage crayeux avec des pommettes enflammées. « Jean n'est pas là ? pourquoi ? il est déjà au ciel ? » Mme Pradelle, effrayée, lui dit qu'il allait rentrer. « Est-ce que vous me détestez, madame ? » demanda Zaza. L'autre protesta. « Alors, pourquoi ne voulez-vous pas que nous nous mariions ? » Mme Pradelle essaya de son mieux de la calmer ; elle était apaisée quand un peu plus tard Pradelle rentra, mais son front et ses mains brûlaient. « Je vais vous reconduire », dit-il. Ils prirent un taxi et tandis qu'ils roulaient vers la rue de Berri, elle demanda avec reproche :

« Vous ne voulez pas m'embrasser ? Pourquoi ne m'avez-vous jamais embrassée ? » Il l'embrassa.

Mme Mabille la mit au lit et appela le médecin ; elle s'expliqua avec Pradelle : elle ne voulait pas le malheur de sa fille, elle ne s'opposait pas à ce mariage. Mme Pradelle ne s'y opposait pas non plus : elle ne voulait le malheur de personne. Tout allait s'arranger. Mais Zaza avait quarante de fièvre et délirait.

Pendant quatre jours, dans la clinique de Saint-Cloud, elle réclama « mon violon, Pradelle, Simone et du champagne ». La fièvre ne tomba pas. Sa mère eut le droit de passer la dernière nuit près d'elle. Zaza la reconnut et sut qu'elle mourait. « N'ayez pas de chagrin, maman chérie, dit-elle. Dans toutes les familles il y a du déchet : c'est moi le déchet. »

Quand je la revis, dans la chapelle de la clinique, elle était couchée au milieu d'un parterre de cierges et de fleurs. Elle portait une longue chemise de nuit en toile rêche. Ses cheveux avaient poussé, ils tombaient en mèches raides autour d'un visage jaune, et si maigre, que j'y retrouvai à peine ses traits. Les mains aux longues griffes pâles, croisées sur le crucifix, semblaient friables comme celles d'une très vieille momie. Mme Mabille sanglotait. « Nous n'avons été que les instruments entre les mains de Dieu », lui dit M. Mabille.

Les médecins parlèrent de méningite, d'encéphalite, on ne sut rien de précis. S'agissait-il d'une maladie contagieuse, d'un accident ? ou Zaza avait-elle succombé à un excès de fatigue et d'angoisse ? Souvent la nuit elle m'est apparue, toute jaune sous une capeline rose, et elle me regardait avec reproche. Ensemble nous avions lutté contre le destin fangeux qui nous guettait, et j'ai pensé longtemps que j'avais payé ma liberté de sa mort.